D0995076

La Terroriste

Doris Lessing

La Terroriste

ROMAN

Traduit de l'anglais par
Marianne Véron

Albin Michel

Photo de l'auteur
en quatrième de couverture
par Fay Godwin

Édition originale anglaise :
THE GOOD TERRORIST
Jonathan Cape, Londres, 1985
© Doris Lessing, 1985

Traduction française :
© Éditions Albin Michel S.A., 1986
22, rue Huyghens, 75014 Paris
ISBN 2-226-02780-7

L<small>A</small> maison se trouvait en retrait de la route bruyante, au cœur d'une sorte de décharge publique. Une grande maison. Solide. Il y avait des ardoises noires hérissées tout au long de la gouttière et, au pied d'une grosse cheminée, un oiseau s'engouffra dans un trou de la toiture, chargé d'herbes beaucoup plus longues que lui.

« À mon avis, c'est du 1910 ! déclara Alice. Regarde comme les murs sont épais. » Cela se voyait par la vitre brisée d'une fenêtre du premier étage, juste au-dessus d'eux. Ne recevant aucune réponse, elle se déchargea de son sac à dos d'un haussement d'épaules, et le laissa basculer sur un tapis de jeunes orties qui s'efforçaient de digérer des boîtes de conserve rouillées et des gobelets en plastique. Elle recula d'un pas pour mieux voir le toit, et Jasper entra dans son champ de vision. Comme elle s'y était attendue, il avait le visage critique et souhaitait que cela se voie. Quant à elle, point n'était besoin de lui dire qu'elle arborait *son fameux air*, qu'il jugeait idiot. « Arrête », ordonna-t-il. D'une main brutale, il lui enserra durement le poignet. Il lui faisait mal. Elle lui fit face, sans le défier mais d'un air assuré, et dit, « Je me demande s'ils vont nous accepter ? », et il répondit, comme elle l'avait prévu, « La question est plutôt de savoir si *nous* les accepterons. »

Elle avait surmonté l'épreuve, cette douleur au poignet, et il la lâcha pour s'approcher de la porte. C'était une porte d'entrée solide, sûre d'elle, dans une petite rue latérale pleine de jardins de banlieue et de maisons confortables, où ne manquaient ni ardoises ni carreaux aux fenêtres.

« Pourquoi, mais *pourquoi* ? » protesta rageusement Alice, adressant sans doute sa question à l'univers, le cœur empli de souffrance à cause de cette maison si belle et prometteuse, que personne n'aimait. Elle suivit Jasper en traînant son sac à dos par une bretelle.

« Le profit, bien sûr », dit-il, et il pressa une sonnette qui resta muette. Il poussa la porte d'un coup sec, et ils entrèrent dans un grand vestibule sombre, d'où un escalier massif montait à un vaste palier, puis bifurquait hors de vue. Par terre dans un coin, une lampe tempête éclairait la pièce. D'une salle voisine provenait un bruit de batterie. Jasper ouvrit aussi cette porte-là, d'un geste décidé. Des couvertures masquaient les fenêtres, ne laissant passer aucune lueur. Un jeune Noir leva les yeux de ses caisses, les joues et les dents luisantes dans la lumière d'une bougie. « Salut », lança-t-il, tout en faisant jouer ses doigts et ses pieds de telle manière qu'il semblait danser assis, ou bien faire de la gymnastique sur un appareil spécial.

Ce garçon noir, souriant et jovial, qui avait l'air d'une publicité pour un centre de vacances dans les Caraïbes, frappa la sensibilité d'Alice comme une fausse note, et elle l'inscrivit dans un recoin de sa mémoire pour ne pas oublier sa première impression (d'angoisse ou même de peine), car tel était le premier message que ses nerfs recevaient de lui. Elle se surprit même à vouloir dire, « Ça va, bon, ne t'en fais pas ! » Mais Jasper l'interrogeait, « Où est Bert ? »

Le jeune Noir haussa les épaules avec nonchalance, souriant toujours, et ne fit pas même mine d'interrompre le jeu énergique de tout son corps. L'étreinte d'acier que la main de Jasper imposait à son bras entraîna Alice dans le vestibule, où elle observa, « Quelle puanteur !

— Bah, répondit Jasper, de cette voix gauche et conciliante où elle savait déceler une intention de tendresse, je suppose que tu vas y remédier. »

Sentant aussitôt l'avantage, elle répliqua, « N'oublie pas que tu viens de passer quatre années tranquilles. Tu ne vas pas trouver ça facile, maintenant.

— Ne viens pas me parler de tranquillité », dit-il, et il lui lança un coup de pied dans les chevilles. Pas fort, mais quand même.

Cette fois, elle le devança pour ouvrir une porte qui devait sûrement mener à la cuisine. Une scène de désolation s'étendait devant ses yeux. Pire encore, de danger : elle contempla les câbles électriques arrachés du mur et dénudés qui pendaient. La cuisinière avait été renversée par terre. Les fenêtres cassées avaient laissé entrer la pluie, et il y avait partout des flaques. Un oiseau mort gisait sur le sol. Il régnait une affreuse puanteur. Alice se mit à pleurer, de pure rage. « Les salauds, dit-elle. Les fumiers de salauds de fascistes. »

Ils savaient déjà que, pour empêcher l'installation de squatters, la mairie avait envoyé des ouvriers pour rendre les lieux inhabitables. « Ils n'ont même pas pris la peine de respecter les consignes de sécurité. Ils n'ont même pas... » Soudain prise d'énergie, elle se lança à l'assaut de toutes les portes. Deux installations sanitaires à cet étage : les cuvettes étaient colmatées au ciment.

Elle se mit à jurer, les joues ruisselantes de larmes. « Les salauds de fumiers, les dégueulasses, les sales porcs fascistes... » L'énergie de la haine l'envahissait, et l'effarement aussi, car jamais elle n'avait pu croire, même au plus profond d'elle-même, qu'un être humain, et à plus forte raison un membre de la classe ouvrière, pût obéir à l'ordre de détruire une maison. Dans ce recoin de son esprit qui restait perpétuellement incrédule, commença le monologue que Jasper n'entendait jamais, car il ne l'aurait pas permis. Mais ce sont des *gens*, des *gens* ont fait cela. Pour empêcher d'autres gens de vivre. Je ne peux pas y croire. Qui peuvent-ils être ? À quoi peuvent-ils bien ressembler ? Je n'ai jamais rencontré personne capable d'agir ainsi. Enfin, ce doivent être des *personnes*, comme Len, Bob et Bill, des *amis*. Et ils l'ont fait. Ils sont venus, et ils ont rempli les cuvettes des toilettes avec du ciment et arraché les fils électriques et coupé le gaz.

Immobile, Jasper la contemplait. Il était satisfait. Cette fureur d'énergie avait chassé *ce fameux air* qu'il détestait, quand elle paraissait tout entière miroitante et gonflée, comme si non seulement son visage mais son corps avaient été remplis de larmes prêtes à jaillir de sa peau.

Sans le consulter, elle s'élança dans l'escalier. Il la suivit lentement, en l'écoutant claquer les portes ; puis, n'entendant plus rien, il les ouvrit. Du palier du premier étage, ils découvrirent l'ordre, et non le chaos. Là, chaque pièce contenait des sacs de couchage, un ou deux, ou même trois. Des bougies ou des lampes tempête. Des chaises et des petites tables. Des livres. Des journaux. Mais il n'y avait personne.

9

À cet étage, l'odeur était forte. Elle venait d'en haut. À pas plus lents, ils gravirent l'escalier menant au second étage, très large, et affrontèrent de plein fouet une puanteur telle que Jasper eut un spasme de nausée. Le visage d'Alice s'était crispé dans une expression grave et hautaine. Elle ouvrit une porte à la volée, découvrant une série de seaux en plastique, remplis à ras bord de merde. Mais cette pièce avait été jugée suffisamment employée, et l'on avait commencé à en utiliser une seconde, où une dizaine de seaux multicolores attendaient.

Il y avait plusieurs autres chambres à cet étage-là, mais aucune n'était habitée. Aucune ne pouvait être habitée, tant l'odeur était forte.

Ils redescendirent l'escalier en silence, les yeux fixés sur les marches car des ordures traînaient partout, et la lumière passait très chichement à travers les vitres sales.

« Nous ne sommes pas venus pour vivre dans le confort, commença-t-il, devançant Alice. Nous ne sommes pas là pour ça.

— Je ne comprends pas, répondit-elle, comment on peut choisir de vivre ainsi. Alors que c'est si facile. »

Elle semblait amorphe, à présent ; l'incandescence de la fureur s'était éteinte.

Il s'apprêtait à lui faire un discours sur ses inclinations bourgeoises, elle s'en rendait bien compte ; mais la porte d'entrée s'ouvrit, et une silhouette d'aspect militaire apparut à contre-jour.

« Bert ! cria-t-il, et il dévala l'escalier quatre à quatre. Bert ! C'est Jasper... »

Alice eut une pensée maternelle, en entendant sonner cette voix joyeuse, C'est à cause de son salaud de père ; mais ce n'était là qu'une rêverie secrète, car Jasper ne lui permettait évidemment pas ce genre d'idées.

« Jasper », reconnut Bert, puis il s'efforça de distinguer Alice dans la pénombre.

« C'est Alice, dit Jasper. Je t'en ai parlé.

— Camarade Alice », articula Bert d'une voix brève, austère et pure, dogmatique, et la voix de Jasper se plia docilement. « Nous venons d'arriver, dit-il. Il n'y avait personne à qui se présenter.

— Nous lui avons parlé, là », ajouta Alice en les rejoignant, et elle désigna du menton la pièce d'où venait le bruit assourdi de la batterie.

« Ah, Jim », déclara Bert d'un ton méprisant. Il se dirigea d'un pas décidé vers une porte, l'ouvrit d'un coup de pied parce qu'elle n'avait plus de poignée, et y pénétra sans regarder si les autres le suivaient.

Cette pièce était aussi proche que possible de la normale. En refermant la porte, on aurait pu se croire dans le salon d'une maison ordinaire, bien que tout — les sièges, un canapé, le tapis — y fût sordide. L'odeur y était presque absente, mais il semblait à Alice qu'une pellicule invisible de puanteur s'accrochait à tout et qu'elle la sentirait, gluante, sur ses doigts si elle y touchait.

Bert se tenait légèrement penché en avant, immobile et les bras ballants, et il la dévisageait. Mais il ne la voyait pas, elle le savait. C'était un jeune homme brun et maigre, sans doute âgé de vingt-huit ou trente ans. Il avait le visage envahi de poils noirs, au milieu desquels luisaient des yeux sombres, une bouche rouge, et des dents blanches. Il arborait un jean bleu sombre tout neuf et raide, avec une veste bleu marine très ajustée et boutonnée jusqu'en haut, propre. Jasper portait un pantalon d'été en toile bleue et un tee-shirt de marin à rayures ; mais Alice savait qu'il serait bientôt habillé comme Bert, comme il en avait l'habitude. Il avait, sous une influence ou une autre, fait une brève escapade dans la frivolité.

Alice savait que les deux hommes allaient maintenant discuter sans se préoccuper d'elle, et elle se promit de veiller à ses propres intérêts, tout en regardant dans le jardin, où des ordures de toutes sortes s'amoncelaient jusqu'au niveau des fenêtres. Des moineaux s'affairaient sur les tas, creusant et grattant. Un merle perché sur un carton de lait la dévisageait. Derrière les oiseaux, elle aperçut un chat efflanqué, tapi sous un hortensia aux feuilles toutes neuves dont les fins diadèmes roses et bleus deviendraient des fleurs. Le chat l'observait aussi, avec des yeux brillants et affamés.

Bert ouvrit une armoire, et en tira une thermos grande comme un seau, et trois tasses.

« Oh, vous avez l'électricité, alors ? demanda-t-elle.

— Non. C'est un camarade de la rue à côté qui me la remplit tous les matins », dit-il.

11

Tout en suivant distraitement la scène, Alice remarqua comme Jasper surveillait la thermos, et regardait couler le café. Elle savait qu'il avait faim. Du fait de cette querelle avec la mère d'Alice, et du départ en ouragan sur fond de claquements de porte, il n'avait pas eu de petit déjeuner. Et il n'avait pas eu le temps de boire le café qu'elle lui avait monté. Elle songea, Mais c'est la ration de Bert pour la journée, et fit signe qu'elle en voulait seulement une demi-tasse. Qu'elle reçut, exactement comme elle l'avait spécifié.

Jasper engloutit sa tasse d'une traite, puis garda les yeux rivés sur la thermos. Bert ne s'en aperçut pas.

« La situation a changé, commença Bert, comme au cours d'une réunion. En fait, mon analyse était fausse. Je surestimais la maturité politique des cadres. Quand j'ai mis la question aux voix, la moitié d'entre eux ont voté contre et sont partis immédiatement d'ici. »

Jasper répondit, « Alors, ils n'auraient pas été sûrs. Bon débarras.

— Précisément.

— Quelle était la question ? » s'enquit Alice. Elle prenait sa « voix de réunion », car elle avait appris que c'était indispensable pour qu'on la prît au sérieux. À ses oreilles, cela sonnait faux, glacial, et elle en éprouvait toujours de l'embarras ; cela lui demandait un tel effort qu'elle paraissait indifférente, presque distraite. Cependant, ses yeux scrutaient de manière aiguë la scène qui se déroulait devant elle : Bert, qui la regardait ou, plus exactement, étudiait ce qu'elle avait dit ; et Jasper, qui contemplait la thermos. Soudain, incapable de se retenir davantage, il tendit la main vers la bouteille. « Excuse-moi », dit Bert, et il la poussa vers lui.

« Tu sais très bien quelle était la question, lança Jasper aigrement. Je te l'ai dit. Nous allons nous joindre à l'I.R.A.

— Tu veux dire, reprit Alice, que vous avez *voté* pour savoir s'il fallait se joindre à l'I.R.A. ? » Elle paraissait essoufflée : Bert y déchiffra de la peur, et riposta avec un mépris accablant, « Morts de trouille. Ils ont filé comme des lapins. »

Alice insista, « Comment était formulée la question ? »

Bert répondit, après un instant de réflexion, « Que ce groupe devait entrer en contact avec la direction de l'I.R.A. pour offrir nos services comme section basée en Angleterre. »

12

Alice digéra la réponse, d'un air contracté à cause de l'effort qu'il lui en coûtait pour croire ce qu'elle entendait, et reprit, « Mais Jasper m'a dit que cette maison était C.U.C. — Centre de l'Union communiste ?

— Exact. C'est un squat C.U.C.

— Mais la direction du C.U.C. a-t-elle décidé d'offrir les services de tout le C.U.C. à l'I.R.A. ? Je ne comprends pas », ajouta-t-elle farouchement, plus du tout avec sa voix « politique » et Bert répondit, avec une désinvolture glaciale parce qu'il était mal à l'aise, elle le voyait bien, « Non.

— Alors comment une *section* du C.U.C. peut-elle offrir ses services ? »

Elle remarqua alors que Jasper tentait d'attirer l'attention de Bert, pour lui indiquer, « Ne t'occupe pas d'elle, va », et elle lui dama le pion. « Ce n'est pas logique. »

Bert admit, « D'une certaine façon, tu n'as pas tort. Ce point a fait l'objet d'une discussion. Il a été convenu que l'approche ne pouvait pas être faite par une section du C.U.C. en tant que telle, mais que ce serait néanmoins possible si un groupe du C.U.C. prenait contact avec eux en tant qu'individus associés.

— Mais... » Alice s'en désintéressa. Voilà qu'ils recommencent encore, se disait-elle. Ils gâchent tout. Elle reporta son attention sur le tas d'ordures, à moins d'un mètre derrière la vitre sale. Le merle était parti. Le malheureux chat reniflait les abords du tas, où grouillaient les mouches.

Elle demanda, « Que faites-vous, pour la nourriture ?

— Plats préparés.

— Ces ordures sont dangereuses, d'un point de vue sanitaire. Il doit y avoir des rats.

— C'est ce qu'a dit la police.

— Ils sont venus ?

— Oui, la nuit dernière.

— Ah, je vois. C'est pour ça que les autres sont partis.

— Non, dit Bert. Ils sont partis parce qu'ils ont eu la trouille. À cause de l'I.R.A.

— Qu'a dit la police ?

— Ils nous ont donné quatre jours pour partir.

— Pourquoi ne pas nous adresser à la mairie ? » protesta Alice, maussade, et, comme Jasper soupirait, « Bon, elle va recommencer », la porte s'ouvrit et une jeune femme entra. Elle avait des cheveux noirs et brillants, taillés par des mains expertes, des yeux noirs vifs, des lèvres rouges, et une peau très claire. Elle paraissait luisante et dure comme une cerise bien fraîche. Elle dévisagea attentivement Bert, Jasper, puis Alice, et Alice se sentit vraiment scrutée.

« Je m'appelle Pat, dit-elle. Bert m'a parlé de vous deux. » Puis, « Êtes-vous frère et sœur ? »

Aussitôt Jasper répliqua, « Non ! » d'un ton cinglant.

Mais Alice aimait bien que les gens se trompent, et elle déclara, « On nous prend souvent pour le frère et la sœur. »

Pat les observa de nouveau. Jasper s'agita un peu sous ce regard, puis se détourna, les mains dans les poches, comme pour paraître indifférent à une attaque.

Ils étaient tous deux blonds, avec des reflets roux dans des cheveux qui cherchaient à boucler et friser. Ceux de Jasper étaient très courts ; ceux d'Alice aussi, épais, sans façon ; elle les coupait elle-même. Tous deux avaient la peau rose et couverte de taches de rousseur. Les petits yeux bleus de Jasper étaient entourés de cercles blancs et creux, ce qui lui donnait un air candide et angélique. Il était très mince et portait des vêtements moulants. Quant à Alice, elle était dodue, avec quelque chose d'informe. Avant l'adolescence, les filles de douze ou treize ans ont parfois la forme qui leur viendra plus tard, avec l'âge. Un groupe de femmes attendent le métro, sur un quai. Des femmes d'âge déjà mûr, avec des cabas, qui bavardent. Des femmes de petite taille, dirait-on ? Non, ce sont des filles d'une douzaine d'années. Quarante années d'une vie de femme les animeront, avant de les abandonner telles qu'elles sont à présent, lourdes et circonspectes, anxieuses de plaire. Alice pouvait passer pour une fillette trop grosse et maladroite, ou bien pour une femme de cinquante ans, mais jamais elle ne paraissait son âge, trente-six ans. Cette fois, ce fut une gamine qui rendit son regard à Pat, avec une curiosité amicale dans ses petits yeux bleu-gris ombragés de cils blonds.

« Eh bien, demanda Pat en s'avançant vers la fenêtre pour s'arrêter à côté d'Alice, vous a-t-on dit que cette exquise petite communauté était bonne pour la casse ? »

Elle semblait beaucoup plus vieille qu'Alice, et avait dix ans de moins. Elle offrit une cigarette à Alice, qui la refusa, et fuma la sienne avec avidité.

« Oui, je disais, pourquoi ne pas négocier avec la mairie ?

— Je t'ai entendue. Mais ils préfèrent leur crasse romantique.

— Romantique, répéta Alice, dégoûtée.

— C'est vraiment contraire à tous les principes, de négocier avec les autorités, observa Bert.

— Tu veux dire que cette communauté va disparaître ? » demanda soudain Jasper, tellement comme un petit garçon qu'Alice regarda vite à la ronde si quelqu'un l'avait remarqué. Oui : Pat, qui portait sa cigarette à ses lèvres, entre deux doigts, l'éloignait, puis la rapprochait, afin de pouvoir aspirer, exhaler, aspirer, exhaler. Elle observait Jasper. Le jaugeait.

Le cœur étreint d'une souffrance douce et familière, Alice se hâta de répliquer au nom de Jasper, « Ce n'est pas contraire à mes principes. Je l'ai fait souvent.

— Ah oui, vraiment ! dit Pat. Tu l'as déjà fait ? Moi aussi. Où ?

— À Birmingham. Nous sommes allés à la mairie, à sept, au sujet d'une maison qui devait être démolie. Nous avons payé le gaz, l'électricité et l'eau, et nous y sommes restés treize mois.

— Bravo.

— Et à Halifax, j'ai passé six mois dans un squat négocié. Et quand j'habitais à Manchester — j'étais à l'université —, il y avait une maison pleine d'étudiants, nous étions près d'une vingtaine. Tout avait commencé par un squat, et puis la mairie a accepté un compromis, et c'est devenu un foyer d'étudiants. »

Les deux hommes avaient interrompu leur discussion pour écouter. Jasper avait une nouvelle fois rempli sa tasse. Bert fit signe à Pat que la thermos était vide, et elle hocha la tête tout en écoutant Alice.

« Pourquoi n'allons-nous pas à la mairie ? » Alice s'adressait directement à Pat.

« Je le ferais volontiers. Mais je pars. » Alice vit le corps de Bert se raidir, tandis qu'il gardait un silence fâché.

Pat ajouta à l'adresse de Bert, « Je te l'ai dit hier soir, que je partais. »

Alice avait compris que ce n'était pas uniquement politique. Elle

15

voyait qu'une relation personnelle se brisait à cause d'une question politique. Son instinct refusait vigoureusement cela. Elle songea involontairement, Quelle absurdité de laisser la politique bouleverser une relation personnelle ! Ce n'était pas vraiment son opinion : mise au défi, elle ne l'aurait pas soutenue. Mais ce genre de pensées lui traversait souvent l'esprit.

Pat reprit, s'adressant au visage à demi détourné de Bert, « Qu'est-ce que tu imaginais donc, bon Dieu ? À une réunion ordinaire comme celle-là — deux d'entre eux qui venaient de l'extérieur, et dont nous ne savions rien. Nous ne savons rien non plus du couple qui est arrivé la semaine dernière. Et Jim était dans la pièce, alors qu'il n'appartient même pas au C.U.C. ! Et brusquement, tu proposes cette résolution.

— Ce n'était pas brusquement.

— Quand nous en avions discuté, avant, nous avions décidé de procéder à des approches individuelles. D'en parler avec des individus séparés, en faisant attention. »

Sa voix était chargée de mépris. Elle dévisageait son amant — sans doute — comme s'il avait été bon pour la poubelle.

« Tu as changé d'avis, en tout cas, répondit Bert, dont les lèvres rouges luisaient de colère dans sa barbe en broussaille. Tu convenais avec moi que la position logique, à ce stade, consistait à rejoindre l'I.R.A.

— C'est la seule attitude correcte, intervint Jasper. L'Irlande est le haut lieu de l'agression impérialiste.

— Je n'ai pas changé d'avis, rétorqua Pat. Mais si je décide de travailler avec l'I.R.A. ou quelqu'un d'autre, je veux savoir avec qui je travaille exactement.

— Tu ne nous connais pas, s'exclama Alice, avec une brusque souffrance en s'apercevant que Jasper et elle-même comptaient pour une part dans la rupture de ce couple.

— Ne te vexe pas, répondit Pat. Cela n'a rien de personnel. Mais en effet, oui. La première fois que j'ai entendu parler de vous, c'est quand Bert a rencontré Jasper au meeting du C.N.D., samedi dernier. Et je suppose que Bert ne t'avait même jamais vue !

— Non, reconnut Alice.

— Eh bien, je regrette, mais ce n'est pas la manière d'agir.

16

« — Je comprends ton point de vue », dit Alice.

Silence. Les deux jeunes femmes se tenaient à la fenêtre, dans le nuage odorant de la cigarette de Pat. Le murmure de la batterie de Jim leur parvenait comme un bruit de pluie.

Alice demanda, « Combien de personnes reste-t-il ici, maintenant ? »

Comme Pat ne disait rien, Bert finit par répondre, « Avec vous deux, sept. » Il ajouta, « En ce qui te concerne, Pat, je ne sais pas.

— Si, tu le sais très bien », riposta Pat, incisive et glaciale. Mais ils se défiaient du regard, à présent, et Alice songea, Non, il ne leur sera pas facile de se séparer. Elle hasarda, « Eh bien, si nous devons être sept, nous sommes déjà quatre rassemblés ici. Cinq si Pat... Où sont les deux autres ? Je veux l'accord de tout le monde, avant d'aller à la mairie.

— Les toilettes bouchées au ciment. Les fils électriques arrachés. Les tuyauteries démantelées, lança Bert sur un ton de sarcasme croissant.

— Ce n'est pas difficile à remettre, protesta Alice. Nous l'avons fait à Birmingham. La mairie avait tout saccagé. Ils avaient carrément démoli les toilettes. Arraché les canalisations. Rempli la baignoire de ciment. Entassé des ordures dans toutes les pièces. Nous avons tout nettoyé.

— Qui va payer ? » C'était Bert qui parlait cette fois.

« Nous.

— Avec quoi ?

— Oh, boucle-la, intervint Pat. Nous dépensons bien plus à acheter des plats préparés et courir partout pour prendre des douches ou des bains à droite et à gauche, que cela ne nous coûterait de payer l'électricité et le gaz.

— Voilà un point qui se défend, admit Bert.

— Et puis les flics nous lâcheraient les baskets », suggéra Alice.

Silence. Elle savait que certains — et elle soupçonnait Bert, mais non Pat, d'en faire partie — trouveraient cela navrant. Ils adoraient les heurts avec la police.

Bert observa soudain, « Bon, si nous voulons développer notre organisation, nous n'avons vraiment pas besoin d'avoir les flics sur le dos.

— Exactement, lança Pat. C'est ce que je disais. »

Nouveau silence. Alice vit que c'était à elle de jouer. Elle reprit, « Un petit détail. Dans ce district, il leur faut quelqu'un pour garantir le paiement de l'électricité et du gaz. Qui a du travail ?

— Trois des camarades qui sont partis hier soir.

— Des camarades ! ricana Bert. Des opportunistes de merde, oui.

— Ce sont d'excellents communistes, rétorqua Pat, et honnêtes. Il se trouve simplement qu'ils ne veulent pas travailler avec l'I.R.A. »

Bert se mit à rire d'un rire théâtral et silencieux, et Jasper l'imita.

« Nous sommes donc tous des assistés sociaux, conclut Alice.

— Alors inutile d'aller à la mairie », dit Bert.

Alice hésita, puis suggéra douloureusement, « Je pourrais demander à ma mère... »

À ces mots, Jasper éclata d'un rire entrecoupé de ricanements malveillants, le visage écarlate. « Sa mère, des salauds de bourgeois...

— Tais-toi, dit Alice. Nous avons vécu quatre ans chez ma mère, expliqua-t-elle d'une voix un peu essoufflée, mais équilibrée, qui lui parut hostile et froide. Quatre ans. *Bourgeois* ou non.

— Prenez les bourgeois pour en tirer le maximum, dit Jasper. Extorquez-leur tout ce que vous pouvez. Voilà ma politique.

— Oui, oui, bien sûr, admit Alice. Mais elle nous a quand même entretenus pendant quatre ans. » Puis, capitulant, « Bon, pourquoi ne nous aiderait-elle pas ? Elle est ma mère, quand même. » Ces derniers mots furent prononcés d'une petite voix douloureuse et tremblante.

« Très juste, observa Pat en la dévisageant d'un œil curieux. En tout cas, inutile de demander à la mienne, je ne l'ai pas vue depuis des années.

— Eh bien, alors ! dit Bert en se levant soudain pour s'approcher de Pat, fixant sur elle ses yeux noirs chargés de défi. Tu ne pars donc pas, finalement ?

— Il faut que nous en discutions, Bert », répondit-elle vite, et elle vint tout près de lui pour soutenir son regard. Il l'entoura de son bras et ils sortirent.

Alice examina la pièce. Avec un regard averti. Cette pièce avait été un salon. Confortable. La peinture n'était pas en trop mauvais état, les sièges et le canapé se trouvaient sans doute encore là où ils avaient été. Il y avait une cheminée, qui n'était même pas bouchée.

« Tu vas demander à ta mère ? Je veux dire, pour servir de caution ? » Jasper semblait perdu. « Et qui va payer pour tout ça ?

— Je vais demander aux autres s'ils veulent participer.

— Et s'ils ne veulent pas ? dit-il, connaissant le problème et heureux de partager avec elle ce moment d'amitié.

— Il y en aura qui refuseront, nous le savons. Mais nous nous débrouillerons. Nous y arrivons toujours, non ? »

Mais c'était là un appel trop direct à l'intimité. Il se réfugia aussitôt dans la critique, « Et qui va faire tout le travail ? »

Comme il le disait depuis maintenant quatorze ou quinze ans.

Dans la maison de Manchester qu'elle partageait avec quatre autres étudiants, elle avait été la mère de famille, faisant la cuisine, les courses, le ménage. Elle adorait cela. Elle avait passé une licence, mais n'avait même jamais tenté de trouver un emploi. Elle habitait encore là à l'arrivée de la fournée suivante d'étudiants, et elle était restée pour s'occuper d'eux. C'était là que Jasper l'avait trouvée, en venant un soir dîner. Lui-même n'était plus étudiant ; après des études médiocres, il n'était pas parvenu à trouver de travail, malgré ses efforts réticents. Il resta dans la maison, sans y habiter officiellement, mais simplement en qualité d' « invité » d'Alice. Après tout, c'était uniquement grâce aux efforts d'Alice que l'endroit était devenu une maison d'étudiants : avant, ce n'était qu'un squat. Et Jasper ne partait pas. Elle savait qu'il était devenu dépendant d'elle. Mais depuis lors, il n'avait jamais cessé de se plaindre qu'elle vivait en domestique, et qu'elle gâchait sa vie pour les autres. Tandis qu'ils allaient de squat en squat, et de communauté en communauté, le schéma restait le même : elle s'occupait de lui, et il se plaignait qu'elle se faisait exploiter par les autres.

Chez la mère d'Alice, il avait dit la même chose, « Elle t'exploite. Tu fais la cuisine et les courses. Pourquoi ? »

« Nous n'avons que quatre jours, observa Alice. Je ferais mieux de me remuer. » Sans le regarder, elle passa devant lui et sortit dans le vestibule. Elle tira son sac à dos dans la pièce où Jim jouait de la batterie, et lui dit, « Garde un œil là-dessus, camarade. » Il

19

acquiesça. Elle reprit, « Si j'obtiens la permission de la mairie pour que nous restions, partageras-tu les frais ? »

Il laissa retomber ses mains. Son visage rond et jovial se rida douloureusement, et il répondit, « *Ils* ne veulent pas que je reste.

— Pourquoi ?

— Oh, merde, moi je ne m'occupe pas de politique. Je veux simplement vivre. » Il ajouta, sans conviction, « J'étais là le premier. Avant vous tous. C'était un endroit à moi. Je l'ai trouvé. Je disais à tout le monde, oui, venez, entrez, les gars, c'est Liberty Hall.

— Ce n'est vraiment pas juste, admit Alice aussitôt.

— Je vis ici depuis huit mois. Huit mois et les flics ne l'ont jamais su. Personne ne le savait. Je me tenais à carreau et je m'occupais de mes affaires à moi, et puis brusquement... » Il pleurait. Des larmes scintillantes rebondissaient sur ses joues noires et éclaboussaient la batterie. Il les essuya d'un revers de main.

« Bon, décida Alice, ne t'inquiète pas, je vais mettre le problème à l'ordre du jour. »

Elle songea, en quittant la maison, que tous ces seaux de merde, là-haut, ce devait être Jim qui les avait remplis, presque tous. Elle se dit, Si je ne fais pas pipi maintenant, je vais... Elle n'aurait pas pu se résoudre à monter employer l'un de ces seaux. Dans la station de métro, elle entra aux toilettes, se lava le visage et se brossa les cheveux devant un miroir, puis alla prendre un train pour gagner la station la plus proche de chez sa mère ; là, elle fit la queue devant une cabine téléphonique.

Trois heures après être partie de chez sa mère en hurlant des insultes, elle composa son numéro.

La voix de sa mère. Neutre. En l'entendant, Alice se sentit submergée d'affection, et elle décida de lui proposer de faire en route quelques courses pour elle.

« Allô, maman, c'est Alice. »

Silence.

« C'est Alice. »

Nouveau silence. « Que veux-tu ? » La voix neutre, plate.

Transportée par un élan chaleureux, afin de surmonter les obstacles au nom de tous, Alice expliqua, « Maman, il faut que je te parle. Tu vois, il y a une maison. Je pourrais convaincre la mairie de nous laisser rester en squat agréé, tu sais, comme à Manchester ? Mais il nous faut quelqu'un pour garantir le paiement du gaz et de l'électricité. »

Elle entendit un marmonnement inaudible, puis, « C'est incroyable !

— Maman, écoute, nous voulons simplement ta signature. C'est nous qui paierons. »

Un silence, un soupir, puis la ligne fut coupée.

Étincelant maintenant de franche colère, Alice composa à nouveau le numéro. Elle écouta longuement retentir la sonnerie en se représentant la cuisine où elle sonnait, la grande cuisine accueillante, avec ses hautes fenêtres resplendissantes (elle les avait nettoyées la semaine dernière avec un tel plaisir), et la longue table où, elle le savait, sa mère était assise en ce moment même, à écouter le téléphone. Au bout d'environ trois minutes, sa mère effectivement décrocha, et déclara, « Alice, je sais que c'est inutile de le dire. Mais je vais le dire quand même. Une fois de plus. Il faut que je m'en aille d'ici. Tu comprends ? Ton père ne veut plus payer les factures. Je n'ai pas les moyens d'habiter ici. Je vais avoir du mal à m'entretenir moi-même. Comprends-tu, Alice ?

— Mais tu as tous ces riches amis. » Nouveau silence. Puis d'une voix maternelle, affectueuse, Alice se mit à lui faire la leçon, « Pourquoi n'es-tu pas comme nous, Maman ? Nous *partageons* ce que nous avons. Nous nous aidons l'un l'autre quand nous avons des ennuis. Ne vois-tu donc pas que ton monde à toi s'écroule ? Le temps de la bourgeoisie riche et égoïste a pris fin. Vous êtes condamnés...

— Je n'en doute pas », interrompit la mère, et Alice sentit aussitôt une pure et chaude affection l'envahir, car la bonne vieille note d'ironie réconfortante réapparaissait dans la voix de sa mère, la neutralité vide et morte avait disparu. « Mais il faudra bien que tu finisses par comprendre que ton père n'est plus disposé à partager ses fameux gains mal acquis avec Jasper et tous ses amis.

— Bon, il est au moins disposé à reconnaître qu'ils sont mal acquis », répondit Alice avec ardeur.

Soupir. « Va-t'en, Alice, dit sa mère. Va-t'en. Je ne veux plus te voir. Je ne veux plus t'entendre. Essaie de comprendre qu'on ne peut pas dire aux gens tout ce que tu m'as dit ce matin, et puis revenir comme si de rien n'était, avec un grand sourire, pour demander une nouvelle aumône. »

La ligne fut coupée.

Alice resta immobile, frappée de stupeur, la tête emplie d'ombres et de lumières étourdissantes. Derrière elle dans la file d'attente, quelqu'un lança, « Si vous avez fini... » et la bouscula pour prendre sa place, puis commença à composer un numéro.

Alice se retrouva sur le trottoir dans un état second, et se mit à errer sans but dans le périmètre de cette place, maintenant entourée d'une haute enceinte en tôle, où si récemment encore il y avait eu un marché animé, plein de gens qui vendaient et achetaient. Elle-même avait tenu un étal l'été dernier, où elle avait d'abord vendu des gâteaux, des biscuits, et des bonbons, puis de la soupe chaude et des sandwiches. De la nourriture saine, entièrement préparée à la farine complète et au sucre brun, avec des légumes cultivés sans insecticides. Elle préparait tout cela dans la cuisine de sa mère. Puis les autorités avaient fait fermer tout le secteur. Pour construire encore un de leurs grands ensembles pourris, leurs foutus monstres dont personne ne voulait, sauf les gens qui gagnaient plein d'argent à les construire. La corruption. La corruption partout. Secouée de gros sanglots, elle sortit en titubant de l'énorme enclos métallique, qui évoquait la clôture d'un camp de concentration, en songeant que l'été dernier...

Une sonnerie stridente retentit. Une usine sans doute... une heure. Elle n'avait encore rien *fait*... Sur les longues marches qui menaient à la bibliothèque publique, elle s'essuya le visage, et força ses yeux à regarder au-dehors, et non plus au-dedans. C'était une belle journée. Le soleil resplendissait. Le ciel était plein de nuages blancs galopants, et le bleu semblait rayonner de promesses.

Elle retourna dans le métro et composa le numéro personnel de son père, à son bureau.

Il décrocha aussitôt.

« C'est Alice.

— La réponse est *non*.

— Tu ne sais même pas ce que j'allais dire.

— Dis-le.

22

— Je voudrais que tu te portes garant pour nos dépenses d'électricité et de gaz. C'est pour un squat.

— Non. »

Elle raccrocha, de nouveau en proie à une fureur noire. Son énergie la ramena à la surface, et la porta jusqu'à l'extrémité de l'avenue, devant un grand immeuble un peu en retrait, avec un perron. Elle gravit les marches quatre à quatre, et pressa un bouton, sans relâche, jusqu'à ce qu'une voix, pas celle qu'elle avait espérée, réponde, « *Sì ?*

— Oh, bon Dieu de merde, la bonne », s'exclama Alice. Puis, « Où est Theresa ?

— Elle travaille.

— Ouvrez-moi. Laissez-moi entrer. »

Alice poussa la porte si violemment, en entendant le mécanisme d'ouverture se déclencher, qu'elle faillit tomber dans le hall, puis elle grimpa bruyamment les quatre étages d'un escalier recouvert d'épais tapis, et arriva devant une porte où une femme brune et trapue l'attendait.

« Laissez-moi entrer », déclara farouchement Alice en la bousculant, et la femme espagnole ne répondit rien, se contentant de la regarder en cherchant les mots qu'il fallait dire.

Alice se précipita dans le salon où elle avait passé tant de moments avec son amie Theresa, son amie depuis qu'elle, Alice, était née. La douce et gentille Theresa. Une vaste pièce calme et ordonnée, avec de grandes fenêtres donnant sur un jardin... Elle resta un moment à reprendre son souffle. J'arracherai ces tableaux, se disait-elle, je les vendrai, je prendrai tous ces petits *netsukés*, que valent-ils ? Je casserai tout...

Elle se jeta sur le téléphone et appela le bureau. Mais Theresa était en conférence.

« Appelez-la, ordonna Alice. Appelez-la immédiatement. C'est urgent. Dites-lui que c'est Alice. »

Elle ne doutait pas un instant que Theresa viendrait. Et elle vint.

« Qu'y a-t-il, Alice ? Que t'arrive-t-il ?

— Je veux que tu te portes garant pour nos dépenses. C'est un squat. Non, non, tu n'auras rien à payer, jamais. Juste une signature.

— Alice, je suis au beau milieu d'une conférence.

23

— Je me fous de ta saloperie de conférence. Je veux que tu te portes garant pour notre gaz et notre électricité.

— Pour toi et Jasper ?

— Oui. Et d'autres.

— Je suis navrée, Alice. C'est non.

— Qu'est-ce que tu reproches à Jasper ? Pourquoi me dis-tu non ? Pourquoi ? Il te vaut bien. »

Theresa répondit, avec son calme et son humour habituels, « Non, Alice, il ne me vaut pas. Loin de là. En tout cas, c'est ainsi. Non. Mais je te donnerai cinquante livres sterling si tu passes.

— Justement, je passe : je *suis* chez toi. Mais je ne veux pas de tes cinquante livres de merde.

— Eh bien, alors, je regrette, ma petite Alice.

— Cinquante livres, c'est ce que tu dépenses pour une robe. Pour un *repas*.

— Tu as partagé le repas, non ? Voyons, c'est ridicule. Je regrette, mais je suis occupée. Tous nos acheteurs sont là, venus de partout.

— Ce n'est absolument pas ridicule ! Quand m'as-tu vue dépenser cinquante livres pour un repas, *moi*, dis ? Si ma mère veut dépenser cinquante livres pour nourrir tous ses salauds d'amis riches, et que je fasse la cuisine, cela ne veut pas dire...

— Écoute, Alice, si tu veux venir discuter ce soir, tu es la bienvenue. Mais il faudra que ce soit tard, parce que je vais travailler au moins jusqu'à onze heures.

— Tu... tu... vous n'êtes tous que des sales cons bourrés de fric », répondit Alice, soudain abattue.

Elle raccrocha et allait s'en aller, quand elle se souvint : elle alla dans la salle de bains, où elle se soulagea, se lava à nouveau le visage avec soin, et se brossa les cheveux. Elle avait faim. Elle se rendit dans la cuisine, et s'y prépara un énorme sandwich. Lisa la suivit et resta dans l'encadrement de la porte pour l'observer, les mains jointes sur le manche d'un plumeau, comme en prière. Un visage mat, empreint de patience et de lassitude. Elle entretenait sa famille à Valence, d'après Theresa. Elle regarda Alice dévorer du pâté et du saucisson sur d'épaisses tranches de pain. Puis elle la regarda fureter dans le réfrigérateur et en sortir un reste de riz épicé, qu'elle mangea à la cuillère, debout.

Puis elle lança « *Ciao* », et s'entendit répondre, en partant, « *Buenas dias, señorita.* » Quelque chose dans sa voix, une intonation critique, ralluma la colère d'Alice, qui redescendit l'escalier en courant et se retrouva sur le trottoir.

Il était plus de deux heures.

Ses pensées tourbillonnaient. Jasper, pourquoi le détestaient-ils tous ainsi ? C'était parce qu'ils le redoutaient. Redoutaient sa vérité... Elle s'aperçut qu'elle avait marché jusqu'à un arrêt d'autobus, d'où elle pourrait se rendre directement à la mairie. En montant dans le véhicule, elle redevint soudain froide, concentrée, attentive.

Elle répétait intérieurement ses précédentes négociations, couronnées de succès. Tout dépendrait pour une large part de la personne qu'elle verrait, elle le savait... la chance... Bah, elle avait déjà eu de la chance avant. Et puis, d'ailleurs, ce qu'elle proposait était raisonnable, dans l'intérêt de tout le monde — les contribuables, le public.

Dans la grande salle remplie de bureaux, de gens, et de téléphones, elle se trouva assise en face d'une fille plus jeune qu'elle, et sentit aussitôt qu'elle avait de la chance. Mary Williams arborait un badge « Sauvez les baleines » sur la poitrine, et la forme élancée de l'animal procura à Alice un sentiment de douceur protectrice. Mary Williams était quelqu'un de bien, comme elle-même, comme Jasper, comme tous leurs amis. Elle comprendrait.

Alice lui communiqua l'adresse de la maison avec assurance, lui exposa son cas et attendit, pendant que l'employée pressait quelques boutons, puis que le dossier arrivait sur la table, entre elles deux.

« Prévue pour la démolition », annonça Mary Williams, et elle sourit paisiblement, n'ayant plus rien à dire.

Alice ne s'était pas attendue à cela. Elle ne pouvait plus parler. Le chagrin l'avait envahie, peu à peu métamorphosé en fureur. Le visage que voyait Mary Williams s'enfla et étincela, et elle finit par demander gauchement, balbutiant presque, « Voyons, voyons, qu'y a-t-il ?

— On ne peut pas la démolir. C'est impossible », déclara Alice, d'une voix vide et blanche. Puis, explosant de rage, « C'est une maison magnifique, parfaite ! Comment peut-on la démolir ? C'est un ignoble scandale.

— Oui, je sais que parfois... », se hâta de dire Mary Williams. Elle soupira. Le coup d'œil qu'elle lança à Alice était suppliant : pas de scène, je vous en prie, Alice le vit, vit que les scènes n'étaient pas rares dans ce bureau.

Elle reprit, « Il doit y avoir une erreur. Ils ne peuvent pas avoir le droit de détruire une maison pareille... L'avez-vous vue ? C'est une bonne maison. Un bon endroit...

— Je crois qu'ils envisagent d'y construire des immeubles.

— Naturellement ! Quoi d'autre ? »

Les deux jeunes femmes se mirent à rire, les yeux dans les yeux.

« Attendez », suggéra Mary Williams ; et elle alla se renseigner, tenant à la main la feuille qui contenait tous les renseignements relatifs à la maison. Elle resta un moment devant un bureau occupé par un homme, à l'extrémité de la salle, puis revint annoncer, « Il y a eu beaucoup de plaintes concernant l'état de la maison. Et provenant de la police, en particulier.

— Oui, c'est un fouillis effroyable, admit Alice. Mais ce sera nettoyé en deux temps trois mouvements. »

Là, Mary acquiesça, « Continuez ! » et Alice parla.

Parla de la maison. De sa taille, de sa solidité, de sa situation. Déclara qu'à part quelques ardoises, la structure était bonne. Déclara qu'il s'en fallait de très peu pour qu'elle soit habitable. Elle parla du squat de Birmingham, et de l'accord conclu pour la location ; de Manchester, où un taudis promis à la démolition avait été récupéré, pour devenir officiellement un foyer d'étudiants.

« Je ne dis pas que cela ne pourrait pas se réaliser », dit Mary.

Elle réfléchissait en écoutant, tandis que son stylo griffonnait tout un édifice de cellules, comme des alvéoles d'abeilles. Oui, Alice le savait, Mary était une fille bien, elle épousait leur cause. Même si Mary n'avait pas le même style, avec sa petite jupe sombre et son petit chemisier strict, avec son soutien-gorge soulignant l'humble poitrine sur laquelle caracolait la baleine, queue en l'air, noire sur la mer bleue, néanmoins, la masse moelleuse de cheveux bruns qui lui retombaient en boucles sur le front, et ses mains blanches potelées, donnaient à Alice un sentiment de chaleur et de sécurité. Elle savait que si Mary pouvait s'en mêler, tout irait bien.

« Attendez une minute », dit Mary, et elle retourna conférer avec son collègue. Cette fois, l'homme observa longuement Alice, et Alice se laissa observer avec confiance. Elle savait à quoi elle ressemblait : la jolie fille de sa mère, avec ses cheveux courts et bouclés, soigneusement brossés, son visage blanc et rose légèrement taché de son, et son regard bleu-gris, bien ouvert. Une fille de la bourgeoisie, pleine d'assurance, connaissant les ficelles, se tenait sagement sur le siège et, même si elle arborait une lourde vareuse militaire bleu marine, on voyait au-dessous une blouse rose et blanche à fleurs.

Mary Williams revint et annonça, « Pour les maisons, c'est mercredi que seront prises les décisions.

— La police nous a donné quatre jours pour partir.

— Eh bien, je ne vois pas ce que nous pouvons faire de plus.

— Tout ce qu'il nous faut, c'est un papier certifiant que l'affaire est à l'étude en ce moment, pour montrer à la police. C'est tout. »

Mary Williams ne répondit rien. À son attitude, et à son regard — qui évitait celui d'Alice —, il apparaissait soudain qu'elle était très jeune, et qu'elle avait sans doute peur pour son emploi.

Il y avait en elle une sorte de conflit, Alice s'en rendait bien compte : ce n'était pas seulement le problème d'une fonctionnaire qui n'aimait pas toujours le travail qu'on lui faisait faire. Quelque chose de personnel bouillonnait en Mary Williams, lui donnant ce petit air entêté, mécontent. Et cela l'amena à se lever une troisième fois, pour aller consulter son collègue, qui avait la responsabilité de dire oui ou non.

« Vous vous rendez bien compte, déclara Mary Williams, parlant pour son collègue, que cette lettre dirait uniquement que l'affaire est à l'ordre du jour pour mercredi ? »

Prise d'une subite inspiration, Alice répondit , « Pourquoi ne venez-vous pas la voir ? Vous et... ?

— Bob Hood. Il est bien. Mais c'est lui qui...

— Oui, oui, coupa Alice. Mais pourquoi ne viendriez-vous pas voir la maison, tous les deux ?

— Les maisons, oui — je crois que Bob les a vues, mais il y a déjà un certain temps —, oui, peut-être que nous devrions y aller. »

Mary écrivait les mots qui — Alice en était sûre — sauveraient la maison. Pour aussi longtemps qu'Alice et les autres en auraient besoin. La sauveraient peut-être même définitivement, pourquoi pas ? Le feuillet fut glissé dans une enveloppe à l'en-tête du Service du logement, et Alice la prit.

« Avez-vous le téléphone, dans la maison ?

— Il a été arraché. » Alice fut tentée de décrire l'état de la maison : le ciment dans les toilettes, l'installation électrique saccagée, tout ; mais son instinct la retint. Car elle savait, certes, que cette fille, Mary, serait révoltée, écœurée, comme n'importe qui d'autre pouvait l'être, à l'idée qu'on pût de sang-froid endommager ainsi une maison, mais ces dommages étaient l'œuvre de l'administration, et Mary faisait partie de l'administration. Il ne fallait rien faire qui pût exciter cette implacable bête, la bureaucratie.

« Quand dois-je vous rappeler ? demanda-t-elle.

— Jeudi. »

C'était le jour où la police avait promis de les jeter dehors.

« Vous serez ici, jeudi ?

— Sinon, c'est Bob qui prendra la communication. »

Mais Alice savait qu'avec Bob, les choses n'iraient pas si bien.

« C'est une simple routine, expliqua Mary Williams. Ou bien ils démoliront les maisons tout de suite, ou bien ils retarderont l'échéance. Ils l'ont déjà retardée plusieurs fois. » A ce point, elle offrit à Alice un sourire complice, et ajouta, « Bonne chance.

— Merci. A bientôt. »

Alice sortit. Il n'était que cinq heures. En une journée elle l'avait fait. En huit heures.

Dans la douceur printanière de l'après-midi, tout était en mouvement, les nuages de teinte pastel, les feuilles toutes nouvelles des arbres, les surfaces scintillantes des gazons ; et quand elle parvint dans sa rue, elle la trouva remplie d'enfants, de chats et de jardiniers. Ce spectacle de banlieue bourgeoise provoqua en elle un spasme de violente dérision, comme une menace secrète contre tout ce qu'elle voyait. En même temps, parallèlement à cette émotion, et ne l'affectant en rien, circulait un autre courant, de frustration, d'envie de s'intégrer.

Elle s'arrêta sur le trottoir. Du sommet de sa maison, un unique jet jaune retombait en éclaboussures sur les ordures qui remplissaient le jardin. De l'autre côté de la haie, dans le jardin de la maison voisine, une femme contemplait la maison de la honte, avec un transplantoir à la main, chargé de plants aux racines terreuses. Elle s'exclama, « C'est dégoûtant, j'ai appelé la mairie ! »

— Oh, *non !* s'écria Alice. Non, je vous en prie... » Mais, en voyant l'expression dure de la femme, elle dit, « Écoutez, j'arrive à l'instant de la mairie. Tout ira bien, nous négocions.

— Et toutes ces ordures, alors, hein ! » rétorqua la femme, plus qu'elle ne le demanda. Elle tourna le dos à Alice, et se pencha vers la terre odorante pour repiquer ses plants.

Alice arriva à sa porte dans un tumulte d'identification passionnée avec cette maison en butte aux critiques, et de colère contre le responsable de ce jet indécent — probablement Jasper ; elle ressentait aussi le très vif besoin d'entamer aussitôt le travail de remise en état.

La porte ne bougea pas quand elle la poussa pour l'ouvrir. En proie à une fureur brûlante, elle se mit à cogner sur la porte en hurlant, « Tu oses — comment oses-tu me fermer la porte au nez ? » tout en voyant la voisine se redresser pour contempler la scène, par-dessus sa petite haie bien taillée.

Sa colère s'éteignit comme elle se disait, Il faut absolument faire quelque chose avec elle, il *faut* qu'elle soit de notre côté.

Elle offrit à la femme un rapide petit sourire conciliant, accompagné d'un signe de main qui ressemblait assez au frétillement de queue d'un chien honteux, mais la voisine se contenta de la dévisager, puis de lui tourner le dos.

Soudain la porte s'ouvrit et les doigts de Jasper lui encerclèrent le poignet. Dans le sourire glacial qui lui tordait le visage, Alice reconnut la peur. De qui ?

Comme il la tirait à l'intérieur, elle lui ordonna dans une sorte de hurlement assourdi, « Lâche-moi. Ne sois pas idiot.

— Où es-tu allée ?

— Où crois-tu que j'aie pu aller ?

— Qu'as-tu fabriqué toute la journée ?

— Oh, ferme-la », répliqua-t-elle en remuant son poignet pour rétablir la circulation, car il l'avait lâchée en voyant que des portes s'étaient ouvertes et que Jim, Pat, Bert, et deux jeunes femmes vêtues pareillement d'amples salopettes bleues et de gilets blancs bouffants les observaient d'un œil critique.

« Nous fermons toujours cette porte avec une barre à cause de la police », se hâta d'expliquer Bert sur un ton conciliant, et Alice songea, Bon, inutile de trop nous soucier de *lui*, tout en disant, « Ce n'était pas fermé ce matin, quand nous sommes arrivés. Et puis la police ne vient pas à ces heures-là, non ? » Elle parlait parce qu'il fallait dire quelque chose ; elle savait que sa crise de fureur devant la porte avait créé un effet malencontreux.

Les cinq autres la dévisageaient, le visage plongé dans l'ombre qui résistait à la lueur terne de la lampe tempête, et elle reprit, de son habituelle voix douce, « Je suis allée à la mairie, tout va bien.

— Comment cela, tout va bien ? » voulut savoir Bert, faisant valoir ses droits.

Alice annonça, « Puisque tout le monde est là, je voudrais qu'on en discute. Pourquoi pas maintenant ?

— Quelqu'un est contre ? » lança Jasper sur un ton de plaisanterie, mais en vérité il protégeait Alice, comme elle s'en rendit compte avec gratitude. Ils entrèrent tous les sept dans le salon, où régnait encore la pleine lumière du jour.

Les yeux d'Alice scrutaient anxieusement les deux filles inconnues. Comme pour ne pas perdre trop de temps avec cette affaire, elles se perchèrent sur les deux bras d'un vieux fauteuil crasseux. Elles partageaient une cigarette. L'une était une blonde aux traits doux, coiffée d'une queue de cheval avec des petits frisons tout autour du visage. Quant à l'autre, c'était une fille massive, plutôt une femme, avec de courtes boucles noires où brillaient quelques fils d'argent. Elle avait un visage solide, des yeux directs, et elle dévisageait fixement Alice, réservant son jugement. Elle annonça, « Voici Faye. Et moi, Roberta. »

Elle impliquait aussi qu'elles formaient un couple, mais Alice l'avait déjà remarqué.

« Alice. Alice Mellings.

— Eh bien, camarade Alice, tu ne laisses pas à l'herbe le temps de pousser. Pour ma part, j'aurais préféré qu'on commence par en discuter.

— C'est vrai, renchérit Faye. Je pense la même chose. J'aime bien savoir ce qui se dit en mon nom. » Elle parlait avec l'accent cockney et toute l'insolence d'une jolie fille, et Alice sut aussitôt que c'était un genre, une affectation, comme le faisaient tant d'autres. Elle se présentait comme une jolie gamine cockney, souriant à la ronde, et Alice la dévisagea, pour s'efforcer de voir ce qu'il y avait derrière.

Cette inspection aiguë, critique, mit Faye mal à son aise et, comme elle faisait la moue, Roberta se hâta d'intervenir, « À quoi nous trouvons-nous engagés, camarade Alice ?

— Oh, je vois, répondit Alice. On se planque. »

Roberta émit un bref ricanement amusé, rendant en quelque sorte hommage à la perspicacité d'Alice, et dit, « Tu as raison. Je tiens à rester un peu au calme, pendant quelque temps.

— Moi aussi, ajouta Faye. Nous touchons l'aide sociale à Clapham, mais inutile de demander comment. Moins on en dit, mieux c'est, conclut-elle coquettement avec un petit mouvement de tête.

— Et ce qu'on ne sait pas ne peut pas faire de mal, lança Roberta.

— Ne pose pas de questions, on ne te répondra pas de mensonges, reprit Faye.

— Mais la vérité dépasse la fiction, dit Roberta.

— On peut le dire et le répéter », termina Faye.

Leur petit numéro fit rire les autres avec bonne humeur. C'était aussi bon qu'un petit tour de music-hall : Faye la gamine cockney et sa partenaire. Roberta ne parlait pas cockney, mais elle avait une voix plaisante, avec une trace d'accent du Nord. Sa vraie voix ? Non, il s'agissait d'un effet recherché. Sans doute fabriqué du côté de Coronation Street.

« C'est l'une des raisons pour lesquelles nous ne voulons pas voir la police débarquer ici à tout moment, intervint Bert. Je suis heureux que la camarade Alice s'efforce de régulariser les choses. Poursuis ton rapport, camarade Alice. »

Bert aussi avait modifié sa voix. Alice y décelait par moments les élégantes intonations de quelque luxueuse *public school*, mais il l'avait déformée dans l'intention de paraître issu de la classe ouvrière. Malheureusement, il se laissait percer à jour.

Alice se mit à parler. (Sa voix datait de l'époque où elle fréquentait une école de filles du nord de Londres, un accent B.B.C. de base, correct, sans intonation spéciale. Elle avait été tentée de reprendre à son compte la voix de son père, originaire du nord de l'Angleterre, mais avait jugé cela malhonnête.) Elle se garda bien de leur dire qu'elle avait appelé sa mère et son père, mais annonça qu'elle pourrait obtenir cinquante livres sterling à brève échéance. Puis elle résuma sa visite au Service du logement de la mairie, tout en revoyant intérieurement l'expression du visage de Mary Williams, qui avait révélé à Alice que la maison leur serait accordée à cause d'un problème personnel, ou des convictions, de Mary. Mais tout ce qu'en dit Alice, le noyau de l'entretien avec l'employée de mairie fut, « Elle est réglo. Elle est de notre côté. C'est une fille bien.

— Tu veux dire que tu as quelque chose à montrer à la police ? » interrogea Jim et, quand Alice lui tendit l'enveloppe jaune, il en sortit le papier et le contempla longuement. Il était de ceux, Alice s'en rendait compte, dont le destin avait toujours été déterminé par des problèmes de papiers, de dossiers, de lettres officielles. La voix de Jim était authentiquement cockney.

Elle lui demanda soudain, « Tu es en liberté provisoire ? »

Jim posa sur elle un regard interloqué, puis défensif, puis mécontent. Son visage insouciant de gamin se ferma, et il répliqua, « Et alors ?

— Rien », dit Alice. Cependant, un regard à Faye et

32

Roberta suffit à lui faire comprendre qu'elles aussi devaient être en liberté provisoire. Ou pire. Oui, sûrement pire. En fuite ?

« Je ne savais pas que toi aussi, dit Bert. Je l'étais encore moi-même il n'y a pas si longtemps.

— Moi aussi », lança aussitôt Jasper, ne voulant pas être exclu. La voix de Jasper correspondait presque à ses origines. Il était le fils d'un notaire de province, dans les Midlands, qui avait fait faillite quand Jasper allait encore à l'école. Il avait fini sa scolarité grâce à une bourse. Jasper était très brillant, mais il avait considéré cette bourse d'études comme une aumône. Il débordait de haine contre son père, qui avait eu la bêtise de se lancer dans des investissements incertains. De même que Bert, il avait modifié son intonation bourgeoise et, avec des camarades de la classe ouvrière, il pouvait passer pour l'un d'eux, surtout dans les moments d'intensité émotionnelle.

Pat observa, « Il commence à faire sombre. » Elle se leva, gratta une allumette, et alluma deux bougies sur la cheminée, plantées dans d'assez beaux chandeliers en cuivre. Mais ils étaient encrassés. La lumière du jour parut se rétrécir, derrière les fenêtres, et ils se retrouvèrent tous les sept baignés dans une douce lumière jaune qui se répandait dans les profondeurs d'une haute pièce remplie d'ombres.

Alors, Pat posa un coude sur la cheminée pour prendre la situation en main. Dans cet éclairage romantique, avec ses vêtements militaires sombres, ses solides bottes noires, elle avait l'air — et elle le savait certainement — d'une femme guérillero, ou d'une femme-soldat. Cependant, la lumière accentuait le tracé délicat de son visage, de ses mains, et elle ressemblait en vérité davantage à l'image idéalisée d'un soldat sur une affiche de recrutement. Une Israélienne en tenue militaire, peut-être, avec un livre dans une main et un fusil dans l'autre.

« L'argent, dit Pat. Il faut que nous parlions d'argent. » Elle s'exprimait comme la moyenne bourgeoisie banale, mais Alice savait que ce n'étaient pas là ses vraies origines. Elle se donnait trop de mal.

« Très juste, acquiesça Jim. Je suis d'accord. »

La seule autre personne dans cette pièce, avec Alice, à parler de sa vraie voix, était Jim, l'authentique cockney.

« Cela nous coûtera plus cher, expliqua Bert, mais nous achèterons ainsi la paix et la tranquillité.

— Cela n'aura pas besoin de coûter plus cher, protesta Alice. D'abord, la nourriture nous reviendra moitié moins cher, peut-être même pas. Je le sais, j'en ai déjà fait l'expérience.

— C'est vrai, approuva Pat, moi aussi. Les plats préparés et les repas au-dehors coûtent les yeux de la tête.

— Alice est formidable pour nourrir les gens au plus bas prix », intervint Jasper.

Il était frappant d'observer que, tout en définissant chacun leur position, les cinq autres guettaient, peut-être sans le savoir, Roberta et Faye. Ou, plus exactement, Faye, qui restait là à regarder partout — le plafond, ses pieds, les pieds de Roberta, le sol — sauf dans leur direction, tout en fumant la cigarette qu'elle gardait serrée entre ses lèvres. Posée sur son genou, sa main tremblait. Elle donnait l'impression d'être entièrement prise par ce tremblement. Elle souriait pourtant. Mais ce n'était pas un sourire très convaincant.

« Juste un instant, camarades, lança-t-elle. Supposons que j'aime les plats préparés ? J'aime ça, figurez-vous. Supposons que j'aime aller bouffer dehors quand l'envie m'en prend ? Hein, qu'en dites-vous ? »

Elle se mit à rire et rejeta la tête en arrière, offrant — comme si sa vie en dépendait — une image d'insolente gamine cockney, telle qu'on en voit dans des centaines de films.

« Leurs arguments se tiennent, Faye », dit Roberta d'une voix neutre, pour éviter de provoquer son amie. Incapable de retenir ses coups d'œil nerveux, elle surveillait Faye.

« Oh merde, répondit Faye, accentuant le côté cockney car, ils s'en rendaient tous compte, elle redoutait sa propre colère. Hier, vu par moi, tout allait comme sur des roulettes, et maintenant, paf, terminé. Je n'aime pas qu'on organise ma vie pour moi, voyez ce que je veux dire ?

— Et elle a gagné », releva Bert d'un ton aristocratique et glacial, tout en souriant comme pour plaisanter. Il n'aimait pas Faye, et se souciait visiblement fort peu de le cacher.

Pat se hâta d'ajouter une note d'humour. « Eh bien, si tu ne veux pas participer, ne participe pas — engraisse-toi à nos frais ! »

C'était dit sans rancœur, et Pat parvint même à rire, dans l'espoir que Faye l'imiterait ; mais Faye secoua la tête, la fraîcheur délicate de son visage parut se faner, et ses lèvres blanchirent tandis qu'elle les serrait. La cigarette trembla convulsivement dans sa main, et la cendre se répandit.

« Attendez un peu, déclara Roberta. Calmez-vous. » Elle s'adressait apparemment aux cinq autres, qui dévisageaient Faye. Mais Faye savait qu'elle était visée. Elle se força à sourire.

« Ont-ils dit comment nous devrions payer ? s'enquit Roberta.

— Non, dit Alice, mais je connais plusieurs manières de procéder. À Birmingham, par exemple, il y avait une somme fixe, évaluée pour la maison entière, et destinée à couvrir le loyer et les impôts. Pour l'électricité et le gaz, nous payions séparément.

— L'électricité ! lança Faye. Qui veut payer l'électricité ?

— On ne paie pas du tout, expliqua Jasper, ou bien seulement la première facture. Alice connaît toutes les combines.

— Nous pouvons tous voir quelles sont les combines qu'Alice connaît, insinua Faye.

— Écoutez, reprit Pat, pourquoi ne pas attendre d'en savoir plus, pour continuer cette discussion ? S'ils font une évaluation pour le loyer et les impôts et qu'ils la déduisent de notre aide sociale, sur une base individuelle, cela conviendrait aux uns et pas aux autres. Moi, par exemple, je trouverais cela très bien.

— Mais pas moi, vois-tu ? répliqua Faye avec une feinte douceur.

— Et moi non plus, renchérit Roberta. Je ne veux pas devenir occupant légal de cette maison. Faye non plus.

— Non, Faye non plus, dit Faye. Hier j'étais libre comme l'air, je pouvais aller et venir. Je n'*habitais* pas ici, j'allais et venais, mais maintenant, tout d'un coup...

— Bon, l'interrompit Bert, exaspéré. Tu ne veux pas être comptée parmi nous, très bien.

— Est-ce un ordre de partir ? » demanda Faye avec un rire strident, et son visage se ratatina pour évoquer une autre Faye, pâle, affreuse, violente, prisonnière involontaire de la jolie gamine cockney.

Jim eut un rire fâché et leur rappela, « On m'a bien dit de partir ! Pourquoi pas Faye et Roberta aussi, après tout ? »

Faye retourna la force menaçante de sa pâleur contre Jim, et Roberta se hâta d'intervenir, « Personne ne s'en va. Personne. » Elle fixa son regard sur Jim. « Mais il faut que nous soyons très clairs sur ce que nous ferons ou ne ferons pas. Ce doit être établi *maintenant*. S'ils fixent une somme globale pour la maison, nous pourrons discuter de savoir qui paiera combien. S'ils nous assignent des charges à titre individuel, et que notre aide sociale doit être réajustée, alors non. Non. Non. » Le ton demeurait poli, mais tout juste.

« Je ne participerai pas, annonça Faye. Pourquoi devrais-je le faire ? J'aimais les choses telles qu'elles étaient.

— Comment pouvais-tu les aimer telles qu'elles étaient ? répliqua Bert. C'est une chose de les supporter, et une autre de les aimer. »

Et soudain ils surent que c'était Faye qu'ils guettaient tous nerveusement, Faye qui dominait tout.

Elle se redressa sur son siège, arc-boutée, tremblante, le regard étincelant, et, d'une voix qui n'avait plus rien à voir avec la jolie gamine cockney, elle articula, « Espèce de sales cons de pourris de nazis, espèce d'ordures fascistes, à qui voulez-vous faire la loi, hein ? à qui voulez-vous donner des ordres ? » Cette voix, surgie des ultimes profondeurs de Faye, ne pouvait s'expliquer que par d'atroces privations. Une voix dure, rauque, laborieuse, comme si les mots eux-mêmes s'étaient construits difficilement, et ne pouvaient plus être extraits qu'à la pelle, à grand-peine, en passant d'inimaginables obstacles du cerveau et de la langue. Quel accent était-ce ? D'où ? Ils la dévisageaient, par elle réduits au silence. Puis Roberta entoura d'un bras décidé les épaules tremblantes de son amie, et dit doucement, « Faye, Faye chérie, Faye, *Faye* », jusqu'à ce que la fille frémisse, soudain désarticulée, et s'effondre dans ses bras.

Silence.

« Quel est le problème ? » voulut savoir Bert, refusant de voir qu'il avait causé cette explosion de l'autre Faye. Ou d'*une* autre, parmi beaucoup ? « Si Faye ne veut pas participer, ce n'est pas grave. Ils fixent toujours des loyers très bas pour les squats, de toute façon. Et puis il viendra d'autres gens, bien sûr, pour remplacer les camarades partis hier. Simplement, il faudra bien leur faire comprendre les accords passés avec la mairie. »

À demi enfouie dans les bras de Roberta, Faye parut se soulever et se débattre, mais s'apaisa.

Alice leur fit remarquer, « Si nous ne régularisons pas la situation de cette maison, nous serons obligés de partir. Nous pouvons arranger les choses, c'est facile, mais pour que ça dure, il nous faut l'aide de la mairie. Il y a eu toutes ces plaintes. La femme d'à côté m'a dit qu'elle s'était plainte...

— Joan Robbins, intervint Faye. Cette salope fasciste. Je la tuerai. » Mais elle parlait de sa voix cockney, et non de l'autre, la vraie. Elle se redressa sur le siège, se dégagea de l'affectueuse étreinte de Roberta, et alluma une cigarette. Elle ne regardait pas les autres.

« Non, tu ne la tueras pas », souffla doucement Roberta. Elle réaffirma ses droits sur Faye en l'enveloppant de son bras. Faye se laissa faire, avec son petit hochement de tête insolent et un sourire.

« Franchement, c'est répugnant, insista Alice.

— C'était très bien jusqu'à ton arrivée », répondit Jim. Ce n'était là ni une plainte ni une accusation, plutôt une question. Il voulait dire, en vérité, Pourquoi est-ce donc si facile pour toi, et pour moi tellement impossible ?

« Ne t'inquiète pas, dit Alice en lui souriant. Quand tout sera nettoyé, nous serons exactement comme tous les autres gens de cette rue et, au bout de quelque temps, plus personne ne nous prêtera attention. Tu verras.

— Si tu veux gaspiller ton argent ! lança Faye.

— Nous devrons payer au moins la première facture d'électricité et de gaz. S'ils se laissent persuader de nous faire le branchement, intervint Pat.

— Bien sûr, qu'ils accepteront », dit Alice.

Pat ajouta, « Les compteurs sont encore là.

— Oui, ils ont oublié de les emporter, dit Jim.

— Et avec quoi paierons-nous ? lança Faye. Nous sommes tous au chômage, non ? »

Le silence tomba. Alice savait qu'avec un loyer très bas, il y aurait bien assez d'argent. Enfin, si seulement les gens avaient le moindre bon sens pour le dépenser. En vivant chez sa mère sans rien payer, elle et Jasper avaient perçu environ quatre-vingts livres d'aide sociale par semaine, à eux deux. Mais ils n'en avaient rien

37

économisé, parce que Jasper dépensait toute sa part et une bonne portion de celle d'Alice, qu'il lui réclamait sans cesse. « Pour le Parti », disait-il, ou pour n'importe quelle Cause du moment. Mais elle savait qu'il en consacrait l'essentiel à ce qu'elle se décrivait intérieurement, avec une certaine raideur, comme « sa vie émotionnelle ».

Elle savait également que, dans les communautés de ce type, il y avait les payeurs et les autres, et qu'on ne pouvait rien y faire. Elle savait que Pat paierait ; que Pat ferait payer Bert — tant qu'elle resterait. Les deux filles, par contre, ne céderaient pas un penny. Quant à Jim — bah, on verrait bien.

Elle déclara, « Une chose que nous pouvons faire tout de suite, c'est déboucher les cuvettes des toilettes. »

Roberta se mit à rire. D'un rire orchestré, visant à se faire remarquer.

Faye annonça, « Elles sont remplies de ciment.

— Elles l'étaient aussi dans les autres maisons que j'ai connues. Ce n'est pas difficile. Mais il nous faut des outils.

— Tu veux dire ce soir ? » interrogea Pat. Elle semblait intéressée, et admirative malgré elle.

« Pourquoi pas ? Il faut bien *commencer* », répondit farouchement Alice. Sa voix résonnait de toute l'intensité de son désir. Ils l'entendirent, le reconnurent, et cédèrent. « Ce sera loin d'être aussi difficile que vous l'imaginez. J'ai examiné les canalisations. Si les cuves avaient été remplies aussi, ce serait différent, elles auraient craqué, sans doute, mais ce n'est pas difficile de dégager les cuvettes.

— Les ouvriers ont cimenté le robinet de branchement, signala Bert.

— Illégal, protesta amèrement Alice. Si le Service des eaux le savait ! Y a-t-il des outils ?

— Non, dit Bert.

— Tu disais que tu avais un ami, près d'ici ? Il a peut-être des outils ?

— *Une* amie. Felicity. Son copain en a. Des outils électriques. Tout. C'est son métier.

— Nous pourrions le payer, alors. Et il pourrait aussi réparer l'installation électrique.

— Avec quoi que tu le payes ? gouailla Faye d'un ton chantonnant. Avec quoi que tu le payes, belle Alice, avec quoi ?

— Je vais aller chercher les cinquante livres sterling. Toi, va trouver ton copain. » Elle était à la porte. « Dis-lui, plomberie et électricité. D'abord la plomberie. S'il a un ciseau solide et un gros marteau, le mieux serait de commencer par les toilettes de l'entrée. Ce qu'il nous faudrait, c'est un maillet. Je reviens dès que je peux », cria-t-elle, et elle entendit Jasper, « Rapporte quelque chose à manger, je meurs de faim. »

Portée par les ailes du succès, Alice s'élança vers le métro et, pendant le trajet, rêva à la maison, l'imaginant propre et organisée. Elle courut dans l'avenue jusque chez Theresa. Ce fut seulement en entendant la voix d'Anthony qu'elle se souvint que Theresa rentrerait tard.

« C'est Alice, annonça-t-elle dans l'interphone.

— Entre. »

La voix pleine et mesurée d'Anthony, virile, lui rappela les ennemis qu'elle affrontait, et elle arriva devant leur porte, elle le savait, avec son fameux « petit air ».

« Bonsoir Alice, entre donc », lança-t-il avec une jovialité forcée, car elle était surtout l'amie de Theresa.

Elle entra, consciente de n'être pas la bienvenue. Anthony était en robe de chambre et tenait un livre à la main. Une soirée tranquille, songea-t-elle, voilà ce qu'il espérait. Bah, il peut bien m'en sacrifier dix minutes.

« Assieds-toi, je t'en prie. Tu veux boire quelque chose ?

— Non, je ne bois jamais. » Puis elle continua aussitôt, « Theresa m'a dit ce matin qu'elle me donnerait cinquante livres sterling.

— Elle n'est pas là. Elle a une de ses fameuses conférences.

— Je pensais que tu aurais pu me les donner. J'en ai absolument besoin. » Elle s'exprimait d'une voix farouche et coupante, accusatrice, et l'homme scruta cette jeune femme dressée contre lui dans son salon, en tenue quasiment militaire, les yeux gonflés de larmes et d'hostilité.

« Je n'ai pas cinquante livres sterling », répondit-il.

Un mensonge, reconnut aussitôt Alice, et elle darda sur lui un regard si plein de haine qu'il murmura, « Ma chère Alice, assieds-toi, je t'en prie. Je vais boire quelque chose quand même, si tu ne veux rien. » Il s'efforçait d'introduire un peu d'humour, mais elle le perçait à jour. Debout, elle regarda cet homme brun et massif lui tourner le dos pour aller se servir un whisky. Toute sa vie, lui sembla-t-il, l'image de cet homme, avec *son amie à elle*, Theresa, passant la nuit ensemble dans leur lit, nus, l'avait poursuivie, et elle sentit monter en elle une nausée.

Elle savait par sa mère que leur vie sexuelle était riche, variée et tempétueuse, en dépit des lourdes politesses humoristiques d'Anthony, et des sourires affectueux de Theresa. Chère Alice, ma petite Alice, mais *la nuit*... La nausée s'accentua.

Et elle songea, comme quand elle était petite, Mais ils sont si vieux ! En regardant le large dos vêtu d'épaisse soie grise, la tête lisse et brune, qui paraissait trop petite pour ce corps, elle se dit, Ils baisent toutes les nuits, et toute la nuit, depuis des années et des années.

Il se retourna soudainement vers elle, son verre à la main, ayant réfléchi à ce qu'il devait faire, et déclara, « Je vais appeler Theresa. Si elle n'est pas en pleine conférence... » Et il se dirigea d'un pas rapide et décidé vers le téléphone.

Alice parcourut du regard la grande pièce luxueuse. Elle se dit, Je vais prendre un de ces petits *netsukés* et filer, ils croiront que c'est leur Espagnole. Mais il revint à ce moment-là, annonçant, « Ils disent que c'est fini pour aujourd'hui. Elle est en route. Bon, eh bien je vais préparer quelque chose pour le dîner. Theresa est trop fatiguée pour s'en occuper, quand il y a des conférences. Excuse-moi. » Ravi de pouvoir s'esquiver, songea-t-elle et, comme il disparaissait dans la cuisine, la porte s'ouvrit. C'était Theresa. Alice ne la reconnut pas tout de suite, on aurait dit une femme d'un certain âge et recrue de fatigue, puis elle pensa, Elle paraît épuisée.

Theresa se tenait lourdement, le visage creusé de rides, et elle portait des lunettes noires, ce qui lui donna un regard anxieux et incertain quand elle les ôta.

« Oh, Alice », dit-elle, et elle se précipita vers le fauteuil placé près du bar pour s'y affaler. Elle se versa à boire d'un geste confus, puis resta un moment à bercer son verre contre sa poitrine, en respirant lentement. Les yeux clos. « Donne-moi une minute,

Alice, juste une minute, ma petite Alice », et comme Anthony entrait, manœuvrant amplement vers elle pour l'embrasser, elle leva la joue vers ses lèvres, les yeux toujours clos, en disant, « Dieu merci, nous avons arrêté de bonne heure. Encore un soir jusqu'à onze heures passées, et je craquais. »

Il posa la main sur son épaule et pressa doucement. Elle sourit, avec des petites mimiques signifiant des baisers, les yeux fermés très fort, et il retourna à la cuisine en annonçant, « J'ai préparé de la soupe et une salade.

— Oh, Anthony chéri, merci, dit Theresa — de la soupe : exactement ce qu'il me faut. »

Ce qu'éprouvait Alice, c'était une douleur froide et fulgurante — la jalousie ; mais elle ignorait ce que c'était et, pour se débarrasser de cette scène, se débarrasser d'eux, elle déclara, « Tu m'avais dit que je pourrais avoir cinquante livres. Tu peux me les donner, Theresa ?

— Oui, sans doute, ma chérie », répondit Theresa d'un ton vague. En quelques instants elle s'était redressée, avait ouvert son sac élégant, et en scrutait le contenu. « Cinquante, reprit-elle. Cinquante, voyons, les ai-je ? Oui, tout juste... » Et elle pêcha cinq billets de dix livres, qu'elle tendit à Alice.

« Merci. » Alice n'avait qu'une envie, c'était de filer avec l'argent, mais elle se sentait gênée ; elle débordait d'affection pour Theresa, qui paraissait si vieille et si lasse, et qui avait toujours été si gentille avec elle. « Tu es ma préférée, c'est toi ma petite tante que j'aime le plus », hasarda-t-elle avec un sourire gauche, reprenant le petit jeu qu'elles avaient joué dans son enfance.

Theresa avait les yeux ouverts, et elle les plongea dans ceux d'Alice. « Alice, dit-elle, ma petite Alice... » Elle soupira. Se redressa. Lissa sa jupe rouge sombre. Leva une petite main blanche pour toucher sa chevelure brune et douce. Teinte, *bien sûr*. « Ta pauvre mère, suggéra Theresa. Elle m'a appelée ce matin. Elle était bouleversée, Alice.

— Elle était bouleversée, reprit aussitôt Alice. *Elle !* »

Theresa soupira. « Alice, pourquoi t'accroches-tu à lui, à Jasper, pourquoi — non, attends, ne te sauve pas. Tu es si jolie, si gentille, mon trésor. » Là, elle parut offrir son doux visage à Alice, comme dans un baiser. « Tu es une fille merveilleuse, Alice, pourquoi ne te trouves-tu pas plutôt quelqu'un ? Il te faudrait une vraie relation avec quelqu'un », conclut-elle gauchement en voyant l'expression de glacial mépris que prenait Alice.

« J'aime Jasper, dit-elle. Je l'aime. Pourquoi ne le comprends-tu pas ? Je ne m'intéresse pas à... à ce qui t'intéresse. L'amour, ce n'est pas uniquement sexuel. Oh, je sais bien que c'est ce que tu crois... »

Mais les années d'affection, d'amour lui remontèrent à la gorge, et elle sentit les larmes ruisseler sur son visage. « Oh, Theresa, gémit-elle, merci. Merci. Je reviendrai te voir bientôt. Je reviendrai. Il faut que je me dépêche, ils m'attendent... » Et elle courut à la porte, secouée de sanglots convulsifs, la claqua derrière elle, dévala bruyamment l'escalier, pleurant toujours, s'élança dans la rue, et se souvint des billets qu'elle tenait à la main, et qui risquaient de lui échapper ou de lui être arrachés. Elle les enfonça soigneusement dans la poche de sa veste, et se dirigea d'un pas rapide et ferme vers le métro.

Pendant ce temps, dans le magnifique appartement, ils parlèrent d'Alice. Anthony garda une expression ironique et bizarre jusqu'à ce que Theresa réagisse, « Qu'y a-t-il, mon amour ?

— Cette fille, alors ! répondit-il, la voix pleine de l'antipathie que lui inspirait Alice.

— Oui, oui, je sais, coupa-t-elle, laissant percer l'état d'épuisement où elle se trouvait.

— *Fille*, d'ailleurs — quel âge a-t-elle donc ? »

Theresa haussa les épaules, refusant d'avoir à y réfléchir, mais néanmoins intéressée. « Tu as raison, admit-elle, on oublie toujours.

— Près de quarante ans ? insista Anthony.

— Oh non, c'est impossible ! »

Il y eut un moment de silence, tandis que la vapeur de l'assiette de soupe qu'il avait apportée et posée sur la petite table à côté d'elle s'élevait entre eux deux. Ils se regardaient au travers de la fumée.

« Trente-cinq, non, trente-six, finit-elle par énoncer d'une voix neutre.

— Développement bloqué, décréta Anthony, imposant son droit de détester Alice.

— Oh oui, sûrement, mais la pauvre chérie, enfin, c'est une bonne petite, elle est si mignonne. »

Dans la petite rue d'Alice, les maisons étaient pleines de lumières et de monde, et les trottoirs entièrement bordés des voitures des gens rentrés du travail ; et sa maison se dressait au bout, sombre, puissante, silencieuse, mystérieuse, délimitée par les lumières et le bruit de la route principale, juste derrière. En arrivant à la porte du jardin, elle distingua trois silhouettes qui s'apprêtaient à entrer dans la pénombre du vestibule. Jasper, Bert. Et le troisième ? — Alice se mit à courir, et Jasper et Bert se retournèrent aussitôt pour affronter un éventuel danger ; ils la virent, et déclarèrent au garçon qui les accompagnait, « Tout va bien, Philip, c'est Alice. La camarade Alice, tu sais. » Ils se trouvaient dans le vestibule à présent, et Alice constata que ce n'était pas un garçon mais un homme, pâle et frêle, avec de grands yeux bleus à demi cachés par des épis de cheveux blonds très clairs qui semblaient refléter tout le faible éclat de la lampe tempête. Sa première réaction fut, Mais il est malade, il n'est pas assez fort ! Car elle avait compris que c'était là son sauveur, le réparateur de la maison.

Philip déclara en lui faisant face, avec une opiniâtreté qu'elle reconnut comme le fruit d'un effort, une tentative contre le destin, « Mais il faudra que je sois payé. Je ne peux pas le faire pour rien.

— Cinquante livres », annonça Alice, et elle décela un léger mouvement involontaire de Jasper vers elle, l'avertissant qu'il risquait de l'en déposséder si elle n'y prenait pas garde.

Philip reprit de la même voix molle et butée, « Je veux d'abord voir le travail. Il faut que je le chiffre. »

Elle savait que celui-là avait été volé de son dû plus souvent qu'à son tour. Avec cet air de brave petit orphelin, il invitait littéralement à l'escroquerie ! Elle répondit d'un ton maternel et fier, « Nous ne demandons pas l'aumône. Il s'agit d'un vrai travail.

— Pour cinquante livres, intervint Bert avec une jovialité

agressive, on peut tout juste s'attendre à voir boucher un trou de souris. De nos jours. » Et elle vit ses lèvres rouges luire dans la broussaille noire de son visage. Jasper ricana.

Cette solidarité des deux hommes contre elle — car il s'agissait momentanément de cela — lui plut. Elle avait songé, en courant vers la maison, que si Bert était l'un de ces hommes auxquels Jasper s'attachait, comme cela s'était déjà produit, à la manière d'un jeune frère, en manifestant ce besoin affamé qui la faisait souffrir si douloureusement, dans ce cas il ne partirait plus vers ses aventures. Celles-ci la consternaient toujours, non point par jalousie — comme elle se le répétait farouchement à elle-même, et parfois même à d'autres — mais parce qu'elle craignait qu'un jour cela tourne mal. Une ou deux fois, des hommes que Jasper avait rencontrés lors de ces excursions dans un univers dont il lui arrivait de parler, en crispant ses doigts autour du poignet d'Alice et en scrutant son visage pour y déceler des signes de faiblesse, avaient débarqué dans tel ou tel squat, où ils s'étaient trouvés confrontés à la fraternité bienveillante et secourable d'Alice.

« Jasper ? Il rentrera ce soir. Voulez-vous l'attendre ? » Mais ils repartaient. Quand il y avait un homme, par contre, comme Bert, auquel il pouvait s'attacher, alors il ne partait plus draguer. Un mot qu'elle-même employait couramment. « Tu es allé draguer cette nuit, Jasper ? Fais attention, tu sais, c'est déjà bien assez d'avoir les flics sur le dos pour des raisons politiques. » C'était la prise qu'elle avait sur lui ; le contrôle qu'elle pouvait exercer. Il répondait d'une voix fière, en camarade, « Tu as parfaitement raison, Alice. Mais je connais les circuits. » Il lui adressait alors parfois l'un de ses vrais sourires, si rares et soudains, reconnaissant qu'ils étaient alliés dans une guerre désespérée.

Elle eut un bref sourire pour Jasper et Bert, et tourna son attention vers Philip. « Le plus important, dit-elle, c'est l'installation sanitaire. Je vais vous montrer. »

Elle l'emmena voir les toilettes d'en bas, en levant la lampe aussi haut que possible du seuil. Depuis le jour où les employés municipaux avaient versé du ciment dans la cuvette, l'endroit avait été déserté. C'était poussiéreux, mais normal.

« Les salauds », s'exclama-t-elle, la voix noyée de larmes.

Il restait là, indécis, et elle comprit que tout dépendait d'elle.

« Il nous faut un marteau piqueur, reprit-elle. Vous en avez un ? » Elle se rendit compte qu'il savait à peine de quoi il s'agissait. « Vous savez, comme ceux des ouvriers qui défoncent le macadam des rues, mais en plus petit.

— Je crois que je connais quelqu'un qui en a un.

— Dès ce soir, insista-t-elle. Pouvez-vous l'avoir *dès ce soir ?* »

C'était le moment, elle le savait, où il risquait de s'en aller tout simplement, de l'abandonner, écrasé — comme elle-même — par le poids de cette maison vandalisée ; mais elle savait aussi que dès l'instant où il aurait commencé... Elle se hâta d'ajouter, « J'ai déjà fait cela. Je connais. Ce n'est pas aussi terrible que cela en a l'air. » Et comme il restait là sans rien dire, manifestant par sa réticence qu'il se sentait forcer la main, elle insista, « Je ferai en sorte que vous n'y perdiez pas, je sais que c'est ce qui vous retient. Je vous le promets. » Ils étaient tout près l'un de l'autre, sur le seuil de la minuscule pièce. Il la dévisagea, dans cette soudaine intimité, vit dans ce visage péremptoire mais rassurant celui d'une grande sœur autoritaire et bienveillante, et sourit brusquement, d'un sourire doux et candide, pour dire, « Il faut que je rentre appeler mon copain, pour voir s'il est chez lui et s'il a un... marteau piqueur, et puis j'emprunterai la voiture de Felicity... » Il la taquinait doucement, devant l'ampleur de la situation.

« Oui, dit-elle. Oh oui, je vous en prie. »

Il acquiesça et, un instant plus tard, il avait disparu par la porte d'entrée. Dans le salon, elle retrouva Jasper et Bert, installés, qui attendaient — comme le montrait leur pose confiante et passive — de lui voir accomplir des miracles, et elle leur annonça, « Il est parti chercher des outils. Il va revenir. »

Elle savait qu'il reviendrait ; et il reparut en effet moins d'une heure plus tard avec une sacoche pleine d'outils, le marteau piqueur, une dynamo, des lampes, tout.

Le ciment qui bouchait la cuvette, déjà ancien, s'était racorni sur les bords, et il fut vite réduit en pièces. Aussitôt grattée et nettoyée, l'installation redevint utilisable. Utilisable à condition qu'il y ait de l'eau. Mais une masse de ciment enveloppait le robinet d'alimentation en eau. Très doucement, presque tendrement, Philip brisa la coquille avec son engin trépidant et bruyant, et le robinet apparut, étincelant, comme neuf. Riant de joie triomphante, Philip et Alice se penchèrent ensemble sur le robinet nouveau-né.

« Je vais m'assurer que tous les robinets de la maison sont fermés, je n'en laisserai qu'un seul ouvert », chuchota-t-elle ; car elle voulait être sûre de la situation avant d'annoncer la victoire à ceux qui attendaient dans le salon en discutant politique. Elle parcourut toute la maison pour vérifier les robinets, et redescendit en courant. « Au bout de quatre ans, s'il n'y a pas de poche d'air... » Elle semblait implorer Philip. Il tourna le robinet d'alimentation. Aussitôt des bruits saccadés résonnèrent le long des canalisations, et elle s'exclama, « Bon, c'est encore vivant. » Et il partit vérifier les réservoirs tandis qu'elle demeurait un moment dans le vestibule, le visage inondé de larmes de gratitude.

En deux heures l'eau fut rétablie, les trois cuvettes de waters déblayées, et un groupe rayonnant et incrédule se tenait rassemblé dans le vestibule, apprenant *la nouvelle* à leur retour de divers quartiers de Londres, et, pour la plupart, n'y croyant guère. Par pure honte, espérait Alice.

Jim s'exclama, « Nous aurions pu le faire plus tôt, nous aurions bien pu. » Avec un mélange de remords et d'allégresse, il poursuivit, « Je vais descendre les seaux, maintenant nous pouvons nous débarrasser de...

— Attends, hurla Alice. Non, un seul à la fois, pas tous en même temps, nous allons engorger tout le circuit, après tant d'années, qui sait combien. Cela nous est arrivé, un jour, à Birmingham, d'en mettre trop à la fois — il y avait une fissure dans une canalisation, quelque part, en profondeur, et nous avons dû quitter le squat dès le lendemain. Nous venions d'y arriver. » Dominant la situation, Alice était dressée sur la première marche de l'escalier, épuisée, sale, couverte de crasse et de poussière grise provenant du ciment concassé, jusqu'à ses cheveux qui étaient tout gris. Ils l'acclamèrent avec ferveur, mais la moquerie n'en était pas exclue. On pouvait aussi y percevoir un avertissement, qu'elle n'entendit pas ou auquel elle ne prêta guère d'attention.

« Philip, disait-elle, Philip, nous avons l'eau. Maintenant, l'électricité. » Sans rien dire, Philip posa sur elle un regard doux et entêté, ce garçon frêle — mais non, il avait vingt-cinq ans, comme elle l'avait appris, parmi d'autres choses qu'elle avait besoin de savoir sur lui —, et soudain ils se turent tous, car, pendant que Philip et elle travaillaient, ils avaient discuté du prix que cela allait coûter, et de la contribution personnelle de chacun.

Philip suggéra, « Si vous aviez appelé un plombier, vous savez combien cela vous aurait coûté ?

— Environ deux cents livres », lança Pat à tout hasard. Sans se mêler de cette délicate opération — Alice, Philip, la maison —, elle s'y était toutefois davantage intéressée que les autres, suivant les divers stades des travaux à mesure qu'ils se faisaient, et leur offrant ses commentaires, expliquant comme elle avait, elle aussi, fait la même chose à tel et tel endroit.

Alice sortit les cinquante livres sterling de sa poche et les donna à Philip.

« Je toucherai mon allocation après-demain », dit-elle. Il tourna et retourna les cinq billets dans ses mains en songeant, elle le savait, qu'il se retrouvait là encore dans une situation familière. Puis il releva les yeux, lui sourit, et déclara brièvement, « Je reviendrai demain matin. Il me faut la lumière du jour, pour l'électricité. »

Et il s'en alla, raccompagné non plus par son copain Bert, qui l'avait amené, mais par Alice ; et elle l'accompagna jusqu'au portail du jardin, dans la puanteur des ordures.

Il conclut, avec ce sourire douloureux et gentil qui déchirait déjà le cœur d'Alice, « Bah, au moins c'est pour des camarades. » Et il s'éloigna dans la rue, où les maisons étaient plongées dans l'obscurité, car les gens dormaient. Il était plus d'une heure du matin.

Elle rentra dans le vestibule maintenant désert, et entendit la chasse d'eau. Elle retint son souffle, immobile, en songeant, *Les canalisations...* Mais elles semblaient tenir le choc. Jasper sortit, et lui annonça, « Je vais dormir.

— Où ? »

Moment délicat. Chez sa mère à elle, Jasper s'était approprié la chambre du frère d'Alice, dans laquelle il se pelotonnait comme un hérisson, protégeant son droit d'être seul la nuit. Quant à elle, fille de la maison, elle dormait dans la chambre qu'elle avait eue toute sa vie. Cela ne l'ennuyait pas, disait-elle ; elle savait ce qu'elle éprouvait, mais ce qui la contrariait affreusement, c'était ce que pensaient les autres ; non pas d'elle-même, mais de Jasper. Ils se trouvaient seuls dans le vestibule, toutefois, et pouvaient faire face à cette décision ensemble. Il fixait sur elle ce regard de défi qui, elle le savait, signifiait qu'il se sentait menacé.

Pat s'approcha d'eux en disant, « La chambre voisine de la nôtre est vide. Elle a sans doute besoin d'un petit coup de nettoyage, les deux qui l'occupaient n'étaient pas... »

Dans le grand vestibule sombre, que la lampe tempête trouait d'une lueur incertaine, les deux femmes observaient Jasper, Alice sachant pourquoi, mais Pat pas encore. Alice savait que Pat, vive et intuitive, comprendrait tout en un éclair... et soudain Pat déclara, « Bon, en tout cas, c'est la meilleure chambre libre... » Elle avait tout saisi en un instant, Alice le savait, mais pas Jasper, car il lança d'une voix joviale, « Eh bien, allons-y, Alice. »

Comme ils montaient en silence, Pat ajouta, d'en bas, « Alice, ne t'imagine pas que nous ne te trouvons pas fantastique ! » Et elle se mit à rire. Alice ne s'en préoccupa guère et suivit Jasper dans la vaste chambre vide. Il avait déjà défait son sac à dos, et soigneusement étalé son sac de couchage contre le mur de droite, tout au bout, le plus loin possible. Alice dit, « Je vais aller chercher mes affaires », attendant qu'il la répudie, mais il garda le dos tourné, en silence. Elle redescendit en courant dans le vestibule, espérant que Pat n'y serait pas, mais elle y était, bien tranquille et seule, comme si elle s'était attendue à voir redescendre Alice et qu'elle avait voulu faire ce qu'elle fit alors : s'avancer, prendre Alice dans ses bras, et presser sa joue ferme comme une cerise contre la sienne. Réconfort. Camaraderie rassurante. Et compassion aussi, sentit Alice, regrettant de ne pouvoir dire à voix haute, « Mais cela ne me *dérange* pas, tu ne comprends rien. »

« Merci », dit-elle à Pat, avec une gaucherie brève ; et Pat grommela un petit rire avant de retourner, en la saluant de la main, dans le salon où — bien sûr — les camarades discutaient d'Alice, de Jasper, et de cette explosion d'ordre dans leurs existences.

Là-haut, dans leur chambre, il faisait nuit. Mais le ciel et la circulation routière produisaient un peu de lumière. Alice étendit son sac de couchage sur son fin matelas de mousse, et fut bientôt allongée sur le dos, le long du mur opposé à celui contre lequel Jasper se pelotonnait, comme toujours, dans une farouche solitude qui éveillait chez Alice de douloureux élans vers lui. Il ne dormait pas encore, mais il ne tarda pas à sombrer dans le sommeil ; elle s'en aperçut au relâchement de son corps, comme s'il avait été rejeté sur une plage, et y gisait abandonné.

Trop fatiguée pour dormir, elle écouta comment les gens allaient se coucher. Bonne nuit, bonne nuit, sur le palier et dans le couloir. Roberta et Faye dans une chambre, bien sûr. Jim dans une autre. Et, dans la chambre voisine de celle-ci, Pat et Bert. Oh non, elle ne voulait pas de cela, elle savait ce qui allait arriver et n'en voulait pas. Et cela arriva, les grognements et les murmures, les mouvements et les plaintes — juste de l'autre côté du mur, contre son oreille. C'était vraiment trop. L'amour, voilà ce que c'était, et tout le monde disait qu'elle était bien sotte de s'en passer ; ils la *plaignaient*. Theresa et Anthony, toute la nuit et toutes les nuits, d'après ce que disait sa mère, après des années de mariage, ils continuaient à geindre et haleter, gémir et *désirer*. Raide comme un piquet, les oreilles agressées et l'esprit épouvanté, Alice gardait les yeux rivés au plafond peuplé d'ombres, où volaient et se pourchassaient les lumières des voitures. Elle se força à penser, Demain, demain nous réglerons la question de l'électricité... L'argent. Il lui fallait de l'argent. Où ? Elle le trouverait. Elle n'allait pas berner Philip...

Philip, renvoyé depuis six mois d'une société de construction : le premier à être renvoyé, et Alice savait pourquoi, à cause de sa carrure : bien entendu, aurait pensé n'importe quel employeur, ce faiblard — il s'était établi à son compte. Il était maintenant peintre d'intérieur, entrepreneur, espérait-il. Il possédait deux échelles hautes, une échelle courte, une table à tréteaux (mais il avait grand besoin d'une seconde), des pinceaux, quelques outils ; et il pouvait en emprunter d'autres à son copain, à Chalk Farm. Il avait décroché un contrat pour repeindre une maison, en dépit de son apparence fragile, peut-être même à cause d'elle ; n'avait reçu que la moitié de l'argent, s'était entendu dire qu'il n'était pas à la hauteur. Il savait qu'il ne toucherait pas le reste ; il aurait fallu aller en justice, et il ne pouvait pas l'envisager. Il était au chômage. Il espérait décrocher une agence de pub à repeindre, à Neasen. Il *disait* qu'il l'espérait, mais Alice savait qu'il n'y croyait guère. Il vivait avec Felicity (sa petite amie ?) chez elle, deux rues plus loin. *Il fallait le payer*.

De l'autre côté du mur, après s'être apaisés, les bruits reprenaient. Alice tira son matelas et son sac de couchage contre l'autre mur, le plus doucement possible par crainte d'alerter Jasper, qui ressentirait sa présence à trois mètres seulement de lui contre le même mur, comme une usurpation. Et naturellement, juste au moment où elle s'installait, il se redressa, et elle vit son regard furieux la cingler, tandis qu'il crispait les mâchoires. « Tu es dans mon espace, dit-il. Tu sais bien que chacun doit respecter l'espace de l'autre.

— Je n'aime pas ce mur-là », dit-elle. Comme cette situation s'était déjà présentée à de nombreuses reprises, elle n'eut pas besoin de l'expliquer. S'appuyant sur un coude, le visage tordu de rage et de dégoût, il écouta ce qui s'entendait parfaitement aussi de son mur à lui ; puis il se recoucha et demeura tendu, la respiration trop rapide.

« Je vais me lever de bonne heure, annonça-t-elle, pour voir si je peux trouver de l'argent. »

Il ne répondit rien. La maison s'immobilisa. Il s'endormit.

A LICE somnola un peu. En pensée, elle vivait déjà la journée du lendemain. Elle attendait la lumière, qui finit par pénétrer lugubrement par les vitres sales, révélant la crasse de cette chambre. Elle avait désespérément envie de thé, maintenant, et de quelque chose à manger. Elle se glissa sans bruit dans le vestibule, qui appartenait encore à la nuit et à la lampe tempête ; puis dans le salon, espérant y trouver la thermos. Mais elle but l'eau froide d'une cruche, puis, avec orgueil et circonspection, alla aux toilettes en songeant aux canalisations abandonnées pendant un certain nombre d'hivers. Elle se rendit ensuite au métro, mais s'arrêta en route chez Fred's Caff pour le petit déjeuner. Il y avait là de la place pour huit ou dix tables rapprochées. Un endroit accueillant, pour ne pas dire intime. Surtout des hommes. Deux femmes étaient assises ensemble. Au premier regard elles paraissaient d'un certain âge, à cause de leur placidité et de leur calme ; on voyait ensuite qu'elles étaient assez jeunes, mais fatiguées. Sans doute des femmes de ménage, après le nettoyage matinal de bureaux dans le quartier. Au comptoir, Alice demanda du thé et — sur un ton d'excuse — du pain très grillé, et s'entendit répondre par la femme de Fred — sûrement car elle affichait un air de propriétaire — qu'on ne servait pas de pain très grillé. Alice alla chercher une place en portant son plateau, sur lequel étaient posés une théière, une assiettée de toasts bien blancs et ruisselants de beurre, ainsi qu'un gâteau. En concession à sa santé, elle retourna chercher un jus d'orange. Il ne faisait aucun doute pour elle que, dans cet établissement, mieux valait s'asseoir auprès des deux femmes, et c'est ce qu'elle fit.

Toutes deux mangeaient des tartines en buvant du café épais. Elles étaient assises dans cette position relâchée, vide, de femmes qui se détendent consciemment, et leurs visages arboraient des sourires vaguement bienveillants, qu'elles tournèrent vers Alice comme des boucliers. Elles ne voulaient pas bavarder, seulement rester assises là.

Le sel de la terre ! se disait Alice par devoir, en contemplant ce spectacle d'ouvriers qui faisaient le plein avant d'aller au labeur, avec force assiettées d'œufs aux saucisses, de frites, de haricots au four et de pain frit — tout le grand jeu. *Cholestérol*, songea douloureusement Alice, et ils semblent tous si mal portants ! Ils avaient un air pâle et bouffi de gras de lard, ou de frites mal cuites. Dépassant de toutes les poches, quand ils n'étaient pas étalés sur les tables, en cours de lecture, elle ne voyait que des *Mirror* et des *Sun*. Sous-prolétaires seulement, se dit Alice, soulagée de ne pas avoir à les admirer. Des ouvriers du bâtiment ou de la voirie, peut-être même des travailleurs indépendants ; ce n'étaient pas ces hommes-là qui sauveraient l'Angleterre d'elle-même ! Alice se consacra ensuite à la dégustation de son pain grillé, délicieusement imbibé de beurre fondu, et ne tarda pas à se sentir mieux. Elle n'avait pas vraiment envie de boire ce jus d'orange acide et glacé, mais elle se força à le boire entre deux tasses de thé fort et amer. Les deux femmes l'observaient, avec l'attention détachée qu'elles auraient consacrée aux curieuses mœurs d'une étrangère, remarquant tous les détails sans en avoir l'air. Elle avait de beaux cheveux bouclés, pouvait-on les entendre penser : pourquoi n'en tirait-elle aucun parti ? Ils étaient pleins de poussière ! Quel dommage, vraiment, cette grosse vareuse militaire taillée pour un homme ! Et puis si poussiéreuse aussi ! Regardez-moi ces mains, elle ne fait même pas l'effort d'avoir les ongles propres ! Après l'avoir condamnée et avoir perdu tout intérêt pour elle, elles s'arrachèrent à leurs sièges et s'en allèrent, en criant au revoir à la femme du comptoir. « Salut, Liz. » « À demain, Betty. »

Elles venaient là chaque matin après trois ou quatre heures de besogne dans les bureaux. Les hommes s'arrêtaient sur le chemin du travail. Ils se connaissaient tous, remarqua Alice ; on aurait dit un club. Elle se hâta de terminer son repas et sortit. Devant le stand de journaux, au coin de la rue, les deux femmes du café en avaient retrouvé une troisième. Elles étaient toutes vêtues de pantalons, de blouses, de gilets informes, et portaient de lourds cabas. Leur attirail de travail. Elles bavardaient en s'efforçant de prendre le moins de place possible, car la marée matinale des travailleurs envahissait les trottoirs.

Il était encore trop tôt : à peine plus de huit heures. Sa mère devait être dans son bain. Si Alice y allait maintenant, elle pourrait entrer sans bruit et préparer le café, pour faire une surprise à sa mère quand elle descendrait en robe de chambre. Elles s'attableraient ensemble dans la cuisine pour manger leurs céréales et boire leur café. Dorothy lirait son *Times*, et elle le *Guardian*. Cette maison recevait chaque jour sur abonnement le *Times*, le *Guardian*, le *Morning Star* et le *Socialist Worker*, ces deux derniers pour Jasper et elle-même. Jasper prétendait qu'il lisait le *Worker* parce qu'il jugeait nécessaire de savoir ce que faisait l'adversaire, mais Alice savait qu'il nourrissait en secret une tendance trotskiste. Elle n'y voyait d'ailleurs nul inconvénient, estimant que les socialistes de tout bord devraient bien s'unir pour le bien commun. Chez sa mère, elle lisait le *Guardian*. Pendant des années, ce journal avait été le seul admis. Puis, en passant un jour chez sa grande amie Zoé Devlin, sa mère l'avait trouvée affublée d'un tablier publicitaire du *Guardian ;* le mot « Guardian » y était imprimé dans divers formats, en noir sur fond blanc. Dorothy Mellings en avait éprouvé un choc ; cette vision lui avait apporté une véritable révélation, avait-elle dit. Que Zoé Devlin, parmi tous les gens du monde, eût éprouvé l'envie de revêtir un uniforme, de proclamer son conformisme !

Ainsi avait commencé pour sa mère une période — qui n'était pas finie, bien loin de là — de déclarations joliment outrancières. Ce fut aussi le début d'une série d'entretiens établis entre les deux femmes, dans le but de reconsidérer ce qu'elles pensaient. « Nous continuons ainsi depuis des dizaines d'années, avait entendu Alice lors d'une discussion téléphonique entre sa mère et Zoé, tout au début de l'affaire, persuadées que nous sommes d'accord sur tout, et en fait ce n'est pas vrai. Pas vrai du tout, bon Dieu ! Il va falloir que nous décidions si nous avons quelque chose en commun ou non. Zoé, qu'en dis-tu ? »

« La merde intellectuelle typique », avait lancé Jasper de manière à se faire entendre de Dorothy.

Au souvenir de Jasper, Alice comprit qu'elle ne pouvait pas débarquer simplement chez sa mère avec un sourire, et préparer le petit déjeuner.

Elle prit le métro, puis entra dans un autre café, où personne ne lui trouverait rien de particulier. La salle était presque vide ; l'activité ne démarrerait guère avant une heure ou deux, quand les gens, hommes et femmes, commenceraient à faire leurs courses. Cette fois, Alice mangea des crêpes de blé complet avec du miel, et retrouva sa joie de vivre ; gardant un œil sur la pendule, elle calcula son temps. Sa mère partirait sans doute pour les magasins vers neuf heures et demie ou dix heures. Elle aimait en finir vite avec le ravitaillement, car cela ne représentait pour elle qu'une corvée.

Alice s'était chargée des courses pendant quatre ans. Elle adorait cela. Quand elle regagnait la vaste cuisine avec les cartons pleins de nourriture qu'elle avait rapportés dans la voiture, elle rangeait tout avec soin. Sa mère était souvent là (si Jasper n'y était pas) et elles bavardaient, en parfaite harmonie ! Comme toujours ! À la maison, Alice était bonne fille, elle y avait toujours pris grand plaisir. C'était elle qui régentait la cuisine... évidemment, sa mère était ravie de lui en laisser le soin. (Alice sentit une petite pensée désagréable qui se tapissait dans un recoin, mais préféra ne pas y prêter d'attention.) Pendant les quatre années qu'Alice et Jasper avaient habité là, c'était elle qui avait pris en main les courses et la cuisine. Elle avait également préparé — bloquant parfois la cuisine pendant deux ou trois jours d'affilée — la nourriture qu'elle vendait sur le marché. Jasper effectuait de brèves descentes, profitant des moments où Dorothy n'était pas là, pour s'empiffrer de ce qu'elle préparait ce jour-là — « sa » soupe, par exemple, des gâteaux, du bon pain bien sain. Ou bien, si elle ne faisait pas de cuisine ou qu'elle était au marché, il allait fouiller le réfrigérateur et y prendre ce qui lui faisait envie. Alice le garnissait toujours amplement de jambon, de saucisson, et de cornichons. Jasper se taillait d'énormes sandwiches qu'il emportait là-haut dans son antre, et ne reparaissait plus pendant des heures. Dorothy, au début, s'était enquis avec embarras, « Que fait donc Jasper là-haut, toute la journée ? » « Il travaille », répondait Alice, invariablement, avec une mystérieuse fierté. Elle savait qu'il ne faisait rien du tout, parfois pendant toute la journée. Il lui arrivait de lire le *Socialist Worker* et le *Morning Star*. Sinon, il écoutait de la musique pop avec un casque, parfois en dansant tout seul à travers la pièce. Il était extrêmement gracieux, Alice le savait, mais il détestait qu'on le voie, malheureusement. Il aurait dû être danseur — de ballet, peut-être ?

Il redescendait ensuite à pas de loup, pour chercher des vivres. Il n'entrait jamais de son plein gré dans la cuisine quand Dorothy s'y trouvait. Jamais il ne s'asseyait avec elles à table. Quand Alice lui en avait fait la remontrance, disant que cela ne plaisait pas à sa mère, il avait répliqué que Dorothy le détestait (ce qui était vrai, finalement, bien que Dorothy n'en eût assurément rien dit au début). Pour sa part, il ne voyait en elle qu'une sale conne. Cette épithète, si loin de toute réalité, abasourdit tellement Alice qu'elle répondit faiblement, « Voyons, Jasper, comment peux-tu dire une chose pareille ? » À quoi il se contenta d'opposer des bruits grossiers avec ses lèvres.

Bien entendu, quand Dorothy recevait des amis, Jasper demeurait invisible. Il aurait tout aussi bien pu n'être pas dans la maison, si ce n'était qu'il descendait en douce piller la cuisine. On aurait cru que Dorothy lui refusait la nourriture ! Alice le lui avait assez seriné, mais dans ces cas-là, il se contentait de l'insulter, elle !

Maintenant, assise dans ce café accueillant et sympathique où les gens qui entraient risquaient de la saluer, à manger encore des crêpes au miel (pour passer le temps, à présent, et non plus sous l'empire de la faim), Alice songeait, Bon, mais elle déteste vraiment Jasper, elle l'a toujours détesté, tout le monde le déteste.

Et elle lui refusait la nourriture, en fait, puisqu'elle le détestait. Alice pensa, enfin, avec un léger sentiment de panique, Comme ce devait être dur pour elle, de ne jamais disposer de sa cuisine, de ne jamais pouvoir y entrer, de peur de tomber sur Jasper. Et puis, Je faisais absolument tout, toute la cuisine. Et elle adore cuisiner...

À neuf heures et demie, Alice quitta le café en criant au revoir à Sarah, qui la servait ici depuis des années. Ancienne réfugiée autrichienne, elle était désormais une vieille dame, et elle avait épinglé au mur, derrière le comptoir, des photos de ses petits-enfants devenus adultes. Alice se dirigea d'un pas retenu vers la maison de sa mère. Elle resta dehors un long moment, puis se dit que, si un voisin la remarquait, il devait trouver cela curieux. Elle entra avec la clé qu'elle n'avait pas rendue à sa mère, la veille, en partant pour toujours. Pas un bruit dans la maison. Alice s'arrêta dans le vestibule, respirant l'odeur de la maison, *chez elle;* cette grande maison accueillante et facile à vivre, qui fleurait bon l'amitié. Elle pénétra dans la cuisine, et son cœur chavira. Le sol était encombré de caisses remplies de plats et d'assiettes, tandis que des tasses, des soucoupes et des verres déjà enveloppés de journaux recouvraient la table. Oh, bien sûr, maintenant que Jasper et elle-même étaient partis, sa mère allait donner toute sa vaisselle inutile à des œuvres. Oui, ce devait être cela. Comme un petit enfant menacé, les yeux agrandis par l'effroi, Alice contempla un moment les caisses puis s'élança dans l'escalier. Sa chambre était telle qu'elle l'avait laissée la veille. Elle se sentit rassurée. Elle monta à l'étage au-dessus, dans la chambre que Jasper avait occupée. Le sol était recouvert d'un tapis, un Boukhara qui avait d'abord orné le salon mais qui, devenu fragile, avait trouvé une place plus sûre, sous la table d'une chambre fort peu employée jusqu'au moment où Jasper l'avait réquisitionnée. Ce tapis était superbe. Alice le roula tendrement, et redescendit en courant jusqu'à la cuisine, avec le tapis dans ses bras. Maintenant, elle espérait bien ne pas tomber sur sa mère. Elle chercha un papier et un stylo, et écrivit, « J'ai pris le tapis. Alice. » Puis elle posa son petit mot sur les verres emballés. Une nouvelle fois, à la vue des caisses elle se sentit menacée. Mais elle se força à les oublier, et quitta la maison. Au bout de la rue, sa mère s'avançait vers elle sous une sorte de dais vert éclatant. Elle marchait lentement, tête basse. Elle paraissait vieille et fatiguée. Alice se mit à courir dans l'autre direction en serrant le lourd tapis contre elle puis, arrivée hors de vue de sa mère, poursuivit son chemin vers Chalk Farm à pas de plus en plus lents. Le magasin de tapis venait juste d'ouvrir. Une femme d'âge mûr était assise devant un bureau et buvait du café ; elle ôta ses lunettes noires pour regarder Alice.

« Vous voulez le vendre ? dit-elle. Pas mal ! » tandis qu'Alice déroulait le tapis par terre, le souffle court. Elles contemplèrent longuement les motifs de couleurs douces qui s'entrelaçaient, captivées et apaisées. La femme se pencha, le souleva, et le tendit à contre-jour. Alice s'approcha et vit la lumière filtrer, et même étinceler, à un endroit. Alice avait la gorge nouée. Elle songeait sauvagement : Je vais le rapporter au squat, il est tellement beau... mais elle attendit. La femme laissa retomber le tapis, n'importe comment, en faux plis, et déclara, « Il est très usé. Il faudra le réparer. Je ne peux pas vous en donner plus de trente livres.

— Trente ? » gémit Alice. Elle ne savait pas ce qu'elle avait imaginé. Elle savait qu'il avait, ou avait eu, de la valeur. « *Trente* », bredouilla-t-elle, pensant soudain que ce n'était pas la peine de l'avoir pris.

« Si vous voulez mon avis, gardez-le et profitez-en », déclara la femme en retournant à sa table, où elle remit ses lunettes et but une gorgée de café.

« Non, j'ai besoin de l'argent », dit Alice.

Elle prit les trois billets, s'attarda à regarder une dernière fois le tapis qu'elle abandonnait là, et sortit du magasin.

Elle acheta de quoi nourrir Jasper et retourna au squat. La rue avait son petit air du matin, déserte après le départ des gens pour le travail ou l'école ; quant aux femmes, elles restaient chez elles à faire le ménage ou s'occuper des gosses. Mais Alice s'attendait à ne trouver personne debout ; dans les squats, personne ne se lève de bonne heure.

Cependant, Pat était déjà dans le salon, seule, et buvait un pot de café. Elle fit signe à Alice de se servir, mais Alice demeurait sous l'effet de ses délicieux petits déjeuners, et elle secoua la tête. Puis elle annonça, « J'ai trouvé un peu d'argent, mais pas suffisamment. »

Pat ne répondit rien. Dans la lumière forte du matin, elle

paraissait plus vieille, toute flasque et usée, plus rien de cette fraîcheur ferme de cerise. Elle ne s'était pas encore brossé les cheveux, et elle sentait la sueur et le sexe. Alice décida : Aujourd'hui, nous nous attaquons aux salles de bains. Il y en avait deux.

Pat n'avait toujours rien dit. Elle alluma une cigarette et se mit à fumer comme pour se noyer dans les volutes.

Alice avait compris que Pat était de ceux qui avaient besoin de temps pour se ressaisir le matin, et elle était déterminée à ne rien dire du tout. Paisiblement installée, elle examina l'état de la pièce : les rideaux étaient en lambeaux, et n'auraient visiblement pas survécu à un nettoyage à sec. Bon, peut-être que sa mère... Le tapis — cela suffisait. Un aspirateur ?

Elle savait que Pat l'observait, mais n'affronta pas son regard. Elle sentait en Pat une alliée, et ne voulait pas risquer de remettre en cause cette impression.

Pat déclara, avec une petite toux due à la fumée, « Vingt-quatre heures. Tu es ici depuis vingt-quatre heures ! » Et elle se mit à rire. Sans hostilité. Mais elle réservait son jugement. Normal, songea Alice. En politique, il le fallait...

On entendit soudain approcher des bruits, et la benne à ordures apparut juste là, dehors. Alice s'élança en poussant une exclamation, et vint se poster devant deux hommes qui soulevaient les poubelles du jardin voisin. « S'il vous plaît, dites, s'il vous plaît... » Ils s'arrêtèrent, côte à côte, pour la contempler, deux hommes forts, pour faire ce travail, confrontés à cette fille agitée et cependant déterminée à ne pas bouger. Elle bafouilla, « Combien voulez-vous pour nettoyer ce jardin... ? Oui, je sais... » Leurs visages se crispaient dans la même expression d'ironique dégoût, tandis que leurs regards allaient de l'ignoble étendue d'immondices à elle, puis d'elle aux immondices, pour en évaluer l'ampleur.

« Vous devriez appeler la voirie, suggéra finalement l'un d'eux.

— Mais c'est *vous*, la voirie, répliqua Alice. Non, s'il vous plaît... écoutez, nous avons obtenu un accord. Un accord officiel. Nous paierons les frais. Un squat reconnu, vous voyez.

— Eh, Alan ! » cria l'un d'eux en direction de l'énorme camion frémissant qui attendait, prêt à engloutir n'importe quelle quantité d'emballages en plastique, de boîtes de conserve, de papiers — les ordures qui encombraient le jardin de sa maison jusqu'au niveau des fenêtres.

Un autre type costaud sortit du camion, vêtu d'un bleu de travail et portant d'épais gants de cuir. Alan, arbitre de son destin, encore un, comme Philip, comme Mary Williams.

Elle répéta, « Combien voulez-vous pour tout emporter ? » Elle s'exprimait d'un ton à la fois confiant et calme, comme il seyait à la fille de sa mère, et désespéré ; et ils scrutèrent longuement ce visage lourd et enfantin, sans forme, ces yeux bleus ronds et anxieux, le blue-jean délavé mais propre, l'épaisse vareuse, et le petit chemisier fleuri à collerette. Tout en elle, tout, était imprégné d'une poussière grisâtre qu'elle avait secouée, brossée, battue, mais qui demeurait obstinément, comme un ternissement de la couleur.

Ils haussèrent les épaules et se consultèrent du regard.

« Vingt livres, annonça Alan, le conducteur.

— Vingt livres ? s'écria Alice, larmoyante. Vingt ! »

Un temps d'arrêt. Ils avaient tous trois l'air embarrassé. Le silence se prolongea encore un peu. « Mettez-nous tout ça dans des sacs en plastique, mon petit, et nous le ramasserons demain. Quinze. »

Elle sourit. Puis rit. Puis sanglota. « Oh merci, merci, hoqueta-t-elle.

— Soyez là demain matin, mon petit », déclara Alan, très paternel, puis ils se dirigèrent tous les trois vers la maison d'en face et ses poubelles.

Alice vérifia que ses trente livres étaient en sécurité dans sa poche, et retourna dans la maison. Pat n'avait pas bougé, plongée dans sa transe tabagique. Jim était descendu, et mangeait ce qu'Alice avait rapporté pour Jasper. Elle annonça, « Si nous mettons tout dans des sacs, ils le prendront demain.

— Fric, dit Pat.

— Fric, fric, fric, fredonna Jim en se bourrant de bananes.

— J'ai l'argent. Si je peux avoir les sacs en plastique... » Elle se tenait devant eux, implorante.

« J'en suis, déclara Jim.

— Très bien, dit Pat, mais la maison d'à côté, alors ? Nous pouvons nettoyer ce côté-ci autant que tu voudras, mais c'est bien pire à côté qu'ici. » Comme Alice gardait un regard exorbité et fixe, la bouche béante et douloureuse, elle insista, « Ne me dis pas que tu ne l'as pas remarquée ? La maison à côté ? »

Alice s'élança dehors, et commença par regarder le jardin d'où la voisine lui avait parlé. Propreté typiquement banlieusarde. Mais il y avait une haie très haute de l'autre côté de la maison, et au-delà... Elle courut dans la grand-rue et là, tout de suite, vit qu'elle n'avait pas encore vu parce qu'elle avait pris un autre chemin pour ses petites excursions, une maison semblable à celle qu'elle entreprenait de réparer, avec des vitres brisées, des ardoises tombées, un air abandonné, et un jardin rempli d'ordures. La puanteur était infecte.

Songeuse et amère, elle revint au salon pour s'enquérir, « Est-elle vide ?

— La police l'a ratissée il y a trois mois, répondit Pat, mais elle est de nouveau pleine.

— Ce n'est pas notre problème », décréta Alice, soupçonnant néanmoins que cela risquait de le devenir bientôt.

Pour acheter une quantité suffisante de sacs, il lui en coûta dix livres.

Pat contempla l'énorme tas de plastique noir luisant sur les marches, et observa, « Il doit y en avoir pour un paquet », mais sans rien proposer. Elle reprit, « Allons-nous faire cela avec nos mains ? »

Sans hésiter un seul instant, Alice courut dans le jardin voisin, sonna, discuta avec Joan Robbins, et revint avec une bêche, une pelle, et une fourche.

« Comme tu t'y prends bien ! » lança Pat avec une ironie lasse, mais elle empoigna la fourche et un sac, et se mit à la tâche.

Ils travaillèrent durement. Ce fut bien plus pénible qu'il n'y paraissait, car les couches inférieures étaient tassées, pourrissant ignoblement. L'un après l'autre, les sacs noirs luisants reçurent leur horrible chargement et furent dressés l'un contre l'autre, jusqu'au moment où le jardin fut plein de sacs en plastique noir, remplis jusqu'à la gueule de détritus en décomposition. Le chat efflanqué suivait la scène depuis la haie, les yeux fixés sur Alice. Ne pouvant plus le supporter, elle finit par entrer dans la maison, remplir une soucoupe de lait, et l'apporter dehors pour le chat, qui s'approcha prudemment sur ses pattes pelées et lapa le lait.

Pat se redressa pour se reposer un moment, et regarda Alice. Qui regardait le chat. Jim s'appuya sur la pelle, et dit, « J'avais un petit chat. Il s'est fait écraser. »

Pat attendit la suite, mais rien ne venait. Elle finit par hausser les épaules en disant, « C'est une vie de chat. » Et elle se remit au travail.

Mais Jim avait les larmes aux yeux, et Alice lui dit, « Je comprends, Jim.

— Je ne veux plus jamais avoir de chat, répondit-il. Pas après celui-là », et il se remit furieusement au travail.

Bientôt les deux parties du jardin, devant et derrière, furent déblayées. Une herbe pâle semblait prête à reprendre goût à la vie. Un rosier longtemps étouffé laissait paraître de maigres pousses blanchâtres.

« C'était un beau jardin, observa Jim, satisfait.

— Je sens mauvais, soupira Alice amèrement. Qu'allons-nous faire ? Et je n'ai même pas encore pensé à l'eau chaude. Si Philip vient, dis-lui que j'en ai pour une minute. »

Elle courut dans la maison, monta des seaux d'eau froide dans une salle de bains, et fit ce qu'elle put, tant bien que mal. L'eau chaude, se répétait-elle, l'eau chaude. C'est la prochaine étape. *De l'argent.*

Philip ne vint pas.

Bert et Jasper descendirent ensemble, plongés dans une discussion importante et responsable, concernant un aspect de la vie politique. Ils annoncèrent à Alice et Pat qu'ils allaient prendre le petit déjeuner, remarquèrent le jardin déblayé et les rangées de sacs, décrétèrent, « Beau boulot », et s'éloignèrent en direction de Fred's Caff.

Pat aurait volontiers ri avec Alice, mais Alice se refusait à croiser son regard. Jamais elle ne trahirait Jasper, avec personne !

Mais Pat insista, « J'ai déjà quitté un squat parce que je faisais tout le travail. Et ce n'étaient pas seulement des hommes, là non plus — nous étions six dont trois femmes, et je faisais tout. »

Alice posa alors un regard grave sur Pat, s'interrompant dans le nettoyage d'une fenêtre, et déclara, « C'est toujours pareil. Il y en a toujours un ou deux qui font tout le travail. » Elle attendit que Pat fasse un commentaire, exprime son désaccord, se rebelle par principe.

« Et *toi*, dit Pat, cela ne te fait rien ? »

Elle était redevenue propre et nette, fraîche, après s'être lavée et brossé les cheveux. Alice songeait : Oui, toute mignonne et jolie, les yeux faits, les lèvres rouges, et puis il suffit qu'il... Elle éprouvait une vive amertume.

Elle répéta, « C'est toujours la même chose.

— Quelle révolutionnaire, répondit Pat de ce ton amical qu'elle prenait volontiers, mais avec une légère pique provenant apparemment d'un jugement profond et définitif qu'elle gardait en elle-même, d'une vision de la vie qui l'habitait.

— Mais je *suis* révolutionnaire », protesta gravement Alice.

Pat ne répondit rien, mais inspira une bouffée jusqu'au fin fond de ses pauvres poumons, et arrondit sa bouche en une moue rouge vif pour relâcher un jet gris qui se dispersa en fines volutes vers le plafond crasseux. Ses yeux suivirent les spirales de fumée. Puis elle déclara enfin, « Oui, je crois que tu l'es vraiment. Mais les autres n'en sont pas si sûrs.

— Tu parles de Roberta et Faye ? Bah, ce ne sont que des desperados !

— *Quoi ?* » et Pat se mit à rire.

« *Tu* le sais très bien. » Affrontant Pat, Alice la défiait de prendre position sur le fait qu'elle — Alice — savait que Pat n'était pas une desperado mais une personne sérieuse, comme elle-même. Pat ne chercha pas à fuir la confrontation. Le moment était important, elles le savaient.

Le silence s'instaura, et la fumée continua à envahir les poumons puis à se laisser expulser, lentement, comme lors d'un rite sybaritique, tandis que les deux femmes contemplaient les riches volutes.

« En tout cas, reprit Pat, elles sont prêtes à tout. Elles font face — tu sais bien. Jusqu'au pire, s'il le faut.

— Et alors ? répondit Alice, calme et confiante. Moi aussi. Je suis prête.

— Oui, je le crois », admit Pat.

Jim entra. « Philip est là. » Alice se précipita, et le vit à la lumière du jour pour la première fois. Garçon frêle et un peu voûté — sauf qu'il était un homme —, il avait les joues creuses et pâles, de grands yeux bleus pleins de lumière, de longues mains blanches racées, et des gerbes de cheveux blonds. Il avait apporté ses outils.

Elle suggéra, « L'électricité ? » et le conduisit dans la cuisine ravagée, sachant que, là, elle avait autre chose à affronter et résoudre. Il la suivit, referma la porte derrière lui, et demanda, « Alice, si je termine tout le travail ici, est-ce que je pourrai venir y vivre ? »

Elle sentit alors qu'elle s'y était attendue. Oui, chaque fois qu'il avait mentionné cet arrangement chez sa petite amie, il avait laissé quelque chose en suspens.

Il reprit, « Il y a déjà un moment que je veux être indépendant. À mon compte. » Sachant qu'elle pensait aux autres, à leurs projets, il ajouta, « Je suis au C.U.C. Je ne vois pas ce qu'il pourrait y avoir comme problème ? »

Mais pas à l'I.R.A., songea Alice ; elle savait cependant qu'elle réglerait tout cela plus tard. « Si cela ne dépend que de moi, oui », dit-elle. Cela suffirait-il ? Il l'avait prise pour le chef, ici — qui n'en aurait fait autant, à sa place ?

Il tourna son attention vers les fils électriques, arrachés des murs, qui pendaient, et vers la gazinière renversée qui gisait sur le flanc.

Il arborait maintenant une expression amère : la rage effarée, incrédule, qu'elle ressentait. Ils se tenaient côte à côte, immobiles, avec la sensation qu'ils auraient pu, de leurs propres mains, tuer les hommes qui avaient commis cette infamie.

Des hommes comme les gars de la voirie, se disait Alice, se forçant à y penser. De braves gens. Ils l'ont fait. Mais quand nous aurons aboli l'impérialisme fasciste, il n'y aura plus de gens comme eux.

À cette pensée, l'image de sa mère lui apparut — quand Alice disait ce genre de choses, et qu'elle soupirait, puis riait, d'un air las. La semaine dernière encore, elle avait énoncé de cette nouvelle voix brève, amère, et plate, « Contre la bêtise, les dieux eux-mêmes...

— Que dis-tu ? s'était étonnée Alice.

— Contre-la-bêtise-les-dieux-eux-mêmes-luttent-en-vain »,

avait répondu sa mère en isolant chaque mot pour l'offrir à Alice, non point comme si elle avait attendu quelque chose d'Alice, mais plutôt pour se rappeler à elle-même l'inutilité de tout.

L'amertume qu'éprouvait Alice à l'égard de la mairie, des ouvriers, de la bourgeoisie, englobait à présent sa mère, et une telle rage l'assaillit qu'elle se sentit vaciller et dut serrer les poings. Comme elle se ressaisissait, elle vit que Philip l'observait, curieux. À cause de cet état où elle se trouvait, et qu'il jugeait plus violent que les châtiments mérités par ces ouvriers ?

Elle déclara, « Je pourrais les tuer. » Elle s'entendit parler, de cette voix mortelle, et en fut surprise. Ses mains lui faisaient mal, elle les décrispa.

« Moi aussi », répondit Philip, mais différemment. Il avait posé sa sacoche crasseuse, et il attendait, tranquillement. Il la contemplait avec cette obstination désormais familière, et si touchante. La meurtrière en Alice s'effaça, et elle déclara, lui offrant la promesse qu'il exigeait avant de se mettre au travail, « C'est la moindre des choses, si tu fais le travail. »

Il acquiesça, croyant ce qu'elle lui disait, puis reporta toute son attention sur le mur délabré. « Ce n'est pas si terrible qu'il y paraît, dit-il enfin. On dirait qu'ils ont commencé à tout casser dans un moment de colère, mais ils n'ont pas fait grand-chose, en vérité.

— Quoi ? » s'exclama-t-elle, incrédule ; car il lui semblait que toute la cuisine, plus exactement deux de ses murs, n'étaient que fils et câbles jaillissant de partout ; et le plâtre crémeux gisait comme de la pâte, en tas, alignés au pied des murs décolorés qui s'effritaient.

« J'ai vu pire. » Puis, « Va falloir que j'enlève le plancher, il me gênerait pour travailler. »

Le plâtre tombé avait durci, et Alice dut le gratter au couteau. La cuisine était pleine de fine poussière blanche. Alice travaillait au niveau du sol, tandis que Philip la dominait, debout sur la grande table qu'il avait tirée contre le mur. Quand le plâtre et les saletés eurent disparu dans des sacs, elle nettoya avec une balayette et une petite pelle, car elle n'avait rien d'autre sous la main. Elle avait envie de pleurer et se sentait irritée, car elle savait qu'il faudrait lessiver et peindre toute la surface du plafond et des murs. Et puis la maison, toute la maison était dans le même état, et le toit

— qu'allaient-ils découvrir quand ils libéreraient enfin cet horrible deuxième étage de ses seaux puants ? Qui allait remplacer les ardoises tombées, comment allait-on payer tout cela ? Elle brossait, brossait, chaque coup de balayette projetait davantage de saleté dans l'air, et elle se disait, Il faut que j'aille au service de branchement de l'électricité, mais c'est impossible, dans cet état de crasse.

Elle se redressa, tel un fantôme dans l'air noyé de poussière blanche, et demanda, « Ton amie, elle est chez elle ? Tu crois qu'elle me laisserait prendre un bain ? »

Philip ne répondit pas, il examinait un câble au moyen d'une puissante torche électrique.

Elle ajouta, furieuse, « Jusqu'à l'an dernier, il existait des bains publics très bien, pas loin d'ici, à Auction Street. J'avais des amis qui y allaient — ils ont un squat à Belsize Road. Et puis la mairie les a fermés. Ils sont fermés. » Elle sentit couler les larmes chaudes sur ses joues crayeuses, et demeura immobile, épuisée, fixant un regard implorant sur le dos frêle, presque féminin, de Philip.

Il expliqua, « Quand je suis parti, nous avons eu une superbe bagarre. »

Alice comprit, Elle l'a mis à la porte.

« Tant pis, dit-elle, je me débrouillerai autrement. Je vais me laver, et j'irai ensuite au service des branchements. Fais attention, au cas où ils rétabliraient le courant.

— Tu crois que tu arriveras à les convaincre ?

— J'y suis déjà parvenue avant, non ? » Au souvenir de ces autres victoires, son humeur s'améliora et elle se sentit à nouveau vibrer d'énergie.

Dans le vestibule, les deux desperados s'apprêtaient à sortir dans le monde des rues, des jardins, des voisins, des chats, des voitures et des moineaux.

Elles ressemblaient à n'importe qui, songea Alice en les voyant se retourner, la jolie Faye blonde et délicate, lovée dans l'atmosphère protectrice presque palpable que déployait la solide Roberta, forte comme un tank — forte comme moi, se dit Alice, qui s'était arrêtée pour les regarder, et savait qu'elle avait l'air d'un clown aspergé de farine.

« Eh bien », prononça Faye, amusée. « *Eh bien* », renchérit

Roberta, et les deux femmes se mirent à rire, puis s'en allèrent comme si tout ce dur labeur ne les avait en rien concernées.

Inutile d'attendre quoi que ce soit, se rappela stoïquement Alice, après tant d'expérience déjà avec ceux qui participaient, et ceux qui ne faisaient rien. Elle monta une nouvelle fois dans la salle de bains et là, nue dans cette désolation, elle remplit la baignoire d'eau froide jusqu'à la marque crasseuse du niveau de son bain précédent, plus tôt dans la même journée. Et une nouvelle fois elle se plongea dans l'eau froide pour s'efforcer de chasser la saleté, en vraie fille de sa mère, en songeant haineusement à ces quatre années qu'elle venait de passer dans la maison de sa mère, où l'eau chaude arrivait docilement dès qu'on tournait le robinet. Ils ne savent pas ce que cela coûte, marmonnait-elle rageusement. Tout leur vient des travailleurs, de *nous*...

Elle fit de son mieux; elle revêtit une jolie jupe stricte, qu'elle avait chipée à sa mère en prétendant comme par plaisanterie qu'elle lui allait mieux : il lui fallait parfois une jupe pour paraître plus respectable, cela rassurait certains types de personnes. Elle mit un autre de ses chemisiers à petit col, en cotonnade bleue, cette fois, et elle se sentit bien dans sa peau. Elle se coiffa du mieux qu'elle put, mais elle avait les cheveux gras et sablonneux, même après s'être trempé la tête dans un seau de cette eau désespérément froide. Elle alla ensuite dans le salon, et y trouva Pat endormie, affalée dans un gros fauteuil. Alice s'approcha sans bruit et observa cette femme inconnue, qui était son alliée. Elle se disait, Elle ne va pas encore partir. Elle n'en a aucune envie. Elle ne pense pas grand-chose de Bert, mais elle restera à cause de tout cet *amour*.

Pat était répandue sur le fauteuil comme si elle y était tombée du plafond. La tête rejetée en arrière, elle avait le visage levé, exposé. Ses yeux, ses lèvres frémissaient, comme sur le point de s'ouvrir. Alice s'attendait à la voir s'éveiller et sourire. Mais Pat continuait à dormir, vulnérable sous le regard méticuleusement inquisiteur d'Alice. Et Alice restait là, à la regarder. Il lui semblait posséder Pat, par ce regard — sa vie, ce qu'elle était et serait. Alice n'aurait jamais pu se laisser aller à dormir ainsi, offerte à quiconque entrerait pour la contempler. C'était là un comportement insouciant, absurde, comme d'errer dans les rues avec de l'argent à la main. Alice se rapprocha encore et se pencha au-dessus de Pat, pour scruter l'innocent visage aux paupières si légèrement closes, derrière lesquelles quelqu'un voguait vers des contrées inconnues. Alice sentit la curiosité monter en elle. À quoi rêvait-elle donc, avec cet air de bébé assoupi après le biberon ? Alice commença à éprouver un sentiment protecteur, et se prit à souhaiter que Pat se réveille, par crainte que d'autres n'entrent et ne la voient ainsi désarmée. Puis Alice se dit, Bah, ce sera sans doute Bert, après tout ! La Belle au bois dormant ! C'était maintenant du mépris qu'elle éprouvait, à cause du besoin de Pat. Si elle en a besoin, elle en a besoin, décida judicieusement Alice en elle-même, faisant les concessions nécessaires. Et elle quitta le salon sans bruit, traversa le vestibule, et sortit dans la rue. Il était environ trois heures de l'après-midi, par une belle journée de printemps animée. Elle prit le bus pour aller au service des branchements électriques, sereine et confiante.

Les bureaux de l'Électricité occupaient un vaste immeuble moderne, bien en retrait de la grande rue où s'agitaient, en voiture et à pied, les populations polyglottes et nécessiteuses dont elle soutenait l'existence grâce à la lumière, aux bouilloires électriques, aux aspirateurs... grâce à sa *puissance*. L'immeuble paraissait conscient de son rôle : près d'un million de personnes en dépendaient. Massif, il inspirait confiance. Ses fenêtres resplendissaient. Les voitures des employés étaient impeccablement alignées, étincelantes.

Alice gravit les marches d'un pas léger, connaissant bien son chemin à force d'avoir visité tant d'immeubles similaires, et se rendit directement au premier étage où elle reconnut qu'elle avait trouvé le bon endroit, car une dizaine de personnes attendaient dans une pièce. Factures impayées, nouveaux comptes, menaces de coupure de courant : une patiente petite foule de solliciteurs. Deux portes s'ouvraient sur cette pièce, et Alice s'assit de manière à voir dans les deux bureaux. Lorsque les portes s'ouvraient pour laisser sortir un client et entrer un autre, Alice examinait les visages de ces nouveaux arbitres, chacun assis à un bureau. Des femmes. L'une d'elles, comprit Alice au premier coup d'œil, était à éviter coûte que coûte. Elle devait appliquer la loi à la lettre, cette femme-là, jugea Alice en décelant chez elle une certaine complaisance à l'égard de sa propre compétence. Mince de visage et de lèvres, avec des cheveux strictement ondulés, et un sourire qu'Alice n'avait nulle intention d'œuvrer à mériter. Mais l'autre femme, oui, elle ferait l'affaire, bien qu'à première vue... Elle était massive, et son épaisse robe droite la maintenait solidement, comme un corset, mais de cette robe-forteresse émergeaient un lourd visage presque encore enfantin, et des mains potelées. Alice changea de siège et, le moment venu, se retrouva assise en face de cette dame maternelle qui, Alice le devinait bien, donnait chaque jours plusieurs petits coups de pouce à certains dossiers, parce qu'elle compatissait.

Alice raconta son histoire, et — sachant exactement ce qu'elle faisait — décrivit la grande maison solide qu'on allait, inexplicablement, démolir pour construire à sa place un autre de ces affreux grands ensembles. Puis elle exhiba son enveloppe d'aspect officiel, en provenance de la mairie, avec la lettre à l'intérieur.

L'employée, Mme Whitfield, ne jeta qu'un rapide coup d'œil à la lettre, et dit, « Oui, mais la maison est à l'ordre du jour, c'est tout, rien n'est encore décidé. » Elle sélectionna une fiche dans un meuble bas, à côté de son bureau, et reprit, « Le numéro 43 ? Je le connais. Le 43 et le 45. Je passe devant tous les jours en allant au métro. Elles me donnent la nausée. » Elle posa un regard embarrassé sur Alice, et rougit même un peu.

« Nous avons déjà commencé à nettoyer le 43. Les services de la voirie vont venir demain pour tout emporter.

— Vous voulez que je fasse brancher l'électricité avant même de savoir ce que décidera la commission municipale d'urbanisme ?

— Je suis sûre que tout ira bien », répondit Alice avec un sourire. Elle en était réellement sûre. Mme Whitfield le vit, le ressentit, et acquiesça.

« Qui va garantir les paiements ? Vous ? Vous avez un emploi ?

— Non, admit Alice, pas en ce moment. » Elle se mit à parler calmement, sérieusement, des maisons de Manchester, de Halifax, de Birmingham, qui avaient été sauvées, et où l'électricité avait été rétablie en douceur après une longue abstinence. Mme Whitfield l'écoutait, solidement plantée sur son siège, tandis que sa grosse main blanche tenait un stylo-bille suspendu au-dessus d'un formulaire : Oui. Non.

Elle déclara, « Si je donne l'ordre de rétablir le courant, il me faut d'abord une personne garante.

— Mais savez-vous que c'est uniquement dans ce district — enfin, avec un ou deux autres — que ça se passe ainsi ? À Lampton, par exemple, vous seriez obligée de nous fournir l'électricité. Si les gens la réclament, on doit la leur fournir.

— Eh bien, apprécia Mme Whitfield avec bienveillance, vous semblez connaître la situation aussi bien que moi ! Je ne crée pas les règlements. Je les applique. Et le règlement veut, dans ce district, que l'on produise un garant ou une caution. »

Mais ses grands yeux bleus et doux étaient fixés sur le visage d'Alice, sans rien d'hostile ni de combatif, bien au contraire ; elle semblait implorer Alice de trouver quelque chose.

« Mon père garantira les paiements, annonça Alice. J'en suis sûre et certaine. »

Mme Whitefield avait déjà commencé à remplir le formulaire. « Alors tout va bien, dit-elle. Son nom ? Son adresse ? Son numéro de téléphone ? Et puis il nous faut des arrhes. »

Alice produisit dix livres sterling, et les posa sur la table. Elle savait que cela ne suffisait pas. Mme Whitfield examina le billet avec circonspection, et signa. Elle ne regarda pas Alice. Mauvais signe. Elle ne prit pas le billet. Elle leva ensuite les yeux sur le visage d'Alice, et parut surprise de ce qu'elle y vit.

« Combien êtes-vous là-dedans ? » demanda-t-elle hâtivement, pour gagner du temps, en jetant un nouveau coup d'œil sur le billet puis se forçant à affronter le visage d'Alice, ce visage qu'il fallait bien admettre. Ce n'était pas juste ! semblait penser Mme Whitfield. Les émotions qu'Alice avait apportées dans ce bureau raisonnable et ordonné étaient mauvaises et déplacées. Ce qu'aurait sans doute dû faire Mme Whitfield, c'était tout simplement de dire à Alice de s'en aller, et de revenir avec de meilleures garanties. Mme Whitfield ne pouvait pas s'y résoudre. Elle ne le pouvait pas. Alice observa, à la manière dont se soulevait l'imposante poitrine comprimée, à la rougeur de ce visage doux mais contrarié, qu'elle — Alice — était sur le point d'arriver à ses fins.

« Bien », commença enfin Mme Whitfield, puis elle resta un

moment silencieuse, en proie moins au doute qu'à l'inquiétude, maintenant qu'elle avait pris sa décision. Elle s'inquiétait pour Alice. « Ce sont de grandes maisons », reprit-elle, pour signifier : Elles consomment beaucoup d'électricité.

« Tout ira bien, annonça Alice, sincèrement convaincue. Pouvez-vous faire le branchement dès cet après-midi ? Nous avons un électricien qui travaille en ce moment. Ce serait bien utile... »

Mme Whitfield acquiesça. Alice sortit, sachant que l'employée la regardait partir, troublée, en se demandant sans doute déjà pourquoi elle avait cédé.

Au lieu de rentrer directement, Alice entra dans une cabine téléphonique, au coin de la rue, et composa le numéro de sa mère. Une voix qu'elle ne reconnut pas tout d'abord, mais c'était sa mère. Cette horrible voix terne... Alice faillit dire, « Allô, c'est Alice », mais ne put s'y résoudre. Elle raccrocha doucement, et composa le numéro de son père. Mais ce fut son associé qui répondit.

Elle acheta une grande thermos qui serait toujours utile, par exemple dans les manifs ou pour les piquets de grève ; elle demanda à la femme de Fred de la remplir de thé fort, et rentra à la maison.

Dans la cuisine, le nuage de poussière blanche s'était estompé. Elle prévint Philip, qui avait démonté la moitié du plancher et travaillait maintenant accroupi, « Attention, ils risquent de rétablir le courant bientôt.

— C'est fait, je viens de vérifier », dit-il, et il lui adressa un sourire qui justifiait tout ce qu'elle avait fait.

Ils s'assirent sur la grande table, burent du thé bien fort, et se détendirent avec bonne humeur, heureux. C'était une vaste pièce, qui avait naguère constitué le centre d'une famille, chaude, sûre, fidèle. Ils s'étaient rassemblés autour de cette table. Mais Alice savait qu'avant de pouvoir redonner vie à la maison, il faudrait de l'argent.

Elle quitta Philip pour aller dans le salon, où Pat s'était réveillée et ne gisait plus, offerte et abandonnée à la curiosité anxieuse d'Alice. Elle lisait. C'était un roman. D'un auteur russe. Alice connaissait le nom de l'auteur comme elle connaissait les noms des auteurs, c'est-à-dire comme des objets sur une étagère, ronds, durs, scintillants, animés d'une vie et d'une lumière propres. Comme des billes, qu'on pouvait retourner entre ses doigts autant qu'on voulait, mais qui ne céderaient pas, ne révéleraient pas leurs secrets, ne se soumettraient pas.

Alice ne lisait jamais rien d'autre que des journaux.

Dans son enfance, on l'avait taquinée : Alice s'est butée contre les livres. Elle avait appris à lire tard, détail important dans cette maisonnée si portée sur les livres. Ses parents, et surtout sa mère, tous les gens qui venaient chez eux, tous les gens qu'elle rencontrait, avaient toujours tout lu. Ils n'arrêtaient jamais de lire. De véritables marées de livres entraient et sortaient constamment de la maison. « Ils se reproduisent sur les étagères », plaisantaient gaiement ses parents, puis son frère. Mais Alice chérissait son blocage. Il s'agissait d'un monde où elle pouvait choisir de ne pas entrer. On pouvait refuser poliment. Elle persistait, polie mais ferme, goûtant en secret le pouvoir qu'elle avait de troubler ses parents. « Je ne vois absolument pas l'intérêt de toute cette lecture », avait-elle dit, et continuait-elle à dire, même à l'université, où elle étudiait l'économie politique, surtout parce que les livres qu'elle serait obligée de lire n'auraient pas ce caractère d'inaccessible dérision qu'avaient les autres. « Je m'intéresse exclusivement aux faits », disait-elle à l'époque où il n'y avait pas moyen d'y échapper : il fallait lire un certain nombre de livres.

Elle avait appris par la suite qu'elle ne pouvait pas continuer à dire cela. Il y avait toujours eu des livres de toutes sortes, dans les squats et les communautés. Elle se demandait souvent comment il se faisait qu'un camarade doté d'une vue claire, précise et juste de la vie, fût prêt à la mettre en danger par la lecture de tout ce fatras équivoque dans lequel il lui arrivait de se plonger, et d'où elle ressortait aussitôt, comme échaudée. Elle avait même lu en secret, et presque jusqu'au bout, un roman recommandé comme un utile instrument de lutte, mais elle avait éprouvé la même chose que dans son enfance : si elle persévérait, laissant un livre conduire à un autre, elle risquait de se retrouver perdue, sans espoir d'issue.

Mais elle savait ce qu'il convenait de dire. Indiquant le livre que lisait Pat, elle déclara, « C'est un merveilleux humaniste. »

Pat referma *Chambre obscure* et contempla songeusement Alice. « Nabokov, humaniste ? » s'étonna-t-elle, et Alice sentit le

70

danger immédiat de ce qu'elle redoutait le plus au monde, à savoir une conversation littéraire.

« Eh bien, je trouve, oui », insista Alice avec un sourire empreint de modestie et l'air de celle qui s'apprête à défendre une position impopulaire, acquise après mûre réflexion. « Il s'intéresse vraiment aux *gens*. »

Quelqu'un — un camarade, dans un squat, un jour — avait dit par manière de plaisanterie, « Quand tu as des doutes sur un écrivain, classe-le dans les humanistes. »

Le regard songeur mais insistant, intéressé, de Pat rappelait à Alice quelque chose. Quelqu'un. Oui, Zoé Devlin. C'était ainsi qu'elle dévisageait Alice, quand la conversation s'orientait vers la littérature et qu'Alice n'avait plus d'autre choix que d'y participer.

Soudain Alice se rappela quelque chose. Zoé Devlin. Oui.

Une dispute, ou tout au moins une discussion entre Dorothy Mellings et Zoé Devlin. Récemment. Peu de temps avant le départ d'Alice.

Alice se concentrait si fortement sur son souvenir qu'elle s'assit lentement, presque sans s'en apercevoir, et oublia jusqu'à l'existence de Pat.

Sa mère avait voulu faire lire un livre à Zoé, et Zoé avait répondu non, qu'elle jugeait réactionnaire sa position politique.

« Comment peux-tu le savoir sans l'avoir lu ? avait rétorqué Dorothy en riant.

— Il y a des tas de livres comme celui-là, non ! avait insisté Zoé. Sans doute écrits par la C.I.A.

— Zoé ! s'était exclamée Dorothy, qui ne riait plus. Est-ce bien toi ? Est-ce bien Zoé Devlin qui me parle ainsi ? Ma fidèle amie, la téméraire, l'intelligente, l'incorruptible Zoé Devlin ?

— J'espère que c'est bien elle, dit Zoé en riant.

— Je l'espère aussi, dit Dorothy sans rire. Avons-nous encore quelque chose en commun, à ton avis ?

— Voyons, Dorothy, ça suffit, maintenant. Je n'ai aucune envie de me disputer, moi.

— Tu n'es pas prête à te battre pour quelque chose d'aussi peu important qu'un livre ? Qu'une vision de la vie ? »

Zoé avait tourné l'affaire en plaisanterie. Était partie peu de temps après. Était-elle revenue à la maison ? Bien sûr, elle avait dû y revenir, elle avait fréquenté cette maison depuis — depuis bien avant la naissance d'Alice.

Zoé était l'une des « tantes » d'Alice, comme Theresa.

Pourquoi Alice n'avait-elle pas pensé à aller la trouver, pour avoir de l'argent ? Attends, il y avait quelque chose là, à l'arrière-plan de ses pensées — quoi ? Oui, il y avait eu une terrible querelle, enflammée, entre Dorothy et Zoé. Oui, et récemment, bon Dieu, il n'y avait pas plus d'une semaine de cela. Une seule querelle ? Non, plus. Beaucoup.

Dorothy avait reproché à Zoé d'avoir un tempérament mou, comme une crème au chocolat.

Elles s'étaient jeté des hurlements à la figure, puis Zoé s'était enfuie en courant. Elle — Alice — avait crié à sa mère, « Tu n'auras plus aucune amie, si tu continues ainsi. »

Alice sentait monter la nausée. Elle allait vomir, si elle n'y prenait pas garde. Elle resta assise, immobile, les yeux fermés de toutes ses forces, tendue dans sa volonté de ne pas être malade.

Elle entendit la voix de Pat. « Alice. Alice. Qu'y a-t-il ?

— Rien, répondit-elle très vite à voix basse, encore concentrée sur elle-même. Ce n'est rien. » Une minute ou deux plus tard, elle ouvrit les yeux et déclara d'une voix normale, comme s'il ne s'était rien passé du tout, « J'ai peur que la police ne fasse une descente ici, brusquement. » Voilà ce qu'elle était venue dire.

« La police ? Pourquoi, que veux-tu dire ?

— Il faut que nous prenions une décision. C'est urgent. Suppose qu'ils débarquent brusquement.

— Nous y avons survécu avant.

— Non, je veux parler de ces seaux, tous ces seaux. Nous n'osons pas les vider dans le circuit d'écoulement. Pas tous à la fois. Il vaut mieux ne pas courir le risque. Dieu sait à quoi ressemblent les canalisations là où l'on ne peut pas les voir. Si nous les vidons un par un, disons au rythme d'un par jour, cela va durer une éternité. Mais si nous creusions un puits...

— Les voisins, objecta aussitôt Pat.

— Je vais parler à la voisine.

— J'imagine mal que Joan Robbins soit folle de joie.

— Mais ce sera la fin, non ? Et ils en seraient bien heureux.

— Cela veut dire que ce sera encore toi, moi, et Jim. »

— Oui, je sais. Je vais aller voir cette femme Robbins. Demande à Jim, toi. »

Temps d'arrêt. Pat bâilla, se tortilla sur son siège, souleva son livre, le reposa, puis conclut, « Bon, je suppose qu'il faut y aller. »

Dans le jardin voisin, qui était vaste et partagé par une allée de graviers crissants, Joan Robbins retournait une plate-bande à la bêche. Sous un arbre, de l'autre côté, était assise une très vieille femme qui contemplait le ciel.

Joan Robbins se redressa en voyant apparaître Alice, avec une expression méfiante et défensive. Mais Alice ne lui laissa pas le temps de gémir. Elle déclara, « Madame Robbins, pourrions-nous garder encore un peu vos outils ? Nous voulons creuser un puits. Un grand. Pour les ordures. »

Joan Robbins, qui supportait depuis si longtemps les nuisances de cet horrible numéro 43, parut sur le point de dire non, qu'elle en avait par-dessus la tête. Son visage attrayant exprimait l'irritation, et s'était empourpré.

Mais la vieille femme assise sous l'arbre se redressa sur son siège, et se pencha en avant, les yeux exorbités. Elle avait le visage décharné et violacé, entouré de cheveux blancs laineux et hirsutes. Elle articula d'une voix très vieille, rauque et mal placée, « Vous êtes des dégoûtants.

— Non, répondit fermement Alice, ce n'est pas vrai. Nous sommes en train de tout nettoyer.

— Des sales dégoûtants », reprit la vieille femme, moins sûre d'elle, après avoir évalué Alice, une fille à l'air si gentil, sur cette pelouse verte avec des jacinthes en arrière-plan.

Alice demanda, « Votre mère ?

— Locataire dans l'appartement du haut », répondit Mme Robbins sans baisser la voix, et Alice comprit la situation en un éclair. Elle s'approcha de la vieille femme et dit, « Comment allez-vous ? Je m'appelle Alice Mellings. Je viens de m'installer au numéro 43, et nous aménageons la maison, nous nous débarrassons des ordures. »

La vieille dame s'affaissa à nouveau sur son siège, le regard figé dans l'effort que tout cela exigeait d'elle.

« Au revoir, dit Alice. À bientôt », et elle retourna auprès de Mme Robbins, qui s'enquit d'un air morne, « Qu'allez-vous enterrer ? » en désignant les rangées de sacs noirs luisants, remplis jusqu'à la gueule.

Elle savait !

Alice répondit, « L'odeur disparaîtra une bonne fois pour toutes. Nous pensions creuser la fosse cet après-midi, et tout enterrer cette nuit... Une bonne fois pour toutes.

— C'est épouvantable, articula Mme Robbins d'une voix larmoyante. Dans une rue tellement convenable.

— Demain à cette heure-ci, toutes les ordures auront disparu. L'odeur aura disparu.

— Et l'autre maison ? Le numéro 45 ? L'été, vous verriez les mouches ! Ce devrait être interdit. La police les a mis dehors une fois... mais ils sont revenus. »

Elle aurait pu dire *vous* ; et Alice insista, « Si nous commençons à creuser maintenant... »

Joan Robbins soupira, « Bon, j'imagine que si vous creusez assez profondément... »

Alice retourna chez elle en courant. Dans la pièce où elle l'avait vu pour la première fois, Jim jouait de la batterie. Il commença par garder l'air grave, puis il sourit parce que c'était sa nature, mais il déclara, « Oui, et ensuite, ils vont me dire Jim, tu t'en vas d'ici. » Il s'exprimait d'un ton accusateur.

« Non, ils n'en feront rien », affirma Alice, faisant une nouvelle promesse.

Il se leva, la suivit ; ils trouvèrent Pat dans le vestibule. Dans le coin du jardin le plus éloigné de la grande rue, cachés par la maison, se devinaient les restes d'un tas de compost, sous un arbre. C'est là qu'ils se mirent à creuser, tandis que, de l'autre côté de la haie, Mme Robbins travaillait à sa plate-bande sans les regarder. Mais elle constituait leur barrière contre le reste de cette rue cancanière, où tout le monde bien sûr les guettait par les fenêtres, en se disant même qu'il était grand temps d'appeler la police une nouvelle fois.

La terre était molle. Ils trouvèrent le squelette d'un gros chien ; deux vieilles pièces d'un penny, un couteau ébréché, une fourche de jardinier rouillée qui serait très utile une fois nettoyée, et puis une bouteille... une autre bouteille. Ils se retrouvèrent bientôt à sortir de terre des bouteilles, des bouteilles, des bouteilles.

74

Whisky, gin, cognac, des bouteilles de toutes les tailles, des centaines de bouteilles, et ils étaient enfoncés jusqu'à la ceinture dans cette fosse à l'odeur douceâtre de terre, au milieu de toutes ces bouteilles amoncelées sur plusieurs mètres autour du trou, des années de gueule de bois et d'oubli.

Les gens rentraient du travail, s'arrêtaient pour regarder, faisaient des commentaires. Un homme lança d'un ton déplaisant, « Alors, on enterre un cadavre ?

— Les flics ne vont pas tarder, annonça Jim avec l'amertume de l'expérience.

— Oh, bon Dieu, ces bouteilles », maugréa Pat, et Alice déclara, « La banque des bouteilles. Si nous avions une voiture... qui a une voiture ?

— Ils en ont une, à côté.

— Au 45 ? Ils la prêteraient ? *Il faut absolument nous débarrasser de ces bouteilles.*

— Oh, bon Dieu, Alice », protesta Pat, mais elle appuya sa bêche contre le mur de la maison — derrière lequel se trouvait le salon, où elles savaient que Bert et Jasper discutaient, sortit dans la petite rue, puis bifurqua dans la grande. Elle revint une minute plus tard dans une vieille Toyota. Elles étalèrent des sacs en plastique vides sur les sièges, et remplirent la voiture de bouteilles : l'arrière jusqu'au toit, le coffre, l'espace devant le siège avant, ne laissant que le siège, où Alice s'accroupit tandis que Pat conduisait. Elles allèrent jeter les bouteilles dans de grands réceptacles en ciment, et n'en vinrent à bout qu'en près de trois quarts d'heure.

« Voilà pour aujourd'hui », décréta Pat d'un ton définitif en garant la voiture devant le 45. Alice contempla leur jardin, horrifiée, et Pat déclara, du même ton sans appel, « Tu ne vas pas t'attaquer à celui-là aussi ! »

Elle rentra chez eux la tête haute, et monta dans la salle de bains.

Elle ne fit aucun commentaire sur la nouvelle ampoule électrique qui donnait un peu de lumière dans le vestibule.

Alice se demanda : Combien de pièces y a-t-il dans cette maison ? Voyons, une ampoule par pièce ? Mais cela coûtera très cher, au moins dix livres. Il faut que je trouve l'argent...

Il faisait nuit dehors. C'était une nuit humide, venteuse.

Elle alla dans le salon. Bert et Jasper n'y étaient pas. Elle décida, Alors moi et Jim...

Jim était retourné auprès de sa batterie. Elle s'approcha de lui et dit, « Je vais descendre les seaux. Toi, tu restes près de la fosse, et tu jettes des pelletées de terre. Vite. Avant que toute la rue vienne se plaindre. »

Jim hésita, parut prêt à protester, mais vint.

Elle n'avait jamais rien eu à faire d'aussi répugnant, jamais, dans toute son histoire de squats, de communautés, de maisons en ruine. La pièce ne contenant encore que quelques seaux était déjà pénible, mais l'autre, celle qui était remplie de seaux en fermentation, lui causa des spasmes vomitifs avant même qu'elle eût ouvert la porte. Elle travaillait à un rythme soutenu, transportant les seaux deux par deux, réprimant les nausées qui l'assaillaient, dans une puanteur qui, au lieu de s'estomper, se répandait de la maison vers le jardin et la rue. Elle vidait les seaux, tandis que Jim jetait aussitôt des pelletées de terre. Son visage s'était crispé dans une expression de désespoir. Du jardin d'en face s'élevèrent des cris, « Cochons ! » Alice sortit dans la petite rue et alla expliquer à quelqu'un, un homme, qui les observait de derrière sa haie, « Nous nettoyons tout. À partir de cette nuit, il n'y aura plus d'odeur.

— On devrait vous dénoncer à la mairie.

— La mairie est au courant, répondit Alice. Ils savent ce qui se passe. » Elle parlait d'une voix sereine, confiante ; comme une ménagère s'adressant à une autre. Elle s'éloigna dans la lumière des réverbères et regagna son jardin plongé dans l'obscurité d'une démarche calme, presque désinvolte. Et elle reprit son travail, transportant les seaux deux à deux.

À onze heures, la fosse était remplie et recouverte de terre. L'odeur s'estompait déjà.

Alice et Jim restèrent un moment ensemble dans l'obscurité, entourés de buissons réconfortants. Il tira une cigarette de sa poche et l'alluma, et Alice qui ne fumait jamais en accepta une. Ils fumèrent tous deux en silence, inhalant la fumée si douce mais l'exhalant de toutes leurs forces, délibérément, dans l'espoir d'en parfumer l'air du jardin.

Jim déclara, avec un rire effrayé, « C'était toute ma merde. Enfin, presque. Il y en avait aussi un peu de Faye et de Roberta.

— Oui, je sais. Bah, peu importe.

— As-tu réfléchi, Alice — as-tu déjà réfléchi, dans ta vie ? — à la quantité de merde que nous produisons dans notre vie ? Quand on pense que j'ai seulement passé huit mois ici, enfin, plus ou moins. Si toute la merde qu'on fait dans une vie était dans un tambour, ou disons dans une grande cuve, il faudrait un réservoir grand comme celui de Battersea pour chacun. » Il riait, mais semblait effrayé. « Tout va dans les égouts, là-dessous, mais suppose que les égouts soient saturés ?

— Mais non, voyons, répondit Alice en s'efforçant de voir son visage noir dans la nuit, pour comprendre ce qui l'effrayait réellement.

— Et pourquoi pas ? Après tout, on dit que les canalisations des égouts sont complètement vétustes et pourries. Suppose qu'elles explosent ? Sous la pression des gaz de fermentation ? » Il se remit à rire.

Alice ne savait pas quoi dire.

« Ce que je veux dire, reprit-il, désespéré, c'est que nous continuons à vivre dans cette ville. Nous continuons à vivre comme si de rien n'était... »

Il était désormais bien loin de son personnage habituel. L'expression amicale et insouciante de son visage avait disparu, remplacée par une amertume rageuse et pleine d'effroi.

Elle suggéra, « Viens, Jim, rentrons boire une bonne tasse de thé et oublier tout cela, c'est fini.

— Voilà exactement ce que je voulais dire, riposta-t-il, buté. Tu me dis, viens boire une bonne tasse de thé. Et c'est terminé. Mais ce n'est pas terminé du tout, jamais de la vie. »

Il jeta la bêche à terre et alla s'enfermer dans sa chambre.

Alice le suivit. Pour la troisième fois de la journée, elle prit place dans la baignoire crasseuse et se lava à l'eau froide.

Puis elle monta. Au dernier étage, toutes les fenêtres étaient ouvertes, pour chasser la puanteur. Il pleuvait à verse. Les sacs d'ordures allaient être pleins d'eau, et les employés de la voirie en éprouveraient de la mauvaise humeur.

Minuit. Alice descendit l'escalier d'un pas lourd, en bâillant, l'esprit tout empli de la maison, de la répartition des pièces, de tout ce qu'il fallait y faire. Où était Jasper ? Elle voulait Jasper. Le besoin de Jasper l'envahissait parfois, comme cela. Juste pour savoir qu'il était quelque part à proximité ou, sinon, qu'il serait bientôt là. Elle avait le cœur battant de détresse, Jasper lui manquait. Mais en atteignant la dernière marche, elle entendit frapper des coups à la porte comme avec un bélier. *La police.* Son cerveau se mit à galoper : Jasper ? S'il était dans la maison, saurait-il rester hors de vue ? Il leur suffirait d'un coup d'œil sur Jasper, pour l'interpeller aussitôt. Elle et lui avaient assez souvent plaisanté sur le fait que, si la police apercevait Jasper à cent mètres dans le noir, ils se jetteraient sur lui comme des bêtes ; ils sentaient quelque chose en lui qu'ils ne pouvaient pas supporter. Et Roberta et Faye ? Plaise à Dieu qu'elles soient encore à la manif. Là aussi, il suffirait aux flics d'un seul coup d'œil pour comprendre à qui ils avaient affaire. Philip ? Il y avait un genre de flics qui trouveraient irrésistible cette expression implorante et enfantine. Mais Pat s'en tirerait bien, et Bert... *Jim, où était-il ?*

À cet instant Pat apparut sur le seuil du salon, en refermant la porte de telle manière qu'Alice comprit que les deux hommes s'y trouvaient ; et Philip se tenait sur le pas de la porte de la cuisine, avec une torche allumée à la main, et une pince.

Alice courut à la porte d'entrée et l'ouvrit vivement, de sorte que les hommes qui avaient frappé entrèrent brutalement, la renversant presque.

« Entrez », dit-elle d'un ton neutre, les évaluant d'un seul coup d'œil. Ils arboraient leur expression de chasseurs, qu'elle connaissait si bien, mais ce n'était pas trop terrible, ils n'étaient pas vraiment excités, à l'exception peut-être d'un, dont elle connaissait le visage. Non pas en tant qu'individu, mais comme type d'homme. Il avait un visage froid et régulier, soigné, avec une petite moustache : un visage de bébé avec des yeux gris et durs. Il aime cela, songea-t-elle ; et en voyant le regard rapide qu'il lança à la ronde, pressé de s'élancer comme s'il avait été tenu en laisse, elle éprouva de vifs picotements sur les cuisses. Elle prit garde de ne pas lui laisser voir son regard, mais alla se planter devant un type énorme, qui devait peser cent kilos. Un sergent. Elle connaissait aussi ce genre-là. Pas trop méchant. Il fallait qu'elle lève les yeux droit sur lui, et il baissa les siens sur elle, tel un juge.

« Nous vous avions dit de filer », déclara-t-il, avec la même intonation coupante que les hommes de la voirie, un mépris implacable, mais il faisait signe à deux hommes sur le point d'entraîner Pat à l'écart et d'entrer dans le salon. Ils s'immobilisèrent.

Alice tendit le feuillet jaune et dit, « Nous sommes un squat reconnu.

— Non, pas encore, rétorqua le sergent, entrant aussitôt dans le vif du sujet.

— Non, mais c'est une question de deux jours. Je l'ai déjà fait avant, voyez-vous, expliqua-t-elle d'un ton posé. Tout va bien si l'on paye les factures et qu'on garde les lieux propres.

— Propres, répéta le sergent en se penchant vers elle, les poings sur les hanches comme un sergent de théâtre. Mais c'est dégoûtant.

— Vous avez vu les ordures dehors, dit Alice. Les services de la voirie vont les ramasser demain. J'ai réglé la question avec eux.

— Ah oui, vraiment ? Alors pourquoi nous a-t-on téléphoné pour nous prévenir que vous creusiez une fosse et que vous la remplissiez de saloperies ?

— Saloperies est le mot, déclara Alice. Les ouvriers de la mairie avaient bouché les toilettes avec du ciment, alors il y avait des seaux là-haut. Il a bien fallu nous en débarrasser. Nous avons creusé une fosse. »

Silence. Le type énorme restait là, légèrement penché en avant, laissant paraître sur sa large face rouge une incrédulité mesurée.

« Vous avez creusé une fosse, répéta-t-il.

— Oui, exactement.

— Au milieu de Londres. Vous creusez une fosse.

— C'est cela même, dit Alice, polie.

— Et après avoir creusé cette fosse, vous la remplissez de...

— De merde », acheva Alice, très calme.

Les cinq autres policiers se mirent à rire, ricanèrent, ou retinrent leur souffle, selon leur nature, mais la jeune brute qu'Alice gardait plus ou moins à l'œil donna brusquement un coup de pied dans la porte du placard, sous l'escalier, et la brisa.

Philip poussa une exclamation, et le type fut aussitôt sur lui. « Tu as dit quelque chose ? » grogna-t-il, penché au-dessus de Philip qui se tenait là en petite salopette blanche. Un coup de pied l'aurait réduit en miettes.

« Peu importe », intervint le sergent avec autorité. Il voulait s'en tenir au crime principal. Le vachard recula d'un pas et garda les mains crispées, les yeux tantôt fixés sur Pat qui se tenait tranquille, tantôt sur Alice. En voyant son regard, Alice sentit que si Pat tombait sur celui-là dans une manif, elle pouvait s'attendre au pire. Elle éprouva à nouveau de petits picotements glacés.

« Vous-êtes-là-bien-tranquille-à-me-dire-que vous avez creusé une fosse dans le jardin pour en faire une fosse à purin, sans aucune autorisation d'aucune sorte !

— Mais que pouvions-nous faire d'autre ? lui opposa Alice d'une voix raisonnable. Nous n'allions pas verser des dizaines de seaux de merde d'un seul coup dans les canalisations. Surtout dans une maison longtemps restée vide. Là, vous auriez vraiment entendu les gens se plaindre, non ? »

Silence. « Vous ne pouvez pas faire ce genre de choses », reprit le sergent après un moment de réflexion. Il reculait. Mon Dieu, songea Alice, pourvu que Pat ou Philip ne dise pas : Mais nous l'avons fait !

« C'était une très grande fosse, dit-elle. Nous sommes tombés par hasard sur la cache à bouteilles d'un alcoolo. Cela faisait bien trois mètres de profondeur. Je vous la montrerais bien, mais il pleut. Si vous revenez demain, on pourra vous la faire voir. »

Silence. L'équilibre allait se faire. Mon Dieu, mon Dieu, se disait Alice, il ne se passera rien, les filles ne vont pas arriver maintenant ; ce serait vraiment la fin, ou bien si Jasper se met soudain dans la tête... Car Jasper, à certains moments, pouvait fort bien décider de se montrer, et s'amuser à provoquer une confrontation.

Mais la situation tenait bien. Les cinq policiers qui s'étaient dispersés dans le vestibule se rapprochèrent de leur chef, reformant le groupe, et Alice demanda, « Excusez-moi, mais pourriez-vous me rendre cela ? » Car le sergent tenait toujours le papier jaune. Il le relut, d'un air solennel, et le lui rendit.

« Je vais devoir signaler cette fosse au Service des eaux, dit-il.

— Il n'y avait pas de canalisations, là où nous avons creusé, précisa Alice. Pas une seule.

— Seulement un squelette », lança négligemment Pat. Les six hommes se retournèrent d'un seul coup pour la foudroyer du regard. « Un chien, continua Pat. C'était la tombe d'un chien. »

Les hommes se détendirent. Mais ils gardaient un œil sur Pat. Elle avait bien su les faire sortir de leurs gonds, mais tellement en douceur. Dans la maigre lumière de l'unique ampoule, elle se tenait nonchalamment là, belle et sombre, avec un sourire poli.

« Nous reviendrons », annonça le sergent, et il indiqua la porte d'un signe de tête. Ils sortirent tous, la brute en dernier, avec un regard glacial et frustré à l'adresse du petit Philip et de Pat, mais sans même s'occuper d'Alice, si banale et peu agressive.

La porte se referma. Personne ne bougea. Ils gardaient tous les yeux fixés sur la porte ; les flics pouvaient fort bien revenir leur tomber dessus. Un piège ? Mais les secondes passaient. Ils entendirent démarrer une voiture. Alice fit un signe de tête à Philip, qui semblait sur le point de sombrer dans des effusions mélodramatiques. Et la porte se rouvrit. C'était le sergent.

« J'ai jeté un coup d'œil sur les sacs, expliqua-t-il. Vous disiez qu'ils seraient ramassés demain ? » Mais ses yeux parcouraient le vestibule, s'arrêtant avec un bref froncement de sourcils sur la porte de placard fracassée, sous l'escalier.

« Demain », confirma Alice. Puis, d'une voix désappointée, « Ce n'était pas très joli, non, de casser cette petite porte pour rien.

— Portez plainte », répliqua-t-il d'un ton bref, presque amusé, et il s'en alla.

« Salauds de fascistes », explosa Pat, sans bouger. Ils restèrent où ils se trouvaient. Ils auraient pu être en train de jouer aux statues.

Ils laissèrent s'écouler deux ou trois minutes, et reprirent vie tous en même temps quand Jim émergea des ombres de sa chambre, souriant. Ils entrèrent tous les quatre dans le salon, où Jasper et Bert se délassaient en buvant de la bière.

En voyant leurs regards sur elle, Alice comprit que Jasper avait dit à Bert comme elle s'y entendait — faisant rejaillir le crédit sur lui-même —, que Pat avait été impressionnée, et que Jim demeurait incrédule devant la facilité de toute l'affaire. Elle savait que c'était un moment où elle pourrait obtenir ce qu'elle voudrait, et dans son esprit, en tête de la longue liste des difficultés à surmonter, venait une question : Philip et Jim.

Elle accepta une canette de bière des mains de Bert, accompagnée d'un signe de pouce levé en symbole de succès, et ils se retrouvèrent bientôt tous assis ensemble, au centre de la grande pièce. À la lueur des bougies, car on n'avait pas encore eu le temps de placer une ampoule. Mais Philip s'était assis un peu à l'écart, d'un air indécis.

« D'abord, déclara Pat, à la santé d'Alice ! »

Ils levèrent tous leur canette, et elle garda le silence, souriante et redoutant de fondre en larmes.

Maintenant, se dit-elle, je vais parler de Philip. Je vais parler de Jim. Nous allons *régler* ces deux cas.

Mais dans le vestibule, soudain, résonnèrent des voix et des rires, et les deux filles entrèrent, excitées comme on peut l'être après une manifestation réussie.

Roberta s'approcha en riant de la provision de bouteilles, en porta une à ses lèvres, et but debout, à longues gorgées, avant de tendre la bouteille à Faye, qui fit de même.

« Quelle journée », dit Roberta en se laissant glisser sur le bras d'un fauteuil, tandis que Faye s'asseyait sur l'autre. Formant un couple à part, elles dominaient les autres à la manière des aventuriers face aux sédentaires, et elles commencèrent leur récit, Roberta menant et Faye ajoutant son mot ici et là.

Il s'agissait de deux ou trois cents manifestants — le nombre variait en fonction de toutes les allées et venues — bloquant l'accès des grilles aux camionnettes venues distribuer les journaux. La police était venue aider les camionnettes à franchir les grilles sans drame.

« Deux cents policiers, énonça Roberta, méprisante. Deux cents policiers de merde !

— Plus de flics que de manifestants », ajouta Faye en riant, et Roberta posa sur elle un regard attendri. Ainsi animée et enjouée, Faye était vraiment très jolie. Son expression d'hébétude dépressive avait disparu. Elle semblait étinceler, dans la pénombre du salon.

« J'ai dû retenir Faye, reprit Roberta, parce qu'elle s'emballait tellement qu'elle serait restée là-bas. Évidemment, comme nous sommes toutes les deux obligées de ne pas nous faire trop remarquer...

— Des arrestations ?

— Cinq, répondit Roberta. Ils ont pris Gerry. Mais il ne s'est pas laissé faire sans réagir.

— Ah non, alors, proclama Faye fièrement.

— Qui d'autre ?

— Les connaissais pas. Des militants, je crois. »

Silence. Alice savait qu'elle avait perdu l'avantage, et se sentait découragée. En voyant le visage de Jasper, pendant qu'il écoutait le récit des deux manifestantes, elle songea, Il va y aller dès demain, s'il est bien tel que je le connais.

Jasper déclara, « Je vais y aller demain. » Et il regarda Bert, qui acquiesça, « Parfait. »

Bert se tourna vers Pat, qui annonça, « J'en suis. »

Nouveau silence. Faye reprit d'un ton excité, « J'aimerais bien m'occuper d'une de ces camionnettes. Figurez-vous que quand je regardais ces énormes trucs blindés tout allumés, avec un grillage par-dessus le pare-brise, j'éprouvais une telle haine — c'était vraiment le *mal* pur.

— Oui, dit Bert. Ils résument tout ce que nous haïssons.

— Je voudrais — je voudrais... » Là, voyant comme son amante la regardait, Faye commença à jouer coquettement, pour finalement feindre un ironique frémissement et dire, « Je voudrais y planter mes dents ! » Et Roberta lui tapota doucement l'épaule, puis la pressa brièvement contre elle.

« Quoi qu'il en soit, dit-elle, il ne faut pas que nous y retournions, nous deux. Il ne faut pas nous laisser prendre.

— Oh, protesta Faye avec une moue, pourquoi ? Nous n'aurons qu'à faire attention.

— Ils auront tout photographié, bien sûr, s'exlama Jim avec animation, ils auront votre photo.

— Oui, mais nous ne faisions rien, objecta Faye. Pas de chance, nous faisions gaffe...

— J'irai aussi, décida Jim. J'aimerais bien. Les sales cons ! »

Comme il parlait avec une intonation de peine véritable,

Faye et Roberta posèrent sur lui un regard curieux, et Bert annonça, « La police est venue, ce soir.

— Heureusement que nous n'y étions pas, dit Roberta.

— Alice s'en est occupée. Une vraie merveille », déclara Pat, mais d'un ton moins amical que si les deux filles n'étaient pas revenues diviser les alliances.

Elles ont tout gâché, songea amèrement Alice, se surprenant elle-même. Un instant plus tôt, elle s'était dit, Je suis là à faire des histoires pour une maison, pendant qu'elles font des choses sérieuses.

« Bon, lança Faye, écartant la visite de la police comme un détail sans importance en regard des vrais grands problèmes, eh bien, je vais aller me coucher, si nous devons nous lever de bonne heure demain matin. »

Les deux femmes se levèrent. Roberta observait Philip, qui était toujours là, à l'écart, comme pour attendre quelque chose. « Tu dors ici ? » s'enquit-elle, et Philip leva les yeux vers Alice. Elle déclara, « J'ai dit à Philip qu'il peut vivre ici. » Elle s'entendit parler d'une voix implorante, sentit qu'elle avait son fameux air et qu'elle risquait de s'effondrer en pleurant.

Le corps de Roberta avait subtilement changé, durci, l'air agressé, comme si elle avait fait un gros effort pour arborer une expression d'impartialité. Philip semblait recevoir d'invisibles coups.

Roberta se tourna vers Bert, sourcils froncés. Le regard en retour de Bert se voulait neutre. Il n'allait pas prendre parti. Alice songea une nouvelle fois, Il n'a pas d'envergure. *Il ne vaut rien.*

Alice regarda Pat, et vit quelque chose qui risquait de sauver la situation. Pat attendait Bert ; oui, il s'était dit certaines choses, discuté certains problèmes, pendant son absence. Une décision ?

Comme Bert ne disait rien, Pat déclara, « Philip, Alice ne peut prendre aucune décision à titre individuel. Tu le sais bien, Alice ! Il faut que nous en discutions pour de bon. » Elle lança alors un coup d'œil à Jim, qui rappela aussitôt, « J'étais ici le premier, c'était ma maison. » Il paraissait dangereux, il était dangereux, sauvage, toute affabilité envolée. « Je vous ai dit, Entrez, c'est ici la maison de la Liberté. Voilà ce que je vous ai dit. » Il s'agissait d'un principe. Alice le reconnaissait. Elle songea, C'est Jim qui sauvera Philip ! — Jim poursuivait, « Et puis j'entends qu'on me dit, Va-t'en, tu n'es pas chez toi ! Comment cela ? Je ne comprends pas. »

Roberta et Faye s'étaient immobilisées. Roberta déclara, « Il faudrait prévoir une réunion pour en parler sérieusement. »

Philip se leva. Il observa, « J'ai travaillé ici deux jours entiers. Les cinquante livres ne couvriraient même pas le prix du câble électrique que j'ai installé. »

Alice fixa un regard ardent sur Jasper. Qui attendait l'avis de Bert. Qui souriait calmement, faisant luire ses dents et sa bouche rouge dans sa barbe noire.

Pat se leva. Elle lança d'un ton sec, déçue par Bert, « Je ne vois absolument pas pourquoi Philip ne pourrait pas rester. Hein, pourquoi pas ? Et quant à Jim, il était ici avant nous tous. Bon, je vais me coucher. Si nous voulons aller manifester demain, il faut nous lever au plus tard à huit heures.

— J'irai aussi », décida Philip.

Alice retint son souffle, et réprima un gémissement. « J'aurai l'argent, dit-elle. Je l'aurai demain soir. »

Philip émit un petit rire déçu. « Peut-être, dit-il. Et ce n'est pas la question. Si j'avais vraiment tenu à l'argent, je ne serais pas ici.

— Bien entendu, dit Pat. Bon, eh bien allons-y tous demain. » Elle bâilla et s'étira d'un geste énergique et sensuel en jetant un coup d'œil à Bert, qui réagit aussitôt en se levant et l'enlaçant.

Oh non, gémit Alice intérieurement, ils ne vont pas recommencer !

Roberta et Faye sortirent en se tenant par la main. Bonne nuit. Bonne nuit.

Bert et Pat partirent, pressés l'un contre l'autre.

Jasper suivait, sur leurs talons ; et Alice l'entendit gravir bruyamment les marches deux à deux.

Alice déclara à Philip, et à Jim, « Tout se passera bien. »

Philip riposta, « Mais tu ne peux pas le garantir, pas en tant qu'individu.

— Non », renchérit Jim. Sa furieuse colère s'était évanouie. Il était redevenu lui-même, lucide et souriant. Mais Alice se disait, Si nous le mettons dehors, il reviendra une nuit pour tout casser.

Ou quelque chose de ce genre. Elle s'étonnait que les autres ne l'aient pas senti.

Philip annonça à Alice, prenant position comme il avait souvent dû se forcer à le faire, Alice s'en doutait, « Je ne travaillerai pas ici demain, je vais avec les autres. Après tout, la lutte contre les capitalistes passe avant notre confort. » Pas de salaire, pas de travail ! Il sortit, et elle l'entendit monter lourdement l'escalier.

Quant à Jasper, il s'en était allé sans dire bonsoir se réfugier dans sa chambre. Alors commença le rythme obsessionnel et moelleux de la batterie, telle une menace.

Alice était seule. Elle fit le tour du salon pour éteindre les bougies, puis demeura un moment immobile pour laisser la nuit s'installer, et pouvoir distinguer dans l'inégale pénombre l'arrondi d'un fauteuil, le contour dur d'une table. Elle se disait, La prochaine chose que je fais...

En quittant la pièce, elle s'inquiéta : Jasper avait-il emporté ses affaires dans une autre chambre — et elle sentit son cœur flancher. Car s'il allait l'exclure, et en plus avec Bert dans la maison, elle savait qu'elle aurait du mal à maintenir le contact avec lui, qui était le sens et le but de son existence. Il ne la quitterait pas, elle le savait ; mais il pouvait sembler s'en aller très loin.

Elle alla dans le vestibule, si vaste et vide maintenant que tout le monde était parti, et éteignit la lumière. Elle gravit l'escalier dans l'obscurité, sentant glisser sous ses pieds le tapis usé, et arriva sur le palier où donnaient les portes derrière lesquelles s'étaient retirés les autres ; même Philip, dans la petite pièce située au-delà de la grande chambre de Roberta et Faye. Jim dormait toujours en bas, avec ses instruments — et puis on pouvait facilement sauter par la fenêtre et s'enfuir en cas de nécessité.

Elle ouvrit la porte de sa chambre et avec un soulagement qui lui causa soudain une faiblesse dans les genoux, vit Jasper pelotonné contre le mur, telle une larve dans la pénombre. Le sac de couchage d'Alice était resté posé contre le même mur ; il était déjà arrivé d'autres fois que Jasper le déplace. Elle se glissa dedans tout habillée.

« Jasper ? appela-t-elle.

— Qu'y a-t-il ?

— Eh bien, bonne nuit. »

Il ne répondit rien. Ils gardèrent tous deux le silence, immobiles, l'oreille tendue pour savoir si Pat et Bert allaient recommencer. Ils recommencèrent. Mais Alice était épuisée. Elle sombra dans le sommeil, et se réveilla quand il faisait jour. Jasper était parti, et elle comprit qu'ils étaient tous partis, qu'elle restait seule dans la maison à l'exception de Jim. Philip aussi ? Elle alla voir. Pas de Philip ; et ses outils gisaient près du trou du plancher, là où il avait changé les câbles.

Il fallait qu'elle trouve de l'argent. Il le fallait absolument.

Elle se disait : Si je parle à Maman, si je lui explique... Mais cette idée tomba dans un gouffre de consternation. Elle ne se rappelait plus ce qu'avait dit sa mère exactement, mais cette voix vide, comme si toute vie en avait été extirpée, Alice s'en souvenait bel et bien. Mais qu'est-ce qui lui prend, songea Alice indignée, qu'est-ce qu'elle a ?

Son père. Il est forcé de m'en donner. Obligé ! Cette pensée mourut aussi, incapable de se maintenir... elle se surprit à imaginer la nouvelle maison de son père. Bon, pas si nouvelle ; il y habitait depuis plus de cinq ans, puisque Jasper et elle s'étaient installés chez sa mère quand son père l'avait quittée depuis déjà plus d'un an. Une nouvelle femme. Deux nouveaux enfants. Alice resta un long moment à se rappeler la maison, où elle était allée plusieurs fois. Le jardin : Jane. Jane *Mellings* avec ses deux jolis bébés dans le grand jardin vert, qui devait être rempli de fleurs printanières et de forsythias, en ce moment.

Alice reprit vie, s'élança dans l'escalier, attrapa sa veste et courut dehors, dans la rue, où les gens mettaient leur voiture en marche pour aller travailler. Tout en courant, elle se disait : Les hommes de la voirie ont dit qu'ils viendraient ! Mais elle ne serait partie qu'une heure, et ils n'allaient pas venir de si bonne heure — comment savoir ? S'ils viennent et ne trouvent personne... Elle continuait néanmoins à courir, en se répétant : Mais ils ne vont pas venir encore, je le *sais*, qu'ils ne vont pas venir maintenant.

Elle s'engouffra en haletant dans le métro, prit en vitesse un ticket au distributeur, dévala l'escalier, et trouva justement un train en gare. Alice ne s'en étonna pas, car elle savait que ce matin tout irait bien pour elle. Elle fit le trajet avec impatience, dès l'arrivée s'élança dans l'escalier de la sortie, et courut, courut dans les avenues feuillues, pour s'arrêter brusquement devant la maison de son père, située à près d'un kilomètre de chez sa mère.

Sans en éprouver la moindre surprise, elle vit dans le jardin Jane, la nouvelle femme de son père, assise sur une grande couverture à rayures rouges et vertes étalée sur la pelouse, avec ses deux petits enfants dont les têtes blondes resplendissaient au soleil.

Alice détourna les yeux de cette scène, comme si la force de son regard eût risqué d'attirer les yeux de Jane. Alice parcourut d'un pas décidé l'allée menant à la porte d'entrée, la trouva fermée à clé, et fit le tour de la maison. Si seulement Jane avait tourné la tête, elle l'aurait vue bien en face. Alice pénétra dans la cuisine, et reçut un coup au cœur : car c'était une vaste pièce, avec une grande table en bois sur laquelle étaient posées des jattes de fruits et des fleurs, ce qui représentait pour Alice le symbole même du bonheur.

Alice se précipita dans le vestibule et dans l'escalier, en se disant que si son père était en retard pour aller travailler — mais cela n'arrivait jamais —, elle lui dirait : Oh, bonjour Papa, tu es là ! Elle ouvrit la porte de leur chambre, calmement, et vit comme elle s'y était attendue le grand lit matrimonial, avec les couvertures rejetées, la chemise de nuit de Jane (en soie écarlate, nota sévèrement Alice), le pyjama de son père, une balle d'enfant en mousse multicolore, et un ours en peluche.

Elle se dirigea sans hésitation vers les portes coulissantes derrière lesquelles étaient suspendus les vêtements de son père. Soigneusement. Son père était un homme méthodique. Elle fouilla les poches, sachant bien qu'elle y trouverait quelque chose, car cela avait été un sujet de plaisanterie chez eux, dans *leur* maison, que Dorothy Mellings trouvait de l'argent dans ses poches et se faisait un principe de le dépenser en petites folies. Et lui — le père d'Alice — disait : « Bon, avoue, à quoi l'as-tu dépensé ? » Et la mère d'Alice répondait, « Des pêches au cognac. » Ou des marrons glacés, ou du whisky Glenfiddich.

Les mains d'Alice furetaient dans les poches et elle priait, Mon Dieu, faites que je trouve de l'argent, faites qu'il y en ait, qu'il y en ait beaucoup. Ses doigts sentirent une épaisse liasse et elle la sortit, osant à peine croire à sa chance. Une grosse liasse de billets. Des billets de dix livres. Elle les glissa dans sa poche de poitrine et se glissa hors de la chambre, descendit l'escalier, traversa la cuisine et se retrouva à l'arrière du jardin. Elle s'arrêta à peine pour voir si Jane regardait bien de l'autre côté. Elle savait que tout allait bien.

Alice fut hors de la maison, dans la rue, et hors de vue en quelques instants. Alors elle s'arrêta et, dos à la rue, devant une haie touffue, elle compta les billets. Elle ne pouvait pas y croire. C'était pourtant vrai. Trois cents livres.

Bon, cette somme allait lui manquer, ce n'était plus une affaire de saloperie de gingembre confit ou de pêches. Trois cents livres sterling : il se dirait qu'*elle* les avait volées — Jane. Tant pis pour elle. Un plaisir acide et froid envahit Alice ; elle remit les billets dans sa poche et se mit à courir. Les hommes de la voirie !

Trois quarts d'heure après son départ, de retour à la maison, elle vit la benne à ordures s'engager dans sa rue.

Elle savait, elle *savait* que tout irait bien, et elle attendit en souriant, tandis que le martèlement de son cœur lui faisait bourdonner les oreilles.

De la benne sautèrent les trois hommes de la veille et, l'ayant reconnue, ils commencèrent à ramasser les sacs noirs et luisants. Pas un mot sur l'eau de pluie qui gargouillait dans les sacs avec les ordures.

Il leur fallut une vingtaine de minutes pour en venir à bout, tandis que Joan Robbins les observait de sa porte, bras croisés. Et qui d'autre encore regardait ? Alice ne chercha pas à le savoir, mais elle s'obligea à aller près de la haie, échanger quelques mots avec Joan Robbins et sourire : un petit bavardage entre voisines, voilà ce que verraient les gens qui regardaient ; puis elle alla se poster au portail, d'où avait maintenant disparu le dernier sac noir, et mit dans la main d'Alan, le conducteur, la somme convenue de quinze livres, avec un bon sourire de ménagère. Et elle rentra. Il était juste un peu plus de dix heures. Et la journée entière s'étendait devant elle, chaque minute allait être emplie d'activités utiles. Et cela, dès qu'elle s'y mettrait. Car pour l'instant, elle arrivait au bout de son énergie. Maintenant, elle pensait à eux, ses amis, *sa famille,* qui devaient se trouver sur le chantier de Melstead, mêlés aux autres, face aux forces de police pour en prendre la mesure, allant et venant avec assurance et confiance, échangeant des propos que la police serait obligée d'entendre sans réagir — sans réagir, jusqu'au moment où ils pourraient prendre leur revanche.

Bert, Jasper et Pat, Jim et Philip, Roberta et Faye — elle espérait que ces deux-là seraient prudentes. Bah, ils avaient tous acquis une maturité politique, ils savaient jusqu'où ils pouvaient aller. Jasper ? Jasper n'avait participé à aucune confrontation depuis longtemps ; et d'abord, il venait juste d'achever une période de liberté conditionnelle. Ce n'était pas qu'elle voulût le garder en sécurité, mais plutôt qu'elle tenait à voir les choses faites comme il le fallait. Jasper était imprévisible ; il avait déjà passé deux ans en conditionnelle, et pour rien d'intéressant — de l'avis d'Alice —, par simple désinvolture.

Assise toute seule dans le vaste salon délabré qui l'enveloppait confortablement, Alice se rendit compte qu'elle avait faim. Elle ne se sentait pas l'énergie de ressortir. Contre le mur était jeté un sac à dos fripé et, dedans, elle trouva un morceau de pain et du saucisson. Dieu sait depuis combien de temps cela traînait là, mais elle s'en moquait. Elle mangea lentement, attentive à ne pas faire de miettes. Pour cette pièce, il lui faudrait de l'aide, c'était tellement grand, et si haut de plafond. Mais la cuisine… il lui fallut près d'une heure pour se remettre en mouvement ; elle était vraiment fatiguée. Et puis elle savourait le plaisir de dépenser dans sa tête l'argent qu'elle sentait, en liasse épaisse et douce, juste au-dessous de son cœur. Elle rassembla ensuite ses forces, et se rendit dans la cuisine. Elle remplit des seaux d'eau — malheureusement — froide, et se mit au travail. Elle lessiva le plafond et les murs, en déplaçant l'escabeau autour de la cuisinière toujours couchée sur le flanc. À un moment, elle se rendit compte que ses joues ruisselaient de larmes — elle pensait aux autres, tous ensemble, qui criaient en chœur, « À bas, Thatcher, à bas ! », « À bas, les jaunes, *à bas !* »

Elle pouvait les entendre scander, « Nous ne bougerons pas. »

Elle imaginait le moment où l'un d'eux, Philip, oui, se dit-elle, Philip, irait dans un café acheter des sandwiches et de la bière pour eux tous. Peut-être même y aurait-il une cantine roulante, maintenant ; il devait sûrement y en avoir, depuis le temps que durait cette grève.

Elle imaginait le moment où l'atmosphère s'épaissirait, électrisée, et où les véhicules blindés — symboles de tout ce qu'ils détestaient — se mettraient en marche, la foule s'unirait pour former un véritable mur contre lequel la police…

Alice pleura un peu, à voix haute, renifla et déglutit tout en lessivant le sol. S'ils décidaient que Philip ne pouvait pas rester, alors... ces ardoises du toit, ces ardoises...

Vers quatre heures de l'après-midi, la cuisine était entièrement nettoyée, il ne restait plus la moindre miette ou tache de saleté nulle part. La grande table avait repris sa vraie place, entourée de ses lourdes chaises de bois, et au milieu trônait un pot de confiture en verre, avec quelques jonquilles du jardin. Seule la malheureuse cuisinière demeurait couchée, rappelant le désordre disparu. Alice envisagea de prendre le métro pour rejoindre les autres : elle en avait le droit, elle, ancienne combattante de cent batailles ; mais elle s'assit dans le salon pour se reposer et s'endormit, pour se réveiller au vacarme du retour des autres, animés et ravis de leurs prouesses, pleins de rires et de discussions. Jim les suivait, pour ne rien manquer de ce bon moment.

Toute somnolente dans son grand fauteuil, Alice se montra humble et même honteuse en s'arrachant au sommeil pour les accueillir et il lui sembla qu'elle n'en était pas digne, quand ils étalèrent par terre des provisions et des boissons, et qu'ils l'invitèrent à se joindre à eux.

Puis elle se rappela. Elle tira de sa poche l'épaisse liasse et, riant soudain, donna cent cinquante livres à Philip. « En acompte », annonça-t-elle.

Silence. Les regards s'étaient figés. Puis ils se mirent à rire et voulurent tous la serrer sur leur cœur et se congratuler entre eux. Même Jasper lui passa brièvement le bras autour des épaules en riant, comme pour se vanter d'elle auprès des autres.

« Mieux vaut ne pas demander d'où ça vient, dit Roberta, mais bravo.

— Honnêtement gagnés, j'espère », articula Faye d'un ton pincé, et ils se remirent tous à rire et s'embrasser, mais Alice savait bien que la raison en était autant l'exubérance de leur journée passée en violents affrontements avec les autorités que leur satisfaction à son égard.

« Quoi qu'il en soit, commença Faye, il faut que nous prenions une décision de groupe », et Roberta l'interrompit, « Oh, merde, Faye, laisse tomber. C'est très bien comme ça... »

Les deux femmes échangèrent un regard ; et Alice comprit ; ils avaient discuté, là-bas, et n'étaient pas d'accord. Bert déclara brièvement, comme si cela n'avait aucune importance et n'en avait jamais eu, « Oui, en ce qui me concerne, c'est très bien ainsi. » Jasper renchérit, « Oui, je suis d'accord. »

Pat ajouta, « Bien sûr, que c'est d'accord. »

Philip ne pouvait rien dire, car il aurait pleuré ; il rayonnait de bonheur et de soulagement. Et Jim : bon, il le prenait comme un sursis, Alice s'en rendait compte ; elle savait que pour Jim, rien ne pourrait jamais sembler autre chose qu'un bien temporaire. Mais il était content. Il régnait dans la pièce une chaude atmosphère d'amitié. Une famille...

Cette atmosphère dura pendant tout le dîner, et aussi quand Alice les emmena dans la cuisine pour leur montrer comme elle était propre.

« Elle est merveilleuse, chantonna Faye. Alice la Merveille, la merveilleuse Alice... » Elle était un peu ivre et très excitée, et ils la regardaient tous avec ravissement.

Sans qu'Alice le leur eût demandé, Bert et Jasper relevèrent la cuisinière et la remirent en place contre le mur.

« Je la réparerai demain », annonça Philip d'une voix satisfaite.

Ils montèrent l'escalier tous ensemble, répugnant à se séparer pour la nuit, tant était fort le sentiment de constituer un groupe.

Allongée contre le mur, les pieds à moins d'un mètre de ceux de Jasper, Alice s'enquit rêveusement, « Alors, qu'avez-vous décidé, Bert et toi ? »

Jasper eut un bref sursaut, qu'elle remarqua en se disant, Je ne savais pas que j'allais le lui demander.

Il s'était raidi, soudain percé à jour ; c'était ainsi qu'il ressentait ce qu'elle avait dit.

« Oh, cela m'est égal, Jasper, reprit-elle avec impatience, mais néanmoins conciliante. Mais vous en avez discuté, non ? »

Au bout d'un moment, « Oui, en effet.

— Eh bien, cela nous concerne tous. »

Silence. Puis, à contrecœur, « Nous avons pensé que ce ne serait peut-être pas une mauvaise chose, d'avoir d'autres gens avec nous. Mais il faut qu'ils soient au C.U.C. Jim devra adhérer.

— Tu veux dire que Philip et Jim serviront de couverture. »

Il ne répondit pas. Ce silence équivalait à un acquiescement. « Oui, et bien sûr il viendra d'autres gens, et... »

Il l'interrompit avec mauvaise humeur, « Tu ne peux pas laisser venir n'importe qui, nous ne pouvons pas accepter n'importe qui.

— Je n'ai pas dit n'importe qui. Mais les autres n'auront pas besoin de savoir que nous appartenons à l'I.R.A.

— Exactement. »

Elle remarqua alors de sa voix rêveuse, et à sa propre surprise, « Avec les camarades de l'autre maison, je me demande... » Elle s'interrompit. Intéressée par ce qu'elle venait de dire. Respectueuse, même.

Mais il s'était redressé comme un ressort et, appuyé sur un coude, la dévisageait dans la pénombre, où les phares des voitures traversaient le plafond, les murs, le plancher, projetant sur eux deux une lumière changeante. Il se taisait. Il ne demanda pas : Comment le sais-tu, pour l'autre maison ? ou bien, Comment oses-tu m'espionner ? — toutes choses qui s'étaient dites assez fréquemment dans un passé récent ; jusqu'au moment où il avait compris qu'elle était capable d'une chose : savoir, sans qu'on lui eût rien dit.

Elle pensait vite, écoutant les paroles qu'elle avait prononcées. Ainsi donc, Bert et Jasper étaient allés dans la maison voisine, n'est-ce pas ? Il y a des camarades, dedans ? Oui, ce doit être cela !

Elle s'enquit, « Vous y êtes simplement allés pour voir, au hasard, ou bien — que s'est-il passé ? »

Il répondit avec raideur, après un moment de silence, « On nous a contactés. Ils nous ont adressé un message.

— À toi ? À Bert et toi ? »

À son hésitation, elle comprit qu'elle avait été incluse, mais elle n'avait pas l'intention d'en faire une histoire.

« Un message nous est parvenu », dit-il, et il se recoucha.

« Et toi et Bert — et les camarades là-bas — avez décidé qu'il fallait prendre d'autres gens avec nous, comme couverture. »

93

Silence. Mais elle savait qu'il ne dormait pas. Elle laissa passer quelques minutes, pendant lesquelles elle réfléchit. Puis elle changea de sujet, « Bientôt, les autres vont devoir contribuer aussi. Jusqu'à maintenant, c'est moi qui ai tout payé.

— Où as-tu trouvé cet argent ? » demanda-t-il aussitôt, sous l'effet de ce rappel, comme elle l'avait espéré.

Elle le tenait prêt pour lui ; elle se pencha dans l'obscurité et lui tendit quelques billets.

« Combien ? voulut-il savoir.

— Cinquante.

— Combien tu as eu ?

— Ne pose pas de questions », répliqua-t-elle ; elle le lui aurait dit s'il avait insisté, mais il se contenta de répondre, « Tu as bien raison, extirpe-leur jusqu'à leur dernière goutte de sang. »

Alice annonça, « Demain, il faut que j'aille m'occuper de la commission d'urbanisme. Tu iras toucher mon allocation ?

— D'accord. »

Ils guettaient tous deux le son des ébats amoureux de la chambre voisine, mais Bert et Pat avaient dû s'endormir tout de suite. Jasper et Alice se détendirent alors, après être restés longtemps crispés, et gardèrent un silence amical, tandis qu'Alice se disait : Nous sommes ensemble... comme un couple marié, bavardant avant de s'endormir. J'espère qu'il va se décider à me raconter comment s'est passée la journée.

Elle ne voulait pas le lui demander, mais savait qu'il savait qu'elle mourait d'envie de tout entendre. Et bientôt il se montra gentil : il se mit à parler. Elle l'aimait tellement, dans ces moments-là. Il lui raconta tout, depuis le début : comment ils avaient pris le train tous les cinq, après avoir acheté des sandwiches et du café à la gare, et s'étaient entassés sur les deux banquettes face à face pour prendre leur petit déjeuner ensemble. Comment ils avaient ensuite pris un taxi pour se rendre à l'imprimerie. Le chauffeur était de leur côté, et leur avait souhaité bonne chance avant de repartir.

« C'était bien », souffla Alice, souriant dans l'obscurité.

Ils conversèrent ainsi, doucement, Jasper lui racontant tout, car il racontait bien, fabriquant des mots-images d'événements, de situations. Il devrait être journaliste, se dit Alice, il est tellement intelligent.

Elle aurait pu discuter toute la nuit parce que, évidemment, elle avait bien dormi dans l'après-midi. Mais il s'endormit vite ; et elle se sentit heureuse de rester allongée là, dans le silence, pour organiser dans sa tête la journée du lendemain qui, elle le savait, ne serait pas facile.

À son réveil, Jasper n'était plus là. Elle courut au dernier étage, et regarda dans les quatre pièces où elle avait laissé toutes les fenêtres ouvertes. Les deux qui avaient contenu les horribles seaux n'étaient déjà plus que des chambres où bientôt vivraient d'autres gens. Mais elle n'était pas venue pour cela. Deux des plafonds s'ornaient d'auréoles brunâtres et, après avoir repéré sur le palier la trappe qui menait au toit, elle grimpa sur un rebord de fenêtre pour y accéder. Elle était juste assez haute, et elle sentit la trappe obéir sous ses doigts. Pas de problème !

Elle descendit en courant à la cuisine, où l'on entendait des voix. Ce qu'elle y découvrit lui emplit les yeux de larmes. Ils étaient tous assis autour de la table, Bert et Pat, tout près l'un de l'autre ; Jasper ; Jim, l'air heureux, souriant, et Philip, déjà au travail, penché sur la cuisinière avec une tasse de café à portée de main. Bert était allé chez son amie Felicity, la petite amie de Philip, avait fait remplir de café la thermos, et il avait acheté des croissants, du beurre, et de la confiture. C'était un vrai repas. Elle se glissa à sa place, au bout de la table, en face de Bert, et déclara, « Si cette pièce avait des rideaux... » Ils éclatèrent tous de rire.

« Avant de parler de rideaux, tu ferais mieux de régler les problèmes avec la mairie », rétorqua Jasper impérieusement, mais seulement parce qu'il était jaloux de Pat, qui lança, « Oh, je soutiendrai Alice. Je la soutiendrai pour n'importe quoi. »

Du café et des croissants apparurent devant Alice, et elle demanda à la ronde, « Quelqu'un a-t-il remarqué les plafonds du second étage ?

— Oui, dit Pat.

— Je ne peux pas tout faire à la fois », protesta Philip. Il semblait peiné, et Pat le rassura, « Ne t'inquiète pas, ce n'est pas difficile de remettre des ardoises. Je l'ai déjà fait dans un autre squat.

« — Je t'aiderai quand j'en aurai fini avec la cuisinière », promit Philip.

Pat s'adressa alors à Bert, « Si quelqu'un pouvait récupérer les ardoises tombées dans la gouttière ?

— L'équilibrisme n'est pas mon fort, répondit Bert avec bonne humeur.

— Je peux le faire », annonça Alice. Puis elle suggéra à Jasper, et non à Bert, « Si tu empruntais la voiture d'à côté, tu pourrais aller chercher des meubles dans les décharges mobiles ? J'ai vu quatre bennes de décharge dans la rue de mon père, avec plein de trucs en bon état. » Elle ajouta d'un ton farouche, « Ce gâchis. Tout ce *gâchis.* » Elle sentit que son fameux air revenait, tandis qu'elle ajoutait, « Cette maison, toutes ces chambres... les gens jettent de tout partout, même quand c'est en parfait état. » Elle resta un moment à lutter contre elle-même, sachant que Pat l'examinait, prête à diagnostiquer. Pat déclara à Bert, « Voilà pour toi, Bert, un bon boulot pour la journée. Pour Jasper et toi. » Comme il riait au souvenir d'une vieille plaisanterie sur sa paresse légendaire, elle reprit d'un ton irrité, « Oh, ça commence à bien faire, merde, c'est Alice qui a fait tout le travail.

— Et trouvé l'argent, renchérit Philip, toujours penché sur la cuisinière.

— Ça marche comme ça, admit Bert.

— Ça marche comme ça », répéta Jasper en écho, ravi, déjà impatient de s'en aller seul avec Bert pour fouiner, chaparder, dénicher...

Ils sortirent tous les deux au moment où entraient Roberta et Faye ; voyant les croissants qui restaient, elles s'attablèrent pour les manger.

Alice traîna la lourde échelle de Philip devant la maison, et y grimpa. Heureusement, la maison était trapue, lourdement posée sur la terre, sans rien d'élancé ni d'impressionnant. Quand elle arriva en haut, Pat était déjà assise sur le toit, près de la cheminée, qu'elle entourait d'un bras. Elle était passée par une lucarne du grenier. Autour de la cheminée, le toit paraissait érodé, boursouflé. Beaucoup d'ardoises avaient glissé et se trouvaient à présent dans la gouttière. Toute cette eau qui entrait, et pour aller où ? Elles n'avaient pas encore examiné le grenier.

Alice ramassait les ardoises tombées, et les posait devant elle sur le toit. Pat ne semblait nullement pressée de commencer ; elle avait plaisir à se trouver là, dominant les toits et les fenêtres des maisons. Et les voisins, bien sûr, qui les regardaient, deux femmes au travail sur une toiture. Et où étaient les hommes ? pouvait-on littéralement les entendre penser — Joan Robbins, la vieille femme assise sous son arbre, l'homme grincheux posté à sa fenêtre.

« Attrape », déclara Alice, prête à lancer, mais Pat répondit, « Attends. » Elle s'allongea sur le ventre, se tortilla un peu, et s'efforça de regarder à travers le toit.

« Il y a un nid sur la poutre, ici, expliqua-t-elle à voix basse, comme par crainte de déranger les oiseaux.

— Oh non, gémit Alice, quelle horreur ! » Sa voix devenait soudain hystérique, et Pat lui jeta un regard froid, par-dessus le bras qu'elle tendait à l'intérieur, sous le toit. « Oh, pour l'amour du ciel », implora Alice, et elle se mit à pleurer.

« Un *oiseau*, dit Pat. Pas une *personne*, mais un *oiseau*. » Elle sortit quelques poignées de paille et de brindilles et les lança en l'air, où elles retombèrent mollement, en flottant. Puis quelque chose s'écrasa sur le toit : un œuf. Un minuscule embryon d'oiseau s'y répandit. Remuant.

Alice continua à pleurer, avec de petits sanglots haletants, les yeux fixés devant elle sur le toit.

Un second œuf s'écrasa sur le toit.

Des yeux d'enfant épouvanté implorèrent Pat qui continuait à fouiller de son bras le trou. Mais Pat s'abstenait délibérément de regarder Alice, qui haletait et reniflait au-dessous d'elle.

Un troisième œuf parcourut un arc dans l'air, et s'écrasa dans le jardin avec un bruit mou.

« Maintenant, c'est fait », annonça Pat, et elle regarda Alice. « *Arrête !* » Alice renifla et s'imposa silence puis, sur un signe de tête de Pat, commença à lui lancer les ardoises. Pat les attrapait avec soin, l'une après l'autre.

Roberta et Faye apparurent au-dessous, et les saluèrent d'un geste en s'en allant.

« Bonne journée ! » leur lança Pat, brève, ironique, mais avec un sourire révélant que, tout comme Alice, elle n'attendait rien d'autre.

Philip rejoignit Pat sur le toit et Alice redescendit, après avoir récupéré toutes les ardoises à sa portée, pour déplacer la lourde échelle un peu plus loin. Elle effectua ainsi le tour de la maison, peu à peu, pour évacuer les amas de feuilles mortes détrempées et les ardoises tombées. Au-dessus d'elle, Philip et Pat réparaient la toiture.

Alice se sentait abattue et trahie. Par quelqu'un. Les deux minuscules oisillons à demi nés gisaient là, le cou distendu, l'œil vitreux, et personne ne leur accordait un regard. Les parents oiseaux voletaient sur les hautes branches, avec des piaillements plaintifs.

Alice s'efforça de fixer son esprit sur ce qu'il fallait faire ensuite. Le nettoyage. Le *nettoyage* ! Les fenêtres, les planchers, les murs, les plafonds, et puis la peinture, tellement de peinture, cela coûterait...

Vers le milieu de l'après-midi, elle partit appeler la mairie, comme s'il s'agissait d'une formalité sans importance, comme si tout était réglé.

Elle s'entendit répondre que Mary Williams n'était pas là, et son cœur s'assombrit.

Bob Hood, un autre fonctionnaire, dérangé dans son important travail, déclara sèchement que la question des numéros 43 et 45 avait été reportée au lendemain.

Alice suggéra, « Alors tout va bien, n'est-ce pas ?

— Non, absolument pas, répliqua Bob Hood. Il n'est pas admis que vous ni quiconque puissiez occuper les lieux. »

Alice déclara alors, d'une voix aussi péremptoire et sans appel que celle de son interlocuteur, « Il faut que vous veniez voir sur place. Il est scandaleux qu'on puisse même *envisager* la démolition. Cela devrait faire tomber des têtes ! Je suis sûre qu'il en tombera, d'ailleurs. Ces deux maisons sont parfaitement saines, et en excellent état. »

Silence. Il grommela — mais il reculait, « Et puis il y a de nouveau eu des plaintes. On ne peut pas laisser durer cet état de choses.

— Mais nous avons entièrement nettoyé le 43 — celui que nous occupons. La police pourrait vous confirmer que nous avons nettoyé. »

Confiante, Alice attendit. Oh, elle connaissait ce genre de types, elle savait comment fonctionnait leur petit cerveau peureux, elle savait qu'elle le tenait. Elle l'entendait respirer, et pouvait littéralement suivre le cliquetis de ses mécanismes mentaux.

« Très bien, dit-il. Je vais venir. J'avais l'intention de jeter un coup d'œil sur ces deux maisons.

— Pouvez-vous m'indiquer vers quel moment?

— Ce n'est pas la peine, nous avons des clés.

— Oui, mais nous ne pouvons pas laisser les gens entrer et sortir comme il leur chante, vous comprenez. J'aimerais que vous m'indiquiez approximativement quand vous comptez passer. »

C'était là une telle insolence qu'elle-même en demeura saisie. Mais elle savait que ce n'était pas fichu, grâce à son attitude : exactement aussi impérieuse que celle de ce type. Et elle n'éprouva aucune surprise quand il répondit, « Je vais venir maintenant.

— Très bien, dit Alice. Nous vous attendons. » Et elle raccrocha la première.

Elle rentra en courant. Elle cria à Philip et Pat que la mairie envoyait quelqu'un, et qu'ils ne devaient surtout pas s'interrompre, parce que leur travail là-haut produirait le meilleur effet. Elle s'élança dans la maison pour vérifier l'état du salon et de la cuisine. Elle monta dans les chambres où ils dormaient, et s'émerveilla de voir que celle de Roberta et Faye était un véritable boudoir, avec une coiffeuse, des coussins, un édredon par-dessus le sac de couchage à deux places, des photos — bon, cela ferait le meilleur effet. Elle enfila vite une jupe. Ses cheveux, ses ongles. Elle entendit frapper à la porte avant d'être prête, et dévala l'escalier avec un sourire distant déjà prêt, pour ouvrir la porte comme il le fallait sur, « Bob Hood ? Je suis Alice Mellings.

— J'espère qu'ils savent ce qu'ils font, les deux, là-haut ?

— Je l'imagine. Il est ouvrier du bâtiment, et elle l'aide. En amateur, mais elle a déjà travaillé sur des toitures. »

Elle l'avait réduit au silence. Oh, sale petit bonhomme, songeait-elle derrière son sourire de brave fille. Sale petit bureaucrate.

« Voulez-vous que je vous montre d'abord le rez-de-chaussée ? Évidemment, cela ne vous donnera aucune idée de l'état dans lequel c'était, il y a encore trois jours. Tout d'abord, les ouvriers municipaux avaient bouché les toilettes avec du ciment, et arraché tous les fils électriques — et en plus, ils les ont laissés, au risque de provoquer un incendie.

— Je suis sûr et certain qu'ils obéissaient à des instructions, rétorqua-t-il.

— Vous voulez dire que leurs instructions consistaient à laisser une installation électrique dangereuse, et cimenter le robinet d'alimentation en eau ? Je me demande si le Service des eaux est au courant ? »

Il était rouge et furieux. Sans le regarder, elle ouvrit l'une après l'autre les portes du rez-de-chaussée, en s'attardant sur la cuisine. « L'électricien a refait l'installation et il n'y a plus aucun danger, mais vous avez eu de la chance que la maison ne disparaisse pas dans les flammes. Mary Williams m'a dit que vous étiez venu dans cette maison. Comment se fait-il que vous n'ayez pas remarqué les fils électriques ? »

Au premier étage, sachant que pour cet homme tout détail inconvenant, fût-ce même un matelas par terre, devait à jamais constituer une offense, Alice déclara, « Bien entendu, il faudra vous contenter de ma parole — ces pièces se trouvaient dans un état d'indicible horreur à notre arrivée, mais nous venons seulement de commencer.

— Indicible horreur maintenant », grommela-t-il en regardant la chambre où Jasper et elle dormaient, avec les deux sacs de couchage abandonnés le long du mur comme les peaux de serpents après la mue.

« C'est relatif. Je crois que vous serez surpris, quand vous reverrez les lieux d'ici un mois. »

Il riposta aussitôt, gardant l'avantage, « Je vous l'ai dit, n'y comptez pas.

— Si cette maison est évacuée, elle se remplira instantanément de vandales et d'épaves, vous le savez très bien. Vous avez de la chance, de nous avoir. Elle est remise en état sans qu'il en coûte un sou aux contribuables. »

Il ne répondit rien. Ils parcoururent en silence les chambres du second étage, où l'odeur était redevenue normale grâce aux courants d'air. Instinctivement, il referma les fenêtres l'une après l'autre, avec un petit air de vertueuse irritation. Comme une vraie salope de ménagère, songea Alice, toujours souriante.

100

Ils redescendirent. « Bon, admit-il, je dois bien reconnaître avec vous que je ne vois pour ma part aucune raison de démolir ces maisons. Il va falloir que je me penche sur la question.

— À moins, suggéra Alice avec une douceur glacée, que quelqu'un ne doive en tirer de substantiels bénéfices. Avez-vous vu l'article du *Guardian* ? Le scandale des logements sociaux ?

— Justement, oui. Mais cela ne concerne en rien cette affaire.

— Je comprends. »

Ils étaient arrivés devant la porte.

Elle attendait. Elle méritait une capitulation ; et elle l'eut. Le fonctionnaire déclara, sans sourire, mais exprimant de toute sa personne une complicité involontaire, « Je plaiderai pour vous demain. Mais je ne vous promets rien. Et puis il ne s'agit pas que de cette maison-ci, il y a aussi celle d'à côté. J'y vais maintenant. »

Alice avait de nouveau oublié l'autre maison.

Aussitôt que Bob Hood eut tourné le dos, elle grimpa à une petite fenêtre d'où l'on voyait la maison voisine et, éperdue de frustration rageuse, regarda le jeune homme propre et soigné s'arrêter pour contempler les amas d'ordures de l'autre jardin, et reconnut sur ses traits l'expression qu'elle avait vue sur les visages des hommes de la voirie : un dégoût incrédule, et exaspéré.

Ne pouvant supporter les martèlements de son cœur et les crispations de son estomac, elle redescendit à pas lents, soudain vidée de son énergie, et s'effondra dans le salon au moment où Pat y entrait, suivie de Philip.

« Eh bien ? » s'enquit Pat ; le visage de Philip s'était figé tant il était impatient de savoir, et ses yeux n'étaient que supplication.

« C'est la roulette », répondit Alice et, à sa grande rage, elle fondit en larmes.

« Oh, mon Dieu, mon Dieu, sanglota-t-elle. Oh merde. Oh, *non*. »

Assise sur le bras du fauteuil où Alice s'était jetée, Pat enveloppa de son bras les épaules affaissées, et dit, « Tu es fatiguée, voyons ! Quelle surprise ! — tu es fatiguée.

— Ça va aller, pleura Alice. Je sais que tout se passera bien, je le sais, je le sens. »

Au silence qui s'instaura, elle comprit que, par-dessus sa tête, Philip et Pat échangeaient des regards pour exprimer qu'il fallait la cajoler, la dorloter, la ménager, lui donner du café, et même du cognac, qu'on gardait dans une bouteille en réserve. Mais elle savait que, même s'il était réel, l'intérêt de Pat n'avait rien de comparable à celui de Philip et au sien. Jamais le cœur de Pat ne battrait ainsi, jamais son estomac ne se contracterait... Pour cette raison, elle n'accepta pas les cajoleries de sœur que lui prodiguait Pat, elle resta elle-même, seule, triste et isolée, en buvant son café et son cognac. Philip était sa charge, sa responsabilité : sa famille, lui semblait-il, parce qu'il était comme elle. Mais elle éprouvait néanmoins un réel plaisir à avoir Pat pour alliée.

C'est alors qu'arrivèrent Jasper et Bert, chargés du butin glané au cours de leur chasse au trésor dans Londres, et Alice se précipita dans le vestibule pour réceptionner un chargement qu'il fallait trier, et qui brancha ses émotions sur un autre circuit. « Oh, quel monstrueux gâchis », s'écria-t-elle, furieuse, devant des sacs en plastique remplis de rideaux dont le seul défaut semblait qu'on s'en fût lassé ; un réfrigérateur, des tabourets, des tables, des chaises — tous utilisables, même si certains devaient nécessiter quelques minutes de bricolage pour être remis en état.

Bert et Jasper repartirent, enthousiastes et ravis. Une vraie paire d'amis, une équipe ; unis par la tâche qui leur était confiée, celle de meubler la maison. Et puis ils avaient la voiture pour toute la journée, il fallait en tirer le maximum.

Philip et Pat abandonnèrent le toit pour aider Alice à répartir les meubles, et coururent acheter ce qu'il fallait pour fixer les rideaux, avec l'argent qu'Alice préleva sur sa réserve.

Ils parcoururent la maison en tous sens, montèrent et descendirent l'escalier, traînant des meubles, accrochant des rideaux, étalant sur le sol du vestibule un grand tapis auquel ne manquait qu'un bon nettoyage pour être parfait.

Bert et Jasper reparurent en fin d'après-midi avec un nouveau chargement, après avoir fouillé tout Mayfair et St John's Wood, et déclarèrent que c'était tout pour aujourd'hui — et la maisonnée s'attabla dans la cuisine avec le ronronnement du réfrigérateur en musique de fond, pour manger des œufs au jambon, cuits comme il fallait sur la cuisinière, en buvant du thé.

Et au beau milieu de ce festin, qui représentait un équilibre d'intérêts si fragile, résultant de bonnes volontés calculées, on frappa à la porte. Il s'agissait toutefois d'un petit coup timide, et non d'une sommation péremptoire. Ils se retournèrent tous brusquement ; de la cuisine ils pouvaient voir la porte d'entrée, qui s'ouvrait. Une jeune femme se tenait dans l'embrasure et, tandis que les autres la dévisageaient avec stupéfaction, *de qui était-elle l'amie ?* le cœur d'Alice se mit à battre follement. Elle savait déjà tout, à la manière dont la visiteuse inspectait le vestibule, qui était devenu accueillant, avec ce tapis et cet éclairage pourtant sobre, l'escalier imposant, et puis tous leurs visages l'un après l'autre. Elle laissait paraître une sorte de détermination affamée.

« La mairie, expliqua Alice. C'est Mary Williams. La collègue du petit facho qui est venu tout à l'heure. Mais elle est réglo... » Elle savait parfaitement que ces derniers mots marquaient en vérité le début d'une discussion qui aurait lieu plus tard, peut-être dès ce soir. Peut-être pas une discussion enflammée, ou aigre, peut-être seulement une discussion amicale — Oh, pria intérieurement Alice, faites que tout se passe bien, et elle quitta les autres en disant, « Tout ira bien, je vais juste... »

Elle referma la porte sur la cuisine, et sur un rire général exprimant qu'elle était vraiment très autoritaire, mais sans que ce fût rédhibitoire. Oh, je vous en prie, je vous en prie, suppliait-elle intérieurement — le Destin, peut-être — tout en se dirigeant avec un sourire vers Mary Williams. Qui souriait à Alice d'un air suppliant.

Comme Alice s'y était absolument attendue, Mary commença, « Je suis passée au bureau — j'avais un cours aujourd'hui, vous savez, ils vous envoient suivre des cours, je suis ceux de Relations sociales — et j'ai trouvé Bob qui sortait d'ici. Il m'a dit qu'il était venu... » Alice ouvrait la porte du salon, qui ressemblait au salon de n'importe qui d'autre, accueillant, même s'il était un peu élimé, et elle vit le visage anxieux de Mary s'adoucir, elle l'entendit soupirer.

Elles s'assirent. Désormais Mary devenait la solliciteuse, et Alice le juge. Alice l'encouragea, « C'est une belle maison, non ? Ils seraient fous de la démolir. »

Mary explosa, « Bah, ils *sont* fous. » (Alice releva la formule *ils* avec un amusement familier, et même résigné.) « Quand j'ai opté pour le Service du logement, je me disais, Bon, je *logerai* des gens,

103

j'aiderai les sans-abri, mais si j'avais su... eh bien, je peux dire que j'ai perdu mes illusions, et si vous saviez ce qui se passe réellement...

— Je le sais.

— Ah bon. »

Écarlate, Mary avait l'œil implorant. « Je vais aller droit au but. Pensez-vous que je pourrais venir vivre ici ? *J'en ai absolument besoin.* Ce n'est pas juste moi. Nous voulons nous marier — moi et mon petit ami. Reggie. Il est chimiste industriel. » Cette mention professionnelle était destinée à la rassurer, songea Alice, avec une pointe de mépris qu'elle dut se forcer à refouler. « Nous économisions pour acheter un appartement, et il a perdu son emploi. Sa firme a fait faillite. Alors il a fallu renoncer à l'appartement. Nous pourrions habiter chez ma mère ou chez ses parents, mais... en vivant ici, nous ferions des économies... » Elle se forçait à tout expliquer, détestant ce rôle de mendiante ; et il résultait de cet effort une farouche détermination, comme un ordre.

Mais Alice se disait, Oh, merde, non, c'est encore pire que je ne le craignais. Que vont dire les autres ?

Elle tenta de gagner du temps en suggérant, « Voulez-vous visiter la maison ?

— Oh, mon Dieu, reprit Mary, éclatant en sanglots, Bob m'a dit qu'en haut, il y avait des quantités de chambres vides.

— *Lui,* s'exclama Alice, pas question qu'il vienne vivre ici ! » Sans l'avoir prévu, elle disait cela avec une telle haine que Mary cessa de pleurer et la dévisagea.

« Il est correct, en vérité, dit-elle. C'est juste son attitude.

— Non, répliqua Alice. Ce n'est pas seulement son attitude.

— Sans doute pas, non... »

Cet aveu de l'antipathie qui émanait de Bob éveilla chez Alice un sentiment plus amical, et elle s'enquit plus doucement, « Avez-vous déjà vécu dans un squat ? Non, bien sûr ! Eh bien moi, oui, et beaucoup. Voyez-vous, c'est difficile. Il faut que les gens s'adaptent. »

Les yeux affamés et brillants de Mary — exactement comme ceux de ce pauvre chat, observa Alice — dévoraient le visage d'Alice, éperdus du désir d'être ce que souhaitait Alice. « Jamais personne ne m'a trouvée difficile à vivre, dit-elle avec un soupir en s'efforçant d'y mettre de l'humour.

— Ici, reprit Alice d'une voix guindée, presque tout le monde s'intéresse à la politique.

— C'est normal, et c'est même un devoir, de nos jours.

— Nous sommes socialistes.

— Bien sûr.

— Centre de l'Union communiste, murmura Alice.

— Communiste ? »

Alice réfléchit, Si elle va demain à cette réunion et qu'elle dit, Ils sont communistes... elle en est parfaitement capable, avec un grand sourire démocratique ! Alice expliqua, « Il ne s'agit pas de communistes comme ceux du Parti communiste britannique. » Maintenant son regard sur celui de Mary, car elle savait que Mary y lisait des signes rassurants — à moins qu'elle n'ait son fameux air, mais elle était pratiquement sûre que non — elle reprit d'un ton ferme, « Les camarades soviétiques se sont perdus en route. Ils se sont perdus depuis très longtemps.

— C'est indiscutable », renchérit Mary avec un petit mépris dur et agressif, en se tamponnant les yeux avec son mouchoir. Elle était rassérénée à présent, une brave fille accorte, toute en boucles brunes légères, avec une peau fraîche. Comme une publicité pour un savon de toilette ordinaire. Mais demain, elle pourrait décider de leur destin à tous, se disait Alice en l'examinant d'un œil curieux. Si elle disait à Bob en buvant une tasse de café avant la réunion, demain matin, Tiens, je suis passée là-bas hier soir, tu sais, au 43 d'Old Mill Road, mon Dieu, quel truc fumeux !... Là, il risquait de changer d'avis, tout de go, surtout avec la maison d'à côté dans cet état épouvantable.

Elle demanda, « Bob Hood n'a rien dit, pour la maison voisine ?

— Il m'a dit que, du point de vue de la construction, elle était en parfait état.

— Alors pourquoi, pourquoi, *pourquoi ?* explosa Alice, incapable de se retenir.

— Le projet consistait à construire deux immeubles à la place de ces maisons. Non, pas des immeubles affreux, quelque chose de tout à fait correct, en fait, mais cela ne conviendrait pas du tout, pas avec ces pavillons tout autour. » Elle ajouta amèrement, oubliant sa position, « Mais il y aura un promoteur pour en tirer du fric. » Puis, faisant un pas de plus vers le pire, « Ce sont des affaires de copinage. » Choquée de s'entendre elle-même, elle lança un coup d'œil embarrassé à Alice, et afficha un sourire de convention.

« On ne peut pas les laisser faire, suggéra Alice.

— Je suis bien d'accord. Bon, c'est ce que dit Bob qui compte, et il est fou furieux. Il va vraiment se battre. Il dit que c'est un crime, de vouloir démolir ces maisons. » Elle hésita, puis se lança dans ce qu'elle considérait visiblement comme une indiscrétion pire encore, « J'ai été dans la Tendance militante, à un moment, mais je n'aime pas leurs méthodes, alors j'ai quitté. »

Stupéfaite, Alice gardait le silence. Mary, chez les Militants ! Bon, évidemment, leurs méthodes n'avaient pas dû lui plaire. Et elle n'aimerait pas non plus les méthodes d'Alice, de Jasper, de Pat, de Roberta ou de Faye. Ni d'ailleurs celles de Jim. (C'était ce que supposait Alice.) Mais que Mary eût même approché la Tendance militante, cela semblait impossible ! Elle s'enquit prudemment, « Et Reggie ?

— Il essayait les Militants pour la même raison que moi. Ce que je voyais à mon travail me choquait, le copinage, comme je vous disais... » Elle offrit à Alice un nouveau sourire de convention, bref, comme une esquisse glacée d'excuses. « Nous avons tout de suite vu que la Tendance militante n'était pas pour nous. Nous sommes passés à Greenpeace.

— Oui, bien sûr, répondit Alice, pleine d'espoir. Mais si vous êtes trotskistes... » Avec un peu de chance, Mary dirait oui, qu'elle se considérait trotskiste, et dès lors il lui serait impossible de s'établir dans cette maison... Mais elle s'entendit répondre, « Nous ne sommes rien de particulier en ce moment, sauf pour Greenpeace. Nous envisagions d'adhérer au Parti travailliste, mais il nous faut quelque chose de plus...

— Dynamique, suggéra Alice, choisissant un mot puissant, flatteur, mais dépourvu de toute connotation idéologique, j'imagine que le C.U.C. vous conviendrait assez bien. De toute façon, venez toujours visiter la maison. Elle se leva, et Mary aussi — comme à la fin d'une interview. Alice avait décidé que Mary lui était sympathique. Elle ferait l'affaire. Mais Reggie, alors ? La pensée de Reggie accompagna les deux femmes tandis qu'elles parcouraient rapidement les deux étages. Alice ouvrait des portes à la volée, révélant des chambres vides, et elle entendait Mary soupirer ardemment; comme elles redescendaient, Alice ne fut nullement surprise d'apprendre que, « En fait, Reggie m'attend dans le café du bout de la rue. »

Alice éclata de rire, d'un rire robuste de jeune femme, et après un bref moment d'incertitude, Mary se joignit à elle, d'un petit rire frêle et cristallin.

« Le problème, déclara Alice, c'est que nous devons d'abord en discuter. Tous ensemble. Il s'agit d'une décision de groupe, voyez-vous.

— Si nous revenions dans une demi-heure?

— Plus longtemps que cela », dit Alice, et elle ajouta en voyant le regard implorant de Mary, « Je ferai tout ce que je pourrai. »

Elle regagna la cuisine, où ils baignaient tous dans l'euphorie du confort (grâce à elle), s'assit et leur exposa la situation.

Tout au plaisir d'avoir bien mangé et bavardé, de se sentir bien et d'être ensemble, ils éclatèrent de rire tous en chœur. Ils en tombèrent littéralement de leurs sièges. Mais cela avait un arrière-goût théâtral qui déplut à Alice.

Quand le silence se rétablit enfin, Pat demanda, « Tu veux dire que si nous ne les acceptons pas, nous n'aurons pas la maison? »

Alice ne répondit pas tout de suite. Puis elle finit par dire, « Elle ne ferait rien de délibérément malveillant, j'en suis certaine. Mais si elle venait vivre ici, elle ferait attention à ce qu'elle dirait. C'est humain, ajouta-t-elle faiblement, employant une expression qui n'avait évidemment rien à voir.

— Que pourrait-elle dire? insista Pat.

— Si elle disait, C'est une bande de rouges, Bob Hood aurait vite fait de trouver une bonne raison pour nous jeter dehors. Elle s'en fiche, parce qu'elle l'est aussi.

— Cette fille est révolutionnaire? s'enquit Bert en riant.

— Elle est trotskiste. Plus ou moins. Enfin, elle l'a été.

— Alors comment pourraient-ils venir habiter ici, Alice, voyons?

— Je ne crois pas qu'elle soit grand-chose, pour le moment. Sur le plan idéologique. Et de toute façon, poursuivit Alice, courageusement, sachant ce que cet argument lui avait déjà coûté dans le passé, lui valant toutes sortes d'accusations, d'une certaine façon, ne le sommes-nous pas aussi ? Après tout, nous ne prétendons pas que Trotski n'ait jamais existé ! Nous lui accordons le bénéfice de ses réalisations, non ? Nous estimons que c'était Lénine le vrai leader des travailleurs, et que les camarades ont ensuite pris le mauvais tournant avec Staline. Si le fait de dire que Trotski était un bon camarade mais qu'il a pris le mauvais virage vous rend trotskiste, alors je ne vois pas pourquoi nous ne le sommes pas ? De toute façon, je ne me souviens pas que nous ayons clairement défini notre position en ce qui concerne Trotski. Pas au C.U.C., en tout cas.

— Écoute, Alice, déclara Jasper avec une expression d'autorité supérieure, l'idéologie n'est décidément pas ton point fort.

— Bon, intervint Pat après avoir échangé des regards avec Bert, pour ma part, je ne pense pas que ce soit le moment de définir notre attitude envers le camarade Trotski. Il y a quelque chose, dans ce que dit Alice. Ce n'est pas la question. Pour moi, la vraie question, c'est que toute cette histoire d'avoir une belle maison propre et un toit au-dessus de nos têtes commence à nous déterminer. C'est ce que nous *faisons*.

— Cela a pris quatre jours, protesta Alice, quatre jours. » Elle demandait justice.

« Oui, mais on dirait maintenant que nous allons devoir accueillir deux nouveaux, rien que pour pouvoir garder la maison. »

Jim proposa, « Il n'y a qu'à leur demander d'adhérer au C.U.C. Je vais adhérer, moi.

— Oui, pourquoi pas ? » apprécia Bert, après un très long silence. Alice le vit échanger un long regard réfléchi avec Jasper. Elle savait qu'ils envisageaient d'aller peut-être demander à la maison voisine, *à qui ?* un avis. Ou des instructions.

Elle insista, « Il faut nous décider ce soir. La réunion est prévue pour demain. » Et maintenant, elle avait son fameux air. Elle l'entendait dans sa propre voix ; eux aussi, et ils se retournèrent pour la voir, rouge et gênée, malheureuse.

Bert et Jasper continuaient à se regarder, de cette manière presque abstraite. Ce qu'ils faisaient, en vérité, c'était repasser dans leur tête ce qu'on leur avait dit dans la maison voisine, et s'interroger sur la manière de l'appliquer.

Bert déclara, « Je ne vois pas pourquoi nous ne leur demanderions pas de se joindre à nous. Nous passons notre temps à dire que nous voulons recruter des nouveaux. J'incline à penser que ces deux-là sont mûrs. Avec un peu d'éducation politique... » Et sur ces mots il se leva, ainsi que Jasper, et ils sortirent en annonçant, « Nous revenons dans une minute. »

Pat déclara, « Je m'en vais. J'ai quelqu'un à voir.

— Mais ne veux-tu pas connaître Mary et Reggie ? »

Pat haussa les épaules, sourit, et s'en alla. Alice se souvint alors — comme Pat l'avait escompté, elle en était sûre — que Pat s'en moquait passablement, car elle allait partir de toute façon.

Restaient Alice, Jim et Philip.

Peu de temps après arriva Mary, avec un homme dont Alice se surprit à penser, au premier regard, Évidemment ! — car Mary et lui formaient à l'évidence un couple assorti. Non pas physiquement, car il était grand et anguleux, avec une peau très blanche, de petits yeux noirs nichés sous d'épais sourcils noirs, et des cheveux noirs très fins, très denses. Il serait chauve de bonne heure. Ce qu'il avait de commun avec Mary, c'était un air de mesure, de bon sens commandé par ce qui était dû. C'est-à-dire dû à leur environnement, à leurs proches, à la société. Alice contemplait la respectabilité en soi, elle le savait. Ce n'était pas qu'elle n'accordât aucune valeur à ce type de bon sens ; mais ce n'était pas le genre qui convenait ici, dans cette maisonnée. Avec infiniment de tolérance, elle admettait chez d'autres ce besoin d'appui, et elle se disait, Mon Dieu, ils étaient nés pour être deux gentils petits bourgeois, dans une gentille petite maison. Plus tard, ils se feront du souci pour leur retraite.

En les voyant ensemble, elle ressentait simplement qu'il se commettait là une erreur. Ils n'auraient pas dû être là. Seule avec Mary, elle la trouvait sympathique. Mais en la voyant avec son ami Reggie, Alice se sentait écartée, avec tous les symptômes d'un début de vive hostilité.

« Asseyez-vous », offrit-elle avec un sourire. Elle posa la casserole sur la cuisinière et alluma l'électricité. Quel dommage, une cuisinière à gaz serait tellement mieux. Bah, ils en trouveraient une dans une benne, ou même en rachèteraient une d'occasion pour une dizaine de livres.

Elle se retourna, vit Reggie dévisager Jim, et songea, Avec un peu de chance, il sera raciste et refusera d'habiter ici. Mais par malheur, il semblait trouver Jim sympathique. Ou, s'il n'aimait pas les Noirs, il n'en laissait rien paraître. Évidemment, se dit Alice, ceux-là, ces foutus bourgeois, on ne pouvait jamais rien deviner d'après leur comportement, avec toute cette politesse. Mais non, c'était sincère, elle le sentait ; le langage du corps — un talent que possédait Alice par instinct, déjà bien avant qu'on eût inventé un mot pour le dire — lui disait que Reggie, au moins, n'avait pas de préjugés raciaux. Elle resta un moment à les écouter converser, détendus, Reggie avec Jim, Mary avec Philip. Elle prépara des tasses de café, et posa devant eux un cake sur une assiette.

Bavardage. Comment elle, Alice, avait tout arrangé avec le Service de l'électricité, et en ferait autant avec celui du gaz. Le Service des eaux serait informé, bien sûr. Alice se garda bien de dire que le Service des eaux ne les retrouverait pas avant plusieurs mois, et qu'elle n'avait pas l'intention d'attirer leur attention. Ces deux-là étaient de ceux qui payaient leurs factures et tenaient leurs comptes.

Elle déclara, pour les avertir, « J'ai vécu dans de nombreux squats et, il faudra vous y résigner, il y a toujours des gens qui ne font pas leur part. »

À ces mots, Jim protesta, offensé, « Avant que tu viennes, il n'y avait rien à payer ! » Et elle répondit, « Non, je ne parle pas de toi mais de la situation. Ce n'est pas la peine qu'ils viennent tous les deux habiter ici en croyant que tout se passe de manière disciplinée. »

Mary suggéra, « Mais avec tant d'occupants, ce sera quand même beaucoup moins cher que n'importe quoi d'autre, surtout sans loyer.

— Exactement », appuya Reggie. Et il aborda la question qui l'intéressait, « Parlez-nous du C.U.C. Figurez-vous que nous n'en avons jamais entendu parler. Mary et moi en avons discuté, au café. Cela n'évoquait rien pour aucun de nous.

— Eh bien, ce n'est pas un parti très connu, en vérité,

commença Alice. Mais il se développe. Quand nous l'avons démarré, nous n'avions pas l'intention d'en faire un parti de masse, et nous ne le souhaitons toujours pas. Ces partis de masse, ils perdent le contact avec le peuple.

— C'est assez vrai, en effet », dit Reggie, mais avec circonspection, comme il aurait pu le dire d'autre chose ; et Alice pensa, Il va échanger des regards avec Mary... Ils n'en firent rien, mais au prix d'un effort si visible qu'elle songea dédaigneusement, Les gens m'étonneront toujours. Ils échangent des regards comme si personne ne pouvait les voir, et ils ne savent pas qu'ils se dénoncent... n'importe qui peut lire ce que pensent les gens.

Reggie poursuivit, « Le C.U.C. — Centre de l'Union communiste ?

— Centre, parce que nous voulions montrer que nous n'étions ni gauchistes déviationnistes, ni révisionnistes.

— Union — deux partis réunis, deux groupes ?

— Non, une union d'opinions, plutôt. Pas question de couper les cheveux en quatre. Nous ne voulions surtout pas de cela.

— Et vous avez démarré le C.U.C. ?

— Je faisais partie du groupe, oui. Avec Jasper Willis. Vous avez entendu parler de lui ? » Comme Reggie et Mary secouaient la tête, Alice songea, Vous en entendrez bien parler, allez. « Nous sommes plusieurs. J'étais à Birmingham. Nous avons une section là-bas. Et un camarade vient de nous écrire la semaine dernière qu'il avait créé une section à Liverpool. Il a quatre nouveaux membres. Et puis il y a la section d'ici, à Londres. »

À ce point, Reggie et Mary ne purent plus se retenir d'échanger un regard. Alice ressentit un afflux de réel mépris, presque de haine. Elle lança, « Les partis politiques doivent bien commencer, non ? Ils ne commencent qu'avec quelques membres. Bon, nous n'existons que depuis un an, et nous avons trente membres ici, à Londres. Y compris les occupants de cette maison. » Elle résista à la tentation d'ajouter, Et puis il y en a aussi dans la maison voisine, bien sûr.

« Et votre position ? » s'enquit Reggie, toujours de la même voix circonspecte indiquant qu'il n'allait pas se lancer dans une vraie discussion, parce qu'il tenait à garder son opinion en réserve.

Très bien ! pensa Alice, attendez un peu et vous en entendrez parler, du C.U.C. De toute façon, vous allez adhérer parce que vous voulez venir habiter ici. Opportunistes ! Elle se disait en même temps, Nous vous formerons. La matière première n'est qu'une matière première. C'est ce que vous serez dans un an, qui compte. Si vous n'avez pas économisé assez d'argent pour partir avant. Bah, au moins, vous ne serez pas pressés de voir ce squat disparaître, vous deux. Elle répondit, « Nous avons un manifeste. Je vous en donnerai un exemplaire. Mais nous aurons notre congrès le mois prochain, où nous mettrons au point tous les détails. »

Mais Alice voyait bien qu'ils n'écoutaient pas. Ils se demandaient quand ils pourraient emménager.

Ils voulaient savoir s'ils pourraient apporter quelques meubles, et proposèrent leurs poêles et leurs casseroles, ainsi qu'une bouilloire électrique.

« Accepté volontiers », répondit Alice. Ils bavardèrent ainsi jusqu'à ce que Jasper et Bert reviennent de la maison voisine, et Alice comprit que l'arrivée des deux nouveaux ne posait aucun problème. Pas sous cet angle-là, tout au moins, quoi qu'il puisse advenir ; mais Roberta et Faye risquaient de remettre tout en question.

Reggie se taisait, adossé à sa chaise, et il évaluait Jasper, il évaluait Bert. Alice sentit que Bert lui était sympathique. Bah, ils appartenaient au même genre. Il n'aimait pas beaucoup Jasper, toutefois. Oh, comme elle connaissait ce regard des gens qui rencontraient Jasper. Elle se rappelait qu'elle aussi, des années auparavant, en voyant Jasper pour la première fois, elle avait ressenti une sorte d'avertissement instinctif, de chair de poule. Et voyez comme elle s'était trompée !

À onze heures, Mary et Reggie s'en allèrent ; ils craignaient de rater les derniers trains pour Muswell Hill et pour Fulham, où ils vivaient respectivement, si loin l'un de l'autre.

Philip annonça qu'il était fatigué, et alla se coucher.

Jim passa dans sa chambre, et ils entendirent la musique douce d'un disque, accompagnée de sa batterie plus douce encore.

« Que sont devenues Faye et Roberta ? » s'enquit Alice, et Bert répondit, « Il y a une communauté de femmes à Paddington. Elles y vont beaucoup.

— Pourquoi ne vont-elles pas y vivre ?

— Elles se plaisent ici », répliqua Bert, avec une grimace lui enjoignant de ne pas poser de questions.

Bert monta se coucher. Jasper et Alice restèrent seuls dans la cuisine.

« *Bon,* dit Jasper, je vais te raconter, mais donne-moi ma chance. »

Ils montèrent dans leur chambre ; Jasper n'avait pas manifesté qu'elle dût en partir, ou lui ; et Alice se glissa dans le sac de couchage comme un chien qui, les yeux détournés, s'installe à son endroit favori en espérant ne pas se faire remarquer.

Ils entendaient Bert aller et venir dans la chambre voisine. Jasper annonça, « Bert et Pat s'en vont pour le week-end. » Sa voix faisait peine à entendre.

« Ce n'est que pour le week-end », dit Alice, pour consoler Jasper de l'absence de Bert. Quant à elle, son cœur affligé lui disait combien Pat allait lui manquer, même pour le week-end. « Où vont-ils ?

— Ils ne me l'ont pas dit, et je ne le leur ai pas demandé. »

Ils étaient calmement allongés contre le mur, leurs pieds presque rapprochés. Ils n'avaient pas encore trouvé de rideaux pour cette chambre, et les lumières des voitures continuaient à se poursuivre au plafond, tandis que la maison entière frémissait doucement au passage des lourds camions partant vers le nord ; Alice en éprouvait un sentiment réconfortant de familiarité, comme s'ils avaient vécu là pendant des mois. Il lui semblait avoir passé toute sa vie dans des maisons qui tremblaient sous l'effet de la circulation routière.

« Voudrais-tu venir à la manif de la grève, demain ?

— Il faut absolument que je reste ici, gémit Alice, navrée.

— Bon, eh bien nous pourrions aller peindre quelques slogans samedi soir. »

Elle raffermit sa voix, pour ne pas trahir son plaisir et sa gratitude. « Oh, ce serait bien, Jasper.

— Oui. Trouve de la peinture. » Il se tourna vers le mur. Elle n'allait rien savoir des gens d'à côté, ce soir. Mais demain, demain soir... peut-être. Et samedi...

ELLE s'éveilla en même temps que Jasper, à sept heures, mais elle resta couchée et l'observa à travers ses yeux mi-clos. Le corps noueux de Jasper vibrait d'énergie et d'impatience. Tout en lui, depuis ses cheveux roux (qu'en elle-même elle trouvait couleur de cannelle) jusqu'à ses petits pieds agiles, qu'elle adorait parce qu'ils étaient si blancs et si fins, tout était plein de vie. Il semblait s'habiller en dansant, et son visage pâle paraissait innocent et doux, tandis qu'il se postait un instant à la fenêtre pour voir comment s'annonçait le temps pour une journée de piquet de grève. Son visage avait quelque chose d'exalté et rêveur, lorsqu'il passa devant Alice apparemment endormie. Il ne lui jeta pas un regard.

Elle se détendit, s'allongea sur le dos, et écouta. Il frappa à la porte voisine, et elle entendit Bert maugréer quelque chose, mais Pat s'exclama, « Parfait, nous sommes réveillés. » Il frappa ensuite à la porte de Roberta et Faye. Philip ? Oh non, pas Philip, elle avait besoin de lui ici ! Mais comme Jasper ne frappait à aucune autre porte, elle commença à s'inquiéter : Pourvu que Philip ne se sente pas exclu, méprisé ? Un coup à la porte de la chambre située juste au-dessous : la grande chambre qu'occupait Jim mais qui était en vérité une salle de séjour, et que l'on devrait peut-être bien rendre à cet usage... Non, ce n'était pas juste. Un cri surpris de Jim ; mais elle n'aurait pas su dire s'il était heureux ou non d'être ainsi réveillé.

Les bruits de la maison qui reprenait vie. Elle pouvait descendre si elle le souhaitait, s'asseoir avec le joyeux groupe, et les regarder partir en souriant, mais elle avait la bouche sèche et ses yeux la picotaient. Pour quelque raison inconnue — un rêve peut-être ? — elle avait envie de pleurer, de se rendormir. De renoncer. Elle se méfiait de ce qu'elle éprouvait ; car cela l'accompagnait depuis aussi longtemps qu'elle pouvait se le rappeler : ce sentiment d'exclusion. De rejet. Et c'était idiot, car il aurait suffi de dire qu'elle y allait aussi. Mais comment aurait-elle pu faire une chose pareille quand leur destin, leur destin à tous, serait déterminé ce matin à la réunion de la commission, et qu'ils n'étaient absolument pas certains de pouvoir garder la maison. Quand Mary était partie en disant, « Je ferai tout ce que je pourrai », c'était exactement ce que cela voulait dire. Alice évoqua Bob Hood et, dévisageant en pensée le jeune homme convenable et sensé, elle s'efforça de lui insuffler ce qu'elle voulait qu'il fît. « Défendez notre cause, lui dit-elle, amenez-les à nous l'accorder. C'est *notre* maison. » Elle entretint ce fantasme pendant plusieurs minutes, tout en écoutant les autres s'affairer dans la cuisine. Mais ils quittèrent presque aussitôt la maison. Ils allaient prendre le petit déjeuner dans un café. C'est idiot, enragea Alice : gaspiller tout cet argent ! Ils allaient devoir apprendre à se nourrir à la maison. Elle leur en parlerait, l'affaire serait discutée en bonne et due forme.

Oh ! qu'elle se sentait lasse et déprimée.

Sans savoir pourquoi, elle pensa à son frère Humphrey, et comme d'habitude un sentiment de rage s'empara d'elle. Comment pouvait-il se contenter de jouer leurs jeux ? Un gentil petit emploi bien tranquille — contrôleur aérien, qui aurait pu croire que des gens choisiraient de vivre ainsi ! Et leur mère disait qu'il avait écrit, pour annoncer la naissance d'un enfant. Le premier, avait-il précisé. Soudain, Alice songea, Me voilà donc devenue tante. Cela ne l'avait pas encore effleurée. Sa rage s'évanouit, et elle songea, Bon, je pourrais peut-être aller voir le bébé. Elle resta un moment immobile, à sourire, dans la maison silencieuse malgré le vacarme de la circulation. Elle se ressaisit ensuite au prix d'un effort, contracta son visage dans une expression de détermination, roula hors du sac de couchage, enfila son jean, et descendit l'escalier. Elle trouva sur la table de la cuisine cinq tasses sales — ils avaient pris le temps de faire du café, et n'étaient donc pas allés dans un bar ; ils pique-niqueraient sans doute encore dans le train ; non, n'y pense pas. Elle lava les tasses en se disant, Il faut que je trouve un moyen d'installer l'eau chaude — elle chauffait au gaz, mais les ouvriers municipaux ont fauché le chauffe-eau, bien sûr. Nous n'avons vraiment pas les moyens d'en acheter un neuf. Un d'occasion ? Philip saura où et comment... Aujourd'hui, il réparera les fenêtres si je peux me procurer des vitres. Il m'a dit qu'il lui faudrait encore une matinée pour finir de remettre les ardoises en place. Sept fenêtres — qu'est-ce que cela va coûter, en vitres !

Elle compta l'argent qui restait : moins de cent livres. Et avec tout ce qu'il faudrait acheter, payer... Jasper disait qu'il irait chercher son allocation, mais elle ne pouvait pas se plaindre, évidemment, il s'était vraiment donné beaucoup de mal, hier, pour dénicher tous ces meubles dans les bennes de décharge. Elle vit alors sur le rebord de la fenêtre une enveloppe sur laquelle était griffonné : « Alice », au-dessous : « Bonne journée ! » et au-dessous encore : « Love, Jasper. » Son argent était dedans. Elle se hâta de vérifier : il en avait bien souvent prélevé la moitié, en disant, « Il faut savoir consentir des sacrifices pour assurer l'avenir. » Mais il y avait là quatre billets de dix livres.

Elle s'assit devant la table, éperdue d'amour et de gratitude. Il l'aimait donc. Vraiment. Et il faisait ces choses merveilleuses, si douces.

Elle resta un moment assise là, détendue, au bout de la grande table en bois. S'ils voulaient la vendre, ils en tireraient facilement cinquante livres ou davantage. La cuisine était une longue pièce, assez étroite. La table était placée près d'une fenêtre à large rebord. De la table, elle remarqua un arbre — là où, avec Jim, elle avait enterré toute la merde, et où l'on voyait à présent une belle étendue de terre noire, ainsi que la clôture derrière laquelle se trouvait la maison de Joan Robbins. C'était une haute clôture en bois, au-dessus de laquelle dépassaient des arbrisseaux couverts de bourgeons. Une masse jaune de forsythias. Des oiseaux. Le chat sauta sur la clôture, et ouvrit la gueule dans un miaulement silencieux, en la regardant. Elle ouvrit la fenêtre qui resplendissait au soleil, et le chat sauta sur le rebord, but un peu de lait, mangea des restes, et s'attarda un moment en scrutant Alice de son regard plein d'expérience. Puis il commença à se lécher le poil.

Il était en piètre état, et il aurait bien fallu le mener chez un vétérinaire.

Il y avait tant de choses à faire. Alice savait qu'elle n'entreprendrait rien avant d'avoir des nouvelles de Mary. Elle resterait assise là toute seule, à ne rien faire. C'était drôle, on la définissait comme privée d'emploi, elle n'avait jamais eu de métier, et elle était toujours occupée. Rester tranquillement assise là à réfléchir, quel plaisir. Être toute seule — délicieux. La mauvaise conscience menaçait de l'envahir avec cette pensée : C'était déloyal envers ses amis. Elle ne voulait pas être comme sa mère — égoïste. Elle se souvenait de sa mère qui leur faisait toutes sortes de vacheries pour avoir un après-midi à elle : il fallait que les enfants s'y fassent. L'intimité. Ils en faisaient tout un plat, de l'intimité ; mais quatre-vingt-dix pour cent de la population mondiale ne connaîtrait jamais cette notion. À supposer même qu'ils en aient entendu parler. Non, c'était mieux ainsi, plus sain, en groupe avec des camarades. À partager. Mais à cette idée, l'inquiétude commença à la ronger et la tirailler, et elle se disait : Voilà pourquoi je me sens si troublée ce matin. C'est à cause de Mary et Reggie. Ils ne font pas partie de notre univers. Ils ne se détendront jamais vraiment pour se fondre avec nous, ils resteront un couple. Ils porteront un jugement personnel sur nous. Bon, c'était déjà vrai de Roberta et Faye, elles étaient un couple ; elles manifestaient clairement qu'elles avaient leurs propres pensées et attitudes. Elles n'aimaient pas ce qui se passait en ce moment, avec la maison. Et Bert et Pat ? Non, ils n'avaient pas de petites idées personnelles contre les autres ; mais Pat restait uniquement parce qu'elle aimait baiser (le mot juste !). Et Jim ? Philip ? Elle et Jasper ? Quand on y réfléchissait, Jasper et elle étaient les deux seuls vrais révolutionnaires de la bande. Épouvantée à cette pensée, elle se força néanmoins à y réfléchir. Et Bert ? Jasper l'appréciait. L'attachement de Jasper à des hommes qui lui tenaient lieu de grands frères n'avait rien à voir avec leurs opinions politiques, mais uniquement avec leur nature. Il s'agissait toujours du même type d'hommes, désinvoltes. Gentils. C'était cela. Bert était gentil. Mais était-il un révolutionnaire ? Il paraissait injuste de dire, Faye et Roberta ne sont pas de vraies révolution-naires pour la simple raison qu'elles me sont antipathiques, songea Alice... Où ces pensées la menaient-elles ? Quel en était le but ? Le groupe, sa famille, gisait en morceaux épars, diminué, critiqué jusqu'à ne plus exister. Alice restait assise là, se disant même, Bon, si nous ne pouvons pas garder la maison, nous irons vivre dans le squat de Brixton.

Un bruit à l'étage, juste au-dessus. Faye et Roberta : elles n'étaient pas parties avec les autres. Alice les écouta s'éveiller et se lever : des mouvements, des glissements de sacs de couchage sur le plancher nu ; un rire, un vrai gloussement. Le silence. Puis des pas, et elles entrèrent dans la cuisine.

Alice se leva pour mettre la casserole d'eau à chauffer, et se rassit ; les deux femmes sentaient fort, un mélange de sueur et de sexe. Elles n'allaient pas se laver à l'eau froide, pas ces deux-là !

Souriant à Alice, elles s'assirent dos à la cuisinière, là d'où elles pouvaient regarder par la fenêtre et profiter du soleil.

Sachant qu'elle allait être obligée de le faire, Alice se força à leur parler des événements de la veille au soir, et de Mary et Reggie. Elle n'atténua rien. Assises côte à côte, les deux autres attendaient leur café sans se regarder, ce dont Alice leur fut reconnaissante. Elle vit apparaître sur leur visage l'ironie qu'elle décelait dans sa propre voix.

« Alors le C.U.C. s'enrichit de deux nouvelles recrues ? » conclut Roberta, et elle éclata de rire.

« Ils sont très corrects », protesta Alice d'un ton de reproche. Mais elle se mit à rire aussi.

Faye ne riait pas, mais ses petites dents blanches mordillaient sa lèvre inférieure, ses sourcils bruns s'étaient froncés, et toute sa personne exprimait la réprobation. Le rire de Roberta s'éteignit.

Tiens, songea Alice, j'ai déjà vu cela : on croirait que c'est Roberta la plus forte, avec son air de mère brutale, une vraie mère poule couvant son poussin, mais non, en vérité c'est Faye, malgré tous ses petits airs de jolie garce. Et elle observa Faye avec une attention respectueuse, car c'était elle qui prononcerait le verdict. Roberta attendait aussi.

« Écoute, Alice, écoute-moi bien, car je vais te dire une bonne fois pour toutes ce que je pense... » et Alice remarqua qu'elle avait du mal à s'affirmer, ce qui expliquait toutes ses petites moues, ses manières détournées, ses hésitations, ses petits regards anxieux et ses sourires à Roberta et à Alice, mais que par-dessous elle était faite d'acier redoutable. « Une bonne fois pour toutes, je me fous de tout ce bonheur domestique, de la maison, du jardin... » Là, elle attendit poliment pendant que Roberta, puis Alice — suivant Roberta — se mettaient à rire. « Bon, pour moi, tout ça c'est du bricolage de luxe, reprit Faye, il y a longtemps, cette maison m'aurait semblé un palais. J'ai vécu dans mille squats, trous, recoins, chambres, taudis, et c'est celui-ci le mieux, de loin. Mais je m'en fiche. » Elle s'interrompit pour agiter un doigt taquin à l'adresse d'Alice. Roberta avait les yeux fixés sur le visage de son

118

amante, exactement comme une sœur aînée, *Va-t-elle aller trop loin ?* Trop loin, Alice le savait, avec toute cette introduction, ces manières qui permettaient à Faye de dire ce qu'elle avait sur le cœur. Roberta ne voulait pas qu'Alice juge Faye frivole ou sotte.

Alice était loin d'avoir de telles pensées.

« D'une minute à l'autre nous allons avoir l'eau chaude et des peintures fraîches partout, cela ne m'étonnerait pas. Pour moi, tout ça, c'est de la merde, tu m'entends ? De la *merde !* »

Alice se leva, versa de l'eau chaude dans les trois tasses qui contenaient déjà du café instantané en poudre, posa les tasses sur la table, et disposa le pot de lait et le sucrier à proximité de Faye. Elle agissait comme pour démontrer quelque chose, et vit Faye tendre la main vers le café, qu'elle allait boire noir et sans sucre, Alice le savait et même l'appréciait, à en juger par son bref petit sourire entendu. Mais elle continuait sur sa lancée, déterminée. Elle avait également perdu son côté cockney qui allait avec la voix.

Ce fut d'un ton neutre et bien élevé de type B.B.C. qu'elle poursuivit, « Je me fous de tout cela, Alice. Tu comprends ? Si tu veux être aux petits soins avec moi, libre à toi. Sinon, ne le fais pas. Je m'en fiche totalement. »

Protectrice, Roberta se hâta d'intervenir, « Faye a eu une existence effroyable, tu sais, vraiment effroyable... » Sa voix se brisa, et elle se détourna.

« Oui, c'est vrai, dit Faye, mais n'en fais pas une histoire. Je n'en fais pas, moi. » Incapable de parler, Roberta secoua la tête et posa la main sur le bras de Faye, indécise, prête à se laisser rejeter. Faye reprit, « Si tu veux raconter mon horrible enfance à Alice, libre à toi, mais pas quand je suis là. »

Elle but quelques gorgées de café amer, fit une grimace, prit un biscuit, en croqua un morceau, puis le réduisit en miettes comme s'il s'était agi d'un médicament. Nouvelle gorgée de café. Roberta gardait le visage détourné. Alice sentait que quelque chose lui causait une peine infinie ; si ce n'était pas le passé de Faye, alors son présent ; ignorée de son amie, sa main était retombée puis s'était réfugiée sur ses propres genoux, où elle demeurait, tremblante et pitoyable, tandis que sa tête penchée, couverte de boucles noires à reflets d'argent évoquait pour Alice celle d'un chien humble et aimant. Roberta irradiait une impression d'amour et de chaleur. En ce moment, tout au moins, Faye n'avait nul besoin de Roberta, mais Roberta mourait de désir à l'égard de Faye.

Il y a sûrement des moments où Faye veut se libérer de Roberta, la trouve encombrante — oui, c'est cela. Bon, mais je parie que jamais Roberta ne souhaite se libérer de Faye ! Oh, mon Dieu, tous ces problèmes personnels qui entravent toujours tout. Heureusement que Jasper et moi avons réglé tout cela !

Faye continuait. Bon Dieu, mais écoutez-la, elle pourrait trouver du boulot à la B.B.C., se disait Alice. Je me demande où elle a si bien appris à parler. Et pourquoi ?

« J'ai déjà rencontré des gens comme toi, Alice. Au cours de ma longue carrière. Tu es incapable de laisser les choses telles qu'elles sont. Il faut toujours que tu les arranges et que tu fasses tout marcher. Dès qu'il y a un peu de poussière dans un coin, tu paniques. » Là, Roberta émit un rire bourru, et Alice eut un sourire guindé — elle pensait à tous ces seaux. « Oh, tu peux rire. Tu peux rire tant que tu veux. » Il semblait qu'elle aurait pu s'arrêter là, car elle hésita, et la jolie fille cockney faillit s'imposer à nouveau, avec un sourire enjôleur et insolent. Mais Faye se secoua et se redressa dans une solitude farouche et glaciale, indépendante, de sorte que la main pleine de promesses et de sollicitude que tendait à nouveau Roberta retomba. « Je ne m'intéresse qu'à une seule chose, Alice. Et tu ferais mieux de m'écouter, Roberta, tu m'oublies sans cesse, tu oublies qui je suis, ce que je suis *vraiment*. Je veux mettre un terme à cette saloperie de foutu bordel de système hypocrite et menteur. Tu comprends ? Et toi, Roberta, tu comprends ? »

Elle n'était plus jolie du tout, ni suppliante, mais blême de colère, avec la bouche serrée et les yeux durs, ce qui ôta toute sentimentalité à ce qu'elle ajouta ensuite : « Je veux mettre un terme à tout ça, pour que jamais plus les enfants ne subissent ce que j'ai subi. »

Roberta restait là, isolée, répudiée, incapable d'articuler un son.

« Mais Faye, protesta Alice, crois-tu donc que je ne sois pas révolutionnaire ? Je souscris à chacune de tes paroles.

— Je ne sais rien de toi, camarade Alice. Sauf que tu fais des merveilles sur le plan ménager. Et aussi avec la police. Ça, j'aime assez. Mais juste avant que tu viennes, nous avons pris une décision. Une décision collective. Nous avons décidé de nous joindre à l'I.R.A. L'as-tu oublié ? »

Alice garda le silence. Elle se disait, Mais Jasper et Bert ont dû en discuter avec les voisins, sans doute ? Elle observa prudemment, « J'ai compris qu'un camarade de la maison voisine avait indiqué...

— Quel camarade ? s'interposa Roberta, reprenant vie. Nous ne savons rien de tout cela.

— Ah, dit Alice. Je croyais...

— Ce ne sont que des conneries d'amateurs, jugea Faye. Brusquement, de la porte à côté, une autorité inconnue affirme ci et ça.

— Je ne me rendais pas compte », admit Alice. Elle n'avait plus rien à ajouter. Elle se disait : Est-ce Bert qui a amené Jasper à... ? Est-ce Jasper qui... ? Je ne me souviens pas de Jasper faisant une chose pareille...

Après un long silence où chacune était restée plongée dans ses pensées, Alice déclara, « Bon, je suis d'accord. Il est grand temps de nous réunir et d'en discuter pour de bon.

— Avec les deux nouveaux *camarades* ? s'enquit Faye aigrement.

— Non, non, nous seulement. Juste Roberta et toi, Bert, Jasper, Pat et moi.

— *Pas* Philip et *pas* Jim, reprit Roberta.

— Nous pourrions aller discuter tous les six dans un café ou ailleurs.

— Exactement, dit Faye. Nous ne pouvons pas tenir de réunion ici, il y a trop d'éléments extérieurs. Exactement.

— Peut-être pourrions-nous emprunter une pièce au 45 ? suggéra Alice.

— Et pourquoi pas pique-niquer dans le parc, ce serait merveilleux, non ? protesta Faye avec virulence.

— Pourquoi pas, en effet », répondit Roberta en riant. On pouvait voir qu'elle reprenait son ascendant, la force et l'assurance lui revenaient, et elle adressait à Faye des regards qui lui seraient bientôt rendus.

Nouveau silence, mais sans hostilité, plutôt affectueux.

Alice reprit, « Il faut que je soulève une autre question, je n'ai pas le choix. Êtes-vous disposées à participer aux frais ? »

Comme prévu, Faye se mit à rire. Désavouant Faye, Roberta se hâta de dire — ce qui révéla à Alice qu'elles avaient déjà beaucoup discuté le problème, « Nous paierons notre part de nourriture et ce genre de trucs. Tu n'auras qu'à nous dire comment ça tourne.

— Cela coûte très peu, quand nous sommes si nombreux.

— Oui, dit Faye. C'est normal. Mais ce n'est pas la peine de me compter dans les aménagements domestiques. Je m'en fiche. Roberta peut faire comme elle veut. » Elle se leva, leur adressa à toutes deux un sourire exquis, et sortit. Roberta esquissa instinctivement le geste de la suivre, mais se retint. Elle annonça, « Je vais faire une contribution, Alice. Je ne suis pas comme Faye — mon environnement ne m'indiffère pas. Mais elle est sincère, tu sais », ajouta-t-elle ardemment, avec un sourire, pour imposer à Alice la précieuse singularité de Faye.

« Oui, je sais. »

Roberta donna deux billets de dix livres à Alice, qui les prit d'un air impassible, sachant que ce serait tout ; elle remercia Roberta qui semblait s'agiter et, ne pouvant plus y tenir, finit par se lever et courir après Faye.

Il n'était pas encore dix heures. Mary lui avait dit de téléphoner à une heure. Poussée par les odeurs qu'avaient laissées dans la cuisine Faye et Roberta, Alice monta dans la salle de bains et se força à prendre un bain froid où elle s'accroupit, ne pouvant se résoudre à y plonger les fesses, et se lava et se frotta du mieux qu'elle put. Une fois bien étrillée, elle enfila des vêtements propres et mit ceux qu'elle avait quittés avec ceux de Jasper qui avaient besoin d'être lavés — après les avoir reniflés pour s'en assurer ; elle partait pour la laverie quand elle aperçut la vieille femme sous l'arbre, dans le jardin voisin, toute en membres anguleux, comme un fagot dans un fouillis de jupe et de cardigan. Elle gesticula avec véhémence à l'adresse d'Alice, qui sortit dans la rue et rentra avec un sourire par la barrière blanche proprette. Elle espérait que les voisins l'observaient.

« Elle est partie en m'abandonnant, déclara la vieille femme en se débattant pour se redresser. Ils s'en fichent, tout le monde s'en fiche. » Tandis qu'elle poursuivait, de sa voix rauque et fâchée,

122

l'énumération des crimes de Joan Robbins, Alice extirpa adroite-
ment la pauvre femme de son siège effondré, en songeant qu'elle
ne pesait pas plus que son paquet de linge, et l'installa dans une
position plus confortable pour prendre l'air. Alice l'écouta un
moment en souriant puis, quand elle en eut assez, elle se pencha
pour crier dans des oreilles peut-être sourdes, « Mais elle est bien
gentille, de vous sortir et de vous installer dans le jardin, elle n'est
pas obligée de le faire, après tout. » Puis, comme le vieux visage
semblait prêt à exploser en jérémiades, Alice ajouta, « Bon, en tout
cas, je vais vous apporter une bonne tasse de café.

— Du thé, du thé, corrigea la vieillarde.

— Il faudra vous contenter de café. Nous n'avons pas de
théière. Restez bien tranquille, et attendez-moi. »

Alice retourna faire du café, le sucra, et l'apporta à la vieille
femme. « Comment vous appelez-vous ?

— Mme Jackson. Jackson, on m'appelle.

— Et moi, je m'appelle Alice. J'habite au 43.

— Bravo, vous avez renvoyé tous ces gens dégoûtants », décréta
Mme Jackson, qui recommençait déjà à glisser sur son siège, telle
une vieille poupée saoule, tandis que la tasse oscillait dans sa main.

« À tout de suite », dit Alice, et elle s'en alla.

Le lavage en machine lui prit trois quarts d'heure. Elle reprit la
tasse de Mme Jackson, et écouta un moment Joan Robbins, qui
sortit de sa cuisine pour dire à Alice de ne pas croire ce que
racontait la vieille dame, car elle était gâteuse ; elle n'avait aucune
raison au monde de s'en occuper sans parler de l'aider à descendre
l'escalier pour aller au jardin, puis remonter, lui faire des tasses de
café et... les plaintes de Joan Robbins se poursuivirent, cependant
que Mme Jackson gesticulait pour leur signifier que c'était elle qui
disait la vérité. Plusieurs personnes suivaient la scène de leur
jardin, et Alice les laissa en profiter pleinement.

Elle finit par saluer les deux femmes d'un geste de la main, et
rentra chez elle.

Il était onze heures, et une frêle apparition vacillait dans
l'escalier : Philip, qui disait, « Alice, je ne me sens pas très bien,
je... »

Il la rejoignit d'une démarche mal assurée et tendit son visage,
tel un ange plaintif mais embarrassé, s'offrant à son diagnostic et à

son jugement, parfaitement confiant dans sa justice. Qu'elle lui accorda, « Cela ne m'étonne pas, après tout ce travail sur le toit. Bon, n'y pense plus pour aujourd'hui, repose-toi.

— Je serais bien allé avec les autres, mais...

— Va t'installer dans le salon. Détends-toi. Je t'apporte du café. »

Elle savait que ce mal avait uniquement besoin d'affection et, quand Philip fut installé dans un grand fauteuil, elle lui apporta du café et s'assit avec lui, en songeant : Je n'ai rien de mieux à faire.

Elle s'attendait à devoir écouter le récit de ses malheurs : le moment en était venu. On lui avait promis du travail qu'on ne lui avait pas donné, et il en fit part à Alice de cette voix aigre et chagrine que donne une malchance inexplicable et persistante, et la raison de tout cela — sa fragilité de marionnette — ne fut pas mentionnée ; jamais, Alice en était certaine, elle ne pourrait être mentionnée. « Et tu sais la meilleure, Alice, il m'a dit, Oui, viens lundi, j'aurai du boulot pour toi — tu sais ce que c'était, ce boulot ? Il voulait me faire charger des énormes caisses de peinture et de matériel dans des camionnettes ! Je suis peintre-décorateur, Alice ! Bon, je l'ai fait, je l'ai fait pendant quatre jours, et je me suis bousillé le dos. J'ai passé deux semaines à l'hôpital, et un mois en rééducation. Quand je suis retourné lui dire qu'il me devait les quatre jours, il m'a dit que j'étais dans mon tort et... » Alice l'écoutait en souriant, et son cœur se déchirait de compassion. Il lui semblait que son cœur était fort sollicité, ce matin, et que les victimes se succédaient. Bah, tant pis, un jour la vie changerait : c'était le capitalisme, qui heurtait et blessait, sans se préoccuper de la souffrance de ses victimes.

À midi et demi, comme elle envisageait de se rendre à la cabine téléphonique, elle entendit quelqu'un entrer et se précipita pour intercepter la police, la mairie, qui encore ?

C'était Reggie qui, tout souriant, entreposait des valises dans le vestibule. Il annonça que Mary avait pu s'éclipser de la salle de réunion pour lui téléphoner la bonne nouvelle. Et elle allait profiter de l'heure du déjeuner pour apporter un second chargement. Le soulagement d'Alice fut tel qu'elle en ressentit un véritable vertige, puis fondit en larmes. Adossée au mur, juste à côté de la porte du salon, elle pressa ses deux mains contre sa bouche comme dans un moment d'extrême chagrin, tandis que ses yeux serrés ruisselaient de larmes.

« Voyons, Alice », dit Reggie en s'approchant pour regarder ce visage tragique, et elle dut repousser ses tapotements amicaux, et le bras qu'il lui passait autour des épaules.

« C'est la réaction », marmonna-t-elle en courant soudain vers les toilettes pour y vomir. Quand elle ressortit, Philip et Reggie se tenaient côte à côte et la dévisageaient, prêts à sourire, espérant qu'elle ne s'y opposerait pas.

Elle finit par sourire, puis rire, et ne parvint plus à s'arrêter.

Philip s'occupa un peu d'elle et Reggie restait sur le côté, gêné.

Alice était embarrassée, Qu'est-ce qui m'arrive, je dois également être malade ?

Mais Philip n'était plus malade. Il partit mesurer les fenêtres brisées, pour remplacer les vitres, et Reggie monta examiner les chambres. Alice resta dans la cuisine.

Mary la rejoignit un peu plus tard avec un carton rempli de casseroles, de couverts, et d'une bouilloire électrique. Elle s'assit à l'autre bout de la table. Le plaisir lui colorait le visage. Alice l'avait entendue rire avec Reggie de la même manière que Faye avec Roberta, et parfois Pat avec Bert. Deux contre le monde. L'intimité.

Alice demanda aussitôt, « Quelles sont les conditions ?

— C'est seulement pour un an. »

Alice sourit en voyant l'expression de Mary, « C'est l'éternité.

— Mais ils pourraient prolonger, bien sûr. S'ils ne décident pas finalement de l'abattre.

— Ils ne l'abattront pas, déclara Alice d'une voix convaincue.

— Oh, n'en sois pas si sûre. » Mary prenait maintenant les grands airs de son autre personnage, au bureau du logement.

Alice haussa les épaules. Elle attendait, les yeux fixés sur Mary qui, cependant, ne semblait vraiment pas comprendre pourquoi. Alice finit par demander, « Mais qu'est-ce qu'ils ont décidé, pour le paiement ?

— Oh, trois fois rien, répondit Mary avec insouciance. Ils n'ont pas fixé le montant exact, mais ce ne sera presque rien. Une somme symbolique.

— Oui, dit Alice, patiente. Mais comment ? Une somme globale pour toute la maison ?

— Oh non », répondit aussitôt Mary comme s'il s'était agi d'une suggestion incroyable, exorbitante — tel est l'impact d'une décision officielle sur un esprit de bureaucrate. « Oh non. Les participations seront déterminées individuellement, pour chaque occupant. Personne n'a de travail, me disais-tu ?

— Ce n'est pas la question, Mary », commença Alice, espérant qu'elle saisirait le problème. Mais elle n'en fit rien. Bien sûr ; qu'est-ce qui, dans son expérience, aurait pu l'y préparer ?

« Bon, je suppose que ce serait plus facile avec une somme globale, à laquelle chacun contribuerait. Surtout quand il s'agit d'un montant si faible. Juste assez pour couvrir les taxes, pas plus de quatre ou cinq livres par semaine. Mais nous procédons différemment. » C'était à nouveau le fonctionnaire qui s'exprimait, du ton décidé de celui qui sait que, si l'on fait une chose, c'est qu'il s'agit de la meilleure chose à faire.

« Es-tu certaine, s'enquit Alice avec circonspection, après un nouveau silence, qu'il n'y ait vraiment pas moyen de changer la décision ?

— Absolument aucun moyen. » Ce qu'elle exprimait, en vérité, c'était que l'idée lui paraissait si dénuée d'intérêt qu'elle ne voyait pas pourquoi elle aurait dû perdre un seul instant à y réfléchir.

Et Mary se mit en effet à arpenter la cuisine en l'examinant avec un petit sourire de bonheur, comme elle aurait défait les papiers d'un cadeau..

Cependant, Alice réfléchissait. Faye et Roberta refuseraient, et partiraient aussitôt. Jim aussi. Jasper n'aimerait pas cela — il exigerait de s'en aller, avec Alice. Bon, ils partiraient tous. Pourquoi pas ? Elle l'avait fait assez souvent ! Il y avait une maison vide à Stockwell... Depuis des mois, Jasper et elle parlaient d'y faire un squat. Faye et Roberta seraient d'accord, parce que leur communauté de femmes se trouvait dans les parages. Dieu seul savait combien d'autres maisons, de refuges, de cachettes, elles utilisaient. Alice avait l'impression qu'il y en avait plusieurs.

Dommage pour cette maison. À l'idée de partir, Alice sentit sa gorge se serrer et ferma les yeux sous l'effet de la souffrance.

Elle articula d'une voix froide et définitive, à cause de sa gorge serrée, « Bon, tant pis. Je regrette, mais c'est ainsi.

— Que veux-tu dire ? » Mary avait fait volte-face et la dévisageait, les mains sur sa gorge comme une tragédienne. « Je ne comprends pas ce que tu veux dire ? insista-t-elle d'une voix contrariée et autoritaire.

— Bah, tu t'en fiches, non ? Reggie et toi pourrez rester ici tout seuls. Je suis sûre que vous arriverez facilement à faire venir des amis. »

Mary s'effondra sur un siège. Après avoir été la fille la plus heureuse du monde, elle devenait une pauvre petite créature, pâle et fragile, suppliante, « Je ne comprends pas ! Quelle différence cela fait-il ? Jamais Reggie et moi ne resterions seuls ici, bien sûr.

— Pourquoi ? »

Mary s'empourpra, et balbutia, « Eh bien, évidemment... il va de soi que... *ils* ne doivent pas savoir que j'habite ici. Bob Hood et les autres ne doivent pas savoir que je vis en *squat*.

— Ah, c'est donc cela, dit Alice d'un ton vague, car elle réfléchissait déjà aux problèmes d'un nouveau déménagement.

— Je ne comprends pas, reprit Mary. Dis-moi, quel est le problème ? »

Alice soupira et annonça d'une voix plate que, pour diverses raisons, certains d'entre eux ne voulaient pas que leur présence fût enregistrée.

« Pourquoi ? voulut savoir Mary. Ce sont des criminels ? » Elle était devenue rose vif, et parlait d'une voix indignée.

Alice pouvait voir que cela lui était déjà arrivé, avant, avec les Militants. Leurs méthodes !

Alice répondit, l'air sarcastique à cause de l'effort qu'elle faisait pour rester patiente, « C'est une question politique, Mary. C'est politique, tu comprends ? » Elle se disait que, dans le cas de Jim, il y avait sans doute plutôt une histoire criminelle, mais peu importait. Sans doute aussi dans le cas de Faye et Roberta, d'ailleurs. « Ne comprends-tu pas ? Les gens perçoivent leur allocation dans une circonscription, mais ils vivent ailleurs. Parfois à plusieurs endroits.

— Oh ! je vois. »

Mary réfléchit un moment à cette nouvelle perspective : de

redoutables révolutionnaires en fuite, cachés. Mais elle paraissait incapable d'assimiler le fait. Elle observa avec mauvaise humeur, « Bon, je suppose qu'on pourrait renégocier la décision. Je dois dire qu'il vaudrait mieux ne pas révéler tout cela à l'administration !

— Oh, tu crois que tu pourrais faire modifier la décision ? » Soulagée, Alice voyait la maison lui revenir, et elle eut un sourire éperdu, embué de larmes. « Oh, bon, alors tout va bien. »

Mary dévisagea Alice. Intimidée par l'ampleur de ses propres émotions, Alice lui sourit. C'était le moment où, poussée par sa répugnance envers tout ce qui dépassait les limites invisibles qu'elle-même et Reggie s'étaient fixées, concernant ce qu'ils estimaient juste, honnête et convenable, Mary aurait pu se lever, bégayer quelques excuses pleines de rancœur pincée, et partir. Dire à Bob Hood que la commission du logement et de l'urbanisme avait fait une erreur, que ces gens du 43...

Mais elle déclara en souriant, « J'en toucherai un mot à Bob. Je pense que tout ira bien. Alors chacun paiera sa part ? Je leur dirai de faire des quittances mensuelles, plutôt que trimestrielles. Ce sera plus facile à payer. » Elle continua un peu sur sa lancée, pour rétablir son image et celle des services municipaux, puis observa qu'il faudrait faire quelque chose au sujet du 45. Il y avait sans cesse des plaintes.

« Je vais aller leur en parler », annonça Alice.

À nouveau, la fonctionnaire en Mary réagit, « Cela ne te regarde pas, que vas-tu y faire ? » Voyant qu'Alice haussait les épaules d'un air indifférent, Mary se hâta d'ajouter, « Oui, cela vaudrait peut-être mieux... »

Elle se dirigea vers l'escalier, le visage empreint d'une irritation comparable à celle d'Alice. Toutes deux se disaient que ce ne serait pas facile de vivre tous ensemble dans cette maison.

Mary repartit peu de temps après avec Reggie. Il devait la déposer à son travail, et ils reviendraient ensemble plus tard, avec un nouveau chargement. Ils comptaient apporter également quelques meubles, si personne n'y voyait d'inconvénient. Un lit, par exemple.

Alice resta longuement assise, seule. Puis Philip vint lui demander de l'argent pour acheter du verre, et sortit.

Alice se revoyait au cours des quatre derniers jours, et songeait : J'ai peut-être été un peu folle ? Après tout, ce n'est qu'une maison... et qu'ai-je fait ? Ces deux-là, Reggie et Mary, des révolutionnaires ? Eux, dans la Tendance militante ? C'est absurde !

Peu à peu elle se ressaisit. L'énergie parcourut à nouveau ses veines. Elle pensa aux autres, qui étaient sur le front, à Melstead. Ils travaillaient pour la Cause ; elle le devait aussi ! Elle sortit discrètement de la maison, en prenant garde de ne pas regarder si la vieille dame lui faisait signe de venir, s'engagea dans la grande rue, et longea la haie qui séparait d'abord leur maison de la rue, puis le numéro 45. Elle bifurqua dans la petite rue jumelle de la leur, et s'arrêta là où elle avait vu Bob Hoop s'arrêter, la veille, pour contempler le jardin rempli d'ordures.

Elle parcourut l'allée d'un pas décidé, prête à être observée par quiconque serait là à guetter les abords. Elle frappa. Elle attendit un bon moment avant que la porte s'ouvre. Elle aperçut brièvement le vestibule, jumeau du leur, mais encombré de cartons et de valises. Une unique ampoule pendait au plafond. Ils avaient donc l'électricité.

Devant elle se trouvait un homme, qu'elle identifia aussitôt comme étant un étranger. Ce n'était pas que son apparence fût singulière, mais quelque chose en lui l'indiquait. Il était russe, elle le savait. Elle en éprouva un petit frisson de satisfaction. C'était le pouvoir, la notion même, qui excitait Alice. L'homme lui-même ne sortait en rien de l'ordinaire, plutôt massif — pas vraiment gros, mais il aurait pu l'être ; pas particulièrement grand —, guère plus qu'elle-même, en fait. Il avait un type de visage large et plat, avec de petits yeux gris attentifs. Il portait un pantalon de toile grise qui paraissait neuf et coûteux, et une saharienne grise boutonnée, très stricte.

Il aurait pu être soldat.

« Je suis Alice Mellings. De la maison voisine. »

Il acquiesça gravement, et dit, « Bien sûr. Entre. » Il la précéda parmi les cartons empilés, jusque dans la pièce qui, chez eux, était le salon. Ici, on aurait plutôt dit un bureau. Une table était placée dans le renfoncement de la baie vitrée, avec un siège situé dos à la fenêtre, et Alice sentit que c'était parce qu'il voulait voir qui entrait et sortait par cette porte ; il ne voulait pas avoir le dos tourné.

Il s'installa derrière le bureau et désigna un siège à Alice, en face de lui. Elle s'assit.

Impressionnée, elle pensait, Lui, il est vraiment important.

Il attendait qu'elle dise quelque chose.

La seule chose qu'elle ne pouvait pas demander — Est-ce vous qui avez donné des instructions à Jasper et Bert, sur ce qu'il convenait de faire ? — était justement celle qu'elle souhaitait savoir.

Elle déclara, « Nous venons d'obtenir l'accord de la mairie, et nous sommes maintenant occupants à titre provisoire, vous savez. » Il opina. « Eh bien, il nous semble que vous devriez faire pareil. Cela simplifie considérablement l'existence, voyez-vous. Et cela signifie aussi que la police vous laisse tranquilles. »

Il parut se détendre, se carra dans son fauteuil, poussa vers elle un paquet de cigarettes, s'en alluma une tandis qu'elle secouait la tête pour refuser, inhala une profonde bouffée qu'il rejeta d'un souffle bref, et répondit, « Cela dépend des autres. Je n'habite pas ici. »

Était-ce là tout ce qu'il allait dire ? Apparemment, oui. Bah, en fait, il avait dit tout ce qu'il fallait. Embarrassée, Alice se hâta de bredouiller, « Et puis il y a les ordures. Il faudra payer les hommes de la voirie... » Sa voix s'éteignit.

Il la fixait intensément. Elle savait qu'il voyait tout. C'était un regard froid, détaché. Mais pas hostile, quand même ? Elle s'écria d'une voix implorante, « Ils nous ont donné un an. De sorte que, quand tout sera remis en état, nous pourrons consacrer toute notre attention à... » elle censura « la révolution », et préféra dire « la politique ».

Il ne semblait pas avoir entendu. En attendait-il davantage ? Ou bien qu'elle s'en aille ? S'embourbant plus encore, elle poursuivit, « Évidemment, tous les gens de notre squat ne ... par exemple, Faye et Roberta ne pensent pas que ... mais pourquoi les connaîtriez-vous. Je vais vous expliquer... »

Il l'interrompit, « Je suis au courant, pour Roberta et Faye. Dis-moi, comment sont les deux nouveaux ? »

Elle répondit, accordant à Mary et Reggie le mérite qui leur revenait, « Ils étaient dans la Tendance militante, mais n'aimaient pas les méthodes. » Là, elle s'aventura à sourire dans l'espoir qu'il répondrait, mais il se contenta de l'interroger, « Elle travaille au Service du logement ? À quel échelon ?

— Elle ne prend pas de décisions. »

Il hocha la tête. « Et lui ? Il est chimiste, je crois ?

— Chimiste industriel. Il a perdu son travail.

— Où ?

— Je ne le lui ai pas demandé. » Elle ajouta, « Je te le ferai savoir. »

Il acquiesça. Continua à fumer. Assis très droit devant la table sur laquelle étaient posés ses deux avant-bras, il avait devant lui une feuille de papier sur laquelle ses yeux semblaient prendre des notes. Il ressemblait à Lénine !

Elle songea : Sa voix. Américain. Oui, mais avec quelque chose de bizarre, pour une voix américaine. Non, ce n'était pas la voix ni l'accent, mais quelque chose d'autre, *en lui*.

Il ne disait rien. L'interrogation, l'anxiété qui s'amoncelaient en elle, firent surface, « Jasper et Bert sont allés à Melstead. Ils sont partis de bonne heure. »

Il acquiesça encore. Tendit la main vers un journal soigneusement plié, et l'ouvrit devant lui. « Tu as lu le *Times* d'aujourd'hui ? s'enquit-il en tournant les pages.

— Je ne lis pas la presse capitaliste.

— Je pense que c'est peut-être dommage », observa-t-il après un instant de silence. Et il poussa le journal vers elle, en lui désignant un paragraphe.

Interrogé sur leur sentiment à l'égard de ces renforts du piquet de grève, Crabit, le porte-parole des grévistes, a déclaré qu'il regrettait de voir les trotskistes et autres fauteurs de troubles professionnels s'immiscer dans le conflit. Leur présence n'était pas souhaitée. Les travailleurs étaient fort capables de se passer d'eux.

Alice sentit qu'elle risquait de se remettre à pleurer.

Elle objecta, « Mais c'est un journal capitaliste. Ils essaient simplement de diviser les forces démocratiques, ils cherchent à nous désunir. » Elle allait ajouter : Ne le voyez-vous donc pas ? mais ne put se résoudre à le dire.

Il reprit le journal et le remit où il l'avait pris. Il ne la regardait plus, à présent.

« Camarade Alice, commença-t-il, il existe des moyens d'action plus efficaces, comme tu le sais. »

Il se leva. « J'ai beaucoup de travail. » Elle était congédiée. Il contourna la table et l'accompagna jusqu'à la porte principale.

« Merci d'être venue me voir, dit-il.

— Y aurait-il, bégaya-t-elle, une pièce qui pourrait nous servir, ici, pour — discuter. Voyez-vous, certains d'entre nous ne sont pas très sûrs de — certains autres.

— Je me renseignerai », dit-il. Il ne réagissait pas comme elle l'avait craint. Elle s'était sentie si dérisoire, en posant la question...

Il hocha la tête et, enfin, lui offrit un sourire. Elle s'éloigna comme dans un rêve. Elle se répétait, Mais *lui*, c'est un vrai, il est important.

Il ne lui avait pas révélé son nom.

Elle parcourut la brève portion de grande rue à pas lents car, juste devant elle, au milieu du trottoir, une fille avançait, avec un enfant dans une poussette. L'enfant avait l'air d'un gros paquet en plastique, avec un visage lourd et pâle, piqué de boutons, qui dépassait. Il pleurnichait sur une note stridente et obstinée qui écorchait les oreilles d'Alice. Quant à la fille, elle paraissait fatiguée, désespérée. Elle avait des cheveux gras et ternes, mous. Alice devinait à ses épaules contractées qu'elle se retenait de frapper l'enfant. Alice attendait de pouvoir marcher plus vite dès qu'elle aurait tourné dans sa rue, mais la fille tourna aussi, toujours au milieu du trottoir. Puis elle s'arrêta, et se mit à regarder les maisons, plus particulièrement le numéro 43. Alice la dépassa, et entra dans le jardin. Elle entendit la fille demander, « Vous habitez ici ? Dans cette maison ?

— Oui », répondit Alice sans se retourner, d'une voix cassante. Elle savait ce qui allait suivre. Elle remonta l'allée. Les roues de la poussette crissèrent derrière elle.

« Excusez-moi », entendit-elle et elle comprit, à cette petite voix entêtée, qu'elle ne pourrait pas y échapper. Elle se retourna vivement, bloquant l'accès de la porte d'entrée. Elle faisait maintenant face à la fille, carrément, avec un *Non* affiché sur tout son visage. Ce n'était pas la première fois, bien sûr, qu'elle se trouvait dans cette situation. Elle se disait : C'est injuste, que je doive toujours m'en charger moi-même.

C'était une pauvre épave, cette fille. Une vingtaine d'années, sans doute. Déjà usée et épuisée, et sa seule énergie venait de l'irritation qu'elle retenait, à cause des pleurnicheries de son enfant.

« J'ai appris que cette maison était en sursis de démolition », déclara-t-elle en fixant son regard sur Alice. Elle avait de grands yeux gris assez beaux, et Alice ne voulait pas en subir la pression. Elle se tourna vers la porte et l'ouvrit.

« Où l'avez-vous appris ? »

Au lieu de répondre, la fille expliqua, « *Je deviens folle.* Il faut que je trouve un endroit. Il faut absolument que je trouve. C'est impossible autrement. »

Alice pénétra dans le vestibule, prête à refermer la porte, mais elle s'aperçut que le pied de la fille l'en empêchait. Alice fut désarçonnée, car elle ne s'était pas attendue à une telle initiative. Mais sa détermination en fut renforcée car si cette fille avait tant de ressources, elle ne devait pas être en si mauvaise posture.

La porte restait ouverte. L'enfant pleurait bruyamment, à présent, de tout son saoul, à l'intérieur de son emballage transparent, et ses yeux bleus grands ouverts éclaboussaient de larmes le plastique. La fille défiait Alice, qui vit qu'elle tremblait de fureur.

« J'ai autant le droit que vous de m'installer ici, dit-elle. S'il y a la place, je viens. Et vous avez de la place, non ? Regardez comme c'est grand, mais regardez ! » Elle contemplait le grand vestibule, avec ce tapis chaleureux, qui donnait une impression de luxe discret, et les diverses portes qui ouvraient sur des chambres, des chambres, un vrai trésor. Puis elle regarda l'ample escalier qui montait vers un autre étage. Encore des portes, encore de l'espace. Désespérée, Alice suivait son regard.

« Je suis dans un de ces hôtels, vous savez ? Quoi, vous ne savez pas ? Tout le monde devrait les connaître. La mairie nous a flanqués là-dedans, mon mari et moi et Bobby. Une seule pièce. Et ça fait sept mois qu'on y est. » Alice comprenait, à l'intonation de la fille, ce qu'avaient dû être ces sept mois. « Il appartient à de sales étrangers. C'est dégoûtant qu'ils aient le droit d'avoir un hôtel et de nous dire ce qu'on peut faire ou non. Interdiction de faire la cuisine. Vous imaginez ce que cela peut donner, avec un bébé ? C'est tellement sale, par terre, que je ne peux pas le mettre à quatre pattes. » Elle offrait ces détails à Alice d'une voix plate qui tremblait, tandis que l'enfant sanglotait à grand bruit.

« Vous ne pouvez pas venir ici, déclara Alice. Cela n'irait pas. D'abord, il n'y a aucun chauffage. Il n'y a même pas l'eau chaude.

— L'eau chaude ! s'exclama la fille, frémissante de rage. L'eau chaude ! Nous n'en avons plus depuis trois jours, et le chauffage est éteint. Quand on appelle la mairie pour se plaindre, ils disent qu'ils s'en occupent. Je veux de l'espace. De la place. Je peux chauffer de l'eau dans une casserole, pour le laver. Vous avez une cuisinière, non ? Je ne peux même pas le nourrir convenablement. Que des cochonneries en conserve. »

Alice ne répondit pas. Elle se disait, Bah, pourquoi pas ? Quel droit ai-je de dire non ? Et comme elle remuait ces pensées, elle entendit un bruit dans l'escalier et se retourna, pour voir Faye sur le palier, qui observait la scène. Quelque chose en elle retint l'attention d'Alice : une sorte de mortelle détermination. La jolie Faye frêle et maniérée avait disparu une nouvelle fois ; à sa place avait surgi une femme blême et malfaisante, avec des yeux froids et méchants, qui s'élança dans l'escalier comme pour foncer sur la jeune femme. Alice commença par tenir bon, puis, stupéfaite, recula d'un pas tandis que Faye arrivait à sa hauteur et, penchée en avant, crachait, « Foutez le camp. Allez, foutez le camp. Foutez le camp. »

La fille balbutia, « Qui êtes-vous, qu'est-ce... » Mais Faye la forçait, par le seul fait de sa présence haineuse, à reculer pas à pas vers la porte. L'enfant hurlait, à présent.

« Comment osez-vous, grinçait Faye, comment osez-vous forcer la porte. Personne ne vous a permis d'entrer. Oh, je connais le genre. Une fois là, vous faites main basse sur tout, vous êtes tous pareils. »

Cette démence réduisait Alice au silence, et la fille dévisageait l'horrible agresseuse avec des yeux exorbités, bouche bée, tout en reculant vers la porte. Là, Faye la bouscula si violemment qu'elle faillit tomber sur la poussette.

Faye claqua la porte de toutes ses forces. Puis, la rouvrant, elle la claqua une seconde fois. Elle semblait disposée à continuer ainsi, mais Roberta était arrivée. Même elle n'osa pas toucher Faye à ce moment, mais elle se mit à parler d'une voix continue et persuasive, tout bas :

« Faye, ma chérie, Faye, arrête, calme-toi. Il faut t'arrêter. M'entends-tu ? Arrête, Faye... »

Faye l'entendait, comme on pouvait s'en rendre compte à la manière dont elle tenait la porte ouverte, hésitant avant de la claquer à nouveau. Derrière elle, la fille reculait à pas lents dans l'allée, avec son enfant hurlant. Elle jeta un coup d'œil juste à temps pour voir Roberta prendre Faye dans ses bras et la maintenir prisonnière. Faye criait, maintenant, d'une voix rauque et haletante, « Lâche-moi. » La fille s'immobilisa, épouvantée. *Oh non*, semblaient dire ses yeux, et elle fit demi-tour pour fuir en courant cette horrible maison.

Alice referma la porte, et les cris de l'enfant s'évanouirent.

Roberta chantonnait, « Faye, Faye, ma chérie, non, mon amour, ça va. » Et Faye sanglotait, comme un enfant, en reprenant son souffle à longs coups, effondrée dans les bras de Roberta.

La porte de leur chambre se referma sur elles, et le vestibule fut vide à nouveau. Alice y demeura un moment, abasourdie ; puis elle alla dans la cuisine et, tremblante, s'assit.

Dans son esprit, elle était la fille jetée à la rue. Elle n'éprouvait pas de remords, mais s'identifiait à elle. Elle s'imaginait partant avec l'enfant lourd et encombrant vers l'arrêt d'autobus, attendant, attendant avec un visage de pierre, et disant aux gens qui faisaient la queue qu'elle se moquait bien de ce qu'ils pouvaient penser des hurlements de son enfant. Puis hissant la poussette dans l'autobus et s'asseyant avec son enfant qui, s'il ne criait plus, devait être une masse inerte de désolation. Puis descendant du bus, ficelant à nouveau l'enfant dans sa poussette, et regagnant l'hôtel. Oui, Alice connaissait ces hôtels, elle savait comment on y vivait.

Au bout d'un moment, elle se prépara du thé très fort et le but comme elle aurait bu du cognac. Au-dessus d'elle, le silence. Roberta avait sans doute réussi à endormir Faye.

Un moment plus tard, Roberta entra et s'assit. Alice savait ce que devait exprimer son visage, à la manière dont Roberta

135

l'observait. Elle songea : En vérité, c'est une bonne grosse maman toute en poitrine et en compassion ; elle veut se donner un air de brute impitoyable mais, manque de chance, c'est le genre maternel.

Elle ne voulait pas avoir à écouter ce qui allait venir.

Quand Roberta déclara, « Écoute, Alice, je sais l'impression que cela doit faire, mais... », elle l'interrompit, « Je m'en fiche. Ça va. »

Roberta hésita, puis se força à insister, « Faye devient parfois comme tu viens de la voir, mais elle va beaucoup mieux, et ce n'était pas arrivé depuis longtemps. Plus d'un an.

— Bon, ça va.

— D'ailleurs, il n'est absolument pas question d'avoir des enfants ici. »

Alice ne répondit rien.

Faute d'une réaction qui ne venait pas, Roberta se leva et commença à s'affairer avec des sachets de thé et une tasse, et elle ajouta d'une voix basse et vibrante, très vite, « Si tu savais ce qu'elle a vécu dans son enfance, si tu savais ce qu'elle a subi...

— Je me fous de sa saloperie d'enfance, répliqua Alice.

— Non, il faut que je te le dise, pour elle, pour Faye... Elle était une enfant battue, vois-tu...

— Je m'en fous, hurla soudain Alice. Tu ne comprends rien. J'ai déjà entendu toutes les saloperies d'enfances malheureuses imaginables. Les gens n'arrêtent pas... Pour ma part, je considère les enfances malheureuses comme la grande escroquerie, le grand alibi. »

Choquée, Roberta protesta, « Un *bébé* battu — et les bébés battus deviennent des adultes. » Elle regagna sa place et s'assit, les yeux fixés sur ceux d'Alice, déterminée à obtenir d'elle une réaction.

« En tout cas je sais une chose, rétorqua Alice. Les communautés. Les squats. Si l'on ne fait pas attention, voilà ce que cela devient — des gens qui discutent interminablement de leur enfance de merde. Plus jamais. Nous ne sommes pas ici pour cela. Ou bien est-ce justement ce que vous voulez ? Une sorte de groupe de discussion permanente. Cela finit toujours ainsi, si on se laisse faire. »

Convaincue qu'Alice ne l'écouterait pas, Roberta garda le silence. Elle buvait son thé bruyamment, et Alice se surprit à ciller.

Roberta avait quelque chose de grossier et vulgaire, songea Alice, trop troublée pour censurer ses pensées. Elle ne s'était pas encore lavée, alors que l'eau était rétablie. Il émanait d'elle cette odeur métallique et entêtante du sang. Elle-même ou Faye, ou même les deux, avaient leurs règles.

Alice ferma les yeux et se replia en elle-même, dans un recoin qu'elle avait découvert depuis des années, elle ne savait plus quand, dans sa petite enfance. Là, elle était en sécurité, et le monde pouvait s'écraser, gronder et hurler comme il le voulait. Elle s'entendit observer, de sa voix songeuse et distante, « Bah, je suppose qu'un de ces jours, Faye en mourra. Elle a déjà tenté de se suicider, non ? »

Silence. Elle ouvrit les yeux, et vit Roberta en larmes.

« Oui, mais pas depuis que je...

— Tous ces bracelets, murmura Alice. Les cicatrices sous les bracelets.

— Elle n'a qu'une seule petite cicatrice, plaida Roberta. Sur le poignet gauche. »

Alice avait refermé les yeux et buvait son thé à petites gorgées, sentant ses nerfs prêts à craquer encore. Elle déclara, « Un de ces jours, je te parlerai de l'enfance malheureuse de ma mère. Elle avait une mère folle, et un père bizarre. Bizarre est le mot. Si je te racontais ! » Elle n'avait pas eu l'intention d'évoquer sa mère. « Bah, n'y pensons pas », et elle se mit à rire. C'était un rire sain, jovial, qui appréciait les particularités et les richesses de la vie. « Par ailleurs mon père — là, c'était une tout autre paire de manches. Pendant son enfance, il était heureux du matin au soir, à ce qu'il dit, c'est la plus belle époque de sa vie. Mais faut-il le croire ? Eh bien, je suis tentée de dire, oui. Il est tellement *borné*, *idiot* et *affreux* qu'il ne s'en serait même pas aperçu, s'il avait été malheureux. Ils auraient pu le battre autant qu'ils auraient voulu, il ne s'en serait jamais aperçu. »

Elle rouvrit les yeux. Roberta l'examinait avec un petit sourire entendu. Malgré elle, Alice lui rendit son sourire.

137

« Eh bien voilà, reprit Alice, en ce qui me concerne, c'est tout. Aurais-tu du cognac ? Ou quelque chose du même genre ?

— Tu veux un joint ?

— Non, cela ne me fait rien du tout. Je n'aime pas cela. »

Roberta sortit, et revint avec une bouteille de whisky. Elles se mirent à boire dans la cuisine, chacune à un bout de la grande table en bois. Quand Philip revint, titubant sous la charge des lourds panneaux de verre, et prêt à travailler, il refusa un verre en disant qu'il se sentait assez mal. Il monta se réfugier dans son sac de couchage. Ce qu'il voulait ainsi exprimer, c'était qu'Alice aurait dû travailler avec lui, au lieu de rester là à perdre son temps.

Ayant beaucoup bu, Roberta monta rejoindre Faye, et le silence se fit.

Alice décida de faire un petit somme. Dans le vestibule, elle vit par terre une enveloppe qu'elle prit pour un courrier publicitaire. Comme elle se baissait pour la ramasser et aller la jeter, elle vit que cela venait du Service de l'électricité, et une nausée glaciale l'envahit ; elle préféra prendre le temps de se ressaisir avant de l'ouvrir. Elle retourna dans la cuisine. *Déposée*. Mme Whitfield avait dit qu'elle passait par là en allant travailler, et en revenant. Elle l'avait déposée elle-même, en rentrant chez elle. C'était gentil de sa part... Alice ouvrit la lettre d'un geste vif, et lut :

Chère Mlle Mellings, j'ai pris contact avec votre père au sujet de la garantie des paiements pour les factures du numéro 43 d'Old Mill Road, comme nous en étions convenues. Je regrette de devoir vous dire que sa réponse fut négative. Voudrez-vous avoir l'obligeance de passer me voir pour en parler dans les prochains jours ? Avec mes sentiments distingués, D. Whitfield.

Cette petite lettre humaine et gentille donna d'abord l'impression à Alice d'être soutenue, puis la rage la gagna. Personne heureusement ne pouvait la voir, tandis qu'elle explosait intérieurement, grinçant des dents, les yeux exorbités, les poings serrés comme sur des couteaux. Elle se mit à tournoyer dans la cuisine comme une grosse mouche enfermée par un chaud après-midi d'été, se heurtant aux murs, aux coins de table et de cuisinière, ne sachant plus ce qu'elle faisait, et poussant des grognements, des gémissements, des grondements — qu'elle reconnut pour siens dès qu'elle les entendit, et aussitôt elle s'assit, effrayée, figée, pour réprimer ce qu'elle éprouvait. L'immobilité absolue après cette violence, pendant quelques minutes. Puis elle s'élança à nouveau dans le mouvement, courut dans l'escalier, et frappa vivement à la porte de Philip. Des mouvements étouffés, mais pas de réponse. Elle appela, « Philip, c'est moi, Alice. »

Elle entra quand il répondit, « Entre », et le vit s'extirper de son sac de couchage puis enfiler sa salopette. « Excuse-moi », dit-elle, écartant d'un ton péremptoire la gêne sans importance qu'il ressentait. Et elle attaqua immédiatement, « Philip, veux-tu garantir les factures d'électricité ? » Comme il la dévisageait sans comprendre, « Tu sais, les factures de la maison. Ma mère ne veut pas, mon père ne veut pas, cette sale vache de Theresa non plus, ni ce salaud d'Anthony... »

Il se tenait devant elle, se découpant sur la forte lumière jaune de la fin d'après-midi, sombre petite silhouette figée dans une posture raide et gauche. Ne pouvant voir son visage, elle s'écarta dans un angle et il pivota sur lui-même pour lui faire face ; elle vit alors qu'il fixait sur elle un regard de défi, pâle, petit, mais obstiné. Elle comprit qu'elle allait échouer, en voyant ce visage, mais elle insista sèchement, « Tu as une affaire, tu as un papier à en-tête, tu pourrais cautionner les paiements.

— Voyons, Alice, je ne pourrais jamais payer de telles sommes, tu le sais bien. »

Il parlait comme si on lui demandait de payer, s'indigna Alice. Mais l'avait-il entendue plaisanter sur le fait que le premier paiement serait aussi le dernier ?

Autoritaire, elle lança, « Oh, ne sois pas idiot, Philip. Tu n'aurais pas à payer, voyons. C'est juste pour garder le branchement. »

Il tenta de faire un peu d'humour, « Mais peut-être que je serais quand même obligé, pour finir ?

— Mais non, bien sûr que non ! »

Il était prêt à rire avec elle, elle le voyait bien, mais elle ne pouvait pas.

« Que puis-je faire, alors ? demanda-t-elle d'une voix pressante. Je ne sais plus que faire !

— Je n'en crois rien, Alice », répondit-il en riant vraiment, cette fois, mais gentiment.

D'une voix normale elle lui expliqua, « Philip, il nous faut un garant. Tu es le seul, comprends-tu ? »

Il tint bon, ce Pétrouchka, ce lutin malingre : « Non, Alice. D'abord, l'en-tête du papier est celle d'où j'étais avant Felicity — c'est démoli. Ça n'existe plus. »

Ils se dévisageaient, à présent, avec la même expression d'effroi que si le parquet avait cédé sous eux ; car tous deux, au même instant, avaient eu la même vision d'impermanence : des maisons, des immeubles, des rues, des quartiers évanouis, disparaissant, disparus, une illusion. Ils soupirèrent ensemble et s'étreignirent doucement dans un élan de mutuelle consolation.

« Le fait est, reprit Alice, qu'elle ne veut pas nous couper l'électricité. Elle veut nous aider, elle cherche qu'un prétexte, c'est tout... Attends, attends une minute, je crois que j'ai trouvé...

— J'en étais sûr », dit-il, et elle acquiesça avec ardeur, « Oui. C'est mon frère. Je leur dirai qu'il accepte de se porter garant, mais qu'il est en voyage d'affaires — à Bahrein, peu importe. Elle maintiendra le branchement, je sais qu'elle le fera. »

Croisant les doigts dans un geste superstitieux, elle sortit en courant, riant d'exultation.

Trop tard pour appeler Mme Whitfield maintenant, mais elle le ferait dès demain, et tout irait bien.

Inutile d'en parler à Mary et Reggie. Bien entendu, si Mary avait la moindre honnêteté, elle serait disposée à garantir les paiements ; d'eux tous, elle était seule à avoir un travail. Mais elle n'en ferait rien, Alice le savait.

Elle avait besoin de dormir. Elle frémissait et tremblait à l'intérieur d'elle-même, là où nichait sa fureur.

IL commençait à faire sombre quand Alice s'éveilla. Elle entendit rire Bert, des Ho, Ho, Ho profonds qui provenaient de la cuisine. Ce n'est pas son vrai rire, songea Alice. Je me demande à quoi ressemblerait le vrai ? Plutôt Hi, Hi, Hi, sans doute. Non, il s'était créé un rire de toutes pièces. Rassurant, solide. Viril. Les voix et les rires, nous les créons nous-mêmes... La voix recréée de Roberta, confortable. Et puis celle de Pat, vive et légère ; son rire. Son vrai rire ? Peut-être. Ils étaient donc rentrés tous les deux, et cela signifiait que Jasper aussi. Alice sortit de son sac de couchage et enfila un chandail, avec un sourire conforme aux sentiments que lui inspirait Jasper : de l'admiration, et un amour désenchanté.

Mais Jasper ne se trouvait pas dans la cuisine avec les deux autres, qui rayonnaient de bonheur et de plénitude en mangeant du poisson et des frites en cornet.

« Tout va bien, Alice, déclara Pat en lui offrant une chaise. Ils l'ont arrêté, mais ce n'est pas grave. Il passera demain matin devant le tribunal d'Enfield, et sera rentré ici pour déjeuner.

— À moins qu'il soit en conditionnelle ? interrogea Bert.

— Il est resté deux ans en conditionnelle à Leeds, mais c'est fini depuis le mois dernier.

— Le mois dernier ? » répéta Pat. Son regard croisa celui de Bert, et n'y trouva aucun reflet de ce qu'elle-même pensait — sans doute malgré elle, songea Alice ; puis, pour éviter celui d'Alice, elle baissa les yeux et engloutit des frites bien dorées, grasses et croustillantes. Ce n'était pas la première fois qu'Alice s'entendait suggérer que Jasper aimait être arrêté — qu'il avait besoin de cette limitation imposée à sa vie. Elle déclara sur un ton d'excuse, « Évidemment, il a dû faire attention pendant si longtemps, forcé de prendre garde au moindre petit geste, j'imagine... » Elle observait Bert, qui pouvait lui dire ce qu'elle voulait savoir au sujet de l'arrestation. Car Jasper était arrêté, mais pas Bert ; cela en soi...

Pat poussa des frites vers elle, et Alice en mangea une ou deux par politesse, en songeant au cholestérol.

« Combien y a-t-il eu d'arrestations ?

— Sept. Trois inconnus. Mais les autres étaient John, Clarissa, et Charlie. Et puis Jasper.

141

« — Aucun camarade du syndicat ?

— Non. »

Silence.

Puis Bert reprit, « Ils ont distribué des amendes de vingt-cinq livres. »

Alice répondit machinalement, « Alors ce sera sans doute cinquante pour Jasper.

— Il pensait qu'il s'en tirerait pour vingt-cinq livres, alors je lui en ai passé vingt pour qu'il ait ce qu'il faut. »

Sur le point de se lever pour partir, Alice s'enquit soudain d'un ton bref, « Il ne veut pas de moi là-bas ? Pourquoi ? Qu'a-t-il dit ? »

Pat répondit avec circonspection, « Il m'a chargée de te dire de ne pas y aller.

— Mais j'ai toujours été là, quand il se faisait arrêter. Toujours. Chaque fois je l'ai accompagné au tribunal.

— Voilà ce qu'il nous a dit, insista Bert. Dites à Alice que ce n'est pas la peine de venir. »

Alice sombra dans une réflexion si intense que la cuisine, Bert, Pat, et même la maison s'évanouirent. Elle avait rejoint le piquet de grève de l'imprimerie. La camionnette chargée de journaux apparaissait au portail d'entrée, proclamant par son aspect sinistre et luisant qu'il fallait la haïr ; les manifestants s'élançaient en criant ; et il y avait là Jasper, comme elle l'avait si souvent vu, le visage tordu par une haine abstraite et acharnée, et sous ses mèches rousses étincelantes. Il était toujours le premier à se faire arrêter, songea-t-elle fièrement, à cause de sa passion, de son dévouement si manifeste — même aux yeux de la police. Si pur.

Mais quelque chose n'allait pas.

Elle demanda, « Tu as décidé de ne pas te laisser arrêter pour une raison particulière, Bert ? »

Car, dans ce cas, on aurait pu s'attendre à voir Jasper rentrer aussi à la maison.

Bert répondit, « Jasper a rencontré quelqu'un là-bas, quelqu'un qui pourrait nous être très utile. »

Aussitôt la scène s'éclaira pour Alice. « Était-ce l'un des trois que tu ne connaissais pas ?

— C'est cela, admit Bert. Précisément. » Il bâilla, et ajouta,

« Je déteste avoir à réclamer, mais pourrais-tu me rembourser les vingt livres ? Jasper m'a dit de te les demander. »

Alice compta l'argent, sans se permettre de détourner les yeux de ce qu'elle faisait.

Pat suggéra gentiment, « À ce rythme-là, voilà un petit pécule qui ne durera pas longtemps.

— Non. »

Alice priait : Faites que Bert s'en aille. Faites qu'il monte se coucher. Je veux parler avec Pat. Elle le pensait si fort qu'elle n'éprouva aucune surprise quand il se leva en disant, « Je vais faire un tour chez Felicity pour prendre un vrai bon bain.

— Je te rejoins dans une minute », dit Pat.

Bert sortit, tandis que les deux femmes restaient assises dans la cuisine.

Alice voulut savoir, « Comment s'appelle ce type, à côté ?

— Lénine ? » lança Pat. Reconnaissante, Alice joignit son rire au sien avec un sentiment de privilège particulier, pour cette intimité avec Pat qui l'introduisait dans une importante conspiration. Pat poursuivit, « Il dit qu'il s'appelle Andrew.

— D'où penses-tu qu'il vienne ?

— Bonne question.

— Un accent américain si fort, suggéra Alice.

— La langue du Nouveau Monde.

— Oui. »

Elles échangèrent un regard.

Ayant fait le tour de la question, elles l'abandonnèrent, et Alice reprit après un moment de silence, « Je suis passée cet après-midi. Pour leur demander de faire quelque chose, pour toutes ces cochonneries.

— Bonne idée.

— Qu'y a-t-il donc dans tous ces colis ?

— Des tracts. Des livres. C'est ce qu'ils disent.

— Mais avec la police qui rôde sans cesse ?

— Ces paquets n'étaient pas là avant-hier. Et je parie qu'ils n'y seront plus demain — s'ils n'ont pas déjà disparu.

— As-tu réellement vu les tracts ?

— Non, mais j'ai posé la question. Et c'est ce qu'il m'a dit — Andrew. Du matériel de propagande. »

Là encore le sujet fut abandonné, par consentement tacite.

Pat observa, « À mon avis, Bert pense que ce camarade — celui avec qui Jasper discutait à Melstead — pourrait avoir des tuyaux intéressants.

— Tu veux dire, pour l'I.R.A. ?

— Oui, je crois.

— As-tu entendu de quoi ils parlaient ?

— Non. Mais Bert a passé un bon moment avec eux. »

Là, Alice aurait pu demander ce que Bert pensait de lui. Mais elle ne s'intéressait pas à ce que pensait Bert. L'opinion de Pat, oui.

« Comment était-il ? Je le connais peut-être, suggéra-t-elle. Il ne faisait pas partie de la bande habituelle ?

— Je ne l'avais jamais vu, j'en suis certaine. Rien de particulier à signaler.

— Est-ce que le camarade Andrew vous a dit d'aller avec les grévistes ? Vous a-t-il parlé de Melstead ? Combien de fois es-tu allée dans la maison voisine ? »

Pat répondit en souriant, mais en laissant entendre que rien ne l'y obligeait, « J'y suis allée deux fois. Bert et Jasper y vont beaucoup plus souvent. Pour ce qui est de Melstead, j'ai l'impression que le camarade Andrew... » elle accentua légèrement le mot « camarade » comme pour indiquer à Alice de devoir y réfléchir, « que le camarade Andrew ne tient pas tellement à voir les militants extérieurs se joindre à la grève. »

Alice rétorqua d'une voix enflammée, « Oui, mais c'est aussi notre lutte. C'est un combat qui concerne toutes les forces de gauche. Melstead est un élément décisif du fascisme impérialiste, qui dépasse largement le cadre des syndicalistes de Melstead !

— Je répondais simplement à ta question », observa Pat. Puis, « À mon avis, le camarade Andrew a d'autres chats à fouetter, bien plus importants. » Un frisson d'excitation parcourut Alice, comme une personne apercevant une vraie licorne après avoir passé sa vie à les imaginer. Elle posa un regard chargé d'espoir retenu sur Pat, qui semblait ignorer ce qu'elle venait de dire. Si elle n'avait pas donné à entendre que les camarades du numéro 43 d'Old Mill Road se rapprochaient inconsciemment d'événements plus importants, alors qu'avait-elle voulu dire ? Mais Pat se levait. Terminant la discussion. Alice voulait qu'elle reste. Elle ne pouvait pas croire que Pat fût prête à partir maintenant, en cet instant passionnant où de fabuleuses choses semblaient imminentes. Mais Pat s'étirait en bâillant. Elle souriait avec volupté, et, en croisant brièvement le regard d'Alice, elle eut un air à la fois tentateur et moqueur. Qu'elle est donc sensuelle, songea Alice, indignée.

Mais elle déclara, « J'ai demandé au... camarade Andrew, si nous pourrions utiliser une de leurs pièces pour nos réunions. Je veux dire, les réunions du groupe restreint.

— Nous aussi. Et il a dit oui. »

Pat sourit, baissa les bras, puis contempla un moment Alice, sans sourire, exprimant par son corps qu'elle avait assez d'Alice et voulait s'en aller. « Où sont nos nouveaux camarades ? » Elle était déjà à la porte.

« Là-haut.

— Nous n'allons sûrement pas les voir beaucoup. Mais ils feront l'affaire. » Elle bâilla, délibérément, et déclara, « Trop dur d'aller prendre un bain. Bert n'aura qu'à me prendre telle quelle. »

Elle sortit, et Alice l'écouta monter l'escalier puis refermer la porte de sa chambre.

Elle quitta ensuite la maison, sans bruit. Il était trop tôt, pour ce qu'elle comptait faire. Il faisait nuit, mais il régnait encore sur la rue un air de fin de journée, avec des voitures qui rentraient se garer et d'autres qui partaient vers des soirées de loisirs ; c'était un incessant mouvement de lumières. Dans la grande rue, la circulation se poursuivait à un rythme intensif de pleine journée. Elle s'attarda un peu pour observer le jardin du 45. Il lui sembla qu'on avait commencé à s'occuper des ordures ; oui, il y avait quelques sacs de plastique alignés le long de la haie, luisant lugubrement. Elle distingua deux silhouettes courbées au-dessus d'un carré de terre, vers l'arrière ; non loin de la fosse qu'elle-même avait creusée avec l'aide de Jim et de Pat, mais de l'autre côté d'une haie imposante. Creusaient-ils une fosse, eux aussi ? Il faisait très sombre, dans ce coin-là. La lumière des plus hautes fenêtres de chez Joan Robbins illuminait le haut de la maison du numéro 45, mais n'atteignait pas les buissons hirsutes du jardin abandonné. Alice traîna un peu aux alentours, mais personne n'entra ni ne sortit, et elle ne put apercevoir le camarade Andrew par les fenêtres du bas, car les rideaux étaient tirés.

Elle se rendit à la station de métro et, dans le wagon, prépara l'action qu'elle allait entreprendre ; elle parcourut ensuite la rue richement bordée d'arbres où habitaient Theresa et Anthony. Elle s'arrêta sur le trottoir pour contempler d'en bas les fenêtres de leur cuisine, au troisième étage. Elle les imagina assis face à face, séparés par la petite table qu'ils utilisaient quand ils étaient seuls. Exquise nourriture. L'eau lui vint à la bouche, à l'évocation des petits plats confectionnés par Theresa. Si elle sonnait, elle entendrait la voix de Theresa : Alice, ma chérie, c'est toi ? Viens vite. Et elle monterait partager leur repas et passer avec eux une longue soirée confortable. Peut-être même que sa mère passerait. Mais à cette pensée la rage l'empoigna et la secoua de ses mains brûlantes, l'aveuglant, et elle se retrouva lancée à grands pas sur la chaussée, bifurquant d'une rue dans l'autre sans ralentir, comme menacée d'exploser si elle s'arrêtait. Elle marcha longtemps, et sentit la rue glisser vers la nuit. Elle se dirigea vers la rue où habitait son père, et la parcourut d'un pas désinvolte. Les lampes étaient allumées en bas, chaque fenêtre déversant un flot de lumière. En haut, une faible lueur éclairait la chambre où dormaient les enfants. Trop tôt. Elle marcha encore, arpentant les mêmes rues, repassant devant chez Theresa et Anthony, où la cuisine était maintenant plongée dans l'ombre, jusqu'en haut de la colline, puis elle revint se poster devant chez son père. Les lumières du rez-de-chaussée étaient éteintes, à présent, mais celles de la chambre brillaient. Un peu plus tôt, peut-être une heure avant, Alice avait repéré une pierre de taille et de forme adéquates en bordure d'un jardin, et l'avait mise dans sa poche. Elle parcourut du regard cette paisible rue où les lumières soulignaient des espaces dorés et feuillus dans les arbres. Se tenant par le bras, un couple revenait à pas lents du métro. Vieux. Un vieux couple. Absorbés par l'effort de marcher, ils ne virent pas Alice. Qui se dirigea néanmoins vers l'autre bout de la rue, avant de revenir vivement sous l'impulsion de son désir, de sa décision. Il n'y avait plus personne. En approchant de la maison de son père, elle marcha droit sur la porte du jardin, qu'elle ouvrit sans même se donner la peine de prendre garde au bruit qu'elle faisait, et elle jeta de toutes ses forces la pierre dans la fenêtre de la chambre. Ce mouvement, cet unique ligne de jet, claire et dure, appuyée de tout son corps ; puis la rotation complète de cette trajectoire, et sa fuite déchaînée — jamais on n'aurait pu soupçonner cette force et cette vitesse, ni cette précision, quand on voyait Alice à tout autre moment du jour ou de la nuit, cette chère brave Alice, la fille de sa mère... Elle entendit le bris du verre, un hurlement, le cri furieux de son père. Mais elle était partie, elle avait couru dans l'ombre touffue des arbres et s'était précipitée dans une rue transversale, l'avait parcourue, et s'était retrouvée dans la grande rue animée moins d'une minute après avoir jeté la pierre. Elle respirait trop fort, trop bruyamment... elle s'arrêta devant un magasin pour reprendre son souffle. S'apercevant que la vitrine était remplie de téléviseurs, elle passa calmement à la suivante, et regarda des robes jusqu'au moment où elle put entrer dans le supermarché sans se faire remarquer par son essoufflement. Elle s'y attarda une bonne vingtaine de minutes, à choisir et rejeter des objets. Elle porta son panier métallique à la caisse, paya, remplit des sacs en plastique, et regagna son quartier par le métro. Depuis le moment où elle avait lancé la pierre, elle s'était désintéressée de ce qui avait pu se produire chez son père.

Maintenant, à la vue de la maigre lueur bleue du commissariat de police, elle entra. Personne à la réception, mais elle entendait des voix dans une partie cachée de la salle. Elle sonna. Personne ne vint. Elle sonna une seconde fois, péremptoire. Une jeune femme policière parut, la dévisagea, décida de voir en elle une intruse et s'esquiva à nouveau. Alice sonna encore. Cette fois, la jeune femme, aussi nette et soignée dans son uniforme bleu nuit qu'Alice dans le sien — jean et veste militaire — s'avança lentement vers elle, avec une expression de contrariété délibérée sur son petit visage pointu, pour bien marquer qu'elle choisissait ses mots pour remettre Alice à sa place.

« Ce pourrait être une urgence, observa Alice. Comment auriez-vous pu le savoir ? En l'occurrence, ce n'est pas le cas. Mais vous avez de la chance. »,

Le visage de la policière s'empourpra brusquement et, le souffle coupé, elle ouvrit des yeux ronds.

Alice reprit, « Je suis venue vous signaler un squat autorisé —

vous savez, une autorisation d'occupation des lieux à court terme —, vous devez bien être au courant...

— À cette heure de la nuit ? riposta la femme-agent d'une voix acerbe, dans l'espoir de reprendre le dessus.

— Il ne doit pas être plus de onze heures ? Je ne savais pas que vous aviez des horaires spécifiques pour les affaires de logement. »

La policière céda, « Puisque vous êtes là, réglons la question. Que voulez-vous signaler ? »

Alice exposa l'affaire, « Vos collègues sont venus — une descente, il y a trois nuits de cela. Vous n'aviez pas compris qu'il s'agissait d'une occupation autorisée — c'était convenu avec la mairie. J'avais expliqué la situation. Et maintenant, je viens la confirmer. La décision a été prise aujourd'hui, au conseil municipal.

— Quelle est l'adresse ?

— 43, Old Mill Road. »

Une petite lueur de quelque chose parut sur le visage de la jeune femme. « Attendez un instant », dit-elle, et elle disparut. Alice tendit l'oreille vers des voix, masculine et féminine.

La femme-agent revint accompagnée d'un homme ; Alice reconnut l'un de ceux qui étaient venus l'autre soir. Ce n'était malheureusement pas celui qui avait donné un coup de pied dans la porte.

« Ah, bonsoir, lui dit-elle d'une voix amicale. Vous devez vous en souvenir, vous êtes venu au 43, Old Mill Road, l'autre soir.

— Oui, je me rappelle. » Sur son visage frémissait l'ombre des ricanements qu'il venait de partager allégrement avec ses pairs. « C'est vous qui avez enterré — qui creusiez une fosse...

— Oui, nous avons enterré les excréments que les occupants précédents avaient laissés là-haut. Dans des seaux. »

Elle observa les visages dégoûtés, pincés, révoltés qui lui faisaient face. Mâle et femelle. Tous deux de la même espèce.

Elle ajouta, « Je ne comprends vraiment pas pourquoi vous réagissez ainsi. Les gens ont enseveli leurs excréments dans des fosses pendant des milliers d'années. Et ils le font encore dans la plupart des régions du monde... » Comme cela ne paraissait pas les atteindre vraiment, elle insista, « Et dans ce pays même, nous ne bénéficions de systèmes d'évacuation par l'eau que depuis une centaine d'années — et bien moins dans certaines régions.

— Oui, bon, mais nous l'avons, désormais, répliqua aigrement la femme-agent.

— Parfaitement juste, renchérit le policier.

— J'ai le sentiment que nous avons fait la seule chose possible du point de vue de l'hygiène et de la responsabilité. La nature y mettra bon ordre en temps voulu.

— Bon, ne recommencez pas.

— Nous n'avons aucune raison de le faire, n'est-ce pas ? répondit-elle avec candeur. Ce que je suis venue vous dire, c'est que vous pouvez vérifier à la mairie, on vous le confirmera : le numéro 43 est désormais un squat autorisé. Sur la base d'une occupation à court terme. »

La femme-agent se pencha, tendit la main vers un formulaire. Son collègue rejoignit ses camarades dans l'arrière-salle, et bientôt retentit une explosion de rires scandalisés. Puis une autre. Tout en continuant à remplir le papier avec diligence, la femme serra les lèvres, sans qu'Alice pût voir si son attitude était critique ou non.

« Les petites choses divertissent les petits esprits. »

La policière la foudroya du regard, lui signifiant qu'elle était mal placée pour le dire, bien qu'elle-même l'eût également pensé.

Alice lui adressa un sourire de femme à femme. « Et voilà, dit-elle. Le 43 est désormais en ordre, légitimé. Encore une descente, et vous aurez outrepassé la loi.

— C'est à nous de juger, me semble-t-il, répliqua la policière avec un petit sourire pincé.

— Non, dit Alice. En l'occurrence, non. Pas que je sache. Et il n'y aura certainement plus de plaintes des voisins.

— Eh bien, il nous reste à l'espérer. » La femme battit en retraite dans l'arrière-salle.

Satisfaite, Alice sortit et retourna chez elle en passant devant le 45. Il n'y avait plus personne dans le jardin. Mais dans l'ombre profonde, au creux de l'angle formé par les deux haies, elle parvenait à distinguer qu'on avait creusé un trou. Elle ne put y résister. Pour la seconde fois ce soir-là, elle franchit sans bruit une grille de jardin. La fosse avait plus d'un mètre de profondeur, et il émanait des parois une odeur douceâtre de terre. Le fond paraissait très plat — de l'eau ? Elle se pencha pour s'en assurer. Une caisse, un carton, ou autre chose de ce genre, gisait au fond. Elle se redressa vivement et jeta un regard à la ronde. Se repaissant de la situation, d'un sentiment de danger, de menace, elle songea : Ils doivent guetter derrière les rideaux, ou bien de là-haut — c'est ce que je ferais, à leur place. Mais que c'est risqué, quand même. Elle se retourna pour étudier la stratégie de l'opération. Non, c'était peut-être bien. De l'autre côté de la haie, les habitants de trois maisons avaient pu les regarder creuser leur fosse, sans compter les gens qui pouvaient se trouver chez Joan Robbins ; mais ici, deux côtés étaient protégés par une haie bien haute et une clôture, le troisième était fermé par la maison, et des broussailles et des buissons séparaient ce coin du portail. Les fenêtres d'en haut, chez Joan Robbins, étaient plongées dans l'obscurité. De l'autre côté de la rue, renfoncée dans son jardin, une maison ; et l'on pouvait certainement voir tout ce qu'on voulait par les fenêtres du haut. Qui demeuraient sombres ; les gens n'étaient pas encore montés se coucher. Elle avait vu ce qu'elle voulait voir. Elle aurait aimé rester, car les senteurs de la terre et l'excitation du danger lui enflammaient le sang, mais elle s'éloigna, légère comme une ombre, et frappa très doucement à la porte. Qui s'ouvrit aussitôt. Sur Andrew.

« Je savais que vous deviez surveiller, dit-elle. Mais je suis venue annoncer que j'ai informé la police de l'autorisation municipale, pour le 43. Ils seront prêts à s'incliner, quand vous leur direz que le 45 aussi. »

Elle sentait son pouls battre follement, son cœur marteler, et chacune de ses cellules danser de joie. Elle souriait, elle le savait ; oh, c'était tout le contraire de son fameux air, quand elle éprouvait cela, comme si elle avait bu une essence de danger très finement distillée, et elle aurait pu se promener parmi les étoiles ou courir cinquante kilomètres.

Elle vit sa silhouette trapue, puissante, sortir de l'obscurité du vestibule, et distingua ses traits à la lueur des réverbères. Il avait le visage grave, exprimant la détermination, et cette vue lui procura une agréable sensation de soumission à une force supérieure.

« J'ai enterré quelque chose — d'urgent, dit-il. Ce sera parti d'ici un jour ou deux. Tu comprends.

— Parfaitement », répondit Alice avec un sourire.

Il hésita. Sortit un peu plus. Elle sentit des mains puissantes lui prendre les deux bras. Était-ce une odeur d'alcool ? Vodka ? Whisky.

« Je te demande de le garder pour toi. »

Elle acquiesça, « Bien sûr.

— Je veux dire, personne d'autre. » Elle fit signe que oui, tout en songeant que, même si une seule personne devait le savoir au 43, tous ceux de cette maison étaient sûrement au courant, non ?

Il reprit, « Je vais avoir une confiance absolue en toi, Alice. » Il lui offrit son petit sourire bref. « Parce que j'y suis contraint. Personne d'autre ne le sait, ici, que moi. Ils sont tous sortis. J'en ai profité pour — me servir d'une cachette très pratique. Une cachette provisoire. J'allais remettre une nouvelle couche de terre, puis combler avec des ordures. »

Alice gardait le sourire, déçue par lui, sinon par l'état même dans lequel elle se trouvait ; elle planait encore. Ce qu'il avait dit était sûrement faux, du moins en partie, mais peu lui importait. Elle sentait encore les mains d'Andrew agrippées à ses bras, et était sur le point de rejeter cette pression masculine, insistante, qui exprimait un avertissement. Il parut le sentir, car il laissa retomber ses bras.

« Je dois dire que j'ai une tout autre opinion de toi que de certains autres, dans ton squat. J'ai confiance en toi. »

Alice ne répondit rien. Elle se contenta d'acquiescer.

Il rentra dans la maison en la saluant d'un signe de tête, mais sans sourire.

Elle allait devoir y réfléchir. Mieux, dormir dessus.

Son élan s'estompait, vite. Elle songea : Mais demain Jasper et moi sortons, alors... ce sera toute une soirée de merveilleuse et violente excitation.

Mais le pauvre Jasper, non, il n'en aurait sûrement pas envie, s'il avait passé la nuit en détention. Que valait la prison du commissariat d'Enfield ? Elle ne se souvenait pas d'en avoir entendu parler.

De la grande rue, elle aperçut devant le 43 une frêle silhouette voûtée. Une curieuse posture, courbée — c'était la fille de cet après-midi, et elle allait jeter quelque chose dans les fenêtres du salon. Une pierre ! Alice pensa, Ce geste étriqué, comme c'est pathétique ! — et ce mépris la regonfla à bloc. Pleine d'énergie et d'enthousiasme, elle s'approcha de la fille qui se retourna d'un air piteux en faisant, « Oh !

— Il vaudrait mieux lâcher cela », lui conseilla Alice, et la fille obtempéra.

Dans cette lumière, elle avait un air épuisé : un visage et des cheveux incolores, jusqu'à ses lèvres et ses yeux. Elle avait les pupilles dilatées, observa Alice.

« Où est le bébé ? demanda Alice.

— Mon mari est là. Il est saoul », ajouta-t-elle dans un gémissement, puis elle s'interrompit. Elle tremblait.

Alice suggéra, « Pourquoi n'allez-vous pas trouver les gens qui s'occupent de logements à court terme ? Vous savez, il y a des gens qui peuvent vous conseiller, pour les squats.

— J'y suis allée. » Elle se mit à pleurer, à brefs sanglots découragés, telle un enfant qui a déjà pleuré des heures.

« Écoutez, reprit Alice, sentant monter en elle une lassitude lourde et familière, il faut vous prendre en main, vous savez. Cela ne sert à rien d'attendre que les autres s'occupent de vous. Il faut vous trouver un squat. Emménager. Et puis aller à la mairie... arrêtez ! grinça-t-elle, comme la fille continuait à pleurer sans l'écouter. À quoi sert tout ça ? »

La fille domina ses sanglots, et demeura tête basse devant Alice, dans l'attente du verdict, ou de la sentence.

Oh, mon Dieu, pensa Alice. À quoi bon ? Je connais le genre ! Elle est exactement comme Sarah, à Liverpool, et cette malheureuse Betty. Les employés de mairie n'ont qu'à les regarder une seule fois pour savoir qu'elles craqueront tout de suite.

Une employée... Eh bien, il y en avait justement une ici, dans cette même maison. Il y avait Mary Williams. Alice demeura un moment ébaubie par cette pensée : deux jours plus tôt, Mary Williams avait semblé tenir entre ses mains le destin d'Alice, et voilà qu'Alice se rappelait à peine quel était son statut. Elle éprouvait à l'égard de Mary, en fait, ce léger mépris dont on paie quelqu'un qui a cédé trop vite. Mais il devait être possible d'émouvoir Mary en évoquant — ⌐et enfant. Alice considéra à nouveau cet aspect effondré, cette passivité, et se dit : À quoi bon, elle est de celles qui...

C'était à présent l'exaspération qui l'alimentait.

« Comment vous appelez-vous ? »

La tête courbée se redressa, les yeux noyés se levèrent, choqués, vers Alice. « Que croyez-vous donc que je vais faire ? dit Alice. Aller prévenir la police que vous vouliez jeter une pierre dans nos fenêtres ? » Et soudain elle se mit à rire, sous le regard effaré de la fille, qui s'écarta instinctivement de cette folle. « Je viens de penser à quelque chose. Je connais quelqu'un à la mairie qui pourrait peut-être — ce n'est qu'un peut-être... » La fille avait repris vie, penchée en avant, crispant sa main tremblante sur l'avant-bras d'Alice.

« Je m'appelle Monica, souffla-t-elle.

— Monica ne suffit pas », répliqua Alice, se retenant à grand-peine de partir sous le coup de l'impatience.

La fille laissa retomber sa main et se mit à fouiller lamentablement dans ses jupes. Elle finit par tirer un porte-monnaie de sa poche, et y chercha quelque chose.

« Oh, peu importe, dit Alice. Dites-le-moi, je m'en souviendrai. »

La fille déclara qu'elle s'appelait Monica Winters, et habitait tel hôtel — bon, Alice connaissait —, au numéro 556. Évocateur de misère concentrée, de centaines de couples encombrés de petits enfants, chaque famille dans une seule pièce, sans confort, ce chiffre était sordide. Toute son exaltation s'était dissipée, maintenant, et Alice demeura horrifiée.

« Je dirai à cette personne de vous écrire, reprit Alice. En attendant, si j'étais vous, je ferais un tour pour voir ce qu'il y a comme maisons vides. Jetez un coup d'œil. Vous savez. Faufilez-vous à l'intérieur, et voyez où en est la plomberie, tout cela... » Elle s'interrompit lamentablement, sachant que jamais Monica ne serait capable d'ouvrir la fenêtre d'une maison abandonnée pour repérer les lieux, et que son mari était vraisemblablement taillé sur le même modèle.

« À bientôt », dit Alice, et elle se détourna de la fille pour regagner la maison, avec le sentiment que les 556 couples — ou davantage — encombrés de jeunes enfants sales et frustés lui avaient été confiés par le Destin, placés sous sa responsabilité.

« Mon Dieu, mon Dieu, marmonnait-elle tout en se faisant du thé dans la cuisine vide. Mon Dieu, que vais-je faire ? » Elle aurait pu pleurer avec le même abandon inutile que Monica. Jasper n'était pas là !

Elle gravit douloureusement l'escalier, et perçut une lumière sur le palier du second étage. Elle y monta. Sous la porte de la chambre occupée par Mary et Reggie, il y avait un rai de lumière. Oubliant qu'il était minuit et qu'elle s'adressait à un couple respectable, elle frappa. Après quelques instants de remue-ménage et de chuchotements, elle s'entendit répondre, « Entrez. »

Alice pénétra dans une atmosphère de confort. Des meubles, de jolis rideaux, et un grand lit dans lequel Mary et Reggie lisaient, côte à côte. Ils relevèrent tous deux la tête avec la même expression inquiète, signifiant, « Jusque-là, mais pas plus loin ! » Une vague de rire incrédule menaçait Alice. Elle la refoula en se disant, Ces deux-là, nous ne les verrons guère, ils partiront...

Elle expliqua, « Mary, il y a une fille qui vient de passer, absolument désespérée ; elle est à l'hôtel Shaftwood, tu sais...

— Pas notre secteur, riposta aussitôt Mary.

— Non, mais elle...

— Je connais le Shaftwood », coupa Mary.

Reggie examinait ses mains sous tous les angles, avec, apparemment, le plus grand intérêt. Alice savait que c'était la situation, qu'il étudiait ; il n'avait pas l'habitude de la vie en groupe, de la simplicité des rapports, mais il l'étudiait.

« Bon, nous le connaissons tous. Mais cette fille... elle s'appelle Monica... Je la trouve suicidaire, elle pourrait faire n'importe quoi. »

Mary garda le silence un moment, puis dit, « Je verrai demain ce qu'on peut faire, Alice, mais tu sais bien qu'il y en a des centaines, des milliers.

— Oh oui, je le sais, soupira Alice. Bonne nuit », ajouta-t-elle, et elle redescendit l'escalier en se disant, J'ai été sotte. Je connais pourtant bien l'espèce. Si on lui trouvait un endroit, elle réussirait à le saloper. Voyons, c'est comme Sarah ! Il a fallu lui trouver un appartement, l'y établir, lui faire installer l'électricité, et puis son mari... Monica est de celles qui ont besoin d'une mère, de quelqu'un qui les prenne en charge... Une idée vint à l'esprit d'Alice, d'une si belle et juste simplicité qu'elle se mit à rire en silence.

Elle se trouvait à présent dans leur chambre, à Jasper et elle-même. Seule. Le sac de couchage de Jasper formait un fouillis bleu et terne, et elle le retapa un peu. Elle songea : Comme c'était délicieux de partager une chambre avec Jasper. Puis se dit : Mais il n'est là qu'à cause de Bert, de l'autre côté du mur. Elle écouta : silence. Pat et Bert dormaient. Cette pensée, la raison pour laquelle Jasper consentait à la laisser dormir ici, au lieu de monter s'établir dans une autre chambre ou de lui dire de partir, lui fit vaciller l'esprit, comme sous l'effet d'une nausée. Elle s'assit sur son sac de couchage, ôta son chandail et son jean, enfila une chemise de nuit démodée en orlon écarlate, qui avait appartenu à sa mère. Elle s'y sentait à l'aise, et consolée.

Elle se remit à rire : sa mère adorait s'occuper des gens !

Elle s'était glissée dans le duvet. Les phares des voitures parcouraient le plafond. Elle eut une pensée jalouse pour Jasper, dans sa cellule. Il devait être avec ce mystérieux nouveau contact... bah, elle saurait tout demain. Il serait là pour déjeuner.

ALICE dormit tard. Quand elle descendit à la cuisine, huit tasses retournées sur l'égouttoir l'informèrent que quelqu'un avait fait la vaisselle ; elle était la dernière. Sur la table, un petit mot l'attendait. « Nous partons pour le week-end. Retour dimanche soir. Jasper est au courant. » Pat avait signé : Pat et Bert.

Philip travaillait à réparer le circuit électrique du dernier étage, avec l'attitude contemplative et ralentie d'un artisan. S'accroupissant auprès de lui pour l'encourager, Alice songea : Il ne pourrait jamais être patron ; c'est un employé ; il ne peut pas travailler sans que quelqu'un lui tienne la main. Philip se montrait obligeant, sachant qu'il ne l'avait guère été la veille. Il parlait de tout ce qui restait à faire, de la manière dont il s'y prendrait, progressivement ; il disait qu'il fallait d'abord examiner le grenier, car toute cette pluie avait dû endommager les poutres. Alice déclara qu'elle y monterait avec lui, mais qu'elle devait d'abord appeler le Service de l'électricité. Et où était Jim ? Il pourrait bien donner un coup de main au grenier. Alice se disait : Jim est si fort, et Philip si frêle ; à deux, il ne leur aurait fallu que la moitié du temps. Mais Philip expliqua qu'il avait déjà demandé à Jim, ce matin même. Jim était un type assez particulier, non ? Il n'aimait pas qu'on lui demande des choses ; de l'avis de Philip, Jim était sûrement un assez curieux personnage. Là, Alice et Philip échangèrent un regard où paraissait clairement leur sentiment sur Jim ; exactement comme les gens prenaient ce drôle d'air, sans rien dire, quand il s'agissait de Faye — c'était quelque chose de trop dangereux pour qu'on pût l'exprimer par des mots, ou tout au moins de trop complexe pour qu'on pût prendre le risque de déclencher des réactions redoutables, en sélectionnant sur un appareil électronique des sons mal appropriés.

« J'irai peut-être lui en dire un mot », répondit Alice d'un ton flou, et elle descendit inspecter son domaine avant de sortir téléphoner.

Mary, bien sûr, était partie travailler. Et Reggie ? Comme elle se posait la question, il arriva chargé de nouveaux cartons. Il paraissait ravi, comme il sied à un homme qui vient de conquérir un territoire, mais en même temps embarrassé, du fait de toutes ces preuves d'intérêt pour les choses matérielles. Il aurait préféré, en bref, ne pas tomber sur Alice. Mais il se hâta d'annoncer que, même s'ils remplissaient une seconde pièce avec leurs affaires, ils ne manqueraient pas de la libérer aussitôt que quelqu'un en aurait besoin.

« Il y a aussi le grenier, répondit Alice. Il suffit de le déblayer. » Elle attendit de voir s'il proposerait d'aider au déblaiement du grenier, mais l'idée ne lui en vint pas. Il repartit immédiatement chercher un nouveau chargement.

Alice décida d'en finir avec cette affaire d'électricité. Elle n'aimait pas l'idée de devoir courir dehors pour aller téléphoner, au beau milieu de toute cette activité si nécessaire, gaspillant son temps à des choses de simple routine.

Mais dès qu'elle entendit la voix de Mme Whitfield, elle sut que la situation requérait davantage de temps et d'attention qu'elle ne l'avait d'abord cru. Sans être vraiment hostile, Mme Whitfield s'était figée dans une attitude de reproche. Elle déclara qu'à son avis il était souhaitable qu'Alice passe la voir le plus tôt possible.

Alice répondit qu'elle viendrait tout de suite, c'était juste au bout de la rue, d'une voix désinvolte et gaie, pour bien marquer qu'il n'y avait aucun problème, que tout irait bien. Et elle raccrocha en douceur, comme elle parlait. Mais la rage l'assaillait. Son père ! Qu'avait-il dit ? Ce devait être épouvantable, pour que Mme Whitfield se métamorphose ainsi.

Elle était trop furieuse pour courir directement au Service de l'électricité, il lui fallut d'abord se calmer en parcourant quelques rues d'un pas alerte, et en reportant à plus tard les pensées concernant son père. Mais il allait voir ! inutile de se dire qu'il y échapperait.

En arrivant dans le hall du Service de l'électricité, elle adressa un large sourire accentué d'un signe de main à Mme Whitfield : Me voilà, quelle brave fille je suis, n'est-ce pas ! mais Mme Whitfield détourna les yeux. Quatre personnes passèrent avant Alice. Quelle perte de temps.

Elle s'assit devant l'employée, dans le vaste bureau, et sut aussitôt que Mme Whitfield ne couperait pas l'électricité. Tout au moins, elle ne le souhaitait pas. Tout dépendait d'Alice. Elle se mit à parler de son père. Il était riche, il possédait une imprimerie. Évidemment, il pourrait facilement payer les factures si besoin était. Mais Alice devait admettre qu'il traversait une mauvaise période.

« Il a eu beaucoup de problèmes », soupira Alice avec une expression d'infinie compassion pour les misères humaines, et d'absolution. Et en cet instant, c'était ce qu'elle éprouvait. « La rupture avec ma mère... et puis toutes sortes de problèmes... sa nouvelle femme est charmante, nous sommes très bonnes amies, mais elle ne sait pas vraiment faire face, voyez-vous ? Il porte tout sur ses épaules. » Elle continua un moment sur ce thème, avec le sentiment lugubre de ne pas faire avancer la situation, tandis que Mme Whitfield gardait les yeux baissés et griffonnait un petit dessin au stylo-bille dans le coin gauche du dossier d'Alice.

« Votre père, finit-elle par déclarer, s'est montré très ferme dans son intention de ne pas garantir les paiements. »

Elle ne voulait pas regarder Alice. Alice s'efforçait de lui faire lever les yeux, de l'embobiner. Qu'avait bien pu dire Cedric Mellings ?

Elle répondit, « Nous sommes à présent dix, dans cette maison. Cela représente pas mal de rentrées d'argent, chaque semaine.

— Oui, mais en rentrera-t-il ici aussi ? » Mme Whitfield était trop cassante pour céder, jusqu'à présent. « Est-ce qu'aucun de vous ne travaille ?

— Si, il y en a une. » Elle ajouta, prise d'une subite inspiration, « Mais elle est employée municipale. Elle travaille à Belstrode Road, et elle ne veut pas dire qu'elle vit dans un squat. Elle ne trouvait pas de logement, elle était désespérée. »

Mme Whitfield soupira, et admit, « Oui, je sais comme ce peut être dur. » Mais elle releva les yeux et regarda Alice différemment — la compagne d'infortune d'une employée municipale qui travaillait au bureau principal, pour tout le secteur. Elle reprit, « Bon, qu'allons-nous faire ? »

Et voilà, elle avait gagné ! Alice se retenait à grand-peine d'exulter ouvertement.

Elle suggéra humblement, « J'ai un frère. Il travaille pour Ace Airways. Je lui demanderai. » Mme Whitfield hocha la tête, acceptant le frère. « Mais il se trouve actuellement à Bahrein. »

Mme Whitfield soupira encore. Non par irritation, mais parce qu'elle savait qu'il s'agissait d'un mensonge, et qu'elle avait de la peine pour Alice. Elle avait de nouveau baissé les yeux. Un second petit motif embrouillé apparaissait à côté du premier, sur le dossier d'Alice.

Elle s'enquit d'une voix douce, « Et votre frère serait disposé à garantir les factures d'électricité pour dix personnes ?

— Mais il saurait qu'il n'aurait pas à les payer, n'est-ce pas », répondit Alice. Elle se hâta d'ajouter, pour le cas où Mme Whitfield se serait crue obligée de répondre vraiment à la question, « Je suis sûre qu'il dira oui.

— Quand revient-il de Bahrein ?

— Dans un mois environ. Mais j'irai le trouver pour lui en parler. C'est là que je me suis trompée, avec mon père. J'aurais dû aller lui expliquer l'affaire, au lieu de simplement penser que... » Sa voix trembla. Cela semblait pathétique, mais intérieurement des vagues de rage meurtrière l'assaillaient. Je ferai sauter leur maison, songeait-elle, je les tuerai.

« Oui, je pense que ce serait une bonne idée », approuva Mme Whitfield.

Un long silence. Non pas dû à l'indécision : la décision était prise. Elle aurait voulu qu'Alice dise quelque chose pour arranger la situation, ou en donner l'impression. Mais Alice se contentait d'attendre.

« Bien », finit par dire Mme Whitfield, bien droite dans le corset de sa solide robe brune à manches courtes, avec ses bras bruns et gras, ses mains grasses ornées de petites bagues scintillantes, tout bien rangé autour d'elle, et ses pieds — cela ne faisait aucun doute, bien qu'Alice ne pût pas les voir — posés bien à plat. « Bon, je vous donne cinq semaines. Cela devrait vous suffire largement pour voir votre frère. » Elle ne regardait pas Alice. « Et puis, il me faudrait une avance un peu plus substantielle. »

Alice sortit un billet de dix livres — insuffisant, elle le savait —, et le plaça devant Mme Whitfield, qui le prit, le lissa, le rangea dans un coffret métallique vieillot, au fond d'un tiroir, et prépara un reçu. Puis elle déclara, « Je vous reverrai donc dans cinq semaines », et soupira encore. « Au revoir », articula cette brave femme sensible, exprimant par tout son corps la détresse que lui causaient les mauvais tours de ce monde trop méchant. Cela devait se lire aussi dans ses yeux, sans doute, mais elle ne regardait pas Alice, s'y refusait ; elle se contenta d'ajouter, « Veuillez dire à la personne suivante d'entrer. »

D'une voix nonchalante, pour ne pas en faire trop, bien qu'elle fût tout attendrie de gratitude et de soulagement, Alice lança, « Bon, au revoir. Et merci. » Et elle sortit. Cinq semaines, c'était comme une vie entière. D'ici là, n'importe quoi pouvait arriver. Mais elle tenait un filon gagnant, une vague de chance la portait ; elle allait faire un saut au Service du gaz pour régler la question.

Elle leur annonça que le numéro 43 d'Old Mill Road était un logement occupé de manière légale, Mary Williams de Belstrod Road le confirmerait ; quant aux paiements, ils seraient garantis par son frère, présentement en voyage au Bahrein. Elle avait attendu que ce vieil homme à l'air compatissant et paternel fût libre, et maintenant elle plaidait, « Pourriez-vous nous faire brancher le gaz dès maintenant, s'il vous plaît, il fait si froid... sans eau chaude... c'est affreux... » Ce visage choqué, inquiet ! Cet homme n'imaginait pas facilement l'existence sans eau chaude, tout au moins pas pour des gens comme lui-même et Alice.

Un premier dépôt ?

Elle posa vingt livres sur la table et fixa sur lui un regard amical et enfantin.

Il prit l'argent. Accepté. Mais la situation le préoccupait. De même que Mme Whitfield lors du premier entretien, il se demandait pourquoi il se laissait forcer la main par Alice.

« Il nous faut absolument quelqu'un qui se porte garant », rappela-t-il, comme pour lui-même, puis il ajouta, « Vous disiez que votre frère serait de retour dans un mois ? Bon. »

C'était fait. Alice s'en alla, arborant un petit air de gratitude composée.

Elle allait devoir trouver de l'argent. Il le fallait. Mais *où ?*

Rassérénée, elle rentra à la maison et annonça à Philip que le gaz serait bientôt branché. S'ils pouvaient mettre la main sur un chauffe-eau d'occasion, saurait-il l'installer ?

Ils étaient accroupis face à face sur le palier du second étage, dans la lumière éclatante d'avril, qu'atténuait un peu la saleté de la fenêtre de l'escalier. Il souriait, content d'elle, de la maison, de la place qu'il y occupait ; prêt à poursuivre son travail. Mais la peine et la rancœur n'étaient pas bien loin, elle les savait juste un peu refoulées ; et elle allait bientôt devoir trouver de l'argent pour lui. Pour le chauffe-eau. Pour les nouvelles lattes de parquet de l'entrée, là où des fuites d'eau s'étaient produites. Pour... pour... pour...

Elle déclara, « Philip, je sais que si tu avais accepté ce boulot sur une base professionnelle, tu aurais dû facturer des centaines de livres. Bon, ne t'inquiète pas... mais attends un peu. J'aurai ce qu'il faut. »

Il acquiesça, sourit, et se remit au travail au milieu d'un fouillis de câbles noirs tout neufs, tel un lutin au cœur de racines urbaines. Frêle — il s'envolerait comme un fétu de paille si l'on soufflait dessus, songea Alice, le cœur étreint de souffrance pour lui.

Où était Jasper ? N'était-il finalement pas passé devant le tribunal, ce matin ? Ou bien y avait-il fait l'idiot, et s'était-il retrouvé encore en liberté conditionnelle ?

Toute cette anxiété ; elle en était meurtrie.

Elle s'affala devant la table de la cuisine. Et songea en contemplant cette pièce agréable : Je m'y crois déjà !

Elle se força à travailler une heure ou deux sur l'énorme tas d'étoffes récupérées dans les décharges, qui gisait dans un coin du vestibule ; posant ici un rideau, et là un tapis. Tout avait besoin d'un bon nettoyage ! Bon, elle décrocherait tous ces rideaux pour les porter à la laverie dès qu'elle en aurait le temps, mais en attendant... Elle trouva un petit tabouret bien solide, jeté pour la seule raison que l'un des pieds branlait. Elle le recolla, rangea le siège dans un coin de la cuisine, et alla dans le jardin tailler quelques branches de forsythia. La vieille femme dormait dans son fauteuil, sous l'arbre. Joan Robbins n'était qu'à un mètre d'elle, de l'autre côté de la clôture. Heureuse de voir Alice, elle se mit à parler d'une voix alourdie par la fatigue, pour lui raconter comme la vieille dame l'envoyait sans cesse courir dans l'escalier, même au milieu de la nuit. Qu'allait-elle bien pouvoir faire ? Elle en avait plus qu'assez, et elle se sentait épuisée.

Alice, qui avait déjà connu cette situation dans son passé bien rempli, savait qu'il n'y avait pas grand-chose à faire ; en vérité, cela ne pouvait qu'empirer. Elle s'inquiéta de savoir si Mme Robbins connaissait les divers services mis en œuvre pour les vieillards. Oui, mais elle n'aimait guère l'idée de toutes ces allées et venues dans la maison ; qui étaient ces gens ? Elle n'aurait aucune possibilité de contrôle.

Elle continua longuement sur ce thème, tout en creusant rageusement la terre de la plate-bande. Depuis des années, la maison avait toujours été propre et bien rangée ; elle et son mari en bas, avec le jardin, et Mme Jackson, qui était veuve, en haut, autonome et indépendante. Mais maintenant, on aurait pu croire qu'elle vivait avec cette Mme Jackson ! On aurait pu croire qu'elle était sa fille ! Et la vieille dame elle-même semblait le croire.

Alice, qui avait tout son temps devant elle et rien de mieux à faire, restait plantée là avec sa brassée de forsythias d'un jaune éclatant, à écouter et dispenser ses conseils. Ne valait-il pas mieux faire appel aux Services d'aide ménagère, de repas à domicile, de « bons voisins », et ainsi de suite, et demander conseil à une assistante sociale pour qu'elle en assume la responsabilité, plutôt que de tout faire elle-même ?

Joan Robbins reconnut que peut-être en effet, elle y réfléchirait... Avec un sourire de réelle gratitude et d'amitié, elle déclara à Alice qu'elle était heureuse de l'avoir pour voisine, et de voir que le 43 était enfin habité par des gens convenables.

Alice regagna sa maison, disposa les forsythias dans un pot qu'elle plaça sur le tabouret, et s'assit.

Où était Jasper ?

C'était ce soir qu'ils devaient aller bomber. Elle avait la peinture — deux boîtes, l'une rouge et l'autre noire — toute prête dans le vestibule.

Sur la table de la cuisine, elle griffonna quelques slogans sur une enveloppe.

Quel message souhaitaient-ils diffuser ? Le message exact, complet : ce devait être le point de départ.

L'Emploi des Mouchards Démasque la Vraie Nature de la Démocratie Britannique. Une Loi pour l'Angleterre, Une Autre pour l'Irlande du Nord, Colonie de l'Angleterre.

Voilà. C'était cela. Ils trouveraient peut-être un espace assez grand, comme un pont, ou un long mur, pour tout y inscrire.

Il fallait qu'elle trouve une formulation plus brève.

Les Mouchards Menacent la Démocratie !

Non, trop abstrait.

Mouchards — Injustice !

Mouchards : Tache de Honte pour l'Angleterre !

Mouchards — Honte à nous !

Elle ne bougeait pas, le regard noyé par l'éclat des forsythias. Elle ferma les yeux, et le jaune se fondit en dansant avec le noir. Elle souriait au souvenir de sa dernière sortie avec Jasper. Il n'y avait que deux semaines de cela. En rouge et noir ils avaient écrit « Soutien aux Femmes de Greenham Common » sur la grisaille d'un pont, à deux cents mètres d'un commissariat. Elle avait bombé, pendant que Jasper montait la garde de l'autre côté du commissariat. Elle avait déjà terminé lorsqu'elle entendit le signal de Jasper, un cri imitant à la perfection un klaxon de voiture. Elle enfouit vite le matériel dans son sac de voyage et sans un regard en arrière, se mit à marcher en songeant que Jasper devait flâner devant le commissariat. Entre elle et lui, sans doute deux agents. Mais les pas qui la rejoignirent étaient ceux de Jasper — légers, et pleins d'autorité. Cela signifiait que les agents étaient partis de l'autre côté — mais pourraient les voir en tournant. Jasper et elle se regardaient dans les yeux, pleins de fourmillements et de plaisir, certains qu'il suffirait d'un seul coup d'œil pour tout deviner, aux vagues d'énergie qui émanaient d'eux. Les yeux de Jasper disaient, Allons...

Elle retourna en courant vers le mur gris-vert bien lisse, qu'éclairait à dix pas un réverbère. Les deux agents, un homme et une femme, s'éloignaient d'un pas tranquille. Jasper attendait, immobile. Elle sortit la peinture de son sac et commença à bomber des lettres immenses : Femmes de Greenham Common...

Elle partageait son attention entre ce qu'elle faisait et Jasper, qui brandit soudain les bras. Sans perdre de temps à tourner la tête, elle s'élança vers lui tandis que résonnait derrière elle le pas lourd des agents. À présent, elle crachait : Sales cons, fascistes, ordures, ordures... Elle rejoignit Jasper, et il lui saisit le poignet de sa main osseuse. Ils coururent ensemble vers le métro. Mais avant d'y arriver, ils bifurquèrent dans une rue latérale puis, espérant y parvenir avant que la police ne les voie, dans une autre. Ils connaissaient quelqu'un qui habitait là. Mais ils avaient le cœur battant, ils étaient exaltés, et elle ne s'étonna guère d'entendre Jasper haleter, « Tentons notre chance... » Ils coururent jusqu'à la grande rue, qui était très animée — des échoppes de poissons-frites, des étals de nourriture à emporter, une discothèque, un supermarché encore ouvert. Cette fois encore, ils auraient pu entrer dans le supermarché, mais ils se disaient que la police avait dû les repérer, et ils préférèrent piquer un sprint dans la foule, qui ne les remarqua guère, comme ils s'y attendaient ; ils traversèrent la rue comme le feu passait au vert, que les voitures redémarraient, ce qui provoqua un concert de klaxons. Ils dévalèrent l'escalier du métro. Ils n'avaient pas regardé si les agents étaient arrivés à temps dans la rue principale pour les repérer. Cette fois encore, les yeux de Jasper réclamaient de tenter le destin ; ils remontèrent avec insolence et empruntèrent l'autre sortie ; ils virent alors deux agents — deux autres — se diriger vers eux. Indifférents, Alice et Jasper les croisèrent. Puis ils redescendirent dans le métro. Deux stations plus loin, Alice avait repéré un pont long et bas, près d'une rue importante, qui enjambait une voie ferrée. Il était déjà dix heures, maintenant, et il pleuvait un peu. Cette fois, le commissariat était à bonne distance. Par contre, des voitures passaient assez régulièrement. Le pont s'ornait déjà d'une inscription, en lettres blanches qui avaient coulé, Femmes en Colère.

Dos à la circulation, ils se tenaient par le bras comme pour regarder la voie ferrée, et Alice inscrivit : Nous Sommes Tous, mais elle ne pouvait pas continuer sans bouger. Ils avancèrent de quelques pas, se reprirent le bras, et elle continua : En Colère. Nouvelle progression. Irlande. Sexisme. Ils avancèrent encore. Puis ils entendirent — leurs oreilles guettaient la moindre variation du bruit de la circulation — une voiture ralentir derrière eux. Ils jetèrent un regard en arrière : ce n'était pas une voiture de police. Mais deux hommes assis à l'avant les observaient. Trident, écrivit Alice pour finir. Et ils se remirent en marche, lentement, serrés l'un contre l'autre, conscients de la voiture qui les suivait. Quelle ivresse, quelle exaltation : quel *plaisir*. Il n'existait rien de tel au monde !

À ce souvenir, Alice éprouvait une sensation aiguë de manque. Oh, comme elle espérait que Jasper rentrerait à temps, ne serait pas fatigué, aurait envie de sortir. Il l'avait *promis*...

Ils avaient marché, peut-être cent cinquante mètres. Coup de chance ! Une rue à sens unique ! La voiture ne pouvait plus les suivre, évidemment. Arrivés au bout de cette rue, ils regagnèrent l'arrêt d'autobus, et retournèrent à Kilburn, où ils avaient travaillé avant.

À BAS les Cruise ! À BAS les Trident !

Personne ne les avait même remarqués.

Abandonnés, sentant l'exaltation les quitter, ils avaient décidé de renoncer et de rentrer en taxi chez la mère d'Alice, où elle avait fait du café et des œufs brouillés.

Il était maintenant six heures et demie.

Mary entra, s'attabla brièvement avec Alice, et lui annonça qu'elle allait au cinéma avec Reggie. Elle avait parlé de cette fille, Monica ; mais il n'y avait rien, absolument rien. Elle avait fait ce qu'elle avait pu, Alice devait bien le comprendre.

« Ce n'est pas grave, dit Alice. J'ai eu une idée. »

Mary vit l'enveloppe couverte de slogans griffonnés, sourit, et déclara : « Demain, Reggie et moi irons à la manif de Greenpeace.

— Tant mieux pour vous.

— Mais c'est scandaleux, c'est terrible, la dégradation de nos campagnes...

— Je le sais. Je suis allée à plusieurs de leurs manifs.

— Ah bon ! » s'exclama Mary, soulagée — Alice s'en rendait bien compte — de voir qu'elles avaient quelque chose en commun ; mais Reggie l'appela du vestibule et, avec un sourire, Mary alla le rejoindre.

Où étaient Roberta et Faye ? Sans doute à leur communauté de femmes. Et Philip ? Il avait peut-être été jeté dehors par sa petite amie, mais il continuait à aller prendre des bains et des repas chez elle, d'après ce qu'en disait Bert. Et Jim ? La question était plus sérieuse, où était-il donc ? Ce sourire, cette voix moelleuse et amusée — mais que se passait-il en réalité ?

À part le fait qu'il s'était vu prendre *sa* maison, *son* endroit à lui ?

Soucieuse, Alice basculait vers l'angoisse.

Jasper fit son entrée, désinvolte, s'avançant comme un danseur, et il déclara d'abord, « Oh, charmant » à la vue des forsythias. Voilà : les gens pouvaient bien dire ci ou ça sur son compte, mais nul ne connaissait sa réelle sensibilité, sa bonté. Il se pencha ensuite et l'embrassa sur la joue ; c'était un baiser fin et sec, mais elle comprenait cela ; elle comprenait, quand elle éprouvait — rarement — le besoin de l'enlacer dans un élan d'amour, ce recul instinctif, comme si elle avait tenu contre elle un orphelin, quelque chose de froid et geignard, un enfant perdu. Il essayait de soutenir l'assaut soudain de cet amour ; elle décelait une brave petite détermination à faire face, et même une intention de lui rendre la pareille. Ce dont il était incapable, bien sûr — sur le plan physique ; elle savait que, quand elle ressentait une vague de chaude affection, il y voyait la réclamation de *cela*.

Il se tenait près d'elle, dansant littéralement, rayonnant d'un excès de plaisir et de fierté.

« Tout s'est donc bien passé ?

— Trente livres.

— C'est beaucoup, non ?

— Ils me connaissaient, répliqua-t-il glorieusement.

— Comment était la cellule ?

— Oh, pas mal. Ils nous ont nourris — pas trop mal. Mais j'étais avec Jack — c'est un faux nom, tu comprends.

— Oui, bien sûr, répondit-elle, éperdue de joie. Ce que je ne sais pas...

— Ne te fera pas de mal. » Il se frotta les mains et esquissa un léger pas de danse autour de la cuisine, s'approcha des forsythias qu'il effleura délicatement, puis de la fenêtre, et revint vers elle. Elle mit la bouilloire à chauffer, versa du café dans une tasse, et revint près de la cuisinière, pour être debout plutôt qu'assise tandis qu'il évoluait avec une grâce insaisissable.

« Bert n'est pas au courant non plus. Où est-il, Bert ?

— Mais il te l'a dit, il est parti avec Pat pour le week-end.

— Ah oui... pour le week-end — combien de temps ? » Il s'était immobilisé, soudain menacé, renfrogné.

« Dimanche soir.

— Parce que nous partons en voyage, expliqua-t-il. Il savait que nous partions, mais pas si tôt. Jack dit...

— Quel beau nom irlandais », releva Alice.

Il eut un petit rire, ravi qu'elle le taquine. « Bah, il y a des Jack en Irlande. Comment savais-tu... mais tu sais toujours tout, n'est-ce pas, ajouta-t-il avec un soupçon d'aigreur.

— Où voudrais-tu que ce soit, sinon ? » gémit-elle avec humour, comme elle faisait toujours quand il s'étonnait de ce qu'elle trouvait évident.

« Tu pars pour l'Irlande avec Jack et Bert parce que Jack appartient à l'I.R.A. ?

— Il est en contact. Il peut nous arranger un entretien.

— Eh bien ! » s'exclama Alice. Elle lui tendit une tasse de café noir et se rassit.

Il garda le silence, calmé pour un instant. Puis il déclara, « Alice, il me faut de l'argent. »

Alice songea : Et voilà, c'est fini — c'est-à-dire, voici la fin de cette exquise complicité. Elle rassembla ses forces pour la bataille.

Elle annonça, « J'ai rendu à Bert l'argent qu'il t'avait donné pour ton amende.

— Il me faut l'argent du billet pour Dublin.

— Mais tu n'as quand même pas dépensé toute ton allocation ! »

Il hésita. Si ? Mais comment ? Jamais elle ne comprendrait ce

166

qu'il en faisait, à quoi cela passait — il n'avait pas eu le temps de... de mener son autre vie, il était resté en compagnie de Bert, de Jack !

« J'ai promis de payer le voyage de Jack — l'amende l'a lessivé.

— Il a eu trente livres aussi ?

— Non, quinze.

— Je n'arrête pas de dépenser, dépenser, reprit Alice. Personne ne participe — seulement une bricole ici et là. » Elle se disait : Au moins, Mary et Reggie paieront leur part, ces gens-là ont au moins cela pour eux... Leur part *exacte* ni plus ni moins.

« Tu ne peux pas avoir dépensé tout ça », objecta Jasper. On aurait dit qu'elle le punissait exprès. « J'ai bien vu. Il y en avait des centaines.

— Que crois-tu donc que tout cela coûte ? »

Maintenant, comme elle l'avait prévu, il lui enserrait le poignet de toutes ses forces, lui faisant mal. Il reprit, « Pendant que tu joues à la maîtresse de maison et à la jardinière, et que tu gaspilles l'argent à des bêtises, la Cause doit en pâtir et manquer. »

Ses petits yeux bleus renfoncés dans la chair très blanche et luisante scrutaient les siens, sans ciller, tandis qu'il resserrait l'étreinte sur son poignet. Mais elle s'était immunisée depuis longtemps contre cette accusation-là. Sans résister, abandonnant mollement son poignet à l'étau osseux, elle lui rendit son regard et déclara durement, « Je ne vois absolument pas pourquoi tu devrais payer le voyage du camarade Jack. Ni ses frais. S'il ne t'avait pas rencontré, comment aurait-il fait ?

— Mais il n'y va que pour nous rendre service — pour que nous prenions des contacts. »

Elle se força à poursuivre le combat, « Tu as reçu trois semaines d'allocation, aujourd'hui. Tu avais plus de cent vingt livres. Et c'est *moi* qui ai payé ton amende. Tu n'as pas pu dépenser plus de vingt livres, au grand maximum, en billets de train et en sandwiches. »

Quand elle agissait ainsi, lui montrant qu'elle évaluait en silence ses dépenses ainsi que tout ce qu'il avait à faire, il la détestait totalement et ne s'en cachait guère. Il était blême de haine. Ses fines lèvres roses, dont elle aimait tant la délicatesse et la sensibilité, s'étiraient en une ligne incolore et laissaient voir des dents pointues et décolorées. Il ressemblait à un rat, songeait-elle obstinément, tout en sachant que son amour pour lui n'en décroîtrait pas d'un atome.

« Pourquoi ne vas-tu pas en chercher chez ta salope de mère, hein ? Ou bien chez ton père ? »

Elle ne lui avait pas révélé d'où venait l'argent qui s'était si librement dépensé dans cette maison, mais il l'avait deviné bien sûr.

Elle répondit fermement, « Je le ferai. Quand j'estimerai que je peux le faire. Mais pour l'instant, je ne peux pas. »

Il lui lâcha le poignet et se leva.

Maintenant il va me punir, il va emporter ses affaires pour dormir dans une autre chambre.

Un long silence, cependant qu'il s'agitait, en proie à une profonde désolation.

« Sortons manger quelque chose, suggéra-t-il plaintivement.

— Oui, allons-y. » Elle se sentait meilleur moral, bien qu'il n'eût pas parlé d'aller bomber, alors qu'il avait vu tous les slogans griffonnés sur l'enveloppe abandonnée sur la table.

Il prit gentiment l'initiative d'en parler, « Je suis désolée de ne pas aller bomber ce soir, Alice. Mais ce serait absurde, je ne veux pas attirer l'attention sur moi juste avant quelque chose d'important.

— Bien sûr, tu as raison », concéda-t-elle, En ajoutant pour elle-même que durant toutes ces années de bombage et de galopades à frôler les flics pour les défier, ils n'avaient été pris qu'en se laissant prendre. Telle était la vérité.

Jasper avait envie de parler des deux jours passés à Melstead, de la grève, de l'exaltation, de l'arrestation, de la nuit en prison — et de Jack. Ils allèrent dans un restaurant indien, où il parla sans relâche tandis qu'elle l'écoutait attentivement, accordant ce qu'il disait avec ce qu'elle imaginait. Elle paya le repas. Ils se rendirent ensuite dans un café, où il but son vin blanc habituel, et elle un jus de tomate.

De retour à la maison, crispée, elle attendit de voir s'il emporterait ses affaires dans une autre pièce, mais il n'en parla pas, et se contenta de se glisser dans son sac de couchage avec un soupir qui la rassura ; c'était le soupir d'un enfant trouvant un endroit sûr.

Il n'avait plus parlé d'argent, mais maintenant il recommençait. Voilà pourquoi il n'avait pas déménagé ses affaires.

Ils discutèrent farouchement dans l'obscurité de la chambre, où les phares des voitures traçaient des tourbillons au plafond. Finalement, elle consentit à lui donner l'argent du voyage de ce Jack. Elle savait que, pour certaines raisons, Jasper tenait à recevoir d'elle cette somme. C'était essentiel. Il y avait toujours eu entre eux de ces moments où elle avait dû céder, contre toute raison, contre tout bon sens : il fallait qu'il gagne. Elle savait qu'il possédait au moins cent livres sterling, sans doute plus. Sans doute même beaucoup plus. Il lui avait dit un jour, avec cette humeur de cruauté agressive qui le prenait parfois, que depuis toutes ces années il économisait en douce assez d'argent pour pouvoir « me débarrasser de toi pour toujours ».

Cela n'avait aucun sens pour elle, quand elle y pensait : mais elle ressentait le *pouvoir* de cette déclaration.

La mère de Jasper — bon, Alice n'allait pas se laisser embarquer dans toute cette affreuse psychologie, mais il n'y avait vraiment rien d'étonnant à ce qu'il eût des problèmes avec les femmes.

L E lendemain matin, il resta près d'elle sans rien dire après le petit déjeuner, lugubre, jusqu'à ce qu'elle lui donne l'argent du voyage pour Dublin. Il lui annonça alors qu'il allait retrouver Jack et discuter de l'affaire. S'il n'était pas revenu ce soir, il reviendrait demain ; à elle de prévenir Bert qu'ils partaient lundi de bonne heure pour l'Irlande.

Il s'en alla. Elle se demanda s'il partait encore pour l'une de ses histoires — draguer, racoler. Elle ne le croyait pas. Il n'aurait pas pris ce risque, pas quand il était lancé corps et âme dans l'aventure du voyage en Irlande. « Jack » était-il donc comme lui ? — non, elle était sûre que non. Il parlait de Jack comme il parlait de Bert, comme il parlait des hommes avec qui il entretenait cette relation particulière : faite d'admiration, de dépendance, on aurait pu dire de passivité... mais qui allait donner le ton, désormais, qui emmenait Bert en Irlande, et s'y faisait emmener par Jack ? Non, cela n'avait rien de simple, cette notion de petit frère.

Elle avait la journée entière. Seule, aurait-on pu dire.

Philip avait grimpé au grenier — il fallait qu'elle aille l'aider, se tenir près de lui, sans quoi il recommencerait à se sentir mal. Quant à Jim — où était-il ? que s'était-il passé ? Il avait disparu depuis hier.

Faye et Roberta ? Elle les avait entendues rentrer très tard. Pat disait qu'elles allaient voir des films en dernière séance, et retrouvaient des amies ensuite. Leur autre vie — les femmes. Le monde étroit, douceâtre, salaud — tel qu'Alice le voyait —, écœurant, étriqué, des femmes. Très peu pour elle ! Mais tant mieux si elles y trouvaient leur compte. Que s'ouvrent les mille fleurs, et ainsi de suite... Dix heures du matin, et Mary et Reggie traînaient encore au lit. Mary était descendue faire du café et en avait remonté deux tasses, ils étaient sûrement allongés côte à côte dans cet effarant lit conjugal, avec son dosseret et ses tables de nuit incorporées. À la seule idée de ce lit, et de la vie qu'impliquait ce lit, Alice se sentait menacée. Coincés ensemble pour la vie entière dans ce lit, à boire des tasses de café et regarder d'un œil circonspect les gens différents d'eux.

Où allait-elle dénicher l'argent ? Où ? Il fallait qu'elle le trouve. Il fallait qu'elle ait de l'argent. Il le fallait.

Samedi.

Juste ciel, on n'était que samedi, cinq jours depuis qu'ils étaient partis de chez sa mère — de la maison. Elle avait accompli tout cela en si peu de temps. Bouillonnante d'énergie, elle courut au grenier rejoindre Philip, revêtu de sa salopette blanche, brave oisillon qui s'affairait sous les poutres. Il y régnait une affreuse odeur de pourriture.

« Il y a deux poutres à remplacer, dit-il. Complètement pourries. La maison va nous tomber dessus un jour. »

De l'argent. Il lui fallait absolument de l'argent.

Trop tôt pour solliciter Mary et Reggie. Une négociation finirait par s'enclencher, un jour ou l'autre. Elle pouvait déjà voir la tête qu'ils feraient, la tête de ces sales cons de bourgeois, quand les questions d'argent viendraient à l'ordre du jour. Bon Dieu qu'elle les détestait, ces bourgeois, toujours radins, qui lâchaient si parcimonieusement leur maigre obole, toujours à remâcher l'idée d'économiser et d'accumuler, d'*épargner*, songeait Alice, la bouche amère, en contemplant une poutre placée à moins d'un mètre et qui semblait grise et duveteuse, avec des fibres jaunâtres qui apparaissaient — la pourriture, qui allait étendre ses tentacules rampant sur tout le bois, si on la laissait faire, puis descendre le long des murs, à l'étage au-dessous, se répandre comme une maladie...

Elle se rappela : Je vis ainsi depuis des années. Combien ? Peut-être douze ? Non, quatorze — non, plus... le travail que j'ai accompli pour d'autres, à organiser les choses, à les faire exister, à héberger les sans-abri et à les nourrir — et le plus souvent en payant moi-même. Supposons que j'aie plutôt mis un peu, un tout petit peu, de cet argent de côté, qu'aurais-je, à présent ? Même s'il ne s'agissait que de quelques centaines de livres, cinq ou six cents, je ne serais pas là à me ronger d'angoisse...

« Combien cela coûtera-t-il, de remplacer ces poutres ?

— Le bois, il faut compter cinquante livres — d'occasion. Mais je pourrais sûrement trouver ce qu'il nous faut dans une décharge, si l'on pouvait encore nous prêter la voiture. Et pour ce qui est de la main-d'œuvre..., ajouta-t-il avec un petit rire de défi.

— Ne t'inquiète pas », répondit Alice. Elle se disait : Et il aura besoin d'aide. Il ne pourra jamais hisser ces énormes poutres à leur place, les soutenir sur ses épaules ; il lui faudra un échafaudage ou quelque chose. Cela représente encore de l'argent.

Elle allait demander à Mary et Reggie.

Sur la table, un petit mot disait : « Nous partons pour la manif de Greenpeace. Bisous. Reggie et Mary. » Son écriture à lui. Bisous ! Elle s'assit devant la table et compta ce qui lui restait. Elle avait trente-cinq livres.

Elle remonta, et continua à travailler avec Philip, dégageant toutes les saletés qui encombraient le grenier. Mais d'où cela venait-il donc, encore et toujours des saletés, des sacs entiers de vieux vêtements, pour la plupart réduits à l'état de haillons, un vieux tapis, tout à fait utilisable, et encore des vieux vêtements.

Des cochonneries. Des cochonneries ? Au fond d'une vieille malle noire en fer, sous des chaussures éculées, se trouvaient plusieurs couches de belles étoffes délicates, des robes enveloppées de papier de soie noir. Des robes du soir. Elle les jeta par la trappe et s'y glissa ensuite pour descendre les examiner. Eh bien, regardez-moi ça ! Trois robes du soir vraiment superbes, chacune enveloppée dans du papier de soie noir. Le début des années trente. L'une était en dentelle noire, orange et jaune, entrelacée de fils d'or. Elle était faite d'un bustier tout simple jusqu'aux hanches, puis s'évasait en un flot de petites pointes, tels des pétales. L'odeur métallique de ces fils dorés lui donnait envie d'éternuer.

Alice s'écarta de la trappe qui s'ouvrait sur le grenier afin d'échapper au regard de Philip, et ôta son sweat-shirt. Elle enfila la robe par la tête, mais ne parvint pas à la descendre au-delà des hanches ; l'étoffe lui formait un épais bourrelet autour de la taille. Comme il n'y avait aucun miroir dans la maison, elle ne pouvait pas voir à quoi ressemblaient ses bras et ses épaules, mais elle voyait ses lourdes mains tachées de son tripoter nerveusement le bourrelet de dentelles, et sentit que cette robe lui lançait un défi, tel un imposteur exigeant d'être reconnu. Elle s'en dépêtra rageusement et remit son sweat-shirt, qui restaura en elle un sentiment de convenance et même de vertu, comme si elle avait été brièvement tentée par un interdit. Elle n'essaya pas la robe de mousseline abricot, avec ses lés de perles d'argent sur le devant et dans le dos, dont certaines s'étaient relâchées et d'autres avaient disparu, comme si elles avaient subi l'assaut d'insectes mangeurs de perles. Elle tendit la troisième — en dentelle vert sauge, avec une jupe voltigeante — contre son corps. Le haut était ajusté, avec une modestie d'un rose très doux sur le devant, et dans le dos un décolleté jusqu'au coccyx, avec une autre petite voilette là aussi. Et puis des robes d'après-midi, de style « New Look », magnifiques et en bon état. Qui donc les avait rangées là, sans pouvoir se résoudre à les jeter ? Qui était parti en les oubliant, en abandonnant là toutes ces malles ? Elle montra les robes à Philip, qui se mit à rire, mais quand elle lui annonça qu'elle en tirerait quelque chose, et même beaucoup, il haussa les épaules avec, malgré lui, une expression de respect.

Elle les rangea dans une valise et prit le bus en direction d'une boutique de Bell Street où sa mère, dans un moment difficile, avait vendu des robes. Elle en avait tiré plus de cent livres.

Samedi. Les marchés étaient bondés. La marchande de vêtements anciens était occupée avec une cliente qui s'intéressait à une robe en crêpe de Chine blanc des années vingt, avec des sequins dorés rassemblés en grosses fleurs tout autour des hanches. Elle la paya quatre-vingt-dix livres. Et il y avait une tache sur une épaule, mais la cliente disait qu'elle la dissimulerait sous une rose en or.

Alice s'avança avec sa valise, et vit les yeux de la femme se plisser sous l'effet de la convoitise, en voyant ce qui s'offrait. Alice était bien décidée à lui extorquer tout ce qu'elle pourrait. Elle marchanda impitoyablement chaque vêtement, en observant les yeux de la femme, qui la trahissaient. C'étaient des yeux rétrécis et compétents, habitués à évaluer le moindre point recousu, une minuscule déchirure, l'état d'un lé brodé. Quand Alice lui montra la mousseline abricot ornée de perles d'argent, elle soupira même en passant sa langue, qu'elle avait grosse et pâle, sur ses lèvres.

Pour celle-là seule, Alice obtint soixante livres, bien que la femme lui dît et redît qu'il faudrait une couturière bien adroite pour remplacer les perles manquantes, et que cela coûterait — Alice n'avait pas idée de ce que cela coûterait. Alice souriait poliment en hochant la tête, mais tenait bon.

Elle rapporta deux cent cinquante livres chez elle, sachant pertinemment que la femme revendrait ces robes quatre fois plus cher. Mais elle était satisfaite.

Elle n'allait rien dire à Jasper. Cela signifiait que la loyauté lui interdisait de rien dire à Philip — qui de toute façon ne l'aurait pas crue. Elle lui annonça qu'elle en avait tiré cent cinquante livres, lui en donna cent, et l'entendit soupirer un peu ; un soupir tellement différent du halètement sec de la marchande. Il soupirait comme un enfant — comme Jasper quand il s'était couché la veille au soir, en rentrant à la maison, en sécurité.

Bon, cela permettrait de tenir un moment. Mais pas longtemps. L'après-midi même, Philip et elle dépensèrent soixante livres pour acheter un chauffe-eau d'occasion. Et cinq pour la livraison. D'ici la fin de la semaine, ils auraient de l'eau chaude. Et même du chauffage, si les radiateurs rescapés du pillage n'avaient pas trop souffert de leur abandon.

Ce n'était pas qu'Alice se préoccupât d'avoir chaud, même après ces quatre années passées chez sa mère. Elle s'était habituée à subir des températures très différentes. Avant de retourner vivre chez sa mère, elle avait passé un hiver dans un squat absolument sans chauffage. Il lui avait suffi de bien se couvrir, et de beaucoup remuer. Jasper s'était plaint, il avait eu des engelures, mais lui-même s'y était accoutumé ; oui, c'était l'une des raisons pour lesquelles il avait été si content d'aller vivre dans la chaleur de la maison de la mère d'Alice, après cet hiver si dur.

Elle passa une longue soirée à travailler avec Philip, en assistante : elle lui tendait les outils, l'éclairait avec la torche électrique. Elle contemplait ses mains fines et adroites, décolorées par la force de la lumière, et comprenait qu'il aurait pu, qu'il aurait dû être un artisan délicat et méticuleux, et que jamais il n'aurait dû avoir à se débattre avec des canalisations, des planchers et des poutres plus lourdes que lui. Et cela, ce gâchis, alimentait l'indignation qui la faisait vivre, lui emplissait l'esprit de pensées qui justifiaient toutes ses actions : un jour, il serait impossible que des gens comme Philip soient encore sous-employés, sous-consi-dérés, insultés par les circonstances ; un jour — et cela grâce à elle, Alice, et à ses camarades — les choses changeraient.

À minuit, elle comprit que Jasper ne rentrerait pas. Son cœur se mit à geindre intérieurement, ce qui lui fit honte, et elle réprima ses instincts. Elle prépara des œufs au jambon pour Philip et, quand il fut monté se coucher, attendit encore, non seulement Jasper mais Jim. Malheur ! Elle sentait venir quelque chose. C'était samedi soir. La nuit des soucis.

Mary et Reggie rentrèrent, souriants, rayonnants comme de vrais manifestants comblés. Ils s'attablèrent avec Alice et lui racontèrent en buvant du café comment des centaines de gens avaient défilé pour protester contre la pollution de certaines portions du littoral. Ils donnèrent à Alice un petit paquet de tracts et de brochures et, en apprenant que l'eau chaude ferait bientôt partie des avantages de la maison, Reggie observa qu'il allait falloir aborder la question des finances. Mais ce soir ils étaient vannés, ils tombaient de sommeil. Et ils montèrent, très proches l'un de l'autre. Ils allaient faire l'amour, Alice le savait. Bah, dans ce cas elle allait s'attarder encore un peu dans la cuisine.

Tout sourires, Mary et Reggie redescendirent pour s'enquérir des chiffons et des saletés qui jonchaient le palier du second étage. Alice avait oublié son intention de tout ranger, mais promit de s'en occuper dès demain. Encore des sourires, et le couple remonta.

Et si je ne nettoie pas ? songea Alice. Ils ne le feraient pas, bien sûr ! L'idée ne leur en viendrait pas ! C'est moi qui ai tout dérangé, c'est donc à moi de ranger. Oh oui, je les connais, ces deux-là, je la connais, la bourgeoisie... et je les emmerde tous.

Mais tandis qu'elle restait là à penser à toutes ces saletés, qu'il faudrait empaqueter, transporter, déposer dans le jardin, et faire enlever par les hommes de la voirie en contrepartie d'un gros pourboire, une nouvelle pensée la surprit. En voyant ces ravissantes robes du soir, elle les avait jetées par la trappe et était aussitôt descendue les examiner. Mais elle n'avait pas fini d'inspecter le contenu du grenier. Il y restait d'autres caisses, des malles, des paquets ficelés. Eh ! mais ! peut-être s'y trouvait-il encore beaucoup d'autres vêtements anciens, beaucoup d'argent.

Elle s'élança au grenier, sans plus penser à Mary et Reggie dont la chambre était située sous une partie du grenier, et escalada l'échelle qui était restée en place, car Philip n'avait pas terminé. Elle alluma sa lourde torche de travail. En vérité, la plupart des malles étaient déjà ouvertes. Mais le long du bord, sous la pente du toit, étaient alignées trois malles anciennes, comme celles que les gens emportaient en croisière, pour s'en servir en voyage. Elles étaient faites d'une sorte de fibre peinte en marron brillant, mais maintenant terni et passé, et renforcées par des lattes de bois. Alice les ouvrit à la volée, une, deux, trois, le cœur battant. Dans la première, des journaux. Des journaux ? Elle s'agenouilla et se mit à sortir des brassées de journaux, fouillant et grattant jusque dans les coins. Des piles de journaux jaunis, et voilà tout. Pourquoi ? À quoi bon ? Quel *cinglé*... Dans la seconde, des journaux recouvraient des livres. Rien de particulier, ces livres, aucun trésor, simplement l'accumulation disparate d'une famille. De vieux livres passés. *Le Talisman*, avec sa couverture de carton brun toute mangée. *Petits joyaux de la Bible*. Henty. *Elle a aimé, et elle a perdu... Le Trésor de la Sierra Madre... Le Crochet à la portée de toutes*. Dickens complet.

Elle tirerait peut-être une livre ou deux du lot. Mais il restait une malle. Elle l'ouvrit en priant de toutes ses forces, et vit qu'elle était vide à l'exception d'une demi-douzaine de vieux pots à confiture en vrac.

Un ouragan de fureur la souleva. Se relevant d'un bond, elle se mit à lancer des coups de pied dans les malles et à jeter en tous sens les livres, les papiers, les bocaux, en hurlant des horreurs à l'adresse des gens qui avaient laissé là toutes ces ordures. « Sales merdeux..., hurlait-elle. Sales cons de fascistes. Je vous tuerai, je vous... écraserai... en bouillie... »

La tempête se poursuivit un moment, et elle entendit crier son nom, d'en bas, « Alice, Alice, qu'y a-t-il ? »

« Bande de sales pourris d'*épargnants* bourgeois » — et une volée de papiers, de bocaux, de bottes, de chiffons alla tourbillonner par la trappe autour de Mary et de Reggie.

« Que se passe-t-il, pouvons-nous t'aider ? »

Elle distingua deux visages tourmentés, inquiets, de citoyens responsables, levés vers elle, côte à côte, dans la lumière saccadée de sa torche électrique, et soudain elle se mit à rire. Dressée au-dessus d'eux, elle riait en titubant.

« Oh, Alice », couina Mary, « Oh, Alice », s'écria Reggie ; ils étaient l'expression même du reproche, de la réprobation, du mécontentement, et Alice tomba, roula au bord de la trappe, empoigna les deux bords de ses mains solides et, dans un balancement, atterrit sur ses pieds à côté de Mary et de Reggie, riant toujours et braquant le doigt sur eux, « Si vous pouviez vous voir, si vous voyiez vos têtes... »

Vacillant et hurlant de rire au milieu des détritus épars, elle lançait des coups de pied dans les vêtements et les chaussures qui jonchaient le sol. Des éclats de verre brisé volaient partout.

Mary et Reggie échangèrent un regard, lui lancèrent un dernier coup d'œil, et se replièrent en hâte dans leur chambre. Le son de la porte qui se refermait malgré tout, avec une retenue polie, fit rire Alice de plus belle. Elle s'effondra par terre dans les saletés, et continua à rire jusqu'à épuisement, puis, ramenée au silence, elle leva les yeux vers la trappe et vit la torche qui brillait toujours, montrant les solives inclinées du toit et les deux poutres pourries qui, même d'ici et dans cette lumière, paraissaient mitées.

Elle regrimpa à l'échelle et, se refusant à voir les poutres dangereuses, entreprit calmement de refermer les malles, de ranger un peu. Allait-elle vraiment dégager tout le grenier ? Pour quoi ? Pour qui ?

Elle éteignit la lampe et la laissa en place pour Philip. Elle redescendit par l'échelle, cette fois, et rassembla à coups de pied tous les débris en un énorme tas le long de la rampe. Elle faisait un vacarme effroyable ? et alors ! Bien fait pour eux, se disait-elle. Un jour, Mary et Reggie iront raconter, Oui, nous avons essayé de vivre en communauté, nous avons honnêtement tenté l'expérience, malheureusement...

Le rire la secouait à nouveau. Elle descendit l'escalier en hurlant et sanglotant de rire. Mais s'agissait-il d'allégresse : elle s'entendait hurler de désespoir et se disait, Je ris à l'envers...

À trois heures du matin, elle alla tristement se coucher, seule, en se promettant de repeindre au moins une chambre demain. Celle-ci, peut-être. Elle savait que Jasper serait ravi, même s'il avait l'air d'en ricaner. L'esprit fixé sur Jasper, sur ce qu'il faisait, avec qui, elle dormit à poings fermés et s'éveilla bien avant que les autres risquent d'émerger ; elle vida la chambre du peu qui s'y trouvait, monta chercher les tréteaux de Philip, la peinture et les rouleaux, essuya le plafond et les murs avec un balai entouré d'un chiffon et balaya la poussière ainsi produite. Il n'était encore que sept heures.

Assise toute seule dans la cuisine pour boire son café, les yeux fixés sur l'or éclatant des forsythias, elle rayonnait de santé, d'énergie, et de détermination à agir. En présence de Jasper, elle n'aurait rien pu faire de tout cela, elle aurait dû s'adapter à son rythme... parfois, mais très rarement, cette pensée lui traversait l'esprit : Si j'étais seule, si je n'avais pas à me préoccuper de Jasper... Rarement, mais c'était précisément l'un de ces moments-là, elle se savait liée à lui par un étroit cordon d'angoisse qui vibrait au gré de ses besoins à lui, jamais les siens ; comme il l'encombrait, comme il l'alourdissait ! Et si elle le quittait ? (Car jamais il ne l'abandonnerait !) Si elle se trouvait un endroit bien à elle, avec d'autres camarades, bien sûr — bah, elle avait souvent déménagé, ce n'était rien —, elle pouvait aisément le faire. Sans Jasper. Elle ne bougeait pas, sa main encore enfantine et tachée de son posée autour de la grande tasse marron, comme si elle avait simplement atterri là, et les yeux fixés sur ces merveilleux forsythias qui emplissaient la cuisine de joie et d'énergie. Sans Jasper. Elle commença à s'agiter un peu, sa respiration s'accéléra, puis s'atténua en un soupir. Comment pourrait-elle vivre sans Jasper? C'était vrai, ce que disaient les gens, qu'ils vivaient comme frère et sœur. Mais si... la seule idée d'un autre homme lui fit hocher la tête d'un petit mouvement incrédule. Ce n'était certes pas qu'il n'en fût pas venu beaucoup, lui demander, Pourquoi Jasper, pourquoi pas moi? et lui dire, Mais il ne t'apporte rien.

Mais si; oh si! Comment pourrait-elle le quitter?

Elle se leva lentement de sa chaise, lava la tasse, et demeura un moment immobile, les yeux figés. Elle songeait : J'oublie toujours que le temps passe. Elle avait plus de trente ans. Nettement plus de trente, à mi-chemin... Trente-six, très précisément. Si elle devait avoir un enfant un jour... non, non; les révolutionnaires vraiment responsables ne devaient pas avoir d'enfants. (Mais ils en avaient!)

Elle rejeta violemment tout ce fouillis d'idées et s'élança dans l'escalier comme si, dans la chambre, l'avaient attendue des réjouissances, et non pas la tâche de repeindre.

Elle s'attela vigoureusement au travail tandis que la matinée du dimanche respirait à loisir, dans un faiblissement de la circulation qui permettait d'entendre chanter les oiseaux, jusqu'au moment où les cloches annoncèrent le service religieux du matin : elle avait terminé la première couche. Le plafond et les murs étaient d'un blanc immaculé, là où il n'y avait eu que crasse et grisaille. Bien des gens en seraient restés là, mais pas Alice : il y aurait une seconde couche. Elle arpenta le plancher recouvert de journaux, dont certains dataient des années trente, et même de la guerre. « Second front », tracé en gros caractères noirs, glissa sous une autre page, et « Attlee promet... » Elle ne s'intéressait pas à ce qu'avaient pu promettre Attlee ou d'autres. Elle redescendit à la cuisine et se reposa un moment en réfléchissant : J'aurai terminé notre chambre d'ici midi, je pourrais en faire une autre. Bon, pour le salon, il me faudrait de l'aide. La pire de toutes, c'est la chambre des filles, Faye et Roberta. Je vais y jeter un coup d'œil maintenant...

Alice était sûre qu'elles n'étaient pas rentrées, mais frappa à tout hasard. Silence. Elle entra et, tout occupée à examiner l'état du plafond et des murs, ne se rendit pas tout de suite compte de leur présence, deux bosses recroquevillées sous des couvertures, des châles, et toutes sortes d'étoffes, fleuries pour la plupart. Dérangée sans savoir pourquoi, Roberta leva les bras en bâillant, puis s'assit, le sein lourd, et dévisagea Alice sans aménité. Qui déclara, « Excusez-moi, je vous croyais parties.

— Eh bien non ! » Mais l'expression désagréable, dont Alice redoutait qu'elle ne traduisît le vrai sentiment de Roberta à son égard, se mua en un sourire engageant cependant que Roberta cherchait à tâtons ses cigarettes. Quand elle vit bouger la bosse dessinée par Faye, Alice comprit qu'elle était réveillée. Elle expliqua d'un ton raisonnable, « Je repeins notre chambre, et j'aurai fini d'ici deux heures. Je me disais que j'aurais pu faire la vôtre aujourd'hui aussi, si vous voulez. »

À ces mots, Faye se dressa en rejetant ses couvertures d'un seul mouvement, telle une nageuse refaisant surface, et foudroya Alice du regard comme elle avait fait avec la malheureuse Monica.

« Non, répliqua-t-elle d'une voix cinglante. Tu ne vas *pas* repeindre cette chambre, Alice. Il n'en est pas question. Tu vas nous laisser tranquilles.

— Faye, intervint Roberta calmement, ce n'est pas grave.

— Si, justement, c'est grave, cria Faye, d'une voix devenue stridente. Va peindre ta saloperie de chambre si tu veux, Alice. Mais tu vas nous foutre la paix, tu m'entends ? »

Accoutumée à ce genre de situation, Alice gardait son calme, sans être vexée ni peinée, ni rien éprouver de ce que Faye voulait lui faire éprouver. Elle se disait : Chapeau à Roberta. Tu te rends compte, être obligée de subir Faye constamment.

« Ce n'est rien, Faye, dit Alice. Bon, je ne ferai rien, bien sûr, si vous ne voulez pas. Mais cette pièce en aurait drôlement besoin, non. » Et elle scruta avec intérêt les murs qui, dans la forte lumière du matin — le soleil finissait d'en éclairer un —, donnaient l'impression de moisir sur pied.

Elles étaient assises côte à côte, Faye et Roberta, les yeux fixés sur Alice, tellement différentes de Mary et Reggie qu'Alice en fut amusée — intérieurement, bien sûr, sans rien en laisser paraître. Et elle souffrait pour les filles. Mary et Reggie — ces deux petits bourgeois à l'esprit *ménager*, comme Alice les qualifiait dédaigneu-

179

sement —, assis bien droits dans leur lit conjugal, savaient en regardant Alice que jamais rien ne pourrait les menacer. Mais Roberta, en dépit de sa belle et sombre stature, de son élan maternel, et Faye, tel un poussin vacillant ou un oisillon blotti sous l'aile massive de Roberta, étaient des êtres vulnérables. Elles savaient que n'importe quoi, même Alice, pourrait s'avancer sur elles comme un bulldozer et les réduire en miettes.

« Ce n'est rien, reprit Alice, le cœur étreint d'une infinie compassion. Ne vous inquiétez pas. Je suis désolée. » Et elle sortit, percevant derrière la porte qu'elle refermait la voix perçante de Faye et celle, douce et raisonnable, de Roberta qui la consolait.

Alice retourna passer la seconde couche de peinture, en équilibre sur les tréteaux et, pour la première fois, elle se dit : Je suis idiote. Cela leur plaît. Roberta, et Faye sans aucun doute, aiment vivre dans la crasse. Elle retourna un moment l'idée dans sa tête, tout en étalant une seconde pellicule de blanc pour renforcer la première au-dessus de sa tête, en effleurant le plafond du bout d'un seul doigt pour se stabiliser. Elles aiment cela. Elles en ont besoin. Sinon, elles y auraient remédié depuis longtemps. Il est si facile de nettoyer et remettre les choses en ordre que, si elles ne l'ont pas fait, c'est que cela leur plaît.

Elle donna à cette pensée le temps de mûrir. Mais Jim, non, il n'aimait pas cela, il n'y avait qu'à voir son air ravi quand j'ai commencé à nettoyer. Il n'aimait pas tous ces ignobles seaux là-haut, c'est simplement qu'il ne sait pas... Jim n'a pas les compétences de la bourgeoisie (une expression si souvent entendue chez sa mère) ; il est désemparé, il ne sait pas comment marchent les choses. Mais Faye et Roberta — bon, elles n'appartiennent pas à la bourgeoisie, c'est le moins qu'on puisse dire, mais elles savent bien — oui, elles ont sûrement dû picorer des connaissances, repérer comment on fait et, si elles n'ont pas mis d'ordre, c'est qu'elles n'en voulaient pas.

Comment peut-on vouloir vivre dans cette pièce, cette horrible pièce, avec des murs littéralement tapissés de merde, qu'est-ce qui avait bien pu se passer là-dedans ? Bon, ce n'était sûrement pas Roberta. Faye : tout ce qui pouvait aller de travers, tout ce qui pouvait inspirer de la pitié ou de la répulsion, ce ne pouvait être que Faye, jamais Roberta. Sans doute, quand Faye avait ses

180

crises... toutes sortes de choses se passaient, et puis c'était Roberta qui faisait face : Ma petite Faye, ce n'est rien, ma chérie, détends-toi, je t'en prie, Faye, calme-toi, ma chérie...

Alice termina la seconde couche à midi, lava le rouleau, referma les pots de peinture, et les monta dans une chambre du second étage. Pendant que Philip dormait, que Mary et Reggie dormaient, que Roberta et Faye dormaient (elles n'étaient pas sorties de leur chambre), elle avait peint une pièce entière. Et c'était bien fait, pas question de taches ni de coins bâclés ; elle avait soigneusement roulé les journaux pour les mettre à la poubelle — qui allait bientôt être pleine, une fois de plus.

Alice se fit cuire des œufs, but du thé, et se lava à l'eau froide, debout dans la baignoire. Ensuite, toute propre et bien coiffée, revêtue d'un joli chemisier à fleurettes roses à col Claudine, elle quitta la maison et se rendit au 45, comme si elle en avait toujours eu l'intention.

Elle était sûre que le camarade Andrew serait levé, même s'il était le seul.

Deux tiers environ des sacs d'ordures avaient déjà été enlevés, et la fosse qu'elle avait vue semblait n'avoir jamais existé, disparue sous une couche de feuilles mortes dans lesquelles fourrageaient deux ou trois merles.

La porte s'ouvrit sur une jeune femme grande et mince, qui paraissait en même temps volumineuse et lourde, car elle arborait un treillis vert et kaki tout à fait semblable à celui qu'Alice avait vu dans un magasin de surplus militaires peu de temps auparavant.

« Je m'appelle Alice », dit-elle, et la fille répondit, « Ah, vous êtes Alice. » Puis, « Et moi, Muriel. » Avec un sourire affable, Muriel s'effaça pour laisser entrer Alice dans le vestibule, où ne restait aucune trace des paquets de tracts ou Dieu sait quoi d'autre. À part l'absence de tapis sur le carrelage du 45, les deux vestibules étaient identiques. On voyait même un balai dans un coin.

« Puis-je voir le camarade Andrew ? » et, à sa vive déception, elle s'entendit répondre, « Je crois qu'il dort. » Voyant le visage d'Alice, Muriel se hâta d'ajouter, « Mais il n'est rentré qu'à trois heures du matin, et ces bateaux sur la Manche... » Puis, ayant fourni ce renseignement qu'Alice jugeait déplacé, Muriel déclara, avec un air de culpabilité renfrognée due à l'expression critique d'Alice, qu'elle allait jeter un coup d'œil. Elle se dirigea vers la porte de la pièce dans laquelle Alice était entrée, et leva la main comme pour frapper. Et elle gratta délicatement, pour ne pas dire d'un air intime, avec son index. La souffrance atroce et glaciale qu'elle ne voulait jamais reconnaître pour de la jalousie parcourut Alice. La violence de cette souffrance la fit presque défaillir. Elle en eut assurément un vertige et, quand elle retrouva ses esprits, Muriel se tenait toujours là, avec un sourire complaisant sur les lèvres, à grattouiller la porte de son index tendu comme un bec d'oiseau. Oui, elle avait l'air d'une oie ou, mieux encore, d'un oison, gauche et informe, de l'espèce royale allemande, avec une protubérance lisse et boudinée, un peu affaissée, sur le devant, et une tête au nez très fort, avec des lèvres goulues. Et cette tête se tournait à présent vers Alice avec un sourire satisfait, « Ah, je l'entends. Il bouge. » Comme si le fait de bouger eût été la preuve de la supériorité du camarade Andrew, preuve qu'elle était généreusement disposée à partager avec Alice. La porte s'ouvrit et le camarade Andrew parut, cillant de ses yeux rougis. Il portait un pantalon fripé et un tee-shirt blanc qui avait besoin d'être lavé. Cette fois encore, Alice décela une odeur d'alcool, et refoula la réprobation : il devait être fatigué, après être rentré si tard. Il adressa à Muriel un sourire qu'Alice n'eut guère envie d'analyser, puis vit Alice et lui fit un petit signe de tête familier, pour l'inviter à entrer.

Elle pénétra dans la chambre et l'homme referma la porte en souriant à Muriel, l'excluant.

Cette pièce avait été entièrement vidée, à l'exception de deux gros paquets. Il y avait un lit de camp contre un mur, recouvert d'une couverture rouge en désordre ; il avait dû jaillir du lit dès qu'il avait entendu le grattement à la porte. Elle vit également un oreiller sans taie, et l'étoffe à rayures vieillottes semblait crasseuse. Le spectacle de ce lit tranchait sur la neutralité impersonnelle du reste de la pièce, évoquant une virilité vigoureuse, et même brutale.

Bâillant sans se donner la peine de le cacher, l'homme se carra dans une bergère ancienne, près de la cheminée vide. Elle s'assit en face de lui, dans un autre fauteuil.

« J'étais en France, expliqua-t-il sans façons. Juste un aller-retour. »

Elle se surprit à observer le lit à la dérobée, tellement il semblait provenir d'une terre étrangère. Ou peut-être d'un autre climat moral, comme une guerre, ou une révolution. Il la vit examiner le lit. Il était encore en train de se réveiller. Il se leva brusquement, se dirigea vers le lit, et tendit la couverture rouge, dissimulant l'affreux oreiller. Il se rassit.

« Je me suis débarrassé de ce que tu avais vu dans le trou, signala-t-il. C'est parti là où ça pourra servir.

— Ah, très bien », répondit Alice, indifférente. En fait, il pouvait fort bien avoir ou n'avoir pas expédié, ou emporté, « ça » ; et alors ? elle ne voulait pas le savoir.

« Tu dois te demander ce que c'était. Eh bien, tout ce que je puis te dire, c'est qu'une petite quantité fait beaucoup d'usage. »

Alice sentait monter en elle un solide mépris, à le voir si maladroit. Elle finit par déclarer d'une voix austère, « À mon avis, moins les gens en savent sur ce genre de choses, et mieux cela vaut. » Moins elle en savait elle-même, voulait-elle dire.

Il se crispa, ses yeux se durcirent, et il lui lança un sourire raide. « Tu as raison, camarade. Je manque sans doute de prudence. Je suis aussi un homme qui manque de sommeil. Sept heures par vingt-quatre heures, faute de quoi je fonctionne moins bien. »

Alice acquiesça, mais elle l'examinait d'un œil critique. Elle le trouvait quelconque. Trapu, râblé. Ses cheveux coupés courts étaient aplatis ici et là, comme le poil d'un animal quand il va mal. Il exhalait une haleine rance, aigre, trouble, qui n'était pas seulement due à un excès de boisson. Il aurait intérêt à surveiller son poids.

« Je suis heureux que tu sois passée, camarade Alice. Je voulais justement discuter un peu avec toi. » Il se leva, s'approcha du bureau pour chercher des cigarettes, et garda un moment le dos tourné pendant qu'il en glissait une entre ses lèvres et l'allumait. Ce processus, pendant lequel il parut redevenir lui-même, en accomplissant une série de gestes rapides, efficaces, réfléchis, adoucit le regard critique d'Alice. Elle se disait : Bon, malgré tout, c'est un pur et dur, et elle s'autorisa à lui faire confiance.

Alors commença une remarquable conversation, qui dura un long moment ; il allait être cinq heures quand elle le quitta. Elle savait qu'il tirait d'elle ce qu'il avait besoin de savoir — la mettait à l'épreuve —; et qu'il devait savoir, sûrement, qu'elle acceptait cela, qu'elle comprenait ce qui se passait. Elle flottait dans un état de rêve, passive, et cependant consciente, amassant toutes sortes d'impressions et d'idées qu'elle examinerait plus tard.

Il voulait qu'elle se coupe de « cette bande-là ; tu es d'une tout autre trempe qu'eux », et qu'elle se lance dans une carrière de — respectabilité. Elle devait solliciter un emploi dans une certaine firme, d'importance nationale. Elle obtiendrait cet emploi car lui, Andrew, se chargerait de le lui faire avoir, grâce à divers contacts déjà établis. Il mentionna plusieurs fois « notre réseau ». Alice allait travailler dans le secteur des ordinateurs — lui, Andrew, organiserait une série de cours de formation accélérée, qui suffiraient à une femme intelligente comme base de départ. Pendant ce temps, elle habiterait un appartement, et non plus un squat, et mènerait une vie normale, en attendant.

Alice écoutait tout cela modestement, les yeux baissés.

Elle se demandait, *Qui* est-il donc ? *Pour qui* travaillerais-je ? Elle en avait une idée assez claire — mais qu'importait ? L'essentiel était de savoir si elle jugeait indispensable ou non d'abattre toute cette hideuse superstructure et de s'en débarrasser entièrement, une bonne fois pour toutes. Un bon coup de balai, voilà ce qu'il fallait. Et Alice voyait un paysage aplani, nu et désert, avec peut-être un peu de cendre blême voletant au-dessus. Oui. Faire un sort à la superstructure pourrie, pour laisser place à un monde meilleur. Nouveau. Peu importait qui procéderait au nettoyage, à la démolition. La Russie, Cuba, la Chine, ou le bon vieux Cobbley, ils pouvaient tous s'y mettre avec sa bénédiction.

Mais elle déclara, après un moment, lors d'une pause ménagée pour qu'elle pût s'exprimer, « Je ne peux pas, Andrew. » Et soudain, jaillissant du tréfonds d'elle-même, « Une vie bourgeoise ? Tu veux que je mène une existence bourgeoise ? » Et elle se mit à rire, se moquant de lui, bouillonnant de l'énergie suscitée par le mépris, la dérision.

Assis en face d'elle, toute fatigue dissipée, désormais, ainsi que toute trace d'amertume, il l'observait attentivement. Et souriait avec douceur.

« Camarade Alice, il n'y a rien de mal à mener une existence confortable — tout dépend du but. Tu ne vivrais pas ainsi pour l'amour du confort, ou de la sécurité (il semblait faire un effort pour mépriser ces mots autant qu'elle) mais à cause de ton but. De notre but. »

Ils se dévisageaient. Au-dessus d'un gouffre. Non pas d'idéologie, mais de tempérament, d'expérience. Elle savait, à sa manière de dire, « Il n'y a rien de mal à mener une existence confortable », qu'il ne partageait pas sa répulsion pour cette notion. Bien au contraire, une telle vie lui aurait plu. De lui, elle savait cela ; comment ? Elle ignorait *comment* elle savait toutes ces choses sur les gens. Elle les savait, voilà tout. Cet homme aurait fait sauter une ville entière sans hésiter cinq secondes — et elle ne le lui reprochait pas — mais il continuerait à préférer le bon whisky, les bons restaurants, les voyages en première classe. Il était d'origine ouvrière, songea-t-elle ; il avait eu une vie difficile. Cela expliquait tout. Ce n'était pas à elle de le critiquer.

Elle insista, d'un ton définitif, « Inutile, camarade Andrew. Je ne pourrais pas. Je ne parle pas de l'attente — des ordres. Peu importerait la durée.

— Je te crois, dit-il en hochant la tête.

— Peu m'importerait le danger. Mais je ne pourrais pas vivre ainsi. Je deviendrais folle. »

Il acquiesça, et garda le silence pendant un moment. Puis, laissant pour la première fois paraître un peu d'humour, et même de taquinerie, il lança, « Mais pourtant, camarade Alice, je reçois des rapports quotidiens, parfois même d'heure en heure, sur la métamorphose que tu accomplis dans cette *porcherie*. » Le dégoût qu'il exprima par ce mot était aussi fort que ce qu'auraient pu dire les parents d'Alice. Il se pencha en avant et lui prit la main avec un sourire amusé, puis la posa à plat sur sa grosse main carrée à lui. La main d'Alice se contracta légèrement, mais elle se força à la laisser là. Elle n'aimait pas qu'on la touche, jamais ! Mais ce n'était pas trop affreux, ce contact. C'était sa fermeté, qui le rendait supportable. Elle avait une croûte de peinture blanche le long des jointures.

Il lui reposa délicatement la main sur les genoux, et reprit, « Tu en feras un palais, en deux temps et trois mouvements !

— Mais tu ne comprends pas. Nous n'allons pas vivre comme *eux*, dans cette maison. Nous n'allons pas *consommer*, *dépenser*, nous amollir, et passer nos nuits dans l'insomnie en pensant à la *retraite* ! Nous ne sommes pas comme *eux*. Ils sont *révoltants*. » Sa voix défaillait presque de répulsion. Son visage se tordait de haine.

Un long silence s'instaura, pendant lequel il décida d'abandonner ce sujet sans espoir. (Mais Alice se disait qu'il n'y renonçait pas pour longtemps !) Il lui offrit du café. Sur un plateau posé par terre, il y avait une bouilloire, des tasses, du sucre, et du lait. À gestes rapides et efficaces, il fit du café.

Il se mit ensuite à parler des gens du 43. Son évaluation, observa Alice, corroborait la sienne. Cela lui plut et la flatta, la confirmant dans sa foi en elle-même. Il parlait gentiment de Jim et de Philip, mais sans s'attarder. Il semblait ne tenir aucun compte de Bert, tandis qu'il souhaitait en savoir davantage sur Pat, où elle avait travaillé, sa formation. Alice répondit qu'elle n'en savait rien, n'avait pas posé de questions. « Mais c'est important, camarade Alice, lui reprocha-t-il avec une infinie douceur. Très important.

— Pourquoi cela ? Je n'ai pas eu d'emploi depuis que j'ai quitté l'université. Je me suis très bien débrouillée. »

Cela créa une gêne, une sorte de blocage, dans le rythme de l'entretien ; il retenait l'envie de la raisonner. Il a un côté *bourgeois*, se disait-elle, mais d'un esprit critique très adouci par le respect qu'elle commençait à éprouver envers lui.

Quant à Jasper — il ne voulait tout simplement pas parler de Jasper. Sans doute, songea-t-elle, à cause de leurs liens. Mais elle n'avait guère l'occasion de s'en enquérir : le camarade Andrew n'avait pas de temps à perdre pour Jasper. Eh bien, il allait voir !

Roberta et Faye. Il posa de nombreuses questions sur elles, mais c'était leur homosexualité qui l'intéressait. Non par lubricité ou autre raison méprisable ; il y avait là une absence totale de compréhension. Il n'avait pas la moindre idée sur ce sujet. Aucune expérience, devina Alice. Il voulait savoir quel était le genre de communauté de femmes que fréquentaient Roberta et Faye. Quel lien existait entre les lesbiennes et les positions révolutionnaires des mouvements politiques de femmes. Alice s'offrit à lui procurer des tracts et des brochures. Il accepta, mais insista : Comment les femmes telles que Faye et Roberta voyaient-elles les relations entre hommes et femmes *après* la révolution ? Alice réfréna l'impulsion de répondre : elles veulent liquider tous les hommes. Elle se rappelait certaines discussions enflammées avec Helen et Milly, à

Liverpool, où elle avait déclaré que leur attitude représentait un mépris si absolu des hommes qu'elles s'empêchaient ainsi de réfléchir sérieusement au problème.

Alice se contenta de répondre, « Le mouvement des femmes inclut de nombreuses positions. Je dirais que Faye et Roberta représentent un extrême. »

Et puis il y avait Mary et Reggie ; et, comme elle s'y attendait, le camarade Andrew refusa de les ignorer comme elle l'aurait voulu. Et c'était précisément ce qu'elle détestait le plus en eux qui l'intéressait ; il se demandait évidemment si l'on pourrait les convaincre de devenir les associés passifs de la révolution — expression qu'elle-même employa, et qu'il approuva d'un sourire sec et d'un hochement de tête.

Alice ne savait pas. Elle en doutait. Ils étaient naturellement conservateurs. (Elle n'avait personnellement rien contre Greenpeace. Bien au contraire.) Ils étaient — en un mot — *bourgeois*. À son avis, il fallait qu'Andrew en discute avec eux. Elle ne pouvait pas répondre pour eux.

Elle savait bien que cela allait à l'encontre de l'hypothèse tacite de l'entretien : à savoir que, de son plein gré, elle l'aidait à repérer d'éventuelles recrues. Pour une chose ou une autre. Ce n'était pas précisé. C'était entendu.

Envisageaient-ils — au 43 — d'accueillir de nouveaux membres dans leur squat, ou communauté ?

« Pourquoi pas ? La place ne manque pas.

— Tout à fait d'accord, plus il y en a, mieux c'est. »

La conversation se poursuivit ainsi, abordant même, pendant quelques minutes d'angoisse, l'enfance d'Alice. La mère d'Alice n'intéressait pas vraiment le camarade Andrew, mais Cedric Mellings, c'était tout autre chose. Quelle était l'importance de son entreprise ? Combien d'employés ? Quel genre ?

Le frère d'Alice : Alice décida de ne pas lui dire que son frère travaillait pour une grande compagnie d'aviation. « Oh, ne perds pas ton temps sur son cas », dit-elle.

Une nouvelle tournée de café, et une discussion très satisfaisante sur la situation de l'Angleterre. Une vraie pomme pourrie, prête pour les bulldozers de l'Histoire.

Quand Alice se leva en disant qu'elle devait partir, car elle attendait Jasper, Andrew se leva aussi, et parut hésiter. Puis il suggéra brièvement, maladroit pour la première fois, « Tu es depuis longtemps avec Jasper, non ?

— Quinze ans. » Sachant ce qui allait suivre, pour avoir connu tant de moments identiques, elle se tourna vers la porte. Il était à côté d'elle, et elle sentit la pression légère d'un bras sur ses épaules.

« Camarade Alice, dit-il, j'ai du mal à comprendre... pourquoi tu choisis une telle... relation. »

L'habituelle dose d'offense, de rancœur, et même de colère envahit Alice. Mais il s'agissait cette fois du camarade Andrew, et elle avait décidé que, venant de lui, tout devait être différent. Elle répondit, « Tu ne comprends pas. Non, tu ne comprends pas Jasper. »

Le bras était toujours là, si léger qu'elle ne pouvait percevoir aucune pression. Il insista doucement, « Voyons, Alice, tu pourrais sûrement... » *Faire mieux,* voilà ce qu'il voulait dire.

Elle se retourna pour lui faire face, armée d'un grand sourire fixe.

« C'est bien ainsi, déclara-t-elle avec une voix d'écolière. Je l'aime, vois-tu. »

L'incrédulité mua l'expression du camarade Andrew en un sourire ironique et patient.

« Eh bien, camarade Alice... » Il laissa traîner la phrase en suspens chargé d'humour. « Passe quand tu veux, ajouta-t-il.

— Pourquoi ne viens-tu pas visiter notre palais ?

— Merci, je viendrai sûrement. »

Et elle rentra chez elle, l'esprit résonnant de questions.

Au moment de remonter admirer sa chambre fraîchement repeinte, elle se dirigea sans savoir pourquoi vers la porte de Jim. Elle frappa et, n'entendant rien, entra. Jim gisait sur son sac de couchage, tourné vers elle, les yeux grands ouverts.

« Ça ne va pas, Jim ? »

Pas de réponse. Il avait un air épouvantable... elle s'approcha, s'agenouilla, lui prit la main, et la trouva sèche, brûlante.

« Jim ! Qu'y a-t-il ?

— Bah, merde ! À quoi bon ? » éructa-t-il dans un sanglot, et il se couvrit le visage de son bras.

Sous la manche trop lâche, une blessure rouge allait du coude au poignet. Large. Vilaine. Elle semblait remplie de gelée rouge.

« Jim, que s'est-il passé ?

— Une bagarre. » Les paroles jaillirent d'un sanglot étouffé de rage et de frustration. « Non, laisse, ça guérira, pas de problème, c'est propre. »

Il paraissait lutter contre lui-même, couché là, à se frapper la tête du poing, et étirer ses jambes pour les détendre comme des ressorts.

« Mais la police ne t'a pas eu.

— Non. Mais ils doivent savoir que j'y étais, maintenant. Il y aura quelqu'un pour le leur dire, va ! À quoi bon ? Il n'y a pas moyen de s'en sortir, pas moyen, alors pourquoi essayer.

— As-tu essayé de travailler ?

— Oui, mais à quoi bon ? » Et il se retourna sur le dos, les bras le long du corps.

Elle l'avait senti. À être sans travail et à persévérer, il y avait une certaine furie combattante ; et se voir fermer les portes au nez, c'était tout autre chose qu'être simplement sans travail.

« Dans quel secteur cherchais-tu ?

— C'était une imprimerie à Southwark. Mais je ne connais pas les nouvelles technologies, j'ai appris l'imprimerie traditionnelle. J'ai fait un an de formation, je pensais que ça me mènerait quelque part.

— L'imprimerie ! Tu ne l'avais pas dit. Mais il doit y avoir des centaines de petites entreprises dans le pays, qui continuent à utiliser les méthodes anciennes pour des boulots particuliers.

— Et j'ai dû en visiter la moitié depuis quatre ans.

— Mon père a une imprimerie. Une petite. Ils font toutes sortes de choses. Des brochures, des catalogues, des tracts.

— Il ne gardera pas longtemps les vieilles techniques.

— Je vais lui écrire. Pourquoi pas ? Il se prend pour un socialiste.

— Inutile : je suis noir.

— Attends, je réfléchis. »

Il restait crispé, brûlant, malheureux, mais il allait quand même mieux, se disait-elle. Telle une sœur de charité, une sœur tout court, elle lui tenait la main en lui souriant doucement.

« Oui, reprit-elle enfin. Je vais écrire à mon père. Pour lui faire mettre en pratique ce qu'il prêche. De toute façon, il a déjà eu des Noirs. »

Elle voyait que, malgré lui, il se reprenait à espérer.

Ils restèrent un moment silencieux. Par la fenêtre, le bruit de la circulation du dimanche soir leur parvenait, très fort ; tous ces gens qui revenaient de visites chez des sœurs, des grands-mères, des cousins ; qui revenaient d'une journée d'escapade à la campagne ; ces gens insouciants dont le destin, à leur insu, reposait sur Alice. Et sur le camarade Andrew.

Elle alla fouiller le sac à dos où elle semblait conserver la moitié de son existence et en tira un stylo-bille et un bloc de papier à lettres.

Cher Papa,
Je t'envoie Jim...

« Quel est ton nom de famille, Jim ?
— Mackenzie.
— J'ai une cousine qui a épousé un Mackenzie.
— Mon grand-père s'appelait Mackenzie. À Trinidad.
— Alors nous sommes peut-être cousins. »

Une petite bouffée de rire le parcourut, lui laissant un sourire. Il soupira, se détendit, se tourna vers elle, et se cala une main sous la joue. Il allait bientôt s'endormir.

Elle écrivit :

Je t'envoie Jim Mackenzie. Il ne trouve pas de travail. Il est imprimeur. Pourquoi ne lui donnerais-tu pas un emploi ? Tu es censé appartenir à cette connerie de gauche, non ? Il est au chômage depuis quatre ans. Au nom de la Révolution. Alice.

Elle plia proprement la lettre, la glissa dans une jolie enveloppe bleue, la choisissant bleue plutôt que crème pour quelque obscure raison, et inscrivit l'adresse.

Les paupières de Jim se fermaient.

« Tu devrais y aller demain. L'entaille ne se verra pas. »

Elle releva doucement la manche de Jim. Il ne résista pas. C'était

190

une vilaine blessure, qui laisserait une grosse cicatrice. Il aurait fallu des points de suture. Bah, tant pis.

« Je t'aime beaucoup, Alice, déclara-t-il. Tu es quelqu'un de vraiment sincère, tu comprends ? » Il se retint d'ajouter, « contrairement aux autres ».

Elle aurait pu pleurer, sachant qu'il avait dit la vérité, et se sentant confirmée, soutenue. Elle resta près de lui jusqu'à ce qu'il s'endorme puis sortit dans le vestibule, où elle alluma fièrement la lumière, consciente de ce que signifiait un si petit geste, de ce qu'il avait coûté ct coûterait encore — elle pressait un petit bouton sur le mur, et des électrons s'empressaient de circuler le long des câbles parce que la femme du Service de l'électricité en avait donné l'ordre.

De l'argent. Où en trouver ?

Debout, là, à parcourir du regard le vestibule devenu si accueillant (elle savait cependant qu'il fallait absolument acheter un produit pour nettoyer ce tapis, qui avait été roulé dans la poussière de la décharge), elle vit sous l'escalier que Philip avait réparé le petit placard que l'agent de police avait abîmé d'un coup de pied.

À cet instant on frappa à la porte et, pleine de prémonition, elle alla ouvrir la porte avec un air d'autorité.

C'était la policière qu'elle avait vue au commissariat. Au portail se tenait son collègue, un jeune homme qu'Alice n'avait jamais rencontré.

« Bonsoir, dit Alice. Que désirez-vous ? »

Elle se tenait sur le seuil en laissant la porte ouverte derrière elle, pour bien montrer la propreté du vestibule ; et elle vit la femme en prendre note. Quant au jeune agent, Alice ne fut guère surprise de le voir chercher des yeux, dans le jardin, l'endroit où ces cinglés avaient enterré...

« Y a-t-il un dénommé James Mackenzie, qui habite ici ?

— Oui, en effet, répondit aussitôt Alice.

— Puis-je lui parler ?

— Vous pourricz, mais il n'est pas là.

— Quand reviendra-t-il ?

— Il risque fort de ne pas rentrer ce soir. Il est parti voir des amis à Highgate.

191

« — Il n'a pas passé le week-end ici, alors ?

— Il était là hier soir.

— Il a passé toute la nuit ici ?

— Oui, confirma Alice. Pourquoi ?

— Il était là toute la soirée ?

— Oui, il a dîné ici, et puis nous avons passé la soirée à jouer aux cartes. »

La voix d'Alice avait légèrement tremblé, quand elle avait failli dire, « Nous avons tous passé la soirée », mais s'était souvenue à temps que « tous » ne seraient sans doute pas disposés à risquer leur tête pour Jim, à supposer que « tous » pussent être avertis à temps.

« Vous étiez ici avec lui ?

— Et avec un ami à lui. Un garçon blanc. William quelque chose. »

Alice savait que la femme avait perçu le petit changement d'intonation, même si c'était inconscient. Mais tout allait bien, songea-t-elle ; elle s'en rendait compte à l'indécision de la policière

Alice bâilla et plaça sa main devant sa bouche, puis s'excusa, « Je suis navrée, mais nous nous sommes couchés tard... » Et elle bâilla une nouvelle fois, en offrant un sourire de circonstance à la femme-agent. Celle-ci lui rendit un sourire bref, tout en lançant un nouveau regard inquisiteur dans le vestibule pour se convaincre.

« Merci », finit-elle par articuler, et elle retourna à la grille où, avec son collègue, elle reprit sa tournée d'inspection vigilante dans les rues coupables.

Sans bruit, Alice jeta un coup d'œil dans la chambre de Jim. Il dormait.

Elle s'installa ensuite dans la cuisine et écrivit une lettre à sa mère, pour la remettre à Monica Winters, qui allait certainement reparaître ici dans les deux ou trois jours.

Pendant qu'elle écrivait, arrivèrent Jasper, Pat et Bert, puis Roberta et Faye. Ils prirent place tous les six autour de la table, avec un assortiment de plats préparés qu'ils avaient achetés chacun séparément, et qu'ils allaient maintenant manger ensemble : des pizzas, du poisson et des frites, et des gâteaux. Alice fit du café, distribua des tasses, et s'assit au bout de la table. Cette scène lui procurait un plaisir si fort qu'elle dut fermer les yeux pour éviter que les grands rayons moelleux de son bonheur n'aillent la trahir auprès des autres, qui avaient le visage si grave.

Bert voulait en savoir davantage sur Jack. Jasper s'expliqua. Les regards entre Faye et Roberta informèrent Alice que les problèmes ne manqueraient pas de surgir.

En effet. Faye voulut savoir, à sa manière insolente et coquette qui ne cachait rien de sa gravité, pourquoi tous ces projets se faisaient sans qu'il y ait eu de réunion pour voter ? Pat se rangea à son avis : Jasper n'avait pas le droit de prendre sur lui...

Cela, Alice le savait, s'adressait en partie à Bert, qui avait été le complice de Jasper.

Jasper, puis Bert, affirmèrent que nul n'était engagé à rien. À ce jour, le seul projet était un bref voyage exploratoire en Irlande, pour y rencontrer un représentant de l'I.R.A. et lui proposer la collaboration d'un groupe ici.

« Un groupe de quoi ? demanda Faye en montrant ses jolies petites dents.

— Oui, renchérit Pat, mais avec une pointe d'humour qui révéla à Alice que tout irait bien, s'agit-il encore d'engager toutes les vastes ressources du C.U.C., ou bien seulement nous-mêmes ? »

Alice observa que Roberta aurait volontiers ri, si l'humeur de Faye le lui avait permis.

Comme il souhaitait rétablir sa relation avec Pat, Bert reprit la situation en main et, dénudant ses dents blanches dans sa barbe en broussaille, pour offrir un sourire plein de force responsable et sûre, il déclara, « Certes, je suis en mesure d'apprécier les réserves de nos camarades. Mais dans la nature des choses », et là il retroussa ses lèvres rouges pour leur signaler, et partager avec eux, les perspectives de cette opération, « certaines approches ne peuvent être qu'expérimentales et même, apparemment, *ad hoc*. Après tout, la rencontre avec Jack a été fortuite. Due au hasard, elle est devenue productive grâce au camarade Jasper. C'est lui qui a fait les premières approches... » Alice voyait qu'aucun d'eux n'admettrait volontiers la moindre obligation envers Jasper, même s'il se tenait impeccablement à l'écart, l'image même du permanent de parti impersonnel, en attendant leur approbation.

Mais à ce moment-là on entendit un bruit dans le vestibule, la porte extérieure se referma et Jasper, qui avait bondi pour voir ce que c'était, leur annonça que Philip s'éloignait dans la rue. Le fait qu'il ne fût pas entré dans la cuisine révélait clairement qu'il se sentait en trop, et cela amena Faye à dire, « Il n'y a plus un endroit où l'on puisse discuter tranquillement, dans cette maison. Alice a réussi son coup. »

Pat se hâta d'intervenir, « Bon, nous pouvons aller au 45. Mais nous pouvons sûrement être tranquilles ici pendant quelques minutes, non ?

— Et puis Jim entrera — pourquoi pas ? répliqua Faye d'un ton mielleux. Oh, Jim, crierons-nous en chœur, nous parlions justement de l'I.R.A.

— Ou bien Mary et Reggie », renchérit Roberta, s'alliant à Faye par amour. En fait, les autres savaient qu'elle était de leur avis, et n'avait nul besoin de la condamnation rageuse que Faye utilisait pour alimenter la flamme.

« Pourquoi ne pas nous mettre d'accord tout de suite, sur un ou deux points essentiels, suggéra Pat. Il n'y a pas grand-chose à discuter, au fond ?

— Non, objecta Faye. Je trouve l'affaire sérieuse, même si je suis la seule. » Et avec de petits mouvements d'yeux et de lèvres qui révélaient sa mauvaise humeur, elle les mit au défi ; puis elle chercha une cigarette, l'alluma, et souffla un épais nuage de fumée, exaspérée.

Comme pour lui donner raison, d'autres bruits s'élevèrent dans le vestibule : riant et bavardant avec animation, Mary et Reggie entrèrent dans la cuisine, et se turent. Alors que rien ne les empêchait d'entrer — puisque c'était dans l'esprit de la maison, qu'on puisse s'installer dans la cuisine et discuter —, ils sentirent apparemment une unité, comprirent que leur présence n'était pas souhaitée. Avec un sourire poli, ils dirent, « Oh, nous passions juste... » et malgré les invitations à rester que leur lancèrent Alice et Pat, ils montèrent dans leur chambre.

« Magnifique, apprécia Faye.

— Tout à fait d'accord, admit Pat. Ce n'était pas brillant. Bien, je suggère que quelqu'un fasse un saut au 45 pour voir si nous pourrions emprunter une pièce — enfin, si nous estimons qu'une discussion soit nécessaire.

— J'ai beaucoup de choses à discuter », insista Faye.

Jasper sortit et, une minute plus tard, revint leur annoncer qu'ils seraient les bienvenus.

Il repartit aussitôt. Puis Alice y alla, suivie de Bert et Pat. Enfin, Faye et Roberta les rejoignirent.

La jeune oie les fit entrer, et leur désigna une pièce en haut de l'escalier — celle qu'Alice et Jasper occupaient, au 43. C'était une ancienne chambre d'enfant, remplie d'agneaux, de canards, de Mickey, de dinosaures humoristiques, de robots, de sorcières sur des balais, et de tout ce qu'on peut trouver dans une chambre d'enfant des classes moyennes.

« Bon Dieu, s'exclama Faye avec violence, quel infect tas de *merde !* » et elle lança même ses jolies mains en avant, recourbées de manière à révéler des ongles allongés et vernis en rouge vif, comme pour griffer les images et les arracher des murs. Cependant elle souriait, si l'on pouvait appeler cela un sourire.

Il apparut en fin de compte qu'il ne restait plus grand-chose à dire.

Le seul fait évident, c'est qu'ils avaient tous escompté que le camarade Andrew les rejoindrait, même Alice, qui savait pourtant qu'il désapprouvait toute l'affaire. Que désapprouvait-il exactement, d'ailleurs ? L'I.R.A. ? Non, bien sûr que non. Le fait de collaborer avec l'I.R.A. ? Comment l'aurait-il pu ? Ce devait donc être *eux*, ce groupe, et leur manière d'aborder les camarades irlandais. Ou bien ce groupe. Point à la ligne.

Mais pas elle, pas Alice. Il l'approuvait. Secrètement réchauffée, soutenue par cette pensée qu'elle ne pouvait partager avec personne, Alice garda une attitude réticente tout en observant le déroulement de la « réunion », et l'expression d'attente qu'arboraient Bert et Jasper, espérant entendre frapper à la porte, espérant s'entendre dire, « Puis-je me joindre à vous, camarades ? »

Mais non, rien.

On répéta que Bert et Jasper allaient effectuer un simple voyage de reconnaissance. Pour savoir quel type de soutien les camarades irlandais accepteraient. Cet objectif étant jugé un peu tiède, insatisfaisant, médiocre, la formulation en fut amendée, pour devenir : Que Bert et Jasper étaient mandatés par les camarades présents pour offrir leur soutien aux camarades révolutionnaires, et solliciter des tâches concrètes à accomplir.

Ils ne s'attardèrent pas. Ils n'étaient pas à l'aise dans cette ancienne nurserie, où des fantômes d'enfants privilégiés — ou aimés ? — demeuraient si vivaces.

Ils se hâtèrent d'en finir et de repartir, regagnant le 43 l'un après l'autre, tandis que Roberta et Faye allaient au cinéma. Elles aimaient les films violents et même pornographiques, et il en passait un au cinéma du quartier. Les quatre autres retrouvèrent Mary et Reggie dans la cuisine, occupés à dîner convenablement, dans de vraies assiettes. Le fouillis des restes de pizzas, de frites, de boîtes de bière, et de journaux, avait disparu dans la poubelle.

« Restez dîner avec nous », suggérèrent Mary et Reggie mais, de même que les six camarades réunis avaient, un peu plus tôt, refoulé Mary et Reggie, c'étaient à présent Mary et Reggie qui semblaient encerclés par un courant invisible : N'approchez pas. Bah, songea Alice, ils boudent sans doute encore à cause d'hier soir. J'ai dû y aller un peu fort. Ils finiront bien par se calmer.

Avec force sourires et souhaits de bonne nuit, les quatre autres montèrent au premier étage, et une nouvelle réunion se tint dans la chambre repeinte, pour discuter du nouveau problème posé par Faye et Roberta, qui n'appréciaient pas le rôle du camarade Andrew dans leurs affaires. C'était précisément pour cette raison qu'ils avaient espéré le voir débarquer lors de la réunion au 45. « Qui était ce camarade Andrew ? » voulaient-ils savoir. Lorsque les quatre eurent fini de critiquer les deux femmes absentes, une étroite et chaude camaraderie régnait entre eux, à la vie à la mort. Cependant Alice gardait à l'esprit que, quel que pût être son engagement apparent sur l'instant, Pat n'était pas réellement solidaire de Bert. Cette fille vivante et séduisante, qui se montrait affectueuse et détendue avec Bert au retour de ce week-end sans doute passé seuls ensemble, ne convainquait pas Alice. Ces lèvres rouges luisantes et ces joues resplendissantes se presseraient sur la bouche rouge et sensuelle de Bert, et toutes ces dents blanches pouvaient se heurter et mordre, tous ces poils noirs broussailleux de Bert... mais pourtant, songeait Alice, pourtant... Et Pat n'aimait vraiment pas l'idée que Bert aille en Irlande avec Jasper. Elle n'aimait pas Jasper. Il n'existait aucune connivence entre eux, ce n'était qu'une apparence, et Alice se tenait intérieurement à l'écart des autres, en se disant que Pat éprouvait sûrement le même sentiment.

L'odeur de peinture était entêtante. Jasper ne tarda pas à déclarer qu'il ne pourrait pas dormir là, et monta à l'étage au-dessus. Il l'annonça d'un tel ton qu'Alice n'osa pas l'y rejoindre. Elle descendit passer la nuit dans le salon.

E LLE dormit mal, en se réveillant fréquemment par crainte de manquer son départ au petit matin. Elle entendit les deux hommes descendre l'escalier et entrer dans la cuisine. Elle les y suivit. Elle se sentait déjà exclue, rejetée. Il n'était que six heures, par une belle matinée fraîche et ensoleillée de la fin du printemps.

Il parut à Alice que Jasper la voyait à peine, en partant. Il agita la main en passant la grille, où elle se tenait comme une quelconque ménagère regardant partir son homme.

Cela se passait le lundi matin, une semaine après leur départ de chez sa mère.

Elle retourna se blottir dans son sac de couchage, avec le sentiment que le temps serait bien long d'ici le retour de Jasper.

Mais les jours s'écoulèrent agréablement. Pat se révélait infiniment disponible, et aidait Alice à peindre et nettoyer ; à elles deux, elles accomplissaient des miracles, métamorphosant l'une après l'autre d'infâmes cavernes en chambres accueillantes. Pat était drôle et gentille, facile à vivre, divertissante. Alice s'ouvrait et s'épanchait, dans cette normalité, cette aisance, en songeant à tout le temps qu'elle passait avec le cœur serré, à redouter la prochaine rebuffade de Jasper. Tout en appréciant ces moments, tout en songeant que jamais elle n'avait connu un tel bonheur, elle se disait : Oui, mais c'est ainsi qu'agissent les gens quand ils ont décidé de partir : d'une certaine manière, elle est déjà partie.

Affectueusement soutenu par les deux femmes, Philip remit en état le système d'eau chaude. Chacun célébra l'événement par un bain solennel, même Faye, quand Roberta l'y encouragea. Philip remonta sur le toit et finit de remettre les tuiles en place. Il répara les planchers, les plâtras tombés, le réservoir d'eau des toilettes et, empruntant la voiture du 45, il dénicha de nouvelles tuyauteries pour remplacer les anciennes. Il trouva un ou deux radiateurs de chauffage central jetés à la casse, et voilà que le chauffage fonctionnait. Il repéra deux grosses poutres de bon bois dans une décharge, à près d'un kilomètre de la maison, mais ne put les soulever seul. Ils allaient devoir attendre le retour de Bert et Jasper.

Entre Alice, Mary et Reggie se déroula la fameuse séance de comptabilité qui devait établir le montant de leur contribution régulière à l'entretien de la maison. Mary, qui savait bien sûr ce qu'il y aurait à payer, avait déjà établi le montant de sa part et de celle de Reggie. C'était évidemment un chiffre très bas. L'électricité, le gaz ? À dix dans cette maison, combien cela pouvait-il coûter ? Une estimation fut faite. L'eau ? Le Service des eaux ne les avait pas encore enregistrés. Le couple semblait n'avoir considéré que cela ; comme si ce devait être tout. Alice observa sèchement que telle et telle chose avaient été apportées.

« Oui, mais d'une décharge », répliqua Mary d'un ton cinglant, trahissant que rien de ce qui s'était fait ne lui avait échappé.

Cela se passait autour de la table de la cuisine. Mary et Reggie se faisaient face, en parfaite harmonie et pleins d'assurance. Assise au bout de la table, Alice attendait de voir ce qui lui échoirait.

À l'éclat qui luisait dans les yeux de Mary, Alice sut qu'elle calculait non pas ce qu'elle devait payer, mais ce qu'elle économisait, en imagination bien sûr, pour l'achat d'un appartement ou d'une maison.

Alice déclara, « Nous avons acheté le chauffe-eau, des outils, du bois, du verre, et beaucoup de câbles électriques. »

Elle n'attendait pas grand-chose. À juste titre. Reggie et Mary échangèrent des regards rapides, puis offrirent une somme de vingt livres, qui fut acceptée.

Pas une seule fois le travail de Philip ne fut mentionné. Alice les entendait littéralement penser : Évidemment, il ne l'aurait pas fait s'il n'avait pas compté vivre ici.

Souriante, et prudemment aimable, Alice accepta le thé que Mary s'offrit à préparer — par sentiment de culpabilité, bien sûr ;

et elle les contempla tous deux en songeant : Bon Dieu, comme je vous hais tous. Comme je hais vos manigances d'avarice et de convoitise. Elle se sentait enfler et pâlir, en proie à son fameux air ; elle se força à sourire encore davantage, et les invita à parler de leurs projets de maison, pour plus tard, ce qu'ils firent aussitôt sans plus la regarder.

Fort de la lettre d'Alice, Jim alla voir Cedric Mellings, et en revint tout attendri et ému de bonheur. Il pouvait commencer demain. Par hasard, quelqu'un partait. Par hasard, Jim ferait parfaitement l'affaire de Cedric Mellings. Jim pouvait aussi se préparer à étudier les mystères des nouvelles techniques.

« Il est formidable, Alice, annonça Jim. Il s'est montré très gentil avec moi. » Ils se trouvaient dans la cuisine. Assis, ou plutôt perché, sur une chaise, Jim ne tenait pas en place : il se levait, faisait deux pas en riant nerveusement, et puis se rasseyait et posait sa tête sur la table en continuant à rire tout son saoul, avec un bruit de sanglot ; dans un élan de bonheur et de gratitude, il se frappait la tête à deux poings, sur un rythme joyeux et déchaîné. Et puis il se redressait et ouvrait grand les bras d'un seul geste, en roulant des yeux et montrant ses dents blanches dans un large sourire qui fendait en deux son visage noir.

Bien qu'elle eût mille choses affreuses à dire sur son père, Alice se retint parce qu'elle aimait beaucoup Jim, qu'elle aimait sa faiblesse, sa vulnérabilité, et qu'elle aimait ce rôle de marraine-fée qui guérit les blessures ; car elle savait que cet homme, ce garçon — il avait vingt-deux ans — était vraiment gentil, qu'il avait en lui cette chaleur douce et tendre ; et elle savait qu'un coup de bonheur, de succès, le transformerait. Elle imaginait aisément ce qu'il deviendrait, en gagnant de l'argent, en prenant sa vie en main. Elle le voyait bien : Jim tel qu'il était maintenant, mais consolidé par la confiance et par de nouvelles compétences. Elle se garda donc de rien dire sur son salaud de père, mais se contenta d'écouter, partageant ce moment de la vie de Jim qu'il n'oublierait jamais.

Puis elle l'invita à dîner pour célébrer l'événement ; Philip et Pat se joignirent à eux, et ce fut une de ces soirées où les participants doivent s'interrompre pour se dire : Oui, c'est bien moi, c'est vraiment moi... Le bonheur siégeait à leur table, dans ce bistrot de poisson et de frites, Le Coquillage ; ils ne pouvaient se retenir de sourire, ou Jim de rire et de soupirer. Quand il disait, « Je ne peux pas croire que c'est vraiment moi, mon vieux », ils échangeaient des regards, trouvant terrible de ne pouvoir exprimer ce qu'ils ressentaient pour lui, mais ils pouvaient rire avec lui et — c'était Pat qui se trouvait assise auprès de lui — lui taper sur l'épaule et l'étreindre. Quant aux autres clients qui, à d'autres moments, auraient pu avoir des idées assez étroites sur les races, ou sur les femmes blanches qui étreignaient des hommes noirs en public (surtout avec cette absence totale de retenue), on devinait à leurs visages rieurs et insouciants qu'ils cédaient à l'exigence des circonstances et s'abandonnaient sans réserve à la joie ambiante.

Les quatre amis retournèrent ensuite au 43, formant un groupe étroitement uni, dont Jim était le roi, le vainqueur, et, ne pouvant se résoudre à terminer cette soirée, à la perdre, ils s'attardèrent autour de la table de la cuisine, sous la garde des forsythias, incapables de se séparer.

Alice songeait déjà : Oui, ce soir on nous prendrait pour des amis éternels, incapables de nous blesser l'un l'autre, mais tout pourrait changer en un clin d'œil ! Oh, elle le savait, elle avait déjà vu tout cela. Son cœur aurait pu souffrir, l'accabler, mais elle ne le laissait pas faire, elle retenait ce cœur gonflé par une chaîne courte et impitoyable, comme on retient un chien dangereux.

Le quatrième jour, le jeudi, Alice reçut une carte postale de Jasper, représentant les montagnes Wicklow, avec ce message : « Dommage que tu ne sois pas là ! » Sachant exactement de quelle humeur fantasque il devait être, elle eut ce sourire que l'évocation de Jasper lui inspirait si souvent : un sourire humble, pensif, admiratif, comme si les caprices du génie de Jasper avaient à jamais dû lui rester inaccessibles. Elle ne montra la carte à personne, car elle savait qu'ils n'auraient rien compris. En descendant de bonne heure, longtemps avant les autres, elle l'avait aperçue sous la porte d'entrée.

Jim partit pour sa première journée de travail d'une humeur tendre et incrédule, encore incapable de retenir son sourire.

Au lieu de se joindre à Alice pour continuer à gratter et

peindre, Pat s'en alla « chez des amis », et annonça à son retour que Bert avait téléphoné un message. Tout allait bien, et ils ne reviendraient pas avant le week-end.

Comment font-ils pour l'argent ? se demandait Alice sans rien en laisser paraître. Elle se disait aussi : Quand Bert reviendra, Pat n'y sera plus. Elle le lisait sur les traits de Pat. Mais elle gardait cela pour elle aussi, bien sûr.

Ce soir-là, un petit coup frappé à la porte — furtif et anxieux, révélant à Alice qui c'était — lui fit découvrir Monica dans l'allée, près du portail et non de la porte, par crainte de voir apparaître Faye.

Mais en voyant Alice elle s'approcha vivement, les yeux rivés sur son visage avec une expression affamée.

Comme Faye était à la cuisine avec Roberta, Alice referma sans bruit la porte derrière elle et sortit avec Monica dans la rue, où les buissons exubérants du jardin de Joan Robbins les cachaient.

« Vous avez des nouvelles ? » interrogea Monica, déjà renfrognée et déçue d'avoir, sans doute, lu sur le visage d'Alice qu'il n'y avait rien de nouveau. Elle paraissait pâle et bouffie. Ses cheveux pendaient en mèches grasses. Un tel relent de défaite émanait d'elle qu'Alice dut se forcer à faire face.

« Rien à espérer du côté de la mairie », annonça Alice et, voyant un ricanement, ou un grognement, *Ha, évidemment !* s'ébaucher, elle insista, « Mais j'ai eu une autre idée. » Elle pria Monica de ne pas bouger, s'introduisit dans la maison comme une coupable, et en ressortit avec la lettre qu'elle avait écrite pour sa mère. Monica s'était déjà éloignée d'un pas indécis en direction de la grande rue, s'attendant apparemment à ne pas voir Alice reparaître.

« Vous avez donc cru que je ne reviendrais pas ? gronda Alice. Mais si vous vous attendez toujours au pire, c'est le pire qui arrivera. »

Un faible sourire lui répondit, forcé.

« Portez cette lettre à l'adresse indiquée. Et surtout, emmenez le bébé avec vous.

— Mais c'est trop tard. Dieu sait que c'est assez dur de l'endormir là-dedans, et maintenant il dort.

— Allez-y demain. C'est ma mère. Elle aime les bébés. Elle aime s'occuper des gens. »

201

Le doute dont était empreint le visage de Monica ne diminua en rien la confiance absolue qu'éprouvait Alice. Regardez ce qu'elle avait réussi avec Jim ! Non, elle voguait sur une crête d'action et de chance, et elle ne pouvait pas se tromper. Elle *sentait* que sa mère serait gentille avec cette pauvre Monica. Elle déclara d'un ton vif, « Il n'y a pas de problème, Monica. Bon, ça vaut la peine d'essayer, non ? »

Jetant un regard incertain sur l'enveloppe, Monica s'en alla vers l'arrêt d'autobus de la grande rue, et Alice rejoignit les autres à table. Elle avait préparé un grand ragoût, une sorte de soupe épaisse, sa spécialité, parvenue à la perfection grâce à des années de vie communautaire. Combien de gens avaient plaisanté sur le fait qu'Alice aurait pu nourrir des foules entières avec cette soupe ! Comme les petits pains et les deux poissons du Nouveau Testament.

Combien de gens avaient débarqué dans tel ou tel squat en demandant, « Il te reste de la soupe, Alice ? » et puis s'étaient assis pour commencer à tremper des morceaux de pain dans leur assiette, et se faire servir une seconde fois. Ils ne craignaient pas les carences alimentaires, les gens nourris de cette soupe-là ! Et durant les périodes de vaches maigres, Jasper et elle en avaient vécu pendant des mois d'affilée.

Alice reprit sa place discrètement, et répondit aux regards curieux, « Ce n'était rien. »

Roberta et Faye, Mary et Reggie, Philip et Jim, Pat et Alice, ils passèrent la soirée tous ensemble, contraints de former une famille par la magie de cette soupe, du vin rouge que Reggie offrait à la ronde, et du bon pain, complet, sain, ainsi que du pain blanc si frivole que Faye avait réclamé.

Ce fut une nouvelle soirée de plaisir, et Jim ne tarissait pas d'anecdotes sur le père d'Alice et ses employés, douze ou davantage, et la chance qu'avait Alice d'avoir un tel père — cependant qu'Alice s'imposait le silence et souriait.

Le lendemain matin, comme Alice était restée seule à la maison, un tumulte de coups résonna à la porte, et une voix hurla, « Sortez de là, hein, sortez de là tout de suite ! »

Alice se trouva en face de Monica, muée en véritable furie, prête à tuer, comme Alice pouvait s'en rendre compte. Quant à l'enfant dans sa poussette, le pauvre petit, il pleurnichait de manière continue.

« Pourquoi m'avez-vous fait ça ? Pourquoi m'avez-vous envoyée là-bas ? Qu'est-ce que je vous avais fait ? » Et Monica se mit à lancer des coups de pied dans les jambes d'Alice en gesticulant.

« Qu'y a-t-il ? Que s'est-il passé ? Elle ne vous a pas reçue ?

— Il n'y a personne là-bas, cria Monica d'une voix stridente. Pourquoi m'avez-vous envoyée là-bas ?

— Bon, elle a dû sortir faire des courses, n'est-ce pas ? Elle va revenir. »

Monica cessa de crier, ses membres se calmèrent, et elle fixa sur Alice un regard épouvanté. « C'est une maison vide, dit-elle. Il n'y a plus personne. Ils ont mis une pancarte " À vendre ".

— Vous avez dû vous tromper de maison », répondit Alice d'un ton vague. Quelque chose en effet la frappait, une pensée, un souvenir : des caisses sur une table de cuisine, pleines de vaisselle enveloppée dans des journaux. Elle dévisagea Monica, qui la dévisageait.

« Il y a une erreur, articula Alice, aussi pâle que Monica, et maintenant aussi affolée. Quelque chose ne tourne pas rond.

— C'est vous qui ne tournez pas rond », rétorqua Monica, avec un rire brusque et déplaisant. Elle continuait à dévisager Alice, comme incapable de croire ce qu'elle voyait. « Pourquoi m'avez-vous fait ça ? Dans quel but ? Je suppose que ça doit vous amuser, n'est-ce pas. Vous êtes malfaisante, décréta-t-elle. Vous êtes tous fous et malfaisants, dans cette maison. » Elle éclata en sanglots et s'enfuit en courant, poussant et bousculant la poussette de telle manière que l'enfant se mit à hurler aussi. Ils s'éloignèrent bruyamment vers l'arrêt d'autobus, abandonnant Alice pétrifiée sur le seuil de la maison, le regard aveugle et figé sur la lettre qu'elle avait écrite à sa mère, et que Monica lui avait flanquée dans la main.

Chère Maman,

Je t'envoie Monica. Elle vit avec son bébé dans un de ces hôtels ignobles, tu sais. Bon, si tu ne sais pas, eh bien tu devrais, merde. Pourquoi ne la prends-tu pas ? C'est bien le moins que tu puisses faire. Te voilà avec trois chambres vides, maintenant. Monica et son bébé vivent dans une seule pièce dégueulasse, où elle n'a même pas la place de faire la cuisine ni rien.

Ta fille, Alice.

P.S. Il y a aussi un mari.

Elle rentra, et alla s'asseoir sur la première marche de l'escalier. Elle y resta longtemps, l'esprit vide. Puis elle commença un étrange mouvement, en se frottant le visage comme à tâtons, comme pour y chercher quelque chose. C'était un mouvement assez dur, qui malaxait la chair dans tel et tel sens, et cela dura un certain temps, peut-être dix minutes. Une tâche qu'elle devait accomplir, une nécessité : on aurait pu croire à la voir faire qu'elle en avait reçu l'ordre, qu'elle était obligée de rester assise là, sur cette marche, et de palper durement la chair de son visage.

Puis, tel un automate, elle prit son sac et s'en alla vers le métro, parcourut les rues qui menaient chez sa mère, et demeura longuement à l'arrêt devant le panneau « À vendre ». Elle ne pouvait pas l'admettre. Grâce à sa clé, elle put s'introduire dans la maison. Mais à l'intérieur, on aurait dit que le mobilier avait été aspiré, laissant intact l'esprit de la maison. Le fourneau était toujours dans la cuisine, mais le réfrigérateur avait disparu. Les fenêtres avaient conservé leurs rideaux sympathiques et il semblait à Alice que, si elle fermait les yeux et les rouvrait, la table sur laquelle elle avait si souvent servi la soupe à sa mère, et parfois aux invités de sa mère, réapparaîtrait. Le reste de la maison offrait la même impression. Les chambres avaient gardé les rideaux qu'elle leur connaissait depuis toujours, ainsi que leur moquette, mais les lits et les armoires s'étaient évanouis. Alice monta dans sa chambre et s'accroupit dans le coin où elle avait toujours eu son lit, l'étroit lit blanc dans lequel elle avait dormi depuis l'âge de dix ans. Il restait sur la fenêtre un paon rouge et bleu qu'elle y avait décalqué un jour de mauvais temps, où le jardin avait disparu derrière un rideau de pluie grise. Un calendrier de 1980 était accroché au mur ; elle l'avait gardé parce que l'image lui plaisait : *Le Bar des Folies-Bergères*, de Manet. Elle s'identifiait avec cette fille au regard perdu, prise au piège des bouteilles, des mandarines, des miroirs, du comptoir, et de ce mur de gens aux visages si laids.

Le jardin resplendissait de lumière et des chats s'étiraient sur la pelouse, qui avait bien besoin d'être tondue.

Elle descendit l'escalier comme une somnambule. Puis elle reprit ses esprits et, furieuse, trahie, haineuse, se mit à arracher frénétiquement les rideaux de toutes les pièces l'une après l'autre ; elle les roula ensemble et sortit en vacillant de la maison, oubliant de refermer la porte, et pouvant à peine avancer sous le poids de sa charge. Elle vit une femme la regarder, à une fenêtre, et songea : Et alors, ils sont à moi, non ? Elle parvint à se traîner jusqu'au carrefour, héla un taxi, et se fit ramener à la maison de sa mère où elle courut s'emparer de tous les rideaux qui pouvaient rester, pendant que le taxi attendait. Elle se fit ensuite conduire au squat, où elle passa tout l'après-midi à accrocher des rideaux là où il en manquait, ou à remplacer ceux qui ne lui plaisaient pas. De toute façon, ceux-ci étaient mille fois mieux que ceux des décharges ; ravissants, en lin, ou en soie, ou en velours profond, doublés et molletonnés, agrémentés de franges et de glands.

Comment sa mère osait-elle les abandonner ainsi, sans même lui demander son avis, à elle, Alice ?

Quand elle entra dans la cuisine, Philip s'y trouvait, et elle sentit à son attitude qu'il avait quelque chose à dire.

Il avait fait imprimer des prospectus pour faire connaître son entreprise, *Philip Fowler, Travaux d'intérieur et Décoration*, et les distribuait dans les hôtels, les restaurants, et les magasins ; il fallait qu'il trouve bientôt du vrai travail ; il estimait avoir contribué plus que sa part à la remise en état de la maison, qui était maintenant tout à fait habitable. S' « ils » voulaient qu'il continue, alors il exigeait d'être payé ; non, pas au tarif courant, bien sûr, mais suffisamment pour que cela en vaille la peine.

Voilà ce qu'il restait encore à faire : remplacer les cheneaux de gouttières, et aussi une partie des tuyaux d'écoulement extérieur. (Il leur conseillait d'agir rapidement, car le mur allait bientôt être très infiltré, et à coup sûr il pourrirait.) Le réservoir d'eau froide du grenier était presque percé à force de rouille. À son avis, il risquait d'éclater et d'inonder la maison d'un moment à l'autre. Les rebords de fenêtres étaient en mauvais état au dernier étage, et la pluie passait. Et puis bien sûr, il restait le problème des deux poutres pourries, dans le grenier.

Il soumit à Alice la liste de ces problèmes par ordre d'urgence, le réservoir d'eau venant en premier.

De l'argent. Il fallait de l'argent.

Elle s'attarda longuement dans la cuisine, seule, les yeux fixés sur les forsythias. Ils fanaient. Des pétales d'un jaune éclatant gisaient par terre. Elle sortit, coupa de nouvelles branches, jeta les vieilles, et passa le reste de l'après-midi assise dans la cuisine, à réfléchir.

D'abord, où était sa mère ? S'imaginait-elle donc qu'elle pourrait échapper ainsi à Alice ? Était-elle devenue folle ? Bah, elle devait l'être, pour n'avoir rien dit à Alice et Jasper... Là, tout au fond de son cerveau, une pensée se mit à la tirailler et la harceler, que sa mère le lui avait dit. Mais dans ce cas, elle ne l'avait pas dit d'une manière qu'Alice pût comprendre.

Pourrait-elle encore soutirer de l'argent à sa mère ? Pas si elle venait de déménager. Avec tous les frais que cela représentait. D'ailleurs, elle n'avait sans doute pas encore surmonté sa colère ; il lui fallait du temps pour se calmer.

Theresa et Anthony ?

Alice réfléchit longuement et intensément. Theresa lui glisserait sûrement cinquante livres. Mais cela ne suffisait pas. À quoi serviraient cinquante livres ? L'Aide sociale lui en devait quarante cette semaine, mais tout allait passer en matériel pour Philip. Elle songea que, si elle y allait pendant que Theresa et Anthony étaient partis travailler et que la bonne faisait le ménage, elle arriverait avec un peu d'habileté, à faucher les *netsukés* sans que la bonne s'en aperçoive. Mais elle abandonna ; l'affection l'en détournait. Theresa avait toujours été si gentille avec elle que vraiment, elle ne pouvait pas lui faire ce coup-là. Anthony, c'était une autre affaire. S'il n'y avait eu qu'Anthony, elle lui aurait pris tout ce qu'elle aurait pu !

Zoé Devlin ? Sans bien savoir pourquoi, Alice n'arrivait pas à poursuivre cette idée. Elle se sentait vaguement nauséeuse, comme si c'était avec elle, et non avec sa mère, que Zoé s'était querellée.

Peut-être pourrait-elle plutôt choisir une maison qui lui convienne, et la cambrioler ? Elle ne manquait manifestement pas de talent dans ce domaine. Elle sentait qu'elle y réussirait très bien.

Mais devenir voleuse, une vraie voleuse — c'était un pas qui l'éloignait d'elle-même. Comment pourrait-elle se définir comme révolutionnaire, une personne sérieuse, si elle était voleuse ? Et puis si elle se faisait prendre, ce serait mauvais pour la Cause. Non. D'ailleurs, elle avait toujours été honnête, elle n'avait jamais rien volé, même dans son enfance. Elle n'était jamais passée par cette phase où l'on fouille les sacs de sa mère et les poches de son père, comme le font certains enfants. Jamais.

Elle pouvait fort bien s'imaginer choisissant une maison, s'assurant que les habitants étaient sortis, s'y introduisant, mettant la main sur des objets de valeur — après tout, elle avait au moins appris à distinguer ce qui avait de la valeur et ce qui n'en avait pas. Elle n'était pas de ces pauvres gosses démunis qui se glissent par une fenêtre ouverte ou une porte mal fermée, et ne savent rien faire de mieux que voler un téléviseur ou un appareil vidéo. Mais elle ne se voyait vraiment pas avec le butin : vase, tapis, ou collier, et cherchant à le vendre.

Non, c'était exclu.

Il lui fallait de l'argent. Regardez tous ces gens, qui se servaient et profitaient... quoique Jim ait fièrement annoncé, hier soir, que désormais il contribuerait correctement ; il paierait sa part, Alice ne devait surtout pas s'imaginer qu'il s'esquiverait.

Le seul endroit qu'elle pût envisager, c'était chez son père. Pas sa maison, c'était trop tôt pour recommencer. L'imprimerie. Les yeux clos, elle visualisa lentement l'intérieur du bâtiment qui abritait *C. Mellings, Imprimerie et Papeterie*. Le coffre du bureau de son père, à l'étage, contenait des carnets de chèques, mais elle ne voulait pas de chèques. En bas, dans le petit magasin de papeterie où son père avait fait des débuts modestes, pour se lancer, et qui avait si bien prospéré qu'il finançait tout le reste, comme Cedric Mellings se plaisait à le proclamer en manière de plaisanterie, il y avait un coffre rempli d'espèces. Mais seulement dans la journée, quand la boutique était pleine de clients. Chaque soir, l'argent était rangé dans l'autre coffre, là-haut. Et le lendemain matin, on le portait à la banque. Comment allait-elle mettre la main sur cet argent ? Elle ne connaissait pas la combinaison du coffre, et n'avait pas l'intention de se lancer dans la manipulation des explosifs ou de Dieu sait quoi, comme faisaient les professionnels.

Non, il lui fallait autre chose ; il lui fallait du culot. C'était vendredi. Les affaires marchaient toujours mieux le vendredi que les autres jours. Le magasin fermait à cinq heures, et aussitôt on montait recompter l'argent là-haut, où il restait jusqu'au lundi dans le coffre. Le vendredi soir, son père rentrait souvent de bonne heure, parce qu'il aimait partir avec Jane et les enfants dans le Kent, où ils avaient des amis. Un vrai petit arrangement bourgeois : Cedric et Jane passaient les week-ends chez les Boult ; et les Boult venaient chez Cedric et Jane quand ils voulaient passer quelques jours à Londres. Jamais rien de tel ne s'était fait, du temps où Cedric vivait avec Dorothy ! Bien sûr que non. Sa mère était bien trop coincée dans son sentiment du *mien* et du *tien,* on ne risquait pas de la voir partager *sa* maison avec une autre famille. Pour quelque obscure raison, cette affaire des week-ends et des visites de la famille Boult rendait toujours Alice blême de rage.

Mais, avec un peu de chance, son père serait parti à trois heures.

Pour se rendre à l'imprimerie, elle devait aller en métro, deux stations plus loin que chez lui ou chez sa mère — enfin, que l'ancienne maison de sa mère. Prenant grand soin de ne pas trop réfléchir, elle entra dans la papeterie et y reçut un accueil chaleureux, en fille du patron. Elle annonça qu'elle venait voir son père et traversa le magasin, puis monta l'escalier. Les gens rangeaient leurs bureaux pour le week-end. Elle lança des Bonjour, Comment allez-vous ? et pénétra dans le bureau de son père, où sa secrétaire Jill, assise dans le fauteuil du patron, comptait l'argent de la caisse d'en bas.

« Oh, il est parti », dit Alice, et elle s'assit. Tout en recomptant des liasses de billets de dix livres, Jill acquiesça en souriant, et exprima d'un mouvement de lèvres qu'elle ne pouvait pas s'interrompre. Alice sourit et fit signe qu'elle comprenait, puis se leva et se posta à la fenêtre. Indolente et privilégiée, fille de la bourgeoisie, elle s'appuya au bord de la fenêtre et observa les allées et venues de la rue, en écoutant le glissement du papier sur le papier.

Devait-elle prétendre que son père avait accepté de lui donner de l'argent ? Dans ce cas, Jill ne pourrait pas dire non ; et puis lundi, en apprenant l'affaire, son père ne pourrait pas la dénoncer, il ne pourrait pas dire : Ma fille est une voleuse. Elle allait déclarer : Il m'a dit que je pouvais prendre cinq cents livres. Et voilà que survint la chance merveilleuse, ce miracle sur lequel elle avait appris à compter, puisqu'il se produisait si souvent ; dans le bureau voisin, le téléphone retentit. Jill continuait à compter. Le téléphone continuait à sonner. « Oh, flûte », s'exclama Jill à mi-voix, car elle était le genre de fille bien élevée que son père aimait avoir pour secrétaire, et elle courut dans la pièce à côté pour répondre. Sur la table, Alice vit un sac de toile blanche dans lequel se trouvaient déjà des liasses de billets. Elle y glissa la main, en sortit un gros paquet, puis un autre, les enfouit dans son blouson, et retourna se poster à la fenêtre, dos tourné à la rue. Jill revint en disant que c'était Mme Mellings, pour le père d'Alice, et il fallut un moment à Alice pour comprendre que ce devait être sa mère, et non la nouvelle Mme Mellings, qui, elle, était sans doute déjà en route vers les plaisirs d'un week-end dans le Kent.

Elle ne voulait pas interroger Jill, Connaissez-vous son adresse ? ce qui l'aurait trahie, mais se contenta de demander d'un ton vague, « D'où appelait-elle ? » Jill ne répondit pas, car elle s'était remise à compter, mais elle finit par dire, « De chez elle. Enfin, j'imagine. »

Elle ne remarquait rien. Alice attendit que Jill fût à nouveau debout, pour prendre les trois sacs de toile blanche, qui contenaient séparément les billets, les chèques, et les pièces, et les ranger dans le coffre.

« Bon, eh bien, je vais m'en aller, déclara Alice.

— Je préviendrai votre père que vous êtes passée », promit Jill.

En rentrant chez elle, Alice compta son butin. Il y avait là mille livres. Elle songea aussitôt : J'aurais pu en prendre deux mille, ou trois — ce serait la même chose. De toute façon, quand ils découvriront la disparition de l'argent, et qu'ils se souviendront de ma visite, ils sauront que c'est moi. Pendue pour pendue, mieux vaut prendre un bœuf qu'un œuf.

Bon, il faudrait s'en contenter.

Alice réfléchit longuement à l'endroit où elle le cacherait. Elle n'allait rien dire à Jasper. Finalement, elle ouvrit son sac de couchage, y glissa les deux grosses liasses, et décida qu'il faudrait vraiment un bien grand hasard pour que quelqu'un y touche, et découvre ce qu'elle y cachait.

Vendredi soir. Ils avaient dit qu'ils rentreraient pendant le week-end.

Réfléchissant : Pat, où est Pat ? elle descendit à la cuisine et l'y trouva avec sa veste sur le dos, un foulard autour du cou, et son grand sac fourre-tout rouge vif. Elle griffonnait un petit mot mais s'interrompit en voyant Alice, et son sourire à la fois grave et faible révéla à Alice que Pat avait voulu échapper au moment des adieux, et allait maintenant les accélérer.

« Je m'en vais, Alice, annonça-t-elle brièvement, sans regarder Alice en face.

— C'est fini avec Bert ? »

Les yeux de Pat s'emplirent de larmes et elle se détourna. « Il faut que je rompe. Il le faut.

— Bon, on ne peut pas juger de l'extérieur », dit Alice. Elle se sentait prise de nausée, le cœur défaillant sous l'effet de l'abandon. Elle s'était visiblement attachée à Pat.

« Il faut que je parte, Alice. Comprends-moi. Ce n'est pas à cause de Bert. Enfin, je l'adore. Mais c'est le problème politique.

— Tu n'es donc pas d'accord avec la ligne du groupe, en ce qui concerne l'I.R.A. ?

— Non, non, ce n'est pas cela. Je n'ai aucune confiance en Bert. »

Au moins, elle n'ajouta pas, Ni en Jasper.

Elle reprit, « Voici mon adresse. Je ne disparais pas dans la nature. Simplement, je ne veux pas d'adieux romantiques et ainsi de suite. Je travaillerai à ma façon — le même genre de choses, mais d'une manière que j'estime plus... sérieuse.

— Sérieuse, répéta Alice.

— Oui, insista-t-elle. Sérieuse, Alice. Je ne crois pas à cette histoire de voyage en Irlande sur la parole d'un type qui se fait appeler Jack. » Elle paraissait écœurée, et elle cracha littéralement le mot « Jack ». « Tout cela est tellement amateur ! Je ne l'accepte pas.

— J'étais sûre que tu partirais. »

Pat se détourna vivement. C'était parce qu'elle pleurait.

« Nous sommes restés longtemps ensemble... » Sa voix s'épaissit, et s'embrouilla.

« Ce n'est pas grave, suggéra Alice douloureusement.

— Si, c'est grave. Et j'ai de la peine à te quitter, Alice. »

Les deux femmes s'étreignirent en pleurant.

« Je reviendrai, promit Pat. Vous parliez du congrès du C.U.C. Je reviendrai y participer. Et je suis déjà sûre que je ne pourrai pas supporter la rupture avec Bert. J'ai déjà essayé une fois. »

Elle sortit en courant, pour abandonner là son émotion.

L ES deux hommes revinrent le dimanche soir. Alice sut aussitôt qu'ils avaient échoué. Jasper paraissait dégonflé, et Bert avait déjà l'air lugubre avant d'avoir lu la lettre que lui avait laissée Pat.

Elle fit dîner Jasper, qui monta aussitôt après se glisser dans son sac de couchage, au deuxième étage. Bert annonça qu'il était fatigué, mais elle le suivit et le trouva seul dans la chambre qu'il avait partagée avec Pat. Elle entra et, bien qu'il eût tout autre chose en tête que l'Irlande, déclara, « Je voudrais te poser quelques questions. Jasper est parfois bizarre, quand il est déçu.

— Moi aussi », répliqua Bert. Mais il s'adoucit et, sans bouger, les mains pendantes, il ajouta, « Nous ne sommes arrivés à rien.

— Bon, mais pourquoi ? »

Elle songeait que ce rejet faisait ressortir les meilleurs aspects du caractère de Bert. Dépouillé de son affabilité désinvolte, de l'éclat constant de ses dents blanches entre ses lèvres rouges et sa barbe brune, il paraissait calme et responsable.

Il secoua la tête et soupira, « Je n'en sais rien. On nous a simplement dit, " Non. " »

Elle ne le lâcherait pas tant qu'il ne lui aurait pas tout dit, et il finit par s'exécuter, tandis qu'elle l'écoutait attentivement, afin de se faire une image qu'elle pût croire.

À Dublin, Jack avait erré de bars en lieux de rendez-vous, s'était renseigné, avait rencontré diverses personnes ici et là, tout en informant régulièrement Bert et Jasper que tout allait bien. Ensuite, Bert et Jasper — mais pas Jack, ce qui donna à Alice matière à réflexion — avaient rencontré un certain camarade dans une certaine maison, en banlieue. Ils avaient alors subi un long interrogatoire, d'une manière — Alice s'en rendit compte en observant le visage de Bert, tandis qu'il expliquait l'affaire — qui les avait non seulement impressionnés, mais refroidis. Et même effrayés, jugea Alice, ravie, car elle trouvait souvent Jasper trop désinvolte.

Vers la fin de cet entretien, un second camarade était entré, et avait écouté sans mot dire. Bert précisa avec un rire bref et un hochement de tête, « C'était un sacré personnage, celui-là. Je n'aimerais pas me trouver en face de lui. »

Finalement, l'homme qui avait dirigé l'entretien déclara que, parlant au nom de l'I.R.A., il était reconnaissant du soutien offert, mais qu'ils — Jasper et Bert — devaient bien comprendre que l'I.R.A. n'opérait pas comme une organisation politique ordinaire, et que le recrutement donnait lieu à d'extrêmes précautions, selon des exigences très spécifiques.

Jasper l'avait interrompu pour dire qu'il comprenait, bien sûr : « Tout le monde comprenait. »

Le camarade avait alors répété mot pour mot ce qu'il venait de dire, ajoutant qu'il était précieux pour la Cause républicaine d'avoir des alliés et des supporters au sein du pays oppresseur, et que Jasper, Bert, « et vos amis », pouvaient jouer un rôle utile en aidant à transformer l'opinion publique, en faisant de l'information. On pouvait, par exemple, leur fournir des tracts et des bulletins.

Dans un état d'excitation revendicatrice, Jasper s'était alors lancé dans un long discours sur l'impérialisme fasciste. Leur interlocuteur et son compagnon silencieux l'avaient écouté sans rien dire, le visage impassible.

Puis l'homme silencieux avait simplement quitté la pièce, avec un sourire et un petit signe de tête. Ce sourire semblait avoir frappé Jasper et Bert. « Il a fini par sourire, à la fin », répéta Bert sur ce ton d'amertume qui avait marqué tout son récit. On aurait même pu dire que Bert éprouvait de l'embarras. Pour lui-même et Jasper ? Pour Jasper ? Alice espérait que ce n'était pas à cause de Jasper, bien que ce discours enflammé n'ait évidemment pas été une trouvaille.

Alice aurait aimé poursuivre, mais Bert déclara, « Écoute, cela me suffit pour aujourd'hui. Cette histoire avec Pat...

— Je suis navrée, dit Alice. Et je sais qu'elle aussi.

« — Merci, répondit-il sèchement. Oh, *merci !* » et il commença à ôter son chandail comme si elle était déjà sortie.

Alice décida de dormir encore cette nuit dans le salon, car le choix d'une nouvelle chambre aurait marqué le caractère définitif de la séparation. Au moment où elle s'installait, Jim apparut. Il avait passé un week-end glorieux avec des amis. C'étaient des amis qu'il n'avait pas vus depuis longtemps, à qui il avait rendu visite cette fois-ci parce qu'il avait un événement à célébrer. Alice observa que déjà, au bout de trois jours, Jim devenait plus vif, plus intelligent ; le chômage l'avait rendu plus terne et plus lent. Bon, évidemment ! — tout le monde savait cela, mais en observer si tôt les résultats...

Ravie par Jim et angoissée par Jasper, Alice demeura longtemps éveillée dans le silence du salon.

Elle savait que ni Jasper ni Bert ne se lèveraient de bonne heure, mais elle s'imposa de se lever à temps pour prendre du thé et des corn flakes. Elle songea qu'elle se comportait en mère s'assurant que son enfant mangeait suffisamment avant de partir pour l'école, sans éprouver le moindre scrupule à lui demander, « Es-tu sûr d'avoir assez mangé ? Il n'y a pas de cantine, là-bas, tu sais. Tu ferais mieux d'emporter des sandwiches. » Et lui, tel un fils complaisant, « Ne t'inquiète pas, Alice. Tout ira bien. » Ensuite arriva Philip, et ils discutèrent du problème d'un nouveau réservoir d'eau. Plutôt d'occasion, mais en bon état. Alice avait-elle la moindre idée de ce que coûterait un neuf ? Non, mais elle pouvait deviner ! Philip allait dès ce matin conférer avec sa source habituelle ; s'il y en avait un disponible, voulait-elle qu'il l'achète et, dans ce cas, avait-elle de l'argent ? Elle lui accorda tous pouvoirs pour l'achat d'un réservoir à eau, d'un segment de tuyau d'écoulement, et de gouttières. S'esquivant brièvement du salon, elle alla sortir trois cents livres de son sac de couchage. Elle ne voulait pas que Philip sache combien d'argent elle avait là — mais seulement parce qu'elle ne voulait le révéler à personne. Une pensée déconcertante, et même honteuse, s'était emparée d'elle. C'était que, quand elle en aurait fini avec la liste des achats urgents, elle mettrait de l'argent à la poste. Pour elle seule. De l'argent dont personne ne saurait rien. Il fallait bien qu'elle ait quelque chose de côté, non ? Oui, elle ouvrirait un compte d'épargne à la poste, sans rien en dire à Jasper.

Philip et Jim étaient sortis. Roberta et Faye dormaient, à moins

213

qu'elles ne soient restées dans cette fameuse communauté de femmes. Mary et Reggie étaient partis pour le week-end, ils ne reviendraient pas avant ce soir. Quant à Bert et Jasper, s'ils ne dormaient pas, ils étaient bien silencieux, chacun dans sa chambre. Alice resta assise au bout de la table, dans la cuisine déserte. Le chat, qui avait disparu depuis plusieurs jours, reparut sur le bord de la fenêtre ; elle le fit entrer, il accepta des corn flakes avec du lait, lécha soigneusement les dernières traces de nourriture dans l'écuelle, miaula, et repartit.

Alice avait le cœur serré d'appréhension. Cette affaire avec l'I.R.A. faisait vivre Jasper depuis des mois. Bien avant le spectaculaire départ de chez sa mère, cela n'avait été que l'I.R.A... l'I.R.A... chaque jour. Elle ne l'avait pas tout de suite pris au sérieux. Mais elle avait bien dû s'y résoudre. Et maintenant, tout s'était écroulé. Jasper n'allait certes pas se satisfaire de distribuer des tracts et des bulletins. Et Bert non plus, bien qu'elle lui eût trouvé pour la première fois la veille un caractère réellement responsable. Pas une seule fois l'idée n'avait effleuré Bert et Jasper qu'ils pourraient être éconduits. Jugés quantité négligeable. L'I.R.A. n'avait pas pris Jasper et Bert au sérieux ? En s'imposant d'approfondir cette pensée, en la retournant lentement et méthodiquement dans sa tête, en recréant la scène, qu'elle voyait si clairement, de Bert et Jasper avec les deux hommes de l'I.R.A., elle devait bien admettre que Jasper et Bert avaient fait mauvaise impression. Bah, cela pouvait arriver ! Cela arrivait même tout le temps, avec Jasper.

Une autre possibilité, c'était qu'on eût décidé de les mettre à l'épreuve, Jasper, Bert, et les autres — elle-même compris. Oui, ce pouvait être cela. On allait les garder à l'œil sans qu'ils le sachent. (À cette idée, le camarade Andrew apparut intensément à Alice, et cette image la fit sourire.) Mais Jasper et Bert n'y avaient certainement pas pensé ; et les camarades irlandais ne leur avaient rien donné de particulier à faire.

Alice se rendait bien compte qu'il allait en résulter plusieurs jours difficiles avec Jasper. Elle le verrait très peu. Il disparaîtrait d'ici, ne revenant que pour se nourrir, certaines nuits, et puis repartir. À une époque particulièrement dure, il était resté ainsi pendant des semaines, plus d'un mois, et elle avait vécu dans la terreur de voir débarquer la police, et d'apprendre sur Jasper ce qu'elle redoutait depuis leur première rencontre, Quand il était dans cet état-là, il oubliait toute prudence.

Le seul espoir résidait dans sa relation avec Bert. Tellement stabilisante. Bert allait peut-être sauver la situation sans même s'être aperçu de rien.

Deux heures s'écoulèrent ainsi, et le moral d'Alice sombrait inexorablement quand Philip arriva, l'air ravi, pour annoncer que son copain de l'entrepôt, qui avait des contacts avec les équipes de démolition, avait tout ce qu'il fallait pour le 43, et que la camionnette était devant la porte. Mais Philip avait dépensé les trois cents livres sterling, et il avait besoin d'argent pour payer la livraison. Au moment même où il disait cela, en traversant le vestibule avec Alice, Jasper descendit l'escalier au pas de course, aérien. Alice s'immobilisa pour le contempler, le cœur battant. Elle oubliait toujours, quand elle ne l'avait pas vu pendant quelque temps, comme il l'impressionnait. Cette légèreté, à chaque pas on aurait dit qu'il allait s'envoler ! — et puis cette façon de rester là, au pied de l'escalier, si droit et mince ; il semblait venir d'un autre monde, si pâle, si fin, avec cette masse de cheveux étincelants. Mais il arborait un air menaçant. Sous son regard terrible, elle dut se rendre dans le salon, où elle avait dormi, et il savait très bien pourquoi elle s'agenouillait devant son sac de couchage, même si c'était en dehors de son champ de vision. Elle courait le risque de le voir entrer ; et elle éprouvait cette sensation d'essoufflement incontrôlable et irrationnel qui, avec Jasper, était toujours fatale. Il allait comprendre qu'elle était venue là chercher de l'argent. Que devait-elle faire ? Elle se hâta d'enfourner ce qui restait de la première liasse avec l'autre, encore épaisse et entière, dans son chemisier, là où cela se voyait. Elle enfila une veste, mais il saurait pourquoi elle portait la veste, et elle sortit du salon sous le regard glacial et furieux qui la transperçait. Bert était apparu dans l'escalier, l'air las et démoralisé. Quel contraste, Jasper et Bert : l'un, comme un ange vengeur — l'idée lui en vint brusquement — et l'autre affaibli, abattu.

Philip demanda gaiement aux deux hommes, « Vous pouvez me donner un coup de main ? » Jasper ne bougea pas. Bert ne bougea pas.

Prise de honte pour eux, Alice déclara, « J'arrive », et elle s'élança dehors avec Philip. Le chauffeur, Philip et elle se débattirent avec le réservoir, qui était lourd, énorme, « De la taille d'une petite décharge ! » plaisanta Alice, et ils le sortirent de la camionnette, le portèrent dans l'allée, et le posèrent dans le vestibule. Là, le chauffeur déclara que sa responsabilité était dégagée. Philip courut chercher les tuyaux et les gouttières, et revint. Bert et Jasper s'étaient installés dans la cuisine, en refermant la porte. Elle entra d'un pas décidé et déclara, « Bon Dieu de merde, vous allez quand même nous aider à monter ces trucs là-haut, non ? »

Derrière la porte close, ils avaient exprimé leur réprobation, leur colère. À présent, Jasper décréta, « Alice, tu es devenue folle, tu sais. Que crois-tu donc faire ? Et qu'est-ce que c'est que tout ce bataclan ? » Elle se força à lui faire face, « Le réservoir d'eau est pourri, là-haut, il est tout rouillé. Tu as vraiment envie de recevoir Dieu sait combien de litres d'eau sur la tête et dans toute la maison ?

— Je m'en fiche, rétorqua Jasper. Ce jour-là, nous n'aurons qu'à aller ailleurs, comme toujours. »

Cette trahison froide et cruelle la toucha en plein ventre, et tout devint noir autour d'elle. Quand elle recouvra ses esprits, elle était cramponnée au rebord de la table. Ignorant Bert qui s'affairait à brancher la bouilloire et couper du pain, elle fixa son regard sur Jasper et dit, « Tu sais très bien que tu aimes habiter un endroit propre, confortable. Tu sais très bien…

— Tu m'emmerdes, répliqua-t-il d'un ton mélodramatique, parce qu'elle détruisait l'image qu'il aimait présenter à Bert. Eh bien, je ne veux rien savoir. Et qu'est-ce que ça coûte ? Combien avons-nous encore dépensé, cette fois-ci ? » Ses petits yeux bleu clair, si ronds et durs qui, ce matin, semblaient jaillir des lacs de chair blême qui les entouraient, débordaient de haine envers elle. Elle savait à quoi s'attendre, dès qu'ils seraient seuls.

Elle fit appel à Bert, « S'il te plaît, viens nous aider. Philip et moi n'y suffirons pas. C'est vrai, regarde Philip ! »

Lentement, sans aucun changement d'expression, Bert beurra une tranche de pain, puis s'assit. Ensuite il leva les yeux et vit son visage ; il se leva alors brusquement, aussi rapide et énergique qu'il avait paru léthargique (mais c'était l'énergie de la colère), et sortit avec elle dans le vestibule où Philip, frêle comme une feuille, attendait à côté du grand réservoir gris sombre. Sans un mot, Bert se pencha et souleva, laissant Alice et Philip se débrouiller pour suivre le mouvement, et avec force coups dans les murs et la rampe, à cause de sa fureur, dénudant ses dents blanches dans un effort grimaçant, il monta le réservoir au pas de charge. Arrivé au second étage, Bert se contenta de lâcher brutalement l'engin et de redescendre. Philip et Alice entendirent la porte de la cuisine claquer, les excluant tous deux. Elle lança un regard d'excuse à Philip. Il ne la regardait pas. Le réservoir d'eau devait passer au bout du petit palier, et le réservoir en place se trouvait au grenier. Impossible même d'imaginer comment ce réservoir pourrait franchir la trappe et parvenir au grenier. Mystère ! Comment les constructeurs de cette maison avaient-ils pensé qu'un nouveau réservoir arriverait jusque-là, quand le premier, sans doute mis en place avant la pose du toit, mourrait de sa belle mort ? Ils avaient dû croire que les réservoirs étaient éternels.

Mais la distance entre l'emplacement actuel du réservoir, où il bloquait le passage de l'escalier, et sa destination finale, était trop grande pour qu'ils puissent l'y porter seuls.

Alice vit que Philip éprouvait une détresse honteuse, vulnérable.

« Attends-moi là », dit-elle. Elle descendit l'escalier d'un pas martial, et vit Jasper sortir du salon, où il avait bien sûr dû chercher l'argent. S'arrêtant sur la dernière marche, et sans savoir ce qu'elle allait dire, elle déclara, « J'en ai assez, Jasper. Si tu ne peux pas me donner un coup de main quand je te le demande, alors que je fais tant de choses, eh bien je m'en vais. »

Il avait eu l'intention de regagner la cuisine, mais il fit demi-tour et grimpa l'escalier quatre à quatre. Quand elle arriva en haut, à son tour, il était déjà en train de porter le réservoir avec Philip pour le mettre à sa place. L'autre Jasper était apparu, rapide, intelligent, plein de ressources. Car Philip observa qu'il faudrait mettre du carton, ou une bonne épaisseur de journaux, quelque chose, sous le réservoir pour le soulever, à cause de certains tuyaux qui dépassaient ; et voyant les tas de journaux tombés du grenier, Jasper les empila vivement pour en faire, à genoux, une plate-forme surélevée de cinquante centimètres. Alice remarqua que, tout en agissant très vite, il répartissait les journaux dans le même sens, comme dans un jeu de cartes, pour rassembler les titres intéressants : Les manifestants de Jarrow... Hitler envahit... La bataille d'El-Alamein...

Si seulement les camarades irlandais avaient pu le voir maintenant ! songeait Alice en regardant s'accomplir ce travail d'habileté ; et puis comme il soulevait cet énorme réservoir avec Philip et Alice, on aurait dit que cela ne pesait rien, par-dessus les journaux...

Il ne l'avait pas regardée. Elle se sentait défaillir sous la violence des battements de son cœur. Oui, c'était dangereux, de menacer Jasper. Et s'il la quittait ? Oh, non, il n'en ferait rien, elle le savait avec certitude. Il ne pourrait pas.

Il redescendit l'escalier en courant, sans un regard ni un sourire, et elle se retrouva seule avec Philip. Qui sombrait dans la détresse. À cause de l'atmosphère empoisonnée qu'il venait de respirer.

Elle savait qu'il se disait : Si je n'avais pas autant investi dans cette maison, je crois que je m'en irais. Et puis le départ de Pat l'avait ébranlé.

Elle laissa Philip à son travail, en songeant que cette fois elle lui avait donné l'argent du matériel, mais rien pour son travail.

Elle faillit remonter lui donner ce qu'elle avait... Elle descendit quelques marches..., fut sur le point de remonter, hésita puis — comme la chance était de son côté — le fit. Elle lui donna ce qui restait de la liasse déjà entamée : seulement deux cents livres, en vérité, rien à voir avec ce que cela valait. Elle redescendit ensuite à la cuisine, et en ouvrit hardiment la porte sans se préoccuper du fait qu'elle avait peut-être été fermée pour l'exclure, précisément.

Bert était parti.

Jasper attendait Alice.

« Où as-tu trouvé cet argent ?

— Ce n'est pas le tien, alors ferme-la.

— Tu nous écœures tous, dit-il. Nous estimons que tu es pourrie. Tu ne penses qu'à ton confort.

— Tant pis », répondit-elle en s'asseyant. Dans la lumière éclatante de cette fin de matinée, il paraissait assez quelconque, et même laid, songea Alice qui, quelques instants plus tôt, s'était sentie fondre dans l'extase familière où la plongeait son admiration pour lui.

Il avait les yeux fixés sur le ventre d'Alice. La veste enfilée à la hâte était restée ouverte. Devant, à l'intérieur de l'épaisse chemise en coton, on pouvait voir la protubérance plate de la liasse.

Elle craignit un instant qu'il s'approche, lui saisisse le poignet, et prenne l'argent. Au lieu de cela, il alla se poster à la fenêtre.

« Inutile de t'imaginer que je vais abandonner, lança-t-il. Je ne vais pas leur céder ! »

Il fallut un moment à Alice, avant de comprendre ; il évoquait son rejet par les camarades irlandais.

« Non, bien sûr que non », répondit-elle, conciliante.

Elle croyait, et avec quel soulagement pour son pauvre cœur, qu'allait maintenant pouvoir commencer une vraie discussion sérieuse comme elle aimait tant en avoir avec Jasper. Mais la porte s'ouvrit, et en levant la tête elle vit Jim. Qu'elle ne reconnut pas tout de suite. Sa peau brune et luisante avait pris un aspect cendré, rugueux, et il avait les yeux hagards.

« Qu'y a-t-il, mais qu'y a-t-il ? » Elle s'approcha de lui.

Il se dégagea. « Ils m'ont viré.

— Oh, non, s'exclama-t-elle aussitôt d'un ton décidé. Non, il ne peut pas faire cela. »

Il restait là à respirer par saccades, avec un bruit douloureux. « Ils disent que j'ai volé de l'argent.

— Oh non », dit Alice. Puis, changeant de ton, « Oh, *non*. »

Pendant ce temps, Jasper observait la situation.

« À quoi bon ? » s'écria Jim, à l'adresse du ciel et non d'Alice, et cela pouvait sembler emphatique, mais ce ne l'était pas ; car derrière cette question, il y avait toute sa vie. Il regarda ensuite Alice, la vit, et déclara, « Bon, je te remercie, Alice, je sais que tu as fait ce que tu as pu. Mais c'est inutile. » Et il sortit en vacillant, dans un sanglot.

Elle courut après lui. « Attends-moi là. Je vais y aller. Je vais tout arranger, tu vas voir. »

Secouant la tête, il entra dans sa chambre et referma la porte.

Alice resta un moment dans le vestibule, à réfléchir. Jasper apparut sur le seuil de la cuisine. Il rayonnait de complicité, et même de congratulation. Il n'avait bien sûr pas deviné toute la vérité, car qui aurait pu imaginer cette chance, qui avait fait sonner le téléphone au moment précis où il le fallait ? Mais, vif comme il était, il avait saisi l'essentiel.

Elle annonça, « Je vais aller voir mon père.

— Tu ferais mieux de ne pas y aller avec ça sur toi », dit-il en fixant son ventre. Il parlait gentiment, comme un camarade dans un moment difficile. Sans réfléchir, et comme si elle n'avait rien pu faire d'autre, elle glissa la main sous sa chemise. La liasse de billets s'était prise dans l'élastique de son blouson, et elle dut farfouiller un instant. Ses doigts glissèrent sur la tiédeur satinée de sa peau, et dans un éclair de douce intimité, son corps (ce corps secret et vivant qu'elle niait presque constamment, s'efforçant de l'oublier) s'affirma pour lui parler — un rappel, ou un avertissement. Les doigts lui picotaient sous l'effet de cette tiédeur lisse, et elle resta un moment indécise, l'air surpris, avec sa liasse à la main. Elle semblait chercher à se rappeler quelque chose. D'un geste précis, Jasper lui prit la liasse des mains et la fit disparaître dans la poche intérieure de sa veste d'aviateur.

« Je vais aller voir mon père », répéta-t-elle, lentement, encore sous l'effet du message lancé par son moi enfoui, qui chantait dans ses doigts et jusque dans son bras.

Elle s'engagea lentement dans l'allée, puis dans la grande rue en direction du métro, comme une somnambule, encore prise dans un filet de rappels, d'ordres, d'injonctions. Elle éleva même ses doigts séduits jusqu'à son nez pour les sentir, l'air plus perplexe encore, et plus effaré. Elle s'aperçut qu'elle était arrêtée sur le trottoir au milieu des gens qui allaient et venaient, tandis que la circulation se poursuivait intensément dans la rue — qu'elle restait plantée là, immobile, depuis combien de temps ? Elle ne put s'empêcher de lancer un coup d'œil vers le 43, pour le cas où Jasper l'aurait épiée. Il l'épiait. Elle discerna sa pâleur derrière la fenêtre de la salle de bains, au premier étage. Mais il disparut aussitôt.

Elle sentit affluer l'énergie en elle, avec la pensée que maintenant, avec tout cet argent en sa possession, Jasper allait filer ailleurs et, si elle voulait l'attraper, il faudrait faire vite.

Arrivée à l'immeuble de *C. Mellings, Imprimerie et Papeterie*, elle traversa le magasin et monta directement dans le bureau de son père. Il était assis à sa table de travail, et sa secrétaire Jill à la sienne, de l'autre côté de la pièce. Alice vint se planter devant son père et déclara, « Pourquoi as-tu chassé Jim ? Pourquoi ? C'est un comportement de salaud et de fasciste. Tu l'as chassé parce qu'il était noir, voilà la vérité. »

En voyant sa fille, Cedric Mellings s'était empourpré, puis avait pâli. Il se tenait maintenant penché en avant, pesant sur ses avant-bras, les poings serrés.

« Que fais-tu ici ? demanda-t-il.

— Quoi ? C'est parce que tu as viré Jim ! Comment as-tu osé ? C'est injuste ! » Et Alice lança plusieurs coups de pied dans les montants du bureau.

« J'ai donné du travail à Jim Mackenzie, parce que nous avons toujours eu pour principe d'employer des Noirs, des Indiens, et toutes les races. Nous avons toujours eu une politique antiraciste, ici, et tu le sais parfaitement. Mais j'aurais dû me méfier, et ne jamais employer personne sur ta recommandation. »

Il parlait à présent d'une voix basse et chargée d'amertume. Il paraissait malade. « Et maintenant, va-t'en, Alice. Sors d'ici, veux-tu, je t'ai assez supportée.

— Vas-tu m'écouter, hurla-t-elle. Ce n'est pas Jim qui a pris l'argent. C'est moi. Comment pouvez-vous être aussi bête ? » Ces derniers mots s'adressaient à Jill. « Je suis venue dans ce bureau, non ? Êtes-vous aveugle, ou idiote, ou quoi ? »

Jill se leva, renversant papiers et stylos. Le regard figé, elle était aussi pâle que son patron.

« Ne parle pas à Jill sur ce ton, intima Cedric Mellings. Comment peux-tu oser venir ici et... comment cela, tu as pris l'argent ? comment as-tu... » Il se prit la tête à deux mains, et gémit.

Jill eut une espèce de déglutition maladive, et s'éloigna en courant vers les toilettes.

Alice s'assit en face de son père, et attendit qu'il se ressaisisse.

« Tu as vraiment pris cet argent ? s'enquit-il finalement.

— Oui, bien sûr, que je l'ai pris. J'étais là, non ? Jill ne te l'a donc pas dit ?

— Cela ne m'est pas venu à l'esprit. Et à elle non plus. Comment aurions-nous pu l'imaginer ? » Il s'appuya contre son dossier, les yeux clos, pour tenter de se maîtriser. Posées sur la table, ses mains tremblaient.

Voyant cela, Alice éprouva un petit picotement de triomphe, puis de la pitié. Elle était heureuse de cette occasion d'observer son père.

Elle l'avait toujours trouvé séduisant, et même beau, bien que ce ne fût pas l'avis de tout le monde. Sa mère, par exemple, l'avait volontiers qualifié d' « Homme des sables », dans ses moments de mauvaise humeur.

Cedric était un homme solide, avec une tendance à l'embonpoint, blanc de peau et légèrement taché de son, avec des cheveux blonds et courts qui, sous certains éclairages, prenaient une nuance rousse. Il avait les yeux bleus. Son histoire, sa carrière, inspiraient à Alice une vive fierté.

Cedric Mellings était le plus jeune d'une nombreuse famille, originaire des environs de Newcastle. Il avait quelque part des origines écossaises. Le grand-père de Cedric était pasteur. Son père, journaliste. La famille étant loin d'être riche, tous les enfants avaient dû travailler beaucoup, pour s'instruire, puis se lancer dans la vie. Trop jeune pour faire la guerre, Cedric en avait gardé une rancune éternelle au Destin.

Contrairement à ses frères, il n'avait pas paru capable de se prendre en main ; il avait perdu du temps à l'université, s'était marié très jeune, était parti pour Londres, où il avait vécu de petits emplois ici et là ; ensuite, il avait écrit un livre assez remarqué, qui ne lui avait pas rapporté d'argent, puis un second, le récit provocant et irrespectueux d'une carrière de journaliste en province. Ce livre fondé sur la vie de son père marcha assez bien pour rapporter cinq mille livres sterling, ce qui représentait beaucoup d'argent pendant les années cinquante. Il comprit — conseillé et soutenu par Dorothy — que cette chance ne se représenterait peut-être jamais. Il acheta une petite imprimerie en faillite et, grâce à des contacts avec le Parti travailliste et divers groupements politiques de gauche, il eut tôt fait d'établir une solide base de travail nourricier avec des tracts, des brochures, des bulletins, et, peu après, deux ou trois petits journaux. La firme se développa pendant la belle époque des années soixante, et Cedric ouvrit un département de papeterie, à l'essai, mais le démarrage fut immédiat. La famille fut ravie de quitter le petit appartement étriqué de Stockwell, pour acheter une maison confortable à Hampstead. Une belle époque ! — c'était ainsi qu'ils se souvenaient, tous, des années soixante, l'âge d'or où tout était facile : l'amitié, le travail, les occasions, l'argent ; les amis allaient et venaient, c'était le temps des longs repas de famille autour d'une énorme table, dans l'immense cuisine, des réussites scolaires, des fêtes, des vacances dans toute l'Europe.

Cedric Mellings eut une ou deux liaisons, puis Dorothy aussi. Les scènes, les orages, les crises de rage, les accusations ; et puis les longues discussions familiales où les enfants étaient impliqués, les réconciliations et les apaisements, la réunification de la famille. Mais les enfants grandissaient, pendant ce temps, ils devenaient adultes, ils partaient — Alice vers le nord, regagnant le territoire de son père, bien qu'elle ne s'en fût pas aussitôt rendu compte.

Et puis Cedric Mellings et Dorothy Mellings s'étaient retrouvés seuls dans la maison trop vaste. Qui ne cessait d'être pleine de gens qui allaient et venaient, mangeaient, buvaient. Cedric s'éprit de Jane. Il partit vivre avec elle. Dorothy demeura seule dans la grande maison.

Tous partis. Emportés et disparus, l'âge d'or, les emplois faciles, et même, semblait-il, la réussite, les amis, l'affection, l'argent.

Cedric et Dorothy avaient paru constituer un centre, et même un centre essentiel ; tant de gens connus étaient entrés et sortis avec leurs idées politiques, leurs livres, leurs causes, leurs défilés pour ci ou ça, leurs manifestations. Cedric et Dorothy avaient paru rayonner, au cœur d'un halo, ou d'une atmosphère de succès, d'assurance. Et puis... qu'était-il advenu de tout cela ? Cedric avec Jane, c'était tout autre chose ! D'abord, leur maison était bien plus petite car, après tout, *C. Mellings, Imprimerie et Papeterie* devait désormais entretenir deux foyers ; il manquait à la maison de Cedric et Jane cette qualité, impalpable mais indéniable, de succès, et d'aisance. Restée dans la grande maison, seule d'abord, puis avec Alice et Jasper, Dorothy avait semblé avoir moins d'amis. Et ceux qui venaient déjeuner ou dîner avec Dorothy Mellings — lorsque Alice habitait là, avec Jasper — venaient plutôt à un ou deux, et surtout des femmes, peut-être pour solliciter les conseils de Dorothy, ou même pour emprunter de l'argent ; des amies divorcées — tant de couples, naguère intimes des Mellings, s'étaient séparés. Ou bien ils étaient restés ensemble et ils parlaient beaucoup du passé en soulignant comme tout avait changé. Si Dorothy invitait des gens, ce n'était plus qu'une réception de rien du tout, qui représentait un effort, et elle semblait s'être fatiguée de tout, avoir oublié comment se faisaient les fêtes, pendant l'heureux temps des années soixante et du début des années soixante-dix. Ces fêtes-là s'emparaient de la maison, elles aspiraient des gens de partout, et le téléphone résonnait d'invitations insouciantes et de commandes chez les marchands de vin ou les épiciers.

Alors qu'à une époque, Cedric avait été le canard boiteux de la famille, métamorphosé en cygne — car quel autre de ses frères menait cette vie brillante et facile ? —, l'aspect de canard boiteux lui était un peu revenu. Et puis de toute façon, à quoi cela l'avait-il mené ? ricana Alice intérieurement, en fixant un regard de triomphe sur ce visage pâli par l'angoisse, au front perlé de sueur : à imprimer des saloperies pour telle ou telle saloperie de groupuscule et cette saloperie de Parti travailliste de merde, à imprimer des torchons pour des cons de libéraux et de révisionnistes, à faire de la lèche à des politiciens de merde, et tout cela n'était que de la merde, destinée à disparaître dans les poubelles de l'Histoire.

Tout cela n'était que de la merde, sans exception. Ce qu'Alice ne se pardonnait pas, c'était de s'y être laissé prendre... bon, elle avait eu la clairvoyance de s'en sortir à temps, et de rencontrer des gens capables de la guider dans le droit chemin...

Cedric Mellings finit par soupirer et ouvrir les yeux, puis, ayant déterminé la ligne à tenir, il se pencha en avant et, sans regarder Alice, déclara en gardant les yeux baissés, « Très bien, tu as donc pris cet argent, puisque tu le dis. Je suis désolé pour ce jeune homme. Dis-lui de revenir et — je suis sûr que nous pourrons faire quelque chose. Maintenant, en ce qui te concerne, Alice, tu seras sans doute surprise, car tu vis dans un monde de rêve, mais cette société n'a pas les moyens de perdre ainsi mille livres sterling. Nous aussi, nous souffrons de la récession, figure-toi. C'est tangent — nous serons peut-être obligés de fermer. L'imprimerie, pas la papeterie. » Il émit le petit ricanement admiratif et surpris qui lui venait toujours à l'évocation de la papeterie : « Les cartes de vœux ! Voilà ce qui marche. Et puis bien sûr, les emballages de bonbons et de chocolats, ces cochonneries-là. »

Cette fois, il regarda Alice droit dans les yeux et soutint son regard, bien qu'à l'évidence il lui en coûtât, de tenir ses yeux sur ceux de sa fille ; il ne comprenait pas ce qu'il voyait.

« Je suppose qu'il serait inutile de te demander de rendre l'argent ? » Il l'implorait presque.

Alice répondit par un rire. Ce rire admettait, presque admirativement, une sorte de nécessité que Cedric, ce pauvre benêt, ne pouvait même pas entrevoir. Il hochait la tête, cependant ; il avait compris. Il conclut, « Je suppose que ton Jasper a déjà mis la main dessus. Bon, je sais qu'on ne peut rien te dire quand il s'agit de lui. Mais tu dois bien comprendre une chose : tu n'obtiendras jamais plus d'argent de moi. Je ne vois aucune raison d'entretenir ce — bon, passons. Je suis à court d'argent en ce moment, Alice — tu comprends ? Et ce ne sont pas seulement ces mille livres. L'autre jour, un voyou ou je ne sais qui s'est introduit dans notre chambre, à Jane et moi, et a fauché... » Soudain l'idée le frappa, il tressaillit sur son siège comme s'il avait reçu une petite décharge électrique et dévisagea Alice, la mâchoire brusquement affaissée. Jusqu'à cet instant, il n'avait vu aucun rapport entre ce vol et Alice. Elle se contenta de sourire, sans rien admettre, mais sachant qu'il serait superflu de nier.

Là encore, il avait reçu le coup en plein cœur et ne pouvait plus parler ; il se débattait dans ses pensées. Il respirait à petits coups rapides. Puis il chercha nerveusement une cigarette, l'alluma maladroitement, et se mit à fumer goulûment comme un drogué.

Il finit par demander, « Je ne sais pas, Alice... Te voilà devenue voleuse ? C'est cela ? C'est ainsi que tu vis ? Je ne comprends pas. »

Écrasant sa cigarette comme pour en finir avec Alice, il reprit, « Je pensais que c'était un voyou, un de ces gamins qui s'introduisent dans les maisons par impulsion... » Une autre pensée le frappa alors, et ses yeux se figèrent. « C'était toi ? s'enquit-il d'une voix blanche. As-tu lancé cette pierre ? » Il le savait. Ce n'était pas une question.

« Cette pierre est passée à quinze centimètres de la petite Deborah. Il y avait du verre partout — Jane a reçu un éclat dans la jambe... »

Il secoua la tête comme un chien malade. Il se débarrassait d'Alice — pour toujours.

« Tu avais vu juste, bien sûr, dit-il. Tu avais tout bien calculé. Tu avais décidé que je n'avertirais pas la police parce que tu es ma fille. Et je ne le ferai pas cette fois-ci. Mais la prochaine fois, je le ferai. En ce qui me concerne, tu es devenue comme une bête sauvage. Tu n'as plus de jugement. »

Alice se leva. Elle n'éprouvait aucune souffrance, d'être ainsi chassée ; elle avait le sentiment d'avoir été chassée, abandonnée, bien longtemps auparavant.

« Quelle est l'adresse de ma mère ? » voulut-elle savoir.

Cette question mit un certain temps à atteindre Cedric. Il dut s'accorder un moment, pour laisser cette idée le pénétrer. « Tu as perdu son adresse ? s'étonna-t-il.

— Je ne l'ai jamais eue. Elle vient de déménager, n'est-ce pas ? Elle a laissé notre maison, l'a quittée. » La voix d'Alice frémissait, chargée d'accusation.

« De quoi parles-tu ? Ce déménagement était prévu depuis des mois.

— Parce que tu refuses de l'entretenir, hurla-t-elle.

— Parce que je refuse d'entretenir des fainéants comme Jasper et toi.

— Alors, quelle est son adresse ?

— Trouve-la toi-même. Ensuite, je suppose que tu vas aller dévaliser cette pauvre Dorothy et lancer des pierres dans ses fenêtres. »

Mais il n'arrivait à s'exprimer que d'une voix lourde et tremblante ; il n'arrivait encore pas à y croire.

Alice quitta la pièce et s'engagea dans le couloir qui menait au secrétariat. Elle demanda à la fille qui classait les dossiers, « Quelle est l'adresse de ma mère ? Dorothy Mellings, où habite-t-elle ? » Cette fille n'avait évidemment pas entendu parler du scandale de la fille du patron, et elle alla de bon gré chercher la fiche dans le classeur pour lire l'adresse à Alice, qui se la répéta tout en partant au pas de course. Elle croisa Jill qui la dévisagea d'un air presque implorant, comme si Alice avait été un meurtrier, ou un agresseur possible.

Alice traversa en courant la papeterie où des imbéciles achetaient des magazines faisant miroiter une vie élégante, des romans d'aventure ou d'amour, et de jolies cartes, célébrant un Anniversaire, Un ami très cher, ou de Tendres pensées. Ou des blocs de papier à lettres ornés de roses ou de jonquilles. Ou... des conneries et de la merde.

Alice entra dans un café de Finchley Road, et demeura longtemps seule devant une tasse de café fort. Elle avait besoin de réfléchir.

Elle décida que les relations de Jasper avec Bert n'avaient aucune chance de le retenir sur le chemin d'une de ses bordées, et qu'elle n'aurait d'autre choix que de patienter ; que Bert allait vraisemblablement partir à la recherche de Pat ; et que le mieux à faire, pour elle, serait d'organiser le plus tôt possible un congrès C.U.C. Les préparatifs feraient fermenter dans la maison le genre d'atmosphère qu'il fallait, et effaceraient les malfaisances de ces deux derniers jours. Elle venait de sauver la situation avec Jim. Mais Philip, doux et timide comme il l'était, partirait sûrement si l'on ne tentait pas quelque chose.

Quand elle rentra, la porte de la chambre de Jim était ouverte, et toutes ses affaires envolées.

Le coup la frappa durement. Elle demeura là à geindre douloureusement, en contemplant la pièce où rien ne restait de lui. Ni ses instruments de musique — la batterie, la guitare, l'accordéon — ni son sac de couchage ni ses vêtements ni son tourne-disques... rien. Jim avait disparu de cette pièce comme s'il n'y avait jamais vécu.

Elle n'avait l'adresse d'aucun de ses amis ni de sa famille.

Elle se tenait dans l'encadrement de la porte, les poings levés contre sa tête et frappant, frappant, en pleurant, « Non, non, oh non, non... »

Quelqu'un descendit l'escalier en courant ; indignée, furieuse, Faye était là, « Qu'est-ce qu'il y a encore ? cria-t-elle.

— C'est Jim — il est parti, parti pour de bon.

— Bon débarras, répliqua Faye avec un rire insolent. De toute façon, il nous encombrait. »

En levant les yeux, Alice aperçut Philip au-dessus de Faye, et il avait visiblement entendu — comme l'espérait Faye. Mais elle vit aussi Roberta, qui se précipita vers Faye, la saisit par les bras, et l'entraîna hors de vue. Elle avait le visage grave et bouleversé — peiné à cause de Faye.

La voix basse et impérieuse de Roberta, le rire étouffé mais aigu de Faye. Roberta redescendit en courant, prit Alice dans ses bras, et se mit à la bercer tandis qu'elle sanglotait. « Là, là, voilà...

— C'est ma faute, hoquetait Alice. C'est à cause de moi. C'est moi qui ai tout gâché. »

Roberta entraîna Alice dans le salon, et l'aida à se coucher dans son duvet. Elle alla ensuite chercher un verre de whisky, et le lui fit ingurgiter pour qu'elle s'endorme et oublie tout.

Comme elle faisait avec l'hystérique Faye, elle désarmait l'hystérique Alice en l'assommant avec de l'alcool.

E LLE dormit jusqu'au soir. Puis elle trouva dans la cuisine Roberta et Faye, avec Mary et Reggie. Jasper n'était pas là. Bert était parti voir s'il pourrait convaincre Pat de revenir vivre avec lui.

Alice annonça en s'asseyant, « Je pense que nous devrions organiser un congrès du C.U.C.

— Encore une décision démocratique ? s'exclama Faye en riant.

— C'est une suggestion, corrigea Alice. Je ne fais que suggérer.

— Et je suis d'accord, déclara Roberta. Il y a une quantité de camarades adhérents que nous ne connaissons pas. De nouveaux groupes, une nouvelle section — nous devrions nous réunir.

— Cela semble une bonne idée », admit Reggie d'un ton réfléchi ; il était du genre à toujours s'exprimer en faveur des congrès, des discussions, et de toutes les manifestations du processus démocratique.

« Oui, je partage cet avis, renchérit Mary. J'ai réfléchi, et ce pourrait bien être le type de parti politique que je cherchais. De toute façon, je n'ai pas de temps à perdre avec la bureaucratie des grands partis.

— Quand ? interrogea Faye.

— Bientôt, répondit Alice. Le plus tôt sera le mieux. Le Parti s'est développé très rapidement. Nous avons besoin de nous fortifier et de formuler nos options politiques, à présent. »

Unanimité, mais Faye ne s'y ralliait que pour suivre Roberta.

Cinq jours et cinq nuits s'écoulèrent, sans Jasper. Bert reparut, insatisfait, avec un air d'amertume désemparée qu'Alice persistait à voir comme un progrès. Bert demanda où était Jasper ; le couvrant comme toujours, Alice répondit qu'il avait décidé d'aller voir son frère. Bert avait passé un certain temps avec Jasper, et il s'étonna que ce frère n'eût jamais été mentionné. Alice affirma que Jasper voyait assez régulièrement ce frère, qui était son « seul proche viable ». L'expression fit luire un étrange regard dans les yeux de Bert, mais elle précisa qu'il avait une famille vraiment merdique, et que le frère en était le seul membre correct.

Les visites de Jasper à son frère existaient en effet, bien que rarement.

Alice constatait avec plaisir que Jasper manquait à Bert, qui était un peu désemparé. Mais ils traversaient une phase d'intense activité, car le congrès était fixé au week-end après le prochain, et devait avoir lieu au 43. On ne cessait d'envoyer des messages, d'écrire des lettres, et de courir à la cabine téléphonique du métro.

Alice faisait presque tout ; mais Bert alla trouver la cellule de South London pour s'assurer que tout le monde aurait bien l'idée de venir. On demanda au 45 s'il y avait des camarades qui souhaitaient venir, sinon comme membres ou membres potentiels, tout au moins comme délégués ou observateurs. Des observateurs, Alice savait qu'il y en aurait certainement ; et elle ne s'étonna guère d'entendre cette petite oie de Muriel annoncer qu'elle assisterait au congrès. Le camarade Andrew expliqua qu'il aurait aimé y assister aussi, mais qu'il serait absent.

Le 45 pourrait servir de dortoir si le 43 se révélait insuffisant.

Alice entreprit d'organiser un ravitaillement substantiel, à base de produits bon marché. Pour une fois, une contribution à sa mise de fonds était garantie, car les délégués allaient devoir payer une petite participation pour leur nourriture et leur logement. Après une longue discussion, il fut convenu qu'on demanderait deux livres sterling par personne, pour le week-end entier.

Alice déclara que l'occasion lui semblait judicieuse pour déblayer les ordures qui restaient au 45, car cela faisait très mauvaise impression. Comme rien ne se faisait, elle emprunta la voiture et effectua plusieurs voyages, avec l'aide de Philip, jusqu'à la décharge publique.

Les pressentiments de Philip et la peine que lui avait causée le départ de Jim étaient atténués par l'heureuse atmosphère des préparatifs du congrès.

Au cours de ces cinq jours, Bert se rendit fréquemment au 45. Il y voyait le camarade Andrew, et Alice le savait parce qu'elle aussi allait volontiers discuter avec le camarade Andrew ; celui-ci semblait apprécier de pouvoir parler de Bert, sur qui il avait des visées dont il ne faisait nul mystère, à savoir qu'il souhaitait lui voir suivre le chemin de l'emploi, de l'appartement, de la sécurité, et de la respectabilité. Ainsi que d'une « formation spéciale », de type non spécifié, mais sous-entendu. Alice s'étonnait assez qu'on eût choisi Bert ; pourquoi Andrew avait-il changé d'avis à son sujet ? Pour sa part, elle n'aurait guère compté sur lui. Trop influençable, par exemple ! Y avait-il autre chose dont Bert s'entretînt avec Andrew ? Alice s'en inquiétait car, si l'I.R.A. ne voulait pas de Bert et Jasper (ni, par extension, des autres, dont faisait partie Alice), quelque chose d'analogue allait certainement faire surface. Ils voulaient tous se rendre utiles, servir ! Alice sonda Andrew, mais ou bien il se gardait de rien révéler, ou bien il ignorait tout des projets alternatifs de Bert et Jasper. Alice sonda Bert, mais il semblait attendre de Jasper qu'il « formule un engagement adapté à nos ressources ». Alice songeait une nouvelle fois : Et voilà pour les premières impressions ! — dans ce cas particulier, et elle savait que bien des gens réagissaient ainsi, persuadés que Jasper dépendait de Bert, le suivait comme un disciple.

Jasper avait plusieurs fois mentionné Muriel, et Alice aurait pu en tirer des conclusions, si son antipathie pour Muriel ne s'était pas toujours dressée pour l'empêcher d'entendre ce qu'elle aurait pu apprendre. Muriel, d'après Jasper, allait quitter le 45. Elle allait se mettre au travail. « Au vrai travail », soulignait-il avec un sourire fier et discret qui invitait Alice à le comprendre. Mais ce qu'elle souhaitait entendre, c'était qu'il trouvait Muriel antipathique aussi : il n'avait sûrement aucune attirance pour elle, Alice le savait. « Le camarade Andrew a tout mis au point, tu sais, l'entraînement et tout. » Son respect pour Andrew rendait manifestement dérisoire ce qu'il pouvait éprouver à l'égard de Muriel.

Alice s'efforça même d'apprendre de Muriel quels étaient les projets de Jasper mais, dès qu'elle entendit le nom de Jasper, Muriel s'empressa d'affirmer qu'à son avis, Andrew était un cadre fondamentalement solide et utile. Cela parut à Alice totalement hors de propos. Muriel disait-elle cela à cause des doutes occasionnels d'Alice au sujet d'Andrew ?

Ces doutes difficiles à préciser, car la raison les démolissait aisément, se cristallisaient essentiellement sur le fait que le camarade Andrew sentait trop souvent l'alcool ; elle ne pouvait pas se résoudre à le critiquer pour sa partialité envers cette oie sotte, car elle avait depuis longtemps appris à ignorer absolument tout ce qui concernait ce secteur. Les gens avaient besoin de toute cette activité sexuelle, elle le savait ; ils en avaient besoin avec de surprenants partenaires, et parfois de manière surprenante. Est-ce que le simple fait, pour le camarade Andrew, d'être ce qu'il était, devait nécessairement impliquer qu'il eût fait vœu de chasteté ? Non ! Mais tout de même... la cheminée de sa chambre était encombrée de bouteilles de whisky et de vodka, fréquemment renouvelées.

Une autre fille, du nom de Caroline, semblait habiter aussi au 45, bien qu'on ne la vît guère. Alice aurait aimé discuter avec elle, car elle se sentait attirée vers elle par une sorte de fraternité ; mais Caroline ne paraissait rien éprouver de tel. En tout cas, elle gardait ses distances. C'était une femme — ou plutôt une fille, car elle n'avait pas beaucoup plus de vingt ans — de courte taille et assez dodue, qui donnait l'impression d'être souriante. Peut-être était-ce ce sourire qui attirait Alice, alors même que ses yeux durs comme de petits boutons bruns demeuraient perpétuellement aux aguets. Elle faisait néanmoins l'effet d'avoir une heureuse nature, disposée à faire plaisir. Caroline, révéla la petite oie d'un ton pincé, n'avait pas la moindre intention de suivre les instructions du camarade Andrew pour devenir un cadre vraiment utile, mais marquait au contraire une nette tendance (de l'avis de Muriel, et donc sans doute aussi du camarade Andrew) à l'idéalisme libéral.

Caroline avait une amie du nom de Jocelin, qui venait la voir au 45 et qui avait même, apparemment, décidé de venir y vivre.

Contrairement à Caroline, cette Jocelin était franchement antipathique. Massive, et même carrément grosse, avec des cheveux blonds et raides que séparait une raie médiane, mais à part cela négligés, elle arpentait la maison d'un pas ferme et décidé, sans prêter attention à personne, sans sourire comme le faisait Caroline, mais en se contentant de hocher distraitement la tête quand Alice l'apercevait par une porte ouverte ou qu'elle traversait le vestibule.

Au 45 vivait également un couple de jeunes hommes, qu'Alice n'avait jamais vus. L'oie Muriel expliqua à Alice qu'Andrew « les travaillait » apparemment avec succès. Ils venaient du nord de l'Angleterre, ouvriers, chômeurs — mais on pensait que c'était provisoire. Ces quatre-là refusaient d'assister au congrès du C.U.C., mais viendraient ensuite à la fête, le samedi soir. En bref, les observateurs ne manqueraient guère pendant ce week-end ; et en ce qui concernait Alice, après tout, pourquoi pas ?

JASPER revint le dimanche soir. Comme toujours après ces excursions, il paraissait malade. Il avait perdu du poids, et semblait plus maigre qu'à l'accoutumée. Sa peau laiteuse avait quelque chose de terni, taché, et il avait les yeux injectés de sang ; il présentait un aspect affaibli, délabré, comme si son être profond avait été agressé, ou dépossédé. Il chercha aussitôt Alice, et elle lui fit manger de sa bonne soupe, du pain bien sain, et boire une kyrielle de verres de lait froid : du lait qu'elle avait fait en sorte de tenir au frais pour lui. La question de l'argent ne fut pas évoquée.

À l'annonce du congrès, il commença par paraître indifférent, puis s'enquit de Bert, qui arriva et le plaisanta sur sa mine, soulignant que son frère n'avait guère dû le nourrir. Jasper rétorqua, en plaisantant aussi que, contrairement à Alice, son frère n'avait rien d'un cuisinier. Il était évident que Jasper aurait dû se coucher, mais il insista pour monter au dernier étage et discuter avec Bert. Un projet ou une décision de quelque sorte avait apparemment mûri en lui, alors même qu'il poursuivait les plaisirs de la scène homosexuelle. Il fallait qu'il en parle tout de suite.

Lorsqu'il décida de se mettre au lit, il regagna sa chambre du second étage, comme Alice s'y était attendue.

Quant à elle, elle occupait à nouveau la chambre qu'elle avait partagée avec Jasper. Et puis, elle savait que, si Jasper était revenu, Pat reviendrait aussi.

Le lendemain, lundi, Philip annonça qu'il avait reçu une seule réponse sérieuse à toute sa campagne d'annonces publicitaires. Mais il voulait de l'aide. Le problème, c'était qu'à chaque fois qu'il se présentait pour offrir ses services, les gens le mesuraient du regard et trouvaient un prétexte pour le renvoyer. Il était pourtant capable d'effectuer le travail parfaitement — comme pouvaient le constater tous les habitants du 43. Il voulait donc que Bert vienne en qualité de compagnon ; il pourrait garder le silence s'il le désirait. Il s'agissait uniquement du premier entretien. Une fois que l'accord serait conclu, les gens ne pourraient guère le mettre dehors, même s'il venait travailler sans Bert. Ce complot donna lieu à beaucoup de plaisanteries autour de la table, pendant le dîner. Bert accepta, et le plan réussit. Les travaux du 43 étaient considérés comme achevés, bien qu'il y eût encore au grenier les deux poutres pourries, qui répandaient leur infection dans la maison entière. Philip promit de s'en occuper dès qu'il aurait terminé ce nouveau travail, qui devait lui être payé normalement. Il avait refusé de commencer sans empocher d'abord une bonne somme, et ne terminerait pas sans avoir été réglé au fur et à mesure. Il s'agissait d'un nouveau restaurant de plats à emporter, à huit cents mètres de la maison.

Les premières déléguées arrivèrent au milieu de la semaine : Molly et Helen, de la section de Liverpool. Elles militaient dans le Mouvement des femmes, et avaient écrit pour annoncer leur intention d'organiser une crèche. S'il n'y avait pas de crèche, les mères de petits enfants seraient empêchées de venir ; c'était une question de principe. Il fallait cependant retenir qu'elles s'occuperaient exclusivement des enfants de sexe féminin ; c'était également un principe, qu'elles appliquaient apparemment avec succès à toutes les crèches qu'elles organisaient.

Alice avait vaguement supposé qu'il viendrait des enfants, avec leurs parents ; mais maintenant, au souvenir des épines et des ronces qui agrémentaient les broussailles des principes, et aussi à

233

l'idée des réactions probables de Faye, Alice envoya une seconde série de lettres et de messages dans toutes les directions, pour préciser que les enfants ne pouvaient pas venir. Molly et Hellen avaient beaucoup à dire sur ce sujet, quand elles arrivèrent ; et Alice éprouva un vif soulagement lorsqu'elles décidèrent de profiter au maximum des possibilités qu'offrait la capitale, et partirent aussitôt passer la journée avec les grévistes de Melstead. Elles passèrent une autre journée à la communauté de femmes de Faye et Roberta, suivie par une tardive séance de cinéma porno avec elles deux, d'où elles revinrent toutes en riant éperdument, débordant de vitalité — mieux valait ne pas demander de quel genre — et affamées. En offrant chacune les deux livres sterling de leur participation, elles annoncèrent qu'elles n'accompagneraient pas Alice dans sa tournée de ravitaillement, car elles devaient aller s'acheter des vêtements, mais qu'elles l'aideraient ensuite à faire la cuisine.

Pendant ce temps, quatre camarades étaient arrivés de Birmingham : deux hommes et deux femmes qui, bien sûr, passèrent la journée avec les grévistes, et la nuit en prison. Comme ils avaient dépensé jusqu'au dernier penny de l'argent qu'ils avaient apporté pour payer les amendes, ils se trouvaient dans l'impossibilité de contribuer aux frais du week-end. Deux autres camarades devaient venir de Liverpool vendredi soir — ils travaillaient, et ne pouvaient pas arriver plus tôt. Il en viendrait encore six de Birmingham, également le vendredi soir, car ils travaillaient aussi. Quatre personnes de Halifax, qui envisageaient d'y créer une section, arriveraient le même soir.

La trentaine de membres de Londres viendraient samedi matin, et dormiraient où ils pourraient de samedi à dimanche, soit au 43, soit au 45.

Alice élaborait sa soupe. Mais il lui fallait une très grande marmite, qu'elle ne voulait pas acheter. Sa mère en possédait une de la bonne taille. Abandonnant son équipe occupée à éplucher des légumes et tremper des lentilles, elle prit le métro puis marcha, et se retrouva devant le panneau « À vendre ». Elle avait oublié le déménagement de sa mère. Cela lui causa un élan de colère et d'impatience ; elle éprouvait une nouvelle fureur contre sa mère. Bien rangée dans un recoin de son cerveau, la nouvelle adresse refit surface avec un sentiment de honte et de regret. Pas un quartier très agréable ; on pouvait tout juste l'appeler Hampstead, supposa Alice, à condition d'être charitable. Elle arriva bientôt devant un immeuble de quatre étages avec un jardinet sale sur le devant. Sa mère n'habitait quand même pas là ? Si, son nom était inscrit sur un petit papier glissé dans la case correspondant au 8 : Mellings. Un interphone. En proie à un inexplicable sentiment de panique, Alice ne put se résoudre à sonner. Mais à côté d'elle, une vieille femme introduisait une clé dans la serrure.

« Excusez-moi, improvisa Alice. Je cherche une Mme Forrester. Au numéro 2.

— Vous ne risquez pas de trouver une Mme Forrester au 2, mon petit. C'est moi, qui habite au 2. Et je m'appelle Mme Wood.

— C'est drôle, s'exclama Alice avec gaieté, incarnant le rêve de toutes les grand-mères. Savez-vous s'il vit une Mme Forrester dans cet immeuble ?

— Non, je suis sûre que non, pas de Forrester ici », et la vieille dame se mit à rire. Alice joignit son rire au sien. Puis, comme Alice l'avait espéré, elle ajouta, « Je vais mettre la bouilloire à chauffer. Voulez-vous une tasse de thé ? Oh, oui, n'est-ce pas » et Alice entra, poussant la charrette des courses, ouvrant la porte du numéro 2, et s'engageant dans l'étroite cuisine pour aider à ranger les provisions. Une partie de son esprit protestait gravement : Mais qu'est-ce que vous faites, à laisser entrer n'importe qui, je pourrais être une voleuse. Une autre partie d'elle-même hurlait : Ma mère ne peut pas vivre ici, c'est impossible. Et une autre encore disait : Je vais faire sauter cette maison, je le ferai, ce devrait être interdit.

L'appartement de Mme Wood, et donc celui de Dorothy Mellings, se composait de deux pièces assez petites, avec une cuisine juste assez grande pour contenir la petite table devant laquelle Mme Wood et Alice s'étaient installées côte à côte, face à une cloison jaune miteuse, pour boire du thé et manger deux biscuits chacune. Mme Wood était à la retraite. Ouvrière. Elle avait un fils à Barnet, qui venait le dimanche. Elle n'aimait pas sa belle-fille, que Dieu lui pardonne. Elle avait un petit-fils âgé de cinq ans.

Dorothy Mellings n'avait pas de famille qui lui rende visite les week-ends ; cette pensée effleura l'esprit d'Alice, mais fut refoulée avec un brusque émoi : si sa mère avait décidé de vivre à un endroit pareil, elle avait dû devenir folle !

Quand elle s'en alla, Alice connaissait jusqu'en ses recoins et ses placards l'espace dont disposait sa mère, trois étages plus haut ; il n'y avait certainement pas de place pour une énorme marmite.

Alice resta plus d'une heure, et promit de revenir. Elle alla ensuite chez le quincaillier, et acheta la marmite adéquate, en se disant qu'après tout il y aurait d'autres congrès et réunions au 43, et que, si elle devait partir, la marmite partirait avec elle.

Mais elle avait reçu un choc ; son cœur gémissait et souffrait ; elle n'avait plus de vraie maison, désormais ; aucun lieu ne la connaissait plus, ni ne pourrait la reconnaître et l'accueillir.

Soudain, toute une armée de souvenirs l'assaillit.

Alice se tenait au milieu de la rue, à l'heure de la cohue, et serrait sur son cœur une marmite en aluminium assez grande pour contenir un arbrisseau, l'œil figé dans une contemplation vide, apparemment en état de choc.

Elle se souvenait des fêtes qu'organisait sa mère, et qui avaient accompagné toute son enfance et son adolescence. Après le départ d'Alice pour l'université, d'où elle ne rentrait plus que rarement, cela s'était poursuivi ; elle en entendait parler, généralement par Theresa. « Une fête comme seule ta mère sait les donner, tu sais — c'était merveilleux. » Cela se passait toujours de la même façon. Sa mère disait, d'un air agité et épuisé, « Il serait grand temps de faire une réception, oh, *non*, je ne pourrai jamais affronter tout ce travail. » Et puis elle commençait, invitant telle et telle personne, pour une date fixée un mois plus tard. Sa réticence à l'idée de la fête s'estompait, et elle se mettait littéralement à exsuder l'énergie. Elle invitait les amis politiques de Cedric, tous les gens qui travaillaient à *C. Mellings, Imprimerie et Papeterie,* les innombrables personnes qu'elle connaissait, et qui de toute façon semblaient ne rien faire d'autre qu'entrer et sortir de cette maison. Elle connaissait tous les gens de la rue, et les invitait tous. Elle invitait une femme avec qui elle bavardait chez l'épicier, l'ouvrier qui venait réparer le toit, une jeune fille au pair originaire de Finlande (rencontrée dans un autobus) qui devait se sentir seule. Et le jour de la fête, qui commençait vers midi, une bonne centaine de personnes jouaient des coudes dans la maison, et il en restait

236

certainement la moitié à minuit, se nourrissant à la marmite de Dorothy qui était grande comme un bac à linge. C'étaient des fêtes magnifiques. Tout le monde le disait. Alice le disait. « Formidable, s'écriait-elle, on va encore faire une grande fête ? » et aussitôt, elle avait hâte de participer aux préparatifs. Quand elle eut atteint une dizaine d'années, elle savait qu'elle se rendait utile, mais elle n'avait jusqu'alors été que tolérée (tout juste, elle le savait) par ce tourbillon d'efficacité qu'était sa mère lorsqu'elle préparait une fête. Mais elle insistait pour disposer des fruits dans une jatte, ou des cendriers dans toutes les pièces, pendant que sa mère réglait son allure sur celle d'Alice. Au moins, quand elle aidait, Alice n'avait plus cette impression d'être une minuscule créature impuissante, perchée sur la crête d'une grosse vague, et lançant des appels affolés et vains à sa mère restée sur la plage, indifférente et aveugle à ses signaux.

Ces jours-là, quand il y avait des gens plein la maison, Alice semblait devenir invisible pour sa mère, et n'avoir plus d'endroit à elle dans sa propre maison.

Il restait toujours des gens pour la nuit, après ces fêtes : des gens ivres, ou bien ceux qui ne voulaient pas conduire après avoir bu, ou encore ceux qui venaient de trop loin. Alors Dorothy disait à Alice, de cette voix sonore et détendue que lui procurait le succès de cette grande réunion qu'elle avait organisée, et qui avait fait littéralement exploser la maison — sans parler de la rue — à force de bruit et de musique pendant des heures d'affilée, « Alice, il va falloir prêter ta chambre. Va donc dormir chez Jane, veux-tu ? » (Jane était la meilleure amie d'Alice, pendant presque toute son enfance.) « Non ? Pourquoi ? Voyons, Alice, ne sois pas contrariante. Bon, alors installe ton sac de couchage dans notre chambre. »

Chaque fois Alice protestait, se plaignait, boudait, faisait une scène — toutes manifestations qui passaient presque inaperçues, tant il y avait de mouvement à ce stade de la fête : les femmes invitées lavaient des verres dans la cuisine, des couples conversaient intimement à tous les niveaux de la maison, et les derniers danseurs, un peu ivres, tournoyaient dans le vestibule. Qui aurait pu trouver le temps de s'intéresser au fait qu'Alice boudait *encore* ? Dormir dans la chambre de ses parents lui causait toujours de violentes émotions, qu'elle n'arrivait pas à surmonter.

Quatre heures du matin. Elle était dans son duvet, sur un matelas en mousse étendu le long du mur, sous la fenêtre. En magnifique pyjama bleu nuit ou rouge sombre, Cedric Mellings était plus ou moins saoul ; en tout cas, exubérant. Il adorait les fêtes qu'organisait sa femme, et elle lui inspirait une grande fierté. C'était toujours lui qui s'occupait des boissons, louait les verres, et ainsi de suite. Dorothy arborait l'une de ses merveilleuses tenues de nuit, peut-être un déshabillé « Mother Hubbard », ou un kimono, ou bien un kanga du Kenya drapé autour d'elle. Elle avait un peu bu, pas beaucoup, mais il ne lui en fallait pas davantage car elle était portée par l'ivresse et l'exaltation de l'entreprise, et elle ne pouvait s'empêcher de sourire, tout en se glissant dans le lit près de Cedric, et en gémissant, « Ah, mon Dieu, mes pieds ! »

Il l'enveloppait de son bras, elle se pelotonnait — un regard rapide de l'un ou de l'autre pour se rappeler qu'Alice dormait dans leur chambre, quelques baisers somnolents —, et ils sombraient dans le sommeil. Mais Alice ne dormait pas. Elle demeurait tendue dans la maison enfin ramenée au silence, dans cette chambre bien loin d'être silencieuse car... que de bruits faisaient les gens en dormant ! Ce n'était pas seulement leur respiration, profonde et imprévisible, régulière, et qui se muait soudain en grognement rauque, ou en déglutissement. Cedric avait tendance à ronfler et puis, comme s'il s'en rendait compte, il se tournait sur le côté et dormait plus calmement. Mais pas en silence.

Ces respirations qui continuaient dans l'obscurité, elle ne pouvait cesser de les écouter, car il lui semblait y percevoir un message qu'elle aurait dû comprendre — mais elle ne le saisissait pas, il lui échappait. Ces deux respirations différentes, aspirant, expirant, aspirant, expirant, duraient et duraient, devaient durer — mais pouvaient s'interrompre brusquement pendant des moments qui semblaient s'étirer sur plusieurs minutes ; Alice savait bien sûr que c'était absurde, et que le fait de tendre l'oreille avec une intensité aussi furieuse semblait ralentir l'écoulement du temps. Tandis que l'un d'eux, Dorothy ou Cedric, traversait un temps mort, l'autre continuait à respirer, inhalant, exhalant, entretenant la vie, et puis celui qui s'était tu reprenait sa part du dialogue qui semblait se poursuivre entre eux. Une conversation, voilà à quoi cela ressemblait pour des oreilles d'enfant, comme si ses parents avaient continué à se parler, non plus avec des mots, mais dans un langage inconnu d'Alice. Inhalant, exhalant, avec d'innombrables petites haltes, hésitations, changements de régime, on aurait dit qu'ils s'interrogeaient l'un l'autre — et puis venait (ce qu'attendait Alice) le moment où leur respiration devenait régulière et profonde, lointaine, à chaque instant plus lointaine.

Ces deux personnes, là, ces deux grandes personnes puissantes, dans ce grand lit qui était le second centre de la maison (le premier étant la grande table de la cuisine) — eh bien, il lui semblait dormir dans la même pièce que deux créatures à peine humaines, tellement elle les sentait étrangères et secrètement dangereuses, dans son enfance, et puis en grandissant, à onze ou douze ans, et puis encore à quinze ans. Elle changeait, grandissait, ou en tout cas vieillissait, mais pas eux. Rien ne changeait. C'était toujours pareil, cette scène des fins de fêtes, quand ils se glissaient tous les deux dans leur grand lit, enlacés, et se laissaient dériver dans le sommeil qui les entraînait si loin d'Alice qu'elle se soulevait toujours sur un coude pour s'efforcer, dans le noir, de distinguer les deux longues bosses lourdes qui étaient ses parents. Mais ne l'étaient plus en ce moment, tant ils s'étaient éloignés, devenant impersonnels. Hors d'atteinte. À moins qu'elle ne se glisse hors de son duvet pour aller les réveiller en les touchant. Alors ils se réveillaient en effet, Cedric, ou Dorothy, et redevenaient eux-mêmes ; comme si de mystérieux imposteurs, sombres et redoutables, avaient occupé ces deux corps endormis jusqu'à ce qu'Alice les chasse en les touchant. Mais Dorothy, ou Cedric, déclarait alors d'une voix surprise et endormie, « Qu'y a-t-il, Alice ? Va dormir. » Et ils se détournaient déjà d'elle, disparaissant dans cette autre contrée — tandis que revenaient les imposteurs, à la place de Cedric et de Dorothy. Alice demeurait alors éveillée, guettant leur respiration, leurs ronflements, les grognements inarticulés qui s'échappaient de ce sommeil hors d'atteinte, là-haut, sur ce lit-montagne ; et elle écoutait battre et circuler son propre sang dans son corps, imaginant combien de litres de sang tourbillonnaient là-haut dans ces deux corps... Elle ne pouvait pas dormir ; ou bien elle somnolait pour s'éveiller dans un sursaut d'angoisse et, dès l'instant où apparaissait une lueur derrière les rideaux silencieux qui faisaient le guet, présents toute la nuit, témoins avec elle de l'absence de Cedric et

Dorothy dans leur lit, leur chambre, leur maison, pour leurs enfants, elle s'échappait sans bruit de la chambre. Sur toute la maison bien sûr régnait le chaos. Partout dormaient des gens, et elle osait à peine ouvrir la moindre porte, par crainte de ce qu'elle aurait risqué de voir. Mais la cuisine était sûre, et elle y travaillait avec acharnement. Elle aurait bien aimé recevoir un peu d'aide — de son frère Humphrey, par exemple. Mais il était trop heureux de sauter sur l'occasion pour aller se trouver un autre toit, et il restait rarement.

Dès l'âge de douze ans, Humphrey avait été de plus en plus absent, allant dormir chez des amis au bout de la rue, mais aussi séjourner des semaines entières dans d'autres régions. Il semblait à Alice que c'étaient les fêtes, qui avaient donné naissance à cette habitude. Éprouvant comme elle (ils n'en avaient jamais parlé, mais elle le savait) ce sentiment d'être minuscule et de se cramponner à un rocher, d'où il était arraché, secoué, chaviré par d'énormes vagues, il s'était laissé dériver. Comme elle-même l'avait fait par la suite. Mais séparément ; ils ne se voyaient guère. Quand on lui demandait si elle avait des frères et sœurs, Alice devait faire un effort pour se souvenir de lui.

Alice n'y songeait plus depuis des années ; c'étaient ses bras tendus autour de l'énorme marmite argentée qui raviaient tout cela. Et elle aurait pu rester longtemps ainsi, mais quelqu'un lui toucha l'épaule : un homme, un ouvrier, car il était vêtu d'une salopette blanche et portait un sac à outils — oui, on repeignait le magasin devant lequel elle se tenait — lui demanda, « Ça va, mon petit ?

— Oui, dit Alice. Oui, bien sûr, pourquoi voulez-vous que ça n'aille pas ?

— Eh bien, nous commencions à nous poser des questions, expliqua-t-il. Vous aviez pris racine, on aurait dit ! » Il se mit à rire, espérant qu'elle ferait de même ; son visage chaleureux, presque certainement de père, et sans aucun doute d'époux, exprimait l'inquiétude au sujet d'Alice. Elle rit avec lui, et poursuivit son chemin jusqu'au 43, où son entrée fut applaudie avec cette marmite magnifique et si prometteuse ; et elle garda le sourire, dans la cuisine, en préparant sa soupe tandis qu'entraient et sortaient une quantité de camarades, pour y goûter, se faire un sandwich, ou manger des plats tout prêts qu'ils venaient d'acheter. Au fond d'elle-même, elle se dissolvait littéralement dans la peine que lui causaient la perte de sa seule vraie maison ainsi que tous ses souvenirs ravivés. Bon Dieu, se disait-elle, tout en souriant (cette brave Alice si sûre et serviable, que tout le monde aimait, un vrai cadeau), comment ont-ils pu me faire cela ? Ils me volaient ma chambre, tout bonnement, comme si ce n'avait pas été ma chambre, comme s'ils me l'avaient simplement prêtée, « Alice, il va falloir que tu laisses ta chambre ce soir. » Cela a duré des années. Mais qu'est-ce qu'ils croyaient donc foutre ? Enfin, chaque fois elle avait ressenti qu'elle n'était pas chez elle, qu'elle n'avait aucun droit de s'y croire chez elle, et qu'à tout instant ses parents pouvaient la jeter dehors...

Mais c'est complètement idiot, se disait Alice tout en hachant, coupant, broyant, souriant. La plupart des gens, dans le monde, n'ont pas la moitié de ce que j'avais, et pour ce qui est des chambres individuelles...

Bah, le congrès lui occasionnerait un tel travail qu'elle serait obligée d'arrêter d'y penser, Dieu merci.

Le vendredi soir où tout le monde arriva — ils s'entassèrent à vingt-quatre —, l'étonnante soupe-ragoût d'Alice nourrit l'assemblée entière, et fut rallongée à une heure du matin, quand tout le monde se coucha, pour servir le lendemain.

Dès neuf heures et demie le lendemain matin, tous les camarades de Londres étaient arrivés. Ils parcoururent la maison en s'exclamant à qui mieux mieux sur ses dimensions, son confort, et ses équipements. Et plus d'un, venant de squats moins bien fournis, s'empressa de prendre un bain. Les provisions de pain furent instantanément englouties, et Alice courut en acheter davantage. Ce week-end allait coûter... elle préférait ne pas y penser.

Tout le monde s'extasia aussi sur la décoration du salon.

Au-dessus de la cheminée trônait un immense drapeau rouge, avec l'emblème du C.U.C. dans un coin, brodé hier soir par deux des filles de Birmingham. Dans un angle de ce carré rouge vivant et doux apparaissaient un marteau et une faucille dorés et, dans un autre, un coq et une rose, en vert.

Un portrait de Lénine occupait le mur opposé. Juste à côté, et beaucoup plus grande, une affiche montrait une baleine : « Sauvez les baleines ! » et sur les autres murs, d'autres affiches proclamaient : « Sauvez l'Angleterre de la pollution ! », « Sauvez nos campagnes ! », « Souvenez-vous des femmes de Greenham Common ! » Enfin, une affiche de l'I.R.A. représentait un soldat britannique frappant un jeune garçon aux bras entravés. Des piles de tracts couvraient une table du vestibule : « Plaidoyer pour l'I.R.A. », tous ceux de Greenpeace, plusieurs livres sur Lénine, un long poème en vers libres à la gloire de Greenham Common, une large sélection de tracts du Mouvement des femmes, et sur la vivisection, le régime végétarien, l'usage des engrais chimiques, les missiles, le largage des déchets radioactifs en mer, le mauvais traitement des veaux et des poulets, et les conditions de vie dans les prisons britanniques.

Dans l'habituelle atmosphère enivrante mais rassurante qui règne à l'ouverture de tels événements, une quarantaine de personnes s'assemblèrent dans le salon et s'assirent tant bien que mal là où elles trouvaient de la place, par terre et sur les bords de fenêtres. Dehors, il faisait un temps ensoleillé et serein. À l'intérieur, le nouveau chauffage central était trop fort pour certains, et il fallut ouvrir des fenêtres.

Ils avaient presque tous moins de trente ans. Alice pensait être, de loin, la plus vieille. À l'exception, toutefois, de Roberta, qui se contenta de rire quand on lui demanda son âge.

Tous les regards se tournaient vers Bert et Jasper, mais il était cependant convenu que, si Pat venait, ce serait elle qui ouvrirait la séance.

Bert l'attendait et la guettait depuis des jours, et tous les habitants du 43 le savaient.

Bert se tenait à présent devant la cheminée, sur laquelle trônait un grand pot rempli de jonquilles et de narcisses, s'y accoudant négligemment pour bien marquer l'absence de formalité, et il annonça, « Voici donc le premier congrès du Centre d'Union communiste. Les petits ruisseaux font les grandes rivières. » Applaudissements énergiques. Sourires, rires satisfaits. Mary Williams et Reggie applaudissaient aussi, graves mais emphatiques. Muriel avait pris place dans un coin, par terre. Elle était venue en espionne, se souvint Alice.

Bert ne riait pas. Ni ne souriait. Ses difficultés avec Pat l'avaient émacié, lui donnant un air de souffrance retenue par la réflexion. Son affabilité naturelle avait disparu. Il hocha brièvement la tête pour répondre aux applaudissements, et poursuivit en expliquant que le C.U.C. se proposait d'être un parti non sectaire, retenant le meilleur des partis socialistes existants, et tirant la leçon de leurs erreurs et de leurs échecs. Le C.U.C. était déterminé à se fonder sur les grandes traditions de la classe ouvrière britannique, en œuvrant pour des changements sociaux radicaux, vers une révolution, « Si besoin est — et chaque jour nous enseigne que la classe dirigeante de notre pays ne va pas se laisser déloger sans violence... » Applaudissements, rires et ricanements. Une révolution qui s'instruirait de l'expérience de la révolution russe, de la révolution chinoise et, si nécessaire, de la révolution française, car on pouvait à tout le moins affirmer que les leçons de la révolution française n'étaient pas épuisées, bien au contraire. Le congrès de ce week-end n'avait pas pour but de formuler une politique détaillée, car il restait encore beaucoup de travail à faire, mais d'établir des principes de base. Et maintenant lui, Bert Barnes, allait céder la place à un révolutionnaire plus accompli et plus compétent, le camarade Willis.

Jasper vint prendre la place de Bert. Il ne s'accouda pas à la cheminée, mais resta droit comme un i, les bras le long du corps, ses mèches rousses brillant à la lumière, et les yeux fixés sur le portrait de Lénine. Il commença son allocution d'une voix plus haute qu'à l'accoutumée, ce qui permit à Alice d'y déceler une contrainte. Mais elle avait l'habitude de son style quand il prenait la parole, et le jugeait à d'autres critères : elle savait, par exemple, qu'il n'avait guère dormi de toute la nuit, car il s'était engagé dans des discussions passionnées et volubiles ; et le manque de sommeil ne lui réussissait pas.

Son style consistait à employer les expressions habituelles du vocabulaire socialiste, mais comme s'il venait seulement de les découvrir, de sorte que, au début, les gens avaient souvent tendance à rire. Mais cela cessait aussitôt, à cause de cette gravité désespérée, et même extatique, qu'il laissait paraître.

« Camarades ! Bienvenue à tous, camarades. Nous vivons tous aujourd'hui un jour historique. Nous sommes très peu nombreux

243

dans cette pièce aujourd'hui, mais nous sommes les élus — élus par l'époque où nous vivons, élus par l'histoire même ! — et il n'est rien que nous ne puissions accomplir si nous le décidons. » Là, si Bert ou quelqu'un d'autre avait prononcé ces mots, les applaudissements auraient crépité. Il y eut un silence tendu. À la vérité, les camarades ne s'étaient pas attendus à cette note d'extrême gravité ; ou tout au moins, pas dès l'ouverture de la session.

« Nous connaissons tous la situation terrible, criminelle, de la Grande-Bretagne. Nous savons tous qu'il faut renverser par la force le gouvernement fasciste impérialiste ! C'est la seule voie ! Les forces qui nous libéreront tous sont déjà à l'œuvre. Nous constituons l'avant-garde de ces forces, et la responsabilité d'un avenir glorieux nous appartient, elle est entre nos mains. »

Il poursuivit ainsi pendant vingt minutes. Alice écoutait chaque mot, avec un sourire doux, confiant, et même beau : c'était là le Jasper qu'elle aimait le plus, et elle s'émerveillait de voir comme les autres réagissaient. Même ceux qui le critiquaient se prenaient dans ces moments-là à l'admirer. Ou, tout au moins, lui reconnaissaient quelque chose d'extraordinaire, tout autre que ce phénomène somme toute assez répandu, le don d'orateur. Non, il était un vrai chef. Alice restait près de la porte, prête à s'élancer vers la cuisine quand viendrait le moment d'aller faire le thé. Elle écoutait, et elle scrutait les visages : comment ils réagissaient, et comment lui, Jasper, parvenait à capter leur attention. Cela se produisait souvent, quand Jasper prenait la parole : une nervosité, et même une tendance à glousser, ou peut-être à lancer les éternelles petites remarques sardoniques et démobilisantes, car son style ne s'apparentait pas au style britannique classique, un peu fruste, de préférence humoristique, et terre à terre. Et bien entendu, Alice serait normalement la première à admirer cette spécificité britannique. Elle nous appartenait ! Les caractères nationaux étaient précieux ! Mais Jasper constituait un cas à part. Il devait d'emblée leur imposer sa propre exaltation ; et aujourd'hui il n'y avait pas de ricaneurs réprimés par d'autres, d'un niveau plus élevé, plus intelligent. Les expressions tendues qu'elle voyait n'étaient pas dues à la critique, loin de là ; c'était au contraire que les gens n'avaient pas assez confiance en eux-mêmes pour croire au message merveilleux, au cadeau que leur offrait

Jasper, ils ne s'en jugeaient pas dignes. Elle avait appris depuis longtemps que, lorsque Jasper parlait, les gens n'applaudissaient pas, ne criaient pas leur approbation. Ils gardaient un silence absolu — enfin, après les difficultés du premier moment ; et quand il avait fini, le silence durait bien encore quinze secondes, ou même davantage. Et puis les applaudissements jaillissaient soudain, fervents, violents même ; les gens se levaient pour crier et l'acclamer. Cela durait un moment, pour s'arrêter ensuite brusquement.

Et c'était ce qui se passait aujourd'hui. Les applaudissements de la fin donnaient l'impression que quelque chose en eux s'était libéré. Plusieurs femmes étaient en larmes. Tous semblaient profondément touchés. (Pas tous ; Alice observa que l'oie Muriel se tenait à l'écart, comme si elle avait fait partie d'un autre public, et n'applaudissait pas. Ses yeux croisèrent ceux d'Alice mais poursuivirent leur tour d'horizon comme sans l'avoir vue, comme pour n'être pas sommée de rendre compte de ce manquement total aux vrais sentiments, sans même parler de la simple bienséance.) Puis tout le monde se mit debout, tout au moins ceux qui ne s'étaient pas encore levés pour applaudir plus passionnément, tant ils étaient enflammés par Jasper, cet envoyé de ce qu'il avait appelé « l'avenir, notre glorieux avenir ». En fait, ils ne pouvaient plus supporter l'idée de se rasseoir et, bien que la pause n'eût été prévue qu'une heure plus tard, le thé fut aussitôt mis en route.

L'interruption de séance dura longtemps, car la plupart des gens discutaient entre eux. Ils ne parlaient pas du C.U.C., ni de ce qu'avait dit Jasper, en vérité ; nul ne fit même la moindre allusion à son allocution. À la fin de cette pause — et les camarades Alice, Roberta et Bert durent crier par-dessus le vacarme toutes sortes de menaces et d'avertissements, humoristiques bien sûr, pour ramener l'assistance au salon —, Pat apparut. Franchement, elle avait une mine affreuse. Exactement comme Bert. Elle était pâle et amaigrie, et rien ne restait de sa fraîcheur rayonnante. Bert et elle s'étreignirent hâtivement, d'une manière crispée et même honteuse ; mais elle refusait de le regarder en face, et Alice en déduisit que Pat ne resterait pas.

Il avait été prévu que Pat, et non Jasper, prononcerait le discours d'ouverture. Et c'était là une décision raisonnable. Le style de Pat différait sensiblement de celui de Jasper, tout en demi-teintes nuancées d'humour, et bourré d'informations pratiques. Elle ignorait tout du discours lyrique de Jasper, bien sûr. Elle raconta comment s'était créé le C.U.C. — non point en faisant appel à l'émotion, mais en disant que cela avait résulté de divers désaccords avec les partis de gauche existants, qu'elle entreprit alors d'analyser. En fait, elle donnait là une analyse brève mais compétente de la situation économique en Grande-Bretagne. Les gens l'écoutaient attentivement, mais pas du tout comme ils avaient écouté Jasper. Ils lançaient des chiffres et des faits, riaient moqueusement à l'énoncé des données les plus évidentes, et il y avait ici et là des ondes d'applaudissements. Quelle tragédie, Alice le savait bien, que Pat fût arrivée trop tard pour ouvrir la session, ce qui aurait permis à Jasper de garder, comme prévu, son discours pour la fin de la journée. En l'occurrence, on aurait pu croire que Jasper n'avait pas pris la parole du tout, c'était entièrement gâché ; rien ne semblait en être sorti.

Lorsque la session s'acheva, d'assez bonne heure, pour faire place au service de la soupe, des sandwiches, et des diverses provisions que les camarades londoniens avaient apportées, les discussions politiques, pendant cette longue pause, tournèrent autour de l'allocution de Pat. Mais en vérité, la plupart des gens parlaient d'autre chose. Certains se retrouvaient après de longues séparations, parfois des années. Des gens aux idées proches se rencontraient pour la première fois et voyaient éclore le début d'une amitié ou d'une liaison. On s'échangeait des nouvelles de camarades restés à Birmigham, Liverpool, Halifax, qui n'avaient pas pu venir. Et puis d'anciens amants se retrouvaient ; la rupture de Pat et Bert n'était pas la seule. Il était près de trois heures quand la séance reprit ; et cette fois encore, Bert, Roberta et Pat durent parcourir toute la maison en criant pour mettre fin aux conversations particulières, afin que le congrès pût se poursuivre.

Muriel ne reparut pas à la séance de l'après-midi ; en fait, elle s'était esquivée avant le déjeuner. Elle avait manifestement apprécié l'intervention de Pat avec autant d'ardeur qu'elle avait détesté celle de Jasper, et Alice s'en affligeait secrètement. Muriel aurait assurément éprouvé tout autre chose si elle avait seulement pu entendre Jasper s'exprimer au moment prévu, à la fin de la session, quand il aurait pu résumer et détailler les émotions de tous.

Après le déjeuner (bien qu'il fût presque l'heure du thé), le premier point de l'ordre du jour fut discuté. Quelles tendances de la vie politique actuelle montraient la voie de l'avenir en Grande-Bretagne ? Les tendances choisies étaient, premièrement : le mécontentement dû au chômage, « qu'il fallait exploiter ». Deuxièmement : « l'écœurement massif du peuple britannique pour la politique gouvernementale en matière d'armement nucléaire ». Et troisièmement : « le rejet par le peuple britannique, encore inexprimé mais manifeste, de la politique Tory en Irlande. »

Après le thé, qui ne fut servi qu'à cinq heures, on étudia les divers moyens de renforcer et d'exploiter ces tendances. Mais ils étaient à peine lancés dans la discussion qu'arrivèrent d'autres gens de divers quartiers de Londres, qui avaient entendu parler du congrès et s'y intéressaient ; et qui avaient, aussi, entendu parler de la fête qui suivrait. Des camarades arrivèrent de Liverpool et de Birmingham, n'ayant pas pu venir avant pour une raison ou une autre. Puis un groupe vint du numéro 45 (mais sans le camarade Andrew). Il y avait soudain soixante personnes dans le salon, et cela devenait insupportable. Quelques-uns se retranchèrent dans le vestibule, où ils bavardèrent avec force bruits et rires. Le congrès prit fin de bonne heure, peu avant sept heures, sans que le second point à l'ordre du jour eût été abordé. Le second point était : « L'avenir de la Grande-Bretagne : Socialisme total. »

La fête commença. Comme une explosion. Le vacarme était saisissant avant même que la nuit fût tombée. Des resquilleurs arrivèrent, rendant impossible toute discussion politique sérieuse. Alice, Jasper, Pat et Bert couraient sans relâche acheter plus de nourriture et plus de boisson. Reggie et Mary avaient offert en contribution quatre bouteilles de cidre du Devon. La police arriva à onze heures du soir, ne trouva aucun indice de malfaisance, et fut prise en main par Alice avec calme et compétence ; la femme auxiliaire de police faisait partie de l'équipe en tournée, et apparaissait presque comme une vieille amie désormais. À une heure du matin, quelques voisins vinrent frapper à la porte et se plaindre du bruit. Alice répondit qu'ils étaient navrés mais que, avec soixante-dix personnes dans la maison, il était inévitable qu'il y eût du bruit. Peut-être les voisins accepteraient-ils de venir se joindre à la fête ?

Ce fut seulement vers quatre heures du matin que les camarades épuisés s'affalèrent dans des sacs de couchage éparpillés dans les deux maisons, et personne ne bougea avant midi, lorsque le moment fut venu, pour un certain nombre, de reprendre la route des villes du Nord. Personne ne se leva, bien sûr, à l'exception d'Alice, qui remettait de l'ordre.

Alice s'affaira à servir de la soupe, des sandwiches, du thé et du café tout l'après-midi et toute la soirée. Quelques fêtards restèrent même jusqu'au lundi matin.

Pat s'en alla le lundi matin aussi. Elle pleurait, ainsi que Bert.

Alice s'exclama d'une voix exaspérée, « Oh, merde, vous n'avez qu'à vous y faire, non ! » et puis elle éprouva le besoin de s'excuser. Mais elle n'embrassa pas Pat au moment du départ ; elle se contenta de grommeler, « Oh, bon Dieu, que j'en ai marre de tout ! » et éclata en sanglots. Elle abandonna la vaisselle à d'autres et monta se coucher, sans se soucier de savoir si Jasper était là ou non.

Mais il était là quand elle s'éveilla, délicatement accroupi auprès d'elle, une tasse de café à la main. Il rayonnait, comme un enfant conscient de se tenir très bien.

« Ah, qu'y a-t-il, Jasper ?

— Tu es formidable, Alice, commença-t-il à voix douce. C'était fantastique, ce que tu as fait. »

Mais elle était rigide dans son duvet, les bras le long du corps, les pieds tendus. Elle ne pensait pas à Jasper, ni au congrès ni aux bons moments du week-end. Un grand vide s'était creusé en elle, un trou, une tombe ; elle savait qu'elle avait rêvé de la maison condamnée, sur laquelle était apposée la pancarte « À vendre ». Et elle savait qu'elle devait luire de larmes blêmes et refoulées.

« Alice, reprit Jasper, j'ai quelque chose à te dire.

— Je t'écoute », répondit-elle, lointaine et grave, et elle le vit ciller, hésiter. Il se sentait offensé. Elle aurait dû s'en inquiéter, mais ne le pouvait pas.

« Bert et moi — nous partons pour l'Union soviétique. »

Elle reçut la nouvelle, l'assimila, puis demanda, « Les camarades irlandais ne veulent pas de vous, mais les camarades soviétiques vous accepteront ? » Il n'y avait là nulle dérision, simplement l'énoncé d'une situation, mais elle y gagna un regard haineux. Il s'était relevé et la dominait tel un ange furieux prêt à lancer ses foudres vengeurs.

« Écoute, Alice : je n'accepterai de toi aucune attitude négative ou destructrice. »

Silence. Elle demeurait immobile.

Indécis, il s'accroupit de nouveau, prêt à la vaincre.

« Comment se fait-il que vous partiez si vite ? On ne va pas comme cela en Union soviétique.

— Samedi soir, un camarade de Manchester m'a dit qu'il connaissait un groupe de touristes partant cette semaine pour Moscou. Il reste quelques places, par suite de désistements dus à la grippe. Mais nous pourrons obtenir nos visas par l'intermédiaire du tour operator. Nous avons envoyé nos passeports, et nous les aurons à temps pour partir.

— Bien. »

Silence.

« Alice », reprit-il d'un ton incertain, mais il s'interrompit. Il avait compté lui demander de l'argent, mais sentait à présent que c'était inutile.

Elle déclara, « Tu m'as déjà pris jusqu'à mon dernier penny. J'ai dépensé toute mon allocation pour la fête. Ce n'est même pas la peine d'essayer de m'en extorquer. » Voyant son visage se tordre dans une expression avide et cruelle, elle ajouta d'un ton indifférent, « Et je ne peux absolument plus rien soutirer à Dorothy ni à mon père. »

Il resta un moment accroupi là, une main posée sur le plancher, si léger, à scruter le visage d'Alice. Puis, tout aussi léger, il se leva et se dirigea vers la porte. Au moment où il sortait, Alice observa, « Si Pat revient avant votre départ, Bert te laissera partir seul. » Il claqua la porte ; elle ne tourna pas la tête pour le voir partir mais demeura immobile, pierre ou cadavre, vidée de toute vie, les yeux fixés sur la fenêtre qu'encadraient à présent les beaux rideaux de brocart vert et or qui avaient orné le salon, chez sa mère.

Elle dormit. En fin d'après-midi, elle s'éveilla dans une maison vide, prit un bain, revêtit une jupe qui avait appartenu à sa mère, en lainage moelleux où de grosses roses se découpaient sur un fond brun très doux, avec un chandail rose que lui avait donné Pat.

Elle sortit d'un pas décidé et se rendit au 45, où elle entra sans frapper : le week-end avait en quelque sorte soudé les deux maisons. De la cuisine — un trou hideux, rien à voir avec l'atmosphère chaude et lumineuse, pleine de fleurs, du 43 — sortit Muriel, qui lui offrit un sourire d'après fête strictement rationné.

« Si Andrew est là, je voudrais le voir. »

Pour s'épargner le spectacle de nouveaux grattouillements, Alice accompagna Muriel jusqu'à la porte, et frappa.

« Entrez », entendit-elle et, en entrant, elle referma la porte sur Muriel.

Le camarade Andrew était étendu sur le lit, à la manière d'un soldat, comme Alice elle-même l'avait été quelques moments plus tôt, mais avec les bras croisés sur sa poitrine.

Il balança ses jambes par-dessus le bord du lit, et posa les pieds par terre tout en s'asseyant. Il fit une place à Alice à côté de lui.

Elle s'assit, mais en gardant ses distances. « Il y a plusieurs choses que je veux savoir.

— Très bien. »

Mais elle resta affaissée là, inerte, sans plus rien dire.

Il l'examina un moment, ouvertement, sans s'en cacher, puis se rallongea en se serrant le long du mur. Il l'attira par le bras ; et, sans résister, elle s'étendit près de lui. Quinze bons centimètres les séparaient. Il ne la touchait pas.

« Sais-tu que Bert et Jasper partent pour Moscou ?

— Oui. »

Silence. Elle réfléchissait. Comme elle le faisait toujours ; elle étudiait longuement, méthodiquement, les possibilités latentes de chaque chose.

« Mais ce n'est pas toi qui le leur as suggéré.

— Oh non, sûrement pas.

— Non. »

Le silence se prolongeait. Il se demanda même si elle n'avait pas sombré dans le sommeil ; elle lui avait paru si pâle, et épuisée. Il l'examina, en tournant légèrement la tête, puis de sa main gauche lui prit délicatement le poignet droit. Elle se crispa, puis se détendit ; c'était très différent de la poigne meurtrière de Jasper.

« Alice, tu devrais vraiment te libérer de ces minables.

— Des minables ! s'écria-t-elle avec toute l'énergie qui lui restait. Ce sont des *camarades*.

— Des minables », insista-t-il fermement.

Elle retint son souffle ; mais finit par l'exhaler doucement.

« Alors, que t'a dit Muriel ?

— Que penses-tu qu'elle ait pu me dire ? Tu n'es pas idiote, Alice. »

Elle se sentait littéralement enfler et ruisseler. Elle devait avoir les joues inondées de larmes.

« Et la fête, reprit-elle, sanglotant presque. Tu n'es pas venu. »

Il garda le silence.

Puis, doucement, il lui passa le bras sous la nuque, et posa sa main gauche sur le bras gauche d'Alice, le plus éloigné de lui. Il semblait en même temps la soutenir légèrement, et la retenir pour éviter qu'elle ne lui échappe en glissant.

« Alice, il faut te séparer d'eux.

— De Jasper, tu veux dire.

— De Jasper, de Bert, et des autres. Ils ne savent que jouer à leurs petits jeux.

— Ce n'est pas ce qu'ils pensent.

— Non, mais je suis certain que c'est aussi ton avis. »

Nouveau silence. Elle s'était presque détendue sous l'étreinte, à présent, et il allongea le bras droit pour poser sa main sur l'estomac d'Alice, sous sa poitrine. Mais elle ne voulait pas, ne pouvait pas le supporter, et elle se dégagea d'une secousse irritée.

« Ils jouent, Alice, comme de petits enfants avec des explosifs. Ce sont des gens très dangereux. Dangereux pour eux-mêmes comme pour les autres.

— Et toi, tu n'es pas dangereux.

— Non. »

Elle eut un petit rire sarcastique, mais admiratif.

— Non, Alice. Si l'on agit avec soin, seuls sont atteints les gens qui doivent l'être. »

Elle réfléchit longuement à ces propos, et il se garda de l'interrompre. Puis elle demanda, « De qui reçois-tu tes ordres ?

— Je reçois des ordres. Et j'en donne. »

Elle réfléchit.

« Tu as suivi un entraînement en Union soviétique ?

— Oui.

— Tu es russe, conclut-elle.

— À moitié seulement : mon père était irlandais. Mais je ne vais pas t'ennuyer avec ma passionnante histoire. »

Un long moment s'écoula ensuite, peut-être dix minutes. Elle aurait fort bien pu dormir, tant sa respiration était lente et profonde, mais elle gardait les yeux ouverts.

Il se tourna légèrement vers elle, et aussitôt elle se crispa et s'écarta de lui, bien qu'elle fût encore au creux de son bras.

« Tu es une femme très bonne et très pure, dit le camarade Andrew à voix basse. Cela me plaît beaucoup, en toi. »

Ces mots la plongèrent dans une réflexion qui aurait pu durer plus longtemps encore que les précédentes. Il décelait sur le visage d'Alice une expression stupéfaite et figée due à la fatigue, mais aussi une gravité qui incita presque le camarade Andrew à poursuivre ses efforts. Presque : quelque chose le retint, peut-être le fait que cette gravité masquait une réaction étrangement violente au mot « pure ». Alice était-elle pure ? Était-ce donc ce qu'elle avait été sans le savoir, pendant tout ce temps ? Bon, peut-être devrait-elle y réfléchir ; s'il s'agissait effectivement de pureté, il faudrait bien qu'elle apprenne à s'en accommoder ! *Mais c'était ce mot.* On ne pouvait plus employer ainsi le mot *pur* en Angleterre, de nos jours, cela ne se faisait plus, c'était tout simplement ridicule. S'il ne le savait pas, alors… Comment les formait-on, les gens comme Andrew ? Cela n'avait peut-être pas d'importance, qu'il soit si différent, si bizarre ; après tout, l'Angleterre était pleine d'étrangers. Cela avait-il compté, au 43 et au 45 ? Bon, cela dépendait de ce qu'il voulait faire. Son attitude calquée sur celle de Lénine n'avait troublé personne (sauf Faye et Roberta) mais elle, Alice, ne connaissait qu'une partie de l'histoire. Que mijotait-il d'autre ?

Il finit par rompre le silence, « Alice, je crois que tu devrais prendre des vacances. »

La surprise fut telle qu'elle voulut se redresser, mais il la retint.

Elle gisait à présent contre lui, et elle commençait à percevoir des ondes émanant de ce corps chaud et fort. Elle en éprouvait de la fascination et du dégoût. Elle gardait les yeux rivés au plafond, car elle savait ce qu'elle aurait vu si elle avait baissé les yeux vers le corps du camarade Andrew. « Pure » ou non, elle n'allait pas se laisser entraîner là-dedans.

Elle lança, « Je ne comprends pas pourquoi tu veux toujours me faire entreprendre toutes ces choses bourgeoises.

— Qu'y a-t-il de bourgeois à prendre des vacances ? Tout le monde a besoin de vacances. La vie moderne est mauvaise pour tout le monde. » Elle crut d'abord qu'il la taquinait, mais un coup d'œil lui révéla qu'il parlait sérieusement.

« Et puis de toute façon, où pourrais-je aller ? Tu méprises tous les gens que je connais.

— Je n'ai pas dit *tous*. Bien sûr que non.

— Tu n'as rien contre Pat, si je m'en souviens bien. Savais-tu qu'elle avait quitté Bert parce qu'elle ne le trouvait pas assez sérieux non plus ?

— Oui, je le savais. *Elle*, c'est quelqu'un de sérieux. Comme toi, Alice.

— Toi-même, tu voulais que Bert fasse quelque chose.

— J'ai changé d'avis à son sujet, répondit Andrew d'un ton sévère. C'était une erreur de jugement de ma part.

— Eh bien, je ne sais pas », finit-elle par articuler sombrement. Et elle se mit à pleurnicher comme un petit enfant.

« Mais moi, je le sais. Tu es fatiguée, camarade Alice. Tu te tues au travail, et la plupart de ces gens n'en valent pas la peine. »

En entendant ces mots, elle poussa un vrai gémissement, et, se tournant vers lui, se laissa étreindre comme un enfant, tandis qu'il émettait des paroles consolatrices et apaisantes. Elle pleura tout son saoul.

« Pauvre Alice, finit-il par dire. Mais rien ne sert de pleurer. Il va falloir que tu prennes une décision. Écoute, ces deux Errol Flynn vont partir pour Moscou. Pourquoi ne pas t'en aller avant leur retour ?

— Errol Flynn !

— Tu n'aimes pas Errol Flynn ? J'ai toujours adoré ses films.

— Un gouffre sépare nos deux cultures », observa-t-elle rêveusement, contre le torse d'Andrew. Ils étaient étendus de telle manière qu'Alice restait hors d'atteinte de la saillie mâle, et ne s'en effrayait donc pas.

« C'est très vrai. Mais quand même, des gens comme Errol Flynn ? Sinon, pourquoi serait-il si célèbre ?

— Eh bien, consentit-elle, je vais réfléchir à tout cela.

— Oui, il le faut.

— Et quand reviens-tu ?

— Comment savais-tu que je partais ?

— Oh, je me disais que tu risquais de t'en aller. »

Il hésita. « Tu as raison, en l'occurrence. Je serai sans doute absent quelques semaines. » Elle parut se recroqueviller, et il se reprit, « Ou peut-être seulement une semaine ou deux. » Nouveau silence. « Alice, il faut absolument que tu te coupes d'eux. Crois-moi, Alice, je ne manque pas d'expérience avec... ce genre de personnes. Là où ils sont, il y a toujours des ennuis. »

Quelques minutes s'écoulèrent, puis elle se redressa, et écarta les mains d'Andrew avec des gestes précis de ménagère.

« Je te remercie, camarade Andrew, déclara-t-elle. Je vais bien réfléchir à tout ce que tu m'as dit.

— Merci à toi, camarade Alice. Je suis sûr que tu y réfléchiras attentivement. »

À la porte, elle se retourna pour lui adresser un sourire gauche puis sortit, en se hâtant pour ne pas avoir à parler à Muriel qui, bien que fort sérieuse, ne figurait pas parmi les gens qu'Alice était disposée à trouver sympathiques, même sur l'ordre du camarade Andrew.

LES jours qui suivirent furent les plus heureux de sa vie. D'habitude, quand Jasper était à la remorque — expression que d'autres employaient, pas elle — d'une figure fraternelle, comme Bert, elle ne le voyait guère. Mais ils proposaient à Alice de les accompagner partout où ils allaient. Et au cinéma, en particulier. Au National Theatre — Bert affirmait que Shakespeare enseignait de nombreuses leçons pour la lutte, et qu'il leur fallait apprendre à se servir de toutes les armes qu'offrait la vie, s'ils ne voulaient pas être des marxistes primitifs. Ils passèrent une soirée dans un pub que Jasper avait sélectionné avec un soin jaloux, Alice le savait, pour ne pas lui révéler la moindre miette de son autre vie. Et pour n'en rien révéler à Bert non plus...

Mais le mieux de tout, même s'ils n'allaient pas tracer de slogans sur les murs — ce qui était l'activité favorite d'Alice —, ce fut lorsque Jasper suggéra d'aller passer une journée à manifester. Elle savait bien qu'il le lui proposait pour lui faire plaisir, et pour compenser son départ imminent.

La discussion visant à déterminer où et contre qui ils manifesteraient fut aussi passionnante que l'expédition même. Bien entendu, en cette période fasciste de l'histoire britannique, on ne manquait guère de causes de manifestations ; et il se trouvait que le week-end suivant serait riche en options. Le ministre de la Défense devait prendre la parole à Liverpool, le Premier ministre à Manchester, et un certain professeur américain tout à fait fasciste, à Londres. Sa « ligne » — à savoir que les différences entre humains se fondaient sur des différences génétiques et non pas culturelles — mettait en rage, comme on pouvait le prévoir, le Mouvement des femmes, et Faye devenait hystérique à la moindre mention de son nom. Le vendredi soir, après un bon dîner composé de la soupe d'Alice et de pizza, ils restèrent tous autour de la table pour préparer la journée du lendemain.

La cuisine semblait moelleuse, vivante. Sur le petit tabouret, la cruche était pleine de lilas et de tulipes. Reggie et Mary avaient apporté deux bouteilles de vin rouge, dont Reggie — *naturellement* — parlait en connaisseur.

Bien qu'on fût à la veille du mois de mai, il leur semblait qu'une pluie froide et obstinée les enveloppait, rendant plus plaisante encore l'atmosphère du groupe dans ce cadre chaleureux. C'était ce que pensait Alice, avec un sourire de gratitude, mais elle avait le cœur endolori. Son pauvre cœur semblait mener une vie à part, ces derniers temps, refusant de se laisser dompter par ce qu'elle pensait. Mais il était néanmoins bien agréable de passer ainsi toute la soirée entre amis. Car, depuis la fête qui les avait tous unis, bien des tensions semblaient s'être évanouies.

Même Philip, qui devait travailler tout le week-end et ne pouvait donc pas aller manifester avec eux, suggéra des idées utiles. Par exemple, que son choix se serait porté sur la manif de Greenpeace ;

c'était uniquement grâce à leurs efforts que le gouvernement avait dû reconnaître l'ampleur de la pollution radioactive ; sinon, il aurait certainement continué à mentir. Cela plaisait à Reggie et Mary, qui partaient le lendemain pour le Cumberland : leur opinion avait été exprimée. Car ils estimaient — et ne pouvaient s'empêcher de le laisser paraître — que les manifestations pour des causes particulières, comme la pollution d'une côte maritime, étaient plus efficaces qu'une démarche générale consistant à aller « crier et hurler contre Maggie Thatcher ».

Montrant ainsi ce qu'il pensait de leurs vues politiques, ou tout au moins de leurs méthodes, Reggie glaça un peu la bonne humeur ambiante, mais celle-ci était assez forte pour qu'on se contente de taquiner le couple Greenpeace par un robuste concert de « oohh » et de grognements.

« C'est vrai, renchérit Mary en plaçant sa main dans celle de Reggie pour lui marquer son soutien ; ce ne sont pas vos vociférations qui changeront sa mentalité. Par contre, ce sont les faits qui la délogeront.

— Je suis d'accord », dit Philip. Cela représentait un effort pour lui — de défier les vrais détenteurs du pouvoir dans la communauté (comme ils l'appelaient désormais, plutôt que squat). Mais il le fit. Il paraissait encore plus petit et plus frêle qu'avant d'avoir commencé son nouveau travail. Il y avait en lui quelque chose de pointu. Ses yeux étaient rouges. Mais on décelait aussi un élément implacable, rageur ; il avait la vie dure à son travail car, d'après le Grec qui l'employait, il était trop lent.

Oh oui, toute cette affection et cette harmonie étaient bien précaires, songeait Alice en souriant, immobile à sa place ; il suffirait d'une seule petite chose, et pfuit ! ce serait fini. En attendant, elle tenait à deux mains sa tasse de café et sentait la chaleur l'envahir, en se disant : C'est comme une famille, exactement comme une famille.

Faye disait, dénudant ses dents comme elle le faisait toujours dans ses moments de glaciale excitation, « Des vociférations ! Des cris ! Mais je vais le *tuer*, moi ! De quel droit vient-il nous imposer sa saloperie de poison contre les femmes. Nous avons bien assez de réactionnaires sans lui ! »

Roberta renchérit, « Ils rampent tous hors de leurs trous à rats pour montrer leurs vrais visages. Vous venez avec nous, Jasper ? Bert ? manifester votre solidarité avec ies femmes ? »

Silence. C'était à Manchester qu'Alice voulait aller. Là où serait Mme Thatcher. Mais il y avait une possibilité de transport pour Liverpool, qui ne coûterait rien. Jasper savait qu'elle voulait Manchester. Bert aussi. Elle avait dit qu'il ne lui restait plus d'argent. Et c'était vrai ; plus rien que son allocation d'aide sociale. Elle était prête à aller à Liverpool. Elle détestait le ministre de la Défense, pas seulement à cause de ses options politiques — il y avait quelque chose, dans ce visage rusé et malveillant de tory...

Quant au fasciste américain, elle ne voyait pas ce que Roberta, Faye, et tous les autres pouvaient lui reprocher. Elle n'avait jamais pu comprendre pourquoi le mot « génétique » déclenchait une telle rage. Elle les jugeait stupides, et même frivoles. Mais si c'était ainsi, eh bien — tant pis. Il fallait construire avec les moyens du bord.

Un jour, il y avait de cela bien longtemps, à l'époque où elle était étudiante, elle avait observé — avec ferveur, prête à s'instruire (dans un élan sincère vers l'harmonie fondée sur le partage des opinions) que si les femmes avaient « des seins, et tout cela », tandis que les hommes étaient « tout autrement conçus », ce devait bien être génétique, non ? Et dans ce cas, les glandes et les hormones devaient être différentes ? Génétiquement ? Cela avait provoqué une telle tempête de mécontentement qu'il avait fallu plusieurs jours à la communauté pour s'en remettre. Et toutes ces histoires sexuelles, songeait-elle, avaient le même effet ! Tout ce qui avait trait au sexe ! Cela déséquilibrait les gens, tout simplement. Ils n'étaient plus eux-mêmes. Il suffisait d'apprendre à se tenir tranquille, et leur laisser faire ce qu'ils voulaient. Tant qu'ils la laissaient en dehors de leurs affaires...

Vingt ans auparavant, ou bien davantage, sa mère l'avait informée, à sa manière chaleureuse et désinvolte, qu'elle aurait bientôt ses règles, mais qu'elle connaissait sûrement déjà tout ça. Alice avait en effet tout appris à l'école, bien sûr, mais cette annonce faite par sa mère le mettait soudain à l'ordre du jour, en quelque sorte, le rendait réel. La colère envahit Alice, non contre la Nature, mais contre sa mère. À dater de là, son attitude envers « l'emmerdement » — sa mère tenait à cette expression truculente, qu'elle disait justifiée — avait toujours été pratique et détachée. Elle était bien déterminée à ne pas laisser une affaire aussi ennuyeuse modifier son mode de vie.

Quand on la sondait pour connaître son opinion sur le féminisme et la politique sexuelle, c'était toujours ce début (comme elle le voyait) qui lui revenait à l'esprit. « Évidemment, disait-elle d'une voix déjà légèrement irritée, les gens *devraient* être égaux. Cela va sans dire. » Bref, elle se trouvait toujours en fausse position.

À présent, elle berçait en silence son café, qui refroidissait rapidement, et souriait dans le vague, en attendant qu'on en finisse avec la question du professeur fasciste.

Enfin, Bert déclara, « J'ai toujours aimé Manchester. »

Plusieurs camarades trouvèrent sa remarque totalement hors de propos. Avait-il bu ? Il buvait sans aucun doute plus que sa part. Tout le monde le ménageait, ces derniers temps ; à cause de Pat. Inconsciemment, sans doute. Son aspect, son état l'exigeaient d'eux. Hâve, morose, l'air absent, il semblait nourrir d'autres pensées, parallèles à celles qu'il exprimait.

Il reprit, « Manchester est depuis toujours une ville de garnison. »

Exclamations incrédules. Faye riposta, « Bon Dieu, mais tu es fou, tu aimes ça, la guerre, les soldats ?

— Mais c'est intéressant, insista Bert. Pourquoi les villes demeurent-elles les mêmes, pendant des siècles ? Manchester était déjà une ville de garnison au temps des Romains. »

Silence. Désemparés par cette note si différente de leurs habitudes, ils se souvinrent qu'il avait étudié l'histoire, à l'université.

« Les pays aussi, d'ailleurs, poursuivit Bert. La Grande-Bretagne ne change guère. La Russie non plus. L'Allemagne...

— Et maintenant, intervint Faye, furieuse, nous allons tous nous retrouver affublés de caractères nationaux, tel le destin génétique. »

Se ressaisissant au son de cette voix, Bert haussa les épaules et se tut.

« Nous irons à Manchester », décréta Jasper et, croisant le regard d'Alice, sourit, puis fit un clin d'œil. Fièrement : il était fier de lui faire plaisir. Cela signifiait qu'il paierait pour elle, le billet de train. Aller-retour de week-end. *Onze livres sterling.* Pour eux trois, trente-trois livres. Avec cette somme, ils auraient pu acheter... Mais c'était stupide ; les gens avaient besoin de souffler un peu. De prendre des vacances. Le camarade Andrew l'avait dit.

Elle offrit à Jasper un regard ému, des larmes de gratitude prêtes à jaillir, mais il se détourna de la pression de cette émotion.

Faye s'adressa à Roberta d'un ton violent, « On dirait que nous allons nous retrouver seules, toi et moi !

— Nous ne serons guère seules, ma chérie ! Il y aura sûrement une bonne participation. »

Faye eut un petit rire nerveux en fixant un regard accusateur sur les camarades, puis déclara, « Eh bien je vais me coucher. » Elle s'en alla sans dire bonsoir. Roberta sourit à la ronde pour implorer leur tolérance à l'égard de Faye, puis sortit derrière elle. Ils entendirent Faye dire dans l'escalier qu'ils étaient tous des fascistes et des sexistes, et échangèrent des sourires.

Reggie et Mary annoncèrent ensuite qu'on devait passer les prendre demain matin à cinq heures, pour arriver dans le Cumberland à temps pour la manif, et qu'ils voulaient se coucher de bonne heure.

Philip les quitta aussi ; il commençait le travail demain matin à huit heures.

Jasper, Bert et Alice restèrent attablés ensemble, à discuter du lendemain. Alice comprenait bien que Jasper ne voulait pas qu'elle lance des œufs et des fruits sur Mme Thatcher. Il ne le disait pas, mais c'était évident. Cela signifiait qu'il la voulait avec lui ici, plutôt qu'en prison. Elle en éprouva une violente bouffée de bonheur et de reconnaissance. Des élans d'affection lui picotaient les bras, elle se retenait de l'étreindre. Des baisers fraternels emplissaient ses sourires. Il le sentait et, tout en lui expliquant ses projets, semblait s'adresser à Bert. Il comptait bien ne pas se faire arrêter, car Bert et lui n'allaient pas tarder à partir pour l'Union soviétique. Les visas pouvaient arriver d'un jour à l'autre et, si c'était trop tard pour ce voyage-là, il y en avait un autre dès la semaine suivante avec des places disponibles.

Alice fut déçue de devoir rester dans un secteur calme de la foule, mais tant pis, ce serait pour une autre fois.

Bert déclara qu'il allait se coucher. Jasper se leva aussitôt, et annonça que lui aussi. Alice comprit qu'il ne voulait pas se trouver seul avec elle, mais elle savait qu'il aimait l'avoir près de lui quand Bert y était aussi. Elle monta dans la chambre qu'elle avait partagée avec lui, à côté de celle de Bert. Bert faisait beaucoup moins de bruit en l'absence de Pat, bien sûr ; mais il dormait mal, et elle s'en rendait compte. Et ce soir, même en fermant bien sa porte, elle pouvait entendre que Faye avait une crise.

« Faye a eu une crise, hier soir », dirait sans doute Roberta, et l'expression vieillotte — victorienne ? — que Faye avait naguère employée avec humour (« une de mes petites crises, ma cocotte ») avait perdu son origine humoristique pour entrer dans le langage ordinaire. Dans les moments où elle s'en servait, Roberta prenait une attitude d'antique labeur, comme une servante ou un personnage d'humble extraction dans un téléfilm. Théâtrale. Quand Faye et Roberta étaient-elles vraiment elles-mêmes ? Seulement quand une personne ou une situation les réduisait à devenir ces êtres qui s'exprimaient d'une voix lourde et laborieuse, maladroite, donnait l'impression qu'elles avaient été reprises en main par de charitables étrangers qui n'auraient jamais connu Faye ni Roberta.

A LICE dormit mal. Elle fut réveillée par Reggie et Mary qui descendaient l'escalier ; ils parlaient à voix forte et gaie comme s'ils étaient seuls dans la maison et qu'elle leur appartenait. Elle entendit Roberta et Faye descendre à pas feutrés, sans parler. Il était plus de neuf heures quand Bert se réveilla, dans la chambre voisine ; il grillait cigarette sur cigarette. Elle songea, Nous n'irons peut-être pas voir Thatcher-Reine-des-Salopes, aujourd'hui. Et elle descendit dans la cuisine vide, bien décidée à ne pas montrer sa déception. Puis Bert apparut. Il alla aussitôt réveiller Jasper, qui, visiblement, aurait volontiers renoncé à toute l'affaire. Il pleuvait à verse.

Mais ils quittèrent la maison pour aller prendre le train ; et regardèrent Londres céder la place à la campagne à travers les vitres sales et les bourrasques de pluie grise. Bert était silencieux, plongé dans ses pensées, qu'il aurait sûrement partagées avec Jasper si Alice n'avait pas été là. Quant à Jasper, il se montrait poli avec elle.

À la gare, ils prirent un bus pour l'université. Les grands bâtiments froids et impassibles les contemplaient à travers la pluie, et Alice sentit des envies de meurtre lui remplir le cœur. Elle connaissait la plupart des nouvelles universités, les avait visitées, y avait manifesté. Quand elle en voyait une, il lui semblait affronter l'incarnation du mal, quelque chose qui voulait la réduire et l'écraser. L'ennemi. Si je pouvais placer une bombe là-dessous, se disait-elle, si je pouvais... bon, un de ces jours...

Ils arrivèrent en retard. Devant l'entrée principale, une soixantaine de manifestants s'agglutinaient sous des capuchons en plastique et des parapluies, cernés par environ quatre-vingts policiers. À cette vue, Jasper reprit vie et s'élança en criant, « Salauds de fascistes, salauds, salauds ! Lâches ! Combien de flics vous faut-il pour chaque manifestant ? » Alice courut le rattraper pour être auprès de lui, prête à le calmer. Bert les rejoignit d'un pas serein, sans courir.

Les voitures officielles arrivèrent à bonne vitesse et, avant qu'Alice, Jasper et Bert eussent pu se mêler à la foule, Mme Thatcher était sortie de voiture, et se faisait rapidement entraîner vers le bâtiment. Des fruits et des œufs — comme l'avait espéré Alice — jaillirent de la foule, explosant avec un bruit mou. Mme Thatcher était entrée.

Les manifestants se mirent à scander, « Non aux missiles nucléaires, non, non, non. Non aux missiles nucléaires. »

Ils continuaient bravement. Mme Thatcher n'allait pas ressortir avant deux bonnes heures.

Forcés de rester là sous la pluie, les policiers s'ennuyaient avec un sentiment de rancœur, prêts à riposter à la moindre provocation. Près d'Alice, une fille ramassa par terre une grosse orange et la lança sur un agent, dont le casque bascula. Ravis, deux policiers se précipitèrent vers elle. Elle se faufila dans la foule pour les esquiver, mais ils la rattrapèrent et la traînèrent, délibérément inerte, jusqu'à l'un des cars ; les longs cheveux mouillés de la fille pendaient. Les deux policiers revinrent sous les huées et les sarcasmes. Alice sentait Jasper frémir d'excitation retenue à côté d'elle. Il rêvait d'une vraie empoignade. Elle aussi. Et les policiers aussi, qui dévisageaient les manifestants d'un air de défi. Se rappelant son rôle, Alice dit à Jasper, « Attention à celui-là, c'est une brute, il n'attend que l'occasion de te prendre. » Et, comme Jasper semblait sur le point d'exploser dans l'action, « Souviens-toi, c'est samedi. Nous ne voulons pas rester bouclés tout le week-end. Et puis il y a ton voyage, ne l'oublie pas. »

Moins alourdis par les circonstances, d'autres jetaient des fruits et des œufs sur les forces de police, qui les traînaient vigoureusement vers les cars.

« Salauds de flics », hurla Jasper, trop excité pour se contrôler. Il feintait comme pour esquiver des poursuivants.

Le manifestants reprirent en chœur, « Salauds de flics, salauds de flics. »

Alice observa que les policiers échangeaient des signaux avec leurs yeux ; elle comprit qu'ils seraient arrêtés à la plus infime provocation. Elle en avait envie, elle rêvait de l'instant où elle sentirait la force rude de leurs mains sur ses épaules, et se laisserait choir, inerte, pour être traînée jusqu'au car... Mais elle ordonna à Jasper, « Viens, courons... » et l'empoigna par la main puis s'élança. Seul et légèrement en retrait de la foule, Bert s'écarta au moment des arrestations. Il regardait. Mais il allait se faire arrêter dans quelques instants, lui aussi. Le visage en feu et tordu sous l'effet de l'excitation, Alice courut vers lui, émerveillée de si bien savoir esquiver les policiers, empoigna Bert et lui cria, « Viens. » Arraché à son apathie, Bert répondit, « Oh oui. Oui, Alice, tu as raison. » Et il la suivit.

« Attrapez-les », cria un policier tandis qu'ils piquaient un sprint tous les trois.

Cinq ou six policiers se lancèrent à leur poursuite, mais l'un d'eux glissa dans une flaque, bascula et tomba dans la boue puis, en essayant de se relever, retomba. Il semblait s'être fait mal. Les autres se regroupèrent autour de lui. Pendant ce temps, déçus que la course eût été si brève, les trois poursuivis reprenaient le chemin de l'arrêt d'autobus. Il tombait une pluie froide et implacable.

Le moral baissait, maintenant que l'excitation du défi aux policiers s'estompait. Ce n'avait guère été satisfaisant. Ils songeaient tous qu'ils avaient dépensé beaucoup d'argent pour peu de chose.

Ils entrèrent dans un café. Les garçons mangèrent des saucisses et des frites, et Alice une soupe de légumes plus saine.

Ils envisageaient de retourner attendre la sortie de Mme Thatcher, devant l'université. Alice était tentée, malgré la crainte de l'effet qu'aurait sur Jasper ce visage rose et blanc de tory, empreint d'une telle assurance satisfaite. S'il se faisait coffrer pour le week-end, le retour du billet spécial week-end ne serait plus valable, et lundi il faudrait payer le double pour un billet normal.

Mais elle trouvait quand même qu'elle n'en avait pas eu pour son argent.

Ils convinrent de retourner devant l'université, pour manifester leur solidarité avec les manifestants — s'il en restait. Mais la pluie avait redoublé. Un véritable déluge tropical, bien qu'on pût difficilement qualifier de tropicale une pluie aussi froide.

Ils reprirent le chemin de la gare et, découragés, regagnèrent Londres. Ils allèrent au cinéma puis, retrouvant Faye et Roberta dans la cuisine, ils échangèrent tous leurs impressions. Manifestement, Jasper, Alice et Bert auraient mieux fait d'aller à la manif anti-prof, qui avait remporté un vif succès. Environ mille personnes, dit Faye — Alice corrigea automatiquement à « six cents ». Surtout des femmes, mais aussi pas mal d'hommes. Ils avaient bousculé le professeur assez sérieusement, et même failli le faire tomber ; bref, il avait été secoué. « Bon, ça devrait lui donner matière à réfléchir, pour le moins », déclara joyeusement Roberta, en se rappelant comme elle avait hurlé pour le traiter de sexiste minable, à la solde des fascistes.

La manifestation contre Thatcher semblait pourtant plus efficace, avec le recul. Après tout, il y avait eu bon nombre d'arrestations. Reggie et Mary avaient — évidemment ! — un téléviseur dans leur chambre. Ils montèrent tous s'y installer, en plaisantant sur le grand lit, les meubles soignés, et les tapis. Ils s'assirent sur le lit et regardèrent les informations. Le professeur fasciste n'y fut pas mentionné, mais ils virent une brève séquence de la bagarre entre manifestants et policiers devant l'université. Les trois participants furent bien déçus de ne pas apparaître sur l'écran. Le présentateur précisa qu'à un moment, la police avait craint qu'une bombe ait été lancée. « C'était une orange », hurla Alice, et ils se mirent tous à rire et lancer des sarcasmes, puis ils redescendirent à la cuisine pour continuer à discuter, en emportant quatre bouteilles de vin d'une caisse que Reggie et Mary gardaient sous la coiffeuse.

« Ils s'en ficheront », lança Faye en riant, mais d'une manière montrant bien qu'ils savaient tous que Reggie et Mary ne s'en ficheraient pas du tout.

Philip rentra mais, très fatigué, alla aussitôt se coucher.

Les cinq autres continuèrent à boire et discuter jusque fort tard.

Les manifestations de la journée prenaient un tour plus glorieux à mesure qu'avançait la nuit. Ils portèrent des toasts aux camarades emprisonnés dans les commissariats. Alice éprouvait une certaine tristesse de ne pas s'y trouver aussi — en fait, on ne l'avait plus arrêtée depuis un bon moment, et elle commençait à sentir qu'elle ne faisait pas sa part dans la Lutte. Mais cela valait mieux car, le lundi, Jaspert et Bert apprirent que leurs visas étaient prêts, et que le voyage avait lieu. Ils partirent l'après-midi même.

Comme ils s'en allaient, Alice lança, « À dans dix jours. »

Elle les vit échanger un regard — encore ce regard ridiculement insultant, « secret » mais parfaitement compréhensible, que les gens employaient constamment. Stupéfaite, elle comprit qu'ils n'avaient aucune intention de revenir dans dix jours.

Elle y réfléchit soigneusement, dormit dessus, puis écrivit à l'adresse que Pat lui avait donnée.

Bert et Jasper étaient partis, lui écrivit-elle. Pourquoi ne viendrais-tu pas passer un ou deux jours ? Et si tu ne peux pas venir, s'il te plaît, écris-moi. Es-tu au courant de ce voyage ? Bert t'a-t-il fait part de leur intention de ne pas revenir dans dix jours ?

Cette lettre lui valut une carte en réponse, « Appelle-moi à neuf heures mercredi ou jeudi. Je t'embrasse fort, Pat. » *Je t'embrasse fort* blessa Alice, et elle pleura un peu.

En entendant la voix claire et ferme, chaleureuse, de Pat, Alice l'implora, « Oh, viens Pat, viens.

— Mais je suis fauchée.

— Je te paierai le billet. Mais viens. »

Pat accepta et Alice comprit, à se sentir soudain ragaillardie, combien elle appréciait peu la compagnie de Faye et Roberta, et combien elle avait peu en commun avec les respectables Reggie et Mary.

Pat arriva le lendemain, et les deux jeunes femmes s'approprièrent le salon pour y bavarder et discuter. Pat avait retrouvé des gens qu'Alice connaissait, dans la communauté où elle vivait actuellement. Alice dut lui raconter la manif contre Thatcher. Elle fit également allusion au professeur fasciste, dans l'espoir d'obtenir quelque approbation de la part de Pat, en ce qui concernait ses pensées personnelles sur la question. Mais le visage de Pat prit cette expression impuissante et teintée de rancœur qu'Alice s'était plus ou moins attendue à y voir ; Pat prit une cigarette et se mit à en tirer des bouffées rageuses.

« Tu ne t'imagines quand même pas que c'est par hasard, dit-elle, qu'on répand maintenant toutes ces histoires de différences génétiques !

— Pourquoi ? interrogea Alice, timide mais obstinée. Tu veux dire qu'il est payé pour le faire ? Par qui ? La C.I.A. ? »

Pat secoua rageusement la tête, rejeta des volutes aigres, et répondit d'un ton vague, « Eh bien, pourquoi pas ? »

Alice décida d'abandonner le sujet ; inutile d'insister. Elle demanda à Pat pourquoi elle, Alice, avait eu l'impression que Jasper et Bert n'avaient pas l'intention de rentrer à la date prévue. Avec un soupir, Pat posa un regard de commisération sur Alice.

« Mais ils vont revenir, Alice, répondit-elle doucement. Le jour prévu. Mais eux *ils* s'imaginent qu'ils ne vont pas rentrer, tu comprends ? »

Alice comprenait. En fait, elle se souvenait du moment où Jasper y avait fait allusion pour la première fois. Mais elle avait aussitôt effacé la sensation, trop douloureusement ridicule.

« Écoute, c'est l'histoire de l'Irlande qui recommence. Ils avaient tout bien préparé. Ils vont dire au guide de l'Intourist, Camarades, nous voulons parler à un responsable.

— Oh, mon Dieu, non, murmura Alice, éperdue de honte. Oh, non !

— Oh si, mais si ! Bien entendu, le guide de l'Intourist répondra, Qui voulez-vous voir, camarades ? Le camarade Andropov ? Oh, non, pas vraiment, diront Jasper et Bert, avec humilité. Quelqu'un de moins important nous suffira. »

265

Pat riait, mais sans plaisir car elle raillait Bert ; et Alice souffrait pour Jasper.

« Sur-le-champ, un camarade très important surgira en disant, Camarade Willis et camarade Barnes ? À votre service ! Jasper et Bert lui expliqueront qu'ils ont décidé de suivre une formation d'espions, de préférence en Tchécoslovaquie ou en Lituanie, où se trouvent les meilleures écoles d'espionnage. Le Russe dira, Bien sûr ! Quelle bonne idée ! Mais donnez-moi une heure ou deux pour tout organiser. Attendez-moi là, camarades, je vais revenir. »

Alice eut un rire incertain, puis cessa pour dire, « Bon, d'accord. Mais le camarade Andrew, alors ?

— Quoi, le camarade Andrew ?

— C'est joliment désinvolte, avec lui, non ? Enfin, il propose à qui lui chante de suivre un entraînement !

— Il ne s'en est pas trop mal tiré, avec ceux qu'il a choisis.

— Bert ?

— Bert a refusé. Mais imagine Bert quelque part avec une vraie discipline. Dans une situation tant soit peu structurée. Il a des tas de qualités, Bert.

— Et moi ? insista Alice, encore pas convaincue. Vas-tu me dire que j'ai besoin d'une situation structurée ?

— Non, certainement pas. Ce qu'il te faudrait, c'est...

— Bon, je le sais. C'est me libérer de Jasper.

— Pauvre Alice, murmura Pat.

— Alors, pauvre Pat !

— Oui, aussi. »

Alice posa la tête sur le bras de son fauteuil, vidée de toute énergie, comme toujours lorsqu'elle voyait Jasper clairement.

Les deux femmes restèrent à leur place, en silence, pendant plusieurs minutes. Alice ne bougeait pas ; Pat fumait sans relâche.

Alice reprit, « Il y a autre chose : avec tous ces gens au courant, qu'est-ce qui les empêche de le dire ?

— Tu veux dire, à la police ?

— Oui.

— Voyons, qui de nous le dirait ? »

Alice passa en revue les visages de tous ceux qui étaient au courant. Assise très droite, les yeux clos, elle les passait en revue dans sa tête. Faye. Roberta. Bert. Jasper. Pat. Elle-même. Muriel. Caroline ? Jocelin ?

« Sans doute personne. » Mais elle restait très droite, et continuait à regarder. Elle revoyait à présent la scène entre elle et Andrew, lorsqu'elle avait vu — enfin, ce qu'il y avait là — la fosse du jardin du 45. Pat n'en savait rien. Elle seule, Alice, le savait... Et elle était seule à le savoir parce qu'elle n'avait rien dit, et ne dirait jamais rien, à personne d'autre. On pouvait compter sur elle. Et parce que c'était vrai, parce qu'elle avait confiance dans sa propre discrétion absolue, elle avait confiance aussi dans le camarade Andrew.

« Oui, je crois que je suis de ton avis », dit-elle. Elle s'exprimait modestement, avec un petit air plein de discrétion, de jugement. Pat sourit affectueusement, car c'était tellement caractéristique d'Alice ; et elle déclara, changeant délibérément de sujet et de ton, « Et maintenant, nous allons nous amuser. C'est pour cela que je suis venue ! »

Pat suggéra alors toutes sortes de petites gâteries que jamais Alice n'aurait envisagé de s'offrir.

Pour commencer, elles allèrent prendre le thé au Savoy. C'était Pat qui invitait Alice, et elle avait revêtu une robe très élégante en lainage noir, avec des broderies de laines multicolores, qu'elle avait achetée dans une vente de bienfaisance. Elle était plus saisissante et plus à la mode qu'aucune autre femme, dans ce vaste Savoy si romantique avec ses ors et ses colonnes. Alice portait une jupe mais, à part cela, elle était comme d'habitude. Elles mangèrent beaucoup, et Pat fit des manières avec son thé. Elles en sortirent comme des flibustiers enivrés par la victoire.

Elles passèrent ensuite une matinée chez Harrod's, où elles dévorèrent tout des yeux ; ou plus exactement, Pat le fit. Alice ne s'intéressait guère au luxe, mais le plaisir de Pat la ravissait. Là encore, Pat arborait sa plus belle robe, ce noir brodé spectaculaire, qui donnait à son teint lumineux quelque chose d'exotique, d'étranger. Le lendemain, comme la pluie se calmait, elles allèrent flâner à Regent's Park parmi les flaques d'eau, les lilas, et les cerisiers en fleur.

Puis Pat annonça qu'elle devait rentrer chez elle. Chez elle, remarqua Alice.

Elle demanda, « Tu reviendras ? Bientôt ? »

Avec un air gêné, Pat rit et répondit, « Je ne crois pas que nous nous reverrons, Alice. Bon, peut-être. Mais peut-être pas... » Elle en plaisantait, à sa manière, mais ses yeux envoyaient des messages de regret.

« Pourquoi ? voulut savoir Alice. Pourquoi, pourquoi ? Mais pourquoi ? »

Pat se ressaisit, et dit, « Mais je te le répète sans cesse, Alice, je suis sérieuse, moi. Pas comme nos deux foutus cinglés ! »

Et sur ces mots elle embrassa Alice, les yeux noyés de larmes, puis partit en courant vers le métro. Sortant de ma vie, songea Alice.

ALICE s'endormit sur cette pensée, mais n'éprouva nul réconfort à son réveil, le lendemain matin. Peut-être ne le souhaitait-elle pas.

Elle semblait avoir perdu son élan, et n'avait envie de rien faire. Joan Robbins était dans son jardin. Alice resta un long moment à parler avec elle. Entre autres choses, elle apprit que les deux maisons étaient demeurées vides pendant six ans. « Enfin, pas exactement vides », précisa Joan Robbins, gênée ; et elle enchaîna sur les gens qui avaient vécu là jusqu'à la décision municipale d'expropriation, des familles avec des enfants, des grands-parents, et beaucoup d'allées et venues. C'étaient de merveilleux jardiniers, et les deux jardins avaient été magnifiques.

Un genre d'assistante sociale arriva, et monta chercher la vieille dame pour l'installer au jardin. Alice parla aussi avec elle. Comme toujours quand elle sortait de sa propre vie, pour entrer dans le monde des gens ordinaires, elle se sentait partagée, confuse. C'était ce qu'elle avait éprouvé pendant toute la durée de son séjour avec Jasper chez sa mère et, pour cette raison, elle avait continuellement insisté auprès de Jasper pour partir. Après plusieurs semaines de vie commune avec sa propre espèce, des camarades de divers types, sa conviction de mener la seule existence possible — pour elle maintenant, et plus tard pour le monde entier — s'en trouvait renforcée. Joan Robbins lui semblait pathétique, avec tous ses aérosols et ses fongicides pour soigner ses clématites ; quant à la vieille femme, à moitié gâteuse, elle rendait Joan Robbins folle avec ses exigences continuelles. Fermement convaincue que la vie ne pouvait pas continuer ainsi, Alice regagna le 43 et, sur le seuil, trouva Caroline, du 45, qui avait un paquet pour Alice. Elle le lui tendit, déclara que non, elle n'entrerait pas, et s'éloigna en direction de l'arrêt de bus. Alice regarda à l'intérieur du paquet. C'était de l'argent. Dans le vestibule, elle se hâta de compter. Cinq cents. Avec un petit mot de Muriel : « Le camarade Andrew a dit que c'était pour toi. »

Alice glissa le paquet dans son sac de couchage, et se rendit au 45. En arrivant, elle vit Muriel qui sortait, avec une valise. Mais Alice ne la reconnut pas tout de suite.

Elle s'aperçut alors que Muriel n'était pas contente du tout de la voir, et qu'elle avait sans doute compté s'en aller avant l'arrivée d'Alice.

« Il faut que je te parle, déclara Alice.

— Je n'ai rien à dire », rétorqua Muriel.

Elles entrèrent rapidement dans la pièce qu'avait occupée le camarade Andrew, et qui était devenue un dortoir, car on pouvait y voir quatre sacs de couchage étendus le long du mur.

Muriel s'arrêta au milieu de la pièce, et attendit qu'Alice en finisse. Elle avait posé sa valise à ses pieds.

Muriel ne portait pas de treillis, aujourd'hui, ni rien de ce genre, mais un tailleur en lin bleu d'excellente coupe. De chez Harrod's. Alice l'y avait remarqué trois jours auparavant.

Muriel était coiffée à la façon de la princesse Diana.

Alice savait que Muriel appartenait à la haute bourgeoisie, et c'était la raison de son antipathie. Comme tous les gens de son milieu, elle avait une attitude arrogante qui apparaissait dans le moindre mot ou le moindre geste. L'école démocratique et progressiste qu'avait fréquentée Alice regorgeait de filles du même genre, et Alice avait décidé dès la première semaine qu'elle les détestait et les détesterait toujours.

Une autre pensée bien ancrée dans sa tête était que le camarade Andrew avait eu une liaison avec Muriel à cause de l'attraction qu'éprouvaient ces filles-là pour les hommes de la classe ouvrière, qui faisaient profession de les mépriser.

« Pourquoi le camarade Andrew a-t-il laissé cet argent pour moi ?

— Cela ne me concerne pas, répliqua Muriel du ton coupant et définitif qu'avait prévu Alice.

— Il a bien dû dire quelque chose. »

Les deux jeunes femmes se faisaient face dans la grande pièce pleine de lumière et du bruit de la circulation dans la grande rue.

« Saloperie de circulation », grommela Muriel, et elle alla fermer les fenêtres, une, deux, trois, en les claquant.

Elle revint se poster en face d'Alice après avoir, dans l'intervalle (ce qui expliquait son numéro de fermeture des fenêtres), décidé ce qu'elle allait dire.

Alice lui coupa l'herbe sous le pied, en demandant, « Que suis-je censée faire en contrepartie ? »

À ces mots, la camarade Muriel laissa paraître une exaspération superbement maîtrisée.

« Ce serait plutôt au camarade Andrew d'en discuter avec toi, non ?

— Mais il n'est pas là. Quand reviendra-t-il ?

— Je n'en sais rien. S'il ne revient pas, ce sera quelqu'un d'autre. » Et comme Alice s'obstinait à la dévisager, elle lui exposa la situation telle qu'elle la voyait : « Écoute, Alice, ou bien tu es avec nous, ou bien contre nous.

— Je serais avec vous — avec le camarade Andrew — sans cet argent, n'est-ce pas ?

— À moins que tu ne préfères continuer à être l'un de ces indispensables crétins. »

Alice s'abstint de réagir, et garda son attitude d'interrogation infiniment patiente et obstinée.

« Lénine, reprit Muriel. Indispensable crétin : l'enthousiasme vague et non directif pour le communisme. Pour l'Union soviétique. Les compagnons de route. Tu vois. »

En fait, Alice n'avait guère lu Lénine. Elle éprouvait pour lui une sorte de soumission totale, comme une génuflexion, à l'égard de l'Homme parfait. Qu'un tel géant ait pu vivre ! se disait-elle, et cela lui suffisait. À vrai dire, elle n'avait guère lu de Marx que *Le*

Manifeste du Parti communiste. Elle s'était toujours dit, Bah! Je ne suis pas une intellectuelle! — avec un sentiment de supériorité.

Elle jugeait à présent que cette prétentieuse disait n'importe quoi, qu'elle était inconvenante.

« Je ne crois pas que le camarade Lénine ait méprisé les gens quand ils admiraient sincèrement l'œuvre de la classe ouvrière dans les pays communistes », décréta Alice du même ton autoritaire et définitif que Muriel. Qui se contenta de la dévisager sans un mot, de ses yeux bleu pâle et légèrement protubérants.

Puis Muriel observa, « Le camarade Andrew pense le plus grand bien de tes possibilités. »

L'éclair de ravissement qui envahit Alice la ferma à tout ce que pouvait penser Muriel. Elle répondit humblement, « J'en suis heureuse.

— Eh bien, je pense que tout est dit », conclut Muriel, et elle reprit sa valise.

« Tu vas donc commencer ta carrière criminelle, maintenant? » interrogea Alice, riant de sa plaisanterie. Muriel répondit par un sourire poli, mais elle était furieuse.

« Je suppose que ce sera la B.B.C., poursuivit Alice, songeuse. Ou quelque chose du même ordre », se hâta-t-elle d'ajouter.

À ces mots, Muriel s'immobilisa un instant avec sa valise à la main, puis la reposa et s'approcha d'Alice pour lui dire fermement, « Alice, on ne pose pas ces questions-là. On-ne-pose-pas-ces-questions-là. Comprends-tu? »

Alice se sentait en proie à l'état de prescience nébuleuse qui l'avait assistée toute sa vie. « Mais je suppose que tu vas d'abord passer par l'une de ces écoles d'espions, en Tchécoslovaquie ou en Lituanie », dit-elle.

Muriel eut un sursaut, et s'empourpra. « Qui te l'a dit?

— Personne. Si tu t'en vas avec cette allure-là, j'imagine que... j'imagine que ce doit être cela », acheva-t-elle lamentablement, s'étonnant elle-même.

Muriel la dévisageait attentivement, avec des yeux comme des revolvers.

« Quand tu as de ces brillantes inspirations, tu ferais mieux de les garder pour toi.

— Je ne vois pas pourquoi tu en fais une telle histoire ; tout le monde sait que les écoles soviétiques d'espionnage sont là-bas.

— Oui, mais... » Muriel l'oie semblait folle d'exaspération. Elle contemplait Alice avec cette expression qu'Alice observait si souvent, chez ceux qui la regardaient. Comme si elle n'avait mérité aucune confiance, aucune patience ! Comme elle le faisait avec Jasper dans ces moments-là, elle s'entêta : « Je ne comprends pas. Il se passe des choses parfaitement évidentes, je dis quelque chose, et aussitôt tout le monde s'émeut. Je trouve cela puéril, insista-t-elle en conclusion.

— Bon, je suppose qu'Andrew a dû te le dire, soupira Muriel. Il n'aurait pas dû. » Elle demeura un moment songeuse, puis ajouta, « Je suis bien soulagée de quitter cette sphère. Je serai plus heureuse avec quelqu'un d'un niveau supérieur.

— N'est-il donc pas d'un niveau élevé ?

— S'il l'était, il ne s'occuperait pas de gens comme nous », répliqua Muriel dans un élan inattendu de sentimentalité.

L'effarement d'entendre Muriel, même dans un moment d'émotion, s'avouer inférieure à quiconque, fit bien rire Alice.

« Non, reprit Muriel, il est parti faire un stage de formation, lui aussi. Et à mon avis, cela ne lui fera pas de mal. Il lui arrive de commettre des erreurs de jugement vraiment graves. »

Sur ces mots, elle empoigna sa valise, la souleva, et se dirigea vers la porte en disant, « Eh bien, au revoir. Je ne pense pas que nous nous revoyions un jour. À moins que tu décides de faire un stage d'entraînement aussi. Le camarade Andrew va te le proposer. » Son intonation exprimait sans équivoque possible ce qu'elle pensait du projet du camarade Andrew.

Mais Alice venait soudain de comprendre autre chose. « Mon Dieu, mais je viens de réaliser — Pat y va aussi, n'est-ce pas ?

— Si elle te l'a dit, elle a eu tort.

— Non, non, elle ne m'a rien dit. Je viens seulement de...

— Je suis en retard », coupa Muriel, et elle s'éloigna d'un pas décidé, laissant paraître un tel degré de soulagement qu'Alice en conclut : Eh bien, il va lui falloir beaucoup d'entraînement, pour apprendre à ne plus laisser paraître la moindre petite chose qui lui passe par l'esprit.

Elle retourna lentement au 43, et resta un long moment attablée dans la cuisine, à réfléchir.

La plus insistante de ses pensées, qui était plutôt un sentiment ou une souffrance, concernait le fait que Jasper lui eût caché qu'il comptait rester absent pendant des mois. Oui, il avait été « gentil » pour compenser. Mais il ne le lui avait pas dit ! Jamais encore il ne l'avait trahie ainsi. Oui, bien sûr, il lui avait toujours dissimulé une partie de sa vie, et elle l'acceptait. Mais la politique — là, tout avait toujours été discuté.

Il était devenu capable de s'en aller six mois, ou un an, sans en dire un seul mot. Bert ? Était-ce l'influence de Bert ?

Oui, bien sûr, il y avait la question de la sécurité, elle s'en rendait compte. Mais cela ne changeait rien à ce qu'elle éprouvait.

Quelque chose était rompu entre elle et lui ; il avait tranché un lien entre eux.

Elle allait réagir — partir, changer de communauté, renoncer à lui (mais à cette idée, une tristesse glacée l'envahit) —, lui dire que... lui dire ceci ou cela, mais elle ne continuerait pas ainsi. Les gens avaient raison, il l'exploitait.

À cette pensée, elle alla chercher l'argent du camarade Andrew dans son sac de couchage, et le porta à la poste.

Elle retourna ensuite s'asseoir devant la table de la cuisine, et y passa la fin de l'après-midi, à regarder s'éteindre les lueurs du jour et sentir la maison autour d'elle basculer dans l'obscurité. Elle ne voulait avoir à parler à personne et, quand elle entendit rentrer Mary et Reggie, elle s'en alla déambuler seule dans les rues. Elle s'arrêta longuement devant l'immeuble où habitait sa mère. Les lumières qu'elle voyait sur la façade n'étaient pas celles de sa mère, car l'appartement donnait sur l'arrière. Elle alla regarder le nom *Mellings* griffonné sur un papier, et faiblement éclairé. Puis elle rentra à pied, en espérant trouver la cuisine déserte. Il était onze heures.

Il n'y avait personne en vue. Elle allait s'offrir une bonne nuit de sommeil, et décider demain matin ce qu'elle ferait. Peut-être aller faire un tour dans l'une ou l'autre des communautés où elle avait des amis. Ou bien au Festival d'été marxiste, en Hollande. Elle y rencontrerait sûrement des gens qu'elle connaissait, et s'y ferait de nouveaux amis.

Une chose était certaine : elle ne serait plus là au retour de Jasper et Bert, dans dix jours — non, moins d'une semaine, maintenant.

Elle aurait aimé sombrer tout de suite dans un profond sommeil et ne plus avoir à réfléchir, mais nul n'eut le loisir de dormir, cette nuit-là, au 43, car Faye criait et hurlait en tapant sur les murs.

Pour la première fois, Alice eut l'intuition que, si Faye habitait là plutôt que dans la communauté de femmes où elles passaient toutes les deux leurs journées, c'était qu'on n'en voulait plus là-bas — qu'on l'en avait expulsée. Elles ne voulaient plus supporter la folie de cette femme. Elles en avaient eu assez. Évident, quand on y pensait : elle pouvait y passer la journée, mais pas la nuit car elle empêchait les autres de dormir. Mais la pauvre Roberta ! sa voix grave et douce, insistante, fut à l'œuvre toute la nuit, apaisante et grondeuse à la fois.

Éveillée, l'oreille tendue vers la détresse, le désespoir de Faye, Alice songeait une fois de plus qu'un jour, bientôt, il n'y aurait plus de gens comme Faye. Grâce à des gens comme Alice. Et même comme Muriel. Plus de gens démolis par la vie.

Elle réfléchit aussi, gardant l'esprit ouvert à toutes les perspectives l'une après l'autre, aux implications de ce qu'elle avait appris depuis son arrivée ici. Elle n'en avait tout simplement jamais eu la moindre idée ! À travers tout le pays, il y avait ces gens — ces réseaux, pour reprendre l'expression du camarade Andrew. Généreusement, des gens compétents observaient, attendaient, jugeaient quand les gens (comme elle-même, comme Pat) étaient mûrs, quand ils pouvaient être vraiment utiles. À l'insu des petits bourgeois prisonniers de la superstructure mentale de l'Angleterre fasciste impérialiste, pauvres esclaves de la propagande, il y avait ces observateurs, ces guetteurs, qui tenaient toutes les ficelles entre leurs mains. Dans les usines, dans les grandes industries — là où le camarade Andrew voulait qu'elle aille travailler ; dans l'administration (l'endroit parfait pour Muriel !), à la B.B.C., dans la grande presse — partout œuvrait ce réseau, jusque dans des endroits sans importance comme ces deux maisons, le 43 et le 45, de simples communautés ou squats ordinaires. Rien n'était trop petit, tout individu susceptible de servir était repéré, observé, apprécié... Cela lui procurait un sentiment de réconfort, de sécurité.

Alice finit par s'endormir, quand Faye se calma, et elle aurait dormi toute la matinée, mais Roberta frappa, puis lui annonça à travers la porte qu'elle avait quelque chose d'important à lui dire.

Alice se dressa aussitôt sur son séant, prête à entendre de mauvaises nouvelles.

Roberta avait une tête épouvantable, évidemment. Elle avait les yeux rouges, les traits tirés par la fatigue. Et même, elle était retombée dans la peau de l'autre Roberta. On devinait en elle quelque chose d'avili, comme une femme des taudis dans un film des années trente, en particulier quand elle se coinça une cigarette entre les lèvres et continua à parler, accroupie près du sac de couchage d'Alice. Elle portait une robe de chambre souillée.

« J'ai reçu de mauvaises nouvelles, Alice. Ma mère est à l'hôpital, à Bradford. Il faut que j'y aille. Tu comprends ? Il faut que j'y aille. »

Alice vit que Roberta continuait à raisonner Faye, en pensée, et demanda, « Qu'est-ce qu'elle a ? »

Renfrognée, Roberta répondit, « Cancer. Ça fait déjà longtemps. J'aurais dû y aller avant. »

Sa voix aussi régressait : des intonations du Nord s'y renforçaient. Venait-elle de quelque infâme taudis, dans une ville industrielle du Nord ?

Alice voyait déjà la situation. Roberta allait lui demander de « garder un œil » sur Faye, qu'elle ne pouvait pas laisser dans la communauté de femmes ; en l'absence de Roberta, elles ne voudraient même pas de Faye dans la journée. Et elle, Alice, pour une période indéterminée, allait devoir...

Elle répondit, « En fait, j'avais justement décidé de filer. » Sa voix avait pris une intonation dure et mécontente, comme celle de Roberta.

Mais en entendant cela, Roberta laissa échapper un long pleur, un vrai, et s'empara de la main d'Alice, qu'elle pressa très fort en la regardant dans les yeux. « Oh, je t'en supplie, Alice, je t'en supplie, je ne peux laisser Faye avec personne d'autre, tu le vois bien. »

Roberta tremblait. Alice sentait l'épuisement de Roberta l'envahir, par l'intermédiaire de la pression de cette main.

« Et tu n'as pas la moindre idée de combien de temps, ni rien ? »

Roberta lâcha la main d'Alice et ses yeux se perdirent dans le vide, tandis qu'elle se tassait sur ses genoux repliés, cigarette pendante.

« Oh, mon Dieu, soupira Alice, je suppose que je n'ai pas le choix. Mais je ne suis pas toi, Roberta. Je ne vais pas lui passer tous ses caprices comme tu le fais... »

Roberta mollit soudain. Elle laissa retomber sa tête sur ses genoux, heurtant le sac de couchage avec sa cigarette. Alice écarta aussitôt le duvet d'un geste soigneux, et regarda Roberta ainsi recroquevillée en position fœtale, les bras passés autour des genoux.

« Alice, entendit-elle. Tu n'imagines pas ce que cela signifie pour moi, tu ne peux pas savoir...

— Bien sûr que si, répondit Alice. Sans toi, Faye ne pourrait pas s'en tirer. Elle serait à l'asile de fous. Tu passes ta vie entière à t'arranger pour qu'*ils* ne lui mettent pas le grappin dessus. »

Roberta se redressa, le visage ruisselant de larmes, et balbutia d'un ton implorant, « Alice...

— Mais il y a un revers à la médaille. Elle se comporte bien plus mal avec toi qu'avec personne d'autre. Tu lui laisses tout faire. »

Comme Roberta protestait, Alice poursuivit d'une voix raisonnable, « Oh non, je ne dis pas qu'elle n'est pas cinglée, elle l'est, mais j'avais déjà remarqué que les gens comme elle se tiennent normalement avec tout le monde, ils se débrouillent très bien, on ne croirait jamais qu'ils sont cinglés, mais il y a une personne, une seule, avec qui ils ne se maîtrisent pas. Ça fait réfléchir. »

Pas le moins du monde contrariée, Roberta répondit, « Oui, j'y ai déjà songé aussi. C'est étrange, non ? Faye est normale avec tout le monde — enfin, presque toujours... » Là, avec un petit sourire triste, elle invita Alice à se rappeler le jour où Faye avait dévalé l'escalier en hurlant pour chasser Monica. Et d'autres incidents. « Elle se tiendra sûrement très bien avec toi.

— Si elle n'essaie pas de se suicider. »

Un regard aigu, de répudiation. Un bref hochement de tête, qui disait clairement : Je ne veux même pas y penser.

« Bon, eh bien je vais y réfléchir.

— Écoute, Alice, il faut que je m'habille et que je parte. Il me reste une heure pour attraper le train. »

Roberta sortit en courant et revint, comme l'avait prévu Alice, avec des flacons de gélules.

« Si tu lui fais prendre un de ceux-ci le matin, et un de ceux-là le soir... »

Alice prit les flacons, avec une expression qui disait clairement : Tu sais très bien que je ne peux rien obtenir d'elle.

Roberta ajouta, « Inutile de te dire merci, à qui servent les merci ! Mais si je peux faire quelque chose un jour... »

Elle sortit et, cinq minutes plus tard, Alice l'entendit dévaler l'escalier et quitter la maison en courant.

Faye n'allait pas se réveiller avant midi, et sans doute même bien plus tard.

Alice se baigna et se vêtit en prenant tout son temps, et elle buvait du café à la cuisine quand arriva Caroline.

Elle avait souhaité se lier d'amitié avec Caroline, mais elle sentait maintenant que ce serait la dernière goutte d'eau.

Déplaçant la bouilloire et le bocal de café comme si elle vivait déjà là, Caroline déclara, « Alice, je suis venue te demander si je pouvais m'installer ici. »

Alice se contenta de hausser les épaules ; mais elle tendit sa tasse à Caroline, pour la lui faire remplir.

Après une inspection brève mais incisive, de son regard aigu, Caroline remplit les deux tasses et s'assit aussi, à l'autre bout de la table.

« Qu'est-ce qui ne va pas ? »

Alice le lui dit.

« Ce n'est qu'un problème à court terme », diagnostiqua Caroline, écartant la question.

Alice se mit à rire. « Bon, très bien. Alors, qu'est-ce qui ne va pas au 45 ? »

Caroline versa du sucre dans son café avec détermination, ce qui révélait une forte personnalité en ces temps où les gens confessent leur penchant pour le sucre comme naguère leur goût pour la boisson. Une, deux, trois cuillerées bien pleines, et Caroline souleva sa tasse pour boire avec un plaisir franc et manifeste.

Alice se remit à rire, mais différemment. Elle avait vu juste : Caroline et elle entamaient déjà ce mystérieux processus qu'on appelle « bien s'entendre ».

« La police est encore venue, hier soir.

— Vous ne vous êtes donc pas encore arrangés avec la mairie ?

— Nous allions toujours le faire, mais nous ne nous décidions pas. De toute façon, cela ne ferait aucune différence.

— Que cherchaient-ils donc ?

— Ils cherchaient sûrement quelque chose : ils ont tout retourné.

— Mais il y avait quelque chose ?

— Rien. »

Caroline attendait les questions qu'Alice forgeait dans sa tête.

« Quelqu'un aurait parlé ?

— Sans doute pas. En fait, je crois qu'ils cherchaient de la came.

— Mais personne n'en prend, si ?

— De l'herbe, si, bien sûr. Mais pas de l'héroïne. Non, je crois qu'ils prenaient le 45 pour une cache. Tu sais, un beau paquet d'héroïne superfine planquée sous le plancher ! »

Alice réfléchissait, intensément. Elle avait le visage ratatiné, comme un chien inquiet.

« Allons, détends-toi, dit Caroline. Il n'est rien arrivé de tragique.

— Depuis combien de temps durent les... allées et venues de *trucs*, à côté ?

— Oh, pas longtemps. Quelques semaines. Et ça ne reste généralement qu'un jour ou deux. Ou même une heure.

— Toujours pour le camarade Andrew ?

— Eh bien, c'est lui qui a tout organisé, oui.

— Comment le camarade Andrew est-il arrivé au 45, d'abord ?

— Il a rencontré Muriel je ne sais où. Il est vraiment mordu.

— Tu veux dire qu'il a choisi de venir vivre au 45 parce que Muriel y habitait ?

— Il n'y vit pas. Il va et vient. Je ne pense pas qu'il y ait passé plus de deux ou trois jours d'affilée.

— Et la camarade Muriel tient à lui.

— En vérité, je crois que c'est elle qui lui tourne autour.

— Bon, ces choses-là ne m'intéressent pas, rétorqua Alice, comme toujours affligée et dégoûtée. De toute façon, cela m'a tout l'air d'être joué et manqué.

— Pourquoi ? La preuve est dans le gâteau. La police est venue trois fois, depuis que je suis là. Ils n'ont jamais rien trouvé. Mais, une fois, la moitié des sacs-poubelles contenaient juste assez d'ordures pour cacher ce qu'il y avait réellement dedans.

— Et c'était quoi ?

— Oh ! répondit Caroline d'un air dégagé en raclant avec sa cuillère le sucre épais et jauni du fond de sa tasse, puis en le léchant lentement avec sa langue rose et grasse. Des trucs. Tu sais. »

Alice garda le silence. Elle retenait tout ce qu'elle pouvait de cette créature saine et potelée qui se trouvait en face d'elle, et qui exsudait un tel plaisir physique. Elle s'efforçait d'en comprendre le secret. Mais, observa Alice, on pouvait lui trouver l'air d'une otarie bien lisse, à la voir sourire et parler — sans doute — d'explosifs, mais ses pupilles demeuraient serrées et vigilantes. Cela lui donnait une expression rusée, et même froide, qu'Alice fut bien soulagée de voir. Elle sentait qu'on pouvait se fier à Caroline.

« Bon, je suppose qu'il s'agit d'explosifs, dit-elle d'une voix neutre. C'est ce que je pensais depuis le début.

— Enfin, ce genre de choses-là. Mais je l'ai dit au camarade Andrew. Je lui ai dit, Est-ce qu'on nous a demandé notre avis sur ce qui entre et sort d'ici ? Je ne pense pas me souvenir qu'on ait voté.

— Tu y étais avant lui ?

— Bien avant ! J'ai emménagé l'an dernier. J'y suis restée plusieurs semaines seule, et puis Muriel est arrivée. Ensuite, brusquement, Andrew a débarqué. Nous n'avons jamais su comment Muriel avait entendu parler de la maison. Mais la camarade Muriel n'est pas précisément, dirais-je, une squatter naturelle.

279

— Non, en effet.

— Elle a pris la situation en main. Et aussitôt après, Paul et Edward — maintenant, je pense qu'elle les a fait venir sur instructions d'Andrew. Ensuite, j'ai invité des amies à moi, trois filles, qui habitaient un squat épouvantable à Camberwell. Mais Muriel a eu tôt fait de s'en débarrasser.

— Comment a-t-elle fait ?

— Eh bien, moins... commença Caroline d'un ton mesuré, souriant du plaisir de parler et d'être comprise, moins par ce qu'elle faisait, que par ce qu'elle *est*... » Elle attendit qu'Alice rie. Alice rit. Et Caroline poursuivit, « Elles n'ont pas aimé la manière dont Muriel prenait le commandement et, à l'arrivée d'Andrew, elles sont parties. »

Alice demeura songeuse. Elle savait, à la façon dont Caroline l'épiait, qu'elle était censée réfléchir.

« Bon, dit-elle finalement. Donc, tu n'aimes guère le camarade Andrew.

— Qui *est* ce camarade Andrew, d'abord ? interrogea Caroline. Qui est-il, pour donner des ordres et décider ce qui doit, ou ne doit pas, se faire ?

— Nous ne sommes pas obligés de lui obéir. C'est à nous de dire oui ou non.

— Mais on peut difficilement dire non, quand une voiture arrive simplement avec cinq caisses de tracts. Ou d'autre chose. »

Encore du café. Encore du sucre. Alice ne put se retenir de penser : Mais tes *dents*...

« Et puis, annonça Caroline avec un sourire aimable et doux, mais l'œil rétréci, dur, veux-tu savoir autre chose ? Je me fous royalement de leur sacrée Union soviétique, de leur sacré K.G.B. et de tout le reste. »

Employé ainsi, le mot « K.G.B. » causa un choc à Alice ; elle ne s'était jamais dit, Je suis impliquée avec le K.G.B. Et puis cela avait quelque chose d'impitoyable, qu'elle associait difficilement au camarade Andrew. Elle resta un moment silencieuse, puis suggéra, « Mais c'est une bonne forme d'entraînement. Enfin, pour certains.

— Pour certains. Et si ils veulent ce genre d'entraînement.

— Il y a dans tout cela quelque chose qui ne cadre pas », reprit enfin Alice, à grand-peine. Elle avait du mal à critiquer le camarade Andrew. À voix haute, tout au moins. Mentalement, elle ne pouvait pas s'en empêcher.

« Exactement. Et sais-tu ce que c'est ? Curieusement, j'ai énormément réfléchi à cette affaire. »

Alice se mit à rire, comme s'y attendait Caroline.

« Oui. D'après mon expérience, qui n'est pas immense mais néanmoins suffisante, tout finit par tourner à la confusion. Tu imagines des projets fantastiques et lumineux, organisés jusqu'au moindre détail d'efficacité, et puis non, quand tu découvres la vérité sur n'importe quoi, sans parler des projets mis sur pied par le K.G.B. c'est toujours le désordre idiot et l'à-peu-près. »

Cette fois, Alice était vraiment troublée. À cause de ce que disait sa mère. De ce qu'elle avait dit récemment — dans le cadre de cette phase nouvelle et inquiétante qu'elle traversait. Combien de fois Alice avait entendu sa mère s'exclamer, au cours des quatre dernières années, et avec un plaisir si évident à la face de ce scandale qu'Alice devenait chaque fois furieuse, « Et voilà, encore une connerie ! Ils ont raté leur coup ! Ils ont foutu la merde. Oh, ce n'est même pas la peine de perdre son temps à essayer de comprendre ! Cela ne fera jamais qu'une connerie de plus. » Généralement, cela s'adressait à Zoé Devlin. Qui essayait de la raisonner — comme elle le faisait ces derniers temps, patiemment, inlassablement, quand Dorothy tenait ce genre de propos. « Voyons, Dorothy, *tout* ne peut pas être raté. Ce n'est vraiment pas possible, de tirer ton épingle du jeu, qu'est-ce qui te prend donc ? On dirait que tu ne veux plus te donner la peine de réfléchir à rien ? » Et Dorothy Mellings rétorquait à Zoé Devlin, « Qui est-ce qui tire son épingle du jeu ? Je crois bien que c'est toi. Tu vis dans un monde imaginaire tout blanc et rose, tu crois que tout va bien, suivant le chemin de la raison et des décisions mûrement réfléchies ! Eh bien, ce n'est absolument pas le cas ! Ce n'est qu'un immense *foutoir*. »

Quand elle entendit les propres paroles de sa mère sortir complaisamment de la jolie bouche dodue et souriante de Caroline, ce fut pour Alice un tel choc, de voir se confondre ainsi ses deux univers, qu'elle manqua une bonne partie de ce que disait Caroline. Quand elle put écouter à nouveau, elle entendit, « Je crois que notre camarade Andrew n'était pas à la hauteur de ses responsabilités. Je pense que l'Ouest lui est monté à la tête. L'esprit de jouissance, tu sais.

— Eh bien, que Dieu lui vienne en aide, décréta Alice, dégoûtée.

— Exactement. Et Muriel l'écrasait, vieilles familles, Roedan et tout le reste.

— Elle était à Roedan ?

— Bien sûr, Roedan, *finishing school* et haute cuisine. Cela ne t'amuse pas, de voir comme le communisme attire la haute société ? Je me demande si le camarade Marx avait vu tout cela dans sa boule de cristal ?

— Et c'est *toi* qui me le dis ! s'exclama Alice, sachant qu'on ne devait pas parler de Marx ainsi.

— Moi ? Je ne suis pas de la haute société. Simplement la bonne vieille moyenne bourgeoisie si barbante, comme toi.

— Classe ouvrière à la génération précédente, corrigea Alice. Du côté de ma mère.

— Félicitations !

— Malgré tout, je suis sûre que la camarade Muriel sera parfaite.

— Qui dit le contraire ? Née pour ça ! Je vois d'ici les gros titres. " Taupe rouge prise la main dans le sac à... " Où, à ton avis ?

— À la B.B.C., répondit Alice, incapable de se retenir.

— Très juste. Ou au *Times* — ou bien au *Guardian*, qu'en penses-tu ?

— Non, au *Times*. Elle n'a pas le style du *Guardian*. Mais sans doute qu'une fois bien entraînée... elle est très forte, j'en suis certaine.

— Moi aussi, mais le camarade Andrew n'est pas tombé amoureux de la camarade Muriel à cause de son potentiel d'espionne. Ils ne sortaient jamais de leur lit. Ou plus exactement, ils ne quittaient jamais le plancher. »

Alice débrancha. Elle répondit d'un ton vague, « Bah, cela m'est égal. Et alors ! Muriel est partie. Andrew est parti. Tu veux venir ici. Cela ne laisse plus...

— Jocelin aussi veut venir ici.

— Il ne restera donc plus que Paul et Edward à côté ?

— Ils déménagent cette semaine, pour s'installer dans un appartement. Ils ont trouvé du travail. Enfin, c'est Andrew qui le leur a trouvé. À un endroit très stratégique. J'en ai assez dit !

— Il y aura donc bientôt une nouvelle équipe de squatters à côté ?

— Pourvu que je n'en sois pas ! Pas d'eau chaude. Un froid sibérien. Pas du tout comme ici. »

Il y avait une chambre vide au second étage, et une autre à côté de celle de Faye et Roberta.

« Je ne vois pas pourquoi ça ne marcherait pas, dit Alice.

— J'ai hâte d'emménager. En plus de tout le reste, la police est venue creuser dans le jardin, et toutes les ordures que nous avions enterrées voltigent dans tous les sens. »

Pour Alice, ce fut la dernière goutte d'eau. « Oh non, gémit-elle. Mon Dieu, non !

— Eh si ! retour à la case départ. Quand ils ont eu bien creusé partout, nous leur avons dit, N'allez-vous pas remettre les ordures ? Allez vous faire foutre, voilà la réponse. Les flics sont toujours si charmants. Bon, eh bien je vais chercher mes affaires. »

Alice l'accompagna, et s'arrêta à la porte du jardin. Des ordures partout, qu'un vent de printemps assez vif faisait tourbillonner. La fosse où elle avait vu — mais quoi ? — était une affreuse tranchée, avec des tas de terre blême irrégulièrement disséminés.

Mais elle ne pouvait pas laisser Faye seule, et elle regagna la maison.

FAYE ne descendit que le soir, faible et triste, prête à pleurer. Mais elle se maîtrisait, et semblait disposée à dîner avec les autres, Caroline et Jocelin, Mary et Reggie, Philip et Alice.

Tout se passait très bien quand, vers neuf heures, on frappa violemment à la porte.

« Oh non, s'exclama Caroline. Ça ne va pas recommencer ! » Alice avait déjà quitté la table, pour aller ouvrir la porte en souriant.

Deux policiers, dont le jeune au visage mauvais. Ils étaient de mauvaise humeur, envoyés faire des corvées qu'ils n'avaient nulle envie de faire.

« Nous avons appris que vous aviez enterré quelque chose dans votre jardin, déclara l'affreux jeune. Nous allons creuser.

— Mais vous savez déjà ce que c'est, nous vous l'avons dit », protesta Alice. Elle n'avait aucune envie de rire. Elle savait qu'il suffirait d'un rien pour que ces deux-là mettent tout sens dessus dessous.

« Nous savons fort bien ce que vous nous avez dit, répliqua l'autre, qu'Alice n'avait jamais vu.

— Je vais vous donner une pelle.

— Nous en avons déjà, merci. »

Alice les conduisit là où avait été creusée la fosse. La lumière de la cuisine éclairait l'endroit.

« Voilà l'endroit où la terre a été remuée », annonça le jeune à l'autre.

Alice se hâta de regagner la maison, et recommanda aux autres, qui étaient sur le point d'éclater de rire, « Non, non, ne riez pas, ou ils vont nous épingler. » Et à Faye, qui se tortillait en gloussant, « Non, Faye, non. » Alice savait que si le petit psychopathe se sentait provoqué par une crise de Faye, il était capable de tout. « Nous pourrons rire après, mais pas maintenant.

— Elle a raison », dit Caroline, et ils prirent des airs compassés pour réfréner leur envie de rire.

Dehors, à la lumière de la fenêtre de la cuisine, les deux hommes creusaient. Mais cela ne dura que deux ou trois minutes. Ils se redressèrent, s'appuyèrent un moment sur leurs pelles, puis disparurent.

Alice avait pris garde de laisser la porte d'entrée ouverte, pour bien leur montrer la sérénité du repas communautaire, dans la cuisine confortable et agrémentée de fleurs.

Elle alla se poster sur le seuil, serviable et polie.

Le plus jeune des deux policiers semblait sur le point d'exploser de rage.

« On devrait tous vous poursuivre en justice, hurla-t-il à l'adresse de la tablée.

— Nous vous avons tout dit au moment même où nous le

faisions, observa Alice. Je suis moi-même allée faire une déclaration. » Elle savait que l'expression « faire une déclaration » sonnait juste.

L'homme demeurait là, grinçant littéralement des dents, prêt à foncer et tout détruire. Mais elle faisait bien attention de ne pas le regarder en face, et de maintenir une attitude passive, presque indifférente.

L'autre flic était déjà remonté en voiture.

En un instant ils furent partis. Alice alla chercher sa pelle, et reboucha vivement le trou qu'ils avaient commencé. Pas trop de mal. Comme on pouvait s'y attendre, la nature faisait bien son travail.

Elle retourna dans la cuisine, et son arrivée fut le signal d'une grande débauche de rires et de moqueries. Ils semblaient ne plus pouvoir s'arrêter de rire, surtout Caroline et Jocelin, pour qui toute l'affaire était neuve. Alice, pour sa part, n'avait guère envie de rire. Elle savait que ce n'était pas fini ; leurs visiteurs reviendraient.

Elle savait aussi, en regardant Faye, qu'elle n'aurait guère de sommeil cette nuit. Il était en effet plus de trois heures quand Faye remonta l'escalier. Elle accepta deux comprimés de Mogadon, et souhaita assez gentiment une bonne nuit à Alice.

Mais très peu de temps après, elle se mit à pleurer. Non pas les cris rageurs qui lui étaient coutumiers avec Roberta, mais de déchirants sanglots d'enfant. Alice la rejoignit dans sa chambre, et resta auprès d'elle, en lui tenant la main. Faye ne s'endormit qu'à sept heures du matin, et Alice somnola un peu à ses côtés, assise.

Plusieurs jours s'écoulèrent. Faye faisait des efforts considérables et, le sachant, ils l'encourageaient tous. Quand elle entendait quelqu'un dans la cuisine, elle descendait bavarder avec eux, amusante comme elle savait l'être, faisant son petit numéro de gavroche, mais soudain elle sombrait dans le silence, l'œil figé ; alors quelqu'un tentait doucement de la sortir de cette torpeur, de la ramener dans le cercle.

Elle proposa à Alice de lui montrer une recette de ragoût de légumes très économique, et tout le monde se régala. Alice se demandait comment Faye pouvait supporter — si elle s'en rendait compte — cette tension où vivaient les autres, dans l'attente de la voir craquer. Mais elle ne craquait pas, ni ne pleurait. Elle paraissait normale, et même ordinaire ; Caroline et Jocelin observèrent qu'elles ne voyaient vraiment pas pourquoi les gens faisaient tant d'histoires au sujet de Faye. Elle était très agréable, très intelligente, et c'était fou ce qu'elle savait en matière de politique. Il s'avéra que Faye avait beaucoup lu, plus qu'aucun des autres, et connaissait tout particulièrement l'œuvre d'Althusser. Elle avait commencé une thèse sur lui à l'université, où elle n'était cependant restée que deux trimestres avant de craquer.

Faye se couchait très tard et, en montant, informait Alice qu'elle se débrouillerait très bien toute seule.

Alice se relevait souvent la nuit, pour aller écouter à la porte de Faye. Il lui semblait que Faye ne dormait guère ; bien des fois elle pleurait, en silence pour ne déranger personne. Alice l'entendait parfois aller et venir dans la pièce, allumer des cigarettes, et parfois même fredonner.

Alice savait que ce n'était pas normal.

Roberta avait écrit ; ils avaient l'adresse de l'hôpital. Sa mère mourait lentement ; Roberta reviendrait dès qu'elle le pourrait.

Une semaine s'était écoulée. Jasper et Bert auraient dû être rentrés. Arriva alors une carte postale d'Amsterdam, signée des deux hommes, sur laquelle Jasper avait écrit : « Dommage que tu ne sois pas là. Rentrons bientôt. »

Caroline et Alice passaient de longs moments ensemble. Alice, épuisée et vidée, avait besoin de la vitalité naturelle de Caroline, de sa bonne humeur. Quant à Caroline, elle admirait Alice et ne pouvait s'empêcher de commenter la façon dont Alice avait transformé la maison.

Jocelin passait l'essentiel de son temps dans sa chambre. Elle habitait au dernier étage. Elle semblait n'avoir pas grand-chose à leur dire, ni d'ailleurs à personne d'autre. C'était une fille silencieuse, qui observait tout — Assez effrayante, songeait Alice. Que faisait-elle dans sa chambre ? Caroline répondit qu'elle étudiait des manuels sur la manière de devenir une bonne terroriste. Elle le disait en riant, comme toujours.

Un week-end approchait.

Le vendredi, Reggie et Mary partirent pour le Cumberland dès que Mary eut quitté son bureau, pour passer encore un samedi à manifester. Jocelin s'en alla, en disant simplement, « À lundi. »

Caroline annonça qu'elle allait passer ces deux jours avec un ancien petit ami qui s'était marié avec une autre fille, puis, l'avait quittée, et souhaitait toujours l'épouser. Elle se disait parfois qu'elle accepterait peut-être ; mais le plus souvent, qu'elle n'y tenait guère. Malgré tout, elle se plaisait avec lui ; ils s'amusaient bien ensemble, disait-elle. Elle avait invité Alice à l'accompagner. Alice y serait bien allée, mais il y avait Faye. Elle en éprouvait de l'amertume, toute seule devant la table de la cuisine, tandis que Faye était montée se coucher, et que Philip avait également regagné sa chambre.

Toutes choses étant égales — c'est-à-dire sans Faye —, elle serait partie sans laisser d'adresse pour Jasper ; peu importait où. Il fallait absolument qu'elle tape du poing sur la table, et dise qu'elle en avait assez. Peut-être même allait-elle le quitter.

En se répétant comme elle se trouverait bien de s'en débarrasser, elle sentit son cœur se glacer et s'affliger ; et elle cessa, pour se dire simplement, « Je vais lui faire voir, un peu ; rien de plus. »

Mais comment pourrait-elle lui faire voir quoi que ce fût, si elle attendait docilement son retour à la maison ? Ce qui allait sûrement se produire d'ici un jour ou deux.

Non, cette affaire de la mère de Roberta était une catastrophe, tout autant pour elle que pour Roberta et Faye.

Elle buvait du café en rêvassant, et encore du café, toute seule dans la cuisine.

Il n'était pas encore minuit quand elle monta. Devant la porte de Faye, elle s'arrêta pour écouter : pas un son. C'était inhabituel. Faye ne dormait jamais avant deux ou trois heures.

Alice se vit là, l'oreille collée contre une porte sur un palier noyé d'obscurité, et sentit la colère l'envahir, contre elle-même, contre tous — prête à pleurer sur son propre sort. Elle entra dans sa chambre et décida de dormir immédiatement. Mais elle n'y arrivait pas. À peine eut-elle revêtu l'apaisante chemise de nuit victorienne qu'elle alla se poster à la fenêtre et regarda la circulation dans la rue. Elle se sentait curieusement nerveuse et mal à l'aise. Retournant devant la porte de Faye, elle s'enjoignit, Maintenant, ça suffit, couche-toi, et arrête ! Mais elle ne fit rien de tel. Ouvrant tout doucement la porte, elle demeura un moment campée là, tel un fantôme, prête à entendre Faye lui hurler de s'en aller, de la laisser tranquille, de cesser de l'espionner... La lumière était éteinte, et la chambre plongée dans l'obscurité. On pouvait distinguer Faye, roulée dans un coin. Il régnait une odeur entêtante. Quand elle se rendit compte que c'était une odeur de sang, elle alluma la lumière et poussa un hurlement. Faye gisait sur le dos, légèrement redressée sur des coussins à volants brodés, blafarde et la bouche entrouverte, ses poignets taillardés posés sur ses cuisses. Tout était trempé de sang.

Alice hurlait, sans bouger.

Elle avait prévu cela, l'avait redouté, sachant à demi que cela devait arriver. Elle avait toujours su qu'elle ne supporterait pas la vue du sang, et qu'elle s'effondrerait si elle devait un jour se trouver dans cette situation. Elle ne pouvait rien faire d'autre que rester là à hurler.

Philip arriva. Son cri étouffé et inquiet parvint à Alice, « Alice, Alice, qu'y a-t-il ? »

Elle se tut. Dans sa volumineuse chemise de nuit rouge, elle ressemblait à une héroïne de mélodrame victorien. Elle tendit le doigt vers l'horrible vision, et frissonna.

« Elle s'est ouvert les veines », constata Philip.

Il enveloppa de son bras Alice qui, beaucoup plus grande et plus lourde que lui, le fit chanceler. Ils perdirent ensemble l'équilibre, et se rattrapèrent au chambranle de la porte.

Alice avait retrouvé son bon sens, et la maîtrise d'elle-même.

Elle s'approcha de Faye. Le sang jaillissait à gros bouillons.

« Il faut arrêter ça », dit-elle. Cherchant des yeux quelque chose susceptible de faire un garrot, elle trouva un foulard sur une chaise et le noua autour des poignets de Faye, comme des menottes. Le sang cessa de couler.

Philip, qui s'était également ressaisi, suggéra, « Je vais appeler une ambulance.

— Non, non, non, hurla Alice. Surtout pas.

— Et pourquoi ? Elle va mourir.

— Mais non, elle ne va pas mourir. Tu ne vois donc pas ? Il ne faut pas qu'elle aille à l'hôpital.

— Pourquoi ?

« — Roberta ne nous le pardonnerait jamais, elle ne voudrait jamais une chose pareille. À cause de la police, tu comprends ? La *police...* »

Philip dévisageait Alice comme si elle était folle.

« Avons-nous des bandages élastiques ?

— Pourquoi en aurions-nous ? répondit-il, désemparé.

— Je sais. Tes bandes à masquer les fissures. Le ruban adhésif que tu emploies pour l'électricité. »

Il était déjà parti les chercher. Alice s'agenouilla auprès de Faye, qui semblait devenue légère et vide comme une feuille morte. Comment prend-on le pouls d'une femme qui s'est tailladé les poignets ? Où peut-on prendre le pouls ? se demandait Alice, épouvantée, en cherchant ici et là. Elle approcha sa joue des narines de Faye, et sentit un léger souffle. Elle n'était pas morte. Mais elle avait perdu tellement de sang, tellement... Tout en était inondé. Faye gisait dans une épaisse mare rouge.

Philip arriva en courant, avec un rouleau de ruban adhésif noir. Alice serra un poignet blessé avec sa main, pour empêcher le sang de couler et de bouillonner, tandis que Philip enroulait le ruban noir. Elle prit ensuite l'autre poignet. Philip l'enveloppa de même, et ils coupèrent le foulard pour l'ôter.

« Elle a perdu énormément de sang, observa Alice.

— Il lui faudrait une transfusion », répondit Philip, obstiné. Son visage exprimait ouvertement la réprobation.

« Il faut lui faire absorber du liquide. Non, attends... »

Alice descendit en courant à la cuisine. Elle prépara un mélange d'eau tiède et de sucre, faute de glucose, et remonta quatre à quatre.

« Elle est inconsciente, Alice, lui signala Philip, avec cette même expression d'hostilité haineuse. Comment veux-tu qu'elle boive, si elle est inconsciente ? »

Alice s'agenouilla, glissa son bras sous la tête inerte de Faye, de manière à bien la redresser, et entreprit de verser le liquide entre ses lèvres.

« Tu vas lui noyer les poumons », observa Philip.

Mais, miraculeusement, Faye avala.

« Faye, ordonna Alice, bois. Il faut boire, Faye. »

Faye sembla vouloir secouer la tête, mais elle avala. C'était parce qu'elle avait l'habitude d'obéir à Roberta, de recevoir des ordres. Le sachant, Alice prit une intonation ferme et douce, aimante, comme celle de Roberta, pour ordonner, « Faye, il faut boire. »

Peu à peu, en vingt minutes, Alice fit ingurgiter à Faye un bon demi-litre d'eau sucrée.

Puis elle se reposa. Elle ruisselait de sueur. Une sueur due à la terreur, elle le savait.

Philip s'accroupit aux pieds de Faye, l'œil aux aguets. Son expression de réprobation, et même d'horreur, ne s'était pas atténuée. C'était Alice qui lui inspirait cette horreur, et elle le savait ; mais elle s'en moquait bien.

« Elle ne mourra pas, annonça-t-elle d'une voix sonore, à l'intention de Faye aussi bien que de Philip. Reste ici, ajouta-t-elle. Fais-la boire encore, si tu peux. Elle a dû le faire juste avant notre arrivée. Je vais téléphoner à Roberta. »

Philip la relaya, glissant son bras sous la tête de Faye, et tendit la main vers la cruche pleine d'eau sucrée.

En les voyant ainsi, la frêle et blême Faye, le frêle et blême Philip, Alice songea qu'ils appartenaient bien à la même espèce des victimes, nées pour être piétinées et tailladées. Il y avait dans cette pensée un éclair d'agressivité à l'égard de Philip, car elle sentait qu'il la détestait encore.

Elle courut jusque chez Joan Robbins. La maison était plongée dans l'obscurité, et Alice garda le doigt appuyé sur le bouton de la sonnette. Elle entendit le timbre strident résonner à l'intérieur. Une fenêtre s'ouvrit au-dessus d'elle, et elle entendit la voix aiguë de Joan Robbins, « Qu'est-ce que c'est ? Qui est là ?

— Ouvrez-moi, ouvrez-moi, implora Alice avec une voix d'enfant, un peu comme Faye. C'est Alice, ajouta-t-elle en larmoyant, voyant que Joan Robbins restait à la fenêtre. Alice, de la maison voisine. »

La lumière s'alluma dans le vestibule, et Joan Robbins parut sur le seuil, en peignoir à fleurs et mules écarlates, avec un air furieux, surpris, et effrayé.

« Il faut que je téléphone — il le faut absolument, nous avons quelqu'un de malade », bégaya-t-elle, et Joan Robbins s'écarta.

Devant le téléphone, elle manipula maladroitement les annuaires, que Joan tira de leur enveloppe en plastique et lui donna.

Elle finit par appeler les renseignements, obtint le numéro de l'hôpital de Bradford, et y laissa un message pour Roberta. « Dites-lui que son amie est malade, qu'elle doit revenir immédiatement. »

Puis elle se remit à feuilleter l'annuaire, à la recherche d'un autre numéro, et ce n'est qu'en trouvant les Samaritains qu'elle sut ce qu'elle cherchait.

« Vous n'appelez pas le 999 ? » s'étonna Joan Robbins. Alice fit signe que non, et demeura un moment immobile, les yeux clos et le souffle court, comme si elle allait s'évanouir ; Joan fila sans bruit dans sa cuisine, pour lui préparer une bonne tasse de thé.

Alice appela les Samaritains. Une voix ferme et sympathique lui répondit. Alice n'entendit pas les paroles, seulement l'intonation. Elle gardait le silence, écoutant simplement. Elle allait devoir dire quelque chose, sans quoi la voix se tairait, disparaîtrait.

« Je voudrais un conseil, dit-elle, rien de plus. Juste un conseil.

— Quel est le problème ? »

Elle ne répondit rien, mais écouta la voix pleine de bon sens et de sollicitude. Qui continuait, disant à Alice de ne pas raccrocher, que nul n'exercerait de pression sur elle ni sur personne, que nul ne la dénoncerait, quoi qu'elle eût pu faire, elle-même ou quelqu'un d'autre.

Alice ne répondait rien, jusqu'au moment où elle entendit Joan Robbins revenir. Elle déclara alors brièvement, « Quelqu'un s'est ouvert les veines. »

Elle n'eut guère le temps d'en dire plus. Joan arrivait avec deux grandes tasses de thé fumant.

Alice prit aussitôt la sienne, consciente d'en avoir terriblement besoin. Elle s'efforçait de boire le liquide bouillant, tout en écoutant avidement. « Il faut conduire votre amie à l'hôpital. Le plus vite possible. Appelez une ambulance. Composez le 999. C'est une question de vie ou de mort. Il faut absolument le faire.

— Et si je ne peux pas ? répondit Alice finalement, choisissant ses mots avec soin, à cause de Joan qui restait là, désemparée, et lui enjoignait par des regards et des sourires de boire tout son thé.

291

— Eh bien, si vous ne pouvez pas — mais ce serait quand même préférable —, il faut surtout maintenir votre amie éveillée, et lui faire ingurgiter le plus possible de liquide. Peut-elle boire ?

— Oui. » Et Alice continua à écouter, comme si elle avait entendu une lointaine musique qui l'ensorcelait et la consolait, l'apaisait, lui offrait un soutien infaillible et infini.

Au bout de quelques minutes, elle se contenta de raccrocher, laissant disparaître cette voix douce et raisonnable dans le royaume de l'inaccessible. Elle reprit son masque habituel de brave fille saine, et dit à Joan Robbins, « Merci. Merci beaucoup. C'étaient les Samaritains. Vous en avez entendu parler ?

— Oui, un peu.

— Ils sont vraiment très bien, reprit Alice d'un ton vague. Bon, eh bien je ferais mieux de rentrer. J'ai laissé quelqu'un s'occuper de tout, mais je ne crois pas qu'il ait l'habitude des gens malades. »

Joan suivit Alice jusqu'à la porte, avec l'air de trouver que tout n'était pas dit, et d'espérer que le reste pourrait encore être dit maintenant.

« Merci », articula poliment Alice. Puis, avec une gratitude éperdue, « Merci. Oh, merci. » Et elle s'élança dans l'obscurité. Joan Robbins attendit de la voir entrer au 43. Puis elle retourna dans sa cuisine, où elle examina les taches de sang qui maculaient la table et les annuaires. Elle nettoya la table, et demeura songeuse quelques minutes. Puis elle décida de ne pas appeler la police, et monta se coucher sans bruit.

Alice retrouva Philip et Faye exactement comme elle les avait laissés. Mais Faye avait les yeux ouverts et fixait le plafond d'un regard vide.

« J'ai appelé Roberta », annonça Alice.

Puis elle chercha dans la chambre une chemise de nuit propre ou quelque chose, trouva un pyjama, alla chercher de l'eau chaude et des serviettes de toilette. Philip et elle déshabillèrent Faye. Ils l'extirpèrent de son sac de couchage ensanglanté, ôtèrent les couvertures, et firent glisser de dessous elle le matelas en mousse, qui était gorgé de sang comme une éponge. Ensuite, ils lavèrent Faye et l'habillèrent. Pendant toute l'opération, elle demeura inerte et absente. Mais Alice ne s'y laissait pas prendre.

Elle savait que Faye attendait l'instant où ils tourneraient le dos, où elle aurait les poignets libérés.

Alice apporta son duvet et quelques couvertures supplémentaires. On dénicha une bouillotte dans un tiroir. Cela prit longtemps, mais Faye se retrouva propre et couchée dans un lit chaud et confortable.

Il était plus de trois heures.

Alice réfléchissait : Si Roberta se trouvait à l'hôpital, elle avait dû recevoir le message et se mettre déjà en route ; elle arriverait en début de matinée.

En attendant, il fallait que Philip et elle veillent, pour le cas où l'un d'eux somnolerait.

Personne ne dormit. Faye gisait là où on l'avait mise, avec un petit visage de spectre. Elle ne fermait pas les yeux. Elle ne les regardait pas. Elle ne disait rien.

Philip demeurait accroupi aux pieds de Faye, et Alice assise à côté d'elle. De temps en temps, Alice soulevait la tête de Faye, lui versait un peu de liquide entre les lèvres, et Faye avalait.

Philip descendit pour préparer une nouvelle ration d'eau sucrée, et faire du thé pour Alice et lui-même. Mais il ne regarda pas Alice, refusant de croiser son regard.

Elle lui avait causé un tel choc, et la situation aussi, qu'il s'en dissociait, tout simplement.

Elle songea comme en défi, et même railleusement : Eh bien, voilà qui définit Philip ! Il se montre tel qu'il est vraiment !

Le matin arriva bientôt, car c'était la mi-mai. Avec cette sensation creuse et ce fourmillement qui accompagnent la grande fatigue, Alice écouta le concert de l'aube en se disant qu'elle aurait aimé l'entendre plus souvent ; elle tenta d'accrocher le regard de Philip, de partager cet instant de renouveau, de promesse, avec lui, mais il restait agenouillé là, tel un humble assistant dévoué, patient, prêt à se rendre utile. Et absolument coupé d'elle.

Finalement, elle suggéra, « Si tu allais dormir, Philip ? Je pourrai me forcer à rester éveillée. Et puis quand je n'y arriverai plus, je t'appellerai dans l'escalier. » Cela signifiait, Je ne peux pas la quitter, nous ne pouvons pas, même un seul instant. Il le perçut, le comprit et, avec un signe de tête, sortit.

Faye sombra dans le sommeil, ou fit semblant, Alice s'interrogeait, mais elle n'allait prendre aucun risque. Elle demeura à son chevet, en s'aspergeant de temps à autre le visage, ou se donnant des tapes sur les joues. Ce faisant, il lui semblait déceler une expression d'amusement, ou en tout cas une réaction, sur le visage passif de Faye. Les bruits habituels du samedi matin retentissaient, le laitier, les enfants qui jouaient dans la rue, les gens dans leur jardin. Quelle quantité de bruits, que d'habitude elle n'écoutait jamais...

Le tas de choses ensanglantées, dans le coin de la chambre, commençait à écœurer Alice. Mais elle ne pouvait, ne devait pas bouger. Elle savait que Faye ne dormait pas.

Le temps passait... passait. Plus d'une fois, elle se surprit à somnoler, et il lui arriva même de s'éveiller en sursaut. Elle vit alors Faye ouvrir les yeux ; elles échangèrent un regard, Alice : Je ne te laisserai pas faire ; Faye : Tu ne peux pas m'en empêcher, si je décide de le faire.

Puis, enfin, quelqu'un monta l'escalier quatre à quatre, la porte s'ouvrit, et Roberta s'agenouilla auprès de Faye, qui ouvrait maintenant les yeux. Elle s'exclama d'une voix où se mêlaient l'amour, la colère, l'exaspération, l'incrédulité, « Faye, ma chérie, comment as-tu pu faire une chose pareille ! »

Alice se redressa, et regarda Roberta prendre doucement, tendrement Faye dans ses bras, l'embrasser, la bercer, puis se pencher pour baiser l'un après l'autre ses poignets blessés.

Faye tourna son visage contre le sein de son amie et s'y blottit, bien à l'abri.

Roberta leva les yeux vers Alice. Son visage ruisselait de larmes.

C'était bien le moins, se dit Alice.

Roberta expliqua, « Ma mère est dans le coma, alors ça va.

— Bon, très bien. »

Alice ramassa les vêtements ensanglantés et lança d'une voix neutre, « Philip dort depuis plusieurs heures, il pourra venir t'aider quand tu en auras besoin. Mais moi, il faut que j'aille dormir, maintenant. »

Elle regagna sa chambre, mais ne dormit pas, pas avant longtemps. Elle repassait inlassablement la scène dans sa tête, l'infinie patience de Roberta avec Faye, l'amour passionné qu'exprimait son visage quand elle avait regardé Alice, pendant que Faye se pressait contre elle.

Au réveil, elle était décidée à partir. Cela suffisait, elle en avait assez. Si Jasper voulait la retrouver, il n'aurait qu'à venir la chercher. Et puis, non, elle ne laisserait pas d'adresse. Elle s'en irait aussitôt après le petit déjeuner.

Mais ce n'était pas le matin, bien sûr. Elle avait dormi toute la journée. En bas, elle surprit Philip à jeter un reste de soupe qu'elle avait faite. Elle observa que son hostilité de la veille s'était adoucie, modifiée. Après tout, Faye avait survécu. Alice savait que Faye aurait tout aussi bien pu ne pas survivre. Mais au moins, elle avait gardé Faye hors des mains des autorités.

Indifférente, elle attendit qu'il eût fini d'expliquer quelque chose, qu'il avait manifestement eu l'intention de dire, qu'il avait dû remâcher pendant toute la journée.

Ne l'écoutant qu'à moitié, et l'esprit tout occupé des trains qu'elle prendrait ce soir, ou demain, et pour quelle destination, elle s'entendit soupirer, et cela ramena son attention sur Philip.

Oui, il avait une tête épouvantable. Bien pire que la simple conséquence d'une nuit sans sommeil.

Tout en travaillant de huit heures du matin jusque tard les soirs, et pendant les week-ends, il n'avait malgré tout pas pu tenir sa promesse. La date fixée pour la fin de son chantier était passée, et il restait encore des travaux de peinture à faire, de quoi occuper plusieurs jours. Le Grec estimait que Philip l'avait dupé, que jamais il n'aurait employé un ouvrier tout seul pour tous ces travaux de transformation et de décoration, et surtout pas un gringalet comme Philip. Si Philip n'avait pas terminé d'ici deux jours, il — le Grec — y verrait une rupture du contrat, et Philip ne recevrait pas la seconde partie de l'argent. (Oui, Philip s'était déjà trouvé dans cette situation, mais cette fois il ne s'y était pas attendu.)

Ce que voulait Philip, c'était l'assistance de la communauté

Reggie ne travaillait pas ! Que faisait donc Reggie de ses journées ? interrogea Philip, courroucé. Il ne cherchait même pas de travail. Il courait les ventes, pour dénicher de bonnes occasions. Alice savait-elle que le grenier se remplissait du mobilier de Mary et Reggie, en plus de la chambre voisine de la leur ? Qu'est-ce que cela coûterait à Reggie, d'aider Philip pendant deux ou trois jours ?

« Mais saura-t-il peindre assez bien ? » répondit Alice, presque mécaniquement, et l'expression avertie de Philip lui fit brutalement voir la vérité : c'était évidemment son aide à elle, Alice, que Philip voulait. C'était elle qui avait repeint cette grande maison presque en entier — vite, et fort bien. Ils avaient plaisanté, ici même dans cette communauté, sur le fait qu'un professionnel n'aurait pas fait mieux. Et en effet, il lui était arrivé, naguère, de peindre en professionnelle sans que personne eût songé à s'en plaindre.

L'attitude haineuse de Philip envers elle, qu'elle avait particulièrement ressentie au cours de la nuit précédente, était en partie due au fait qu'il y songeait déjà depuis un certain temps : Alice était la seule personne qui pût résoudre ses problèmes, et elle ne semblait pas s'en rendre compte, elle refusait de reconnaître le besoin qu'il avait d'elle.

Alice ne disait rien ; les yeux baissés, se protégeant contre Philip, elle réfléchissait. Pourquoi comptait-il sur elle ? Quel droit en avait-il ? La réponse était assez claire : il avait accompli un immense travail dans cette grande maison, pour un prix dérisoire. C'était Alice qui l'avait voulu, alors que les autres s'en désintéressaient. Maintenant, c'était à Alice qu'il incombait de le dédommager. Oh oui, elle comprenait bien la logique, la justice de l'affaire. Mais elle voulait partir, tout de suite et pour de bon. Cette maison pour laquelle elle s'était battue, elle y voyait désormais un piège, prêt à la remettre entre les griffes de Jasper, d'où elle devait absolument s'échapper. (Même si ce n'était que provisoirement, se hâta d'ajouter son cœur endolori.) Pourtant, elle savait qu'elle allait aider Philip parce qu'elle n'avait pas le choix. C'était la seule chose juste à faire.

Elle annonça qu'elle acceptait, et vit le corps entier de Philip, ce corps de moineau, se crisper brièvement dans des sanglots convulsifs. Son visage s'était illuminé comme en prière.

Elle l'accompagna au bout de la rue pour examiner les lieux. C'était un immense local, rien à voir avec ces minuscules échoppes ouvertes sur la rue, où l'on vous passait des pâtisseries et des sandwiches par une sorte de guichet. La salle était traversée d'un large comptoir, terminé mais pas encore peint, derrière lequel un grand espace était réservé à la cuisine et aux préparations. Les cuisinières, réfrigérateurs et congélateurs avaient déjà été livrés, et attendaient d'être mis en place. Mais il fallait replâtrer tout le mur du fond et, même s'ils étaient en meilleur état, les trois autres avaient besoin d'un bon lessivage avant de pouvoir être peints. À voir l'expression du visage de Philip, Alice comprit qu'il avait eu l'intention d'en faire bien plus qu'il n'allait finalement en faire. Il allait peindre avant que les murs soient vraiment prêts. Philip l'observait, dans l'attente du verdict.

Mais comme elle hésitait, sachant qu'un employeur en quête d'un prétexte pour ne pas payer, ou pour payer moins, en trouverait un ici, elle entendit quelqu'un entrer dans la grande salle vide et, se retournant, vit le Grec, le patron de Philip. Au premier coup d'œil, elle sut que Philip se ferait berner quoi qu'il fît, et malgré toute son aide.

C'était le vrai, le pur saligaud. Ses petits yeux noirs luisaient de cette colère excessive qui accompagne la mauvaise foi et, quand il la vit, il hurla, « J'ai dit un autre ouvrier ! Pas ta petite amie !

— Vous faites erreur, corrigea Alice de sa voix la plus glaciale. J'ai souvent fait ce genre de travail.

— Oui, ricana le Grec d'un air délibérément théâtral, je suppose que vous avez passé une couche de peinture dans votre cuisine.

— De toute façon, enchaîna Alice, le prix que vous payez est scandaleusement insuffisant. À ce genre de tarif, vous n'êtes pas tellement en position de pouvoir prendre cette attitude ! »

Elle ignorait quel était le prix convenu mais, à la vue de cet homme, elle savait sans aucun doute possible que c'était insuffisant. Et elle savait aussi qu'avec ce type de personne, il fallait savoir se montrer brutale.

Elle lui tourna le dos et alla se camper devant un mur, pour l'examiner. Philip la suivit, et se posta à ses côtés. Le Grec fit mine de s'affairer à son comptoir, puis lança, « Je vous donne encore deux jours », et s'en alla.

297

Mais Alice savait que c'était sans espoir. Oui, grâce à elle, Philip y perdrait moins ; mais l'homme n'avait nulle intention de payer la totalité.

Elle ne rappela donc pas à Philip qu'il aurait fallu gratter et lessiver ces murs à fond. Elle se contenta de lui dire que, s'il avait une salopette à lui passer, elle allait s'y mettre tout de suite ; il n'était que dix heures. Il s'attaqua au replâtrage, et elle à la peinture. Ils travaillèrent ainsi toute la nuit. Deux policiers qu'Alice ne connaissait ni l'un ni l'autre passèrent à deux reprises, et vinrent jeter un coup d'œil à l'intérieur. Croyant passer inaperçu, le Grec vint une fois.

Au matin, Philip avait terminé le plâtrage, et Alice la première couche sur les trois autres murs et le plafond.

Elle savait que le Grec arriverait dès qu'ils auraient tourné le dos, et s'arrangerait pour trouver des défauts.

Philip et elle regagnèrent le 43, où ils trouvèrent Jasper et Bert en train de manger des œufs au jambon. Tous deux avaient une expression qui déplut à Alice — telle fut sa première impression, avant l'explosion des sourires et des embrassades. Car bien évidemment, la seule vue de Jasper fit fondre et disparaître tout ce qu'avait éprouvé Alice ; elle était heureuse, elle redevenait elle-même, après n'avoir été que l'ombre d'elle-même sans lui. Et il était tout aussi heureux ; il l'embrassa même, lui effleurant la joue de ses lèvres sèches et l'enlaçant de ses bras semblables à un cercle d'os, mais ce qu'il exprimait était la chaleur, l'amour.

Philip ne resta pas, arguant du fait qu'il devait dormir deux heures — tel était en effet le sommeil qu'il s'accordait, après deux jours et deux nuits de veille. Il jeta à Alice un regard implorant, car elle avait dit que cela lui suffirait aussi, avant de se remettre au travail.

Mais voilà que débarquait Jasper ! De la porte, Philip se retourna pour jeter un coup d'œil à Jasper, et sur son visage se lisait le sentiment de l'inévitable, devant ce Jasper fatal, car Alice n'allait évidemment pas tenir sa parole...

Mais Alice comptait la tenir, bien au contraire, tout en sachant que maintenant, tout de suite, quand Jasper arrivait et qu'il n'avait pas encore eu le temps de reconstruire ses défenses contre les pressions qu'elle exerçait sur lui et auxquelles il devait résister, c'était le moment où elle pourrait entendre le récit de ses aventures — et une fois ce moment passé, elle n'en tirerait plus rien que des *oui* ou des *non* secs.

Les deux hommes avaient quelque chose de singulier : une fébrilité dans le regard, une sorte d'excitation mauvaise — qu'était-ce ? Bon, cela n'avait rien à voir avec la vie sexuelle de Jasper, puisque Bert n'en partageait rien, et qu'il avait la même expression. De la colère, peut-être ? De l'agitation, sans aucun doute. Seulement la fatigue ? Possible. Ils disaient que la traversée en bateau avait été mauvaise, et qu'ils n'avaient pas dormi depuis plusieurs nuits. Ils allaient monter se coucher tout de suite.

Alice leur expliqua ce qu'elle faisait ; et les conventions de la vie en communauté lui valurent des félicitations pour sa solidarité envers un camarade.

Ils n'envisagèrent pas la possibilité de venir donner un coup de main.

Ils montèrent l'escalier ensemble, formant une paire, une unité cimentée par toutes leurs expériences, dont ils n'étaient disposés à révéler que peu de choses : le voyage n'était pas inintéressant, mais l'Union soviétique avait un sérieux problème de bureaucratie ; si les camarades parvenaient à la résoudre, peut-être serait-ce même un plaisir d'y aller.

Et après l'Union soviétique ? Ils avaient quitté le groupe du voyage à Moscou, pour se rendre en Hollande. Il n'avait pas cessé de pleuvoir.

Bert regagna son sac de couchage de l'autre côté de la cloison qui le séparait d'Alice. Jasper trouva sa chambre du second étage occupée par les affaires de Jocelin. On entendit là-haut de grands fracas : Jasper flanquait sur le palier les meubles de la chambre voisine de Mary et Reggie. Alice devina ce qui se passait et, au bruit, sut que Jasper traversait l'une de ces crises de fureur où il pouvait déplacer des armoires et des malles, avec la force de dix hommes. Elle s'endormit, en réglant son réveil interne sur une durée de deux heures.

Et elle se réveilla dolente, désolée, ne voyant aucun moyen d'échapper à sa promesse d'aider Philip ; pourtant, elle ne pouvait pas réellement l'aider. Et elle souhaitait rester avec Jasper.

Le local du Grec fut terminé à minuit. Deux couches partout. Même sur le plâtre ; c'était trop tôt. Tout s'était fait trop vite, trop à la hâte. Fait proprement. Fait, en ce qui concernait Alice, sans aucun plaisir.

À minuit, ils se retrouvèrent tous les trois sous les lumières crues du chantier, cette fois entourés de murs jaune pâle, que le Grec contemplait l'un après l'autre, méprisant.

Tout se passa comme l'avait prévu Alice.

Le travail n'était pas bien fait, Alice n'était qu'un amateur et Philip un escroc. Lui, le Grec, allait devoir payer quelqu'un d'autre pour terminer le travail. (Bien entendu, ils savaient tous les trois qu'il s'agissait d'un mensonge ; les clients ne verraient qu'un jaune frais et charmant, qui commencerait cependant bientôt à s'écailler.) Philip pouvait porter plainte s'il le voulait, mais il n'obtiendrait pas un sou de plus... et il continua ainsi, hurlant, jouant la comédie, brandissant des doigts indignés vers le plafond et les plâtres, haussant des épaules qui désespéraient de l'espèce humaine, roulant des petits yeux noirs furibards.

Alice intervint, bouillante et glaciale. Ils se battirent littéralement. Quant à Philip, blanc comme un linge, il n'intervenait que par monosyllabes. En fin de compte, Philip reçut les deux tiers de la somme convenue.

À une heure du matin, Alice et Philip vidèrent la boutique de leurs échelles et de leurs tréteaux, sachant que tout serait confisqué s'ils laissaient quoi que ce fût. Alice monta la garde tandis que Philip titubait sous une échelle trois fois plus haute que lui jusqu'à la maison, à huit cents mètres de là, puis revenait avec Bert et Jasper, qui l'aidaient parce qu'ils y étaient forcés. Bert avait été tiré de son sac de couchage.

Le matériel de Philip fut entreposé dans la chambre du bas, celle de Jim, et Philip y resta, dans un état de colère désespérée.

Bert retourna se coucher. Souriante et douce comme une mariée, Alice suggéra à Jasper qu'il serait bien gentil, s'il voulait lui tenir compagnie pendant qu'elle s'alimentait un peu. Elle n'avait rien mangé de la journée. D'un ton bref il répondit oui, qu'il avait justement quelque chose à discuter avec elle. Mais que ce serait tout aussi bien demain. Et il monta se coucher.

Sans rien manger, Alice monta aussi ; elle avait l'impression de se faire traîner par-dessus une chute d'eau, dans un précipice, mais ne savait pas pourquoi.

Réveillée de bonne heure par la faim, elle prenait un repas à la cuisine quand Philip entra. Il avait l'œil rouge et semblait hors de lui. Fou, jugea Alice. Il n'était plus lui-même.

Il n'avait sans doute pas dormi, et avait dû ressasser des pensées pour pouvoir les lui imposer dès l'instant où il la trouverait seule.

Il s'assit, mais si légèrement qu'il paraissait prêt à bondir sur la crête de la première vague au cours de la discussion. Il avait posé ses deux poings côte à côte devant lui.

Il avait entendu parler d'un autre travail, un magasin qui allait ouvrir. Il pouvait l'avoir, mais il fallait tout faire en un jour ou deux. Il ne pouvait décidément pas travailler seul. Il lui fallait un associé — Alice devait bien s'en rendre compte, non ? Il fallait absolument qu'elle fasse équipe avec lui ! Ensemble, ils abattraient un boulot formidable. Elle était si bon peintre, et si rapide, si compétente. À eux deux, il n'était rien qu'ils ne pussent entreprendre. Et après tout, Alice ne faisait rien de son temps !

Il criait parce qu'il savait qu'elle allait refuser, et que la rage de se sentir rejeté l'emplissait déjà. Il aurait tout aussi bien pu être en train de la menacer, et non de lui proposer une association.

« Vous tous, hurlait-il, vous ne levez jamais le petit doigt, vous ne faites jamais aucun travail, vous êtes des parasites, voilà, pendant que les gens comme moi font tout marcher... » Il paraissait sur le point de pleurer, la voix accablée par cette trahison. « On parle de tous ces chômeurs, partout, de tous ces gens qui veulent travailler, mais où sont-ils ? Je ne trouve personne qui veuille travailler avec moi. Alors, qu'est-ce que tu en dis, Alice ? » Pour ces derniers mots, sa voix se fit péremptoire, agressive, accusatrice.

Et elle, bien sûr, répondit non.

Il lui hurla alors qu'elle ne s'intéressait à rien d'autre qu'à elle-même — « Exactement comme tous les autres. » Elle avait fait perdre sa place à Jim, et ne s'était plus jamais souciée de lui. Où était Jim ? Elle n'en savait rien, et s'en fichait bien. Et Monica — oh oui, il connaissait l'affaire, il avait tout entendu, Alice avait envoyé Monica faire le pied de grue devant une maison vide pour voir si elle y était, sans doute était-ce le genre de plaisanterie qui la faisait rire. Quant à Faye, elle aurait pu mourir, pour l'effet que cela faisait à Alice, qui ne voulait même pas se donner la peine d'appeler une ambulance. Et finalement, elle se fichait bien de Philip aussi, maintenant qu'elle lui avait soutiré ce qu'elle voulait, qu'elle l'avait fait travailler nuit et jour pour des nèfles, et qu'elle avait sa maison à elle, lui, Philip, pouvait bien aller se faire voir ailleurs si ça lui chantait.

Il continua sur ce mode pendant un certain temps, pleurant à demi, et Alice savait que si elle s'était levée pour le prendre dans ses bras, il se serait effondré comme un petit tas d'allumettes en pleurnichant, « Oh, pardonne-moi, Alice, je ne le pense pas vraiment, je t'en prie, accepte de t'associer avec moi. »

Mais elle n'en fit rien, elle restait assise là, en silence, en se disant que les fenêtres étaient ouvertes et que Joan Robbins devait tout entendre, si jamais elle était dans son jardin.

La fureur de Philip sombra dans le silence et le désespoir. Son regard s'était figé, fixé sur n'importe quoi sauf elle. Puis il s'élança hors de la cuisine, hors de la maison.

Alice ne bougea pas. Elle attendait que Jasper se réveille. Elle avait l'impression de ne rien faire d'autre pendant une partie importante de son existence. Elle se reprit à penser, Mais je vais partir, je vais m'en aller. Il le faut. Non, ce ne serait pas pour toujours, mais j'ai besoin d'un peu de temps pour me ressaisir.

Elle se retrouva debout devant le réfrigérateur ouvert, puis fouilla les placards. Elle allait faire une de ses fameuses soupes. Mais comme elle avait travaillé avec Philip, il ne restait plus grand-chose dans la maison. Elle alla faire des achats dans le quartier, prit tout son temps pour préparer les ingrédients de base, et s'assit devant la table pendant que sa soupe cuisait. Le chat vint se poster sur le rebord de la fenêtre, et miaula derrière la vitre. Alice le fit entrer, et lui offrit quelques restes. Mais non, le chat n'avait pas faim, Joan Robbins ou quelqu'un d'autre l'avait nourri. Il voulait simplement un peu de compagnie. Refusant de s'installer sur les genoux d'Alice, il préféra rester là où il était, et s'étira. Le chat dévisagea Alice avec ses yeux de vagabond, et émit un son faible, un ronronnement, ou un miaulement d'amitié. Alice éclata en sanglots, dans un élan de gratitude éperdue.

La matinée s'écoula. Quand Jasper se réveillerait, elle lui expliquerait qu'elle avait juste besoin d'une pause, voilà tout.

À midi, Bert et Jasper descendirent ensemble, en plaisantant sur le fait que c'était l'odeur de la soupe d'Alice qui les avait réveillés. Leur humeur rageuse, rebelle, ou Dieu sait quoi d'autre, semblait s'être évanouie avec leur fatigue.

Bavards et affables, ils firent à Alice l'hommage de quelques petites anecdotes de voyage, et vantèrent les qualités de sa soupe. Inerte, elle restait là à les regarder. Ils finirent par s'apercevoir de son humeur chagrine, et échangèrent des regards du genre « Maman-est-fâchée » qui leur valurent un sourire sarcastique d'Alice.

Ils renoncèrent à vouloir la calmer par des flatteries, et Bert déclara, « Nous avons décidé qu'il était temps d'avoir une vraie discussion sur la ligne à tenir, camarade Alice. Non, seulement les vrais révolutionnaires, pas les déchets. » Il exposa ses jolies dents blanches et ricana. Alice ne répondit rien. À son tour, Jasper se pencha vers elle en souriant, et dit, « Nous pensions que ce serait pour ce soir. Ou demain soir au plus tard. Mais le problème, c'est : où ? Il ne faut pas que Mary et Reggie le sachent. Ni Philip. » Lui aussi ricana.

Ces deux-là semblaient avoir acquis un nouveau style assez théâtral, songea Alice en les observant froidement.

Elle leur demanda, vraiment intéressée par la réponse, « Et Faye, comment allez-vous la classer ? Sérieuse, ou non ? »

Leurs visages se rembrunirent ; oui, ils étaient au courant de la tentative de suicide mais ne s'y étaient pas vraiment intéressés.

« Bah, répondit Bert sans conviction, je suppose qu'elle sera assez bien remise pour en être, non ? »

Alice se mit à rire. Son propre rire la surprit, car il sonnait fort naturel, et même joyeux. Elle trouvait les deux hommes très drôles, tellement ils étaient sots.

Elle suggéra avec indifférence, « Si vous voulez organiser une réunion, pourquoi ne la convoquez-vous pas ? » Elle se leva et s'affaira au-dessus de la marmite pour ajouter un peu de pois cassés, du sel, puis de l'eau. L'appétit de Jasper et de Bert n'avait guère diminué, songea-t-elle.

Quand elle se retourna, ils avaient l'air abattu, face à face mais sans se regarder. Ni elle non plus. Ils réfléchissaient visiblement au fait que la colère d'Alice envers eux se justifiait, qu'ils avaient été bien bêtes de ne pas la prendre au sérieux, et aussi qu'ils ressentaient son hostilité comme un rejet de plus, dans toute une série.

Son cœur faillit fondre, elle s'adressa à Jasper, « Je suis désolée ; Tu pars comme cela, avec toutes sortes de mensonges. Et puis tu reviens, quand cela t'arrange... Je regrette. »

Elle se dirigea vers la porte, et Jasper la rejoignit d'un bond. Elle sentit l'étreinte impérieuse de sa main sur son poignet : c'était tout ce qu'il connaissait, pour la ramener vers lui. Elle se dégagea sans difficulté de cet étau, et dit, « Je regrette, Jasper. » Puis elle sortit.

Du vestibule, elle reprit d'un ton légèrement radouci, « Prévenez-moi quand vous connaîtrez l'heure de la réunion. »

Elle montait l'escalier en se disant qu'elle allait dormir, et qu'ensuite elle appellerait peut-être son ancienne communauté de Halifax. Quelques jours là-bas, et elle redeviendrait elle-même.

Mais des coups précipités retentirent à la porte, et elle alla ouvrir, prête à affronter la police ; c'était une femme qu'elle ne connaissait pas, et qui annonça brièvement, « Je suis Felicity, vous savez, dans la rue à côté. L'amie de Philip. Ils m'ont appelée de l'hôpital. Philip a eu un accident. Il faut apporter des affaires là-bas. »

Elle faisait déjà demi-tour en souriant, devoir accompli, quand Alice répondit, « Et vous n'y allez pas ? » signifiant, n'est-ce pas votre devoir, à vous ?

« Si, j'irai le voir, bien sûr, affirma-t-elle d'un ton assez vague. Mais pas maintenant. Ses affaires sont ici, non ? »

Pendant tout ce temps, elle avait en quelque sorte complété le 43 mais, à son attitude, personne ne l'aurait imaginé. C'était une petite femme vive et autoritaire, tout aussi compétente qu'Alice pour se défendre. Elle exprimait clairement qu'elle n'avait pas l'intention de se laisser imposer la moindre responsabilité en ce qui concernait Philip.

Alice se souvint de Philip le matin même, si furieux et pitoyable. Elle soupira, « Bon. Est-ce grave ?

— Il n'est pas mort. Il aurait pu. Il a eu de la chance. Des fractures. » Elle sourit, et se hâta de filer.

Alice monta dans la chambre de Philip. Sur des étagères bien repeintes, ses vêtements étaient soigneusement rangés. Elle trouva trois pyjamas propres, un vert, un bleu et un brun, empilés l'un sur l'autre, une robe de chambre sur un cintre accroché derrière la porte, une brosse à dents et un gant de toilette mis à sécher sur le rebord de la fenêtre ; un savon, et un rasoir électrique. Elle se mit en route, en annonçant simplement à Bert et Jasper, à travers la porte de la cuisine, qu'elle partait pour l'hôpital. Sans mentionner le nom de Philip. Elle ne voulait pas les entendre réagir aussi légèrement à cet accident qu'aux poignets entaillés de Faye. C'était terrifiant, et elle le savait. Cela représentait une sorte de fin, pour Philip. Évidemment, il s'était fait renverser, ou écraser, parce qu'il avait besoin de souligner sa situation. De se rendre sans défense : de rendre son impuissance plus visible.

Mais en arrivant à l'hôpital, Alice découvrit que c'était bien plus grave que ne l'avait laissé entendre Felicity. Fracture de l'épaule. Fracture du genou. Fracture du poignet gauche. Contusions. Mais aussi fracture du crâne. On devait le ramener en salle d'opération dans quelques minutes. On craignait qu'il n'eût aussi des blessures internes. En attendant il était inconscient. Comme Alice disait qu'à sa connaissance, Philip n'avait aucune famille ou, sinon, qu'elle ne pouvait fournir aucune adresse, la responsable d'étage l'inscrivit sur la fiche comme personne la plus proche. Numéro de téléphone ? Mais Alice, bien déterminée à ne pas laisser Felicity s'en tirer complètement, déclara qu'en cas d'urgence, c'était Felicity qu'il fallait appeler. De toute façon, il n'y avait pas le téléphone au 43.

Elle s'arrêta ensuite sur le seuil d'une chambre, sans trop savoir à quoi s'attendre car elle n'avait rien imaginé, et vit au milieu de la pièce une installation compliquée comme une machine, avec des treuils et des poulies, des leviers et des tuyaux, au centre desquels se trouvait Philip, à demi redressé mais inerte, tout couvert de bandages et de pansements. On ne voyait vraiment que son visage : blanc comme la mort, avec des veines bleues qui tremblaient sur ses paupières cireuses, et des lèvres décolorées qui semblaient maculées d'une teinture rose écaillée aux commissures. Plus que jamais il ressemblait à quelque petit lutin, à quelque inhumaine créature, et Alice resta un moment là, impuissante, avec l'infirmière juste derrière elle, sans pouvoir bouger. Elle se disait que c'était là ce qu'il advenait des marginaux, des gens qui se cramponnaient mal. Ils faisaient un faux pas, quelque chose d'apparemment anodin leur arrivait, comme cette affaire avec le Grec, mais cela faisait partie d'une chute déjà commencée, et c'était la fin — ils lâchaient prise et tombaient. Philip avait lâché prise.

Alice tourna un visage tellement décomposé vers l'infirmière, que celle-ci lui demanda, « Ça ne va pas ? » volontairement impassible, car elle ne voulait pas avoir à s'occuper d'Alice. « Descendez donc prendre une tasse de thé en bas, suggéra l'infirmière. Asseyez-vous un moment. »

Son expression indiquait qu'elle était prête à s'inquiéter pour Alice si celle-ci manifestait par des symptômes que c'était nécessaire, mais Alice répondit, « Non, non, ça va. » Elle regarda l'infirmière s'approcher de Philip et l'examiner soigneusement pendant une minute entière. Sans qu'elle sût bien pourquoi, ce long regard scrutateur révéla tout à Alice. Elle se détourna et s'enfuit dans les couloirs puis attendit l'ascenseur et y entra pour redescendre, sans avoir vraiment conscience de ce qu'elle faisait. Elle geignait sans discontinuer, les yeux fixés droit devant elle — sur le visage moribond de Philip.

Et maintenant lui vint cette pensée : Philip avait déjà parcouru une bonne partie de sa chute quand il a demandé à venir s'établir chez nous. Ce que nous croyions voir, c'était quelqu'un au début d'une ascension, avec une nouvelle affaire, tout l'avenir devant lui, mais ce n'était pas cela du tout. Ce n'était sans doute même pas le Grec qui lui avait donné le coup final — qui lui avait fait lâcher prise —, c'était quand Felicity l'avait mis dehors. (À l'attitude de Felicity, Alice savait désormais que cela s'était passé ainsi.) Peut-être même longtemps avant ? Soudain, Alice vit clair. Tout était parfaitement limpide. Ce n'était pas une question de « lâcher prise ». Il n'avait jamais eu de prise. Une chose qui aurait dû se produire ne s'était pas produite : un professeur, ou quelqu'un d'autre, aurait dû dire : Celui-ci, ce Philip Barker, il doit devenir artisan, faire quelque chose de petit, de délicat, de compliqué ; voilà la formation qu'il faut lui donner. Regardez avec quelle perfection il fait les choses ! Il ne peut pas plier des chemises, ou disposer du poisson et des frites sur un plat, sans en faire un tableau.

Cela ne s'était pas produit. Et Philip s'était mis à travailler pour une entreprise de construction, comme tous les gens sans formation. Peintre en bâtiment, perdant tous ses emplois l'un après l'autre, jusqu'au jour où il avait décidé : Je vais monter ma propre affaire.

C'était implacable. C'était dégueulasse, ignoble...

Par la suite, elle ne put pas se rappeler comment elle était rentrée de l'hôpital. Dans la cuisine, Roberta n'eut qu'à lui lancer un coup d'œil pour savoir quel remède appliquer : elle lui fit avaler une rasade de cognac, l'entoura de son bras, aida la pauvre fille alourdie de sanglots à monter l'escalier ; la fit entrer dans son sac de couchage, et ferma les rideaux.

A LICE dormit pendant les deux événements de la soirée. Le premier fut l'arrivée du policier antipathique, avec sa collègue, pour une histoire de voiture volée. Jasper et Bert étaient là, et cela ne se passa pas trop bien ; cela aurait même sans doute fini par de la violence et des arrestations mais, par bonheur, Mary et Reggie apparurent, et traitèrent avec les agents dans leur propre langage, suivant leurs propres critères. Mary et Reggie se montrèrent ensuite très froids, réprobateurs, et firent observer qu'on pouvait parfaitement éviter tout problème avec la police quand on savait s'y prendre. « Et bien entendu si l'on sait se tenir » — était implicite.

Ils montèrent dans leur chambre, mais Reggie redescendit presque aussitôt pour demander si Jasper et Bert, en vérité, étaient au courant de cette histoire de voiture volée.

« Nous sommes des révolutionnaires, répliqua Bert, furieux. Pas des voleurs ! »

Puis plus tard, vers minuit, Felicity revint pour dire que l'hôpital avait téléphoné. Philip était mort. Elle était bouleversée, expliqua-t-on le lendemain à Alice. Il avait fallu la faire entrer, et lui faire ingurgiter de la soupe d'Alice, et du cognac de Roberta.

Alice n'eut connaissance de tout cela que le lendemain. Vers le milieu de la matinée. Ils étaient tous dans la cuisine, le soleil entrait à flots, le chat se tenait sur le rebord de la fenêtre.

Elle déclara sans préambule, « Il a vite sombré, non ? » — voyant dans sa tête une petite chose brisée, comme un oiseau ou un insecte, s'efforçant d'agripper un fétu, une brindille, mais en vain. Les autres ne comprirent pas, mais Faye observa, avec un sourire froid, « Heureux Philip. » Mary déclara que Philip lui avait toujours fait l'effet d'être instable.

Alice fit observer que, si la police s'était mis dans la tête que cette maison était l'endroit rêvé pour aller se défouler, ce n'était plus la peine d'y rester. Les autres, bien sûr, la dévisagèrent, curieux : l'indifférence avec laquelle elle disait cela, voilà ce qui les intriguait.

Puis Alice se leva et monta au second étage, mit en place l'échelle de Philip, grimpa au grenier et alla se camper sous les grandes poutres pourries, en braquant sa lampe dessus. Elle songeait — ou plutôt, essayait de faire admettre à son cerveau, à son intelligence — que Philip avait fait face à tout le reste, dans la maison, à toutes les menaces et tous les dangers. Mais cette menace-ci, la plus importante, il ne l'avait pas affrontée, il n'avait pas pu. À cause — tout simplement — de sa taille. Parce qu'il n'était rien d'autre qu'une poignée d'os frêles et une mince couche de chair. Alice voyait parfaitement dans sa tête le genre d'homme qui aurait démonté ces deux poutres pourries, et les aurait remplacées par deux autres. Une solide carcasse (elle voyait l'homme) pour hisser les poutres à leur place. Sans effort. Ramenée à l'objectivité, mais toujours incrédule devant tant d'arbitraire, devant la frivolité de la vie, elle redescendit à la cuisine et annonça que, si l'on ne s'occupait pas bientôt de ces poutres, la maison s'effondrerait sur elle-même. Elle reprit la place qu'elle avait occupée à table avant de monter voir les poutres, sur le côté. À chaque bout, tels un père et une mère, trônaient Reggie et Mary. Ils irradiaient la réprobation. Ils le savaient, mais ce qu'ils ne savaient pas, c'était qu'ils irradiaient également la peur panique.

« Il va évidemment falloir remettre en état ces poutres », déclara Mary.

Jasper et Bert, Faye et Roberta, qui avaient regardé Alice remettre en état tant de choses au fil des semaines, se tournèrent tous vers elle, s'attendant à lui entendre dire, peut-être, « Tout va bien, je m'en suis occupée. » Jocelin et Caroline n'étaient pas concernées.

Alice répliqua, « Ainsi donc, vous vous êtes trouvé un appartement ? »

Surprise, et même offensée, Mary dit, « Oui, mais comment... ? » et Reggie, « Mais nous n'en avons parlé à personne, car ce n'est pas signé.

— Et donc, insista Alice, la maison est de nouveau sur la liste, n'est-ce pas ?

— Pas pour la démolition, protesta Mary. Il est admis que c'était une erreur. Le 43 et le 45 vont tous deux être réaménagés. Mais de toute façon, il ne va rien se passer dans l'immédiat. En vérité, vous aurez tout le temps de vous trouver autre chose.

— De retrouver un autre squat », suggéra gentiment Reggie.

Les regards se tournèrent une nouvelle fois vers Alice, qui avait tant investi dans cette maison, et parurent à nouveau s'étonner de la voir aussi indifférente.

Elle dévisageait Mary, dévisageait Reggie, tout à fait ouvertement car elle avait besoin de savoir ce qui se passait. Elle les imaginait parfaitement assis côte à côte dans leur lit matrimonial, lancés dans une discussion au sujet de tous les autres, avec le même air critique et scandalisé. Jim. La tentative de suicide de Faye. Maintenant, Philip. Alice voyait bien qu'ils avaient dû se sentir pris au piège parmi des fous. Bah, peu importait, ces deux belles maisons étaient sauvées, et bien des gens y avaient trouvé un abri provisoire.

« Tu as trouvé du travail ? » demanda Alice à Reggie, déjà sûre de la réponse.

Cette fois encore, réaction de contrariété ; car les bourgeois n'apprécient guère d'être percés à jour.

« Eh bien, justement, oui, dit-il. Il s'agit d'une nouvelle entreprise, à Guilford. Bien entendu, cela comporte un risque, étant donné le taux actuel d'échec parmi les nouvelles entreprises.

Mais c'est un projet intéressant, qui a des chances de réussir. »

Comme il ne leur disait pas en quoi cela consistait, songea Alice, cela signifiait que ce « projet » aurait très certainement soulevé des critiques de leur part. Quelque chose de chimique — Reggie était chimiste. Bah, elle s'en fichait.

Reggie se leva. Mary se leva. Sourires à la ronde. Mais ils éprouvaient surtout un soulagement, l'attitude de leur corps l'exprimait clairement. C'était littéralement écrit sur eux. Ils avaient jugé de leur devoir, Mary et Reggie, d'aller se joindre un peu aux autres, à cause de la mort de Philip ; mais maintenant c'était fait, ils pouvaient remonter chez eux et reprendre le cours de leur propre existence raisonnable. Ce n'était certes pas *eux*, qui iraient lâcher prise et se laisser glisser pour disparaître dans un égout.

Amusant, songea Alice. Tous assis autour de cette table, disons, trois semaines plus tôt. Nous tous. On n'aurait jamais dit que Philip allait perdre pied. Jim ? — Oui. Et Faye... ? Alice se retint bien de regarder Faye, car elle sentait qu'en cet instant, un regard aurait valu une sentence, un coup de pouce au destin. Aux yeux d'Alice, cette cuisine semblait peuplée de fantômes, et son cœur se déchirait à la pensée de ce pauvre petit Philip, qui s'était donné tant de mal, avec tant de courage. *Ce n'était pas juste.*

Bon, dès que Reggie et Mary seraient partis, ils ne seraient plus bien nombreux à rester. Jasper et Bert, et elle-même. Caroline et Jocelin. Faye et Roberta. Sept.

Pat, partie. Jim, parti. Philip, parti. Le camarade Andrew — disparu quelque part. Dans l'humeur où elle se trouvait, Alice se souvenait même de l'oie Muriel comme d'une bonne vieille amie, qu'on lui aurait arrachée. Bon, eh bien, qu'on leur prenne donc cette maison ; pourquoi pas ? — elle n'allait pas se mettre martel en tête. Elle savait qu'elle avait son fameux air : elle sentait les yeux de Jasper rivés sur elle. Pour y échapper, elle se leva et entama les préparatifs d'une nouvelle marmite de soupe.

« Camarade Alice, commença Bert de sa voix politique, nous sommes tous là. Nous avions décidé de tenir une réunion quand Reggie et Mary nous sont tombés dessus.

— Ah ? et comptiez-vous prendre la peine de m'appeler ? »

rétorqua Alice. Mais elle revint s'asseoir à sa place, et remarqua que Bert et Jasper occupaient à présent les deux extrémités de la table.

Au milieu de l'après-midi. Par un soleil magnifique. Joan Robbins taillait sa haie avec de vieilles cisailles. Clac, clac, clac, à intervalles irréguliers qui fatiguaient l'oreille. Sur le tabouret, la cruche était remplie de roses précoces. Jaunes. Le chat paressait sur le rebord extérieur de la fenêtre, derrière la vitre, et regardait à l'intérieur.

Bert reprit, « A la suite des observations que nous avons pu faire à Moscou et des discussions qui en ont résulté, Jasper et moi estimons qu'il faut reconsidérer notre ligne politique. Il conviendra évidemment d'en discuter à fond les implications mais, juste pour vous indiquer l'orientation générale de nos conclusions, nous avons une formulation provisoire à vous proposer. À savoir que les camarades présents ne voient aucune raison d'accepter des directives de Moscou.

— Ou de toute autre source extérieure », ajouta Jasper.

Bert se pencha en avant, et observa les visages d'un air de défi.

« Parfait », dit Caroline. Elle épluchait une orange, et léchait le jus sur ses doigts. « Je suis tout à fait d'accord.

— Moi aussi, annonça aussitôt Jocelin.

— D'accord, oui, lança Roberta. Mais l'idée n'était pas de nous, si je me souviens bien ? — Je veux dire, Faye et moi ?

— Sacrément vrai, intervint Faye. Qui donc avait eu l'idée de nous engager tous avec ce camarade Andrew de merde et ses petites combines ? C'était toi, camarade Bert, et toi, camarade Jasper. » Elle parlait de sa voix B.B.C. irréprochable et, comme toujours, cela causait un certain choc après ses habituelles minauderies de langage. Elle vibrait d'une haine glaciale.

Bert et Jasper parurent déconcertés. La rage de leur déception à propos de l'Union soviétique s'était apaisée dans leurs discussions de ligne politique, de « formulations », et ils avaient perdu de vue l'histoire récente de leurs théorisations. Alice voyait bien qu'ils ne s'en souvenaient qu'au prix d'un effort.

Bert n'était pas disposé à renoncer aux plaisirs des « implications » et il insista, « Mais il est essentiel d'analyser la situation. Souhaitable, en tout cas, corrigea-t-il gauchement.

311

— Pourquoi ? » releva Jocelin. « Pourquoi ? » répéta Faye.
Silence.

Alice intervint avec diplomatie, « Il y a plusieurs choses que je voudrais savoir, avant que nous n'abandonnions le sujet. »

Faye soupira. Théâtralement. Elle faisait un gros effort pour rester là avec eux. Elle était très pâle. Il ne semblait rester de vie que dans ses cheveux lumineux, qui entouraient de leurs jolies boucles son visage vide.

« Je voudrais savoir comment la maison voisine, le 45, s'est trouvée engagée avec ces foutus Russes, dit Faye.

— Bonne question, approuva Caroline en formant des petits tas de peau d'orange avec ses solides doigts blancs où brillaient des bagues.

— Quelqu'un le sait-il ? insista Alice.

— Oui, Jocelin », dit Caroline.

Jocelin haussa les épaules, apparemment exaspérée par toute l'affaire.

Tous les regards se fixèrent sur Jocelin. Elle n'était pas facile à comprendre. Cela n'était pas dû à son aspect, qui n'avait rien de particulier. C'était une fille blonde dont la banalité ressortait, à côté de la jolie Faye, si fine, si délicate, qui se présentait toujours de manière étudiée. Jocelin se moquait bien d'être admirée ou non, ou même d'être vue. Ses yeux verts et froids observaient tout, et elle était toujours mécontente comme si une colère généralisée s'était emparée d'elle et qu'elle avait fini par croire que c'était la seule façon d'affronter le monde. Difficile à soutenir, cette hostilité ; et l'on s'arrangeait pour ne pas regarder son visage mais plutôt ses mains, qu'elle avait fines, avec de longs doigts habiles, ou bien ses vêtements, dans l'espoir d'y déceler quelque chose d'intéressant. Mais elle portait toujours un jean et un chandail.

« Voici ce qui s'est passé, commença Jocelin. Pour autant que je sache. Il y avait une maison à Neasden, qui a été très pratique comme point d'échange pendant quelques semaines. Personne n'envisage d'utiliser un endroit au-delà de quelques semaines. Mais brusquement, la police a mis la main dessus. Il y avait eu un indicateur. Ou quelque chose. »

Elle alluma une cigarette, et Alice observa que c'était pour se donner le temps de décider ce qu'elle voulait dire exactement.

« Pour échanger quoi, exactement ? voulut savoir Alice.

— Eh bien, ce qui se passait à côté — au 45. Surtout de la propagande. Mais aussi du *matériel*. »

Ce terme professionnel, Alice s'en rendit compte, causa d'agréables *frissons* à Bert et Jasper qui, sans le savoir, se penchèrent tous deux avidement pour dévisager Jocelin. Puis, conscients de ce qu'ils faisaient, ils détournèrent les yeux avec embarras.

« Il s'agissait de trouver un endroit, et vite. Très vite. Quelqu'un a signalé que le 45 était vide. Il suffisait d'une planque pour deux jours. C'était ce qu'on pensait.

— Mais *qui* ? réclama Bert, gauchement.

— Le camarade Andrew, manifestement, répliqua sèchement Caroline, d'un ton réprobateur.

— Oui, confirma Jocelin. C'était lui qui s'occupait du matériel de propagande. Surtout pour l'I.R.A. Imprimé en Hollande, le plus souvent. Et puis... d'autres choses. Certaines, assez délicates. Et même très. » Là, elle s'interrompit pour leur adresser un sourire froid, en gardant les lèvres closes, et ils répondirent par des sourires gênés en détournant les yeux.

« Mais la maison n'était pas vide, objecta Caroline. Je n'étais partie que pour quelques jours, et à mon retour j'ai trouvé deux pièces remplies de trucs. Là-dessus est apparue la camarade Muriel, puis le camarade Andrew. » Caroline se mit à rire de bon cœur et, soulagés, ils rirent tous avec elle. Sauf Jocelin, toutefois, qui fixa ses yeux verts sur eux, l'un après l'autre, en attendant de pouvoir poursuivre.

« Il semblerait qu'il ait été difficile de trouver une autre maison finalement, reprit Jocelin. Rien de vraiment sûr. Et en attendant, ils gardaient le 45. Ils utilisaient toutes sortes de moyens de fortune. Un jour, par exemple, il y a eu dans le jardin quatre poubelles pleines de tracts recouverts d'ordures. Plus d'une fois, ils ont rempli de matériel des sacs poubelles en plastique noir. Mais cela ne pouvait pas durer indéfiniment. Ensuite, la plupart des camarades qui occupaient le 43 sont partis en même temps, et la camarade Alice s'est installée. » Elle eut un sourire, mais ses yeux demeuraient froids comme deux pierres vertes. « Les admirables talents conjugués de la camarade Alice ont été une véritable bénédiction. Il semble que la camarade Muriel et le camarade

Andrew aient été tentés de suivre son exemple, et de solliciter l'accord de la municipalité pour établir un squat reconnu. Mais ils ont réfléchi à deux fois : ils auraient risqué de recevoir les visites des Services de l'habitat, de l'hygiène, etc., et le matériel arrivait continuellement, à toute heure du jour et de la nuit, et repartait de même. Alors, ils ont décidé que la parfaite respectabilité des voisins suffirait. Il y avait même une fonctionnaire municipale, puisque Mary Williams était venue s'y installer. Et puis : il y a eu le congrès du C.U.C. » Elle eut un petit rire, exprimant claire-ment ce qu'elle pensait du C.U.C. Et d'eux ?

« Mais comment t'es-tu trouvée mêlée à tout cela ? voulut savoir Faye. Tu n'aimais pas plus que nous le camarade Andrew.

— Je n'ai pas dit que je ne l'aimais pas, corrigea Jocelin. Qui se soucie d'*aimer* ou non ? Je n'avais rien à voir avec le camarade Andrew ni avec ses activités. J'ai décidé de venir ici parce que la camarade Muriel m'a informée que vous vouliez travailler avec l'I.R.A. »

Et maintenant elle les dévisageait de nouveau, l'un après l'autre, lentement, en prenant son temps. Elle reprit à voix plus basse, « C'est ça, qui m'intéresse. Mais pour ce qui est de Moscou, du K.G.B. et du reste, je m'en moque — mais c'est de l'histoire ancienne, n'est-ce pas, maintenant qu'Andrew est parti. Et où qu'il soit parti, d'ailleurs. Je n'aimerais pas être dans sa peau.

— Oh non », dit Caroline.

Alice se sentit blessée pour le camarade Andrew. Il lui semblait que quelque chose gémissait doucement, là, dans sa poitrine. C'était donc la fin du camarade Andrew ? Ils se désintéressaient de ce qui avait pu lui arriver ! — ou de ne jamais le revoir !

Jasper demandait, « Pourquoi ? Qu'y a-t-il ? Je ne comprends pas ce que tu veux dire ? »

Et Bert, « Qu'a-t-il fait ? »

Personne ne répondit. *Ils s'en fichaient.* Le camarade Andrew n'en valait pas la peine. Parti. Disparu.

Jasper déclara fougueusement — cela lui sortit comme une explosion —, « Bert et moi sommes allés en Irlande. Nous avons vu les camarades. Cela ne les intéressait absolument pas.

— C'est ce que j'ai appris, répondit Jocelin calmement. Oui, j'en ai entendu parler. Et alors ? Qui donc est l'I.R.A., pour nous dire ce que nous devons faire dans notre propre pays ? »

Ce raisonnement les frappa tous avec la force d'une vérité évidente et inéluctable qui, pour quelque inexplicable raison, leur avait échappé jusqu'à cet instant. Bien sûr ! Qui donc était l'I.R.A., pour leur dire ce qu'ils avaient à faire ?

Bert rit doucement, et ses dents blanches luirent. Jasper se mit à rire aussi — et Alice souffrit de l'entendre, car elle y discerna combien il avait souffert du refus de Moscou de le prendre au sérieux, après le refus de l'Irlande. Le rire de Jasper résonnait de fierté méprisante, la confiance lui revenait soudain et, enfin justifié, il promena son regard sur eux.

« Parfait, déclara Faye. Enfin. En ce qui me concerne, vous venez tous enfin de voir la lumière. *Nous* avons décidé quoi faire, et *nous* allons le faire. Nous n'avons pas à demander la permission à des étrangers. » Elle parlait encore de sa voix froide et bien élevée.

« Absolument, renchérit Roberta.

— Eh bien alors, voilà, conclut Alice. Il ne nous reste plus qu'à établir un plan. »

À ce moment précis, on frappa à la porte. Alice alla ouvrir, et revint avec Felicity. Il s'agissait d'Alice qui, en tant que « personne la plus proche » de Philip, devait aller remplir les formalités à l'hôpital. Felicity ne voulait pas s'asseoir ; elle ne voulait pas, ils s'en rendaient tous compte, se trouver forcée de prendre les affaires de Philip en main.

Alice protesta d'une voix fâchée, « Et pourquoi moi, Felicity ? Pourquoi pas toi ?

— Écoute, répondit Felicity. Philip est venu habiter chez moi parce qu'il était coincé. Désespéré. En ce qui me concernait, c'était juste un type sans nulle part où vivre.

— Mais il doit bien avoir une famille, ou quelqu'un ?

— Il a une sœur, quelque part.

— Mais où ?

— Que veux-tu que j'en sache ? Il ne me l'a jamais dit. »

Les deux femmes se faisaient face, comme dans une mauvaise querelle. Conscientes de l'air qu'elles avaient, elles prirent une expression d'excuse.

Felicity expliqua, « Quand j'ai dit à Philip qu'il pouvait rester, je croyais que ce serait pour le week-end, une semaine au plus. Il a vécu chez moi plus d'un an. »

Alice comprit que ce serait finalement à elle d'y aller, et elle s'exclama d'un ton aigre, « Oh bon ! » Comme elle avait gagné, Felicity devint « charmante », refusa une tasse de thé en multipliant les excuses hâtives, et s'en alla avec force manières.

« Pauvre Alice, déclara Roberta. J'irai avec toi. » Alice fondit en larmes. Tous la dévisageaient avec stupéfaction.

« Bien sûr, qu'elle pleure, s'écria Roberta. Forcément. Elle est *épuisée.* » Elle entoura Alice de son bras et l'entraîna vers la porte. « Ne faites rien que nous ne ferions pas, quand nous aurons le dos tourné », lança facétieusement Roberta à la cantonade, mais ses yeux s'étaient fixés sur Faye qui, trahie, secouait la tête et refusait de regarder Roberta ; brusquement, elle était redevenue une gamine des faubourgs.

Les deux femmes passèrent plusieurs heures à l'hôpital, à signer des formulaires et voir les employés des services concernés. Alice consentit à s'occuper du certificat de décès. Elle prit rendez-vous pour le lendemain avec un représentant de la municipalité pour recenser les possessions de Philip.

À minuit, Roberta la mit au lit avec une tasse de chocolat chaud, en exprimant sans ambiguïté que pour elle, c'était une affaire classée ; elle ne se sentait aucune obligation d'en faire davantage pour Philip, bien qu'elle l'eût volontiers fait si Faye n'avait pas eu tous ces problèmes.

ALICE consacra sa matinée à faire établir le certificat de décès, et l'après-midi à rassembler les affaires de Philip avec l'employé municipal. Ce fut une corvée douloureuse. Philip possédait quelques vêtements, et environ cinq cents livres sterling placées à la poste, qui serviraient à payer son enterrement.

Quant à son échelle et ses outils, Alice n'en parla pas, afin qu'ils ne soient pas vendus à l'encan pour le dixième de leur valeur. Maintenant, au moins, les occupants du 43 avaient leurs propres échelles, tréteaux, et outils. Pour ce que cela valait ; et pour le temps que cela vaudrait.

Pendant qu'Alice s'occupait du règlement des affaires de Philip, la maisonnée marqua une pause. Ou plus exactement, tous sauf Jocelin, qui travaillait dans une chambre du haut sur une quantité de choses qu'elle concoctait à partir de livres qu'elle appelait ses « livres de recettes », et qui fournissaient des conseils aussi concis que remarquables sur la fabrication des engins explosifs. Elle avait chapardé un peu de matériel au passage, lors de son séjour au 45. Sur l'invitation de Jocelin, Alice et les autres allèrent étudier ces engins. Ils étaient alignés sur l'un des tréteaux de Philip, dans une pièce fermée à clé — fermée à cause de Mary et Reggie qui, bien que prêts à partir dans quelques jours, étaient encore là. Ce qui frappa Alice, en voyant les objets fabriqués par Jocelin, ce fut leur aspect modeste et même bricolé, fait de bouts et de morceaux. Les appareils électroniques dont Jocelin tirait une fierté si manifeste ne paraissaient pas plus importants que les minuscules circuits qu'on trouve à l'intérieur d'une radio à transistors.

Il y avait aussi des trombones, des pinces à dessin, deux ou trois montres de pacotille, des bouts de fil électrique, des produits ménagers, des tuyaux en cuivre de divers diamètres, des roulements à billes, des punaises, des paquets de plastic explosif, de la dynamite classique, des pelotes de coton épais, de la ficelle.

Tandis que Jocelin travaillait avec délectation (plaisir n'était pas un mot pour elle) à ces petits joujoux, et qu'Alice pleurait la mort de Philip, car il lui semblait maintenant avoir perdu un vieil ami, un frère même, Jasper et Bert allèrent à diverses manifestations, après s'être fait vivement recommander par les autres de ne se laisser arrêter sous aucun prétexte, car il y avait du travail important à faire ; et Roberta conduisit Faye à Brighton, chez une amie, car l'air de la mer lui ferait le plus grand bien. La mère de Roberta était toujours dans le coma.

Un jour s'écoula, puis un autre. La maison paraissait vide. Alice se surprit à penser que Roberta et Faye allaient rentrer ce soir. Peut-être aimeraient-elles être accueillies avec un vrai repas, ou même une fête ? Alors qu'elle y réfléchissait dans la cuisine, en compagnie du chat, Caroline entra, chargée de grands sacs pleins de provisions. Elle rayonnait de plaisir ; elle annonça qu'elle avait envie de préparer un vrai repas, non, il fallait qu'Alice reste assise à sa place, pour une fois, et qu'elle se laisse servir.

Jusqu'alors, c'était Alice qui avait rapporté de la nourriture. Enfin, de la vraie nourriture, et non pas une pizza ou des portions de frites. Seule Alice était rentrée ployant sous le poids des fruits et des légumes, pour remplir le réfrigérateur de beurre et de lait, et entasser des pâtes, des lentilles, des haricots dans le placard. Et maintenant, elle contemplait avec gratitude Caroline qui s'affairait en souriant, riche d'un contentement secret qui semblait déborder d'elle comme une lumière. Alice se sentait racornie, desséchée ; elle faisait toutes ces choses, cuisinait, nourrissait, mais c'était parce qu'il le fallait, par devoir. Jamais de sa vie elle n'avait ressenti ce qu'elle voyait étinceler chez Caroline qui, tout en léchant une cuillère pour goûter la sauce, regardait Alice comme pour partager un plaisir rare, que seuls les initiés pouvaient imaginer sur terre. Puis elle tendit la cuillère vers Alice avec précaution, on aurait cru qu'il s'agissait de quelque essence rare, ou d'une distillation, et elle regarda Alice d'un œil brillant tandis que celle-ci goûtait, et disait, « Oui, formidable. Fantastique.

— Je suis excellente cuisinière, chantonna Caroline comme en ronronnant. C'est cela que je devrais faire... » Ainsi rappelée à ce qu'elle faisait, à ses tâches, elle se tut et son visage parut se voiler.

Elle raconta à Alice son histoire. Une bonne petite bourgeoise, comme elle se décrivit, qui avait eu la révélation — c'est-à-dire, compris que le Système était pourri et que l'unique solution consistait en un renversement radical — à l'âge de dix-huit ans. Elle était amoureuse d'un jeune Che Guevara de la banlieue sud-est de Londres, mais il était devenu respectable à son contact et s'était rangé dans le Parti travailliste. Néanmoins, il demeurait son grand amour. Quand elle allait le voir, « L'angoisse totale, ma pauvre, je ne sais pas pourquoi j'y vais. » — elle savait que c'était lui l'homme de sa vie. « Mais comment pourrais-je vivre ainsi ? Impossible ! Un week-end nous suffit. Ensuite, ce sont les larmes, les disputes, la séparation. Jusqu'à la fois suivante. » Elle continua à bavarder ainsi, le visage un peu rougi, semblant se relâcher et s'adoucir à la chaleur de la cuisine, avec de la farine sur la joue, les manches relevées, et ses solides mains blanches contrôlant tout parfaitement. Elle paraissait douce et rondelette, pleine de satisfactions secrètes et indélicates.

Jasper et Bert revinrent, réclamant un bain chaud et un repas. Ils étaient allés à Nottingham, renforcer les piquets de grève des mineurs. Il avait plu, il faisait froid. Roberta et Faye annoncèrent en revenant qu'elles mouraient de faim. Les joues de Faye avaient repris des couleurs; elle avait rejoint le monde des vivants, et présentait de manière amusante et vive son personnage cockney. Quant à Roberta, heureuse de voir son amour rétabli, elle révéla un aspect d'elle-même qu'ils n'avaient pas vu. Elle chanta, et fort bien, d'une belle voix de contralto, d'abord des chants ouvriers, puis tout un répertoire de chansons portugaises, espagnoles, et russes. Ils apprirent qu'elle avait étudié le chant, mais qu'elle avait trouvé son créneau dans la Révolution.

Il y avait suffisamment de vin, et tout le monde se retrouva un peu ivre. Mary et Reggie ne se montrèrent pas.

Ils allaient tous monter se coucher, vers deux heures du matin, quand un coup assourdi et hâtif retentit à la porte d'entrée.

« Mon Dieu, la police », hurla Alice, et elle s'élança pour leur tenir tête. Deux jeunes hommes aux épaules chargées de gros paquets se tenaient là, souriant, voûtés sous leur charge.

« Qu'est-ce que c'est ? Vous ne pouvez pas apporter cela ici », s'exclama Alice, devinant ce qui se passait et complètement glacée d'appréhension, toute joie évanouie.

« Bon, allez, ça va, déclara l'un des deux, plus irlandais que nature. On nous a dit de livrer ça ici.

— C'est une erreur. »

Mais il avait laissé glisser son chargement à terre, dans le vestibule, et s'éloignait déjà, tandis que son camarade, avec un sourire timide, se déchargeait à son tour.

« Il faut les reprendre, s'obstina Alice. Comprenez-vous ? »

Ils avaient déjà parcouru l'allée, et elle les apercevait, à côté d'une petite camionnette délabrée. Ils discutaient. Ils se retournèrent pour vérifier le numéro de la maison à l'aide d'un papier. Alice les rejoignit, et déclara, « Vous n'avez pas compris. Il ne faut pas laisser cela ici ! Il faut le remporter.

— Allons bon, c'est facile à dire », protesta celui qui avait déjà parlé. Il semblait offensé. Ou plutôt, effrayé. Il lança même un coup d'œil à la ronde, dans les ténèbres des jardins, puis vers la rue principale où la circulation, réduite, se poursuivait néanmoins. C'était une nuit sombre, humide. Ils se tenaient tous les trois très rapprochés sous le réverbère, et discutaient.

Alice affirma qu'ils se trompaient de maison, c'était le 45 qu'ils cherchaient — mais le 45 n'était plus assez sûr pour servir de dépôt.

Ils répondirent que leurs instructions concernaient bel et bien le 43.

« Il faut remporter tout cela.

— La réponse est non ! »

Il lui semblait entendre une fenêtre s'ouvrir derrière elle, et elle se retourna pour observer les fenêtres sans lumière de la maison située en face de celle de Joan Robbins. Pendant ce temps, les deux hommes en profitèrent pour remonter sans bruit dans leur camionnette, et elle dut faire un bond de côté pour ne pas se faire renverser.

« Oh, non », gémit-elle dans la nuit, en regardant la camionnette disparaître en vitesse au coin de la rue. « Non, ce n'est pas possible. Ce n'est pas *juste*. »

Elle resta un moment là, découragée, avec le sentiment que la situation lui échappait. Puis elle songea qu'il valait mieux rentrer, pour le cas où quelque voisin indiscret serait réveillé, et guetterait à la fenêtre. Elle rentra à pas lents. Lisses et nus comme deux galets bruns, les deux cartons attendaient dans le vestibule, sans aucune indication de ce qu'ils contenaient.

Elle vit dans l'escalier Jasper et Bert, le regard exorbité et l'air accablé. Nettement ivres, de plus. Au-dessus d'eux, Jocelin. Roberta et Faye avaient regagné leur chambre. Quant à Caroline, elle continuait à nettoyer et ranger la cuisine.

« Nous ne pouvons pas garder cela ici », expliqua Alice, implorante, aux deux hommes, mais ce fut Jocelin qui s'élança vers les paquets en disant, « Vite, au grenier. » Comme les deux femmes passaient près d'eux en transportant laborieusement les colis dans l'escalier, les deux hommes leur donnèrent un coup de main. Le premier, puis le second carton, tous deux très lourds, furent déposés dans un recoin du grenier.

Jocelin déclara qu'elle regarderait demain ce qu'il y avait

dedans. Peut-être même dès cette nuit, car elle n'avait pas sommeil.

« Ne nous fais pas sauter », plaisanta Jasper, et elle ne répondit rien. Elle ne pensait rien de bon de lui, et n'en faisait pas mystère. Mais elle semblait toutefois trouver Bert sympathique. Quant à lui, Bert était attiré par Caroline mais, elle ne s'en apercevait pas, à moins qu'elle n'eût décidé de n'en tenir aucun compte.

Alice retourna dans la cuisine, et remit une ou deux choses en place, en attendant de les entendre, tous ou presque, revenir pour en discuter. Car elle avait compris qu'un événement grave venait d'arriver. Ce n'était plus une simple petite provocation, comme une visite de la police ! Quand elle se rendit compte que personne ne venait, qu'ils n'avaient donc pas vu ce qu'ils auraient dû voir, elle se laissa tomber sur un siège au bout de la table, et sombra dans une sorte de torpeur. De torpeur émotionnelle, mais pas mentale, car son cerveau s'activait.

Personne ne leur avait dit que le 43 devenait plaque tournante. La camarade Muriel l'aurait certainement signalé, si elle l'avait su. Caroline et Jocelin avaient été surprises. Quant au camarade Andrew, il n'avait même pas abordé la question. (À ce point de ses réflexions, le souvenir de l'argent, des cinq cents livres sterling, lui revint à l'esprit, et Alice y songea longuement, objectivement.) On ne pouvait pas avoir au 43 des gens qui passeraient déposer des trucs à toute heure du jour et de la nuit, et d'autres qui viendraient les chercher ! Ce n'était pas possible ! Mais à qui pouvait-elle s'adresser pour le dire ? Elle se rendit compte qu'elle n'avait aucun moyen de joindre Pat ou Muriel, sans parler du camarade Andrew. L'irréalité de tout cela, quand ces gens avaient été si vivants, si présents, dans cette maison et la maison voisine, pendant des semaines — des camarades, on pouvait même dire des intimes, et ensuite si absents, si absolument partis, perdus, effacés, qu'elle ne pouvait même pas leur envoyer une carte postale... — cette pensée épaissit davantage encore sa torpeur, telle une zone de brouillard se répandant en elle.

Et puis il y avait autre chose. (Mais ce n'était certes pas une pensée neuve.) Ils étaient là, décidés à « faire enfin quelque chose de réel », tout prêts — on pouvait dire que le 43 vacillait maintenant à l'extrême limite, comme un petit bateau arrivé à une

321

chute d'eau (là, Alice secoua douloureusement la tête, à la manière d'un chien qui expulse l'eau de ses oreilles) — mais il ne régnait cependant guère de confiance entre eux. (En fait, Alice se rappelait l'expression de Jocelin quand elle avait regardé Jasper et Bert flancher dans l'escalier avant de s'élancer elle-même pour s'occuper des deux gros colis.) Non, Jocelin n'admirait pas Jasper ! Que pensait-elle de Faye ? — eh bien, ce n'était pas difficile à imaginer. Mais elle devait quand même bien apprécier Roberta ? Caroline ? On ne pouvait pas imaginer de contraste plus saisissant qu'entre cette femme indolente et sensuelle, et la froide Jocelin, si fonctionnelle. Et elle-même, Alice ? Jocelin la méprisait-elle aussi ?

Elle s'aperçut qu'elle utilisait Jocelin comme pierre de touche, comme point de référence. Comme si Jocelin avait été la clé de tout. Eh bien, c'était elle après tout qui travaillait à fabriquer des bombes, ou autres engins de la même espèce.

Alice monta au second étage, vit de la lumière sous la porte de l'atelier de Jocelin, frappa, et entendit un « Entrez » prononcé à voix basse.

Jocelin leva les yeux de ce qu'elle faisait sur sa table à tréteaux, les mains occupées à quelque chose de compliqué, à base de tuyau en cuivre. Elle s'était entourée de divers produits ménagers, dont les emballages colorés produisaient une impression rassurante.

Jocelin gardait les yeux fixés sur Alice, dans l'attente d'une explication. Elle avait quelque chose d'effrayant et de redoutable, songea Alice. Pourtant, que pouvait-il exister de plus quelconque que Jocelin ? Un inconnu n'aurait vu en elle qu'une blonde mal soignée, avec des mèches pâles qui lui retombaient sur la figure, et des traînées de poudre blanche sur son vieux chandail gris. Mais c'était sa concentration, l'intensité de sa présence dans ce qu'elle faisait...

Alice articula faiblement, « Salut », et Jocelin se contenta de poursuivre son travail sans répondre, en versant des granulés blancs d'une vieille casserole dans un tuyau de cuivre.

« Je n'aime pas beaucoup ce qui s'est passé en bas », reprit Alice sans grande conviction, même à ses propres yeux, et Jocelin acquiesça en disant, « Bien sûr, moi non plus. Mais je ne vois pas ce que nous pouvons faire d'autre que continuer. Il va falloir faire le boulot en vitesse, et filer. »

Il n'y avait nulle part où s'asseoir dans la pièce, uniquement les tréteaux et le tabouret sur lequel était assise Jocelin. Par les fenêtres on voyait le ciel virer au gris. Les oiseaux allaient bientôt commencer à chanter.

Alice se tenait devant Jocelin comme un enfant devant la maîtresse, et elle lui demanda, « As-tu déjà réfléchi à ce que nous devrions faire ?

— Oui, bien sûr. Ce que nous ferons sauter dépend de nos moyens, n'est-ce pas. J'ai une idée assez claire de la puissance de ces trucs. Mais il faudra en discuter.

— Est-ce que tu as... enfin... tu as déjà...

— Non, je ne l'ai jamais fait. Mais il suffit d'avoir du bon sens », répondit Jocelin d'un ton décidé. Elle mit de côté un tube en cuivre qui mesurait une bonne vingtaine de centimètres et devait sans doute être plus ou moins prêt, et en prit un autre. Elle hocha la tête, vers le « livre de recettes » ouvert un peu à l'écart. Ce fascicule présentait les mêmes caractéristiques que les engins fabriqués suivant ses recettes : il n'était pas imprimé mais photocopié, ce qui lui donnait un aspect technique, rebutant, et le papier en était de fort mauvaise qualité. Quant à la couverture en plastique jaune, elle faisait l'effet d'un livre de cuisine de bas étage. Tout sur ces tréteaux semblait bon marché, bricolé, saillant et, sans qu'on sût pourquoi, inachevé. Tout, sauf bien sûr les beaux emballages de produits ménagers qui paraissaient somptueux, grâce à tout le travail de conception et toute la compétence qu'il avait fallu pour les fabriquer.

« Ce ne serait pas une mauvaise idée, de commencer par un coup d'essai », suggéra Jocelin avec un sourire. C'était, comme on pouvait s'y attendre, un sourire froid, glaçant.

« Très juste, acquiesça Alice. Bien sûr.

— Nous pourrions choisir quelque chose qui mérite de sauter. »

Alice s'anima soudain pour dire, « Oh oui. Quelque chose d'absolument dégueulasse... quelque chose de révoltant, oui. »

Jocelin la dévisagea curieusement, surprise de cette passion. « As-tu une idée particulière ? Je veux quelque chose de défini, si tu vois ce que je veux dire. Quelque chose de défini, et pas trop gros ; massif. Pour que je puisse vérifier les quantités. »

Alice passait en revue dans sa tête toutes les choses qu'elle aurait plaisir à voir sauter. Il fallait écarter les hautes palissades en tôle ondulée qui enfermaient l'ancien marché que tout le monde avait tant aimé, et qui, tout au long de la semaine et plus encore le samedi et le dimanche, avait été un véritable festival. Une palissade n'était pas « définie ». Elle s'étendait sur un long, long tracé.

« Pas une cabine téléphonique, l'avertit Jocelin. On précise ici quelles quantités exactement sont nécessaires, pour en faire sauter une.

— Une voiture ?

— Oui, nous pourrions être obligées de prendre une voiture, à cause de la difficulté d'accès. Ou du risque d'être vus. Mais je sais ce qu'il faudrait, pour une voiture. C'est autre chose. »

Alice sourit. « Je sais quoi. » Une haine passionnée l'avait envahie, la faisant presque vaciller. « Oh, mon Dieu, oui, souffla-t-elle. Je vais te montrer. Ce n'est pas loin.

— Bien. » Jocelin quitta son poste, et elles descendirent l'escalier en silence. Le vestibule devenait gris, émergeant des ténèbres. L'aube. Il y aurait bientôt des gens dans les rues, les travailleurs matinaux.

Elles n'eurent à parcourir que huit cents mètres, et arrivèrent dans un quartier de rues étroites qui datait de bien avant l'invention de l'automobile. Des camions y passaient maintenant à longueur de journée, faisant crisser la marche arrière dans les tournants, et se croisant avec quelques centimètres d'espace entre eux. Conçus pour que deux personnes pussent y marcher de front, les trottoirs étaient fort étroits et, dans deux de ces ruelles qui se croisaient à angle droit, le trottoir avait été élargi d'un côté, ce qui réduisait d'environ un mètre la largeur de la rue. Ce morceau de bravoure administrative était déjà saisissant, mais en plus, pour rendre le tout encore plus incompréhensible à un esprit normal, après avoir récupéré ce mètre supplémentaire de trottoir pour le confort et la satisfaction des citoyens, la mairie en avait hérissé la bordure de piquets en ciment, d'un gris-brun particulièrement révoltant, d'un mètre de haut, et de contour arrondi, comme des dents. Ces hideux instruments d'absurde obstruction, une ving-taine aux abords de chaque angle, aux deux extrémités de cette rue qu'Alice empruntait chaque fois qu'elle allait au métro, provo-quaient en elle ces accès si familiers de rage impuissante, vaine, violente, et inextinguible. Elle se postait là et observait la scène, comme elle avait fait en voyant les ouvriers municipaux remplir de ciment les cuvettes de toilettes, démolir les canalisations, et vandaliser des maisons entières, en se disant, Les gens sont donc capables de cela. D'abord, ils concevaient l'idée dans un bureau, puis il faisaient des plans, ils envoyaient des ouvriers le faire, et les ouvriers le faisaient. C'était totalement incompréhensible. C'était effrayant, comme une sorte d'invincible bêtise, rendue visible et évidente. Comme les immeubles des nouvelles universités.

Côte à côte sur le trottoir qui, du fait des dents de ciment, restait aussi étroit qu'il l'avait été avant l'élargissement, Alice et Jocelin contemplèrent la situation. En faisant marche arrière, ou en prenant le virage trop serré, un camion avait renversé l'un des pieux. Les bases en étaient maculées d'urine et de déjections canines. Sous le ciel gris et bas de l'aube, les maisons encore endormies abritaient des gens qui devaient se sentir insultés par ces trottoirs et ces dents de ciment, chaque fois qu'ils franchissaient leur porte. Les maisons paraissaient tendres et innocentes, le ciel pur et triste. Alors commença le réveil des oiseaux.

Alice pleurait de rage.

Jocelin soupira, et dit, « Bon. Je vois ce que tu veux dire. Mais ce n'est pas un endroit facile. Il doit y avoir des gens qui passent jour et nuit.

— Je n'ai vu personne, en ce moment.

— Il y a toujours des oiseaux de nuit qui regardent par les fenêtres, ou des femmes levées pour nourrir leurs bébés. »

Alice se sentit rassurée par cette preuve de la normalité de Jocelin, mais rétorqua, « C'est vrai partout ailleurs, et tout le temps, non ? »

Jocelin ne répondit pas. Elle examinait la dent déchaussée. Sans lancer le moindre coup d'œil inquiet à la ronde ni lever les yeux vers les rangées de fenêtres, elle s'approcha rapidement du piquet, et tenta de le soulever. Il bougea un peu. Alice la rejoignit et, ensemble, à grand-peine, elles le redressèrent, puis le laissèrent retomber comme avant.

Jocelin examina rapidement le trou, à la base de cette dent, où l'on voyait des fils de fer, et déclara, « Ça ira. Je placerai la charge dessous, et puis je le redresserai. Tout ce que je veux savoir, c'est

325

quelle quantité d'un truc je dois employer. Demain. Nous ferons cela demain. Environ une heure plus tôt que maintenant. »

Il allait être bientôt cinq heures.

Elles étaient restées là dix bonnes minutes, et n'avaient pas vu un chat. Pourtant, elles étaient entourées de fenêtres, et peut-être d'yeux. Un sentiment familier d'audace, d'excitation, envahissait Alice. Son affreuse léthargie s'était dissipée. Cette sensation de torpeur morne et grise, comme un poison — disparue !

Comme elles bifurquaient dans leur rue, elle se mit à sprinter, par simple excès d'énergie, jusqu'au portail, qu'elle franchit d'un bond, puis elle courut dans l'allée jusqu'à la porte, où elle s'arrêta brutalement, car il fallait d'abord l'ouvrir. Avec une clé.

En arrivant calmement, Jocelin déclara, « Il faut se maîtriser, pour ce boulot. Être calme. Ne pas s'exciter. » Alice marmonna quelque chose sur un ton d'excuse.

Elles montèrent se coucher.

Alice ne dormit guère ; elle bouillonnait d'excitation, d'impatience. Elle redescendit, dans la maison endormie, et se força à marcher d'un pas régulier, à cause de ce qu'avait dit Jocelin.

Elle s'attabla dans la cuisine et songea, Bon, me voilà une fois de plus en train d'attendre que les gens se réveillent. Elle but du thé, mangea du pain complet avec du miel, puis se souvint des colis du grenier. Aussitôt, tout son être parut sombrer dans la confusion, la division. Ce qu'il fallait, c'était une voiture… mais il n'y en avait plus au 45… Comment se procurer une voiture ? Vérifiant qu'il n'était pas trop tard — environ huit heures, le meilleur moment pour la trouver avant qu'elle aille travailler —, Alice partit en hâte chez Felicity.

Felicity sortait justement de chez elle et, à la vue d'Alice, elle éprouva une lassitude contrariée. Mais Alice ne lui donna pas le temps de l'exprimer. Elle s'approcha d'un pas décidé, et annonça, « Les affaires de Philip sont plus ou moins triées. Mais ils recherchent sa sœur. S'ils ne la trouvent pas d'ici deux ou trois jours, ils fixeront quand même l'enterrement à lundi ou mardi. » Comme prévu, et comme elle devait le faire, Felicity parut embarrassée, bien qu'impatiente, et répondit, « Merci, c'est bien gentil à toi de t'en occuper.

— Je n'ai guère eu le choix », lui rappela sèchement Alice.

Les deux femmes s'affrontaient du regard, mais Felicity semblait jouer à vouloir esquiver quelqu'un sans se laisser toucher. Alice alla droit au but, « Puis-je t'emprunter la voiture pour deux ou trois heures ? »

Felicity soupira, et répondit, « Mais je m'en sers ce matin. » Elle était assistante sociale.

« J'en ai besoin », insista Alice.

Felicity réfléchit. « Tu pourras la prendre demain matin. Jusqu'à l'heure du déjeuner. » Elle n'aurait pas pu dire plus clairement : C'est tout ce que tu obtiendras de moi, en matière de compensation ! « Parfait, dit Alice. Et nous considérerons que le compte est réglé. » À l'entendre exprimé aussi carrément, Felicity s'empourpra. « Je suis pressée, dit-elle. Demain, même heure ? » Elle courut presque jusqu'à sa voiture, une Datsun sagement garée le long du trottoir, avec toutes les autres voitures dociles et disciplinées.

Voilà qui est fait, songea Alice, et elle chassa de ses pensées les dangereux colis. Elle les porterait demain à la décharge municipale, et voilà tout. Et s'il en arrivait d'autres, on s'en débarrasserait de même.

Elle trouva devant sa porte un homme en complet gris strict et cravate, tellement fonctionnaire qu'elle se dit, Oh non, pas *encore* la mairie ! et prit son expression la plus responsable et compétente.

Mais c'est avec un accent américain qu'il demanda, « Alice Mellings ?

— Oui », — et elle sut à la précipitation soudaine de son pouls que la rencontre allait exiger d'elle toutes ses facultés.

« Puis-je entrer ? »

Sans un mot, elle ouvrit la porte et le précéda dans la cuisine, où elle lui indiqua d'un signe de tête qu'il pouvait s'asseoir au bout de la table. Elle brancha la bouilloire, et prit place à l'autre extrémité.

Il paraissait plus jeune qu'elle. Mais il était du genre à paraître jeune. Il avait un visage régulier, attentif et poli, tel un étudiant à l'ancienne mode. Ses yeux, bruns, assez agréables, suivaient pour l'instant chacun de ses mouvements et l'observaient étroitement, de même qu'elle l'examinait. Il avait des mains soignées. Mais son trait le plus remarquable était précisément l'absence de trait particulier. Rien, mais vraiment rien, en lui, n'accrochait le regard. Un employé ; quelqu'un qui travaillait surtout à l'intérieur, et ne connaissait en fait d'intempéries que les courants d'air, ou l'inconfort d'une fenêtre mal fermée. Il semblait avoir pris des cours de banalité ! Pourtant, cela même avait quelque chose d'excessif... Évidemment, Alice avait tendance à rencontrer surtout des marginaux — ou, comme le disait sa mère en termes démodés, des gens très bohèmes — ; et puis en Angleterre, surtout à Londres, de nos jours, tout le monde s'en foutait, mais tout de même...

Ce fut lui qui rompit le silence. « Camarade Mellings, j'ai appris ce matin de bonne heure que vous tentiez de refuser un dépôt de matériel. »

Le regard d'Alice se figea. L'emploi du mot « matériel » maintenant, dans ce contexte, ne l'excitait pas du tout. Dans cette situation (qu'elle voulait chasser, supprimer) le mot « matériel » était trop sinistre, il imposait qu'on le prît au sérieux.

« Est-ce vrai, camarade Mellings ? Je voudrais des explications. » Il s'exprimait de manière très neutre, sans rien y mettre de personnel, mais les mots qu'il prononçait suffirent à mettre Alice en rage. Pour qui se prenait-il...

« C'est absolument vrai, répondit-elle, calme et froide. Il était tout à fait déplacé de le livrer ici. Jamais rien de tel n'avait été convenu, pour aucun genre d'objets. » Elle employa délibérément le mot « objets », qui semblait dénué de toute importance.

Il s'humecta les lèvres, et le regard fixé sur elle parut se rétrécir.

« C'est impossible », conclut-il. Mais elle voyait bien qu'il était déconcerté, et s'efforçait de trouver un fil, un indice, pour s'imposer.

« Oh non, pas du tout, répliqua-t-elle pour se raffermir. Dans la maison voisine, on flanquait des tas de choses qu'on revenait chercher ensuite. Mais cela n'avait rien à voir avec nous, dans cette maison-ci. La situation est radicalement différente. »

Le bruit de la bouilloire permit à Alice de quitter vivement sa place et d'aller s'affairer. Lui tournant le dos, elle versa du café en poudre dans deux grandes tasses qu'elle remplit d'eau bouillante, et tourna. Lentement. Quelque chose en lui la troublait. Il ressemblait à ces deux gros colis lisses et propres, là-haut, sans aucune inscription dessus, et avec Dieu sait quoi à l'intérieur.

Un Américain ? eh bien...

Elle prit son temps pour se retourner, et déposer une tasse devant lui. Elle ne lui avait pas demandé ce qu'il voulait boire. Puis elle se surprit elle-même en bâillant, d'un grand bâillement profond, irrésistible. Après tout, elle n'avait presque pas dormi. Il lui lança un regard étonné, à la dérobée. Un regard qui n'avait pas été prévu ; et elle sentit soudain qu'elle tenait la situation en main.

Elle se rassit calmement et, quand il parut chercher du sucre ou du lait, elle poussa vers lui une bouteille de lait entamée et une jolie tasse ancienne qui servait de sucrier. Elle observa que cette organisation domestique semblait plutôt lui déplaire.

Elle attendit, l'esprit tout occupé à chercher ce qui en lui la troublait.

« Les révolutionnaires américains comptent sur ce point de chute, dit-il, pour que leur aide parvienne aux révolutionnaires irlandais.

— Quels révolutionnaires américains ?

— Comme vous le savez, camarade Mellings, un grand nombre d'honnêtes Américains souhaitent aider les Irlandais dans leur lutte contre l'oppresseur britannique.

— Oui, mais la plupart d'entre eux sont de simples citoyens ordinaires ; ce ne sont pas des révolutionnaires. » Elle y mettait un immense mépris à son égard — pour l'inexactitude dont il faisait preuve.

Il fixait à présent les yeux sur sa tasse, comme si, faute d'avoir pu déchiffrer sur le visage d'Alice les renseignements qui lui manquaient, il espérait maintenant trouver l'inspiration dans sa tasse.

« Éclaircissons d'abord ce point, décida-t-elle : vous êtes censé être un Américain, fournissant les camarades irlandais en matériel ? » Elle n'avait pas eu l'intention d'y mettre tant de dérision brutale.

Et lui, l'œil toujours rivé sur sa tasse : « Oui, je suis américain. Gordon O'Leary. Troisième génération. Vieille famille irlandaise. Comme les Kennedy. » Et pour la première fois, il rit. Cette plaisanterie ponctuée d'un rire était offerte en cadeau à Alice, et il posa sur elle un regard assuré.

« Et le camarade Andrew ? Il est américain aussi ? demanda-t-elle, d'une voix assourdie par l'ironie.

— Oui, bien sûr. Il est américain. Mais je crois que sa famille venait d'Allemagne.

— Arrêtez, bon Dieu ! répliqua-t-elle. Le camarade Andrew est à peu près aussi américain que... » Elle le dévisagea avec toute la force de son innocence fondamentale et de sa candeur, pour dire, « Et vous n'êtes pas américain. Vous ne pourriez jamais être américain, même dans dix millions d'années ! »

Il s'empourpra, et sa respiration changea tandis qu'il baissait son regard dangereusement fâché. Se ressaisissant, il protesta, « Mais je vous assure bien que si. Pourquoi ne le serais-je pas ?

— Vous êtes russe. Comme Andrew. Oh, vous parlez un anglais parfaitement américanisé, bien sûr. » Alice eut un rire nerveux. Mais la rage la plus sincère l'animait. Elle n'avait jamais pu supporter qu'on la prenne pour une idiote. Et c'était précisément ce qu'il faisait en ce moment.

Il réévalua intérieurement la situation, soupira, se redressa sur son siège comme s'il s'était brusquement souvenu qu'on ne doit pas se tenir mal à table, et la regarda. Puis il insista d'une voix assez douce, « Camarade Mellings, il se trouve que je suis un Américain. Originaire du Michigan. Je suis ingénieur et, quand j'aurai terminé certaine petite mission dont je suis chargé ici, c'est cette activité que j'irai reprendre là-bas. Comprenez-vous ? » Il attendait une réponse mais, tout en l'écoutant, les yeux fixés sur lui, elle avait pris une expression aveugle dans l'effort de réfléchir. Pourquoi ne pouvait-il pas être américain ? Il avait un accent parfait, meilleur que celui d'Andrew ! Non, c'était son style. Quelque chose en lui. Qu'avaient donc les Américains ? (Elle ferma même les yeux, faisant défiler en pensée les Américains qu'elle avait connus pour les examiner.) Tous ceux qu'elle avait rencontrés — et qui, songea-t-elle, étaient pour la plupart des jeunes gens appartenant au réseau international des routards et des aventuriers — différaient sensiblement de celui-ci. Ils avaient en commun quelque chose... qu'était-ce ? Oui, c'était une sorte d'ampleur détendue, ouverte... une liberté, oui, voilà le mot. Alors que cet homme assis là... (et, ouvrant les yeux pour le comparer à ce qu'elle venait de voir sur son écran intérieur, elle le surprit à la dévisager avec curiosité) se tenait crispé, retenu, apparemment incapable du moindre geste spontané, même s'il l'avait voulu. Et même s'il était « détendu » — sans doute était-ce considéré comme une posture décontractée —, il semblait porter un corset invisible et ne l'avoir jamais quitté de sa vie. Ses molécules même avaient pris l'habitude d'être sur leurs gardes.

« Vous n'êtes pas américain, conclut-elle. Mais de toute façon, je m'en fiche. Vous n'allez plus jamais rien apporter dans cette maison. Nous ne prendrons *rien*.

— Vous ferez ce que vous avez pris l'engagement de faire, répliqua-t-il à voix très douce, très menaçante. Comme c'était convenu. » Elle sentit que cette manière d'exprimer la menace lui avait été enseignée : Méthode 53 pour intimider le sujet. Le mépris que lui causait cette évidence la plaçait hors d'atteinte.

« Je vous ai déjà dit que nous n'avions pris aucun engagement.

— Mais si ! Mais si, camarade Mellings !

— Et quand, s'il vous plaît ? Cela n'a même jamais été évoqué. Pas une seule fois.

— Comment aurait-ce pu ne pas être évoqué ? Avez-vous, oui ou non, accepté de l'argent de nous, camarade Mellings ? »

Un instant déconcertée, elle fronça le sourcil, mais elle répondit, « Je n'ai pas sollicité cet argent. Il m'a simplement été donné.

— Il vous a simplement été donné, répéta-t-il avec une ironie polie, mais calme, dans le style de son attitude générale.

— Oui. Tout ce que je sais, c'est que la camarade Muriel, vous savez, celle qui a l'air d'une oie, m'a mis dans la main une liasse de cinq cents livres sterling avant de partir pour son cours d'espionnage en Lithuanie ou je ne sais où. »

Cette fois, il devint carrément écarlate, comme un apoplectique, et il la foudroya du regard avant de se ressaisir. Il se redressa de nouveau, peut-être rappelé à l'ordre par sa propre colère, dressé à se souvenir que, même décontracté à table, on devait garder les genoux joints posément et ne jamais mettre plus d'un coude à la fois sur la table.

« Si le camarade Andrew, ou je ne sais qui d'autre, a parlé d'écoles d'espionnage situées ici ou là, c'est un paquet de mensonges. »

Elle y réfléchit longuement. « Je ne pense pas que ce soient des mensonges. Où sont donc parties Muriel et Pat ? Elles sont allées quelque part suivre un entraînement. Bon, je m'en moque, de toute façon. Je ne m'intéresse pas plus à l'Amérique qu'à la Tchécoslovaquie, la Russie ou la Lituanie. Et les autres non plus. Nous sommes des révolutionnaires anglais, nous déterminerons nous-mêmes notre ligne politique, et nous agirons suivant la tradition anglaise. Notre propre tradition. »

Après un long silence, il suggéra prudemment, « Bien entendu, il est logique de réserver votre loyauté de base à votre propre situation. Mais il s'agit ici d'une lutte entre les forces croissantes du communisme mondial, et le capitalisme moribond. C'est une situation internationale, qui exige la formulation de lignes politiques au plan international. C'est une lutte mondiale, camarade.

— Je ne pense pas que vous ayez compris, insista Alice. Nous n'accepterons d'ordres ni de vous ni de personne d'autre. *Personne*, répéta-t-elle.

— La question n'est pas de savoir, articula-t-il lentement, en détachant chaque syllabe, ce que vous avez décidé ou non, camarade. Vous ne pouvez pas revenir sur des engagements pris.

— Mais pas par nous », riposta-t-elle, refermant le cercle de la discussion.

Il se hâta de lui cacher son regard violemment hostile, en baissant les yeux.

Le silence dura un long moment, et Alice déclara, en bonne hôtesse qui relance la conversation, « On dirait que votre camarade Andrew a tout emmêlé, n'est-ce pas ? Et que vous cherchez à retrouver le fil ? »

Elle entendit la respiration de l'homme s'alourdir. Puis ralentir et s'affermir, parce qu'il se maîtrisait. Il protégeait ses yeux de toute inspection. Tout en lui était crispé, tendu, même sa main posée sur la table. « Voyons, ne soyez pas si guindé. Vous êtes tellement nombreux au K.G.B. — enfin, vous êtes des millions, non ? — oui, je sais que c'est pour la Russie entière, et que vous n'êtes pas nombreux à nous tenir à l'œil, eh bien, il est inévitable que certains soient inefficaces. » Le regard qu'il lui lança l'effraya un instant, et elle poursuivit bravement, et même gentiment, car elle souhaitait maintenant le mettre à son aise, puisqu'elle avait obtenu l'avantage en lui faisant admettre son point de vue, « Je suis sûre que c'est pareil chez nous. Je veux dire, quelle bande de cons, enfin, si la moitié de ce qu'on lit dans les journaux est vrai... » Cette dernière phrase, c'était sa mère tout craché ; et Alice s'effara de constater que sa mère pouvait s'exprimer avec tant d'autorité naturelle par la bouche même d'Alice. Non point qu'Alice y vît un inconvénient. La voix de Dorothy Mellings semblait parfaitement appropriée à la situation, en fait. « À se faire prendre comme cela leur arrive sans cesse ! Bah, je suppose que nous ne risquerions pas d'entendre parler des vôtres, vous vous contenteriez de les effacer. Enfin, c'est l'une des conséquences d'une presse libre. »

Il changea de position, apparemment pour tenter de se détendre, mais il tenait le poing crispé devant lui sur la table. Le regard qu'il fixait sur elle était assuré, et sa respiration normale ; un moment décisif était intervenu dans la conversation, si l'on pouvait parler de conversation. Sans doute avait-il pris une décision. Bon, alors tout allait bien. Il s'en irait bientôt, et ce serait réglé.

Mais il ne donnait aucun signe de devoir partir.

Bon, eh bien qu'il reste encore un peu s'il le souhaitait. Ce n'était pas à lui qu'elle voulait penser, ni aux raisons de sa visite, mais à la nuit prochaine et à l'aventure qui l'attendait avec Jocelin — avec qui elle avait en ce moment une relation presque fraternelle, à l'opposé de l'impression ténébreuse et compliquée que lui faisait ce Russe. Cet *étranger*.

Elle observa, « Je pense que notre problème — je veux dire maintenant, entre vous et moi — est en grande partie dû à ce qu'on appelle un conflit de cultures ! » Là, elle se mit à rire comme l'aurait fait Dorothy Mellings. « Vos traditions sont tellement différentes des nôtres. Dans ce pays, on ne peut pas débarquer pour dire aux gens ce qu'ils doivent faire ou penser. C'est impossible. Nous sommes en démocratie. Nous avons vécu si longtemps en démocratie que c'est inscrit dans nos gènes », conclut-elle avec un gentil sourire.

Ce qui se passait maintenant en lui, c'est qu'il se disait — comme cela se produit assez souvent dans les conversations —, Mais elle est folle ! Cinglée ! Givrée ! Complètement tarée, la pauvre. Comment ai-je pu ne pas m'en apercevoir avant ?

Dans ces moments-là, on doit savoir réévaluer totalement la

situation, et le plus vite possible. Il faut reconsidérer tout le déroulement de l'entretien sous ce nouvel éclairage regrettable, et déterminer si la personne est vraiment folle à lier, ou si elle ne révèle simplement qu'une excentricité assez stimulante, mais inadaptée à cette situation spécifique.

Alice ne soupçonnait pas qu'il pût avoir de telles pensées ; elle planait joyeusement, et toutes sortes d'expressions rassurantes et judicieuses se présentaient à elle, comme surgies d'une cassette tapie à son insu dans son cerveau. Cependant, il en aurait été tout autrement si elle avait pu se voir ; car la partie supérieure de son visage — le front et les sourcils — arborait une expression soucieuse et même légèrement affolée, comme si elle s'était demandé ce qu'elle était en train de dire, tandis que sa bouche continuait à produire des paroles, sans cesser de sourire.

« Et je pense que ce devait précisément être le problème du camarade Andrew. » (La scène du lit lui revint alors, et elle la chassa d'un vigoureux hochement de tête.) « Il semblait avoir du mal à comprendre les schémas culturels occidentaux. J'espère que vous ne pensez pas trop de mal de lui. Je l'estimais beaucoup, pour ma part.

— Ah oui, vous l'estimiez », répéta-t-il, comme une affirmation plutôt qu'une interrogation, avec une certaine bonne humeur. Tout en lui révélait qu'il allait bientôt se lever et partir.

« Oui, il m'a paru vraiment très bien. Un authentique être humain.

— Eh bien, je suis heureux de l'apprendre », déclara le camarade Gordon O'Leary du Michigan, de Smolensk ou d'ailleurs, qui justement se levait, mais très lentement. Ou peut-être est-ce ainsi qu'Alice le perçut, car il ne faisait aucun doute qu'elle ne se sentait pas vraiment elle-même. Le manque de sommeil, voilà ce que c'était !

« Quelqu'un viendra chercher le matériel ce soir, dit-il.

— Il n'est plus ici », improvisa Alice d'une voix sereine. Ils ne pouvaient quand même pas laisser ce Russe, cet étranger, traîner partout dans leur maison. Pas quand il y avait toutes ces bombes et ces outils là-haut. Ensuite, il allait encore vouloir leur dicter ce qu'il fallait en faire. Leur donner des ordres ! Bah, il ne pourrait jamais comprendre ; il était russe ; toute leur histoire était fondée sur l'autoritarisme.

« Où est-il ? » réclama-t-il d'une voix cinglante, s'approchant tout près. Elle s'était levée, et se retenait au dossier de sa chaise. Il n'avait plus du tout l'air d'un employé soumis. Tout l'effroi qu'elle aurait raisonnablement pu éprouver pendant la dernière demi-heure la terrassa brusquement. Elle pouvait à peine se tenir debout. Il paraissait immense, sombre, puissant, dressé au-dessus d'elle en braquant sur elle des yeux comme des fusils.

« À la décharge de Barstone. Vous savez, le dépôt d'ordures municipal. » Elle sentait ses genoux fondre. Elle était glacée et se retenait de trembler. Elle avait compris, mais vraiment, que la situation était grave et que, quelque part en route, elle s'était mise en tort. Sans en avoir eu l'intention. Ce n'était pas sa faute ! Mais la façon dont cet homme la regardait ; jamais rien de tel ne lui était arrivé. Elle n'avait jamais su qu'on pût éprouver ce sentiment d'impuissance dans une situation donnée.

Il était tellement furieux. Avait-il raison de se fâcher ainsi ? Il était blanc, pas rouge, blême, dans l'effort, supposa-t-elle, de se retenir de la frapper. De la tuer. Elle savait que c'était cela.

Elle n'aurait pas dû dire de ce ton désinvolte, « le dépôt d'ordures » ; que le matériel était à la décharge. Peut-être même aurait-il mieux valu dire maintenant, Non, je plaisantais, les cartons sont là-haut. Mais dans ce cas il monterait, trouverait Jocelin au travail, et alors...

Il lui sembla qu'elle allait s'évanouir, ou bien fondre en larmes. Elle sentit les larmes l'envahir, commencer à l'oppresser et suinter par tous ses pores.

« Je suis seul, dit-il. J'ai une voiture. Il me faut quelqu'un, ou plutôt deux personnes, pour aller chercher les cartons.

— Oh, souffla-t-elle d'une voix sotte et faible. Je ne vous le conseille pas. Pas en plein jour. Il y a peut-être des gens, là-bas. Ne serait-ce que des camions qui déchargent. Ce serait dangereux.

— Ce serait dangereux ? » Elle eut à nouveau l'impression qu'il l'aurait facilement tuée, qu'il n'allait pas pouvoir se retenir. « Nous ne pouvons pas laisser cela traîner dans une décharge.

— Pourquoi pas ? répliqua-t-elle. Vous en avez déjà vu ? C'est plein d'un tas de trucs. Il y en a des hectares ! Deux colis bruns ordinaires ne doivent pas tellement se remarquer. » Elle nota qu'elle commençait à se sentir mieux.

« Deux gros colis tout neufs, encore fermés ? gronda-t-il en approchant son visage de celui d'Alice, les yeux fous de rage.

— Tout de même, dit-elle. Il vaudrait mieux attendre la nuit.

— Je n'attendrai pas la nuit. Faites-moi descendre deux personnes tout de suite. Des hommes. Il y a des hommes ici, non ? »

Hautaine et froide, redevenue presque elle-même, elle lança, « Nous étions deux filles, pour porter les cartons... », elle avait failli dire « là-haut », mais se reprit à temps. « Dans la voiture.

— Alors deux femmes. Peu importe.

— Si, justement. Il importe beaucoup, protesta-t-elle. Nous n'accepterons aucun ordre. Vous ne pouvez pas nous commander, comprenez-vous ? Nous ne sommes pas russes. »

Elle avait fermé les yeux, non seulement parce qu'elle se sentait mal — un peu moins mal, déjà — mais parce qu'elle sentait la haine de cet homme l'étouffer. Bah, voilà, il allait la tuer. Un mouvement, un bruit de pas ; elle rouvrit les yeux et le vit partir. Mais il se retourna avant de franchir la porte, et lui annonça très calmement, avec une extraordinaire intensité de mépris, d'antipathie haineuse, « Ne vous imaginez pas que ce soit fini, camarade Mellings. Ce n'est pas fini, loin de là. Vous ne pouvez pas vous amuser à ces petits jeux-là avec nous, vous verrez, *camarade* Mellings. » Et son visage se convulsa brièvement, dans un mouvement de joues et de langue qui aurait pu s'achever en crachat. Il resta un moment planté là, l'œil rétréci dans un regard terrible, déterminé à bien la marquer, à l'écraser de toute la force de ce qu'il éprouvait.

Et voilà maintenant qu'apparaissait l'homme sous le personnage. Elle le savait, savait que c'était vraiment *lui* qu'elle voyait là. Ce n'était plus l'espion imperturbable, dressé à contrôler le moindre mouvement, le moindre geste, le moindre regard, mais autre chose, derrière cela. C'était la puissance. Non pas des fantasmes de pouvoir, des petits jeux, des envies, mais le vrai pouvoir. Il incarnait la force, l'absolue certitude d'être dans son droit. Il se savait supérieur, en position de contrôle dominant. Et par-dessus tout, dans son droit.

336

Il sortit et referma la porte doucement — elle le remarqua. Pas de porte claquée qui pût alerter les voisins.

Elle s'élança vers l'évier, et vomit.

Soigneusement, elle nettoya toutes les saletés avec le jet, frotta et rinça, tout en se retenant d'une main tellement ses genoux tremblaient. Elle se traîna ensuite en titubant jusqu'aux toilettes où, sans doute sous l'effet de la terreur, elle se vida, tripes et boyaux. Après quoi elle regagna la cuisine en se tenant aux portes et aux poignées, et s'effondra sur la table, les bras en croix, et molle comme une chiffe. Elle n'avait jamais rien éprouvé de comparable à cette faiblesse physique. Elle demeura allongée ainsi pendant près d'une demi-heure, tandis que peu à peu les forces lui revenaient.

Jocelin entra ensuite, la regarda à peine — elle ne devait donc pas avoir l'air si catastrophique — et déclara qu'il lui fallait du café fort ; les nuits blanches ne lui réussissaient pas. Si elle commençait maintenant, elle était sûre de pouvoir mettre au point l'engin explosif à temps pour leur expédition nocturne. Elle s'exprimait d'une manière neutre, mais avec la froide jouissance qui était sa manière de s'exciter, et Alice savait qu'elle-même allait bientôt se ressaisir grâce à l'excitation de l'action. Pour hâter le processus de cicatrisation, elle remonta avec Jocelin dans son atelier — en emportant un siège, cette fois — et regarda travailler ces mains intelligentes et minutieuses. Elle se sentit bientôt tellement mieux, qu'elle oublia presque le camarade Gordon O'Leary. Elle se disait vaguement : Il va falloir décider si nous allons porter ces colis à la décharge ou non. En l'occurrence, il croira qu'on les a déjà trouvés et emportés. Sa vraie terreur semblait désormais si loin en arrière, qu'elle se disait même : Bah, cela lui fera passer un mauvais quart d'heure. Bien fait pour lui. Elle parla de lui à Jocelin, comme d'un représentant importun qu'elle aurait mis à la porte.

« Ah, mais pour qui se prennent-ils ! » acquiesça Jocelin.

Leur béatitude commença à remplir la maison entière, comme les arômes des soupes d'Alice et, pendant un moment, ils se rassemblèrent tous là-haut pour regarder Jocelin travailler, en plaisantant sur l'usage qu'ils auraient aimé réserver à telle ou telle bombe. Les hautes tours de logements sociaux. Les fichiers informatiques de la police. Tous les fichiers informatiques, d'ailleurs. Certains ensembles immobiliers. N'importe quel abri antinucléaire, n'importe où, car ils ne pouvaient profiter qu'aux riches. Les centrales nucléaires.

Le jeu devenait de plus en plus bruyant, jusqu'au moment où Caroline rappela que Reggie et Mary allaient bientôt rentrer. Laissant Jocelin à son travail, ils se dispersèrent tous dans la maison, mais se retrouvaient à chaque instant sur les paliers, ou dans la cuisine, car il leur semblait difficile ce jour-là de n'être pas ensemble, pour partager cette vague d'excitation, de pouvoir.

Tout se passa bien ce soir-là, qui était un vendredi. Reggie et Mary passèrent en coup de vent, le temps de prendre quelques affaires car ils partaient en week-end. Coup de chance : cela signifiait qu'ils pouvaient passer la soirée tous ensemble. Ils se rassemblèrent dans la cuisine en riant et plaisantant, comme s'ils avaient bu. Mais nul ne buvait. Et Jocelin restait calme, repliée sur elle-même, coupée des autres par les nécessités de sa tâche.

Elle décida qu'il vaudrait mieux y aller à trois, plutôt qu'à deux, pour soulever la lourde borne en béton. Comme ils se disputaient tous cet honneur, Jocelin choisit Bert. Déçue, Faye eut des réflexions désobligeantes. Roberta tenta de l'apaiser, « Ne t'inquiète pas, il y aura d'autres occasions. »

À quatre heures moins le quart, Jocelin, Bert et Alice sortirent sans bruit de la maison. Pas une lueur aux fenêtres de leur rue et dans la rue principale, les réverbères semblaient aspirer la lumière, d'un jaune qui s'épaississait à mesure qu'un gris froid et neutre envahissait le ciel. Sur le trottoir, entre les réverbères, il faisait noir. Au-devant d'eux, au ras du sol, ils virent la pénombre s'agiter et se muer en un petit chien noir et blanc qui trottinait d'un air modeste et pensif, d'un endroit à un autre. Il n'y avait personne dans cette rue, ni dans la petite rue où ils allaient accomplir leur travail. L'affaire ne dura en tout qu'une minute ; Alice et Bert soulevèrent le poteau de béton, et Jocelin plaça la bombe dessous. Le poteau resta droit. Au lieu de s'enfuir en courant, ils repartirent d'un pas tranquille jusqu'au coin de la rue, puis accélérèrent l'allure. Ils étaient rentrés depuis quelques minutes et buvaient du chocolat dans la cuisine, quand l'explosion retentit — plus fort qu'ils ne s'y attendaient.

Ils ne plaisantaient plus, maintenant, ils étaient tendus, et même nerveux, impatients d'aller voir les dégâts, mais Bert observa que les criminels retournaient toujours sur les lieux du crime, et que la police y comptait.

Jocelin monta se coucher. Puis Roberta et Faye aussi. Les autres ne pouvaient pas. Vers neuf heures, Caroline partit flâner, empruntant des rues animées, et trouva le secteur fermé par des banderoles jaunes et rouges « comme une fête des rues », dit-elle, et fourmillant de policiers. Les dégâts paraissaient importants. Des vitres brisées, par exemple. Ils réveillèrent Jocelin pour l'en informer. Elle en fut troublée ; elle avait prévu de détruire la borne et une certaine partie du trottoir. Elle alla regarder aussi, à son tour, et revint déprimée. Elle s'était trompée dans ses calculs. Elle regagna son atelier, en annonçant qu'elle voulait être seule pour réfléchir.

Alice se souvint que c'était ce matin même qu'elle pouvait disposer de la voiture pour se débarrasser des colis. Elle se sentait de mauvaise humeur, et même aigrie à l'idée de devoir s'occuper de cette affaire, en un pareil jour, quand elle aurait bien dû avoir le droit de rester avec les autres, sans soucis !

Ils en discutèrent. Fallait-il partir maintenant, en pleine matinée, à la recherche d'un endroit où abandonner ces paquets ? Caroline suggéra paresseusement que ce n'était pas la peine, puisque de toute façon ils allaient bientôt quitter la maison. Que les prochains squatters s'en occupent eux-mêmes !

Bert et Jasper protestèrent. Et Alice, à contrecœur, se rangea à leur avis.

À eux quatre, ils descendirent à grand-peine les deux colis du grenier, avec force heurts. Le bruit fit sortir Jocelin de sa chambre, et elle déclara qu'elle voulait voir ce qu'il y avait là-dedans ; après tout, cela pouvait être utile. Ils tranchèrent sans difficulté le quadrillage de ruban adhésif. L'emballage était fait d'épais papier toilé et, dessous, de lourd cartonnage. À l'intérieur, de grosses touffes huileuses en bourre de laine, où se nichaient des pièces détachées de mitraillettes.

Les cinq conspirateurs étaient penchés au-dessus du colis ouvert, l'œil exorbité. Ils avaient le cœur battant et le regard fixe. Ils se redressèrent, lentement, pour reprendre leur souffle. Posée sur le bord du paquet, la main de Caroline tremblait, et elle l'ôta vivement. Ils restèrent un moment immobiles, montant la garde autour des pièces détachées à moitié cachées, qui luisaient sinistrement sous cette lumière trop crue. Haletant un peu et la gorge desséchée, ils s'entendirent tous déglutir, et Bert observa en riant, « On pourrait croire que nous mourons tous de peur — et je crois que c'est vrai pour moi. Tout d'un coup, ça devient réel... » Ils se mirent tous à rire, sauf Alice, qui tenait ses deux poings devant sa bouche entrouverte. Par-dessus ses jointures, elle dévisageait tragiquement Jocelin. Jocelin lui lança un regard impatient, et déclara, « Allons, dépêchons-nous » — et elle entreprit de refermer le colis.

« Non ! » hurla Jasper, revenant à la vie. Dans un élan de furieuse énergie, il commença à sortir les pièces et les assembler comme il croyait devoir faire, par-dessus les autres pièces encore emballées.

« Non », ordonna Jocelin, froide et impassible — au grand soulagement d'Alice — ; et elle renchérit en disant, « Non, Jasper, arrête. »

Bert essayait déjà d'aider Jasper, mais par comparaison il semblait lent et gauche.

Malgré toute son habileté et sa compétence pour enclencher les pièces, puis les détacher, et chercher des moyens de les assembler, il n'arrivait à rien qui ressemblât à une arme complète.

« Ce sont des mitraillettes ? interrogea Alice, pleurant presque.

— Arrête, ordonna Jocelin à Jasper. Et même si tu parvenais à en monter une, qu'en ferais-tu ?

— Oh, nous lui trouverions bien de l'usage », répondit Bert en faisant luire ses dents, s'efforçant d'être à la hauteur de Jasper, qui avait presque assemblé une chose noire, luisante, sinistre, qui ressemblait beaucoup aux armes qu'on voit dans les films de science-fiction pour enfants.

« Et maintenant, vous avez mis vos empreintes partout », conclut Jocelin, avec un tel mépris que Bert, puis Jasper lâchèrent les armes et reculèrent. « Imbécile », gronda Jocelin, anéantissant Jasper d'un regard glacial, et manifestant clairement ce qu'elle pensait vraiment de lui. « Crétin. Que t'imagines-tu donc ? Que tu vas les laisser traîner ici, sans doute, pour le cas où ça te servirait pour un petit boulot ici ou là ? » Elle écarta les deux hommes avec ses coudes, et se mit elle-même à l'œuvre. Elle commença par démonter les armes à demi assemblées avec une grande dextérité (leur montrant ainsi à tous qu'elle savait exactement ce qu'elle faisait, qu'elle connaissait bien son affaire), puis, avec des poignées de bourre de laine, elle essuya les empreintes en tenant soigneusement les pièces à travers la bourre.

Caroline observa, « Je suppose qu'essuyer ainsi les empreintes ne servira pas à grand-chose — étant donné leurs méthodes actuelles d'analyses.

— Sans doute pas, reconnut Jocelin, mais il est trop tard pour y penser, n'est-ce pas ? Il faut absolument nous débarrasser de ces trucs — c'est urgent.

— Et si nous les enterrions dans le jardin ? » suggéra Bert, tel un petit garçon puni, et elle rétorqua, « Tu veux sans doute dire, ce jardin-ci ? quelle idée géniale ! » Puis, tout en remettant les pièces dans leur emballage, délicatement, elle ajouta, « Si vous pensez à des vraies missions — quelque chose de *concret* c'est-à-dire dans un vrai contexte —, bien organisées, dans ce cas il ne manque pas d'armes. Vous devez bien le savoir, non ? »

Bert fixait sur elle un regard chargé de rancœur, mais également empreint d'admiration, lui reconnaissant le droit de prendre le commandement. Ses yeux brillaient d'excitation, et il ne pouvait pas se retenir de sourire : ses dents, ses yeux et ses lèvres rouges brillaient, étincelaient.

Jasper se retenait, dissimulant ses yeux pour ne pas montrer sa fureur — qu'Alice sentait fort bien. Elle voyait maintenant Jasper et Bert comme jamais elle ne les avait vus — des soldats, de vrais soldats, à la guerre. Elle songeait, Mon Dieu, cela les ravirait, surtout Jasper. Il jouirait de chaque instant... Cette pensée renforça son désarroi, et elle recula de quelques pas, en portant à nouveau ses mains devant sa bouche.

Jocelin prenait fort bien sa nouvelle position, malgré le souci que lui donnait la fermeture du colis. « Alice, n'as-tu donc jamais vu de mitraillettes ?

— Non.

— Tu ne te contrôles pas.

— Non, en effet, intervint aussitôt Jasper, s'animant pour projeter sa rage sur Alice. Regardez-la, on croirait qu'elle a vu un fantôme. » Et il se comporta soudain en enfant d'école maternelle, qui cherche à en effrayer un autre. « Hou-hou-hou, cria-t-il en agitant les mains vers elle, Alice a vu un fantôme...

— Mais enfin, bon Dieu ! hurla Jocelin, perdant son calme. Nous avons des choses sérieuses à faire — tu te rappelles ? Et je remonte travailler. Emportez ces colis où vous voudrez, laissez-les-y, et oubliez-les. Ils ne nous vaudront que des ennuis. » Et sur ces mots elle s'engagea dans l'escalier, posément, sans se retourner. Elle s'en voulait — et ils le savaient tous — d'avoir perdu son sang-froid.

Ils la suivirent des yeux en silence, jusqu'à ce qu'elle eût disparu. L'atmosphère s'allégea alors.

« Allons, dépêchons-nous », suggéra Bert.

Il y eut un flottement. Maintenant que Jocelin, leur vrai chef, les avait quittés, personne ne pouvait plus agir. Puis Alice se ressaisit et déclara, « Je vais chercher la voiture. » Elle se précipita. Felicity avait confié les clés à sa voisine parce que — expliqua la voisine, pour souligner la contrariété de Felicity — Felicity avait attendu Alice à l'heure que celle-ci lui avait dite. Excuses, sourires. Alice ramena la voiture au 43.

Ils s'activèrent tous les quatre à mettre les colis dans la voiture. On ne s'étonnait plus qu'ils soient si lourds.

Ils s'attardèrent un moment à discuter de l'endroit où il fallait les porter. À la décharge ? Non. Pas à cette heure de la journée. Au fleuve ? Non, ils se feraient remarquer. Mieux valait se rendre dans une banlieue résidentielle, comme Wimbledon ou Greenwich, avec des jardins et voir ce qu'ils y trouveraient. Ils traversaient Chiswick, ralentis par l'extrême densité de la circulation, quand ils virent dans une rue transversale de hautes grilles, avec un panneau : « Warwick & Sons, Ferrailleurs ». Ils bifurquèrent aussitôt, et passèrent devant le portail. L'endroit semblait désert. Alice gara la voiture, tandis que Bert entrait calmement, comme un client. Il attendit un moment. Mais personne ne vint. Il reparut en courant, le visage animé, les yeux excités, ses dents blanches et ses lèvres rouges luisant dans sa barbe noire. Jasper s'enflamma aussitôt. Les admirant tous deux, Alice franchit les grilles en marche arrière, et s'arrêta. C'était une vaste cour. Dans ce quartier de Londres, des terrains étendus accueillaient de grandes maisons et de vastes jardins. Mais là, on voyait à l'arrière d'immenses hangars délabrés, en brique et en tôle, fermés par de gros cadenas, et, à part cela, il n'y avait partout que des tas de tuyauteries métalliques, de morceaux de voitures, de barres de fer rouillé, de tôles tordues et cassées. Du cuivre et du laiton brillaient ici et là, et des plaques de plastique laiteux entassées révélaient que ces ferrailleurs s'occupaient aussi d'autres choses que de métal. Il y avait de vieilles poutres empilées près des grilles, du chêne apparemment (exactement ce qu'il aurait fallu pour le toit du 43), et tout autour étaient répandues des ordures, parmi lesquelles des cartons en décomposition, remplis eux aussi de métal, de bouteilles en plastique, de gobelets. Voilà ce qu'il leur fallait. Jasper et Caroline sortirent immédiatement de la voiture et, avec Bert, en tirèrent les colis, qu'ils laissèrent tomber près du tas de poutres. Les yeux d'Alice semblaient sur le point d'éclater, des vagues noires l'assaillaient. Mais il fallait qu'elle fasse tourner le moteur. Dans sa fièvre, elle vit que Bert se redressait déjà, jetait un regard à la ronde, sa tâche terminée ; que Caroline regagnait la voiture, y entrait ; tandis que Jasper, farouchement efficace et vif, frottait de la terre sur les surfaces lisses et nettes des colis, y traçait des entailles à l'aide d'un bout de fer ramassé dans un coin, dans une rage précise et déterminée. C'était bien Jasper ! — songea Alice, fière de lui, et rayonnant de cette fierté. Quiconque n'avait pas vu Jasper dans un tel moment ne pouvait pas l'imaginer ! Enfin, à côté de lui, Bert n'était qu'un paysan ! Et maintenant, en le voyant faire, il se ressaisissait lentement, et puis allait l'aider quand Jasper avait déjà pratiquement terminé ! Ces deux colis ne ressemblaient plus du tout aux monstres bruns et réguliers qu'ils étaient quelques instants plus tôt, ils n'étaient déjà plus que des ordures comme tant d'autres, qu'on ne remarquerait pas.

Jasper et Bert sautèrent dans la voiture, et Alice démarra. À leur connaissance, personne ne les avait vus.

Ils repartirent en direction du centre de Londres, et s'arrêtèrent dans un café de Sheperd's Bush. Il était midi et demi. Ils se placèrent de façon à voir la télévision, et déjeunèrent. Ils mouraient tous de faim. Il n'y eut rien aux informations et, dès que ce fut fini, ils quittèrent le café et rentrèrent chez eux. Ils avaient encore faim, et se sentaient prêts à tomber de sommeil. Ils achetèrent encore une profusion de nourriture toute prête, et s'attablèrent dans la cuisine avec Faye, Roberta, et Jocelin. Le cœur n'y était plus vraiment. Mais ils ne voulaient pas se quitter ; ils avaient besoin les uns des autres, et d'être tous ensemble. Ils se mirent à boire. Jasper et Bert, puis Alice et Caroline montèrent dormir un peu à différents moments mais, une fois seuls dans leur chambre, ils se sentaient fortement attirés par les autres et tentés de redescendre. Ils burent toute la soirée, puis toute la nuit, non plus excités, mais déprimés. Ils ne se l'avouaient certes pas, mais Faye eut une ou deux crises de larmes.

Dès que le métro fut ouvert, Jasper courut acheter les journaux, et les rapporta tous, depuis le *Times* jusqu'au *Sun*. La cuisine résonnait soudain d'un bruissement de journaux, dont ils tournaient les pages à toute vitesse. On n'y disait rien de leur exploit ! Pas un mot. Ils étaient furieux. Finalement, Faye trouva un bref entrefilet dans le *Guardian*, disant que des voyous avaient fait sauter le coin d'une rue à West Rowan Road, Bilstead.

« Des voyous », répéta Jocelin d'un ton glacial et déterminé, vengeur et l'œil étincelant. Et elle n'ajouta pas, car c'était inutile, ils n'avaient tous que cela en tête : Eh bien, nous allons leur faire voir !

Et c'est ainsi qu'ils montèrent se coucher. Le samedi matin. À six heures.

Ils dormirent toute la journée, et s'éveillèrent avec l'agréable sensation que procure une longue veille, suivie d'un long sommeil réparateur.

Ils discutèrent des différentes possibilités, pour leur prochaine tentative. Divers schémas s'offraient. Mais Jocelin déclara qu'il lui fallait plus de temps, pour être plus sûre de son travail. D'ailleurs, fit observer Alice, Philip allait sans doute être enterré lundi ou mardi ; mieux valait en finir avec cela d'abord. Elle comprit au silence qui suivit, et à la manière dont ils évitèrent son regard, tout au moins sur l'instant, qu'aucun d'eux n'avait envisagé d'aller aux funérailles de Philip. Elle déclara de la voix indifférente et polie qu'elle employait dans les moments de pire détresse, de trahison, « En tout cas j'irai, même si personne n'y va. » Jasper connaissait cette voix ; il répondit qu'il l'accompagnerait. Et le regard reconnaissant qu'elle lui offrit le remplit d'une confusion ravie, comme un enfant. Faye annonça qu'elle détestait les enterrements, et n'avait jamais assisté à un seul. Quand les gens étaient morts, ils étaient morts, conclut-elle. Caroline souligna qu'elle n'avait presque pas connu Philip. Jocelin renchérit.

L'un d'eux alla chercher des cigarettes, et revint avec l'*Advertiser* local — un journal distribué gratuitement dans les rues, et déposé dans les boîtes à lettres. Ils y trouvèrent cet article :

Une bombe a explosé vendredi matin de bonne heure, au coin de West Rowan Street. Une borne en béton a été détruite, et une autre endommagée. L'explosion a éraflé la maçonnerie des maisons voisines, et brisé les vitres des quatre plus proches. Mme Murray, une veuve de 87 ans, était assise à sa fenêtre, et elle a vu trois jeunes gens près de la borne. Il ne faisait pas encore jour, et elle n'a pas pu les distinguer. Elle croyait qu'ils s'amusaient un peu. Elle alla s'allonger tout habillée. « Je dors mal en ce moment », dit-elle. Elle a entendu l'explosion, et le verre gicler dans sa chambre. « Heureusement que je n'étais plus à la fenêtre », a-t-elle dit à notre envoyé. Mme Murray a été blessée légèrement par des éclats de verre, et son état de choc a nécessité des soins.

« Oh, la pauvre vieille », soupira Alice. Elle évita le regard de Jocelin, sachant qu'elle y lirait des reproches.

« Quelle vieille cloche, décréta Faye. Dommage que nous l'ayons ratée. Nous lui aurions rendu service, non ? Ces vieux tableaux, leur vie ne vaut plus la peine d'être vécue. À moitié morts d'ennui, voilà ce qu'ils sont, et bien avant d'y passer. »

Ils décidèrent de rire, pour lui faire plaisir. Faye était en proie à l'une de ses humeurs violentes et réminiscentes — mais provoquées par quoi ? Ils ne le savaient jamais. Elle se contentait de rester assise là, à trembler d'un air de défi, sans les regarder, sans même regarder Roberta qui se tenait à côté, un peu voûtée, tête baissée, souffrant pour elle.

« Bon, dit Jocelin, eh bien je crois que je sais quoi faire. Je viserai juste, cette fois. »

Elle semblait fâchée, amère. Ils étaient tous emplis d'une amère frustration. Un paragraphe dans l'*Advertiser* du quartier ! Ils s'estimaient en butte à une vexation, s'ajoutant à une longue succession d'humiliations infligées à ce qu'ils étaient vraiment, à leurs aptitudes réelles, et commencée — comme les violences de Faye — depuis si longtemps qu'ils ne s'en souvenaient plus. Ils éprouvaient le besoin meurtrier de s'imposer, de prouver leur puissance.

Ils continuèrent à boire. Comme toujours, Alice s'abstenait, et l'inquiétude la tenaillait. C'était samedi, après tout. Et à onze heures du soir, comme elle s'y attendait plus ou moins, on frappa très fort à la porte. Elle bondit aussitôt, et franchit le seuil de la cuisine avant que les autres aient compris ce qui se passait. Elle lança à Jasper, « Reste hors de vue, tu m'entends ? Tu ne *viens pas*, surtout pas... » Et à Bert, « Garde Jasper ici. Ne le laisse pas sortir. » À Jocelin, « Risquent-ils de trouver quelque chose ? » Jocelin s'élança dans l'escalier. « C'est ce petit fasciste. Je savais qu'il reviendrait. Il est venu se venger. Je le savais. »

Les coups reprirent. Elle ouvrit la porte et déclara d'un ton sec, rassemblant toutes ses ressources pour garder son contrôle, pour être Miss Mellings, « Vous allez réveiller toute la rue. »

C'était lui, le jeune homme blond et méchant, avec ses yeux de bébé à l'éclat glacial et sa petite moustache bien brossée. Il arborait un grand sourire sadique. Il tenait quelque chose derrière lui, d'où émanait une odeur répugnante.

Alice devinait assez précisément ce qu'il allait arriver, et savait que rien n'aurait pu l'empêcher. Mais l'essentiel, c'était que Jasper ne sorte pas de la cuisine, pas dans l'humeur où il était — il y aurait de la bagarre, sinon, elle le savait.

Derrière le policier s'en tenait un autre. Ils affichaient tous deux des airs de gamins conspirateurs, en évitant de regarder Alice en face — mauvais signe.

« Que voulez-vous ? demanda-t-elle.

— C'est vous qui le voulez », répliqua le petit goret et, à ces mots, lui et son collègue gloussèrent en mettant leur main devant leur bouche, comme des comédiens amateurs.

« C'est votre truc préféré, renchérit le second policier, avec un fort accent écossais.

— Une petite gâterie ne peut pas faire de mal », ajouta l'ennemi d'Alice. Oh, comme elle le haïssait, et comme elle le connaissait parfaitement ! Oh, elle savait bien ce qui devait se passer dans les salles de police, quand il tenait à sa merci un pauvre type sans défense. Mais il ne fallait pas que ce soit Jasper.

Pour le provoquer, pour attirer ses foudres, elle joua le jeu et articula d'une petite voix faible et tremblante d'enfant, « Oh, je vous en prie, allez-vous-en... » Cela suffisait. C'était parfait.

« C'est cela que vous aimez, n'est-ce pas ? » ricana le petit fasciste et, d'un puissant geste du bras, il jeta dans le vestibule un sac en plastique rempli.

« La merde va à la merde ! » dit l'autre.

L'odeur emplit le vestibule, emplit la maison, tandis que les deux complices s'enfuyaient en courant.

Bien entendu, cela avait giclé, il y en avait partout.

L'essentiel, c'était que Jasper ne se soit pas montré.

Marchant avec précaution, elle alla ouvrir la porte de la cuisine et dit, « À votre place, je ne bougerais surtout pas. »

Mais ils se précipitèrent, et se mirent à lancer des imprécations furieuses. Jasper allait de ce pas tuer ce fasciste de ses propres mains, mettre le feu au commissariat, et tout faire sauter.

Soutenue par Roberta, Faye vomissait dans l'évier. Quant à Jocelin, elle apparut sur le palier et, d'en haut, contempla la scène, telle une statue du Jugement dernier ou quelque chose du même genre, songea Alice, dégoûtée d'eux tous. Elle savait qui allait nettoyer.

« Bouclez-la, dit-elle. Vous ne comprenez pas. C'est une bonne chose, et non pas un drame. Il venait se venger d'avoir été ridiculisé, l'autre jour. Il aurait pu tout casser, non ? Cela s'est déjà vu !

— Elle a raison », dit Jocelin. Elle se mit à vomir aussi, puis se ressaisit. Elle retourna dans sa chambre.

Alice avait déjà préparé un seau plein d'eau et des journaux. Elle s'immobilisa un moment pour regarder Jasper, Caroline, et Bert, tous postés sur le seuil de la cuisine, et qui la contemplaient.

Elle s'agenouilla à un bout du vestibule, et entreprit de laver peu à peu le tapis, centimètre par centimètre. Quand elle aurait fini, elle enverrait Jasper et Bert le déposer dans les poubelles.

« Pourquoi perds-tu ton temps à laver cela ? s'étonna Caroline. Jette-le. »

Elle s'était attendue à entendre quelqu'un dire cela. Elle répliqua froidement, « Si nous le sortons tel quel dans le jardin, cela va puer, et il y aura des plaintes : ce sera un bon prétexte pour que les flics reviennent.

— Ouais, très juste », admit Jasper.

Elle poursuivit sa tâche. Une rage froide l'animait. Elle aurait pu tuer non seulement les policiers, mais Jasper, Bert, et même cette brave Caroline, dont le visage choqué, qui l'épiait par la porte, semblait dire qu'il n'y avait décidément pas de limite à la stupidité et à la malveillance du monde.

« Ne va pas te coucher, ordonna Alice à Jasper. Quand j'aurai fini ce que je fais, tu iras avec Bert le porter dehors. »

Il lui fallut plus d'une heure pour nettoyer le tapis. Ils le plièrent, alourdi par l'eau et le détergent, mais ne sentant plus désormais que le produit chimique, et allèrent le déposer sur les poubelles.

« Je suppose qu'il y aura encore des vieilles chouettes pour nous guetter par la fenêtre, comme d'habitude », grommela Alice, épuisée et pleine d'amertume, au milieu du carrelage du vestibule.

Faye déclara qu'elle montait se coucher. Roberta l'accompagna, puis redescendit, prit un autre seau, et aida Alice à nettoyer les murs et les plinthes. Tous les autres allèrent se coucher.

Tout en travaillant, Roberta jurait sans répit de son autre voix, cette voix rude et maladroite de son enfance, et non plus la voix lente et moelleuse, agréable, de la Roberta quotidienne qu'ils connaissaient. Elle ne jurait pas fort, c'était à peine audible : un flot bas et régulier de haine contre la police, contre le monde, contre Dieu ; de sa part et de celle de Faye.

348

Quand elles eurent terminé, les deux femmes prirent un bain. Puis Roberta sortit chercher les journaux du dimanche. Mais elle n'y trouva rien non plus, pas un mot.

Alice et Roberta dormirent plusieurs heures. Quant à Faye, réveillée vers le milieu de la matinée, elle en voulait à Roberta de s'être « laissée impliquer ». Pour le lui faire payer, elle monta converser avec Jocelin, qui travaillait à ses bombes. D'abord en novice, elle aida Jocelin ; puis, comme elle manifestait des dons réels, elle essaya de fabriquer un petit truc délicat pour son propre compte. En descendant boire une tasse de thé, elle emporta avec elle son manuel d'instructions. Au même moment, Reggie et Mary reparurent, après avoir travaillé à aménager leur nouvel appartement. C'était dans un état épouvantable, dirent-ils : mais après avoir vu Alice à l'œuvre, ils savaient ce qu'on pouvait tirer du chaos. Leur façon de parler informa les autres qu'ils avaient décidé de se montrer « aimables » tant qu'ils seraient obligés d'habiter là. Puis Mary ramassa sur la table *L'Emploi des explosifs en milieu urbain* et se mit à le feuilleter, d'abord négligemment, puis plus lentement, en prenant son temps. Elle le tendit à Reggie avec une expression très différente de son air « aimable ». Il y avait alors dans la cuisine Caroline, Jasper, Bert, et Faye, et ils se crispèrent soudain, déterminés à n'échanger aucun regard, et s'efforçant de paraître indifférents. Reggie examina le manuel, puis le posa sur la table. Sans un regard pour les autres, il réfléchissait. Puis il échangea un long regard avec Mary, et annonça que Mary et lui-même avaient décidé d'emménager immédiatement dans leur nouvel appartement, qu'il fût prêt ou non. Quelques instants plus tôt, Mary avait affirmé qu'ils comptaient s'attarder encore quelques semaines, jusqu'à ce que leur nouvel appartement eût au moins l'eau chaude.

Le couple s'engagea dans l'escalier, abandonnant leurs tasses de thé encore à moitié pleines.

« Ce n'était pas très malin, camarade », déclara Bert à Faye, en exhibant ses dents blanches.

Faye hocha la tête. Elle respirait vite, et se mordillait les lèvres en souriant nerveusement, le sourcil froncé. « Cela n'a pas d'importance, dit-elle. Une fois débarrassés de nous, ils ne voudront plus jamais avoir à y repenser. Pour eux, nous ne sommes que de la merde.

— Tout de même, insista Bert, faisant un effort pour manifester la sévérité qu'exigeaient les circonstances, c'était vraiment idiot ! » Et il se mit à rire, comme en réponse à une plaisanterie. Faye eut un rire violent, tout en fixant sur lui un regard courroucé. Puis elle s'arracha de son siège, et s'élança dans l'escalier pour aller rejoindre Roberta. Au-dessus de leurs têtes, ils entendirent la voix grave et maternelle de Roberta ; celle de Faye, rauque et furieuse ; elle exprimait ses doléances à Roberta de son « autre » voix, celle de son enfance ; Roberta répondait de sa voix habituelle.

Les trois autres étaient bien embarrassés, dans la cuisine. Jasper déclara soudain en riant, « Je ne vois pas pourquoi Alice devrait dormir toute la journée », et il monta la réveiller. Ce qu'il fit en frappant à coups redoublés sur la porte de la chambre où elle dormait, et qu'il avait lui-même habitée aussi, mais qu'il avait quittée. Pas de réponse. Il entra à pas de loup, vit la silhouette recroquevillée d'Alice contre le mur et, trouvant insupportable l'obscurité de cette pièce, tira brutalement les rideaux. Alice bondit comme un ressort dans son duvet, aveuglée par l'éclat du soleil de l'après-midi. Elle vit une silhouette noire et menaçante se découper sur la lumière, et hurla.

« Oh, merde, dit-il, écœuré.

— Ah, c'est toi. » Elle se recoucha comme avant, en lui tournant le dos.

Il ne pouvait pas supporter cela. Il s'agenouilla près d'elle, derrière elle, et vit des cils couleur de sable trembler farouchement sur sa peau laiteuse et mouchetée de taches de rousseur.

« Alice, reprit-il, poli mais ferme. Il faut que tu te réveilles. Il est arrivé quelque chose. »

Elle ouvrit les yeux, mais se garda de demander, « Quoi ? » Ils restèrent sur leur position pendant un long moment, plus d'une minute. On eût dit que le fait, pour elle, de se lever sur son ordre et descendre à la cuisine, allait l'impliquer plus qu'elle ne le voulait, allait l'impliquer *encore*, quand elle venait de prendre une décision.

Derrière elle se tenait Jasper, à genoux. Elle sentait sa chaleur contre ses épaules, et sentait dans cette chaleur la force farouche du besoin qu'il avait d'elle.

Elle marmonna d'une voix indifférente, « Bon, je vais descendre. »

Il s'attarda un moment, dans l'espoir qu'elle se retournerait et sourirait. Mais elle demeurait face au mur ; elle attendait qu'il s'en aille. Il se releva et sortit, en refermant doucement la porte.

« Oh, non, gémit Alice, à l'intention du mur. Oh, non. Je n'en peux plus. » Mais elle se leva soudain, enfila son jean et son chandail, et descendit.

Autour de la table, elle trouva Jasper et Bert, Caroline. Jocelin avait été convoquée.

Sans un mot, Alice se fit du thé, en prenant son temps. Elle s'assit. Écouta le récit de ce qui s'était passé. Puis déclara, confirmant ce qu'avait dit Faye, « Cela n'a pas d'importance. Ils ne voudront plus jamais penser à nous, quand ils seront partis. Et de toute façon, il n'y a aucune raison d'établir un rapport entre ce qui peut se passer, et nous. Des tas de gens doivent posséder ces petits-manuels-du-parfait-terroriste. » Elle ne mit aucun guillemet ironique à ces mots, contrairement à ce qu'on avait fait dans la maison jusqu'à présent. La plaisanterie était entrée dans la banalité du quotidien.

« Mais ils sont tellement férus d'ordre et de légalité, corrigea Caroline. Ils vont sans doute se dire que leur foutu devoir leur impose de tout aller raconter, quand ils mettront ensemble deux et deux. »

Il y eut un moment désagréable, où ils échangèrent des regards dans lesquels transparaissait la vérité de tout cela. Mais Bert chassa ces idées sombres en riant, « Mettront ensemble *quoi* et *quoi* ? Nous n'avons même encore rien décidé.

— Le moment semble bien choisi pour en discuter, suggéra Jocelin.

— Alors il va falloir appeler Roberta et Faye », répondit Jasper avec embarras. Il leva malgré lui les yeux au plafond, au-dessus duquel Roberta et Faye semblaient réconciliées. En tout cas, le silence régnait.

« Peut-être n'est-ce pas le meilleur moment », suggéra Bert. À la grimace qu'il fit, Alice comprit que Faye traversait l'une de ses crises.

Elle proposa, « Peut-être vaudrait-il mieux procéder sans Faye. »

Tous les regards se fixèrent sur elle, prêts à la critiquer mais, visiblement, ils se disaient tous qu'elle n'avait pas tort.

Ce fut Jocelin, qui avait travaillé plusieurs heures aujourd'hui avec Faye, qui protesta, « Mais elle est très forte. Et elle a quelques bonnes idées, en ce qui concerne l'emplacement.

— Où donc ? interrogea Bert, riant à nouveau. Dis-le-nous. Elle n'a sûrement pas fait breveter ses idées sur la question. »

Jocelin répondit gravement, « Je reconnais comme vous que Faye est émotive. Mais j'ai eu l'impression ce matin qu'elle serait très bien dans une situation d'urgence.

— Qui va monter les appeler ? » s'enquit Jasper moqueusement.

Ils se tournèrent tous vers Alice.

Alice se contenta de remuer son thé.

« Eh bien, qu'est-ce que tu as ? demanda Jasper.

— Je suis fatiguée. »

Elle se leva impulsivement, d'un geste qui semblait automatique. Elle parut étonnée de s'être levée, et de se diriger vers la porte. Jasper la rattrapa et lui saisit le poignet. « Où vas-tu ?

— Me promener.

— Mais nous discutons pour savoir s'il faut tenir une réunion, afin de déterminer la marche à suivre. »

Ce fut à nouveau comme quand il s'était agenouillé derrière elle, alors qu'elle se recroquevillait dans son duvet. Il y eut un long flottement, puis elle regagna sa chaise et se remit à tourner son thé, comme si elle n'avait jamais eu l'intention de sortir.

« Je vais aller appeler Faye et Roberta », annonça Jocelin, et elle s'engagea d'un pas ferme dans l'escalier.

Ils entendirent un petit déchant à trois voix, Faye aiguë, Roberta pleine et positive, et Jocelin intervenant comme pour des répons. Jocelin eut le dernier mot. Elle descendit, et annonça que tout allait bien. Ils attendirent une demi-heure dans la bonne humeur.

Puis ils se retrouvèrent tous ensemble. Cela dura des heures. Ils discutèrent les mérites comparés des gares, des restaurants, des monuments publics. Le Mémorial du prince Albert fut le favori pendant quelques minutes, et puis Faye décida que non, elle l'adorait, jamais elle ne toucherait à un cheveu de sa tête. Des hôtels. 10, Downing Street, le ministère de l'Intérieur. Le central informatique des services secrets. Le ministère de la Guerre.

Cela continuait. Comme toujours, quand un groupe de gens doit choisir un nom parmi de nombreuses possibilités, les suggestions se firent plus extravagantes et plus imaginatives, plus amusantes ; toute l'affaire vira à la comédie. De temps en temps, l'un d'eux rappelait aux autres qu'il fallait être sérieux, mais le sérieux n'était décidément pas à l'ordre du jour. Ils étaient tous épuisés d'avoir tant ri quand ils décidèrent enfin où frapper. Et ils retrouvèrent leur sérieux quand Faye exigea impérieusement d'être celle qui placerait les explosifs. C'était son tour, dit-elle. La dernière fois, c'étaient Alice, Jocelin et Bert qui avaient eu tout le plaisir.

On décida que l'affaire serait menée par Jocelin, l'artificier reconnu du groupe, avec l'assistance de Faye et de Jasper. La réunion s'acheva vers huit heures. Ils célébrèrent l'événement en dînant au restaurant indien. Puis Faye et Roberta allèrent au cinéma. Bert, Jasper et Caroline — Bert avait insisté pour qu'elle vienne aussi — firent un tour au squat du sud de Londres ; Jocelin avait quelques dernières touches à donner.

Alice, quant à elle, refusa ; elle se sentait fort bien, mais préférait aller se promener. Oui, elle voulait marcher, et ne comprenait pas pourquoi ils faisaient tant d'histoires. Elle aimait marcher seule.

Pour certains d'entre eux, c'était la première fois qu'ils entendaient parler de ce goût d'Alice, et quelques joyeuses plaisanteries s'ensuivirent.

Le sourcil froncé, elle s'éloigna vers les rues sombres. Elle s'arrêta au bout d'une centaine de mètres, et se plongea dans la contemplation d'un jardin où seuls apparaissaient les contours des fleurs, dans un massif, toute couleur estompée. Elle se ressaisit avec un soupir, et se dirigea vers chez sa mère. Là, elle sonna d'un geste décidé, deux fois de suite, et, en entendant la voix de sa mère, elle s'annonça. « C'est Alice. » Silence. « C'est Alice », insista-t-elle. Péremptoire, maussade.

Nouveau silence. Long. Puis la porte s'ouvrit avec un bourdonnement, et Alice s'élança dans l'escalier nu et pauvre. Sans doute s'attendait-elle, quand sa mère ouvrit la porte, à pénétrer dans la grande salle accueillante de l'ancienne maison des Mellings, car elle fonça au pas de charge et dut aussitôt freiner devant sa mère, qui se tenait le dos au fauteuil qu'elle venait de quitter à l'instant. C'était une charmante petite pièce, mais Alice la trouva laide et misérable. Les deux fauteuils, placés de part et d'autre de la petite cheminée équipée d'un radiateur à gaz, et qui avaient eu naguère tant d'espace autour d'eux, semblaient à présent deux pauvres géants prisonniers, contraints de rester face à face. Ils avaient besoin d'être retapissés ; Alice ne s'en était jamais rendu compte.

Elle s'exclama d'une voix scandalisée, hostile, « Mais qu'est-ce que tu fiches ici ? »

Il faisait assez froid dans la pièce. Alice n'attachait guère d'importance à cela, mais sa mère portait un épais chandail et des bas de laine, des vêtements d'hiver. Alice connaissait ce lainage jaune et informe, cette ample jupe marron : ils étaient vieux. Et elle avait relevé ses cheveux blancs en chignon malhabile. Son beau visage las et grave confrontait Alice avec une expression sévère qui ne semblait pas vouloir s'adoucir.

Comme toujours quand elle se trouvait en présence de sa mère, Alice sentait affluer en elle des émotions agréables et tendres, tandis que disparaissait la mauvaise humeur causée par son absence.

L'expression agressive et douloureuse avec laquelle elle était entrée disparaissait déjà, remplacée par un sourire. Le sourire timide et anxieux de plaire d'une fille exemplaire. Elle regarda si elle pourrait s'asseoir quelque part. Le fauteuil qu'avait occupé sa mère était assiégé par une pile de livres, qui montait jusqu'aux accoudoirs. Et sur la cheminée, Alice vit une bouteille de whisky, avec un verre rempli au tiers.

Il y avait également eu quelqu'un dans l'autre fauteuil. Alice parcourut même la pièce d'un regard perçant, pour voir si cette personne se cachait quelque part. Les coussins de ce fauteuil étaient aplatis, suggérant une longue visite intime. Une tasse à thé vide était posée par terre, à côté du fauteuil. Alice imagina soudain Zoé Devlin et sa mère assises face à face et entendit leur rire fort et joyeux, qui semblait exclure le reste du monde. Une souffrance aiguë la transperça, et son regard se durcit à nouveau sur sa mère.

« Pourquoi t'emmitoufles-tu ainsi ? Tu es malade ? »

Silence. Puis Dorothy répondit avec circonspection, le visage toujours méfiant, « Comme tu le sais, je ressens très vivement le froid. Contrairement à toi.

— Alors pourquoi n'allumes-tu pas le chauffage ? »

Nouvelle pause. « Comme tu aurais pu le deviner toute seule, je suis obligée de faire très attention à mes dépenses. »

Elle parlait d'une voix lasse, presque étouffée, par crainte de ce que pourrait déchaîner un ton de voix, ou un faux mouvement. Un peu comme une infirmière, face à un patient imprévisible.

« Je ne comprends pas, s'écria Alice. Tu n'en es tout de même pas réduite à ne pas pouvoir allumer le chauffage si tu as froid ! »

Dorothy Mellings soupira. Elle se détourna. Non pas vers les deux fauteuils, qui paraissaient promettre la longue conversation affectueuse qu'espérait Alice, mais vers une petite table oblongue qui était placée contre le mur, et sur laquelle il semblait que Dorothy prît ses repas : une assiette y était posée, avec une pomme et une banane. Alice laissa échapper une exclamation furieuse, et se précipita vers le petit réfrigérateur niché dans un recoin baptisé cuisine. À l'intérieur, elle ne trouva qu'une bouteille de lait, un peu de fromage, quatre œufs, et quelques tranches de pain de mie.

Alice se retourna violemment vers sa mère mais, avant qu'elle pût dire un mot, Dorothy lui demanda, « Alice, voudras-tu du thé ou quelque chose ? As-tu faim ?

— Non, je n'ai pas faim », répliqua Alice d'un ton accusateur.

Dorothy s'assit devant la table et fit signe à Alice de prendre place en face, mais Alice ne pouvait pas admettre les droits de cette petite table étriquée sur l'existence de sa mère, et elle alla s'asseoir sur le bras du fauteuil qu'avait occupé l'amie de sa mère.

« Zoé Devlin est venue ?

— Non. Tu sais fort bien que nous ne nous entendons plus du tout, en ce moment.

— Oh, ne sois pas ridicule. Tu la connais depuis toujours.

— *Comme tu le sais*, nous nous sommes disputées.

— Alors Theresa est venue ?

— Pas encore.

— Ne me dis pas que tu t'es disputée aussi avec Theresa ?

— Je n'ai aucune raison de te dire quoi que ce soit », riposta Dorothy. Elle se souleva à demi — ce n'était pas la peine d'en faire davantage —, prit son verre de whisky, et en but une bonne rasade, la bouche légèrement tordue. Whisky Grant's. Ah oui, elle pouvait bien devenir pauvre, songea Alice avec aigreur, mais elle n'allait pas renoncer à sa marque préférée de scotch.

Alice scrutait anxieusement ce visage sévère, qui semblait crispé à jamais dans cette expression renfrognée, avec les sourcils froncés.

Alice eut l'impression de ne pas connaître sa mère. Dans le bon vieux temps, à cette époque qu'Alice pouvait se remémorer pendant des heures d'affilée, Dorothy Mellings avait été une femme saisissante et de haute stature, avec une chevelure d'or cuivré nouée en chignon, d'une peau laiteuse et délicatement parsemée de taches de rousseur, et des yeux bleu-vert. De type plutôt préraphaélite, plaisantait-on alors. Mais comme jamais Dorothy ne prenait d'air languide ni ne jouait de la prunelle, la comparaison n'allait pas bien loin. Elle s'était muée en une vieille femme grande et massive, couronnée de mèches blanches rebelles. Ses yeux ressemblaient à des blocs de pierre verte. Et quand elle se trouvait avec d'autres gens — Zoé Devlin, par exemple —, elle vibrait de vitalité et de rire.

« Alors, qui est venu te voir ?

— Ma voisine d'en bas, Mme Wood. »

Alice se releva d'un bond, le regard figé, puis se rassit. « Mme Wood ! Comment cela, Mme Wood ! Mais elle...

— Tu ne la trouves pas assez bien pour moi ?

— Mais... » Alice était littéralement hors d'état de parler. Toute cette splendeur d'hospitalité, cette grande maison, tous ces gens qui entraient et sortaient, ces grands repas, ces... « Mme Wood, balbutia-t-elle.

— Je ne savais pas que tu la connaissais.

— Mais tu ne peux quand même...

— Tu veux dire qu'elle est de milieu ouvrier ? Voyons, Alice, tu ne vas pas le lui reprocher ? Pour ma part, je suis revenue à mon vrai niveau. Et qui est-ce donc, s'il te plaît, qui se vante sans cesse d'avoir eu un grand-père ouvrier ? » Pour la première fois ce soir, Dorothy souriait et regardait Alice ; mais ses yeux verts luisaient d'une colère froide. « Ou bien est-ce plutôt que tu ne la juges pas assez intelligente pour moi ?

— Mais vous n'avez rien en commun — et d'abord, elle n'a jamais rien lu de sa vie, je parie !

— Te serais-tu mise à respecter la littérature, soudainement ? » s'enquit Dorothy. Elle but une nouvelle rasade de whisky. « Je peux te dire que je trouve sa conversation tout aussi enrichissante que... celle de bien des gens que je pourrais nommer. Elle n'est pas gonflée de bêtises et de prétentions. »

Ces paroles ravivèrent chez Alice le souvenir de cette inexplicable tendance de sa mère à critiquer violemment tout ce qu'elle avait chéri autrefois et ses yeux s'emplirent de larmes tandis qu'elle se disait : Tout cela a été trop dur pour elle, la pauvre, c'est affreux. Elle s'écria d'un ton larmoyant, « Tu n'aurais jamais dû dire que tu acceptais de partir. Tu aurais dû dire que tu ne quitterais jamais la maison. Et tu ne te serais pas retrouvée ici. »

Sa voix avait pris une intonation suppliante, comme si sa mère avait pu, maintenant encore, répondre, « Oui, j'ai commis une erreur », et retourner chez elle.

Dorothy paraissait surprise. Mais elle reprit son expression circonspecte, et fronça les sourcils.

« Voyons, Alice, tu sais bien ce qui s'est passé.

— Qu'importe ce qui s'est passé ? C'est ce qui *va* arriver maintenant, qui compte.

— Décidément, je désespère de pouvoir te parler de... nécessité. C'est inutile. Vous avez tous eu une vie si facile que vous ne pouvez pas comprendre. Quand vous voulez quelque chose, vous trouvez tout normal de pouvoir l'obtenir... » Alice émit un son de protestation, pour signifier à sa mère qu'elle sortait complètement du sujet. Mais Dorothy poursuivit, « Je sais que c'est inutile. J'ai beaucoup pensé à toi, Alice. Et je suis parvenue à une conclusion très simple. Tu es gâtée, pourrie. Fichue. Et les enfants de Zoé sont exactement pareils. »

Elle proféra ces paroles sans la moindre émotion. Presque avec indifférence. Toute passion éteinte.

Alice prit cela pour un trait de la nouvelle personnalité de Dorothy, de sa folie. Mieux valait ne pas réagir. Cela finirait sans doute par disparaître, comme cette sottise de venir vivre ici.

« Je trouve que tu devrais dire à Cedric que tu ne veux plus habiter ici ; et qu'il doit te donner plus d'argent. »

Dorothy soupira, s'agita un peu sur sa petite chaise dure, parut sur le point de s'effondrer sous le poids de sa lassitude, puis se ressaisit, et se redressa.

« Écoute, Alice. Et c'est la dernière fois que je te le dis. Je ne sais vraiment pas pourquoi tu sembles incapable de le comprendre. Ce n'est pourtant pas bien compliqué. » Elle se pencha en avant, les yeux fixés sur le visage dodu et pathétique d'Alice, qui se crispait dans une expression de refus, et lui parla lentement, pour bien lui expliquer.

« Quand ton père m'a quittée, il m'a dit que je pouvais garder la maison. J'allais faire transformer le dernier étage en appartement, et le louer pour couvrir les charges. Les taxes, l'électricité. Le gaz. » Alice acquiesça ; elle suivait ce qu'elle entendait. Encouragée, Dorothy poursuivit, « Mais au lieu de cela, je t'ai prise à la maison, avec Jasper. Tu m'as écrit pour me demander si vous pourriez venir un peu.

— Je ne me rappelle rien de tel. C'est toi qui m'as écrit pour me proposer de venir un peu.

— Bon, peu importe, Alice. Comme tu veux. Je ne vais pas discuter. C'est inutile. Quoi qu'il en soit, vous êtes venus. Et je vous ai reçus tous les deux, Jasper et toi. J'ai expliqué à ton père que certaines personnes mettaient très longtemps à devenir adultes — je parlais de toi, bien sûr. Je me fiche bien de Jasper. »

Un frisson de chagrin parcourut Alice, à cette expression de rejet. Elle rassembla ses forces, comme elle l'avait fait si souvent, pour prendre tout le fardeau à sa charge, à la place de Jasper.

« Ton père me répétait sans cesse, Fiche-les dehors, ils sont assez grands pour se débrouiller tout seuls. Je ne vois pas pourquoi je devrais entretenir ces deux parasites. Mais je ne pouvais pas, Alice. Je ne pouvais pas. » Ces dernières paroles furent prononcées d'une voix différente, la première voix « gentille » qu'Alice eût entendue à sa mère, ce soir. Une voix basse et implorante, blessée.

Alice en éprouva un regain de force, et déclara, « Évidemment, cette grande maison pour toi toute seule, avec toutes tes vieilles copines qui n'arrêtaient pas d'entrer et de sortir. »

Cette fois encore, Dorothy dévisagea sa fille d'un air surpris, le front crispé.

« C'est curieux, dit-elle, comme tu parais tout simplement incapable de comprendre. » Mais si Alice paraissait incapable de saisir un aspect essentiel de la situation, Dorothy, par contre, était incapable de saisir un aspect essentiel d'Alice. « Pourquoi n'y arrives-tu pas ? demanda-t-elle, non pas à Alice, mais à la pièce entière, à l'air, à n'importe quoi. Je ne parviens pas à te faire comprendre... enfin, voilà : je serais encore là-bas, chez moi, s'il n'y avait pas eu Jasper et toi. Non, Alice, je ne t'en blâme pas : je me le reproche à moi-même. » Nouvelle rasade de scotch. À ce rythme, elle n'allait pas tarder à s'enivrer. Eh bien, Alice s'en irait, tout simplement ! Elle détestait voir sa mère ivre ; c'était toujours le moment où elle commençait à dire toutes ces choses négatives.

« Voilà donc toute l'affaire, Alice. Mais je me demande pourquoi je prends la peine de te le redire encore. Tu n'es pas la personne que je préfère au monde, Alice. Je n'ai aucun désir de te revoir. »

Alice se débattait avec une pensée difficile. Son visage s'était contracté. Elle mordait ses lèvres roses. Elle paraissait vexée, comme si Dorothy avait dit, « Je n'aime pas le chemisier que tu portes. »

« Mais quand Jasper et moi sommes partis, pourquoi n'as-tu pas fait installer cet appartement, en haut, pour le louer ?

— Parce que, lui expliqua lentement Dorothy, j'avais dépensé tout l'argent que Cedric m'avait donné pour les travaux. À vous entretenir, Jasper et toi. D'ailleurs, comme le seul moyen de me débarrasser de vous semblait de déménager, j'avais déjà tout organisé avec l'agent immobilier — comme tu le sais, puisque c'était toi qui téléphonais... » Elle s'interrompit, soupira. « Non, bien sûr, ce n'est pas exactement cela. Ton père a décidé qu'il en avait assez. Voilà la vraie raison. Cedric a dit, *Ça suffit !* et je ne l'en blâme pas.

— Attends un peu, intervint Alice. Comment cela, c'était *moi* qui téléphonais ?

— Mais bien sûr, voyons. Tu t'occupais de tout, me disais-tu. Pour rendre service. Comme toi seule sais le faire.

— C'était *moi* qui téléphonais ? »

Alice ne se rappelait rien de tel. Dorothy ne pouvait pas croire qu'Alice eût tout oublié. Pour la millième fois, la situation se répétait, et Alice disait, « Je ne m'en souviens pas, non, tu te trompes », persuadée que sa mère inventait tout pour la contrarier ; cependant que Dorothy soupirait en développant d'intéressantes idées sur la pathologie du mensonge.

« De toute façon, tu aurais pu dire que tu avais changé d'avis. »

Cette fois, le soupir de Dorothy prit un caractère d'élégance ironique. « Dans le monde normal, Alice — mais tu n'en sais rien, bien sûr —, il existe des choses qu'on appelle des contrats.

— Oh, merde, lança Alice.

— Exactement : Merde. Mais il y avait deux raisons pour lesquelles je n'aurais pas changé d'avis, même si Cedric y avait consenti. D'abord, je voulais me débarrasser de tout cela. Tu m'as rendu un grand service, Alice. Il y a eu un temps où j'aurais pu te tordre le cou. Je me sentais en visite chez moi ; je ne pouvais plus mettre le pied dans ma propre cuisine — et puis soudain je me suis dit, Mon Dieu, quel soulagement ! Je suis libérée de tout cela. Qui donc a décidé que je passerais toute mon existence à faire les courses et la cuisine ? Des années, des années entières de ma vie se sont écoulées à tituber sous le poids des paniers pleins de nourriture, et à la préparer pour servir des hordes de goinfres qui, de toute façon, mangent trop. »

La protestation d'Alice ressembla à un gémissement, tandis qu'elle fixait sur sa mère des yeux affolés, « Arrête, je t'en prie, arrête avant de tout détruire, même les souvenirs de notre merveilleuse maison. »

Mais cette force dangereuse et destructrice qui habitait maintenant sa mère ne l'entendit pas, ou décida de ne pas en tenir compte, car elle poursuivit, d'une voix dure et froide, mais amusée, comme si rien, mais rien du tout, ne devait être pris au sérieux, « Quant à l'autre raison, c'était cette occasion fantastique, ces Allemands, comment s'appelaient-ils ? — tu le sais, tu leur as parlé — ils voulaient acheter la maison telle quelle, avec les rideaux et les tapis, tout. Mais il fallait que je fasse vite, pour leur permettre de réaliser leur projet. Et pas moyen de vous faire partir, Jasper et toi, quoi que je fasse et quoi que je dise. » Là, Dorothy Mellings renversa la tête en arrière et se mit à rire, tandis qu'Alice, les yeux exorbités, serrant son poing gauche contre ses dents — des marques y resteraient le lendemain —, semblait sur le point de s'effondrer devant sa mère en une mare de larmes. « Alors Cedric a appelé Jasper, pour lui dire que, s'il ne partait pas, on appellerait la police. Là, Dieu merci, vous avez fini par partir, l'agent immobilier me harcelait pour que je vide les lieux. Et ensuite, quand la maison a été nettoyée et prête, un imbécile s'y est introduit pour voler tous les rideaux jusqu'au dernier. » Le rire la secouait. C'était un genre de rire qu'elle avait en commun avec Zoé Devlin, mais pas avec Alice. « Plus un seul rideau dans cette foutue maison ! Avec les Machin-Chose qui arrivaient dans trois jours ! Ils étaient blêmes. Ils avaient signé pour des rideaux, il leur fallait des rideaux ! Le contrat a été annulé ! » Dorothy prit une longue gorgée de scotch. « Et j'ai perdu l'appartement que j'avais trouvé — il a fallu leur expliquer ce qui s'était passé et ils ont été très compréhensifs, mais ils ne pouvaient pas attendre. C'était un appartement formidable, mais finalement je suis contente. Je me serais retrouvée trop au large. Ce qu'il me fallait, en vérité, c'était un appartement de la taille de celui-ci. Je voulais en finir avec tout cela. »

Alice entendit fort bien ce que voulait dire sa mère, « Je voulais en finir avec *toi* », et ses yeux remplis de larmes se mirent finalement à pleurer.

« Des gens du Yorkshire ont pris la maison, sans rideaux. Pour deux mille livres sterling de moins, mais désormais je m'en moquais. Cet appartement était disponible. Il me convient. Plus c'est simple, mieux c'est. Quand je pense au nombre d'années de ma vie que j'ai gâchées à compliquer les choses. »

Alice déclara d'une petite voix douloureuse, « Je regrette d'avoir pris le tapis.

— Ah oui, c'était donc toi. Bah, en fin de compte, cela n'a aucune importance. Je n'ai pas d'endroit où le mettre, alors tu peux bien le garder. »

Alice renifla un peu, puis dit, « Je regrette de t'avoir traitée de fasciste.

— Qu-quoi ? » Dorothy était interloquée. « Fasciste, n'est-ce pas ? Eh bien, eh bien. Et tout le reste, alors ? Fasciste — qui se soucie encore de toutes tes méchantes petites insultes !

— Qu'est-ce que j'ai dit ? Je n'ai pas... » Quelque part à l'arrière-plan des pensées d'Alice, luisait encore faiblement cette scène d'adieux où, avec Jasper, elle avait hurlé des torrents d'injures à sa mère. Sur le moment, elle avait été en état d'incandescence. La rage l'avait amenée au point de fusion.

« Tu es toujours avec Jasper ? »

Une autre Alice, rigoriste et sûre d'elle-même, chassa l'enfant pleurnicharde. « Bien sûr, que je suis avec Jasper. Tu le sais très bien.

— Oh, mon Dieu, Alice », s'exclama Dorothy Mellings, offrant soudain à sa fille la chaleureuse sincérité toute simple qui hantait le souvenir d'Alice, et en particulier celui de ces quatre dernières années passées sous le toit de sa mère, et qui lui manquait cruellement. « Oh, mon Dieu, mais pourquoi ne cherches-tu pas du travail ? Quelque chose ?

— Tu sembles oublier le fait que nous avons plus de trois millions de chômeurs, répliqua Alice sur un ton de hautaine rectitude.

— Oh, sottises que tout cela. Tu as un meilleur diplôme que la plupart de tes camarades. Tous les enfants de mes amis qui ont ton âge travaillent et font une carrière. Tu aurais pu en faire autant, si tu l'avais voulu. Tu n'as même pas essayé. Bon, tu pourrais commencer maintenant — ton père pourrait t'aider. As-tu revu ton père ?

— Non, je ne veux pas. Je refuse de mener cette vie-là. Je ne veux pas aller moisir dans un bureau de neuf à douze et de deux à six. »

Soudain exaspérée par l'incompréhension et le sentiment de son échec, Dorothy s'écria, « Oh, je voulais tellement que tu arrives à quelque chose, Alice ! Je n'ai pas eu d'instruction, comme tu le sais. Dieu sait si je te l'ai répété... Je me suis mariée à dix-neuf ans. Ce devrait être interdit par la loi. Et ensuite, je n'ai plus rien fait que tenir la maison, m'occuper de toi et de ton frère, et puis faire la cuisine, encore et toujours la cuisine. Personne ne peut m'embaucher. Quand vous étiez tout petits, ton frère et toi, je pensais à toutes mes amies qui préparaient leur avenir et moi, j'étais coincée. Te souviens-tu de Rosemary Holmes ? Figure-toi qu'elle exerce à Bart's — mondialement connue comme spécialiste de je ne sais trop quoi, une chose liée au foie. Et voilà, je suis tellement ignorante que je ne sais même pas quoi ! Nous étions ensemble à l'école. Mais elle est allée à l'université. »

Cette émotion qui se déchaînait chez sa mère avait pour effet de contracter Alice, d'éveiller en elle un sentiment de réprobation rigide. C'était pour avoir vu sa mère s'enivrer, dans les soirées ou ailleurs, qu'Alice ne buvait jamais. Lorsque Dorothy buvait, il survenait toujours un moment où une affreuse malveillance émanait d'elle, tel un produit chimique dangereux, brûlant tout ce qu'il touchait. Mais cet élément destructeur qui, naguère, ne s'était révélé que dans les moments d'ivresse, comme s'il avait jailli d'un récipient soumis à une trop forte pression, au plus profond d'elle-même, semblait désormais s'être emparé d'elle, de sorte que plus rien n'était à l'abri de ses sarcasmes hostiles ; ni ses enfants, ni ses amis, ni son ancien mari, ni rien de son passé.

Tout en regardant les yeux de Dorothy douloureusement fixés en elle-même sur quelque occasion perdue, Alice se demanda, Eh bien, que pense-t-elle donc qu'elle aurait dû être ?

Dorothy déclara, « J'aurais fait un bon médecin, je le sais. On sait ce qu'on aurait pu faire. J'aurais été bonne agricultrice, aussi. Ou exploratrice.

— Exploratrice ! » ricana faiblement Alice, et Dorothy insista, « Oui, exploratrice. » Son verre était vide. Elle se leva, s'approcha de la cheminée, se versa une généreuse ration de whisky, et retourna s'asseoir. Elle ne regardait pas Alice. « Je n'ai rien fait de ma vie. » Elle souriait même, méprisante, tout en reniant ainsi Alice. « Je te regardais, quand tu étais petite, et je me disais, Eh bien, au moins, je ferai en sorte qu'Alice poursuive des études, qu'elle soit bien armée pour l'existence. Je ne veux pas qu'Alice se retrouve coincée comme moi, sans aucune qualification. Mais en fin de compte, tu mènes la même existence que moi. À faire la cuisine pour d'autres et les couver comme une nounou. Une bonne à tout faire ! » D'un rire amer, elle détruisit toutes les années merveilleuses qu'Alice se rappelait avec nostalgie, tuant l'ancienne Dorothy Mellings qui distribuait si généreusement sa chaleur rayonnante à tous ces gens qui venaient à elle, l'entouraient, lui enviaient ce qu'elle avait — le don de donner vie à tout ce qu'elle touchait.

Éperdue de souffrance, muette, Alice s'était recroquevillée, rabougrie, pour écouter sa mère. « Le monde appartient à ceux qui savent faire les choses. Qui savent comment fonctionnent les choses. Ils sont *armés*. Au-dessus, il y a une couche de gens qui dirigent tout. Mais nous — nous ne sommes que des paysannes. Nous ne comprenons pas ce qui se passe, et nous ne pouvons rien y faire. »

Alice se sentit redevenir elle-même, « Ne dis pas de bêtises. Nous pouvons faire tout ce que nous voulons.

— Oh, vous, avec vos petits jeux révolutionnaires, vous vous croyez très importants. Mais vous n'êtes que des paysans, vous n'accomplirez jamais rien.

— Tu ne comprends pas, maman, rétorqua Alice avec une assurance sereine. Nous allons tout démolir. Tout. Toute cette pourriture dans laquelle nous vivons. Elle va disparaître. Et ensuite tu verras. »

À ces mots, Dorothy reprit ses esprits. Sa sécheresse attentive lui revint, restaurant une distance entre elle-même et sa fille ; ses yeux verts reprirent leur aspect de pierres, et elle déclara, « Et vous reconstruirez tout à votre image ! Quelle perspective ! » Elle se mit à rire. Et comme Alice se redressait, écarlate, elle ajouta, « Oh, ne te méprends pas, vous y parviendrez sans doute. Vous êtes tellement nombreux à n'avoir qu'une seule idée en tête, celle de prendre le pouvoir pour vous-mêmes... » Elle riait assez fort, maintenant, de ce rire un peu ivre qu'Alice détestait. « Oui, je vois d'ici la scène ! Jasper sera sans doute ministre de la Culture, il a tout à fait le genre. Il déteste tout ce qui est potable, et il a écrit un roman très mauvais qu'il n'a jamais pu faire publier. Quant à toi, tu seras son sous-fifre dévoué. »

Alice allait exploser, tellement elle était furieuse, et elle serrait les poings, le visage rouge et gonflé.

« Oh mon Dieu, Alice, reprit Dorothy Mellings, je t'en prie, va-t'en. Je suis dégoûtée de toi, comprends-tu ? Je ne veux plus te voir. »

Alice hurla, « Tu vas voir, espèce de salope, fasciste. Toi et tes amis fascistes. C'est tout ce qui vous intéresse... » Devenue incohérente, elle haletait et ruisselait de sueur. « Mais attendez un peu. Tout est *pourri*. Tout est *foutu*. Mais vous êtes tous tellement idiots et aveugles que vous ne le voyez même pas. Nous allons tout démolir. » Elle s'approcha même de sa mère et lui poussa rudement l'épaule, l'obligeant à se retenir à la table. « Vous verrez ce qui arrivera », hurla une dernière fois Alice, et elle s'élança dehors en claquant la porte.

Propulsée par l'angoisse et la rage, Alice dévala l'escalier et courut jusque dans la rue, bifurqua, et se fondit parmi la petite foule tardive qui se dispersait à la sortie du métro. Une rue plus loin, elle vit deux policiers approcher en faisant leur ronde, et se transforma aussitôt en bonne citoyenne rentrant chez elle après une bonne soirée. Elle reconnut l'un des deux policiers. Il avait participé à la première expédition punitive. Il ne la reconnaissait pas. Elle le salua d'un hochement de tête et d'un sourire, en contribuable qui lui payait son salaire. Il répondit, « Bonsoir. »

Bon, ils avaient reçu l'ordre de fraterniser, songea Alice en se permettant de le mépriser ouvertement lorsqu'elle fut bien sûre de l'avoir dépassé. Mais sa vraie colère s'exprimait par une course au pas de charge sur le trottoir. Elle pensait maintenant à sa mère avec une pitié forte et protectrice. Deux petites pièces merdiques ! Dorothy paraissait gigantesque, dans ce salon ; en se retournant trop vite, elle risquait d'abattre une cloison. Passer ses soirées à discuter avec Zoé Devlin et lire des livres ! Alice revit alors les titres alignés sur les deux petites bibliothèques, et ceux de la pile de livres posés à côté du fauteuil. Pourquoi donc voulait-elle lire ce genre de livres ! Elle aurait tout aussi bien pu retourner sur les bancs de l'école. Quand Zoé Devlin venait passer la soirée avec elle, elles s'asseyaient face à face et parlaient de la vie. Non. Plutôt de livres. Mais non, bien sûr, elles s'étaient disputées. Bah, c'était ridicule ; elles allaient bien devoir se réconcilier ; elles avaient vécu comme deux sœurs ; elles le disaient elles-mêmes. Une connerie de dispute... ah, que de querelles, vraiment.

Alice se tenait à l'arrêt sur le trottoir, comme une enfant jouant aux statues, apparemment dans l'attente d'un taxi, ou d'une voiture qui s'arrêterait pour la prendre. Elle revivait — malgré elle — cette fameuse querelle finale entre sa mère et Zoé. Cela se passait dans l'ancien salon, qui occupait tout le premier étage, avec des fenêtres tout autour, donnant sur le jardin et les arbres. Dorothy Mellings et Zoé se faisaient face, pâles, trop graves pour crier ou s'insulter, comme elles l'avaient fait auparavant pour, chaque fois, se réconcilier en riant. Deux belles femmes grandes et fortes, d'âge déjà mûr, au milieu de cette pièce merveilleuse qui s'étendait tout autour d'elles jusqu'aux fenêtres, et d'où l'on voyait le jardin tout autour.

La vision d'Alice parut basculer. Deux vieilles femmes. Très vieilles. Toutes deux avaient l'air abattu et meurtri. Alice ressentait leur vieillesse comme un affront personnel. Comment avaient-elles pu se dégrader si vite ? Et pourquoi ? Pourquoi s'étaient-elles laissé aller ? Pourquoi n'avaient-elles pas fait attention ? Ne voyaient-elles donc pas comme elles étaient ridicules, à se prendre ainsi au sérieux ?

Trois jours auparavant, ces deux femmes avaient mis fin à une discussion en disant que, sinon, elles allaient commencer à se taper dessus.

À cette occasion, Dorothy avait observé, « Nous nous sommes rencontrées aux marches d'Aldermaston, à cause de nos opinions politiques : c'était cela que nous avions en commun. »

Zoé riposta, « Et le reste ne comptait pas, bien sûr ! Nous sommes amies depuis vingt ans, voyons !

— Zoé, comprends-tu que je dois censurer tout ce que je te dis, maintenant ? Que je ne peux plus te parler de ce que je pense vraiment ?

— Bah, il nous reste plein de choses à nous dire.

— Non, justement non. Je ne veux pas perdre mon temps à papoter, à parler des effets du beurre et du jambon sur notre santé, ou à faire de la pasta fraîche ! Et c'est cela, que nous faisons.

— C'est parce que tu es devenue monstrueusement réaction-naire, voilà le problème.

— Ne viens pas me coller tes étiquettes idiotes, veux-tu ! Vous vous réfugiez au dix-neuvième siècle, tous tant que vous êtes ! À pleurer sur les martyrs de Tolpuddle et chanter le Drapeau rouge. Une mauvaise plaisanterie, voilà ce que vous êtes devenus.

— Tu n'as pas toujours pensé que c'était une plaisanterie.

— Non, mais je le pense maintenant. Te rends-tu compte que je dois y réfléchir à deux fois, avant de t'inviter ici ? On ne peut te recevoir avec personne qui pense autrement que toi, parce que tu commences à les traiter de fascistes ! Tu refuses de rencontrer les gens qui lisent des journaux de droite. Tu es devenue une effroyable bigote, Zoé, t'en rends-tu compte ?

— Et toi, tu es fasciste ! Ou presque. À force de lire des livres sur le K.G.B. et de voir des communistes sous tous les lits.

— Il y *a* des communistes sous tous les lits, rétorqua grave-ment Dorothy. Mon Dieu, quand je pense que c'était une plaisanterie, te souviens-tu ? Le plus drôle, c'est que nous étions, nous, les communistes sous les lits ! » Et Dorothy s'était mise à rire.

Farouche et accusatrice, Zoé avait gardé tout son sérieux, « Bientôt, tu vas défendre la politique extérieure de Reagan et de Thatcher.

— Je me suis déjà posé la question, figure-toi. Après tout, voici quarante ans, il n'était pas " fasciste " de combattre aux côtés du mal, et contre le pire ? Alors, pourquoi le serait-ce maintenant ?

— Je vais m'en aller, Dorothy. Sinon, je crois que je te frapperais.

— Oui, tu ferais mieux de partir. »

Cela s'était donc passé trois jours plus tôt. Aucune des deux n'avait ébauché de rapprochement avec l'autre. Puis Zoé arriva, un matin. Jasper était à la cuisine, attablé devant un petit déjeuner préparé par Alice. Dorothy Mellings était au téléphone dans le salon, pour ne pas se trouver sur le chemin de Jasper, et Alice lui en savait gré.

Zoé passa sans la voir devant Alice, qui disposait des fleurs dans un vase pour sa mère, et entra dans le salon où elle s'arrêta au beau milieu, fixant un regard théâtral sur Dorothy. Qui prit son temps pour terminer sa conversation, afin — comme pouvaient le voir Alice et Zoé — de se préparer à affronter Zoé. Car confrontation il y aurait, l'expression aussi bien que l'attitude de Zoé l'annonçaient. Alice voyait bien que Zoé était venue pour provoquer une querelle. Elle voulait une vraie bagarre avec Dorothy ; et il y avait en elle quelque chose de délibérément accusateur. Elle avait préparé toutes sortes d'arguments, ainsi que la façon de les dire.

Dorothy se leva lentement, et alla se poster devant Zoé, comme pour relever le défi et se battre. Mais maintenant, le moment venu, toutes deux étaient pâles, graves, et — bien pire que des cris, qui s'achevaient habituellement par des rires — elles parlaient à voix basse, haletante, tellement c'était affreux.

« Écoute, Dorothy. Il faut que je te le dise, et il faut que tu m'écoutes. Même si tu dois me haïr pour cela. Je veux dire, encore plus que tu ne me hais maintenant.

— Sottises, s'exclama Dorothy, impatientée.

— Bon, alors tout se réduit à cela, n'est-ce pas ? Si tout ce que je peux faire ou dire est idiot à tes yeux ?

— Tu tiens vraiment à en parler ? Je veux dire, *sérieusement ?* de la stupidité des gens qui ont des opinions politiques différentes ? C'est bien ce que je pensais aussi.

— Dorothy, ne détourne pas la question. Je veux dire *ceci*. Te rends-tu compte de ce que tu fais, Dorothy ? Parce que Cedric t'a plaquée...

— Cela fait cinq ans.

— Laisse-moi parler. Cedric t'a plaquée, et tu dois quitter cette maison. Et tout cela est tellement affreux que tu préfères saborder tes navires, pratiquer la politique de la terre brûlée — tout détruire avant de partir. Pour avoir moins mal. »

Là, Zoé se tut et attendit, comptant apparemment sur la gratitude éperdue de Dorothy pour ce diagnostic.

« Tu ne parles pas sérieusement ! s'exclama Dorothy à voix basse, avec une expression de méprisante amertume. Et tu es venue pour me dire cela ?

— Oui. C'est important. Tu es devenue extraordinairement...

— Aussi curieux que cela puisse paraître, l'idée m'en était venue. Tu sais, cette psychothérapie t'a rendue vraiment idiote, Zoé. Tu débites des platitudes et des évidences comme si c'étaient des révélations. »

Zoé frémissait de rage. Mais elle non plus ne lâchait pas le contrôle de sa voix. « Si c'est tellement évident, pourquoi continues-tu à le faire ?

— Peut-être existe-t-il différents points de vue ? Peux-tu concevoir qu'il existe différentes façons de regarder les choses ? J'en doute, à voir comme tu es... Tu ne peux même pas supporter de rencontrer des gens qui lisent un autre journal... Écoute. Il faut que ma vie change. D'accord ? Aussi curieux que cela puisse paraître, j'avais tenu compte de tout ce que je viens de dire. Mais je suis en train de faire mes comptes, comprends-tu ? Je réfléchis, vois-tu ? Je réfléchis à ma vie. Cela signifie que j'examine des quantités de choses. »

Dorothy et Zoé se tenaient face à face, très droites, comme

des soldats en position de « repos » ou bien comme un couple sur le point de démarrer un pas de danse compliqué.

« Et tout ce que tu vois de moi, reprit Zoé, c'est que nous n'avons rien en commun. Est-ce donc tout ? Vingt années d'amitié.

— Qu'avons-nous en commun, désormais ? Nous avons préparé des repas, parlé de nos foutus gosses, discuté du cholestérol et de la beauté du corps, participé à des manifestations.

— Je n'ai pas souvenir que tu l'aies fait récemment !

— Non, pas depuis que j'ai compris que les manifs ne servent qu'à *s'amuser*.

— À s'amuser, vraiment ?

— Oui, exactement. Les gens vont manifester parce que cela leur fait plaisir. Comme d'aller en pique-nique.

— Tu ne parles pas sérieusement, Dorothy.

— Oh si, bien sûr. Personne ne se demande plus si cela sert à quelque chose, d'aller défiler ou manifester. Ils ne parlent plus que de ce qu'ils ressentent. C'est tout ce qui les intéresse. Le plaisir. C'est pour s'amuser.

— Dorothy, ce que tu dis est pervers.

— Pourquoi serait-ce pervers, si c'est vrai ? Tu n'as qu'à te servir de tes yeux et regarder — les gens qui organisent des piquets de grève, ou qui manifestent. Ils s'amusent merveilleusement. Et si la police les moleste, c'est encore mieux. »

Silence. Effarée, Zoé dévisageait Dorothy. Elle ne pouvait pas croire que Dorothy pût parler sérieusement. Quant à Alice, figée, qui restait plantée là avec ses fleurs à la main, elle priait intérieurement : Oh non, non, je vous en supplie, arrêtez — sa mère avait franchi la limite de la destruction, il valait mieux ne plus l'écouter. Ne plus y faire attention.

« Je vais te dire quelque chose, Zoé. Vous tous qui manifestez en agitant des banderoles et en chantant des petites chansonnettes pathétiques — il vous manque un peu d'amour, c'est tout. Vous n'êtes qu'une plaisanterie. Pour les gens qui dirigent le monde, vous n'êtes qu'une plaisanterie. Ils vous regardent, et se disent, Bien, voilà qui les occupe.

— Je ne peux pas croire que tu parles sérieusement.

— Je ne sais pas pourquoi tu répètes sans cesse la même chose.

— Tu veux tout détruire, tu veux rompre avec tous tes amis.

369

— Eh bien, je ne peux plus parler avec toi. Quand je dis vraiment ce que je pense, tu te mets à gémir et pleurer.

— Eh bien, la fin de notre amitié me peine, même si cela ne te fait rien.

— Je n'ai plus d'énergie pour ces disputes et ces petites scènes », avait répondu Dorothy.

Zoé s'était alors enfuie en courant, en marmonnant des paroles furieuses — mais pas fort ; pas une seule fois leurs voix ne s'étaient élevées. Et Dorothy, l'air pâle et amorphe, était retournée s'asseoir près du téléphone, prête à composer un nouveau numéro. Mais elle ne l'avait pas fait tout de suite. Elle était restée là un long moment, la tête appuyée sur sa main, les yeux fixés sur le mur.

« Veux-tu que je te fasse une tasse de thé ? avait proposé Alice d'une voix gaie.

— Non merci, ma chérie. »

Mais elle était allée faire du thé dans la cuisine, en avait apporté une tasse à sa mère, et l'avait posée devant elle, qui restait immobile avec la tête appuyée sur sa main.

Alice songea (toujours debout au bord du trottoir, mais sans en avoir conscience, pas encore) : Il lui faut quelqu'un pour s'occuper d'elle, absolument ! Pour ainsi dire rien à manger dans le réfrigérateur, et elle est là à s'enivrer toute seule ! Ce n'est pas possible. Non, il vaudrait mieux qu'elle vienne vivre avec nous, au 43. Elle pourrait prendre les deux grandes pièces du second étage, quand Mary et Reggie seront partis. Dans l'esprit d'Alice flotta un instant cette pensée, aussitôt censurée : Et j'aurais quelqu'un à qui parler.

Alice se vit avec sa mère, attablées dans la grande cuisine, avec des journaux et des livres partout. Dorothy parlerait des livres, et Alice écouterait les nouvelles de ce monde où elle-même, sans bien savoir pourquoi, se refusait à pénétrer.

Cette pensée mourut très vite de sa mort naturelle.

Alice revint à elle sur le bord du trottoir. Il faisait froid. Au-dessus d'elle s'étendait un ciel plein d'étoiles embrumées. En face, un réverbère dispensait une lumière jaune.

Il devait être minuit. Jasper, Bert et Caroline ne rentreraient pas cette nuit ; elle l'avait senti au moment de leur départ. Et puis Bert et Caroline allaient s'envoyer en l'air sans discontinuer ; tous ces coups d'œil étincelants et ces petits airs n'étaient pas sans raisons. Quant à Jasper (s'il le pouvait), il prendrait la chambre voisine de la leur...

Alice chassa cette dernière pensée de son esprit, et rentra sans bruit dans la maison pour ne pas voir Faye et Roberta, ou Reggie et Mary. Mais il n'y avait personne, à l'exception de Jocelin, qui travaillait toujours. Alice frappa poliment et entra, après avoir entendu un grognement qui pouvait vouloir dire, Entrez. Sur la longue table étaient alignés quatre vilains petits engins, identiques, et qui ressemblaient à des boîtes de sardines hors format et très compliquées. Partout sur les tréteaux on pouvait voir des pièces détachées de bombes, ainsi que des bols blancs, contenant des produits ménagers. En attendant, sans doute, de retourner à la cuisine dans leurs emballages d'origine ? Jocelin séparait des choses en petits tas. Elle adressa un signe de tête à Alice, sans sourire. Elle semblait une ouvrière d'usine penchée sur une chaîne de montage, mais jamais une ouvrière n'aurait été admise à l'usine avec ces mèches de cheveux gras qui lui retombaient sur le visage, et ce vieux chandail gris taché qui avait un trou au coude.

« Je vais enterrer tout cela, annonça Jocelin. Nous irons les prendre quand nous en aurons besoin. » Elle fit à Alice l'honneur d'un sourire. « Aucun policier ne va venir creuser dans le jardin pendant un moment, je crois !

— Ces quatre-là vont-ils suffire ? » demanda Alice, mais uniquement pour montrer qu'elle s'émerveillait de voir Jocelin fonder tant d'espérances sur si peu de choses, et Jocelin acquiesça, en posant sur les quatre engins un regard satisfait de propriétaire.

Elle s'approcha de la fenêtre, tournant le dos à Alice, les poings posés sur les hanches ; puis elle se retourna pour dire, « Il fait suffisamment sombre. Allons-y. »

Les pièces furent jetées dans un sac en plastique, sans précaution aucune, car elles n'étaient pas dangereuses pour le moment, puis dans un second, et encore dans un troisième ; Alice et Jocelin se glissèrent ensuite dehors sans bruit.

Elles s'arrêtèrent une minute à l'endroit où les policiers avaient commencé à creuser, en se disant toutes deux que ce serait l'endroit le plus sûr, mais elles ne purent s'y résoudre. Près de la clôture de Joan Robbins, un massif de lilas dégageait encore des effluves très fortes, bien que ses fleurs, noires dans cette pénombre, fussent déjà fanées et flétries. Tout autour, la terre était molle. Il n'y avait aucune lumière en vue. Les maisons du voisinage étaient toutes plongées dans l'obscurité, pour une fois. À l'aide d'une truelle, et sans faire de bruit, Alice creusa un trou d'une bonne taille, et Jocelin y déposa le paquet ; ensemble, elles le recouvrirent et, un moment plus tard, elles regagnaient la maison avec un sentiment de chaleureuse complicité et de réussite.

À la cuisine, Jocelin déclara, « Oh, j'oubliais : il y a un message pour toi. Et même deux. D'abord, les Irlandais sont revenus. » Elle paraissait insouciante, mais Alice comprit qu'une catastrophe s'était produite.

« Ceux qui avaient apporté le matériel ?

— Oui. Ils voulaient savoir à quel endroit de la décharge les cartons ont été déposés.

— Qu'as-tu répondu ?

— Que je n'en savais rien. »

Pour Jocelin, apparemment, cela semblait suffire ; elle tournait tranquillement son café, l'esprit sans doute tout occupé de ses travaux manuels, qui étaient restés étalés sur la table à tréteaux, là-haut.

« Et ensuite ?

— " Bon, eh bien ma petite dame, cela ne nous suffit pas, figurez-vous. Vous devez bien vous en rendre compte ! Nous avons des ordres, un point c'est tout ! La dame qui était là l'autre jour, il faut qu'elle vienne avec nous à la décharge pour nous montrer l'emplacement exact. " » Jocelin répétait ces paroles avec un accent irlandais absolument parfait, pour autant qu'Alice pût en juger ; tellement précis même qu'elle se demandait : Irlandaise ? Vraiment ? Dans ce cas, qu'est-ce que cela signifie ? Est-ce important ? Un de plus, parmi nous, qui emploie une voix feinte !

Jocelin poursuivit, « Et je leur ai dit, " Dans ce cas, voulez-vous revenir ? " Ils ont répondu, " Sans aucun doute. Nous reviendrons demain matin, vous pouvez y compter ". » De sa voix habituelle, Jocelin conclut sans paraître concernée le moins du monde, « Je suppose donc qu'ils reviendront.

— Eh bien, je ne serai pas là », répliqua Alice d'un ton calme, mais prise d'une panique nauséeuse. Elle avait cru que le voyage en banlieue pour se débarrasser des maudits colis mettrait fin à toute l'affaire.

« Et l'autre message, c'est que Felicity est passée. Elle voulait te dire qu'ils ont retrouvé la sœur de Philip, et que l'enterrement aura lieu mercredi.

— Alors nous ne pourrons pas réaliser notre projet ce jour-là. » Il avait été décidé que le mercredi serait le meilleur jour.

Jocelin répliqua d'un ton irrité, « Le plus urgent d'abord.

— Mais il faut bien que quelqu'un aille à l'enterrement.

— Vas-y. Le projet pourra bien se faire sans toi.

— Mais je veux en être ! »

Jocelin haussa les épaules. Elle prit sa tasse, se leva, dit bonne nuit, et s'engagea dans l'escalier. Sans doute pour aller perfectionner ses quatre engins explosifs.

Alice allait monter se coucher quand Mary et Reggie rentrèrent, et lui annoncèrent qu'ils déménageraient mercredi ; ils allaient louer une camionnette de déménagement.

Alice faillit éclater de rire à l'idée de cette camionnette, mais elle se souvint que deux pièces et une partie du grenier étaient bourrés de meubles, et elle se contenta de dire, « Bien sûr. Aurez-vous besoin d'aide ?

— Je ne dis pas non », répondit Reggie, et ils montèrent tous les deux se coucher. Ce ne peut donc pas être pour mercredi, songea Alice, restée seule. Elle regagna sa chambre. Elle se réveilla de bonne heure et laissa un mot sur la table pour dire que, si les Irlandais revenaient, il faudrait les informer qu'Alice était partie, et que personne d'autre ne savait où avaient été déposés les colis ; ils devaient être recouverts de nouvelles ordures, depuis le temps. Elle sortit en pensant que c'était sûrement le Russe, qui leur avait dit de venir. Ah, elle l'avait bien envoyé balader, non ? Ils se lasseraient bientôt de venir, tous tant qu'ils étaient ; il s'agissait simplement de tenir. Et elle refoula son anxiété.

C'était une belle matinée ensoleillée, et il ne faisait pas froid. Elle flâna dans les rues, s'aperçut qu'il était seulement dix heures, et demeura longtemps assise dans un bistrot, à prendre un petit déjeuner dont elle n'avait aucune envie. Onze heures et demie. Elle envisagea de retourner voir sa mère, arriva même jusqu'au seuil de sa maison, et puis à la pensée de ce petit salon étriqué et de sa mère coincée dedans, avec ces deux fauteuils si beaux et devenus si miteux, elle perdit courage et traversa tout Londres pour aller voir une fille qu'elle avait connue à Birmingham, et qui vivait dans un squat. La fille était venue au congrès du C.U.C. Elles envisagèrent d'en organiser un nouveau, peut-être le mois prochain. La maison était parfaite pour un congrès. Alice songea, le cœur glacé, que dans un mois ils auraient tous quitté cette maison ; il avait été convenu que tout le monde décamperait. Dieu seul savait où ils iraient tous.

E LLE rentra à cinq heures. Jasper, Bert et Caroline étaient à la cuisine, attablés devant une sorte de pique-nique. Un coup d'œil suffit à Alice pour voir qu'elle avait deviné juste : Bert et Caroline formaient désormais un couple. Mais Alice décida de ne pas y penser.

Les Irlandais n'avaient pas reparu, lui annonça-t-on.

Faye et Roberta étaient rentrées et, à eux six — Jasper, Bert, Caroline et Jocelin — ils avaient décidé que le projet serait réalisé mercredi après-midi, comme prévu. Le matin, ils aideraient Mary et Reggie à charger leur camionnette, et Alice pourrait aller à l'enterrement.

« Mais je ne sais pas si c'est le matin ou l'après-midi », protesta Alice.

Personne ne répondit. C'était sans importance. Et Alice songea que ce serait exactement pareil si elle quittait le squat ; on ne parlerait plus jamais d'elle et on l'oublierait, comme Jim, comme Pat. Comme Philip. Non, Jasper irait à sa recherche, elle le savait ; les autres l'oublieraient sans doute, mais Jasper ne le pourrait pas.

Le mardi, ils se rendirent tous sur les lieux du crime, leur plaisanterie, et flânèrent dans le grand hôtel, parmi la foule. Ils prirent bien sûr la peine de s'habiller pour la circonstance. Jocelin, apparemment, possédait autre chose que son jean et son vieux chandail. Elle portait une robe de fine toile rose qui semblait venir tout droit d'une boutique de Knightsbridge. De même, Caroline avait choisi l'aspect rassurant d'une jupe beige bien coupée et d'une blouse jaune. Quant à Roberta, par principe, elle avait refusé de se changer, mais son habituel bleu de chauffe très sombre passait inaperçu. Faye, pour sa part, avait revêtu un chemisier blanc à volants avec son jean et, si elle se faisait remarquer, ce n'était pas seulement parce qu'elle était jolie, mais aussi parce qu'elle rayonnait d'un mystérieux triomphe qui la faisait babiller et papillonner. Elle était l'essence même de son moi cockney, pétillante d'esprit et de provocation et, tout en riant, ils lui disaient tous, « Calme-toi, tais-toi un peu », tandis que Roberta la couvait anxieusement. Jasper aussi avait l'air exalté, ce qui, songeait Alice, le rendait bien beau. Il semblait planer sereinement au-dessus de la foule des flâneurs et des touristes qui léchaient les vitrines, supérieur à tout : hypnotisé par la vision du défi qu'ils allaient lancer à la face du monde, dans ce cadre de luxe éhonté. Après cette reconnaissance des lieux réussie, ils allèrent tous prendre le thé.

Puis en taxi ils se rendirent à Hammersmith, pour voir *Diva*, un film que certains d'entre eux avaient déjà vu plusieurs fois. Ils dînèrent ensuite dans le restaurant indien situé près de chez eux, et se couchèrent de bonne heure, en disant à Reggie et Mary que c'était en prévision de tout le dur travail qu'ils auraient à accomplir le lendemain, pour le déménagement — et ils constatèrent que cela paraissait tout à fait raisonnable au couple, pour qui l'affaire de déménager leurs meubles puis de les réinstaller et d'arranger leur appartement, était bien la seule chose digne de leur occuper l'esprit. Mary observa cependant, d'un air presque distrait, que la maison était à l'ordre du jour pour la semaine prochaine, avec une recommandation de Bob Hood pour que l'affaire « soit réglée rapidement ». Il était dommage, ajouta Mary, de voir que ces belles maisons restaient inoccupées.

Alice entra soudain dans une telle fureur qu'elle parvint tout juste à articuler, « Dommage que la mairie ait trouvé normal de les laisser *vides* pendant six ans. »

Mary aurait pu s'enflammer comme le faisait Alice. Elle s'empourpra, tandis que s'affrontaient en elle l'être humain et la fonctionnaire. Puis elle déclara avec un petit rire d'excuse où l'on sentait qu'elle était vexée, « Oui, je sais que c'était affreux, de laisser les choses empirer ainsi.

— Mais maintenant, tout ira bien, répliqua Alice, pas du tout apaisée. Au moins, il y vivra des *gens*. »

Mary hésita, puis quitta la cuisine, suivie de Reggie. Leur attitude exprimait clairement, Dieu merci, demain nous serons loin d'ici !

L'enterrement de Philip était fixé à dix heures le mercredi. À neuf heures, Alice quitta les autres, qui chargeaient joyeusement des meubles dans une camionnette bloquant toute la rue, et alla chez Felicity, où elle retrouva deux autres personnes qui avaient sympathisé avec Philip du temps où il vivait là. Ils se rendirent tous les quatre au crématorium, dans la voiture de Felicity. La sœur de Philip s'y trouvait déjà, en compagnie de son mari. Ils étaient venus d'Aberdeen. Philip était écossais, ce que nul n'avait su jusqu'alors.

La sœur était une petite chose pâle et frêle, avec un air entêté, comme Philip : déterminée à ne pas se laisser emporter par les vents hostiles de la vie. Son mari était un pâle petit jeune homme aux yeux bleus délavés et à la moustache élimée. Tous deux avaient un fort accent écossais et semblaient anxieux d'éviter les quatre amis de Philip ; ils ne leur adressèrent que le minimum de paroles indispensables, puis, ayant sacrifié à la politesse, allèrent s'asseoir à l'écart dans la « chapelle ». Il y eut un vrai service religieux. Ni Felicity ni Alice, non plus que les deux autres, un jeune homme et une fille, qui avaient un jour aidé Philip à repeindre un salon, ne savaient si Philip était croyant. Peut-être était-ce uniquement la bureaucratie qui suivait son cours. Et ni la sœur ni son mari ne leur apportèrent de lumières sur la question. En pleine vue trônait le cercueil, un énorme objet brun étincelant qui évoquait chez quiconque avait connu Philip l'idée d'un petit corps frêle, perdu là-dedans comme un papillon mort, tandis qu'un pasteur de l'Église d'Angleterre faisait de son mieux pour insuffler un peu de vie aux paroles qu'il devait si souvent réciter.

Et ce fut terminé. La sœur de Philip leur fit quelques adieux hâtifs. Elle avait les yeux rouges. Son mari se contenta de saluer de la tête, d'un peu loin. Les quatre repartirent. La camionnette était à nouveau garée devant le 43, après avoir déjà fait un aller-retour. « Nous n'imaginions pas qu'il y aurait tant de choses », lança gaiement Mary, campée devant l'arrière de la camionnette avec, dans les bras, un carton plein de vaisselle que Reggie avait achetée dans une vente.

« Eh bien nous, si », claironna Bert d'une voix faussement enjouée, et l'antagonisme qui constituait la réalité de leurs sentiments réciproques — Mary et Reggie envers eux, et eux à l'égard de Mary et Reggie — apparut à la surface ; et ils le sentirent tous, comme le prouvaient leurs visages hostiles. Brièvement. Les sourires et la bonne volonté reprirent le dessus.

« Whoo, s'exclama Bert au moment des adieux. Je me déclare en faveur d'un bon bain, et puis hop, au pieu ! Je suis claqué.

— Moi aussi », lança Caroline avec insolence en roulant des yeux vers Bert, qui lui donna une tape sur les fesses.

« Je prendrais bien un bain », suggéra délicatement Faye en regardant Roberta, qui lui frotterait le dos et, ensuite, l'essuierait.

« Eh bien, au revoir à tous », crièrent Reggie et Mary en s'engouffrant dans la camionnette avec force sourires et mouvements de bras, et ils s'en allèrent, laissant derrière eux l'image rassurante du groupe rassemblé dans le jardin, et qui agitait les bras.

Bien entendu, ils avaient payé avant de partir le montant exact de ce qu'ils devaient, au centime près.

Alors, dans un pétillement hystérique de rires retenus, ils se précipitèrent dans la cuisine pour se faire des sandwiches et du thé. Il était une heure. Le moment idéal. Parfait.

Tout se passait si bien. S'était si bien passé, chaque événement se mettant en place comme il fallait avec une chance spectaculaire : que la mairie eût décidé d'enterrer Philip le matin, que Mary et Reggie eussent choisi de déménager ce jour-là — les camarades n'auraient pas pu souhaiter mieux. Et puis, la voiture : dans l'autre squat, une fille avait mentionné — sans pouvoir imaginer avec quel à-propos — que le voisin était parti en vacances avec sa famille, et que sa voiture, une Escort, était garée devant chez lui depuis huit jours, et allait y demeurer encore aussi longtemps. « Il cherche le pépin », avait-elle ajouté. Évidemment, la voiture était fermée à clé, mais pour Jasper — dont c'était l'un des talents — cela ne posait aucun problème.

La veille au soir, très tard, Bert et Jasper avaient quitté le 43 sans bruit, avec Jocelin, et étaient retournés en métro jusqu'à l'autre squat. Pas à l'intérieur. Ils ne voulaient impliquer personne d'autre dans leur entreprise. Évidemment, ils couraient le risque de se faire voir par leurs amis s'ils rentraient justement à ce moment-là. Mais trois d'entre eux étaient absents — ils l'avaient annoncé. Ouvrir la voiture, la mettre en marche, et s'en aller, ce fut pour Jasper et Bert l'affaire d'une minute. Ils firent le tour de Pimlico et de Victoria Station, mais sans rien trouver qui leur plût. Il leur fallait un endroit sûr, pour pouvoir mettre en place les explosifs. Ils surveillaient le niveau d'essence : moins d'un demi-réservoir, et ils ne voulaient pas être obligés d'aller dans une station-service. Finalement, et plus loin du « lieu du crime » qu'ils ne l'auraient voulu, ils trouvèrent une rue de maisons jumelles, dont l'une était en travaux de modernisation et de reconstruction ; en tout cas, on pouvait y voir une pancarte « À vendre » et du matériel de construction. Devant chaque maison s'étendait un jardin, avec des massifs et une petite allée où l'on avait tout juste la place de se garer. Tous trois discutèrent de l'emplacement, tout en continuant à rouler dans les rues avoisinantes. Ce n'était pas l'idéal, mais ils n'avaient rien vu de mieux. La maison voisine de celle qu'ils avaient repérée devait être occupée et, bien qu'il fût alors trois heures du matin, il restait comme toujours le problème des insomniaques et des couche-tard. Sans parler des patrouilles de police. Mais il allait bientôt faire jour... Jocelin observa qu'il était bien dommage de ne pas pouvoir attendre l'hiver ; une bonne nuit bien longue et noire, voilà ce qu'il leur fallait. Ils eurent même un moment de regret, en songeant que toute l'entreprise était mal conçue, ou tout au moins trop hâtive dans sa réalisation. Tout était tellement improvisé ! Mais c'était précisément ce trait qui semblait jouer en leur faveur ; et qui les séduisait, ajoutant au secret, décuplant leur excitation, leur donnant envie de rire sans raison, et de plaisanter à tout propos.

Finalement, ce fut cette humeur qui triompha ; ils retournèrent dans la rue qu'ils avaient repérée, et s'engagèrent dans la petite allée de la maison vide. Jocelin avait besoin d'une vingtaine de minutes pour installer les explosifs dans la voiture. Jasper courut à un bout de la rue et Bert à l'autre, pour faire le guet. De la rue, Jocelin était cachée par les buissons, mais pas des fenêtres de la maison habitée. Ces fenêtres étaient cependant plongées dans l'obscurité, et elle ne voyait personne là-haut. Avec compétence et précision, elle plaça les quatre engins aux emplacements prévus, tout en guettant l'éventuel signal de Bert ou de Jasper. Mais il n'y eut aucune alerte. Elle éprouvait en travaillant un sentiment de mépris à l'égard de ces citoyens insouciants, qui se laissaient si facilement duper.

Au bout des vingt minutes, Jasper et Bert reparurent ; elle ne les entendit pas arriver, bien qu'ils fussent essoufflés d'avoir couru. Quelques instants plus tard, la voiture émergeait des fourrés pour regagner les rues. La circulation était clairsemée et le ciel commençait à pâlir. Aucune place de stationnement ne semblait exister dans la ville. Chaque centimètre de trottoir était occupé par des voitures, et ils durent tourner plus longtemps qu'ils n'auraient voulu dans les rues. Le niveau d'essence paraissait bien au-dessous de la moitié. Comment savoir si c'était vrai ? Bert raconta qu'il avait eu une voiture dont la jauge indiquait un niveau presque plein, quand le réservoir était vide. Ils trouvèrent enfin une place, mais plus loin qu'ils ne l'auraient voulu. Ils se garèrent, et restèrent un moment à contempler cette voiture d'aspect si ordinaire, qui était une bombe en puissance.

Ils étaient ensuite entrés dans un café pour dîner ensemble, contre toute prudence : ils formaient un groupe bruyant, et ne passaient guère inaperçus. « On s'en fout », avait dit Jocelin, « Et on les emmerde », avait ajouté Bert.

Ils n'étaient rentrés à la maison qu'après le lever du jour, vers cinq heures. Non, Mary et Reggie n'étaient pas encore levés comme ils l'avaient craint ; la chance ne les quittait pas, ils ne pouvaient pas se tromper !

Tout cela, Alice l'apprit seulement par la suite, pendant qu'ils se régalaient de sa soupe et de bon pain complet grillé, car elle ne s'était réveillée qu'à huit heures, quand Mary et Reggie étaient déjà levés et descendus à la cuisine.

Il lui semblait qu'elle ne participait pas vraiment à cette entreprise, qu'ils ne la considéraient pas vraiment comme une partenaire. Pourtant elle ne pouvait pas le dire, ni même le suggérer, car rien de précis ne lui permettait d'étayer ce sentiment. Mais maintenant qu'ils se trouvaient tous attablés là et qu'ils faisaient le récit de leur nuit, ou plutôt de l'aube, elle remarqua qu'ils la regardaient à peine. Ils se partageaient leur attention entre eux, en fonction des rôles qu'ils avaient joué : Faye et Jasper, Jocelin et Bert. Et puis Roberta, qui restait presque autant à l'écart qu'elle-même.

Alice entendit que la responsabilité de conduire la voiture sur les lieux de l'opération incomberait à Jasper, et cela l'effraya. Il conduisait mal, et cédait facilement à la panique en cas d'urgence. Sans que rien en eût été dit, elle avait cru que ce serait elle. Elle conduisait bien, avec beaucoup d'adresse et de sang-froid. Elle avait envie, tout au moins, de protester, « Non, pas Jasper, il ne faut pas que ce soit lui ; pourquoi pas Faye ? Ou Roberta ? » L'une comme l'autre, elles conduisaient bien. Mais sa situation en périphérie de l'événement semblait lui interdire toute intervention.

Apparemment, tout s'était décidé le matin même, pendant que Reggie et Mary étaient allés chercher leur camionnette, et qu'elle assistait à l'enterrement.

Jasper conduirait la voiture et Faye le seconderait parce que — d'après ce que comprit Alice — elle l'avait revendiqué comme un droit. Quant à Jocelin, elle allait les accompagner maintenant jusqu'à l'endroit où était garée la voiture, dans une rue peu passante, afin de régler le mécanisme de la bombe pour un moment qu'ils détermineraient sur place. Car ils ne pouvaient pas encore savoir combien de temps il leur faudrait pour arriver jusque-là, selon la circulation. Sans doute pour cinq heures moins le quart, pensaient-ils.

Alice comprit **alors** que le mécanisme serait déclenché par un système à retardement, et non par contrôle électronique. Elle fut épouvantée. Toutes les discussions antérieures avaient laissé entendre que Jocelin se tiendrait à proximité et — suivant la situation dans la rue et sur le trottoir — choisirait un moment précis.

Alice demanda, presque timidement, se forçant à interrompre une conversation animée et drôle entre Faye et Jasper, « Mais si les bombes explosent de cette façon, nous ne pourrons pas savoir qui se trouvera à proximité, n'est-ce pas ? »

Chacun prit aussitôt une expression grave et préoccupée. Elle voyait bien que, derrière toute leur excitation, cette pensée les taraudait, mais qu'ils la refoulaient.

Dans un grand déploiement de dents blanches, Bert répondit, « La morale passe après les exigences de la Révolution. Lénine. » Tout le monde se mit à rire et Alice comprit, à la manière dont les regards évitaient de se croiser, qu'ils étaient tous mal à l'aise.

« De toute façon, lança Faye, c'est bien fait pour eux. »

C'était le genre de remarque qu'elle faisait et que, d'habitude, ils couvraient, ignoraient, ou — comme le fit Roberta à nouveau — atténuaient.

« Faye, ma chérie, dit-elle, ce n'est pas très gentil. »

Faye secoua la tête en ricanant. Ses yeux luisaient, et elle avait les joues rouges.

Alice s'entêta, « Je ne trouve pas que ce soit bien. Ce n'est pas ce que nous avions décidé. »

Jocelin répliqua d'un ton raisonnable, prenant Alice au sérieux, « Tu n'étais pas là quand nous en avons discuté. Le problème, c'est qu'on ne peut pas se fier totalement à ces contrôles électroniques. Pas ceux que j'ai, en tout cas. Il en existe de bons, bien sûr, mais n'oublie pas que j'ai juste bricolé deux ou trois trucs ensemble.

— Alors, pourquoi ne pas les programmer pour le milieu de la nuit, quand il n'y a personne ?

— Nous y avons réfléchi. Mais il s'agit de créer le maximum d'impact. Alors quelques fenêtres au milieu de la nuit — à quoi bon ? Mais là nous aurons la une des journaux demain, et le journal télévisé dès ce soir. »

Après cette déclaration, Jocelin détourna les yeux ; et aucun des autres ne regarda Alice. Elle comprenait à présent que ce n'était pas parce qu'elle avait manqué la discussion cruciale qu'elle se sentait exclue, mais parce que cette discussion cruciale avait eu lieu dans son dos — exprès, pour qu'elle ne soit pas là et ne puisse pas leur dire les choses qu'ils ne voulaient pas entendre. Ils avaient su — senti, sinon pensé — qu'elle protesterait, dirait non, que c'était mal ; et ils auraient été forcés de l'écouter, de réfléchir. Et sans l'avoir vraiment prémédité, ils avaient profité de son absence pour discuter à cinq.

Et où était Caroline ?

Alice apprit que Caroline, à l'idée que les bombes exploseraient à une heure déterminée à l'avance, sans tenir compte des dégâts éventuels, avait refusé de s'associer à l'opération.

Ce fut Jocelin qui en informa Alice, d'une voix neutre que glaçait la réprobation. Glacée, songea Alice, pour établir une distance entre elle-même et ce qu'elle avait éprouvé en écoutant Caroline. Oh oui, Alice savait ce qui s'était passé ; elle pouvait reconstruire la scène, d'après ce qu'exprimaient tous leurs visages en ce moment. Le projet avait failli être abandonné, à cause de la détermination de Caroline. Et maintenant, en se rappelant — comme ils le faisaient tous — la discussion, leurs visages arboraient tous la même expression de froideur embarrassée.

Si seulement j'avais été là, se disait Alice, j'aurais pu renforcer la position de Caroline ; et à nous deux, nous aurions fait basculer la situation.

Alice lança un coup d'œil — elle n'osait pas faire plus — à Bert, qui savait bien qu'elle allait sûrement le regarder ! C'était une répétition de l'affaire avec Pat ! Pat avait traité Bert d'amateur, lors de la réunion où ils avaient décidé de s'unir à l'I.R.A., et où un bon nombre d'occupants de la maison étaient tout simplement partis. Depuis lors, elle l'avait parfois qualifié d'amateur, sur un ton d'affection. Caroline avait dû le traiter d'amateur, à son tour.

Alice se disait : Pat, Jim, Philip, et maintenant Caroline. Elle était mon amie. Ma vraie amie.

Ils s'étaient déjà replongés dans la discussion. À deux heures, Faye et Jasper partiraient en métro pour aller chercher la voiture, qu'ils avaient toutes les raisons d'espérer retrouver là où ils l'avaient laissée le matin. Le branchement du mécanisme ne prendrait que cinq minutes à Jocelin, grâce à l'aide de Faye, dont les doigts étaient si agiles. Personne ne prêterait attention à trois personnes brièvement penchées au-dessus d'un capot de voiture pour effectuer un réglage sans importance, remanier le contenu du coffre, ou vérifier la pression d'un pneu.

Jocelin disait que les autres n'auraient pas besoin de se trouver sur place. Ils n'auraient rien à y faire. Et ils risquaient en revanche de se faire remarquer. D'accentuer le danger. Elle suggéra que Bert, Roberta et Alice restent à la maison, pour mettre la bouilloire en marche à cinq heures et demie. Et si Alice leur préparait une de ses merveilleuses soupes ? Ils allaient être morts de faim, quand ils rentreraient.

« *Non*, protesta Faye avec un sourire, exhibant toutes ses petites dents pointues. Absolument pas question. » Charmante et maniérée, gâtée, capricieuse, elle battit des cils à l'intention de Roberta, puis de toute l'assistance, pour déclarer, « Il me faut ma Roberta. Je la veux. Il me la faut !

— Bien entendu, renchérit Bert avec ardeur. Alice et moi y serons aussi. Sans discussion possible ! C'est voté ! Voilà tout. »

Tous se mirent à rire, et Alice aussi, car elle se sentait à nouveau admise dans le sein de la famille.

Deux heures. Départ de Jocelin, Faye, et Jasper.

Jasper n'eut pas l'idée d'offrir à Alice un sourire ou un regard. Il était lancé dans une conversation animée qui ressemblait à un flirt — avec Faye. Ils partirent en riant très fort.

Morose, Roberta était avachie devant la table. On voyait maintenant à quel point tout cela lui déplaisait, et comme elle répugnait à laisser courir Faye au-devant de ce danger.

Les trois premiers étant partis, les trois autres gardèrent un silence nerveux, dénué de tout enthousiasme. Ils n'avaient rien d'autre à faire qu'à attendre.

Il faudrait dix minutes à Faye, Jasper et Jocelin pour arriver au métro. Puis sans doute une demi-heure, suivant la fréquence des trains, pour parvenir jusqu'à la voiture. Disons trois quarts d'heure ; il y avait deux changements. Dix minutes, depuis le métro jusqu'à la voiture. Là, il était difficile d'évaluer le temps qu'il faudrait pour conduire la voiture jusque sur le lieu du crime. L'heure de pointe n'aurait pas encore commencé. Mais la circulation risquait néanmoins d'être dense ; comment le savoir ? Ce trajet pouvait durer un quart d'heure ou quarante minutes, selon la chance. À un moment situé entre trois heures et demie et quatre heures, Jasper et Faye — mais pas Jocelin, qui les aurait quittés en cours de route — chercheraient une place de stationnement devant le grand hôtel. Ils pouvaient fort bien être obligés de tourner pendant un bon moment, avant d'en trouver une. Il y avait également le problème des contractuels. S'il en apparaissait pendant que Jasper et Faye cherchaient une place, ils s'éloigneraient quelques minutes et reviendraient après leur départ S'il en arrivait quand la voiture était déjà garée, ce n'était pas grave ; au pire — comme disait Faye — ils seraient trop près au moment de l'explosion.

Les bombes seraient programmées pour cinq heures moins le quart, ou plus tard si la circulation semblait vraiment épouvantable.

Il était inutile de partir avant trois heures, se disaient Alice, Bert et Roberta, mais dès deux heures et demie ils ne pouvaient plus supporter d'attendre une seule minute de plus. Comme ils se levaient de table, on frappa à la porte. De manière civilisée : ce n'était pas la police.

« J'y vais, déclara Alice. C'est probablement Felicity, pour me donner quelque chose venant de Philip. » Une petite table en marqueterie fabriquée par Philip était restée chez Felicity, et elle avait promis de l'apporter, pour Alice. Il s'agissait en partie, et Alice le savait, de se débarrasser de tout ce qui pouvait lui rappeler Philip et les émotions compliquées qu'il réveillait en elle, mais aussi d'une généreuse impulsion ; elle avait dit que Philip aurait sûrement aimé qu'Alice garde cette table.

Sur le seuil se tenait un homme inconnu d'Alice. Comme elle s'était attendue à trouver devant elle Felicity à une table et à vivre un bref moment d'émotion et que, de toute façon, elle se sentait déjà malade d'énervement et d'appréhension, elle n'était guère préparée à le faire entrer, ni à affronter cette situation.

« Puis-je parler à Mlle Mellings ? » demanda-t-il, et elle procéda automatiquement à l'évaluation de sa voix : classe moyenne, anglais pure souche, sans doute un fonctionnaire d'un genre ou d'un autre.

« Je suis Alice Mellings, répondit-elle. Mais veuillez m'excuser : je suis extrêmement pressée.

— Si vous voulez bien avoir l'obligeance de m'accorder un moment ? »

Seigneur, se disait-elle, et puis merde, il faut *partir :* car maintenant que la décision était prise, il lui semblait ne plus pouvoir perdre une seule seconde. « Ne pourriez-vous pas revenir ?

— Si, bien sûr. Je reviendrai. Mais en attendant, vous pourriez peut-être me fournir un ou deux renseignements. »

Alice pensa que cela concernait sans doute la décision municipale de retaper les deux maisons ; il venait peut-être de la mairie. Elle ne réfléchissait pas du tout. Un éclair d'intuition, ou d'avertissement, lui soufflant que cet homme n'avait ni le style ni l'allure d'un employé de mairie, mais de bien autre chose, lui échappa.

« Quoi ? s'enquit-elle hâtivement. Qu'y a-t-il ?

— Connaissez-vous un homme du nom d'Andrew Connors ? »

Elle le dévisagea, retenant le rire violent et totalement déplacé qui la menaçait, puis répliqua avec une soudaine ironie, comme en ricanant, « Ne me dites pas que vous êtes encore un de ces foutus Américains à la manque ? Non », elle se reprit, « Bien sûr que non, l'accent anglais, bah, qu'est-ce qu'un accent signifie ? »

Le visiteur parut surpris, ce qui n'avait rien d'étonnant, et prit son temps pour répondre. Il déclara finalement, avec une certaine autorité paisible qui n'était pas sans évoquer la manière de Gordon O'Leary, « Je conviens volontiers, mademoiselle, que les accents ne sont pas toujours ce qu'ils paraissent. Mais en ce qui concerne Andrew Connors — j'ai besoin de renseignements sur son compte. »

Dans son état normal, Alice aurait dit à ce moment-là : Ah oui ? Et qui êtes-vous ? — ce genre de choses, mais en l'occurrence elle bouillait de l'envie de le voir partir, pour pouvoir s'en aller avec les deux autres. Une fièvre, une rage impatiente l'habitaient. Elle demanda, « Bon, quel genre de renseignements ? Je ne sais pas grand-chose. Pourquoi n'allez-vous pas plutôt interroger Gordon O'Leary ? il semble tout savoir. »

Silence. Si elle avait eu tous ses esprits, sans doute n'aurait-elle guère apprécié la manière dont cet homme l'observa soudain ; l'œil rétréci pour une étroite inspection compétente.

« Eh bien, c'est sans doute ce que je vais faire, dit-il.

— Oui, très bien, et il pourra tout vous raconter. Écoutez, il faut absolument que je vous quitte, je suis navrée... » Elle allait rentrer et refermer la porte sur lui, lorsque sa « gentillesse », la personne en elle qui ne pouvait supporter de décevoir ou de paraître impolie, lui fit ajouter cette phrase désastreuse, « Et quand vous le verrez, soyez assez aimable pour lui dire de ma part que s'il arrive encore la moindre petite livraison de " matériel " ici,

385

nous flanquerons tout dans la rue et l'y laisserons. » Elle proféra tout cela d'un petit ton guilleret et même souriant, comme si elle avait dit, « Quand vous le verrez, dites-lui bonjour de ma part. »

Elle s'était déjà retournée, prête à rentrer dans la maison.

« Un instant, mademoiselle.

— Mon Dieu, gémit-elle, je vous en prie : il *faut* que je parte.

— Bon. Vous l'avez déjà dit. Mais je dois absolument discuter d'une chose avec vous.

— Alors discutons-en, mais pas maintenant. De toute façon, j'en ai déjà discuté. Je n'arrête pas de le répéter, nous n'accepterons aucun ordre des Russes ni de personne d'autre. Vous ne semblez pas le comprendre, camarade... Vous ne m'avez pas dit votre nom.

— Je m'appelle Peter Cecil.

— Peter Cecil ? répéta-t-elle, retenant un nouvel éclat de rire. Eh bien, votre accent est parfait. Tout simplement merveilleux. Félicitations. » Elle ponctua ce compliment d'un petit rire de gamine et, sans vraiment prendre la mesure de son interlocuteur, à cause de son cœur battant et de son état d'hyperexcitation, elle le regarda suffisamment quand même pour voir qu'il paraissait l'essence même du Britannique, en harmonie avec son nom.

« Je vous remercie, dit-il d'un air amusé. Peut-être accepteriez-vous un déjeuner ?

— Oui. Mais j'allais vous dire que vous ne semblez pas capable de comprendre *ceci* : nous sommes anglais, voyez-vous ? Communistes et anglais. » Elle hésita puis, comme la situation exigeait manifestement un éclaircissement, elle ajouta, « Des communistes anglais libres.

— Ah, dit-il. Bon, où pouvons-nous nous retrouver ? Demain ?

— Demain ? Voyons, pourquoi pas ? Demain sera parfait. Connaissez-vous le Taj-Mahal ? Le restaurant de la grande rue ?

— Parfait. Demain à une heure. Merci de m'accorder ces quelques moments, mademoiselle Mellings.

— Je vous en prie », répondit-elle, l'oubliant déjà tout à fait et courant rejoindre les autres, qui lui disaient, « Enfin, Alice, pour l'amour du ciel, dépêche-toi ! Il faut partir. Remue-toi un peu ! »

Il était trois heures moins vingt. Ils attendirent le métro pendant vingt minutes, bien plus longtemps qu'ils ne l'avaient prévu. À la station de Baker Street, ils attendirent encore sept minutes dans le wagon, avec les portières ouvertes, tandis que les gens entraient sans se presser. Ils en plaisantèrent, observant qu'ils ne se souvenaient pas d'avoir jamais attendu aussi longtemps. À Green Park, ils attendirent encore. Ils bouillaient d'énervement, se sentaient prêts à exploser comme des bombes. Ils sortirent du métro à trois heures et demie. Bert se mit à courir, et les deux autres le rattrapèrent pour le faire ralentir. « Arrête, ordonna Roberta, exaspérée. Souviens-toi qu'il ne faut pas nous faire remarquer. »

En voyant Roberta, personne ne risquait de l'oublier.

Empreint d'une gravité tragique, son visage blême luisait de sueur.

Ils contournèrent rapidement l'hôtel, se frayant un chemin parmi la foule qui circulait sur les trottoirs. Ils évitaient de se regarder et, surtout, de regarder les éventuelles victimes. Alice se disait, Il risque même d'y avoir des *morts*... oh non, ce n'était pas possible ! Mais dans son sein se formait une sensation d'étouffement, douloureuse comme un hurlement — qu'elle ne pouvait laisser éclater. Comme le hurlement d'une bête désespérée, qu'elle n'aurait pu atteindre pour la consoler.

Que pensaient les autres ? Roberta — bon, c'était clair, elle ne songeait qu'à Faye. Bert ? Il ne semblait guère différent de son habituel personnage jovial, mais il devait quand même bien s'interroger, comme Alice — cette jeune fille serait-elle tuée ? Cette vieille femme ? Ou peut-être celle-ci ?

Nulle trace de Jasper et Faye. Après avoir fait deux fois le tour de l'hôtel, Roberta déclara, « Tout cela est absurde. Et nous ne devrions pas être ensemble. » Sans leur jeter un regard, elle traversa la rue et se posta sur le trottoir d'en face, d'où elle pouvait voir le flanc de l'hôtel et, à sa gauche, la rue par laquelle devaient normalement arriver Faye et Jasper.

Bert s'éloigna sans un regard pour Alice, pour se placer en face de l'hôtel. Logiquement, Alice aurait pu aller s'installer du côté où Roberta n'était pas, mais elle décida que ce serait mieux de face, et elle s'approcha de Bert.

Il était quatre heures moins le quart.

Aucune trace de la voiture.

Un bus passa très lentement. Assise en bas, Jocelin les regardait par la fenêtre. Elle leur grimaça, « Cinq - heures - moins - le quart. » Puis elle leva brièvement la main gauche avec les cinq doigts écartés, l'abaissa, la releva en ne montrant plus que quatre doigts, et plaça son index à l'horizontale en grimaçant une nouvelle fois « Cinq - heures - moins - le - quart. » Son regard se figea ensuite droit devant elle.

« Je crois comprendre, déclara Bert sur un ton badin, que c'est pour cinq heures moins le quart. »

Quatre heures.

Avec son air de luxe posé, le grand hôtel boudait orgueilleusement au milieu de la foule qui allait et venait. Alice songea, Bon, ils ont peut-être eu des difficultés, et ils ne pourront pas venir. Tout se passera bien.

« Si nous allions prévenir Roberta que ce sera à cinq heures moins le quart ? » suggéra-t-elle à Bert. « Non, nous ne pouvons pas nous permettre d'attirer l'attention. » Puis il changea d'avis et traversa en courant le flot de la circulation. Roberta se tenait à l'extrême bord du trottoir, absolument immobile. Alice regarda Bert s'approcher d'elle, lui dire quelques mots, puis lui prendre le bras et, visiblement, lui enjoindre d'aller se tenir à un endroit moins voyant. Roberta se dégagea d'une secousse, sans bouger de sa place. Bert demeura une minute auprès d'elle, puis revint lentement, en attendant cette fois que le feu passe au rouge.

Alice voyait bien son visage. Elle ne l'avait jamais vu ainsi. Peut-être même ne l'aurait-elle pas reconnu. Il exprimait l'isolement, l'abandon ; comme si rien au monde n'avait pu combler le gouffre qui le séparait des gens qui traversaient avec lui, comme s'il avait été maudit, exclu. Son visage avait pris une teinte plombée, comme un cadavre.

Le hurlement jaillit de la poitrine d'Alice sous la forme d'une exclamation étouffée, et elle se retrouva tournant le dos à Bert et courant vers l'hôtel. Elle cherchait un téléphone. Deux cabines, dos à dos ; et l'une était vide. Elle murmura : « Oh, mon Dieu, si l'annuaire n'est pas là » — mais il y était, et elle trouva le numéro des Samaritains, le composa, tandis que les petits gémissements de souffrance continuaient à lui échapper, incontrôlables, comme si l'animal logé en elle avait reçu des coups.

La voix amicale et bienveillante du Samaritain.

Alice bafouilla, « Oh vite, vite, il y a une bombe, elle va exploser, venez vite, c'est dans une voiture.

— Où est cette voiture ? » s'enquit le Samaritain sans manifester le moindre affolement. Comme Alice ne répondait pas tout de suite, il ajouta, « Il faut nous le dire. Nous ne pourrons envoyer personne, si vous ne nous dites pas où. »

Alice réfléchissait, Mais la voiture n'est même pas encore là. Comment puis-je savoir si elle arrivera ? Puis elle pensa à ces gens, tous ces pauvres gens, et elle répondit d'un ton accablé, « Bah, de toute façon ce sera peut-être trop tard.

— Mais où ? L'adresse, indiquez-nous l'adresse ? »

Alice ne pouvait se résoudre à révéler l'adresse. « C'est à Knightsbridge », dit-elle. Comme elle allait raccrocher, elle ajouta hâtivement, « C'est l'I.R.A. Liberté à l'Irlande ! Pour une Irlande unie et la paix dans le monde ! » Elle raccrocha.

Alice commença à courir, puis se força à marcher. Elle s'approcha de Bert d'un pas décidé, dans l'espoir qu'il tournerait son visage vers elle, et qu'elle le retrouverait normal. Mais quand il la regarda, elle vit un visage mort, affreux ; puis il lui adressa un clin d'œil, lentement, et cela fit disparaître l'autre vision de lui en cadavre ; il redevint lui-même, un peu pâle et crispé, mais rien de plus.

Il n'est pas trop tard pour tout arrêter, se disait-elle. C'est une erreur totale. Il faudrait tout organiser plus soigneusement. Faye et Jasper ont peut-être décidé de tout annuler. Ils ont désamorcé les bombes. C'est pour cela qu'ils sont en retard.

Quatre heures un quart.

Pendant tout ce temps, il ne s'était libéré que trois places de stationnement.

Et puis Alice observa que Bert s'était figé. Il contemplait quelque chose. Ce devait être la voiture. Une Escort blanche passa devant lui, puis devant Alice, avec Jasper et Faye à l'avant. Faye conduisait. Ils paraissaient excités, mais effrayés aussi. Le pare-chocs arrière gauche était défoncé. Voilà ce qui les avait retardés. Elle se rapprocha de Bert, et il acquiesça à cette suppostion.

Il n'y avait nulle part où stationner. Bloquée dans la circulation, la voiture bifurqua à droite, lentement, s'engagea dans une rue transversale où les voitures étaient presque à l'arrêt, disparut un moment au bout de la rue, puis reparut un peu plus vite et passa devant Roberta qui, ne pouvant se retenir, leva les bras, mais les laissa retomber d'un geste las, sans doute parce que Faye et Jasper ne lui prêtaient aucune attention. Qu'ils aient eu ce bon sens rasséréna Alice. L'Escort blanche passa une seconde fois devant Bert et Alice. Il était quatre heures vingt-cinq. Aucun contractuel en vue ; c'était déjà quelque chose.

Ils n'avaient pas discuté de ce qui se passerait s'ils ne trouvaient pas de place où se garer. Quand le moment approcherait, sans doute s'arrêteraient-ils n'importe où pour s'enfuir ?

Cette fois, au lieu de tourner pour longer le flanc de l'hôtel, Faye continua jusqu'à la rue suivante. Inexplicablement. Pendant que l'Escort était hors de vue, deux voitures quittèrent leur place dans la rue transversale, laissant un emplacement largement suffisant. Faye allait-elle le voir quand elle repasserait devant l'hôtel ?

Quand Faye reparut finalement, il était quatre heures et demie passées.

Alice avait des nausées d'angoisse et de désespoir. Elle savait qu'elle pleurnichait et reniflait, mais ne pouvait s'en empêcher.

Faye passait à nouveau devant Roberta, qui cette fois ne bougea pas, littéralement plantée sur place. Désespérée. Les gens la remarquaient.

Comme la voiture passait devant Bert, il leur signala d'un geste qu'il y avait une place libre. Faye et Jasper ressemblaient à deux blocs de cire, sur lesquels on aurait collé deux yeux. Ils ne virent pas Bert tout de suite, mais Jasper finit par le remarquer, et tira Faye par la manche.

Juste à temps, Faye bifurqua pour s'engager dans la petite rue.

À ce moment-là, une voiture venant d'en face se gara à l'emplacement libre, mais en laissant suffisamment de place pour l'Escort. Il y avait déjà plusieurs voitures derrière eux. Pour pouvoir se garer, il fallait que Faye bloque un moment la circulation et trouve un moyen de parvenir au bord de l'autre trottoir, où était la place. Elle attendit un moment, puis se força un chemin dans le flot dense de la circulation inverse, dans un concert de klaxons et d'imprécations. Faye rangea la voiture en diagonale et s'apprêta visiblement à en sortir, puisque sa portière s'ouvrit, mais elle se referma aussitôt et la voiture escalada violemment le trottoir. Il y eut une longue pause, puis la voiture recula vivement, et se trouva un peu mieux garée, mais pas tellement.

Les autres voitures klaxonnaient toujours.

Devinant à l'immobilité figée de Bert et d'Alice que Faye se garait, Roberta les rejoignit en courant. Oubliant leur décision de ne pas rester ensemble pour ne pas attirer l'attention, ils formaient un groupe serré et contemplaient la voiture piégée. On aurait pu penser, toutefois, qu'ils suivaient d'un œil critique un numéro de stationnement raté.

« Pour l'amour du ciel, disait Roberta d'une voix forte et rude. Mais bon Dieu, bougez. Sortez de là. »

Jasper quitta la voiture, ouvrant la portière du côté de la circulation, et s'attarda un instant dans la voiture à demi ouverte, penché vers Faye.

« Mais pour l'amour du *ciel* », gémissait Roberta.

Puis Jasper se redressa, ferma la portière, et entreprit de contourner la voiture pour regagner le trottoir et ouvrir la portière de Faye. Tout au moins, ce fut l'impression des trois qui l'observaient. Le temps passait. Il ne restait plus que cinq minutes. Mais l'heure avait dû arriver, car l'explosion se produisit, et il sembla que toutes les fenêtres du monde se fracassaient, tandis que la voiture volait en éclats.

« Faye, Faye », sanglotait Roberta en courant dans la rue, sans regarder s'il y avait des voitures; « Jasper », geignait Alice en courant derrière elle.

Tout le long du flanc de l'hôtel, c'était un spectacle effroyable; des corps sur le trottoir, les uns allongés, immobiles, et d'autres s'efforçant de se redresser; des morceaux de métal, de verre brisé, des sacs, des gravats, du sang.

Quand Alice parvint sur les lieux, Jasper ne s'y trouvait plus. Elle l'aperçut alors qui s'enfuyait dans la direction opposée, se tenant la tête à deux mains. Il était couvert de sang.

Idiot, lui criait-elle intérieurement. Ne te sauve pas, il vaudrait mieux attendre ici, puisqu'il y a tant de blessés; tu ne serais que l'un d'eux, tout simplement.

Roberta se tenait au milieu des corps, les yeux fixés sur la carcasse de la voiture qui semblait s'être repliée sur elle-même, en un fouillis de ferraille. En gémissant, Roberta se détourna du véhicule et se pencha pour scruter les visages des blessés et — comprit finalement Alice — des morts, sur le trottoir.

Soudain, Roberta poussa un cri et s'assit par terre pour bercer dans ses bras une loque ensanglantée qui, réfléchit Alice, ne pouvait être que Faye. Oui, elle distinguait un bras, blanc, joli, entier, avec des bracelets de toutes les couleurs au poignet.

Alice rejoignit Roberta, et ordonna, « Arrête. Il n'y a plus rien à faire, tu sais. Il faut nous en aller. »

Roberta leva les yeux vers Alice sans la voir, puis reporta son regard sur l'informe paquet rouge. Elle pleurait des sanglots secs, des râles.

« Roberta, reprit Alice d'un ton raisonnable, lui offrant même un sourire persuasif et amical. Je t'en prie, relève-toi. »

Et c'est à cet instant que, sur cette scène de catastrophe et de destruction qui n'avait guère changé pendant les cinq minutes écoulées depuis l'explosion, survinrent l'Ordre et la Loi sous la forme des sirènes hurlantes des ambulances et des voitures de police qui étaient soudain partout, apparemment par centaines. Stationnées pare-chocs contre pare-chocs au milieu de la rue, les ambulances commencèrent leur délicate tâche de ramassage des blessés et des morts. Mais les forces de police étaient dans un état de panique, hors de contrôle, courant, hurlant des ordres, bousculant les badauds qui, bien sûr, étaient accourus et ne faisaient qu'accentuer la confusion générale.

Comme un ambulancier se penchait vers Roberta, Alice lui déclara, « Elle n'est pas blessée, je ne crois pas. Mais elle... » Sans savoir pourquoi, Alice ne pouvait se résoudre à prononcer le nom de Faye pour désigner ce paquet de chair et de sang, « ... elle était juste à l'endroit de l'explosion.

— Et vous ? Où étiez-vous ? interrogea l'ambulancier tout en aidant doucement Roberta à se relever.

— J'étais là-bas, sur ce trottoir, répondit Alice sans mentir. Non, je ne suis pas blessée. »

Ils étaient maintenant deux à être accroupis au-dessus de Faye ; Roberta et Alice se relevèrent, Alice soutenant Roberta.

« Elle est morte, annonça Alice d'un ton raisonnable.

— Oui, je sais », répondit Roberta de sa voix normale.

À ce moment, un policier fonça sur elle en criant, « Que faites-vous là ? Vous êtes blessée ? Alors circulez. »

Alice entoura Roberta de son bras et l'entraîna. Elle ne voulait pas que le policier se ressaisisse et commence à interroger Roberta qui, à première vue, ne paraissait pas vraiment anormale, bien qu'elle fût trempée de sang de la taille jusqu'aux pieds.

Elle n'avait pas réfléchi à ce qu'elle ferait de Roberta, couverte de sang et en état de choc, lorsqu'elles se seraient éloignées de la foule et de la police ; mais un autre policier les arrêta, cette fois en parfaite possession de lui-même, pour observer que Roberta avait visiblement besoin de soins.

« C'est le choc, expliqua Alice.

— Alors mettez-la dans l'ambulance », conclut le policier en se retournant pour aller aider ses collègues à écarter les badauds.

Il n'y avait rien à faire. Alice monta avec Roberta dans l'ambulance, ainsi qu'une dizaine d'autres personnes, toutes en état de choc ou atteintes de blessures légères. Les blessés graves étaient chargés dans d'autres véhicules.

Leur ambulance fut l'une des premières à partir. Alice et Roberta se taisaient, écoutant les gens qui pleuraient, se plaignaient, ou racontaient nerveusement leur histoire — ils marchaient tranquillement dans la rue, ou sortaient de l'hôtel, et puis...

Plaies au visage et aux bras, fractures probables, contusions. Une femme dont les vêtements avaient été arrachés par l'explosion était enveloppée d'une couverture. Une autre s'était trouvée projetée par la fenêtre au moment où les vitres volaient en éclats. Elle était couverte de petites entailles et paraissait la plus mal en point.

Ils arrivèrent en quelques minutes à l'hôpital.

Après examen, Roberta fut déclarée saine et sauve.

Alice expliqua à un policier compatissant que Roberta et elle-même allaient pénétrer dans l'hôtel au moment de la catastrophe. Elles prirent un taxi pour rentrer. Le chauffeur décréta que c'était scandaleux ; sûrement des Arabes, comme toujours ; ils n'avaient aucun sens du caractère sacré de la vie, pas du tout comme les Occidentaux, et si seulement on voulait bien l'écouter, on interdirait aux Arabes de mettre les pieds en Angleterre.

Roberta et Alice ne répondaient rien.

Il était sept heures quand elles arrivèrent à la maison. Dans la cuisine, Bert s'occupait de Jasper, qui avait de nombreuses entailles au visage et sur le crâne, mais qui à part cela se portait bien. Bert estimait qu'il fallait recoudre les blessures, car certaines étaient profondes. Jasper disait non. Et Jasper avait raison. Il aurait dû rester, au lieu de s'enfuir, disait Jocelin, il aurait pu leur raconter une histoire et se faire recoudre avec les autres, à l'hôpital. Maintenant, il n'était plus question d'aller à l'hôpital ni même de consulter un médecin. Mais l'une des femmes du squat de South London avait été infirmière ; il pouvait aller la voir sans danger.

« Je ne le pense pas, répliqua Jasper. Moins il y aura de gens au courant, et mieux ce sera. »

Alice trouva l'argument très juste, et voulut examiner les blessures. Il la repoussa. Elle n'avait rien vu qui lui parût grave ; peut-être n'en garderait-il aucune cicatrice. Bah, il y avait toujours la chirurgie esthétique.

Ils finirent par s'asseoir tous les cinq autour de la table.

Jasper leur raconta, sur un mode très neutre, en professionnel, comment, en sortant la voiture de la ruelle où elle était garée, il avait mal évalué la distance et éraflé le pare-chocs avant d'une voiture stationnée. Il aurait poursuivi son chemin, bien sûr, mais il était bloqué derrière une voiture, et voilà qu'un homme qui avait tout vu de sa fenêtre s'était précipité sur Jasper en criant qu'il ne fallait pas espérer filer et s'en tirer ainsi. Jasper répondit que jamais une telle idée ne lui avait effleuré l'esprit, mais l'homme riposta qu'il mentait. Il s'ensuivit une belle petite altercation, avant de parvenir au stade des noms des assureurs respectifs : Jasper, bien sûr, dut s'engager à fournir l'adresse du sien très bientôt. Il apparut alors que le pare-chocs endommagé empêchait une roue arrière de tourner, et ils durent sortir de la voiture pour redresser le pare-chocs en le frappant avec une grosse clé à molette. Et le témoin restait planté là, à les surveiller comme des criminels. Pour pouvoir atteindre le pare-chocs au bon endroit, Jasper avait dû s'étendre de tout son long dans la rue, et frapper en biais, par-dessous. Ce n'était pas facile, et il avait perdu là un bon moment, pendant que la circulation restait bloquée.

Quand ils purent enfin repartir, ils avaient pris tellement de retard qu'ils envisagèrent de renoncer à l'entreprise. Faye pouvait aisément désamorcer les bombes, mais le problème était que, cette fois-ci, ils allaient devoir travailler à la vue de tous, des gens dans leurs voitures, et des passants sur les trottoirs. Et puis d'ailleurs, disait Faye, c'est l'action ou la mort ; elle avait du cran. Dommage de renoncer après s'être donné tout ce mal.

Quand Faye avait tourné la seconde fois, non pas à l'angle de l'hôtel, mais dans la rue suivante, c'était parce que, n'ayant pas trouvé de place de stationnement, ils avaient décidé d'arrêter la voiture n'importe où et, sans plus se soucier de qui regarderait, Faye allait arracher les fils. Il ne leur restait plus que douze minutes. Mais il n'y avait aucune place dans cette rue-là non plus.

« Non, avait bravement déclaré Faye, il n'y a rien à faire », et elle avait tenté de conduire plus vite, mais la circulation l'en empêchait.

Et quand Jasper était sorti, mais pas Faye, était-ce parce que la portière de Faye s'était coincée ? Avait-il vraiment eu l'intention de l'aider ?

La question venait de Roberta, sur un ton accusateur.

Jasper hésita. Alice comprit qu'il cherchait une réponse. Quand il avait cette pâleur lumineuse, et ce regard candide, douloureux, impuissant, cela signifiait qu'il allait mentir. Ou qu'il en avait envie. Il balbutia, se reprit, et répondit simplement, « Quand Faye s'est garée, elle est montée trop vite sur le trottoir, et puis elle a freiné. Elle n'avait pas sa ceinture de sécurité. Nous n'avions pas bouclé nos ceintures, voyez-vous.

— Évidemment, répliqua Roberta, cinglante.

— Mais elle a été projetée en avant, et le volant l'a heurtée au creux de l'estomac. Elle en a perdu le souffle, tu comprends ? » ajouta-t-il doucement à l'intention de Roberta. Alice se disait, Là, il est gentil, vraiment gentil, il ne voulait pas en parler à Roberta...

Roberta dévisageait Jasper, bouche bée, et elle respirait mal. Elle songeait visiblement que sa petite Faye était morte à cause d'un petit détail idiot, ridicule ; toute sa vie Roberta se répéterait sans pouvoir y croire que Faye avait péri parce qu'elle conduisait trop vite et qu'elle était montée trop brusquement sur le trottoir.

« Je voyais bien qu'elle ne pouvait pas bouger, reprit Jasper. J'ai fait marche arrière — j'y suis arrivé, en tendant la jambe et le pied.

Puis je lui ai dit de sortir vite. Mais elle ne bougeait pas. Je crois qu'elle se sentait trop mal pour bouger. Je suis sorti pour la tirer dehors de son côté à elle. Et puis la bombe a explosé.

— Cinq minutes trop tôt », observa Roberta, accusant Jocelin, cette fois. Jocelin qui, comme Jasper, hésitait. Il y avait quelque chose, et elle ne voulait pas le dire.

Roberta demanda vivement, « Qui a réglé l'heure ? Faye ?

— Oui. »

Roberta secoua la tête, comme pour dire, *Non, non, non* — à toute l'affaire, mais elle gardait un silence lourd, hochant un oui au thé, oui au sucre dedans, oui au biscuit. Mais elle ne mangeait pas, ne buvait pas.

Ils savaient tous qu'à un moment donné, Roberta sortirait de cet état passif.

Jasper commençait à avoir mal, très mal. Bert s'élança dans l'escalier et courut chercher des antalgiques pour Jasper, des calmants pour Roberta, et une radio.

Ils écoutèrent les informations.

Cinq personnes ont été tuées et vingt-trois blessées, dont certaines gravement, cet après-midi devant l'hôtel Kubla Khan, lorsqu'une voiture a explosé, brisant toutes les vitres et endommageant plusieurs véhicules en stationnement. Ce crime indigne et monstrueux illustre une nouvelle fois l'absence totale de sentiment humain de l'I.R.A., qui a revendiqué l'attentat.

« Eh bien, ça, alors, s'exclama Jocelin. Quel sacré culot !

— Absolument », renchérit Alice, sans établir de lien entre cette affirmation et son coup de téléphone. Quelques minutes plus tard, en écoutant l'indignation et la frustration véhémentes des autres, elle comprit, et se rendit compte que jamais elle ne pourrait leur dire ce qu'elle avait fait. Jamais. Plus jamais ils n'auraient eu confiance en elle.

Et si Bert se rappelait qu'elle l'avait quitté, au bord de ce trottoir, pendant au moins cinq bonnes minutes ?

Il ne semblait pas s'en souvenir.

Vers dix heures du soir, Caroline revint. Distante, et même froide, elle refusa de s'asseoir ; elle était fatiguée, et voulait dormir.

Elle avait entendu les informations, précisa-t-elle en voyant que Jasper s'apprêtait à lui raconter l'histoire.

Elle se fit du café et le but debout, sans les regarder.

« Où est Faye ? » demanda-t-elle, et ils se rendirent compte qu'elle ne pouvait évidemment pas le savoir.

« Faye est morte », répondit Roberta, et elle commença à pleurer. Ce furent d'abord des pleurs silencieux, puis elle se mit à geindre et gémir.

« Bon, il fallait s'y attendre, observa rapidement Bert.

— Elle était donc dans la voiture ? » s'enquit Caroline, mais elle ne voulait pas avoir l'air de s'intéresser.

Roberta se mit alors à hurler ; un son rude et effrayant, comme celui qu'Alice semblait porter en elle, dans sa poitrine.

Ils vérifièrent que les fenêtres étaient fermées. Ils donnèrent à Roberta un second comprimé sédatif, puis Alice et Jocelin l'aidèrent à gravir l'escalier. Elle était lourde, presque inerte. Il fallait la pousser, la soutenir, et même lui ordonner de bouger ses jambes. Alice courut en avant dans la chambre pour s'assurer que les fenêtres étaient bien fermées. Trop tard, quand Roberta gisait déjà sur l'amas moelleux d'étoffes fleuries et de coussins qu'elle avait partagé avec Faye, elles se souvinrent qu'une autre chambre aurait mieux fait l'affaire. Elles la laissèrent là, en espérant que le sommeil ferait bientôt taire ces horribles pleurs.

Les deux femmes redescendirent à la cuisine, et reprirent leur place à la table, avec Bert et Jasper. Caroline s'était assise sur le rebord de la fenêtre, pour maintenir ses distances. Ils gardaient le silence, et s'efforçaient de ne pas se laisser affecter par les cris affreux qu'ils entendaient, juste au-dessus de leurs têtes. Roberta hurlait à la mort, maintenant, sa voix n'avait plus rien d'humain. Ils auraient pu croire qu'il y avait une bête là-haut : une bête blessée, ou mourante.

Ils étaient tous pâles, tendus. Le front de Bert était couvert de gouttes de sueur. Le visage de Jasper s'ornait d'un petit sourire froid. Caroline paraissait malade. Jocelin était la moins perturbée de tous.

Bert lançait des regards implorants à Caroline, qui refusait de le regarder. Il tira soudain de sa poche de poitrine, où il l'avait tenu sur son cœur, un papier tout froissé à force d'être plié et replié, et sur lequel étaient griffonnés des mots. Ils savaient tous quels étaient ces mots, car Bert les en avait fait bénéficier plus d'une fois. Et maintenant, après les avoir bien regardés l'un après l'autre, soigneusement, pour exiger leur attention — mais Caroline se refusait toujours —, il lut, « La loi ne doit pas abolir la terreur ; le promettre serait une tromperie ; il faudra au contraire la mettre en œuvre et en légaliser le principe, clairement, sans détours ni enjolivures. Le paragraphe sur la terreur devra être formulé aussi largement que possible, puisque seule la connaissance révolutionnaire de la justice et de la conscience révolutionnaire peut déterminer les conditions de son application dans la pratique. » Silence. Ils évitaient de le regarder. « Lénine », annonça Bert. « Lénine », insista-t-il, confiant.

Alice l'avait regardé lire, curieuse de voir si cette vision qu'elle avait eue de lui devant l'hôtel reparaîtrait — le Bert plombé, cadavérique ; mais au contraire, la lecture lui donnait des forces, et il souriait tout en lisant, révélant ses dents blanches entre ses lèvres rouges et saines.

« Merci », lança Jocelin par politesse, mais elle écoutait Roberta. Elle alluma une cigarette, et ses mains tremblaient. Voyant qu'ils s'en apercevaient, elle marmonna, « C'est la réaction, voilà tout. »

Jasper continuait à sourire. On aurait presque cru qu'il écoutait une musique lointaine. Alice savait qu'il retenait l'envie de vomir. Elle songea qu'il ressemblait à un soldat blessé, avec ces pansements tachés de sang.

Caroline descendit alors du rebord de la fenêtre, et demanda, « En quoi le code pénal de la Russie nous concerne-t-il ? Ou même Lénine, d'ailleurs, ajouta-t-elle pour les défier. Ce sont des conneries d'amateurs, si vous voulez mon avis », déclara-t-elle rageusement. Et, à Alice, « Il y a un message pour toi. Un type est venu cet après-midi. Un Américain. Il a dit qu'il reviendrait te voir demain. Vers quatre heures. Il s'appelle Gordon O'Leary. »

Sans un regard pour Bert ni un au revoir, elle sortit.

« Encore Gordon O'Leary, observa Jocelin comme si cela n'avait aucune importance.

— Fichu culot », reprit machinalement Alice, en songeant qu'elle allait avoir une journée occupée — déjeuner avec Peter Cecil, et puis Gordon O'Leary dans l'après-midi.

Personne d'autre ne disait mot.

Finalement, Bert déclara, « Je m'en vais aussi. Inutile de traîner.

— Moi aussi, dit Jasper.

— *Tu t'en vas ?* s'écria Alice, incrédule, à l'adresse de Jasper.

— Mais nous avions décidé de partir dès que ce serait fait », répondit Jasper, sans la regarder.

Elle songea, Il n'envisage tout de même pas de partir avec Bert ? Voyons, dès que Bert aura déniché une autre femme, il se retrouvera tout seul.

Comme elle ne répondait rien, Jasper se sentit mal à l'aise. Il lui demanda d'un ton jovial, « Eh bien, et toi, tu viens ?

— Oh, je n'envisage pas vraiment de partir, dit-elle, très vague.

— Mais il va bien le falloir. Mary a dit que la maison était de nouveau à l'ordre du jour.

— Bah, ils disent toujours la même chose.

— Ne sois pas idiote, protesta Jasper. Si ce n'est pas pour ce mois-ci, ce sera pour le prochain, ou celui d'après.

— En attendant, je resterai. Il faut bien que quelqu'un s'occupe de Roberta. »

L'argument était indiscutable, et Jasper se tut un moment ; puis, dépassé par l'intransigeance d'Alice, il insista d'une voix stupéfaite, scandalisée, « Voyons, Alice, nous étions tous d'accord pour filer. C'était une décision unanime. » Il lui saisit même le poignet avec cette bonne vieille brutalité impérieuse, et se pencha pour la regarder dans les yeux.

Cette insistance informa Alice qu'elle ne resterait pas longtemps sans lui. Elle offrit un sourire serein à ce visage aux yeux si bleus incrustés dans cette chair laiteuse et parsemée de minuscules taches blondes, et répondit, « Fais-moi savoir où tu seras, et restons en contact. De toute façon, quelqu'un sait-il où vit la famille de Roberta ? Elle a bien quelqu'un, non ? »

Ils connaissaient uniquement le nom de l'hôpital où sa mère achevait de mourir.

« Elle ne restera pas ici », déclara Jocelin, et Alice savait qu'elle avait raison.

Bert monta chercher son sac en toile, avec ses vêtements et quelques livres dedans. Jasper prit ses affaires : il en avait encore moins que Bert.

Alice demeurait assise devant la table, inerte, songeant à cette maison, ce home accueillant qu'elle avait construit, et qui maintenant se vidait, abandonné avant l'arrivée des ouvriers municipaux.

Jocelin annonça qu'elle partirait demain matin. Ajouta qu'à son avis, le sac plein d'explosifs serait en sécurité jusqu'à la prochaine fois qu'on en aurait besoin. Se mit à rire. Monta dans sa chambre.

Bert et Jasper s'attardèrent dans la cuisine ; au dernier instant, ils n'avaient plus envie de partir. Plus envie de quitter Alice ? ou le confort qu'elle leur avait créé ? Elle préféra ne pas y réfléchir. Elle remarqua que Roberta semblait s'être calmée.

Les cris au-dessus d'eux s'étaient atténués. Ils cessèrent. Le silence tomba sur la maison.

Jasper se pencha vivement, effleura d'un baiser la joue d'Alice comme par jeu. « À bientôt », dit-il, et il sortit sans se retourner pour voir si Bert le suivait. Il ne la quittait pas facilement, songea Alice avec gratitude.

Alice resta seule dans la cuisine.

Elle écouta de nouveau les informations. Eh bien, on leur accordait cette fois une attention soutenue. Ils avaient visé juste. Cinq morts, et sans doute bientôt un sixième — une fille de quinze ans. Plus de vingt blessés.

Le journal de minuit consacra plus de cinq minutes à l'affaire

Alice s'endormit devant la table, la tête posée sur ses avant-bras.

Elle se réveilla vers six heures, et vit Roberta, affreusement pâle et tremblante, qui se faisait du thé.

Roberta annonça qu'elle allait faire ses bagages et partir. Elle irait voir sa mère. Elle aurait dû y aller plus tôt, bien sûr, mais Faye... Sa voix se brisa. Elle se mordit les lèvres, se maîtrisa, et but son thé. Puis elle monta chercher ses affaires, et redescendit avec une liste d'adresses où Alice pourrait la joindre, proprement inscrites au crayon sur une feuille de papier. Au moins, Roberta ne sortait pas de l'existence d'Alice à la dérive, pour toujours.

Contrairement aux autres, Roberta possédait beaucoup de choses. Elle abandonnait les meubles, mais gardait les rideaux, les tentures, les couvre-lits, les oreillers, les miroirs, les couvertures. De tout cela elle fit deux gros paquets, et les emporta en taxi jusqu'à la gare.

Alice écouta les informations de huit heures du matin.

L'I.R.A. (en Irlande) affirmait n'avoir rien à voir avec les attentats de la veille, et menaçait de représailles ceux qui commettaient de tels actes en leur nom. Ils se déclaraient violemment hostiles — l'I.R.A. en Irlande — au meurtre des innocents.

Eh bien, songea Alice, pensez donc! Et elle se mit à rire. De l'absurdité de telles déclarations.

Bah, peu importait ce que disait l'I.R.A. ; ce n'était pas à eux de décider ce que feraient les camarades dans ce pays.

Alice se demandait si, peut-être, il ne vaudrait pas la peine d'aller faire un tour en Irlande, pour expliquer aux camarades irlandais le point de vue des camarades anglais.

Ses réflexions furent interrompues par Jocelin, qui descendait l'escalier avec un sac à dos et une valise. Elle but du thé aussi, s'abstint de tout commentaire en apprenant le départ de Roberta, sans même chercher à savoir si celle-ci souhaitait garder le contact avec elle. Elle ne mentionna pas Bert et Jasper et, quant à Caroline, Jocelin se contenta de déclarer qu'elle était une bonne camarade, mais incapable de comprendre la nécessité de faire des sacrifices. Elle fit cette observation debout — elle ne s'était pas assise — en tenant à deux mains une tasse de thé ; et ses yeux fixes étaient rouges. Alice devina qu'elle avait dû pleurer.

Jocelin partit, et Alice se retrouva seule dans la maison.

Elle écouta encore les informations, et décida d'aller acheter les journaux. Et puis non, elle les achèterait en sortant pour déjeuner avec Peter Cecil. Peter Cecil! Ces pauvres Russes, ils n'avaient vraiment aucun sens commun, pour choisir des noms aussi voyants. On aurait dit une plaisanterie, comme s'ils avaient cherché à se dénoncer eux-mêmes. (Là, au plus profond d'elle-même, un léger malaise, un doute la tiraillа, mais sans qu'elle pût l'identifier clairement, de sorte qu'elle le refoula.)

Il était encore trop tôt pour se rendre au restaurant.

Elle resta paisiblement assise dans la cuisine, seule dans la maison silencieuse. Dans la maison *trahie*... Elle laissa sa pensée errer de pièce en pièce, en louant ses réalisations comme si elles avaient été l'œuvre de quelqu'un d'autre, mais que cela n'avait pas été suffisamment apprécié, et qu'elle s'en chargeait maintenant par souci de justice. La maison aurait pu être une bête blessée, dont elle aurait nettoyé et pansé l'une après l'autre, les nombreuses blessures, et maintenant que l'animal allait de nouveau bien, Alice le caressait, contente de lui et d'elle-même... pas tout à fait bien, cependant ; mais elle n'allait pas se mettre à penser aux poutres. Pauvre maison, se disait-elle, éperdue de tendresse, j'espère qu'un jour quelqu'un l'aimera et s'en occupera. Quand je partirai d'ici... c'était idiot de s'attarder, Jasper avait raison, mais elle ne partirait pas tout de suite, elle resterait encore un peu ; il lui semblait qu'elle pourrait tirer les murs de cette maison, *sa* maison, autour d'elle comme une couverture, pour s'y blottir en toute sécurité.

Elle se sentait vraiment très bizarre, pas du tout comme d'habitude ! Voyons, c'était naturel. Elle avait besoin d'une bonne longue marche, ou peut-être d'aller bavarder un peu avec Joan Robbins ? Non, ce ne pourrait être qu'une conversation stupide sur l'I.R.A. et la voiture piégée. Les gens ordinaires n'y comprenaient rien du tout, et il ne fallait rien en attendre... Là, toute la tendresse qui avait bouillonné en elle et hors d'elle, sans savoir où se fixer, s'attacha à ces braves gens, et Alice se retrouva en larmes, à se dire, Les pauvres, pauvres et braves gens, mais ils ne comprennent pas, voilà tout ! — comme si elle avait serré sur son cœur tous les pauvres et braves gens simples du monde entier.

Ensuite, avec circonspection, elle commença à penser à ses parents. D'abord, son père : non, il était trop affreux pour qu'elle perde son temps à cela, plus jamais elle ne penserait à lui. Sa mère... que dirait Dorothy, si elle apprenait que sa fille avait participé à l'attentat ? Non point qu'Alice eût le sentiment de devoir éprouver des remords ; elle n'y avait pas *vraiment* participé. Alice soupira, un long soupir tremblé, à la manière d'un petit enfant. C'était une chose que jamais elle ne pourrait confier à Dorothy, et cette certitude lui fit ressentir une coupure comme elle n'en avait jamais connu entre elle et sa mère : elle aurait mieux fait de lui dire un adieu définitif, au lieu de recommencer l'une de leurs querelles idiotes !

Oh non, c'en était vraiment trop, c'était trop difficile... là, Alice se leva brusquement : elle semblait sur le point de quitter la cuisine, quitter la maison ; mais après être restée une minute ou deux immobile, elle se rassit en pensant à Peter Cecil. (Peter Cecil, ha ha !) Elle ne pouvait pas partir maintenant, puisqu'il y avait ce déjeuner ! Mais je pourrai peut-être lui en parler, songea-t-elle, c'est un professionnel, je pourrai lui parler de l'attentat sans être obligée de passer par tous les détails positifs ou négatifs, je lui en parlerai comme d'un travail accompli, mais un peu raté... curieux, jusqu'à cet instant elle n'avait pas pensé qu'ils eussent échoué. Et en vérité ? Après tout, si leur but était la publicité, ils avaient assurément réussi ! Et Faye ? Mais les camarades savaient qu'ils risquaient leur vie dès l'instant où ils entreprenaient ce genre d'action, où ils décidaient de devenir terroristes... Elle ne se souvenait cependant pas d'avoir jamais dit, « Je suis une terroriste, peu m'importe si je me fais tuer. » (À ce moment de ses réflexions elle se releva d'un bond, dans un mouvement de panique, mais se rassit à nouveau.) Pendant tout ce temps, j'attendais que quelque chose *commence*, se disait-elle ; et à cette pensée parut sur son visage un petit sourire incrédule, effrayé par l'absurdité de tout cela. N'avait-elle donc pas pris au sérieux l'attentat à la bombe ? Non, pas vraiment ; elle avait suivi le mouvement, avec la pensée que ce n'était pas bien — et, en arrière-plan, que le travail sérieux suivrait (quel qu'il fût). Bon, et qu'allaient-*ils* (les Russes) penser de cet attentat ? Inutile de demander à Andrew ce qu'il aurait à en dire. Ni à Gordon. Elle n'imaginait déjà que trop bien leur expression de condamnation sans appel.

Et Peter Cecil ? Sans qu'on pût dire pourquoi, il était différent. Bien sûr, je ne révélerai aucun nom, songea-t-elle : je ferai bien attention, en lui racontant l'affaire. Je lui dirai que je l'ai su par quelqu'un au courant, et que je voudrais connaître son opinion.

À ce point, divers petits indices que ses nerfs avaient enregistrés et gardaient là, en réserve, jusqu'à ce qu'elle pût y faire face, faillirent émerger, mais replongèrent. Cependant, elle songeait que Peter Cecil avait un visage sympathique. Oui. (Elle l'observait mentalement, tel qu'il se tenait, la veille, dans l'encadrement de la porte, pendant qu'elle bouillait d'impatience de partir.) Un visage ouvert. Pas comme ces Russes, rien de comparable, il était très différent... et là, les avertissements lui revinrent en force, requérant toute son attention sans qu'elle puisse les refouler.

Évidemment, Peter Cecil ne ressemblait pas à ces Russes parce qu'il n'était pas russe. Il était... M.I.6 ou M.I.5 ou XYZ ou l'un de ces sales trucs, peu importait. Le fond de l'affaire, c'était qu'il était anglais, *anglais*.

À cette pensée, à ce mot, un soulagement exquis parcourut Alice, si fort qu'elle dut le reconnaître, et qu'elle en éprouva de l'embarras. Allons bon ! Anglais ou non, il était l'ennemi, il était — pire que les Russes, il était un bourgeois (*Cecil*, je vous demande un peu !), un réactionnaire, un fasciste. Bon, pas vraiment un fasciste, en vérité, c'était exagéré. Mais anglais. *L'un de nous*. Elle resta un moment à réfléchir à ce caractère spécifiquement anglais, à ce qu'il signifiait, et à ce qu'elle éprouvait : discuter avec lui, ce serait tout autre chose qu'avec ces Russes, qui comprenaient tout de travers parce qu'ils ne savaient pas ce que nous étions *vraiment*, nous, les Anglais. Et qu'y avait-il de mal à penser ainsi, n'avaient-ils pas (les camarades) décidé de ne plus traiter avec les Russes, l'I.R.A., Tom Cobbley et tout le reste, mais seulement entre *nous* ?

En imaginant son entretien avec Peter Cecil, elle savait qu'un certain nombre de choses n'auraient pas besoin d'être dites, comme il arrive entre gens d'un même pays, même s'ils sont d'avis opposé sur certaines choses. (Comme la politique !)

Mais que voulait-il savoir ? Alice ne se souvenait pas de ce qui s'était dit la veille. Sa mémoire n'était qu'un trou vide, à l'exception du fait qu'il s'était enquis d'Andrew. (Andrew *Connors* ? Bah, pourquoi pas, il s'appelait peut-être même vraiment Connors.) Mais qu'avait-elle dit ? Quelque chose avait-il transpiré ? Non, elle était sûre que non, tout s'était terminé si vite, elle n'avait eu qu'une idée en tête, qu'une hâte : filer le plus vite possible. Le *matériel* ? Mais non, voyons, comment aurait-elle pu mentionner une chose pareille, bien sûr que non !

Elle demeurait là, figée, glacée, épouvantée, à essayer de se rappeler, tandis que la pensée, *Il est anglais,* venait la rassurer. Elle se débattait pour faire céder sa mémoire, pour lui arracher ce qu'elle aurait dû lui dévoiler, tout en se disant, Il est anglais, il comprendra.

Oh oui, Alice savait qu'elle oubliait des choses, mais elle ne savait pas à quel point. Chaque fois que son cerveau se mettait à chercher partout et fourrager ainsi, s'efforçant désespérément d'agripper quelque chose de solide, elle se laissait aussitôt dériver — comme elle le fit cette fois encore — dans les délices de son enfance, en s'attardant sur une scène ou une autre qu'elle avait eu tout le temps de lisser et de peindre aux couleurs les plus tendres, jusqu'à en faire une histoire commençant ainsi, Il était une fois une petite fille qui s'appelait Alice, avec sa maman Dorothy. Un beau matin, comme Alice se trouvait à la cuisine avec Dorothy, qui préparait son dessert préféré, des pommes cuites à la cannelle et à la crème fraîche, la petite Alice déclara, « Maman, je suis une petite fille bien sage, n'est-ce pas ? »

Mais aujourd'hui, son cerveau échappait au rêve, à l'histoire, pour revenir dans le présent ; il s'écartait de sa mère, qui répudiait définitivement Alice à cause de l'attentat.

Alice demeurait immobile, et le temps passait, la rapprochant du déjeuner avec Peter Cecil. Sa terrible angoisse lui causait une douleur au creux de l'estomac, ainsi que des battements de cœur douloureux et désordonnés.

Inutile d'en parler à Peter Cecil. À quoi bon ? Peut-être lui dirait-elle deux ou trois choses au sujet d'Andrew. Cela ne ferait aucun mal à Andrew, puisqu'elle ignorait même où il se trouvait. « Andrew Connors ? répondrait-elle. Oui, il se disait américain. Il venait de temps en temps dans la maison voisine, parce qu'il était amoureux d'une fille qui y habitait — J'ai oublié son nom. Et c'est tout ce que je sais, en vérité. »

Le déjeuner serait agréable. Peut-être même s'en ferait-elle un ami, finalement. Comme Andrew. Après tout, elle considérait Andrew comme un ami, même si elle ne pensait plus autant de bien de lui qu'avant. Il y avait partout des gens sympathiques, même parmi les réactionnaires. Elle se souvenait d'un camarade, qui disait — était-ce à Birmingham ? ou dans le squat de Manchester ? — que seuls les marxistes primaires considéraient tous les membres des classes dirigeantes, pris individuellement, comme des salauds. Elle n'aurait qu'à tenir sa langue, et tout se passerait bien. Simplement se tenir sur ses gardes — et se fier à l'inspiration ; c'était idiot, de rester là à s'inquiéter de ce qu'elle dirait, alors qu'elle savait toujours manœuvrer la situation, le moment venu.

Et cela valait pour Gordon O'Leary aussi — mais, comme elle pensait à lui, Alice sentit l'angoisse dans son estomac se muer en une douleur presque intolérable. Oh merde, elle venait seulement de réaliser qu'il lui faudrait prendre garde à ne pas mentionner Gordon devant Peter Cecil, ni laisser Peter Cecil approcher de la maison après le déjeuner. Bah, elle était sûre de pouvoir se débrouiller. Elle commencerait par neutraliser Peter Cecil, et ensuite Gordon O'Leary. Mais — songea-t-elle soudain — pourquoi fallait-il qu'elle voie Gordon ? Après le déjeuner, elle n'aurait qu'à partir se promener ailleurs, et revenir seulement bien plus tard. Non, cela ne servirait qu'à reporter le problème. Elle reviendrait à temps du restaurant, où elle aurait dit au revoir à Peter Cecil, et elle épinglerait un petit mot sur la porte, pour dire... non, elle ne pouvait pas laisser de petit mot, les voisins s'en apercevraient et viendraient fouiner. Mieux valait laisser croire à tous que tout se passait normalement, le plus longtemps possible ; et pour cette raison, il était donc souhaitable qu'ils la voient, au moins, aller et venir.

En rentrant du restaurant, elle bouclerait portes et fenêtres — il y avait juste une fenêtre qui ne fermait pas, et elle allait la clouer dès maintenant, avant de sortir — puis elle monterait tout en haut de la maison, dans le grenier, et elle pousserait quelque chose de très lourd sur la trappe, pour que personne ne puisse y grimper. Même si Gordon O'Leary réussissait à s'introduire dans la maison — et il ne voudrait sûrement pas qu'on le voie forcer la porte en plein jour —, il ne saurait pas qu'on pouvait monter au grenier, comment le saurait-il ?

Elle se sentit rassérénée par cette organisation détaillée du plan de bataille. C'était à cela qu'elle excellait : elle se sentait à nouveau maîtresse de la situation, et les douleurs de son estomac se calmaient, elle respirait mieux.

Elle attendait même avec impatience ce déjeuner avec Peter Cecil !

Avec un sourire attendri et une tasse de thé très fort et sucré à la main, telle une fillette de neuf ans après un mauvais rêve, la pauvre petite attendait l'heure de sortir à la rencontre des professionnels.

Achevé d'imprimer
en septembre 1986 sur les presses
des Ateliers Graphiques Marc Veilleux Inc.
Cap-Saint-Ignace, Qué.